本书为2020年“滇版精品出版工程入库项目”

非虚构文学

生态云南记

SHENTAI YUNNANJI

帕男 著

云南大学出版社
YUNNAN UNIVERSITY PRESS

图书在版编目（CIP）数据

生态云南记 / 帕男著. -- 昆明 : 云南大学出版社, 2020

ISBN 978-7-5482-4196-6

Ⅰ. ①生… Ⅱ. ①帕… Ⅲ. ①报告文学—中国—当代 Ⅳ. ①I25

中国版本图书馆CIP数据核字(2020)第218499号

策划编辑： 王　磊
责任编辑： 王　磊
封面设计： 王婳一

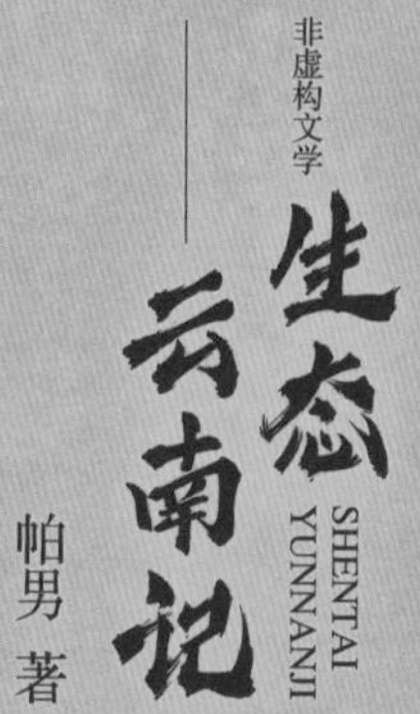

出版发行： 云南大学出版社
印装： 昆明理煋印务有限公司
开本： 787mm × 1092mm 1/16
印张： 36.5
字数： 615千
版次： 2020年12月第1版
印次： 2020年12月第1次印刷
书号： ISBN 978-7-5482-4196-6
定价： 168.00元

社　　址：昆明市一二一大街182号（云南大学东陆校区英华园内）
邮　　编：650091
发行电话：0871-65033244 65031071
网　　址：http://www.ynup.com
E - mail：market@ynup.com

若发现本书有印装质量问题，请与印厂联系调换，联系电话：0871-64167045。

帕　男

作者简介

本名吴玉华，又名楚天行、楚歌、潇湘孤客、一勺，男，瑶族，1965年出生于湖南省永州市江华瑶族自治县。系中国作家协会会员、中国少数民族作家学会会员。

历任湖北省十堰人民广播电台记者、编辑，云南省楚雄日报社编辑、记者、副刊部副主任、晚刊部主任、《楚雄晚刊》主编、楚雄文学院院长、楚雄同图传媒有限公司总经理，楚雄州文化局副局长、楚雄州委派驻武定县新农村建设工作总队副总队长、万德乡工作队队长兼副乡长、楚雄州文体局副局长、七届楚雄州文联专职副主席、楚雄州作协副主席、《金沙江文艺》执行主编，政协楚雄州第九届委员、常委、提案审查委员会委员，七届云南省文联委员。现任八届楚雄州文联专职副主席、八届楚雄州作家协会副主席、《金沙江文艺》常务副社长、常务副主编、楚雄州网络作家协会主席、《37度诗刊》总编辑，政协楚雄州第十届委员、常委、提案审查委员会委员，八届云南文联委员。新闻高级职称。获楚雄州首届优秀新闻工作者、第三批楚雄州中青年学术技术带头人、楚雄州宣传文化系统“四个一批”人才等荣誉称号。2010年、2011年连续两年被评为“云南省新农村建设工作队优秀指导员”受到云南省委、省政府表彰。

有作品分别在《中国作家》《诗刊》《海外文摘》《诗选刊》《星星诗刊》《扬子江诗刊》《中国诗人》《当代文学》《新加坡诗刊》《人民日报》《云南日报》等刊物发表。《帕男诗选》获第十九届鲁藜诗歌奖、第十九届柔刚诗歌奖提名奖、首届全国城市文学诗歌奖。50余件作品分获第四届、第五届“中华大地之光”征文特等奖、一等奖，云南省优秀副刊作品奖、杂文奖一等奖、二等奖；《大冲刺》获中国作协重点作品扶持，同时获中共云南省委宣传部脱贫攻坚重点作品出版扶持。

出版散文、诗歌、报告文学《男性高原》《阳光地带》《裂地惊天》《穿过神话之门》《多情的火把花》《落叶与鸟》《天地之孕》《一个皇帝出家的地方》《帕男诗选》《一抹秋红》《俚语湘南》《滇，我的那个云南》《火之韵》《魂牵五台》《威楚雄彝》《大冲刺》《绝飨》《绣在你心尖的三生三世》《只有水不需要剃度》《落花，正是一个旧时代的禅让》《等我驾到》《在云南在》《第三十七只兽的阵亡》等30余部。

内容提要

我们只有一个地球。

如果这个地球病了，人类还能健康？

如果地球死了，我们还能活着？

我们每天都在见证自己将地球弄得遍体鳞伤。

当你看到印度尼西亚冲浪者在海洋垃圾中冲浪，看到爪哇岛的河流上堆满了垃圾，你会做何感想？又当你看到亚马孙的森林地貌变得支离破碎的场景，会不会掉一滴眼泪？

温室效应，使南极洲有上万年历史的拉森 B 冰架走向彻底融化。

我们每天都在见证自己将地球推向死亡。

2020 年是让全世界都该铭记于心的一年：澳大利亚山火燃烧 210 天，超过数 10 亿的生物葬身火海；菲律宾沉睡的火山再次爆发，黑色的火山灰挡住了太阳的光芒；蝗灾席卷东非大地，导致当地农民颗粒无收。

且别把《逃离地球》当真，那是用来娱乐的。如果人类再继续这样毫无节制地发展下去，可能会造成地球上第六次生物大灭绝。

“绿水青山就是金山银山”，这是嘹亮的中国声音。“像保护眼睛一样保护生态环境”是拯救地球的唯一良方。“争做生态文明建设排头兵”是云南的铮铮誓言。

生态对云南的意义、对中国的意义乃至对世界的意义都是一致的：是关系人类永续发展的根本大计。

不置可否，作为我国西南生态安全屏障和生物多样性宝库，云南在中国乃至全球生物多样性保护中具有十分重要的地位。云南省在实践中，坚持人与自然和谐共生，不断探索保护环境与发展经济共赢的路径，为守护好生物多样性宝库做出了积极的努力。

帕男不是第一个敲钟人，但一定是有责任的作家，他利用五年多时间创作了这部分 10 章共 60 余万字的长篇报告文学，具有“文章合为时而著”的重大意义。他不愧是云南争做生态文明建设排头兵忠实的记录者。

目　　录

第一章　世界镜照下的云南

第一节　解放与伤害

英国工业革命是一把双刃剑。

工业革命使人类从使用人力、畜力、风力转变到以使用蒸汽动力为主的工业经济时代，复杂先进的机器代替了手工工具。

工业革命的进行需要的是各种矿产资源，如冶炼业需要大量的木炭，大片森林因而被砍光运至冶炼厂，致使森林面积大大锐减。工业革命开采资源过程中造成了对土地结构的破坏，土地使用面积减少，代之而起的是高耸的、冒着黑烟的烟囱，工业革命打破了英国从前那种安静的中世纪田园风光。

工业革命中需要利用水力能源进行生产，于是人们纷纷在河流湍急处建设工厂，各种工业垃圾和生活垃圾都流入了河流，夏天的时候废物聚集在一起，使河水变绿、冒泡，还发出难闻的臭味，滋生出许许多多的细菌，引发各种瘟疫，对英国人的身体健康造成严重的威胁。

英国人无法否认，是他们自己亲眼看见工业化所带来的生态灾难和社会灾难，原先那种田园诗般的乡村生活随着工业革命的到来远去了，大量的森林被砍伐，覆盖着美丽花草的田野随着工业化和机械化进程的加速而被铲除、被荒芜。英国变成了弥尔顿笔下的“失乐园”。

人类发展到了信息时代，生态危机不但没有解除，反而在继续加重，已经到了岌岌可危的地步，这不是危言耸听。

法国《解放报》网站 2020 年 5 月 24 日刊登了科拉莉·肖布写的一篇文章，题为《科学家们认为，生物多样性危机和流行病存在联系》。文章介绍了一份由法国多位环境、卫生（自然历史博物馆、国家科研中心、巴斯德研究所、国家农业食品与环境研究院、国家卫生安全署、法国生物多样性办公室）等方面的专家编写的报告。该报告指出，最近50年来，人类遭遇的流行病尤其是源自动物的流行病的数量在增加。“这些疫病的死亡率差别非常大”。动物传人的疫病数量的增多，“部分原因来自于人类和野生动物群落接触的不断增多”。在动物传人疾病方面，一些动物物种要比其他动物传播得更加频繁：包括那些同人类在基因和生理上有高相近性的动物（尤其是灵长类哺乳动物以及其他一些诸如鸟类的脊椎动物）；同人类有长期共同生活历史的物种，也就是家畜（尤其是猪科动物）、共生动物（接近人类的老鼠和某些昆虫）以及人类狩猎对象。中间宿主的存在是可能的但并不是必需的。一些动物传人疾病实际上是直接从自然宿主传给人类的（狂犬病、布鲁式菌病、结核病、埃博拉、汉塔、钩端螺旋体病等）。

该报告指出，科学“发现整体环境变化、生物多样性以及同其相关的调节功能的丧失同传染性疾病流行传播的出现与增加有着诸多关联”。科学家们指出，在亚洲、非洲和南美地区，砍伐森林同动物传人疫病增多之间存在关联。

地球上的生物多样性是几十亿年进化的结果，是人类宝贵的财富。然而，全球的生态系统正在发生退化且受到破坏，生物多样性面临着严重的威胁。

自1600年以来，已有2.1%的哺乳动物、1.3%的鸟类灭绝。据联合国环境规划署报告，目前世界上每分钟就有1种植物灭绝，每天就有1种动物灭绝，远远高于自然界的本底灭绝速率，而且灭绝的速度越来越快。

以鸟类为例，在3500万年前到100万年前，平均每300年有1种灭绝；从100万年前到现代，平均每50年有1种灭绝；最近300年间，平均每两年就有1种灭绝；进入20世纪，几乎每年灭绝1种。

据国际自然和自然资源保护同盟的统计，目前全球濒临灭绝危险的动物有1000多种，其中鱼类193种、两栖和爬行动物138种、鸟类400多种、哺乳动物305种。农作物品种的消失也十分严重。1949年在我国种植的1万个小麦品种到20世纪70年代初只剩下1000种。

在过去的100年中，美国的西红柿品种丧失81%，玉米品种丧失91%。联合国FAO警告说，农作物的均匀化趋势以及生物多样性的丧失将对养活世界上迅速增长的人口构成威胁。我国是生物多样性特别丰富的国家之一，有高等植物30000种，占世界的10%；有脊椎动物6347种，占世界的14%；但生物多样性受到严重威胁。被子植物有珍稀濒危种1000种，极危种28种，已灭绝或可能灭绝7种；裸子植物有珍稀濒危和受威胁种63种，极危种14种，灭绝1种；脊椎动物受威胁433种，灭绝或可能灭绝10种。

生物多样性的丧失常常会减少生态系统的生产力，从而减少自然界向人类提供物质和服务的能力，生物多样性的丧失，动摇了生态系统，弱化了生态系统抵御洪水、旱灾和暴风雨等自然灾害及污染、气候改变等人为压力的能力，人类已经花费了大量的金钱抗御由于采伐森林而加剧的洪水和暴风雨，这些损失被认为将随着全球变暖而增加。

生物多样性的下降也在其他方面损害了人类。

人类的文化特征深深地扎根于生态环境，植物和动物作为人类世界的一种符号，保留在旗帜、雕塑和其他形象中，以区分人类和人类社会。我们从自然的美丽和力量中汲取灵感，物种的丧失曾经是作为一种自然现象，但物种灭绝的步伐由于人类活动而急剧地加速了。生态系统正在碎化或消失，无数的物种数量正在减少或已经灭绝，我们正在制造自6500万年前灭绝恐龙的自然灾难以来最大的灭绝危机，这种灭绝是不可逆转的，并且正降临在粮食作物、药品和其他生物资源上，给人类健康带来威胁。如果不明白人类生命的支持系统正在逐步地瓦解，那将是鲁莽的；把其他的生命推向灭绝的边缘是不道德的，也剥夺了当代人及其子孙生存和发展的可能。

第二节　忘记等于背叛

自然界中成长起来的人类已经给生物界和人类自身的前景造成越来越多的伤害，产生问题的原因必须从人类自身找起，生物多样性危机的根源不在自然的森林或海洋，而是万物之灵人类自己。

世界十大生态事件已经成为历史，但并不意味着，我们可以以“面向未来”为借口就与历史彻底地一刀两断。

相信有更多的人对世界生态灾难知其详，可这毕竟是我等善良的愿望，即便是当事人，也有好了伤疤忘了痛的人。

一些人选择忘记，有可能因为内心的脆弱，或因为恐惧。

恐惧是一件好事，换言之，因恐惧而生敬畏不是没有可能。

切记之。

切尔诺贝利事故

1986 年 4 月 26 日凌晨 1 点 23 分，乌克兰普里皮亚季邻近的切尔诺贝利核电厂的第四号反应堆发生了爆炸。连续爆炸引发了大火，大量高能辐射物质散发到大气层中，这些辐射尘涵盖了大面积区域。该事故被认为是历史上最严重的核电事故，也是首例被国际核事件分级表评为第七级事件的特大事故。

印度博帕尔毒气泄漏案

印度博帕尔灾难是历史上最严重的工业化学事故，影响巨大。1984 年 12 月 3 日凌晨，印度中央邦首府博帕尔市的美国联合碳化物公司属下的联合碳化物（印度）有限公司设于贫民区附近的一所农药厂发生氰化物泄漏，引发了严重的后果。造成2. 5 万人直接致死，55 万人间接致死，另外有 20 多万人永久残废的人间惨剧。现在当地居民的患癌率及儿童夭折率，仍然因这场灾难而远高于其他印度城市。

莱茵河污染事件

莱茵河污染事件是指 1986 年 11 月 1 日深夜，位于瑞士巴塞尔附近的桑多斯化学公司仓库起火，引起装有 1250 吨剧毒农药的钢罐爆炸，硫、磷、汞等随着百余吨灭火剂进入下水道排入莱茵河，构成了 70 公里长的微红色污染带，它以每小时 4 公里的速度向下游流去。污染带流经河段的鱼类死亡，沿河自来水厂全部关闭，改用汽车向居民送水。近海口的荷兰，所有与莱茵河相通的河闸统统关闭。这次事故带来的污染使莱茵河的生态受到了严重破坏。

海湾战争石油污染事件

世界上最大的原油泄漏事件发生在 1990 年 8 月至 1991 年 2 月，其间，海湾战争造成大量石油倾泻。因油港油库破坏而流入海湾的原油有 100 多万吨，海面漂浮着一层厚厚的浮油，海水几乎掀不起浪来，只能像泥浆般涌动着，发出汩汩声。波斯湾的海鸟身上沾满了石油，无法飞行，只能在海滩和岩石上待以毙命。其他海洋生物本能逃过这场灾难，鲸、海豚、海龟、虾蟹以及各种鱼类都被毒死或窒息而死，成为这场战争的最大受害者。专家们认为，波斯湾如果要恢复到污染前的状态，至少需要 100 年的时间。

“埃克森·瓦尔迪兹”号油轮漏油事故

1989年3月24日，美国埃克森公司的一艘巨型油轮在阿拉斯加州美、加交界的威廉王子湾附近触礁，原油泄出800多万加仑，在海面上形成一条宽约1公里、长达800公里的漂油带。事故发生地点原来是一个风景如画的地方，盛产鱼类，海豚、海豹成群。事故发生后，礁石上沾满一层黑乎乎的油污，不少鱼类死亡，附近海域的水产业受到很大损失，纯净的生态环境遭到巨大的破坏。科学家们估计，溢油事故发生后，短短数天，便有多达25万只的海鸟死亡。

阿玛斯号货轮油污事件

阿玛斯号货轮油污事件是发生于2001年1月的公害事件，污染范围位于台湾垦丁国家公园境内的龙坑生态保护区。事件为该保护区的生态带来浩劫，龙坑地区由白沙鼻至坑仔内约3.5公里的海岸遭到污染，其中较为严重的约750至900米，某些地方的油污更厚达10厘米，海岸及海域受污染面积达到20公顷。此外，在抢救期间，由于抢救人员随意地踩踏，对于需要长时间才能形成的珊瑚礁也产生了严重的破坏。

拉夫运河事件

拉夫运河位于纽约州，靠近尼加拉大瀑布，是一个世纪前为修建水电站挖成的一条运河，20世纪40年代干涸被废弃。1942年，美国一家电化学公司购买了这条大约1000米长的废弃运河，当作垃圾仓库来倾倒大量工业废弃物，持续了11年。1953年，这条充满各种有毒废弃物的运河被公司填埋覆盖好后转赠给当地的教育机构。此后，纽约市政府在这片土地上陆续开发了房地产，盖起了大量的住宅和一所学校。从1977年开始，这里的居民不断发生各种怪病，孕妇流产、儿童夭折、婴儿畸形，癫痫、直肠出血等病症频频发生。1987年，这里的地面开始渗出含有多种有毒物质的黑色液体。

消失的咸海

咸海，位于中亚的哈萨克斯坦和乌兹别克斯坦交界处的咸水湖，原为世界第四大湖，水源补充主要依赖阿姆河和锡尔河。20世纪下半叶以来，已存在于地球550万年的咸海因人类过度利用而迅速萎缩。咸海的大面积干涸，一方面引起湖水含盐浓度增加；另一方面导致湖底盐碱裸露。在风力作用下，大量盐碱撒向周围地区，使咸海周围地区的沙质平湖平原逐渐沙漠化，流沙迅速发展，形成“白风暴”和盐沙暴，每年要发生几十起盐沙暴。

意大利塞维索化学污染事故

1976年7月10日，意大利塞维索的伊克梅萨化工厂逸出三氯苯酚，其中含有剧毒化学品二噁英，造成严重的环境污染，使多人中毒。厂周围8.5公顷范围内所有居民被迁走，1.5千米内植物均被填埋，政府组织在数公顷土地上铲除掉几厘米厚的表土层。当地居民产生热疹、头痛、腹泻和呕吐等症状，许多飞禽和动物被污染致死。

日本水俣病事件

1956年，日本水俣湾出现了一种奇怪的病，这种“怪病”是日后轰动世界的“水俣病”，是最早出现的由于工业废水排放污染造成的公害病。症状表现为轻者口齿不清、步履蹒跚、面部痴呆、手足麻痹、感觉障碍、视觉丧失、震颤、手足变形，重者精神失常，或酣睡，或兴奋，身体弯弓，发出高叫，直至死亡。

第三节　被迫沉默的悲鸣

S. A. 阿列克谢耶维奇著的《切尔诺贝利的悲鸣》获得诺贝尔文学奖。

《切尔诺贝利的悲鸣》把我们拉回到了这场切尔诺贝利核事故中。

我们有必要把这一事件单独抽出来。

这是人类史上最严重的一次核电事故，也是人类史上最严重的一次生态灾难。

1986年4月26日，苏联乌克兰的工业城市普里皮亚季市——这整座城市的修建其实都是为了切尔诺贝利核电站——凌晨1点23分，切尔诺贝利核电站的第四号反应堆发生爆炸，大量高能辐射物质散播到大气层中，据后来的统计数据，这场灾难所释放的辐射线剂量高达二战时期广岛原子弹爆炸的400倍以上。

有不少人看过《切尔诺贝利的悲鸣》，其中有一篇叫作《回顾史上首次最高级别核事故：切尔诺贝利》的文章，有助于增强对切尔诺贝利核事故的了解。

切尔诺贝利核电站有四座RBMK—1000型压力管式石墨慢化沸水反应炉，这是第二代核反应堆，第一代是实验性质的，也就是说这是最古老的投入生产的核反应堆。

切尔诺贝利核电站供应着乌克兰10%的电量。

爆炸回放

1986年4月26日，当地时间凌晨1点23分47秒，切尔诺贝利核电站的4号核反应堆功率大规模、灾难性地激增，导致蒸汽爆炸，撕裂反应堆的顶部，使核心暴露，并散发出大量的放射性微粒和气态残骸（铯-137和锶-90），使空气（氧气）与超高温核心中的1700吨可燃性石墨减速剂接触；燃着的石墨减速剂加速了放射性粒子的泄漏。随后放射性粒子随风穿越了国界。

爆炸原因

简单说，切尔诺贝利在第四次（前三次均失败）测试一个应急方案的时候，有人按下了“AZ—5按钮”，启动了紧急停机系统。至于为何会按下它，现在还没有定论，无法判断是在反应炉出现异常，还是纯粹是测试结束了按下的。

在紧急停机启动后7秒，反应炉石墨部分功率急剧上升，核心温度过高，蒸汽压力剧增产生正起爆炸，瞬间将反应器2000吨的上盖炸飞！

这是第一次爆炸，炸飞上盖的同时也炸毁了很多燃料管道，更多的蒸汽喷涌而出。

第二次爆炸发生在第一次爆炸两三秒后，核心被直接炸碎，产生大量的辐射落尘。

爆炸发生后，4号机厂房被炸掉一半，反应堆核心直接暴露在大气中，核心中央一道蓝白光线射向夜空，那是暴露的放射性物质发出的契忍可夫辐射（介质中运动的物体速度超过该介质中光速时发出的一种以短波长为主的电磁辐射，呈现一种蓝色的辉光）。

救　火

在建造反应堆厂房时，当局违反安全规范，使用了可燃的沥青，4号机爆炸外溅的高温物质因此点燃了隔壁三号机的屋顶，造成至少五处火灾。

3号机此时仍在运作，灭火并维持3号机冷却系统运作成为当务之急。

3号机值班主任尤里·巴达沙洛夫（Yuri Bagdasarov）极力争取马上停机，但被总工程师尼可莱·佛民（Nikolai Fomin）所拒。

值班人员领取防毒面罩与碘化钾锭后依然继续工作。

一直到凌晨5点，尤里·巴达沙洛夫终于下定决心，径行停机并开始撤离人员，只留下负责紧急冷却系统的人员。

当时的 Timeline（Lifeline）：

1：26——发出火警信号。

1：28——普拉维克中尉指挥的切尔诺贝利军事化第二消防站的消防员赶到现场。

1：35——普里皮亚季市军事化综合消防队赶到现场。

2：10——扑灭汽轮发电机大厅屋顶火灾，从而阻止了大火从四号反应堆大厅向三号反应堆蔓延的危险。

2：30——控制了反应堆屋顶的火情。

3：30——基辅市消防队赶到现场。

4：50——四号反应堆厂房内的火灾基本被控制。

6：00——参加灭火的全部108人空运往基辅临床研究所与莫斯科6号医院，治疗急性放射病，其中28人在随后三个月内死于急性放射病。

6：35——所有火灾扑灭（指外部，4号反应堆内部的火持续了10天）。

最开始，没有人告诉这些消防员，这是核反应堆的火灾，消防员都认为是普通的火灾。当天值班的28位消防员到达现场后，还有人用手捡地上的石墨烯。

一位消防员回忆道："我还记得当时向队友开玩笑，如果我们都能活到早晨，那就非常幸运了。"

当时辐射照射强度为2万伦琴（200希沃特/小时），反应堆内部是3万伦琴。500伦琴1个小时的照射能致人急性死亡。

这些消防员与大火整整战斗了一个小时，出现了头晕和呕吐症状后被换下，当班指挥员普拉维克中尉在两周后不治牺牲，28名消防队员有16人活到了事故后二十周年。

陆续赶来抢险的消防队员、军人、直升机飞行员、核电专家与工人轮番上阵，努力控制反应堆残骸中熊熊燃烧的石墨。

约有50吨核燃料化作烟尘进入大气层，另有70吨核燃料和900吨石墨迸溅到反应堆周围，引起30余场火灾。

后续处理

爆炸发生并没有引起苏联官方的重视。

在莫斯科的核专家和苏联领导人得到的信息只是“反应堆发生火灾，但并没有爆炸”，因此苏联官方反应迟缓。

在事故发生 34 小时后，一些距离核电站很近的村庄才开始疏散，政府也派出军队强制人们撤离。当时在现场附近村庄测出了致命量几百倍的核辐射，而且辐射值还在不停地升高。但这还是没有引起重视。专家宁愿相信是测量辐射的机器故障也不相信会有那么高的辐射。

居民并没有被告知事情的全部真相，这是因为官方担心会引起人民恐慌。许多人在撤离前就已经吸收了致命量的辐射。

而在普里皮亚季，居然还大张旗鼓地庆祝五一节，后来自杀的乌克兰共产党第一书记弗拉基米尔·瓦西里耶维奇·谢尔比茨基也带家人参加了庆典。

事故发生一周后，苏联政府还不知道事故的真相。到瑞典政府发来信息“辐射云飘散到了瑞典！”时，苏联政府才明白问题的严重性。

Timeline

4 月 26 日，总理接到电话报告，当天上午 11 点成立应急委员会；气象、水文、辐射等部门出动检测。晚上 8 点，决定紧急疏散，调集了 1000 辆大客车，3 列铁路专列。

4 月 27 日早晨，苏军化学部队出动。下午 2 点，普里皮亚季播送了紧急疏散广播：

> 注意，注意……亲爱的同志们，市人民代表委员会发布通知，由于普里皮亚季市的切尔诺贝利核电站发生事故，释放出具有危害的辐射。党、苏维埃、军事单位已经采取了必要的措施。然而，为了保证人民的绝对安全，特别是儿童的安全，有必要临时疏散市民到基辅州的避难点。出于此目的，今天，4 月 27 日各居民公寓自下午 2 时起，自下午 2 时起，将提供疏散用的公共汽车，并由民兵、官员及市党委执行委员会代表护送。建议你携带：身份证、基本生活用品和必要的食品。企业和设施的执行委员会将提供留下来维持城市运转的工人名

单。疏散期间所有居民楼都将由民兵护卫。同志们，当你暂时离开居所时，请不要忘记关窗并切断电源、燃气并关上水龙头。请在临时疏散期间保持冷静并保持秩序。

4月28日，开始疏散半径10千米范围内的居民。

4月29日，应急行动小组，全权负责切尔诺贝利救灾工作。

4月30日，政治局会议讨论是否取消五一，结论是：不取消，但活动时长减少。

5月2日，决定撤离半径30千米居民。设立隔离区。当日有三名志愿者执行了必死无疑的任务：潜水进入4号反应堆被淹没的地下室，打开排水闸门，防止再次爆炸。

5月4日：向4号反应堆每天注入25吨液氮。

5月7日：抢险救灾进入了消除事故影响阶段。

8月，抢险救灾进入了后处理阶段。

据悉，1986年、1987年两年，共有24万人参加了切尔诺贝利的事故抢险。除了消防员、军人、警察、理疗人员等常规职业人员，还有一些特殊职业人员，比如特殊猎人，负责击杀距离撤离后的禁区内家畜。

短期影响

辐射尘埃飘过欧洲的部分地区，如土耳其、希腊、摩尔多瓦、罗马尼亚、立陶宛、芬兰、丹麦、挪威、瑞典、奥地利、匈牙利、捷克、斯洛伐克、斯洛文尼亚、波兰、瑞士、德国、意大利、爱尔兰、法国（包含科西嘉岛）和英国。

意外发生后，有203人立即被送往医院治疗，其中31人死亡，当中有28人死于过量的辐射。死亡的人大部分是消防队员和救护员，因为他们并不知道意外中含有辐射的危险。

为了控制核电辐射尘的扩散，当局立刻派人将135000人撤离家园，其中约有50000人是居住在切尔诺贝利附近的普里皮亚特镇居民。

卫生单位预测在未来的70年间，受辐射而导致癌症的人，比例将会上升2%。

另外，已经有10人因为此次意外而受到辐射，并死于癌症。

在被辐射污染的地区里，有许多小孩受辐射影响较深。这是因为他们喝了当地生产而被辐射污染的牛奶。

长期影响

核电站爆炸事故对切尔诺贝利居民造成的长期影响一直备受争议，有超过300000人脱离了灾难的威胁，但仍然有数百万人继续居住在污染区内。

土地有可能受到锶－90和铯－137的影响，植物、昆虫和表层土壤长时间无法恢复，可能会影响几个世纪。

伤亡人数

关于伤亡有几种说法：

4000人因为辐射而患癌症死亡（由国际原子能总署和世界卫生组织的报告）。

93000人伤亡（国际原子能机构和联合国原子辐射效应科学委员会的报告）。

200000人额外伤亡（绿色和平组织的非正式报告）。

切尔诺贝利的关停

就算事故如此严重，当局也没有立即停止切尔诺贝利的运营。

出事之后，仅仅封停了4号机。

1991年2号机发生火灾，政府宣布2号机停机。

1996年11月，1号机停机。

2000年12月，3号机停机。

至此，切尔诺贝利永远不再运作，成为历史中的一个悲壮的名字。

第四节　流泪的亚马孙

2019年8月19日，一组有关亚马孙雨林浓烟弥漫、火光冲天的图片经曝光后，立马在网上引发热议。

当时，大火产生的烟雾从亚马孙雨林所在的亚马孙州蔓延到附近的帕拉州和马托格罗索州，甚至遮住了3000多公里外圣保罗市的阳光。来自欧盟“哥白尼计划”的卫星图像显示，大火产生的一层约310万平方公里的烟雾如同一把尖刀，从北往南穿过了巴西。

自那一刻起，亚马孙大火的消息占据了媒体头条和全球社交媒体热搜榜。

但事实上，亚马孙雨林的大火7月初就初现端倪，但相当长一段时间内并未引起过多关注。巴西国家空间研究所的卫星数据显示，到当地时间2019年8月21日，亚马孙雨林的这场大火已持续燃烧了16天，“地球之肺”正面临无法承受之重。

随后，“为亚马孙祈福”（Pray for Amazonas）成了Twitter上的热门标签之一。网友们纷纷发出山火肆虐、动物惨死的照片，警告“地球之肺”正在燃烧，呼吁全球的救援。

众所周知，亚马孙是全球最大的热带森林，被誉为“地球之肺”“绿色心脏”，占世界雨林总面积的一半，生产着大气层20%的氧气，拥有全球物种的10%，在调节全球气候方面扮演着重要的角色。它还可以储存人类产生的约100年的碳排放量，对减缓全球变暖速度至关重要。如果亚马孙雨林消失，那么，我们赖以生存的这个世界将被彻底改变，从农业生产到饮用水安全都会受到严重威胁。

然而巴西国家太空署（INPE）20日指出，2019年亚马孙雨林已发生超过7.2万起火灾，创历史新纪录。此外，据当地24日数据，巴西亚马孙雨林内又新增了数百个起火点，雨林大火火情十分严峻！目前，过火面积已超过80万公顷，相当于112万个标准足球场的大小。

昔日的“世界动植物王国”，如今却是一幕幕生灵涂炭的模样，动物疯狂逃窜，横尸遍野，漫天大火过后，只留下让人心碎的焦黑一片……

如果说巴黎圣母院所遭遇的熊熊大火是人类无法承受的文明之殇，那么吞噬亚马孙雨林的滚滚烈火则将是全人类的一场重大浩劫。

亚马孙雨林是抵御全球气候变化的重要堡垒，不可替代！在全球变暖加速的背景下，如果雨林发生了不可逆转的损毁，对世界气候的影响将是灾难性的。如果没有了亚马孙雨林，气候变暖的趋势将变得不可逆转。

世界自然基金会（WWF）称，在发生大火之前，林地转耕地和森林砍伐使得亚马孙每年向空气中释放5亿吨二氧化碳。而大火对亚马孙植被造成的损害会加快二氧化碳释放的速度，从而加速气候变暖。

其次，土壤中的水分经由植物蒸腾到大气中，地表水汇集成亚马孙的河流，最终汇入大海。美国国家海洋和大气局（NOAA）称，全球天气状况在很大程度上受海洋洋流的影响。洋流帮助调节气候，将赤道地区温暖的海水和降水带给两极地区，将两极的寒冷海水带到赤道地区。如果没有这些洋流的调节作用，地区气温将会变得更加极端。

因为亚马孙雨林庞大的面积，亚马孙的植被通过蒸腾作用释放出大量水分。如果部分植被遭到破坏，也就意味着蒸腾作用随之减弱，调节全球气候的能力也会被削弱。

WWF 称，破坏亚马孙雨林的结果就是世界上许多地方都会更加频繁地出现极端气温，同时伴随着极端干旱和四季交替现象的消失。

再者，木材燃烧还释放了大量的一氧化碳，一氧化碳可以在大气中停留的时间大概有一个月。如果这些气体被困在很高的大气层，那么它不会对人类呼吸的空气造成太大影响。但如果向下的气流将一氧化碳拉得更低，那么就可能会明显影响可呼吸的空气质量。

例如，1997 年燃烧达数月之久的印尼森林大火引发了遮天蔽日的烟雾，造成了 265 人被浓烟呛死，4.5 万人生病和数百万人呼吸不适。

科学家对亚马孙历史火灾的调查研究发现，偶发性森林火灾会导致森林结构和成分的剧烈变化，每发生一次火灾，森林成分就会发生级联变化。

简言之，哪怕是偶发的火灾也会造成森林退化，大树变小树。

虽然亚马孙雨林具有一定的自我修复能力，但据 BBC 报道，牛津大学生态科学教授 Yadvinder Malhi 称，“雨林一般需要 20 ~ 40 年才能再生”。

然而，目前正在燃烧的大火会使得那些逃过大火的树变得更为脆弱，难以应对干旱或是再发的大火。Malhi 教授称，如果每几年就出现大火破坏大片雨林，可能会对亚马孙造成永久性伤害，亚马孙雨林甚至可能会降为“灌木林”。

况且近年来由于人类的活动，亚马孙雨林一直在遭到破坏。相关资料显示，在过去的 30 年里，亚马孙雨林已经缩小了六分之一，如果这种现象没有得到遏制，在不远的将来，这片美丽的雨林将从地球上消失！

对于生活在亚马孙地区的数千种哺乳动物、爬行动物、两栖动物和鸟类而言，火灾将带来短期和长期两方面的影响。

俄亥俄州立大学环境与自然资源学院的副教授 Mazeika Sullivan 曾在哥伦比亚亚马孙地区进行过实地调查，她表示，大火“在短期内对野生动物造成了巨大的伤亡”。

Sullivan 说，通常来说，身处森林大火，动物们的选择很有限。它们可以通过挖洞或者跳进河道中躲避大火，但大部分动物却面临流离失所，甚至是灭亡的命运。因为在如此危机的情况下，很多动物会被活活烧死，或是因为吸入过多的浓烟而被呛死。

专家坦言，由于火势的关系和威胁，科学家至今无法探究究竟有多少动物面临死亡的命运，加上人们对雨林深处的动物研究尚不全面，虽然无法知道哪些动物受到威胁，但可以确信的是伤害真的非常大。

而长期影响更具灾难性。发生火灾的地区整个生态系统都会被改变。例如，亚马孙雨林浓密的树冠阻挡了大部分阳光直射地面。大火一下子烧光了这些树冠，带来了阳光，从根本上改变了生态系统的能量流动。整个食物链或将因此发生连锁反应。

对于很多物种而言，在一个面目全非的生态系统中生存下去非常困难。

1941 年，奥地利作家斯蒂芬·茨威格逃离了战火纷飞的欧洲，来到巴西避难。在旅途当中，茨威格立刻被巴西壮丽的自然景观和巴西人的热情和包容所感染。

后来在他的《巴西：未来之国》中，茨威格回忆起自己在飞机上俯瞰亚马孙热带雨林的体验：

> 在数千公里的土地上，绵延着无尽孤独的绿色，仿佛处在远古时期。在飞机上俯瞰这片神奇的区域：轻柔的微风吹拂着大地，除了一小块荒凉的盐场，到处都是肥沃的景象。我们才明白，若想开发出这里的全部潜能，还需要很久很久。巴西的大部分资源依然属于未来的一代。

只是这样风光绮丽的景色早已不复往昔了！随之而来的是牵一发而动全身的连锁反应。

著名的“蝴蝶效应”，讲的是一只亚马孙热带雨林的蝴蝶，偶尔扇动几下翅膀，可以在遥远的地方引起一场风暴。如今发生在亚马孙雨林的这场大火，更将在全球引发连锁效应。人与自然是生命共同体，面对生态挑战，人类是一荣俱荣、一损俱损的命运共同体。雨林被破坏、地球之肺在燃烧的事实提醒我们注意，作为公共产品，绿色的消逝，必将是人类集体的损失。

突然就想起《流浪地球》中所说：“起初，没有人在意这场灾难，这不过是一场火灾、一次旱灾、一个物种的灭绝、一座城市的消失，直到这场灾难和每个人息息相关……”

科学家们表示，亚马孙正在接近一个临界点，在那之后，它将不可逆转地退化为一个干燥的大草原。当世界需要数十亿棵树木来吸收碳并稳定气候时，地球正在失去其最大的雨林。巴西为了一己私利，肆意破坏最大的“地球之肺”，它所带来的后果将在数年甚至数十年后才会显现，人类终会为自己的私欲付出沉重的代价，没有了“地球之肺”，温室气体将无处可排，全球变暖将达到不可控的局面，警钟也该敲响了，我们要行动了。

第五节　中华白鲟：没有绝命书的绝灭

2019 年 9 月中旬，上海。

围绕长江白鲟等欧亚十几种鲟鱼物种的濒危评估，世界自然保护联盟（IUCN）专家组连续开 3 天会，危起伟参加了这次会。

危起伟何方神圣？

危起伟，1960 年出生，江西南昌市人，理学博士，二级研究员，农业部淡水生物多样性保护与利用重点开放实验室主任，华中农业大学、西南大学教授，中国科学院水生生物研究生博导。

此前，IUCN 及国外专家曾几次认为应宣布白鲟灭绝，危起伟一直不同意。

但这一次，危起伟接受了白鲟灭绝的评估结果。在多年监测无果的情况下，近两年来，他和团队开始按 IUCN 评估模型研究白鲟现状，得出的结论是：白鲟可能已于 2005 年至 2010 年间灭绝，且可能早在 1993 年就已功能性灭绝，即自然种群无法进行繁殖活动。

危起伟说，白鲟的产卵场在长江上游金沙江一带，1991 年以后却再未发现白鲟自然繁殖。1993 年以前，每隔一两年都有白鲟被误捕的记录，但此后很长时间没有发现。

和白鲟一样，中华鲟、长江鲟也被 IUCN 评估为“极危”等级。但幸运的是，中华鲟和长江鲟人工繁殖已成功，并且每年会被放入到长江。

不过，野生中华鲟和长江鲟的情况也不容乐观。长江鲟连续多年未监测到野生种群。据中国水产科学研究院长江水产研究所监测，2017 年以来，在中华鲟唯一天然产卵场——葛洲坝下游中华鲟核心保护区，已连续 3 年未发现中华鲟自然繁殖迹象。

在幼鱼入海的必经通道上海长江入海口，监测也一无所获。2017 年、2018 年，农业农村部已陆续颁布长江鲟和中华鲟的拯救计划。2019 年 1 月 1 日，长江十年禁渔计划正式拉开序幕。

白鲟一般在金沙江下游和长江上游活动，偶尔也会到长江下游。每年三四月份，白鲟会在宜宾一带江段产卵，以往当地人就在此时捕捞白鲟。俗语讲的“千斤腊子万斤象”指的就是蜡黄色皮肤的中华鲟和长着象鼻状长嘴的白鲟，意思是：只要捕获一尾中华鲟或是白鲟，就比打十几网小鱼的收入还多。20 世纪 70 年代，每年白鲟的捕捞量有 5 吨左右，那时候渔民说：“（鲟）鱼肉用板车拖到街上去卖，像卖豆腐一样，要多少切多少，也不用称。”他们根本不会想到，今天的我们会失去白鲟的踪迹。

人类的捕捞只是白鲟数量减少的原因之一，生存环境的改变才是灾难性的打击。葛洲坝把长江分成了上下两段，上游的白鲟去不了下游，下游的白鲟也到不了上游，原本就数量较少的种群被分割得更小。白鲟是大型食肉动物，活动范围缩小也意味着觅食范围的减小，即使上游食物短缺，白鲟也无法再到下游觅食。此外，长江的大部分水域越来越多地受到人类活动的影响：船来船往的码头、不分昼夜施工的采砂场。白鲟游经一条条危机四伏的河流，在轮船下左躲右闪，忍饥挨饿回到家乡产卵。本以为安全了，没想到祖祖辈辈沿用的“产床”早已不见踪迹，自己的家园变成了人类的大工地。

长江是中国重要的生态宝库，分布有水生生物 4000 多种，是世界上水生生物多样性最为丰富的河流之一。长江流域有鱼类 424 种，其中特有鱼类 183 种。列入《中国濒危动物红皮书》的濒危鱼类物种已达 92 种，列入《CITES》附录的物种已近 300 种。

在 1988 年国务院批准的《国家重点保护野生动物名录》中，涉及长江流域的鱼类 9 种，分别是一级保护动物白鲟、中华鲟、长江鲟，二级保护动物花鳗鲡、川陕哲罗鲑、胭脂鱼、金钱鲃、松江鲈鱼、秦岭细鳞鲑。此外还有两种水生哺乳动物：白鱀豚和江豚。

第六节　一条河流的病危通知书

一、芝塔龙河

一条河快要死了，人却要挣扎着活下去。

一条河活着的意义是显然的。

我的话题就从《齐鲁晚报》记者刘伟的一篇报道说起，他在《芝塔龙河和面子工程》中写道：“来印度尼西亚两周，对雅加达成群结队的蚊子，大伙已经有些见怪不怪。不过，两位同行昨晚在会展中心晒出的拍蚊子照，还是不禁勾起了我的吐槽欲。”

“来看乒乓球女团决赛，比赛没开始已经在媒体间大开杀戒了！印尼小蚊子名不虚传。”一位同行在更新的朋友圈里写道，配图则是他拍死的七只蚊子，以及媒体工作间的照片。在另一位同行几乎同时更新的朋友圈中，他在会展中心的收获更加“丰富”：有十只蚊子葬身他手中，“打死这么多，还有一堆在飞，新闻中心的蚊子就是这么多。”

如果单看那间干净整洁的媒体工作间，你绝对想不到那里面怎么会有那么多的蚊子。为了对抗蚊子，我早就收起了刚来雅加达时穿着的短裤，换上了一条厚厚的运动长裤，热就热点，总比被蚊子咬得浑身是包、奇痒难耐好多了。可即便如此，它们还是会盯住你裸露的胳膊甚至面部，发动自杀式攻击。

抱怨蚊子的不只是记者们，横空出世的日本泳池女神池江璃花子一来雅加达，就跟蚊子较上了劲，“晚上喷了很多杀虫剂，早上起来还是发现被叮了很多的包，我对蚊子非常讨厌。”

铅球名将巩立姣也饱受蚊虫叮咬之苦，不过她更富于幽默精神，“可能是我的肉比较香吧。”巩立姣自嘲道。

为什么雅加达有这么多的蚊子？这与这座热带城市的地理属性密不可分，但更重要的一点是雅加达的环境，特别是那条臭名昭著的芝塔龙河。

墨水般颜色的河水，随处漂流甚至堆积的各种垃圾，即便戴着两层口罩都能闻到的恶臭……从印度尼西亚首都雅加达穿流而过的芝塔龙河，被外界称为

"世界最脏河流"。对此，有人称，如果不是偶尔有几只木船从河上经过，人们根本分不清这究竟是一条河还是一个垃圾场。如今，芝塔龙河表面铺满了厚厚一层垃圾，河道被堵塞。

2019 年 9 月，一对法国兄弟制作纪录片揭露芝塔龙河污染极其严重，使这条河流再受国际关注。

作为印度尼西亚西爪哇省最长与最大的河流，也是爪哇岛第三长河流，发源于万隆市南部山区的芝塔龙河全长 300 公里，向西北经雅加达穿流而过注入爪哇海。该河是印尼重要的灌溉河流，也是沿岸居民饮用水的主要来源，其流域居住着约 900 万民众。

据说，这条河沿线有三个水电站在运行，它们为雅加达和万隆地区发电。水坝还为稻田提供灌溉用水。加蒂格迪大坝是印度尼西亚最大的水库，蓄水量为 30 亿立方米。

在史前时期，这条河促进了陶器制作文化的发展，一些资料表明，这一河流在 4 世纪甚至更早的时候就在河口和山谷中兴盛起来。

这条河与 4 世纪繁荣的塔鲁马纳加拉王国联系在一起。

这条河与著名的"万隆会议"联系在一起，尤其对于一个中国人来说。

到或是没有到过印度尼西亚，爪哇岛都是被叨念的一个地方。

西爪哇位于爪哇岛西部，西部与东南部分别与万丹省和雅加达特区相临，地理位置优越，交通便利。全省面积 3.694 万平方公里，占印度尼西亚国土面积的 1.93%。人口 3754 万，约占印度尼西亚人口的 16%，人口密度为 1033 人/公里。下辖 16 个地区、4 个市和 6 个镇。首府万隆因著名的万隆会议而闻名海外，也是印度尼西亚著名的纺织工业基地和旅游城市。

万隆（Bandung）古称"勃良安"，意为"仙之国"，现名意为"山连山"。它是西爪哇首府、印度尼西亚第三大城市，仅次于雅加达和泗水，面积 80 多平方千米，人口 139 万。

万隆景色秀丽，清静幽雅，四季如春，被誉为印度尼西亚最美丽的城市，素有"爪哇的巴黎"之称。早在 17 世纪，万隆就已成为著名的旅游和避暑胜地。

市内处处繁花似锦，街道清洁整齐，宛如一个大公园。这里的皇家玫瑰公园，种有世界各地不同品种的玫瑰花。市内有规模颇大的动物园。城内的小西湖，风景清幽，附近有著名的覆舟火山和万隆温泉，温泉坐落在峰峦叠翠的山谷中，含有硫黄质，从山谷渗出，汇入池内。

距万隆24公里的马里巴雅温泉，尤为著名，可容两三百人游泳洗浴。从郊外的达哥高地和芝布勒高地上，可俯瞰万隆全景，达哥附近有达哥瀑布。连旺山在万隆之北，上有连旺天文台。山间的连旺村，四季鲜花盛开，宜于假日休憩。万隆南40公里的槟加连岸海拔约1380米，有环境极清幽的山间村落，不远处又有芝流查湖，湖光缥缈，这一带常是游人漫步之地。

可有意无意间想起芝塔龙河就会倒胃口，想吐。

这条河的污染于20世纪80年代开始骤变，800多个纺织企业在这一地区建立了工厂，它们将染料和其他化学品毫无节制也不需要遮掩地输入芝塔龙河。

这条河附近大大小小有2000多个工业，其中大多数排放砷等有毒化学品，并将铅排放到河流中。除了杀虫剂和农业泥浆外，沿岸居民还会将废物输送到芝塔龙河，因此这条河是一个倾倒垃圾的场所。垃圾使水变色，也会产生恶臭。

倾倒在水中的毒素影响了海洋生物，导致河流中的鱼种减少，进而影响渔业。这条河流支撑着野生动植物和浮游生物的生长，不断的污染导致河里鱼类数量的减少以及很多生物的灭绝。

大多数住在芝塔龙河边的人别无选择，只能用河水洗澡、清洗其他东西。居民尽管抱怨皮肤刺痛、呼吸困难、胃痛和腹泻等问题，部分居民不喝水或做饭，生活变得总是提心吊胆和莫名其妙的沮丧，但还得进行。

塔龙河边的人亦同印度尼西亚蒂南邦的村民一样，必须花费大量的时间跋涉去打水。当地的一些妇女每天都要背负着上百个水罐逆流而上几公里去将饮用水运回来，因为当地没有饮用水，所以这片区域也被称为“旱地”。

每天清晨这些“取水女”会把上百个空塑料水罐绑在背上，在非常污浊的曼达尔河当中逆流而上，数小时后到达上游岸边的水井取水，在水井将这些水罐装满之后再拖入河中顺水运回数公里外的村子，运回来之后每罐水大约可以卖500卢比，上百罐的水可以卖10万印度尼西亚盾左右，这就是这些取水女每天的工作，她们通过这样的方式来获得一定的经济收入，以此来维持家庭的开销。

在众多的“取水女”当中，甚至还有一些年龄80多岁的老妇人，因为生活的贫穷，也不得已加入这个行列，赚取微薄的收入来维持生计。

据了解，生活在这里的村民大约有5800多个家庭，他们日常生活当中的饮用水全都是依靠这些妇女每天长途跋涉运送回来的，正是因为这样，她们有一个共同的名字叫作“取水女”。

水污染问题是一个全球性的难题，虽然印度尼西亚当地政府也正在大力地整治水源，曾经也给自己定下了一个非常大的目标，就是想要在2025年之前彻底净化芝塔龙河，让河水达到饮用水的标准。中国也对芝塔龙河项目感兴趣。中国上市水务公司深圳世纪星源有限公司曾派遣三名水资源专家到雅加达出席一场座谈会，他们在会上向印度尼西亚政府高官和专家提交了一个“全方位解决”芝塔龙河多重问题的方案。

但愿芝塔龙河能够变清。

如果芝塔龙河在某天宣告不治，沿岸900万居民面临的就是一起殉葬的大问题。

我亲眼看到过的印度恒河，也比芝塔龙河好不到哪去。

故而，世界自然基金会曾以题为《世界面临最严重危险的10条河流》的报告列出了受威胁最深的大河：亚洲的湄公河、怒江、长江、恒河和印度河，欧洲的多瑙河，南美洲的拉普拉塔河，北美洲的格兰德河，非洲的尼罗河，大洋洲的墨累—达令河。

在亚洲，怒江是全球仅有的从源头不间断流向大海的21条河流中的一员。世界自然基金会报道时该河沿岸已有16座大坝正在规划中，而流域地形的改变可能给野生动物带来灾难性后果。好在这一天戛然而止，怒江在向着人们担忧相反的方向变得美丽可人。然而，芝塔龙河堕落到了“世界十大污染地区排行榜之首”。

二、南盘江铬渣水污染事件

在中国，云南也必须敲响警钟。

云南陆良和平化工有限公司为了节省运费，将本应送往专业处理厂的剧毒废料，随意丢弃在了曲靖市麒麟区的多个地点，总量达到5222.38吨，污染倾倒点土壤9130吨，和叉冲水库约4.3万立方米水体，并造成附近牲畜死亡。而紧邻珠江源头的南盘江，陆良和平化工厂堆放了17年的剧毒化工废料铬渣，最多时达28万吨。被污染的积水潭中，蓄水100亿方左右，残留水的颜色让人震惊。

这是影响极大的“南盘江铬渣水污染事件”。

识得南盘江，是几次路过。

南盘江，珠江流域干流西江干流河段，是珠江的源头河段，1985 年被确定为“珠江源”。

西江在贵州省望谟县蔗香村以上称南盘江，南盘江与红水河共同构成西江上游。南盘江，古代称温水或盘江，发源于云南省曲靖市乌蒙山余脉马雄山东麓。自珠江源至北盘江汇合口，即贵州省望谟县蔗香村双江口，全长 914 千米，河道平均坡降为 1.74‰，流域面积为 56809 平方千米。其中广西境内 5548 平方千米，贵州境内 7713 平方千米，云南境内 43548 平方千米。

南盘江出源头后，由北往南流经云南省沾益、曲靖，至陆良上折西流，至宜良上折南流，至开远折东北流，至八大河（清水江口）南岸进入广西境，至三江口（黄泥河汇口）北岸进入贵州后折东南流，至仓梗折东北流，至天生桥复折东南流，至百口折东北流，至贵州省望谟县蔗香村双江口纳入北盘江，称红水河。

在“南盘江铬渣水污染事件”之前，南盘江就已经严重污染。

新闻是历史的第一卷手稿。

2010 年由云南省人大常委会环资工委牵头，17 家省级部门联合组织，20 家省级新闻媒体参加的大型环保宣传活动——2010 年云南环保世纪行活动正式启动，活动的主题是“水——生命之源，污染与防治”。

当年的《都市时报》派出了强大记者阵容：首席记者朱勋航和记者李佳健，摄影记者李振宇、张韩。

对云南水情，一般人并不清楚，我也是写有关文章时才了解到，云南是水资源大省，水资源总量排名全国第三，但水资源分布极不均匀，开发利用率极低，仅 6.9%。更严重的是云南虽然水资源丰富，但又面临着“水少”“水脏”的困境。全省主要河流有近 40% 的水体污染严重。

如下是当年记者的几段见闻：

2009 年 10 月下旬，南盘江弥勒县段雷打滩水库变黑，569 吨鱼死亡，12 家养殖户损失惨重。2010 年 6 月初，养殖户重新投放的 20 吨鱼苗，再次大量死亡。如今，岸边晒干的鱼还散发着阵阵恶臭，只是血本无归的养殖户已各奔东西。

从沾益县珠江源一直到泸西县云鹏库区，南盘江在崇山峻岭间穿梭迂回，宛如一条玉带。而南盘江上游流域沿途经过的陆良、宜良、弥勒、丘北、开远等城市无疑是镶嵌在这条玉带上的明珠。只不过近年来随着城市经济的不断发展，沿江两岸新兴的多个工业园区，处理和没处理的城市生活污水、企业污水，都流进了南盘江。

在雷打滩养鱼的丘北县养殖户赵品红，3 年前将家中的土地全部租给了别人，借了几万元携妻儿来到雷打滩养鱼，平时就住在网箱上的小屋里。去年因为一场火灾，他的小屋被焚为灰烬，因此，他借住在铺龙村的姐夫家，两个孩子也在铺龙上学。

雷打滩库区的岸边，养殖户李德伟曾在这里搭建了两间小木屋，并接了山泉水，购买了电视机，安装了无线电视接收器，平时他和白美祥就住在这个小木屋里。如今，白美祥已回到朋铺镇的家中，这两间小木屋连同里面的家什及所养的鸭子和狗，李德伟都给了赵品红。

靠山吃山，靠水吃水。鱼死了，政府部门没有给予明确答复，只是说雷打滩还没做养鱼规划，禁止养殖户继续养鱼。这让赵品红一下子陷入困境，家里的土地全部转租给了别人，回到家只剩下几间空房，连吃饭都成问题。

鱼没了，不能再养，可生活还得继续。趁下了雨，泥土松软，他和妻子在江对岸开了几块荒地，撒下玉米种子。赵品红只能边种庄稼，边等待政府部门的答复，如果可以，希望相关部门查明原因后能赔偿他部分损失，解决生活问题。

离雷打滩库区大坝约 3 公里的地方，有一座桥横跨南盘江，桥那边就是丘北县新店乡养殖户普开龙的家，这里紧挨弥勒县东山镇铺龙村，普开龙开了一间铺子，卖给村民小百货和一些生活必需品。

普开龙家的渔网还泡在江里。2010 年 6 月 3 日，网箱里的鱼全军覆没后，当地政府每箱给了 20 元打捞费，死鱼已全部打捞上岸埋了。当地政府还在附近贴了告示，出现死鱼后，禁止村民下河游泳、取水、捕捞贩卖水产品。在普开龙家的墙壁上，还有一张弥勒县政府贴的库区禁养通知。

靠近库区，夏天一出太阳就非常湿热。房间里电视机开着，家人在看肥皂剧，普开龙光着膀子，独自坐在院子里吸着水烟筒，望着江水发呆。

和普开龙、赵品红坐着等结果不同的是，白美祥回到朋铺镇黑果坝村的家中后，一有时间就骑着摩托车往南盘江边跑。回家的日子，他除了去南盘江边查看水质变化，更多是与父亲在地里干农活。

2010 年 6 月 20 日上午，白美祥听说泸江水变黑了，立即骑着摩托车赶往长虹桥，可只看到流入南盘江的泸江水有点发黑，而开远市区化工厂聚集的泸江流域水质已恢复到和上游一样。

白美祥说，家里人均只有几分地，主要经济来源靠种植甘蔗和水稻。一年前家里盖房子，因为缺钱只修了外框架。问白美祥婚事的进展，小伙子扭头望着盖了一半的房子，长长地叹了一口气，突然沉默不语。南盘江出陆良县，从柴石滩流入宜良县，由北向南纵贯全境，境内长 110. 3 公里。

南盘江流入宜良县境内已受到污染。位于陆良、石林、宜良 3 县行政区域交界处柴石滩村的柴石滩水库，是南盘江流经宜良县的“第一站”。水库 2001 年 2 月正式下闸蓄水一年后，宜良县就饱尝南盘江上游工业和生活用水污染给人们带来的痛苦。2002 年 9 月，柴石滩水库日渐成为一湖“毒水”。在污染事故中，水库死鱼有 60 余吨，导致 3 亿余方水受到污染。这个集灌溉、防汛、工农业用水、渔业、景观、区域气候调节、生态保护为一体的水库，几乎一下子就丧失了功能。如今，库区表面看上去山清水秀，但水质仍不容乐观。宜良县环保局环境监测站的官红秀介绍，目前，柴石滩总体水质达三类标准。从近几年的监测结果看，柴石滩水库水质现状不容乐观，水污染和富营养化呈恶化趋势。2007 年又新增加了砷化物毒性污染。

柴石滩水库近 90% 的入库水量来自南盘江。环保部门对南盘江上游河段主要污染源展开过多次调查。2007 年 12 月 5 日，《中国水利报》报道：柴石滩水库水质污染问题经有关部门现场调查，陆良县西桥工业园区的污水是南盘江的主要污水来源，近几年来所有的工业污水和生活污水绝大部分未经处理就直排南盘江，尤其是入河排污口以下河段漂满泡沫，水体发黑，有机和有毒污染并存，水质一直呈现劣Ⅴ类状态。

南盘江出宜良县，进入玉溪市华宁县，流入盘溪镇，有一家红磷工厂，距江面只有数百米。南盘江两岸，植被稀疏，多家采石场正在吞噬沿江山河。与之交汇的曲江河面，密集的采沙船，大有争先恐后之势。此外，基本没有什么工业。

在开远市楷甸村委会南盘江大桥附近钓鱼的宋安银，这样描述泸江出现污水时的情形：像铁锈呈赤黑色，尽是沫子，站在公路边都能闻见河水的臭味。宋安银说，他只在大桥上游没有柴油味的地方垂钓。

从长虹桥到开远市区驱车只需半个小时，沿着昆河公路，老远就能望见郊区工厂林立的几个大烟囱，浓烟滚滚直指蓝天。进入工厂附近，还能闻到一股刺鼻的气味。宋安银说，只要刮北风，对住宿区职工影响特别大，风将刺鼻的烟味送进房子，彻夜难寝。

罗大爷说，20 世纪 60 年代，村民可直接饮用南盘江水，江里除了常见的鲢鱼、鲶鱼、鲫鱼外，还有野生独眼鱼。后来随着泸江河畔修建解化厂、磷肥厂、造纸厂、水泥厂，隔三岔五就有一股充满怪味的污水流下来。河里的野生鱼种类少了，有条件的村民改用山泉水浇灌农田。

更致命的伤害是后来的“南盘江铬渣水污染事件”。

2011 年 8 月 12 日，《云南信息报》率先报道这一起重金属污染事件。

一篇标题为《5000 吨剧毒铬渣来了，羊死了，猪死了，水也不能喝了……》的文章并没有出现在刊登它的《云南信息报》8 月 12 日的网络版上，但其所报道的云南省陆良和平科技有限公司外运到贵州处理的铬渣污染了珠江源头的信息却立刻通过微博传遍了网络，引起了巨大关注。

非法倾倒的铬渣系与云南省陆良化工实业有限公司签订铬渣运输协议，承运该铬渣到贵州兴义三力燃料有限公司进行无害化处理的吴某某、刘某某所为。两人在承运云南省陆良化工实业有限公司的铬渣过程中，受节省运输费用的利益驱动，共在麒麟区三宝镇、茨营乡、越州镇的山上倾倒剧毒工业废料铬渣 140 余车（茨营乡 1 车、三宝镇 40 车、越州镇 100 余车），共计 5222.38 吨。

8 月 14 日，有媒体记者来到事故公司陆良和平科技有限公司所在地——陆良县小百户镇兴隆村进行采访，还能清晰地看到，堆放于南盘江边的铬渣，据说最长的达 10 年之久。一批工人正忙着沿江边砌砖墙，已砌好的高约 70 厘米左右，而墙内铬渣堆最高处高出砖墙 10 米以上。铬渣堆上一台挖土机正在进行打桩作业。铬渣堆似乎是新堆成的，其顶部和侧部土质看起来非常疏松。从铬渣堆里泄漏出来的一些黄色物质，把周边的泥土给染黄了。而离铬渣堆几米远处，正是南盘江干流。

渣山是 10 年以来陆续堆放的，之前在该渣堆上曾掩盖上一米多厚的黄土，并种上桉树，桉树在长大后均相继死亡。

沿铬渣堆往东约100米处，就是和平科技有限公司的排污口。该排污口直接对着南盘江。带路的村民表示，在和平科技生产排污的时候，这处排污口所排出的水是白色的，翻着白色的泡沫，目前和平化工厂已经停工了。

从排污口向和平科技的厂区追溯，临近南盘江的一条小溪已近干涸，河床里的沙粒泛着白色。在该小溪的低洼处，还能看到一些水，但水草已经枯死。沿该小溪再往上走，到和平科技的南墙下，一片白色的盐渍痕迹一直蔓延到干巴巴的水田里，有白色盐渍的地方连草都不长。不长草的区域长宽大约都有5米。

正对着不长草的水田上方，有两个工人正在用锄头和铲子挖泥巴盖住斜坡，而在没有全盖住的地方，也渗透着白色的盐渍痕迹。

和平科技的南围墙外和东围墙外，用来砌围墙的石头有许多已经变蓝，有的甚至有一些被腐蚀的痕迹。带路的村民表示，周围其他地方没有该症状，他认为，石头或是被厂内的有毒物质腐蚀。

记者在走访和平科技铬渣堆的过程中，穿的是凉鞋，不可避免地沾染上了地上的铬渣灰。仅一个小时没有用清水洗脚，双脚就已感到火辣辣的。带领记者走访的村民表示，他们也经常遇到这样的情况。

8月14日，在和平科技所在的陆良县小百户镇兴隆村，许多村民说起和平科技，都只说是“化工厂”。一村民告诉记者，在该厂成为化工厂之前，曾经炼锌，但对于和平化工在股东上的变化，他们知之甚少，而他们的噩梦却从该厂成为化工厂开始。

10年前，化工厂刚刚成立时，在一个仓库内堆放着一些原料。该仓库盖着石棉瓦，下雨时石棉瓦漏雨，从仓库内流出黄澄澄的液体。他不知道是什么，但他的一头牛喝了该液体，在回家的路上就倒下了，最终该牛不治身亡。他后来找了化工厂，几经交涉，终于获得了3000元的赔偿。

但常乔勇的哥哥常乔玉就没有这么幸运。他曾经养了30只羊，5年前，他在化工厂的排污沟下方自家水田里放羊时，一只羊落进了沟里，肚子被污水泡过，不久该羊死亡。后来30多只羊陆陆续续死掉了一半以上。

兴隆村一位不愿透露姓名的村民称，从2000年以来，该村因为癌症死亡的村民达到37人，但基本上是确诊后没有钱，拉回家等死。不过，对于这一说法，兴隆村党支部书记陶自立告诉《每日经济新闻》记者，村里没有任何有关癌症患者的统计。一名不愿透露姓名的村干部表示，和平科技从2004年开始每年赔偿兴隆村14.5万元，赔到了2009年；2010年，该村又与和平科技签协议，将赔偿金额提高到15.2万元，协议有效期为5年。

陆良县疾病预防控制中心主任钱鑫告诉记者，对兴隆村牛羊死亡的事情没有进行过调查，癌症死亡人数确诊的没有达到37人。其提供的资料显示，兴隆村从2002年到2010年期间，经过县级以上医院诊断为恶性肿瘤疾病的病例为14人，其中11人已经死亡。不过该中心提供的患者生活习惯为喜欢吃腌菜和腌肉，这是西南地区千百年来的饮食习惯。

当地环保局接报有山羊因饮水中毒死亡，并发现多处铬渣废料倾倒点，是在6月12日。网爆有总量5000余吨的重毒化工废料铬渣非法堆放，毒水被直接排放到南盘江中污染珠江源，是在8月12日。这个时间间隔整整两个月，而倘若没有网上爆料和媒体报道“倒逼”公开，这起剧毒污染事件想必将永远不为人知，就像从来没有发生过一样。

即便纸没包住火，云南环保厅第一时间对媒体做了回应，也只是“偷倒了1000吨铬渣，一个死水塘100立方米的水受污染”。2010年8月13日晚通报新华社才终于改口，倾倒剧毒工业废料铬渣共计5222.38吨，受污染的水体则是“4万立方米的叉冲水库里的水和拦蓄下来的近3000立方米水”，而且，对受污染水体进行还原、解毒处理之后确实排放进了南盘江——这一切，和网上的爆料几乎完全一致。

铬渣遇水后会产生剧毒物质六价铬，而六价铬一旦汇入地表水，或渗入地下水，将对地表水、地下水和土壤造成严重污染。

当时的处理情况：对倾倒的铬渣进行了现场清理。到2010年6月17日，现场清理工作基本完成，共清理铬渣及受污染的泥土9130吨，全部运回了云南省陆良化工实业有限公司的专门堆放点。对受污染的三宝镇张家营村委会黑煤沟的一处100立方米左右的积水潭积水，全部抽运到云南省陆良化工实业有限公司进行了处理。为防止叉冲水库下游的黄泥堡水库受到污染，及时建了一座拦水坝，把受污染的水近3000立方米拦蓄了起来。同时，组织专业人员对叉冲水库里的水和拦蓄下来的近3000立方米水，进行了还原、解毒处理，水质达到安全排放标准后排放。

三、“牛奶河”事件

据新华社记者当年的报道：云南昆明东川区的小江，因河水呈乳白色被媒体戏称为“牛奶河”。

记者在东川区拖布卡镇看到，正处于枯水期的小江在这里只有细细的一条水流，河床上覆盖了连绵数公里的乳白色沉积物，其颜色和附近一处尾矿库内的物质非常相似。滩涂上同样有大片乳白色沉积物。记者看到，滩涂附近一片面积数百亩的沙地上种着西瓜，和其他瓜地不同的是，这里还多了一个面积约2亩的池塘，小江水先引入池塘，再灌溉西瓜地。

村民王朝芬告诉记者，池塘是用来澄清河水的，因为不敢直接用河水浇灌，否则瓜藤就会盖上一层厚厚的黏稠物质，影响西瓜的光泽和品质，还会导致减产。

牛奶河事件给小江西瓜戴上了“毒西瓜”的帽子。

相比灌溉，更让许多村民担心的是饮用水。格勒村村民梅永芳就住在河边，他的生活用水却要从十多公里外的水电站引来。一直生活在小江畔大荒地村的88岁老人韩红英也向记者诉苦，引来的山箐（意为山沟）水很难喝，小江水现在又不能喝。“稠得很，一大股臭烘烘的味道，吃不下去。”老人说。

对于小江水质变坏的原因，一些村民指向上游的选矿企业。1983年起就在小江边种瓜的钟文发说，以前的水都是清幽幽的，上面开矿后就都变了，“只要上面的矿不排污水就变清，只要一排就变白。”

东川境内铜、铁、磷资源丰富，尤以采铜炼铜出名，有超过两千年的产铜历史，被称为“天南铜都”。据说，东川采矿有998口洞，1860个采点，全区直接从事采矿业的有2.36万人，围绕矿业劳动的有近10万人，采矿、选矿、治矿等与矿业相关产业产值占了当地经济的80%左右。

因铜而盛，原来这个地方相当热闹，在环保不是很严格的时候，大概六七年前，因民镇一片繁华。特别是在矿务局时代，有着十几家的矿企的因民沟里有十多万人居住，号称“小香港”，娱乐生活很丰富，比区政府所在地还要热闹得多。那时候的矿务局就是小社会，有学校、医院，工商贸。

但大规模的开采冶炼，给当地带来巨大的环保压力。仅在汤丹片区，对小江造成污染隐患的选矿企业就有45家，2012年6月开始整顿后，依旧生产的有

17 家，停产 28 家，4 家处于长期停产状态。

东川“牛奶河”在媒体报道后，引起昆明市检察院的高度重视，后该院安排环保检察处介入事件调查。经昆明市东川公安局立案调查后，发现昆明东川区通宇选矿厂、昆明兆鑫矿业有限公司、昆明东海矿业有限公司等三家企业有重大嫌疑。按照昆明市环保案件管辖规定，寻甸县检察院及时派员介入侦查，引导取证工作。

5 月 14 日，公安机关以三私营企业法人代表罗某、刘某、马某等 8 名犯罪嫌疑人涉嫌污染环境罪提请批准逮捕。

2013 年的“牛奶河”污染事件让昆明市东川区走到了聚光灯下。东川区决定，暂时关停所有没有尾矿处理设施的矿产企业，而到 2014 年 7 月 30 日没有尾矿库的企业一律永久关停。

因民镇从此走向衰落。

因民镇大约有 8000 名正式矿工，而没有关停的几家企业只有 3000 人。且因民镇有 18730 人，5000 多户，平均每一户都有人在企业务工。矿产对于他们的 GDP 贡献超过 97%。因民镇的人均耕地只有 0. 98 亩，而且都是很陡的山地。一般种马铃薯、红薯、玉米，养不活人。

企业关闭，外地人就回去了，而本地人就麻烦了，有的年轻人去年结婚在主城区按揭买了房子，突然间因“牛奶河”事件爆发，工资停了，按揭交不了。还有 50 多岁的矿工，上有老下有小，小孩正要读书，压力很大。

在这里，治污不仅仅是环境问题，也直接关系到民生问题。

第七节　谁能“独善其身”

地球历史上曾经发生过 5 次大规模生物灭绝事件，分别是奥陶纪末、泥盆纪末、二叠纪末、三叠纪末和白垩纪末，每次都对地球上的生命带来重大打击。

第三次生物大灭绝发生于距今 2. 5 亿年的二叠纪末期，是五次物种大灭绝事件中最严重的一次，造成 80% ~96% 的海洋生物以及 70% 的陆地生物在 50 万年内忽然消失，整个海洋、陆地的生命迹象都基本消失。

其中，第三次大灭绝是我们最关注的一次灾难。当时的陆地植被茂密，各类昆虫在空中飞舞，大型的爬行动物穿梭于森林之间。

在当时的海洋里，深蓝的海水宽广而宁静，腕足、软体动物以及各种棘皮动物各自捕食着浮游生物和微体生物，而节肢动物、鱼类又在追赶着腕足和软体动物。当时位于食物链顶端的鲨鱼畅游海底，它们体型有两米左右，是二叠纪时期海洋里的霸主。

无论是陆地，还是海洋，二叠纪末的生态系统已经非常复杂，各种生物按照各自的习性生活着，觅食、嬉戏、寻找配偶……整个世界一片安详。然而，它们并不知道，一场万劫不复的生命浩劫即将到来。

就在二叠纪末的某一天，在地壳的深处，巨大的岩浆正在积聚着力量，这种压力开始越来越大，眼看着地壳就要支撑不住的时候……

突然，大地强烈地震动了起来，打破了原有的宁静。随着隆隆巨响，火山首先在西伯利亚喷发出来，熔岩喷涌而出，并从地面的裂缝流向海洋。此时的地球地动山摇，天昏地暗，火山灰遮天蔽日。

陆地上的各种动物惊慌失措，深沉的海洋开始咆哮，海洋生物顿时秩序大乱，只见所有鱼类横冲直撞，在海水中乱窜，连海洋霸主鲨鱼也失去了镇定。

此时的地球，阳光被大气中的火山灰阻隔，影响到气温和氧气，大量的二氧化碳、二氧化硫和其他有毒气体笼罩着大地，久久不散，大气层的结构都发生了改变。这是一次令人绝望的灾难，黑暗的海洋中，一些幸存的节肢动物和鱼类四处逃窜……

陆地上，各种大型动物在严重缺氧的环境下试图通过迁徙来逃过劫难，但是，几天之后，它们就已经疲惫不堪，奄奄一息，抽动身体垂死挣扎着，但是最终，微弱的气息在稀薄的空气中慢慢消逝，大型动物庞大的身躯在厚厚的火山灰中慢慢倒下了。就仿佛从我们现在熟悉的青山绿水、到处都有动植物的充满生机的世界变成一个荒凉的、岩石遍布的景象。

与此同时，火山喷发释放的气体和雨水混合产生了硫酸、盐酸，降落到地面上形成酸雨，导致树木死亡。植被大面积消亡，树木死了，它们的根就不能再固定土壤，加剧了水土流失。酸雨也是海洋生物的致命杀手，因为很多生物都是用碳酸钙来作为壳，或外层骨骼。盐酸、硫酸会溶解它们的身躯。更糟糕的是，全球气候变暖导致的海水循环变缓，甚至停滞，造成全球海水缺氧。以致大量生物无法生存，到处都是死亡的气息。这还不是结束，火山喷发大约持续了 50 万年到 100 万年，导致地球上的气温升高了 5℃左右，这严重地影响了全球的气候，最终使地球生态系统全面崩溃。

在大灭绝之后，地球再也不是那个充满生机的世界，到处都是一片荒芜，到处都是死亡，只有浓浓的黑烟还在飘散。

如果人们能够穿越回去的话一定会大吃一惊，因为无论是陆地上还是海洋中，你都难以寻觅到生命的迹象。这次大灭绝使得占领海洋近 3 亿年的主要生物从此衰败并消失。其他几次大灭绝所引起的海洋生物种类的下降幅度都不及此次大灭绝事件，也没有使生物演化进程产生如此重大的转折。

到中三叠世初期，新的生物大辐射才彻底改变了早三叠世异常的海洋生物组成和生态格局。真正的中生代和现代意义上的生态系统的建立花了将近 1000 万年的时间，也就是 2.44 亿年前罗平生物群这个时期。

罗平生物群位于云南省曲靖罗平县罗雄镇大凹子村、九光村、裸可村、上阿来村、上小寨村、箐补董村的部分区域。当时的罗平一带良好优越的地理环境和气候，吸引了大量的海生生物，鱼虾以丰富的海洋微生物为食，鱼龙、幻龙有享用不尽的鱼类美食。罗平生物群代表着复苏以后，海洋生态系统完全恢复，摆脱了二叠纪绝灭那次灾难的阴影，罗平成为大灭绝后不折不扣的生命复苏的伊甸园。由于该生物群拥有完整的生物链，从食物链底层的双壳类，滤食生活的鱼类、虾类，到食肉的鱼类，甚至大型的鱼龙、幻龙等凶猛的食物链顶端的爬行类，都完好保存，记录了当时海洋生态系统的完整面貌，因此，罗平生物群所在地列为第六批（2011 年）国家地质公园之首。

生态环境的不断恶化，导致很多物种加速灭绝，很多预言家也预言人类也会灭亡。

在 10 到 13 世纪的欧洲，因土地过度开垦和生态失衡，导致了饥饿、贫困肆虐，再加上中世纪恶劣的城市卫生情况，大量不健康的人口聚集导致了空前的鼠疫爆发。种种破坏生态平衡的因素叠加，导致了 1347—1351 年近三分之一的欧洲人口丧生。

今天的环境依旧还在恶化，臭氧层耗损，酸雨严重，全球气温升高，江河湖海污染加剧，森林乱砍滥伐严重，物种消失加速，生物多样性锐减，水土流失不断，沙漠仍在扩大。世界人口继续膨胀，资源能耗加快，土地退化及各项建设迅速扩展，使耕地越来越少。多少古代文明的衰弱，背后都是生态破坏导致失去家园的教训。

伊犁鼠兔：它是仅存于我国新疆的一种体形娇小的山地哺乳动物。它们主要栖息在高海拔的天山裸岩区，自2000年以来，由于人类开荒垦田，致使这类物种的栖息地大大缩减至原本分布区面积的17.05%。种群数量也因此不断下降，处于一种极为濒危的状态。

长江江豚：俗称“江猪”，原属我国国家二级保护动物，但是近年来，由于天气干旱致使水位下降导致大量的长江江豚搁浅死亡，再加上人们非法和过度捕捞，致使这类物种一度濒临灭绝，在2017年国家将这类物种提升为一级保护动物，为保护这类物种做出最后的努力。

遗鸥：这种鸟类属全球性濒危候鸟，科学家们在2006年估计遗鸥全球总的种群数量约有3000对，在我国发现的仅有1200多对，再加上不法分子的肆意捕杀，这一种群现在岌岌可危。为了保护这一珍稀物种，国际鸟类保护委员会已将其列入世界濒危物种红皮书，中国把它列为国家一级保护动物。

生态失衡是疾病暴发的根源。由于很多病毒的中间宿主是野生动物，例如，非典病毒的中间宿主是果子狸，埃博拉病毒、马尔堡病毒和新冠肺炎病毒的中间宿主是蝙蝠、穿山甲等野生动物。非法捕猎、贩卖和食用野生动物这一人类残忍野蛮的陋习为新冠病毒等可怕疾病肆虐人类提供了桥梁，严重损坏人类身体健康和社会正常运转，说到底这是肆意破坏自然生态环境，忽视生态平衡的后果。

这次的新冠肺炎病毒疫情充分验证了世界首富比尔·盖茨在2015年埃博拉疫情暴发之后发表的演讲：“在未来几十年里，如果有什么东西可以杀掉上千万人，那更可能是个有高度传染性的病毒，而不是战争；不是核武器，而是微生物。”纵观全球，人类社会面对新冠肺炎疫情的准备严重不足，这体现在科研、资金、社会机制等各个方面。到目前为止，世界尚未出现高致死和高传播的流行性疾病，但是这种巨大风险依然存在，生态破坏、气候变化可能导致的危害比埃博拉病毒更严重，传播性强的疾病一旦出现，那将是人类的灭顶之灾。

当前疫情现实足以证明，“文明与病毒，只隔了一个航班的距离”，四通八达且快速便捷的交通网络，使得病毒四处蔓延。

现实中，人类会不会真的灭绝？

霍金生前宏大的宇宙观和准确的预言让我们不得不思考。

第一个就是冰河时代：他认为全球变暖只会更加严重，15年后冰川融化，地球进入冰河时期。目前也确实如他预言一样，一个正在发生的预言，如果没有解决办法，或者生态继续破坏，他的预言有很大的可能性会发生。

第二个预言为搬离地球：他认为地球终有一天会承受超载，在我们的技术成熟时，人们会批量离开地球前往其他星球。

第三个预言是发现外星人或者进化：这是在进入外星球的基础上，在外太空会出现新的人种。可能是未被发现的外星人，或者是人类在特定环境下的进化。

第四个是地球消失的说法：他预言在200年后地球会因压力过大而消失，具体的原因他也没有说明，但如是真的，那就是一场灾难。

第五个预言是地球将会变成火球：500年后地球将变成无法生存的火球，大气层消失，温度无法被降解，地球会变成像太阳一样燃烧的火球。

霍金临终前的5个死亡预言，每一个都能使人类消失，它们给我们生存环境敲了警钟，让我们意识到自己的行为危害有多大。

看过依据玛雅预言改编的电影《2012》就一定印象深刻，主人公和家人们以及小伙伴们一起踏上了求生之路：正因为，由于自然环境和资源长期被人类掠夺性破坏，地球自身的平衡系统已经面临崩溃，人类即将面临空前的自然灾难。强烈的地震、巨大的火山爆发让眼前熟悉的家园变成了人间地狱。在地球的其他地方，各种各样的自然灾害也以前所未有的规模爆发。

请不要等人类到了走投无路的时候才去悲伤！

第八节　云南困局

早在20年前就有政协委员提出《云南生物多样性保护面临的问题》的提案，提案指出：

人为干扰日益严重。随着人口的增长，对土地、水、森林资源需求和依赖加大，经济开发和自然保护之间的矛盾亟待解决，包括公路、水库、电站、供电设施等工程建设，矿产开发等加剧了对生态环境的破坏。存在盗伐、偷猎、滥采等违法犯罪行为，特别是古茶树、兰科植物、红豆杉等具有较大的经济价值，种质资源的保护与管理更加困难。

外来入侵物种的危害。外来物种对本地生物多样性的威胁日益增多，已成为不可忽视的问题，紫茎泽兰、水葫芦随处可见，土著鱼类资源锐减，外来鱼类成为优势种。目前在云南省分布广泛，已对本地生物多样性及农林业生产破坏较为明显的外来入侵物种有紫茎泽兰、飞机草、凤眼莲即水葫芦、刺茄、薇甘菊、豚草、麦穗鱼、银鱼、福寿螺、褐云玛瑙螺、白蚁、美洲斑潜蝇、美洲大蠊、松材线虫等。

提案指出，1997—2003 年云南省开展的国家重点保护野生植物和陆生野生动物资源调查结果显示，野生动植物资源的现状十分严峻。根据 IUCN 地方濒危等级标准评价，云南已调查的 144 个国家重点保护野生植物物种中，评定了 132 个种（12 个物种因缺乏数据资料未评定）的濒危等级，在已评定等级的物种中，极危种（CR）有 82 种，占 62.21%；濒危种（EN）有 45 种，占 34.09%；易危种（VU）有 5 种，占 3.79%；CR 和 EN 等级合计达 96.30%；且分布面积不足 5 平方千米的物种竟达 51.65%，并多呈岛屿状孤立分布和间断分布，充分反映了云南野生植物资源保护的紧迫性。

那年就有人担心，云南北部的一个地区，规划了 70 个超过 5 万千瓦的大坝，在青海湖就有这么一个大坝，黄鱼本来是在这儿有迁徙，黄鱼是当地的主要经济鱼类，就是因为这个大坝的建设，在 2001 年 7 月 3 日这一天，黄鱼的死鱼带就超过上千条鱼死掉。

当年的金沙江水电开发存在五大争议。

金沙江为长江的上游，全长 2308 公里，流域面积近 50 万平方公里，其干流落差 3300 米，水力资源 1 亿多千瓦，占长江水力资源的 40% 以上。

之前金沙江规划了 25 级水电大坝，现已成为平均不到 100 公里就有一座梯级水库的世界超大水库群。

但环保者和开发者之间对金沙江水电开发涉及的地质、生态等问题均有明显分歧。

横断山研究会首席科学家，独立探险科考者杨勇认为：西南横断山脉河流峡谷上分布有很多大坝地震震损高危险区，这种风险在大型水库季节性蓄水泄洪运行以及史无前例的规模和密集的梯级水库布局状态下将进一步增强。

经验表明，地质构造活动区水库泄洪过程中将增加诱发地震的可能性，密集的梯级水库意味着上游水库的地震损毁（不仅是大坝的影响，还有库区山体崩塌滑坡、持续的次生地质灾害、输变电系统等，震中 80 公里内设施都将受到严重破坏并引发次生地质灾害）将形成一连串的连锁反应。这种风险，不仅是对社会公众的威胁，对水电公司自身也是毁灭性的。

为了尽可能减少和避免地质风险，应该尽快进行地质危险性研究和风险评估，以突破性的成果支撑水电规划和开发运行。

中国水力发电工程学会副秘书长，教授高工张博庭却认为，水库确实可以引发地震。水库引发地震是因为水渗到断层里面，把断层里面的板块摩擦力降低了，提早引发板块运动导致地震。所以一般水库地震都在建成后 2～3 年之内，最多不超过 5 年，并且震级不会超过原有震级。水库地震还有一个特点，就是不可能特别深层，因为水不可能渗到 10 公里以下。所以水库引发的地震只能在 10 公里以上，汶川地震在 17 公里，根本不可能是水库诱发的。水库诱发地震全世界认可的最多只有六点几级，只有 4 次。

20 世纪 70 年代，没有水库诱发地震，但经常要搞高压注水来释放地震，让地震提前发出来，别变成大震。三峡工程建成以后发生了上万次小震，就是把能量提前诱发出来。

杨勇怀疑会对鱼类生存环境带来变化：25 道水坝，会将奔涌的金沙江水隔断，成为一道道“静水”，从而“腰斩”这些珍稀鱼类的生命通道。它会改变整个水流的水文状况、径流条件，这样的改变肯定会对鱼类的生存环境带来变化。另外它还会阻挡鱼类的活动范围，特别是鱼类的生活习性。

张博庭却辩称：实际上，这种说法完全不可能成为事实。如果江河真的被分割成一段段静水，既然连水都不能流动了，它还能发电吗？

人类对河流的利用，不能只考虑用它来发电，还必须综合地开发，尤其要解决天然水资源时空分布不均的矛盾。所以，我们不仅必须要建水库，而且必须建设大水库，才能把尽可能多的洪水存蓄起来，留到枯水的旱季里使用。现在金沙江当地的民众非常贫困，保护鱼类市场价非常高，越是国家保护的鱼类，灭绝得越快。水电站建设以后，一般都要增殖放流，所以只有通过科学地开发才能保护，开发才是在进行保护，不开发会灭绝得越来越厉害。

如今争议的声音暂熄，但我还不敢偏颇一家之言，就像云南种植桉树的“红红火火”。

2003 年 8 月，昆明国际交易会上，文山壮族苗族自治州的招商引资前所未有地签订了一个“大单”——亚洲最大的造纸企业印度尼西亚金光集团，向文山协议投资 2.92 亿美元，新建 550 万亩速生丰产原料林基地；同时，从造林后第四年开始，将在当地建设年产 60 万吨至 120 万吨的化学纸浆厂和年产 50 万吨的造纸厂，最终实现林、浆、纸一体化，意向总投资 18 亿美元。

极尾桉和尾叶桉两种桉树，被金光集团选择作为引入文山的主要速生丰产树种。

文山州规划，2003 年，将在州属富宁、广南、文山、丘北、砚山 5 县率先种植 40 万亩桉树，由金光集团在 5 县成立的 5 个造林公司雇用“农业工人”组织实施。

文山州的林、浆、纸项目，只是云南省与金光集团庞大合作内容的一部分。金光集团还和云南的思茅、临沧等地达成意向总投资在 40 亿美元以上的林、浆、纸一体化项目。打算引入的树种，同样首选桉树。

这样，文山、思茅、临沧三地意向勾画的“造桉”蓝图高达 2620 万亩，还不包括红河哈尼族彝族自治州等地的传言数量。

这一系列合作因创下了云南省招商引资的纪录而引人注目。

从一开始，和地方官员们的欣慰形成鲜明对比的是专家们的强烈担忧，他们说：“危害不亚于怒江建坝！”

农民“也要种桉”，专家严重不安。

6 万亩桉树幼苗，占据了文山广南县杨柳井乡的连片荒山，但没有阿用村安康村民组的份儿。

一个月前，当 58 岁的老党员郭志林走了一个多小时山路，从安康来到乡上时，和到北京“跑部”的地方官员本质没两样。“我们也要种桉树！”这位满面沟壑的壮族农民和他身后的村民组干部，围着乡领导恳求。

过去几个月，同属杨柳井乡的好几个村，都投入轰轰烈烈种植桉树的“洪流”之中，而安康村民组却迟迟未接到上级的“种桉”指令。一如村子周边那些灌木丛生的荒山，村民们心底不免寂寞冷清。

杨柳井乡的“造桉”行动，来自州县的统一安排。

呼隆隆扛起锄头的农民并不知道，他们是在政府和一些专家间的争议中上山的。

这一争议围绕桉树是否该被大规模引进文山、引进云南而展开。焦点在于，大规模引种，将会对当地生态及可持续发展产生何种影响。

在昆明，云南大学生命科学学院副院长段昌群教授说：“文山等喀斯特石山地区，生态脆弱，靠多年艰难的自然恢复，一些荒山上长出了灌木、乔木和杂草，已实际形成生态价值很大的天然杂木林，而并非通常意义的‘荒山’。改植桉树，将面临新的石漠化威胁，是一种生态倒退。”

在北京，中科院研究员汪松警告：“世界上曾有很多国家引种桉树，但20世纪90年代初，由于科学家对世界银行贷款资助桉树种植反应强烈，世行已停止了对这类项目的贷款和援助。”

从一开始，与官员们对“金光项目”的热情形成鲜明对比，一些专家表达了强烈担忧。“这是跑马圈地!”一位不愿具名的林业专家说，“近3000万亩种植面积，相当于云南省现有2000多万公顷有林地的近10%，一旦真的都被单一树种占据，将对生物的多样性构成难以想象的严峻挑战。”

云南大学生命科学学院有一个课题，就是对包括桉树林及当地的云南松林、长绿阔叶林、针阔混交林、荒坡灌草丛在内的5个林种，做连续10余年的对比研究。

段昌群教授说：“我们的研究充分证明，在5个树种中，外来的桉树持水保土效果和自我更新能力最差，不能靠种子自然繁殖，并对异地的原生物种有极大排抑性，对环境不友好。大面积连片种植，很容易导致土地贫瘠，原生物种衰减、退化等严重的生态危机，形成‘绿色荒漠化’。而且，不一定在两三年内显现出来。”

他认为：“另一方面，也应看到，造纸污染是个世界性难题，尚无圆满解决途径。”

杨宇明教授，西南林学院副院长，多年专攻生物多样性研究，刚刚获得第九届芝加哥自然博物馆年度生物保护大奖。他与段昌群持相同看法：“在美国时，各国专家特别表达了对金光集团到中国大规模种植桉树的不安。新西兰已开始把以前大面积引种的桉树林全部砍光。”

据了解，早在2002年下半年，大规模“造桉”项目尚在酝酿期，云南省就有七八位林业专家向省里联名写信，力陈此举可能对生态环境造成负面影响。而项目推进的步履未停。

拿到交易会上签约只是惯常形式。有消息表明，双方的实质合作早已开始。到2003年底，思茅地区下辖的澜沧拉祜族自治县首期共种植桉树10万亩，

2003年，除了文山州启动40万亩，思茅又继续在澜沧实施50万亩。据称，临沧等地不同面积的“示范基地”也在启动之中。

地方官员眼里：“不能不抓的大机遇”。

我国已进入纸与纸板消费的快速发展期。近年，进口的浆和纸居主要进口商品用汇的第三位，仅次于石油和钢材。据预测，到2010年，我国纸及纸板消费量将达7000万至8000万吨。

云南省政府的一位官员表示，这是“促成我们与金光集团合作的大背景”。

这位官员认为，利用丰富的生物资源，加快发展林、浆、纸结合项目，促进云南经济再上台阶，正当其时。

文山全州8个县，都是国家级贫困县，农民人均收入不过1400多元。据当地官员介绍，2002年，州财政收入只有4.7亿元，支出却有20多亿元。

“文山的社会经济发展必须有大的项目拉动！否则，面临完全不同的发展基础和条件，我们和发达地区的差距只会越拉越大，而不是缩小。”文山州林浆纸一体化项目办主任、州政府副秘书长陈育良的看法是：“过去10年，我们努力将包括灌木林在内的植被覆盖率提高到了大约23%，可仍感觉林业是‘大资源、小产业、低效益’，老百姓富不起来，种树没积极性，就是因为缺少‘龙头’带动。”

围绕给“金光项目”提供“一流服务”，思茅、文山均成立了政府主要负责人亲自挂帅的领导小组，下设“项目办”，效率极高。

……

当年也有“敲钟人”。

以不同的声音警示：要吸取20世纪50年代大规模引进橡胶树的前车之鉴，走出传统的“造林就好”的认识误区。在云南这样在我国乃至世界上生物资源最具多样性的地区，以外来物种取代本地物种尤应慎之。

甚至是质疑“是奇迹，还是灾难?”

近3000万亩“造桉”蓝图给云南制造了一个很大的悬念。

当时的情况就是干部有干部的想法，专家有专家的想法，农民有农民的想法。就连专家的意见也并不统一。

当年一位“脑袋瓜子”专家的话意味深长：“发展，就像个跳上‘平衡木’的运动员，在前后左右的摇摆取舍中，必须寻找到一个平衡点才能保持健步前行，否则随时会摔下。而要找到这个平衡点，需要我们的智慧、毅力，更需要高度的历史责任感。因为，我们做出的任何抉择，都最终会接受历史和后人的评判。”

后来云南干旱，多数目光聚焦到了桉树身上，说它是干旱的罪魁祸首。

评判不是笔者的职责，也不是笔者需要的唯一结果，看桉树在云南的现状你就知道答案。

个旧长期扩张式开采锡矿引发生态困局也是这样，笔者先不下结论。

个旧被称为世界锡都，但随着长期简单的扩张式开采，个旧的锡矿资源不仅面临枯竭，更可怕的是一场生态困局正在逼近，当地的村民发现一个怪现象，地里面种什么都不长，养什么都死，村里的男村民连找媳妇都困难，究竟是为什么呢？

在云南省红河州个旧市鸡街镇有一个石榴坝村，海拔 1145 米，年平均气温 19℃，年降水量 637 毫米，非常适合种植蔬菜、水果、粮食等农作物，该村农民收入主要以种植业为主。这个有名的农业村 2007 年之前农村经济总收入超过 1200 万元，农民生活富足。老吴是石榴坝村有名的玉米种植大户，家里的几十亩玉米支撑着家里的日常开销和孩子的上学，是家庭收入的主要来源。

老吴曾说过：“我们一年苞谷种了 34 亩，年产可以达到几万元，孩子上学也不成问题的，家庭的生活也可以，还有，苞谷收了以后我们还可以种菜，在这里生活起来也是相当可以。”

但老吴富足的生活并没有持续多久，2007 年 9 月的几天时间里，他种植的玉米大量死亡，幸福的生活就这样被打破了。

事发后，老吴说道：“我们种的这个玉米，就是放了水以后，就长不起来了，我们种菜根不长，产量就没有了，所以这些年来，我们能供孩子读书，现在别说供孩子读书，就连我们的生活都维持不下去了。”

几乎一夜之间石榴坝村的村民都遇到了和老吴同样的境况，而且这样的境况一直持续到 2011 年。孔令忠是石榴坝村的养鱼户，以往每年养鱼的收入都在六七万元以上，但今年 3 月的一天，他养的鱼大量死亡了。

孔令忠说：“我到鱼塘里面喂鱼的时候，发现我的这个鱼塘水浑掉，我的鱼开始出现死亡，死了两三天，将近损失六七吨，这个经济损失，损失了将近十万块钱，现在对我的家庭经济状况影响极大，现在我的女儿在外面读大学，我现在也没有能力供了，都是靠借款去供她的。”

当年记者在石榴坝村采访时了解到，进入2008年，石榴坝村大多数农田想要种植已经很困难了，这个中央财政直接拨款支持的，原本号称万亩玉米生产基地的地方，玉米产量骤降，损失惨重。记者在田地边遇到村里一位红娘，她告诉记者，因为地里长不出庄稼，现在石榴坝村的男村民想要娶媳妇都难。

云南省红河州个旧市鸡街镇石榴坝村村民杨大姐说：“不像以前一样，他们都不愿意嫁到我们这里，种什么都种不好，像这样下去，我们村里面，人民生活越来越不好，种什么都不长，我们的收入越来越低，其他村的小姑娘也不愿意嫁到我们村了。”

就是石榴坝这么一个有名的农业村，却一夜之间变成了不毛之地，种啥啥不成，养啥啥都死。云南省红河州个旧市鸡街镇石榴坝村村民孔令忠说：“这个水，我也不知道，现在就是浑了，我们放水存水的地方放出来的，这个水好像是矿水，浑了鱼都受不了。”

孔令忠所说的放水和存水的地方，叫龙潭水。石榴坝村祖祖辈辈都是靠着龙潭水种田浇地，然而这样的情景在2007年9月以后发生了变化，原本清澈的龙潭水变成了红色的泥浆水。

云南省个旧市鸡街镇石榴坝村委会主任沈庭华说：“这个水污染以后，经过镇环保、疾控中心化验，这个水含锑、含砷，超标比较严重。”

沈庭华，云南省个旧市鸡街镇石榴坝村委会主任，兼任着石榴坝村长，几年来，为了村里人赖以生存的龙潭水，他不断向上级政府反映村里水污染的问题。2008年4月，个旧市环境科研监测站对石榴坝村的龙潭水做了重金属检验，其中金属砷超出国家标准5倍以上，金属铅超出国家标准35.6倍。从2007年到2011年，三年多的时间里村中用于灌溉万亩良田的龙潭多次流出含有重金属的泥浆水，使灌溉的庄稼开始烂叶，如今龙潭水连牛也不喝了，石榴坝村的生态环境遭到破坏。

沈主任说道：“以前，这个水清的时候，我们种田的时候呢，就是大人带着小孩，就是在沟里面、河里面洗澡，但是这个水污染以后，小孩不能下水洗澡，庄稼也不能用这个水，牲畜也不能饮用这个水，给我们的生活带来很大的困难”。

沈庭华在2011年向上级部门递交了一份紧急报告，在这份报告中写道：

"龙潭日流量7万余立方米，担负着1万余亩的农田灌溉及成千头牲畜的饮水，涉及20多个村寨的种植业、养殖业发展。蔬菜直接经济损失140万元，鱼塘直接损失30.6万元，大春作物损失约58万元，玉米直接经济损失55万元，从2007年到2011年三年的时间，整个乡损失累计7000多万。"

……

今天再来看云南个旧这个报道，依然让人震惊。在当年，中科院的统计公开资料显示，全国至少有116.7万吨伴生矿砷因为开采被遗留在环境中，这个数量就相当于百万吨的砒霜被散落在旷野中。

云南高原湖泊生态环境更是堪忧。

第二章　高原湖泊之殇

6月18日　昆明　海埂　外滩一号

这是一场盛大的读诗会，汇集了在滇100位诗人的庞大阵容，我没有选择读我自己的作品，而是选择了著名诗人于坚的《哀滇池》，尽管我操的是“湘普”，但还是读得令人动容，让在座的有些诗人两眼含泪。

……

冶炼厂的微风　把一群群水葫芦
吹到上帝的水坝　像是魔鬼们绿色的粪便
一片混杂着鱼腥味的闪光……镀铬的玻璃
圣湖　我的回忆中没有水产　只有腐烂的形容词
我像一个印第安人那样回忆着你的鱼洞
……虚伪的回忆　我的时代并不以为你神圣
……
我看见你在深渊中　用另一种时间主宰
我像一个被淹死过的　脸色惨白　说不出话
我不知道如何告诉他们　你在
那一年我还是在校的学生
我写不出关于你的作文
在干燥的词典中　你是娱乐场　养鱼塘　水库
天然游泳池　风景区　下水道出口
谁说神灵在此?
……

我经历过的诗会不知道有多少次，没有哪一次像这一场诗会这样，以往的唱和、尖叫，台上台下的互动没有了，一派寂静，仿佛都摒住了呼吸，在我读到停顿的那一瞬间，全然可以听到一根针掉地的声音。我也哽噎着，勉强读下去：

我再也想不起你的颜色　你是否真有过那些
湖蓝　碧蓝　湛蓝　深蓝　孔雀蓝？
怎么只过了十年　提到你　我就必须启用一部新的词典
这些句子　应该出自地狱中文系学生的笔下
……
这死亡令生命贬值
这死亡令人生乏味
这死亡令时间空虚
这死亡竟然死亡了
……

所以于坚说："世界竟然如此荒诞，我们活着，滇池死去！"

我也写诗，我懂得一个诗人的心路历程，更何况我和于坚有过多次交往，在一起喝过酒，聊过诗歌。于坚，是我国当代著名诗人，他的主要作品有长诗《0 档案》《飞行》《诗六十首》《对一只乌鸦的命名》《于坚的诗》《只有大海苍茫如幕》《于坚集》5 卷，散文集《相遇了几分钟》《棕皮手记》，随笔《暗盒笔记》，曾获鲁迅文学奖、南方都市报华语文学传媒大奖 2002 年度诗人奖。

我终于将《哀滇池》读完了，于坚没有起身，当我走向他，他却在喃喃自语："这死亡，居然死亡了。"我还算了解于坚，他出生于 1954 年，从年代上划分属于"50 后"。时光倒退 40 年，20 岁的于坚除了写诗，闲暇时候他都在搞什么、玩什么呢？不需要他本人的回溯，我便可知道他属于那个时代的烙印。我，作为比他小十岁的一个写诗者，更能体会属于"50 后"的 20 岁——同样指点江山，同样激扬文字，甚至，有着令当下小年轻人羡慕不已的精神世界。一句话，我觉得不管过去的他，还是现在的他，都还是那么激情四射。尤其是在谈起他的《哀滇池》时。

于坚是不折不扣的先锋诗人，第三代诗人的代表人物，却很少有人了解他的先锋性是来自"道法自然"，直到在于坚获得南方都市报华语文学传媒大奖

2002年度诗人奖后，《南方都市报》的记者曾经对他有过一次采访，我才知道，确实如此。

《南方都市报》记者：你怎么理解生态和文学的关系？或者说生态和一个诗人、一个作家之间的关系？

于坚：这个问题在过去时代的写作中，是一个从来不会出现的问题。写作，就是道法自然的语言创造。过去五千年中国的文学无不是所谓“生态”文学。自然没有在哪一个民族的文学中曾经占有如此广泛、深刻的位置。中国人的思想、文化无论哪一方面都是道法自然的结果。李白总结得很好：大块假我以文章。

道法自然不仅仅是题材。而是汉语文人的根本写作立场。中国经典的诗人作家，无不是自然的。天籁，是汉语写作的最高境界。

苏格拉底们的“爱智”与庄子们的“忘机”是文明的两条道路。

这是“爱智”的时代。技术、科学、机心、图式、聪明人全面胜利的时代。我不否认这些力量带来了广泛的世界进步。但世界文明和自然的生态也史无前例地处于危机中。

我们时代的写作不再是自然的了，做作的、机心的写作、反自然的写作充斥着当代汉语。并且为知识分子们津津乐道。

今天，道法自然是一种孤独、背时、保守的写作立场。它的悖论是，它是一种后退、没有前途的、反先锋派、非主流的写作。

《南方都市报》记者：你对自然的关注超过许多作家。能否讲一讲生态问题最初引起你心灵震动的一件事？

于坚：1985年我在滇池最后一次游泳。下水后，我突然发现它正在发臭。我七八岁就下滇池游泳，“渴了，就喝滇池的水”。我一直以为大地是地久天长的，“人生代代无穷已，江月年年只相似”。

这是对我的存在感的一个巨大打击。我深受《诗经》、屈原、陶潜、王维、李白、杜甫、苏轼山水诗歌的熏陶，我从来没有想到《前赤壁赋》所歌咏的世界会消失，滇池是我神游体验这些伟大诗篇的场所。我青年时期经常在“秋水共长天一色，落霞与孤鹜齐飞”的黄昏泛舟滇池，体验苏轼诗歌中的境界。我觉悟到这不仅仅是环境问题，而是过去数千年来的诗歌所歌咏的世界及其审美经验行将消亡的问题，我忽然对自己的写作发生了动摇，我意识到，大地的死亡，令我的写作自动成为过时的，总是在速朽着。我们都是屈原意义上的诗人，“去终古之所居”，屈原悲剧的象征核心是在这里。

《南方都市报》记者：十多年前你就写过《滇池将先于我们死去》，后来又写了长诗《哀滇池》。在最近出版的散文集《相遇了几分钟》里，也充满了对城市化进程中乡土中国陨落和自然环境破坏的哀悼。为什么对自然环境如此关注，这是否跟你生长的土地有关？

于坚：这与我生长在哪里无关，因为几千年“道法自然”的传统已经成为每个中国人日常生活的基本经验，我也许比较敏感吧。1979 年夏天我第一次出滇，循着古代中国文人前往中原的路线，顺江东下。在夔门感受了“星垂平野阔，月涌大江流”的伟大境界。20 年后，我再次顺江东下，由于水位升高，已经进入文明经验的千古境界消失了。我也许是中国少数痛心此伟大境界失去的诗人之一。2001 年，我写了长篇散文《癸未三峡记》，表达了我内心深切的悲哀。我基本没有看到当代诗歌对此有什么反应，人们也许已经习惯于无休止的改天换地运动了吧。当然，云南是中国最后的与自然密切联系的地区，我的敏感来自云南土地的纯朴，我如此地杞人忧天，也许是我见的世面太少。

……

我还找到了当年对他的授奖词，不长的授奖词里，高度地肯定了一个诗人“道法自然”的世界观，授奖词这样写道：

生态问题是一种世界观，也是描述人类存在状况的基本尺度。在一切都可以被复制、大地的根基也开始动摇的年代，人与自然、自然与天道之间的关系，正在成为测量现代人精神质量的重要指标。于坚作为一个沉着的诗人，既是这个世界的观察者，也是怀着恻隐之心的反抗者。他近年的一系列诗作、文论，本着对人类根本经验的迷恋，以一种近乎粗粝的方式，深切地表达了他在大地面前的谦卑、孤独和伤怀。面对世界主义的喧嚣，他坚持书写一种地方性的经验和记忆；在未来主义的神话面前，他正视此时此地的生活所焕发出来的价值。他的言辞激越，但内心柔软；他的思想有着针尖般的力量，情怀却是广大、宽阔的。他把人心所受到的伤害，通过语言来抚慰，正如这个世界的生态遭到破坏时，总是语言最先站出来抗议。于坚的写作，饱含着他对精神生态和自然生态的双重关怀，值此严峻的时刻，特以生态文学的名义向他致敬。

“正如这个世界的生态遭到破坏时，总是语言最先站出来抗议。”诗人于坚，就是这样一个抗议者。

在我和于坚多年的交往中，我始终抱有一个愿望，想了解他对于滇池的情结，是不是与他的出身有关，或者叫作“故土情结”？也许不是！什么都不是！

后来我看过他的一篇文字材料，叫《悠悠万事，滇池为大》，这让我最终找到了答案。

他说，当年滇王庄蹻一伙跋山涉水，穿越无数地方来到滇池一带，他们停下来再也不走了，因为他们发现了一个天堂。传说那时候滇池上有金马出没、碧鸡飞翔。这是神话，其意义与亚当和夏娃差不多，它们暗示的就是这是一个天堂。为什么金马碧鸡坊一毁再毁，却在各时代得到重建，因为这是一个记忆符号，提醒昆明人，为什么你们要定居于这里而不是那里。千年之后，庄蹻定居昆明的理由并没有改变，现代昆明人之所以依然要住在庄蹻开辟的昆明不迁到别处去，就是因为滇池。

如果没有滇池，昆明人为什么要住在这里呢？世界上没有滇池的地方多的是，何必住在这里？庄蹻当年一路走过的地方多了，哪里不可以居住？没有滇池，何必停下来不走？

对于昆明来说，“悠悠万事，唯此为大”！滇池的存亡，关系到昆明人是否值得继续居住在这个地方……

我认同于坚的这一说法：在某种程度上，“滇池治理”，其重要程度可以等同于庄蹻开滇一样的伟大事件。

我敢肯定，一般人是难有于坚那一番感受的，但每个人对于事物的美与丑还是有是非判断的，美好的东西，对谁都养眼，何况是浩渺的滇池。尤其在湘江河畔长大的我，对于大水的依赖、眷念可想而知。

时过境迁，但读诗会的情形仿佛在昨日，像有人一遍遍地在我的耳边叨念：

> 我看见死神　坐在黄色的船上看着我
> 我再也想不起你的颜色　你是否真有过那些
> 湖蓝　碧蓝　湛蓝　深蓝　孔雀蓝？
> 怎么只过了十年　提到你　我就必须启用一部新的词典
> 这些句子　应该出自地狱中文系学生的笔下
> ……

久而久之，我也变得像于坚，对滇池除了哀还是哀。

我便也写过《过滇池》。

其实，怎一个“哀”字了得，诗人郑小驴对于坚的《哀滇池》最深入要领，所以他才真切地告诉大家：滇池是云南人永远无法回避的一个话题，是昆明人的一处伤疤。同时也是一个来昆明的人必须去，去后必会心生哀叹的地方。

每个关心滇池的人，都应该去读读于坚的《哀滇池》，体验一下那种“我们活着，滇池死去”的感受。

我亦应该。

第一节　滇池的背影

对于昆明我只是一个客人，最长时间有过三个月的驻留史。那是20世纪的90年代初，第三届中国艺术节在昆明举办，我有幸被组委会借去。三个月的采访工作，一辆破旧的单车让我有了一次难得的“肌肤之亲”。

“肌肤之亲”非华而不实，无甚挂碍的我每天都在无休止地行走，从北到南，从东到西，大小街巷，都有我飘忽的身影，但仍然匆匆只识得表浅。

昆明的前世今生，我也只能借用别人的目光，才能看到旧时光里的昆明。幸有很多的作家写过昆明，包括沈从文、汪曾祺这些大家们，都曾经不惜笔墨写过昆明的阡陌街巷、山水田园、风雨云霞，但觉得他们离我还是远，这时候便有张有林《老昆明的背影》进入眼帘，甚喜。

张有林在他的文章里这样写道：滇池离曾经的渡口已经很遥远，但官渡仍在繁华都市的背影里，讲述着昆明的前世今生。

昆明人喜欢吃螺蛳，在街头巷尾常常见到用泡椒炒的一大锅螺蛳，人们用牙签把螺肉挑出来吃。清朝乾隆年间的《滇海虞衡志》说：“滇池多巨螺，池人贩之……剔螺掩肉担而叫卖于市，以姜米秋油调，争食之立尽。早晚皆然。有剔其尾之螺黄，名螺蛳黄，滇人尤矜以为天下未有。”虽然吃螺蛳并非昆明独有，但吃螺蛳时间之长，甚至是靠着吃螺蛳发展起来的一座城市，大概就只有昆明了。上下五千年，成为中国历史的代名词，当三皇五帝在黄河边开始书写汉文明的时候，有一群人开始在滇池之畔靠着吃螺蛳为生，他们吃剩下的螺壳堆积成山，人们又在螺山之上建设房屋，种植粮食，中华文明中的古滇文明开始了。

这座云南最早的城市就在官渡古镇，也被称为螺峰村的地下。穿过幽深的隧道，我们来到著名的金刚塔下面，看到裸露的地方几乎全部是由螺壳堆积而成。这些螺壳，尾部都留有人工敲凿痕迹，这显然是生活在滇池周围的古人类食螺肉后留下的。实际上，整个官渡古镇以及周围的很多村庄，都是建立在这种螺壳堆积的上面，甚至在老房子的墙面上，可以清晰地看见土坯中含有大量的螺壳。新中国成立初期的文物普查，曾经发现在这里有 4 万平方米的遗址，只是现在随着建设，遗址上面已经全部是建筑，难以发掘了。在官渡古镇的周边，发掘出羊甫头、天子庙、大耳村等大量的古滇墓葬，这一切都告诉我们，官渡古镇曾经有过一个辉煌的时代，它曾是古滇文明的中心。

官渡是昆明的起点，先有官渡，后有昆明。这也是无可争辩的事实。从古滇到汉代的谷昌县，那时的“昆明”就在官渡，直到南诏时期建拓东城，官渡才到了城外，名字叫“蜗洞”。直到大理国时期，这里仍是滇池东北岸一大集镇和交通要冲，渔舟及过往的官船都在此停靠，为方便起见，官府又在这里设立了渡口，“官渡”由此得名。随着城市的扩张，官渡再次回到昆明城里，成为一个街道办事处，分分合合，从终点又回到了起点。

“朝泛昆池艇，夜归官渡村，鱼穿杨柳叶，灯隐荻花根。浦远星沈影，江空月吐痕，闲邀邻父饮，篝火醉清樽。”官渡渔灯为昆明老八景之一，一望无际的滇池水以浩瀚壮美之势，铺展在古镇官渡的螺峰山下，晴云轻漾，熏风无浪。山头，法定寺里的钟磬之声透过层层翠柏悠悠飘来，寺内升腾的袅袅香烟颇能洗净人们的凡心。入夜，螺峰山下的观音寺旁，笔直的高竿上升起一串红色灯笼，引领官船渔舟徐徐驶来。渔船上灯火闪烁，恰似满天灿烂星光，奇丽无比。疏疏的柳林里，密密的苇丛中，舳舻如云，笛韵悠扬……

唐宋元明清，1000 多年的时光里，官渡是如此的繁华。五山、六寺、七阁、八庙，滇池上舟楫往来，运载客货，达官贵人乘舟至此游览、饮宴、购物。游客赋诗、饮酒，对弈作乐，笛韵悠扬。街市上车来人往，人头攒动，每逢庙会期间，不仅市区居民前来参加庙会，邻县居民也蜂拥而至。五谷寺西旁草坪空地上，人山人海，热闹异常，远非当时一般市集所能比拟。“问渡何须向远处？桑麻鸡犬傍渔灯。昆池近锁河流碧，太华平临野气青。社饮逢人皆带酒，春耕有客更横经。一从烟舍停舟后，风景依稀见典型。”著名的老昆明“赶官街”那时叫“九转花街”。人们每月的初一至十五在秀英村赶“长街”，十六到三十就在螺峰村赶“团街”。到清末民初，滇越铁路的火车驶进了官渡的西庄车站，官渡的繁荣甚至超过了昆明，有“小云南”之称。昆明人买年货到官渡，买稀奇玩意儿和奢侈品也到官渡。

张有林说的官渡，还不是现代意义上的官渡，准确地讲是官渡区中的官渡。官渡是昆明的一个区，最新的资料上是这样表述的：官渡区是昆明市五城区之一，隶属于云南省昆明市，位于昆明主城东南、滇池北岸，东邻宜良县，南接呈贡县，东北与嵩明县交界，西南濒临滇池，西北与盘龙区相接，西与西山区相连。东西宽40.5公里，南北长39公里，官渡区面积634.95平方公里（含滇池部分水域面积）。区人民政府驻地在关上街道办事处。全区海拔在1886.6～2731米之间，平坝地区海拔为1900～2000米，属低纬度高海拔地区。标准高程1891千米。

其实我并不太熟悉昆明的历史，但大体知道，20多年前的官渡还是昆明四区之一，属于郊区。但现在的官渡可是“五城区之一”了，就凭这几个字眼，就可以断然说，昆明长大了很多。

看昆明的历史得先看昆明名称的由来，“昆明”一词作为地名，在唐代以前是很难稽考到的。关于“昆明”一词的起源，众说纷纭，但绝大多数学者这样认为，“昆明”最初是我国西南地区一个古代民族的族称。“昆明”在中国古代文献中写作“昆”或“昆弥”，抑或“昆淋”。其在早期并不是一座城市名称，而是居住在我国西南地区即今日的滇西部、川西南部的一个古代民族的族称。见诸记载，“昆明”一词的出现，可追溯到汉武帝时期。当时的著名史学家司马迁在《史记·西南夷列传》中写道：“西自同师（今保山）以东，北至叶榆，名为巂、昆明、皆编发，随畜迁徙，毋常处，毋君长，地方可数千里。”这更证明了，“昆明”一词就是古代云南一个少数民族的族称。

“昆明”作为地名出现，则是到了唐代。唐“武德二年，于镇筰昆明县，盖南接昆明之地，因此为名。”这个筰昆明县，很显然非今之昆明，乃四川定筰镇（今盐源县境）。唐代为什么把定筰镇命名为“昆明”，记载当中写得明确，因为它接近昆明之故。此处昆明仍指昆明族而言，盖汉唐以前，昆明族大部定居云南西部地区。直到南诏、大理国时期，乌蛮、白蛮兴起，昆明族居住的地方为乌蛮、白蛮据有，昆明族才东迁滇中，聚居于滇池周围。宋宝祐二年

（1254 年），元灭大理，在鄯阐设“昆明千户所”，“昆明”始作为地名出现，延续至今。

“昆明”一词的含义，晋常璩解释说：“夷人大种曰昆，小种曰叟。”这句话我们可以理解为人口众多的昆明族。

第二节　滇池之痛

“五百里滇池，奔来眼底，披襟岸帻，喜茫茫空阔无边。”

这是著名的大观楼长联上联开头，孙髯所撰。

这里且不说诗联的艺术境界、思想境界，这些早有文人雅士、学者教授、政商名流评价，毛泽东对大观楼长联尤其推崇，据杨尚昆生前回忆，“国内有些著名的对联他一口气能背下来，比如昆明大观楼那副一百八十个字的长对联，他就能背下来”。1958 年 3 月，毛泽东到成都参加中央工作会议，看到了辑录在《楹联丛话》里的大观楼长联，便对照三种该书版本阅读，并圈点批注。特别是看到该书评长联：“虽一纵一横，其气足以举之，究未免冗长之讥也”时，毛泽东旁批：“从古来看，别创一格，此评不确。”据说一次中央开会，毛泽东对云南一位负责人专门谈起，说你们那里是“四围香稻，万顷晴沙”，有“九夏芙蓉，三春杨柳。”那位负责人没有想到主席会问这个，一时语塞。

1959 年 10 月国家副主席董必武游大观楼后曾作《游昆明大观楼》诗，我只记得前四句是：“昆明大观楼，一揽湖山胜。髯翁长联语，今古情怀罄。”

20 世纪 60 年代陈毅元帅来到滇池一畔的大观楼前，首先驻足，在看完长联之后，即赋《题大观楼诗》一首，诗曰：“滇池眼中五百里，联想人类数千年。……诗人穷死非不幸，迄今长联是预言。”

郭沫若也曾赋诗称道：“果然一大观，山水唤凭栏。睡佛云中逸，滇池海样宽。长联犹在壁，巨信笔如椽。我亦披襟久，雄心溢两间。”

胡耀邦 1973 年 1 月曾在 1972 年 12 月 16 日的《参考消息》旧报上完整地书写了大观楼长联，2004 年 8 月 3 日的《春城晚报》独家首发了胡耀邦书写的大观楼长联。

我在这里只想通过孙髯的文字看当年的滇池，上联无疑是一幅“滇池全景图”。但让他想不到的是，在他身后的 1969 年，一场声势浩大的运动，让滇池遭受到了灭顶之灾。人们的战天斗地的革命豪情，也给昆明人打上了深深的烙印。

数千年来，这可是养育了世世代代的昆明人的滇池啊，然而转眼之间，就不见了“五百里滇池奔来眼底，披襟岸帻，喜茫茫空阔无边”的景象，眼下的滇池俨然成了昆明人心中难以言说的痛。

我走访了部分当年的亲历者，这些人大多60岁左右，甚至更大，当知道我有要访问的意图，没有一人不是感慨万千的，都是：“填海造田让滇池毁了”。

多年后环境学者指出，狂热的围湖垦殖对于滇池可谓是致命一击，它破坏了滇池的生物链和生态系统，特别是自我修复的湖滨地带湿地遭受破坏后，湖泊的过滤、沉淀、解毒的作用就丧失了。这些地方后来建起了许多度假村、疗养院、住宅区和高尔夫球场，又成为新的污染源。修筑了防洪堤，滇池进一步成了被水泥大堤围起来的偌大一个臭水塘。

更不堪的是，昆明不断膨胀的城市发展野心，时至今天，昆明市总人口达到了700万，还在增长。最可怕的是一时难以找到破解城市扩张和生态建设矛盾的难题，而最新的“现代新昆明”战略将以滇池为中心，到2023年将昆明城区面积再扩大两倍。那时候滇池无疑将成为一个“世界上绝无仅有的、最大的城中湖”。也许这个畅想过于美好，但我们似乎忽视了眼前的一个事实，这个貌似未来的“东方日内瓦湖”中，今天盛着的是一汪臭气熏天的死水。

云南大学教授段昌群更加感慨，滇池位于昆明市南端，是滇池盆地最低凹地带，处于数百万人口城市的下水口，是名副其实的纳污场、泔水桶。

从科学的视角，经历了340万年的漫长演化，滇池本身已进入自然的衰老期，蓄水量只有其诞生时的1/70，面积也只剩下1/4，年平均流出水量仅占其蓄水量的11%。且来水量小于用水量，湖流格外缓慢，属半封闭湖泊，犹如生命力衰弱的老人，自洁功能十分有限。此外，主要入水口在靠近城市的北部，出水口则在西南部，也就是说，滇池接受的主要是污水，南部流出去的却是沉淀后相对清的水。“纳污吐清”也使整个滇池淤中沉淀了大量的污染物，造成重复和长期污染。

滇池病入膏肓，显然与不断增长的人口和人类不断膨胀的欲望脱不了干系。

反观历史，南诏国时期整个滇池流域一带人烟稀少，约有33000户。公元13世纪中叶，蒙古大军攻陷拓东城之后，对这片土地十分青睐，将云南首府从洱海边迁到了昆明。明洪武初年，沐英先后两次携江南、江西 28 万人众入滇，对昆明城进行了大规模扩建。清朝初年，清政府鼓励就业垦荒，道光年间的人口已比明末增加了 10 倍。

云南是九山一水一分田，虽说一年四季温暖如春，但土地严重不足，人口的压力使人们不得不把眼光投向了湖泊，涸湖造田自古已然。自元代开始，赛典赤命令开挖海口、石龙坝泄滇池水，得良田万顷。像这样大规模的围湖造田，在史书上就可以查到很多——元代 4 次，明代 9 次，清代 16 次。

不过，这些数据和近百年特别是近三四十年的巨变比起来，实在是小巫见大巫——1911 年滇池一带人口密度为每平方公里 93 人；而到了现在，昆明一环路以内的人口密度每平方公里已超过了 2 万人。

"故乡许多人小时候都在滇池边拣花石头。一代一代人，涌来又退去，滇池边的花石头，永远也拣不完。"这是诗人于坚写过的另一首诗，题目叫《滇池》，我们完全可以钩沉当年诗人在滇池嬉戏玩耍的一番情景。

于坚诗歌中的情景，孙敏也有深刻的印象，他给了我这样的描绘：在它的北部，许多河流摩肩接踵而来，有盘龙江、金汁河、宝象河、海源河、落龙河、捞鱼河等，出水口则在西南的海口，湖水辗转汇入金沙江。滇池东有金马山、西有碧鸡山、北有蛇山、南有鹤山，形成了昆明坝子的天然屏障。自古以来，这里土地肥沃，气候温和，水源充沛，有利于灌溉和航行，是一个善于孕育生命与文明的慈爱湖泊。

他说，很多年前，他曾来到盘龙江汇入滇池的地方，黄昏时分一艘艘渔船会落帆归来，将满船的鱼和螺蛳卸在江边。渔民们熟练地敲去螺尾，取出螺肉。单调的波浪声中，是一片此起彼伏的敲击螺尾的声音。

这样的声音，在湖畔已延续了好几个千年。

多年前，他逆流而上来到盘龙江源头。黑龙潭正殿有一种朴实的神圣，有乡民住在这里义务守护水源。虔诚的人们扎了五彩的龙马供奉龙王，一个滇戏班子正在演出，娱神亦娱人。不只是盘龙江，滇池沿岸的乡间遍布古庙、古塔和古风俗，充满了对苍天和水的谦恭。

我在收集资料时无意之中从旧报纸上看到了这样一幕，当年一位记者是这样描述的：

有一天，在滇池边偶遇了一位钓鱼的老人，于是与老人有这样的一番谈话——

老人说："那时候的滇池水捧起来就可以喝，老龙湖的水，捧起来就可以喝，打鱼的船到这里来打水喝，打水煮饭吃，到那个程度，像这么两米来深的水都可以望到鱼。那个时候鱼多啊，一般还没有人要。"

从记者的文章中我了解到在滇池边生活了一辈子的这位老人，对于钓起来的小鱼很鬼火。而且他说这些鱼回家要养几天才能吃，担心鱼被滇池的水污染。每当蓝藻泛滥，他们连这样在臭水边钓鱼的兴趣都没有了。

据我了解，1980 年，滇池水产品有 1 万吨，1999 年只有 5600 吨，在滇池边还有一首这样的民谣，唱滇池："50 年代淘米洗菜，60 年代洗衣灌溉，70 年代水质变坏，80 年代鱼虾绝代，90 年代正在受害"。

我还了解到，每年开学，昆明理工大学环境科学系教授侯明明都要给入校新生讲一节关于滇池污染的课。侯明明告诉我，在目前公认的滇池污染原因中，可悲的是没有人提到围海造田那一场历史性的转折。短短四个月时间彻底改变了滇池，让一个好端端的滇池变得百孔千疮，面目全非。

侯明明还讲到：围海的过程中，它把滇池最重要的，也就是水深在两米左右的滩涂地围起来了，围起来这个水面就减少了，然而，本身那个水面，就是净化作用最强的地方，那么这个地方被围了以后，表面上是水深了，实际上，是净化作用没有了。

都知道滇池分外草海和外海，50 年前，草海里浅滩湖渚密布，海菜花在水中摇曳，植被占湖面的 90% 以上，是一片巨大的湿地。千百年来，地势低于昆明城的滇池收纳着整个城市的废水，经过草海湿地的净化，又成为昆明人最主要的水源。然而移山填海之后，如今这片湿地只剩下 11 平方公里。海菜花几乎消失殆尽。

如今，滇池里的原生鱼类已经基本灭绝。草海一直是滇池鱼虾的产卵场，经历了围海造田，现在它的一大部分已经被建筑物占领……

面对滇池和我，张正祥一直感叹，现在突然有人说滇池老了，它要死亡了，它几百万年都不死，怎么就是从八九十年代到现在，就是二十来年的光景，它就会老了，就要死了呢？

这就是五百里滇池，昆明人叫作"海"的滇池。

而且，昆明是我国极度缺水的城市之一，人均水资源量不到世界人均的

4%，全国人均的12%。滇池，一个母亲湖的污染，而且不经意间就到了“癌症晚期”？这何止是一位环保作家的诘问？

我正面接触过好多的记者和作家，而且为写此书，本来可以读他们现成的文字，可以反反复复地读，但会影响我对滇池保持应有的“温度”。因此再没有时间，我都会努力去接触那些记者、作家。这样会更好，让我更加看清楚滇池的真实面目，才掂量得出滇池在昆明人心中到底有多大的分量。

有一位作家在文章写道：

> 本该秋高气爽的时节，昆明上空却翻卷着一拨又一拨的乌云，给这个干渴许久的城市带来持续的秋雨。
>
> 我站在窗口眺望着远方，我知道，重重雨幕的后面就是我深爱的滇池，以及站立在湖岸旁的龙门绝壁——二者皆是昆明的古老地标。
>
> 一年前的雨季，我还能看到闪电穿过滂沱大雨，照亮滇池西山幽暗连绵的峰峦；黄昏时分，可以等待夕阳把滇池上空的云变成五彩。可今天，视线已被飞速生长的重重楼群阻断，我只有从狭窄的缝隙间，才能窥到西山破碎的身影。

国人和湖泊的关系，是颇值得一书的。散落山川间的大小湖泊，滋养了千百年的鸡犬相闻，阡陌交通。诸多城市都有属于自己的湖，有湖在城中的，如杭州西湖、济南大明湖；有湖在城边的，如无锡太湖、岳阳洞庭湖、南昌鄱阳湖……湖泊，是很多人心中故乡的重要图腾，有这一汪柔情的水，才能有水色潋滟，有千帆交通，有清流浣衣煮米。研究者们则说，湖泊是重要的水资源储存库，不但能调节河川径流、防洪减灾，还有拦截陆源污染、净化水质的巨大功能。

然而，对于今天的昆明人来说，这个曾有着金色涟漪的故乡却已远走。

的确是这样，故乡已经远走的滇池人，在他们的记忆里，最美的三四月天，人们在湖边摘藜蒿、捉螃蟹、摸鱼，准备着栽种湖滨地带的水涨谷——春天种下去，湖水长一截秧苗长一截，湖水追着稻谷涨水，直到谷子灌浆成熟。而今天，只有年纪很大的人才记得这种水涨谷了，因为环境污染，早已无法种植。腥臭的脏水不仅夺去了鱼儿产卵的故乡，也早已改变了沿湖渔民的生活方式。

我更不敢更多地去触及深远，只有从学者们以学术名义打开的一扇小小的窗口去窥视，去小心翼翼地读滇池的前世今生。

现如今，有目共睹的，滇池沿岸除了鳞次栉比的高楼再也见不到稻花飘香了。正如有的昆明人说，老城被拆除，城里的水没有了信仰，没有了历史和传说。与之相伴，滇池水质迅速恶化，1986 年变成三类水，1998 年已是超五类水，几乎丧失了作为水的各种功能。2004 年，昆明人想到滇池中打捞二战时期飞虎队的飞机残骸，但潜水员潜入 5 米深的水里，就像掉进黑暗的马里亚纳海沟。水葫芦疯长，淤塞河道与湖面，草海沼泽化，湖水中满是稠密的蓝藻，像一盆浓汤，又如散发着腥臭味的绿漆，在风的裹挟下击打着湖岸，发出沉闷的声音。

在这样的背景下，昆明人多么希望滇池能重新焕发出活力，不但是昆明人，云南人着实是费了一番功夫。多年来，这个舞台上各路神仙你方唱罢我登台，使出各种招数拯救滇池。从打捞水葫芦到再种水葫芦，从开西园隧道到挖湖底淤泥，从恢复人工湿地到蓝藻处理，跨流域调水置换水体……

可对于这些办法，懂行的环保人却一直摇头，比如底泥疏浚"相当于把所有东西投入滇池了，再来挖它"，很多方法都是末端处理，单项治理，效果很差；被雇来捞蓝藻的村民也很无奈："这东西长得太快，太阳一晒马上浮起来。也撒过药，几天后又长了起来，鱼倒是毒死了不少。"

眼下昆明又开始了一个新工程，通过泵站和管道把所有污水厂的出水通过西园隧道排出滇池流域。昆明污水处理厂是按国家最高标准处理后排放的，这是费了很大力气才达到的标准，但仍不能完全解决其中的氮磷 COD（化学耗氧量），依然属于劣五类水。

2013 年，牛栏江调水工程已完工，当时我看到了这样一篇令人乐观的新闻：《牛栏江引水工程将全面竣工　确保昆明 10 年供水无忧》。

报道开头就乐观地写道："四年连旱，昆明的供水形势严峻万分，哪怕是昆明飘落一滴雨，人们也希望能飘落在水库周围。市民们都在心里打鼓，昆明能度过枯水期吗？主供水库何时能止跌回升？昆明的供水将何去何从？记者多方采访求证了解，昆明供水的脉络也渐渐清晰起来。时下，昆明的供水已进入了第三阶段——清水海时代，根据三大水库的库容判断，今年有望艰险度过枯水期，只要挺过近两个月的时间，昆明供水困难将成为过去式，特别是牛栏江引水工程的全面竣工，昆明供水 10 年内没有忧虑，限水政策也将成为历史。"

记者还在文章中盘点了昆明供水的几个阶段：

第一阶段：松华坝时代，解决昆明百万人饮水问题。

1960 年，建成的松华坝水库容纳7000 万立方米左右，可以让盘龙江形成长流水，一年四季都是清澈的河水穿城流过，这时候，昆明市建起了历史上第一座自来水厂，直接从盘龙江中取水，盘龙江的周边居民，慢慢使用上了自来水，当时的日供水才一万立方米。

随着人口的增多和城市的增大，1988 年，松华坝水库重新修建，成了大型水库，多次的提升和改造，使之达到了库容 2. 29 亿立方米，实际有效用水为 1 个亿立方米多一点。第二、第四自来水厂也相继建成，当时的供水达到了日供水 10 余万立方米，可满足当时百万人的供水需求。

到 20 世纪 90 年代，开始从滇池取水供昆明使用，形成了松华坝和滇池的供水格局，人们统称为昆明供水的第一阶段，松华坝供水时代。

第二阶段：云龙时代，喝到死库容，供水危在旦夕。

滇池受到了污染，昆明的供水受到了影响，昆明开始谋划从外流域引水，保证昆明的供水。2007 年 3 月 25 日，云龙水库正式建成通水，昆明停止了向滇池取水的历史，这个设计库容达到 4. 48 亿立方米的大型水库，让昆明的供水进入到了云龙水库时代，占昆明供水的 70% 以上，每年向昆明供水 2. 2 亿立方米，每天供水 60 多万立方米。

2011 年，由于水库周边降雨偏少，使得云龙水库受到了硬伤，水位大幅下降。2010 年，云龙水库“喝”到了最低点，由于雨季来得太晚，使得这个供水主力军的库容降到了 2000 万立方米左右，离死库容 1760 万立方米很接近，这让相关人员随时都提心吊胆。2010 年雨季过后，原本每年都能蓄水两三亿立方米的云龙水库，最高时候也没有迈过一亿立方米的库容。

第三阶段：清水海时代，为昆明供水“救急”。

人们永远也不会忘记清水海 2012 年 4 月 1 日的紧急通水。若没有清水海，2011 年昆明的供水便已出现了问题……

据介绍，清水海水库去年的应急通水从最初的日供水 5 万方左右，增加到 10 余万立方方米，为 2011 年渡过难关起到了十分大的作用。他说，清水海并不是准备去年通水的，山体的隧道还没有完全打通，清水海为了救急昆明供水，采取抽、提、调水等方法，进行了紧急供水，2 月份，清水海管道才全部打通，正常过水，降低了供水水位，正式进入到了清水海供水时代。如今，清水海的日供水量已达到30万立方米，为保证昆明供水提供了最大保障。

第四阶段：牛栏江时代，确保昆明10年供水无忧。

牛栏江—滇池补水工程，属于滇池治理的六大工程之一，它的定位主要是治理滇池，并在昆明发生水危机的时候，提供城市生活和工业用水。然而，连旱4年的昆明，使牛栏江成了昆明供水的一根救命稻草。

牛栏江引水工程，德泽水库总库容4.48亿立方米，库容和云龙水库丝毫不差，输水线路大都埋在地下，从隧道中穿过，长115公里，工期48个月，工程设计，每年可以有6亿立方米的水流到昆明滇池。昆明市政府相关人员介绍，牛栏江引水工程竣工后，昆明的饮水10年内没有忧虑，限水也将成为过去时。

为此当时还有人欢呼：云南力争在2015年全部消除劣五类湖泊水体。可现在2015年已经过去了，我们可以乐观了吗？

牛栏江向滇池补水，要提230米的高度才能自流到昆明，水泵开动起来，每小时耗电约9万度，每天要上百万元的电费。除了工程投资外，日常运行费用、折旧、还贷和利息等等，一立方米水的成本约2块钱，一年需要10多亿元。况且，远距离调水，很可能是用一个生态灾难补救另一个生态灾难。

一位环保学者更是悲观地说：我们从“七五”开始研究滇池污染，“八五”重点攻关，“九五”开始治理，“十五”期间的巨大治污费用已难以承受。可如今，滇池治污仍然在黑暗中踉跄。从1993年到“十一五”结束，已经花掉了220亿白花花的银子，滇池却“越治越污”。“十二五”期间又投入了420亿。而真正的后期治理需要上千亿元，却也未必会有好结果。

而不可忽视的一个事实是，滇池周围的排污量仍在迅速增加。给水专家称，政府花了很大力气解决污染问题，关闭搬迁污染企业，建污水处理厂。而建厂的速度甚至都赶不上污水排放量的增长。眼下滇池有20多个污水厂全天候满负荷运转，可每天还有大量漏网污水直排滇池。

有人说过这样的话：“滇池不但不能为昆明的发展提供水源，污染治理每年还需耗费数额巨大的资金，滇池已经成为昆明发展的一个负担。”

滇池似乎成了中国湖泊污染的一个负面样本，除了年年不绝的污染报道，关于生态绝症的叹息，连守护滇池的人也变成人们热聊的话题。

滇池的命运，会不会是中国更多湖泊未来的命运？此刻，在我耳边又响起了诗人于坚《哀滇池》中的诗句：

我再也想不起你的颜色
你是否真有过那些
湖蓝　碧蓝　湛蓝　深蓝　孔雀蓝

但愿诗中所诉说的悲伤，不要成为更多人，更为普遍而恒久的哀叹！

第三节　众生的滇池和一个人的滇池保卫战

当然不是说我一个人的滇池，我与滇池的陌生就像走马观花。最亲密的接触也只有不多的一两次，用个不当的比喻，我和滇池只不过“露水夫妻”，知人知面不知心。

我试图寻找那些土生土长的滇池人家，他们有打断骨头连着筋的爱，也有“不知梦里身是客”的陌生感，甚至是咬牙切齿的恨。

我终于找到了一个叫糊涂老马的，还有像糊涂老马一样对滇池有着“剪不断，理还乱”情感或念想的人。

我们先看——

糊涂老马：我与新昆明共成长之“滇池泛舟”

生在滇池畔，长在翠湖边，从小就奇怪：小小的翠湖明明是湖，竟称为“海”；偌大的滇池明明是“海”，却称作“池”，让我这原先没见过大海，没到过长江、黄河的“井底之蛙”稀里糊涂……

但不管怎样，在没见过大海，没到过长江、黄河之前，我还是把翠湖、滇池当成心目中的大海，把盘龙江、大观河当成心目中的大江、大河。从小在翠湖、盘龙江、大观河戏水，在滇池泛舟，得到不少乐趣……

学生时代旅行，除了远足外，乘木船在滇池泛舟去西山旅行是非常惬意的事情！

在滇池泛舟去西山旅行，多从今天的云大医院旁西昌路与大观路交汇处的大观河起点老篆塘乘木船出发，经过大观河，穿过滇池内海——草海到滇池对面的西山脚，再沿着山间林中小道爬上西山……

那时，来往于滇池和昆明的船只有小型木船、中型木船和大型木船三种。小型木船没有船篷，也没有船帆，不能经风浪和雨淋日晒，最多只能在盘龙江、大观河及滇池近海捕鱼捞虾，或载上七八个乘客在滇池草海边游览，到庾家花园游玩，不能也不敢载客进入滇池深海；中型木船的中部有船篷，船舱下还有一层，可以睡人。这种船可乘20人左右，有桅杆，遇顺风即可升起船帆，但也只能穿过滇池近海“草海”到西山脚下，船家则可以深入滇池腹部打鱼，载客在“海”上旅行的风险却很大，时有“海”难发生。中小型木船可以从进城河道直插城里，有的船可顺着盘龙江从南到北，穿过双龙桥、得胜桥，进入圆通山脚下敷润桥的米场心（现圆通大桥下）农贸市场。过桥时，桅杆可以放倒；大型木船一般只在昆明与呈贡、晋宁、昆阳、海口之间运送蔬菜、粮食、砖瓦沙石等大宗货物。它的船舱底层很大，可睡许多人、装许多货物，但也时有“海”难发生。这种船不能也无法驶入进城的主河道，只能停泊在滇池边上。

那时，滇池上漂泊着许多“水上人家”，渔民们大多以船为家，成年累月吃住、生活在船上，白天在滇池里捕鱼或运输，晚上就停泊在滇池边的大小码头上。清晨、傍晚，鸡犬之声相闻，炊烟缭绕，鱼虾泛香；晚上，灯火辉煌、美丽壮观的“官渡渔火”，成为昆明历史上的八景之一。新中国成立后，政府把“水上人家”安置到滇池边建了新家，成了“水陆两栖人”。再后来，渔民们全都住到陆上了。

20世纪初，曾有机械轮船“小火轮”在滇池上载客航行，给滇池沿岸人民带来很大方便。但因船小、人多，技术、经营管理不善等原因事故频发而停开。

那时我们在滇池泛舟，乘坐的都是中型木船。20世纪80年代在今环城西路与大观河交汇处修建了新篆塘码头，有了“滇池号”等可乘几百人的客轮，定时往返于昆明与海埂、西山、观音山、海口和航海家郑和的故乡昆阳之间。

再后来，又耗巨资在大观公园门口修建了一个更大、更漂亮、功能更齐全的客运码头。可没有多久，就因为河道狭窄、河床泥沙沉积、减少对滇池的污染等种种原因，加上交通发达，人们乘汽车去海埂、西山、观音山、海口和昆阳等地更为方便、快捷，轮船就停开了……

当年的老篆塘码头可容纳上百只中小型木船，船家们都自觉维护和遵守秩序，爱护河道。一艘艘木船整整齐齐排好队，不会争先恐后，也不会阻塞河道。

我们乘木船在滇池泛舟去西山旅行时，先到学校集中，排着整整齐齐的队伍开拔到篆塘码头，有秩序地按班级顺序上船，每艘船上至少有一位带队老师，20 多名学生，上满一艘船开一艘，开进大观河里。

一艘艘木船进入大观河后，真是“船到河里自然直”，自然排成了长队，浩浩荡荡沿着大观河向滇池驶去。

大观河的河道不宽，平行大约可容纳三艘木船，为防止阻塞河道，只能来去平行两艘，中间留有一船之隔的距离，一艘跟着一艘，不准超越。

在大观河行驶时，很不容易遇到顺风，常常靠船家撑篙或拉纤。撑篙要凭“技术”和经验，我们不敢“充狠”逞能撑篙，常跳上岸与船家一起边拉纤，边唱光未然作词、冼星海作曲的《黄河船夫曲》或俄罗斯民歌《伏尔加船夫曲》……

绕过大观楼就进入滇池的近海——草海。遇到顺风时，船家们纷纷升起船帆，顿时扬帆招展，乘风破浪，驶往前方。滇池里，海阔天空、沙鸥翔集，水天一色、百舸争流的景象非常壮观！船与船之间比赛的青春歌声此起彼伏，荡漾在滇池“海”面上……

不顺风时，都靠划桨。一般情况下，摇橹（掌舵）的多是男性船家。只见他们稳坐船尾，目光炯炯，动作稳健而镇定；划桨的多是他们的妻女或姐妹。她们划船的姿势非常优美：双手紧握桨把，赤脚一前一后蹬在甲板上，身体忽而前倾，忽而后仰，摇动木船前进。已经成家的女性发髻上那天蓝色方头巾随着身体的摇动，像花朵忽开忽合；未成家的姑娘头上那条黑黝黝的大辫子则随着身体的摇动，像鱼尾忽左忽右甩动。她们那风吹日晒浪花洗的黑红脸盘，在阳光和粼粼水波辉映下，显得更加健美而灿烂……

男生们都不喜欢坐在船舱里，多涌在船头观风景、吹“海”风。船头人多了，影响航行速度，有的人不得不坐进船舱，或挤在船尾与追逐船只的鸥鸟嬉戏……

我们很想摇橹，但船家不让，就抢过他们妻女或姐妹手中的桨划了起来，却不像在她们那样得心应手，既非常吃力，又影响了木船的航行方向和速度……

肚子饿了，人人拿出各自带着的干粮与老师同学和船家们分享：口渴了，就学着船家用船上的木瓢舀起清澈、甘甜的“海”水，一饮而尽……

有时，船家烧煮的饭菜：新鲜蚕豆、苞谷、洋芋或鱼虾泛香，引得馋学生、饿老师垂涎欲滴，船家也大大方方地与师生们分享。当然，经过“不拿群众一针一线”的“三大纪律，八项注意”教育的师生，都会如数向船家付钱，船家都会说：“不消了，不消了。”再三谢绝……

不知不觉，已航行到达西山脚下高峣附近的苏家村或省委党校附近的杨家庄，滇池泛舟就结束了，大家意犹未尽，回望滇池，迟迟不肯下船。在带队老师和岸上口哨声的再三催促下，才不得不下了船，再沿着山间林中小道爬上西山的华亭寺、太华寺、三清阁、龙门和天文台等地游玩……

如今，当年的滇池泛舟让我意犹未尽，令我朝思暮想，何时才能再在滇池上乘风破浪，看蓝天与“海”水共色，让身心与沙鸥齐翔……

张正祥：“一碧万顷”还复来

张正祥，滇池边的农民。

因为年幼就父母双亡，他钻进了滇池边的深山老林，吃滇池里的鱼和西山上的野果长大，把滇池当作他的母亲。

不过，从 1980 年起，他变成了“讨人嫌”的人，而且无怨无悔。

张正祥坚持用 32 年的时间，告倒了 160 多家排污至滇池的企业，“赶走”了 60 多家大型采石场。花光了存款，还欠下几十万的外债。32 年，行程累计 32 万多千米，相当于绕滇池 2000 多圈。

至今他还乐此不疲地奔走，只为阻止对滇池的污染和破坏。

张正祥想要的是儿时的那个滇池：20 世纪五六十年代，滇池中曾游弋着数十种土种鱼，海菜花开时水面一片洁白，金线鱼在脚底乱钻，岸边到处是参天大树。

那个时候的昆明，像极了江南水乡：夜有几杵疏钟，半江渔火，秋来两行秋雁，一枕清霜……

在历史上，昆明就是座水城，河流遍布，古桥横跨，井巷穿城。现在的昆明市区很多地方在当时都属于滇池。

直到 20 世纪 70 年代前，我们都还能看见一幅田园画面：市民划着小木船，吆喝着水中嬉戏的鹅鸭。航运很发达，昆明、昆阳、呈贡、晋宁、安宁都可以通过航运连通，粮食都由水路运来。如今的篆塘农贸市场，在那时候还是昆明最繁忙的水运码头，千帆云集；如今的海埂，是那时候男孩子在夏天最大的秘密；还有鲁家花园和白鱼口，是许多男女青年你侬我侬的最佳游玩之地。

不过，一切都在1970年之后发生了改变。

一首民谣如此形容滇池的污染渐变过程：50年代淘米洗菜，60年代洗衣灌溉，70年代水质变坏，80年代鱼虾绝代，90年代继续受害。

在这数十年，许多昆明人想要游山玩水，去的是更远的抚仙湖或者阳宗海。对于滇池，他们已无奈地背过脸去。

现在，他们回来了。

早年的美好——

天共水，水远与天连。天净水平寒月漾，水光月色两相兼。月映水中天。

滇池外形如似一弯新月，东北部一天然沙堤将其分为外海和草海两部分，古有“五百里滇池”之誉。

2亿年前，滇池及其邻近地区从海底升起，逐步隆升为高原，后受喜马拉雅造山运动的影响，断层陷落，古滇池湖凭空出世，既深且广，水位比今天的滇池高出近100米。

这是一个在温和的气候中成长起来的温和的湖泊，对于昆明来说，它就像一个大空调。

曾经好几个千年，黄昏时分一艘艘渔船会落帆归来，湖畔边是一片此起彼伏的敲击螺尾的声音。

在许多上了年纪的昆明老人的记忆里，最津津乐道的是在20世纪五六十年代，他们在湖边摘藜蒿、捉螃蟹、摸鱼，准备着栽种湖滨地带的水涨谷；出城不远就是湖岸的原野，有“四围香稻，万顷晴沙，九夏芙蓉，三春杨柳”。那时的孩子从小就会结伴步行或骑车到海埂。海岸边不是沙滩，而是细碎的花石头，大如豆子小如米粒，湖水像游蛇般无声地拂过。

这些便是所有昆明人的滇池，它承载着太多的亲情故事和儿时回忆，是家庭相册里不变的背景。

在云南诗人于坚的笔下，早年的滇池充满了浪漫主义色彩，在月色下游泳，“像是在鱼国的闹市区行走”。之后很多年里，在他的心中，滇池已经“去世”了，而在游泳池里游泳，“没有水草，只有瓷砖的岸，我感觉自己就像金鱼。”

王小波说，似水流年是一个人所有的一切，其余的一切，都是片刻的欢愉和不幸。

滇池，开始为1970年的那一次冲动还账。

数年的黑暗。

下半截沉在黑暗里，上半截仍浮在阳光中。

滇池的明显变化是从20世纪70年代后期开始的，1977年的滇池，仍努力保持着“春和景明，波澜不惊，上下天光，一碧万顷”的风貌，但围海造田已经让滇池遭遇重创。到20世纪八九十年代，滇池富营养化越来越严重。

另一个“推手”是城市的快速发展，污染源以工业污染为主导，城市生活污染和农业污染也成为重要部分。

曾有机构做过统计，当滇池流域人口增加到100万以上，滇池水体自然净化能力开始无法承受，此后每增长30万人口，水质就下降一个等级。超过200万人后，整个水体无法进行自我调节和净化，水质进入劣五类。

另外，经历了漫长的300多万年，滇池已进入衰老期，水面不断缩小，水深也从诞生期的近100米降低到今天的5米左右。

昆明人的母亲湖，在过去数十年变为城市的负担。

曾经的一个媒体报道就能告诉我们当时的惨状：

2004年，昆明人想到滇池中打捞二战时期飞虎队的飞机残骸，但潜水员潜入5米深的水里，就像掉进黑暗的马里亚纳海沟。水葫芦疯长，淤塞河道与湖面，草海沼泽化，湖水中满是稠密的蓝藻，像一盆浓汤，又如散发着腥臭味的绿漆，在风的裹挟下击打着湖岸，发出沉闷的声音。

央视《经济半小时》也曾在2016年采访过昆明市西山区巾帼打捞队队长李云丽。李云丽说，（滇池下的）这些草到一定时候，就像一个地毯把整个湖面盖起来。一天下来，打捞队的队员每人早上要捞三船，下午要捞两船，一船三四百斤。

一位环保学者也曾悲观地说：我们从“七五”开始研究滇池污染，“八五”重点攻关，“九五”开始治理，“十五”期间的巨大治污费用已难以承受。现在是“十三五”了，尽管试用了各种办法，滇池治污仍然在黑暗中踉跄。

第四节　阳宗海的哭泣

阳宗海被污染的消息，犹如一阵霹雳，在沿湖村民的头上炸开了。

那是2007年，澄江县阳宗海镇晏村村民李树全还记得清清楚楚。

他说："太突然了，在湖边住了这么多年，还是头一次听说湖水有毒。"事实上，许多村民都和李树全一样，并不知道什么叫"砷"。他们祖祖辈辈生活在湖边，喝着湖水长大，在湖边游泳、垂钓。

可现在？

这一切都变了，虽然湖水看上去还是那么干净清澈。绝大多数村民就像遭遇五雷轰顶一样的绝望。

阳宗海位于昆明市和玉溪市交界处，湖泊面积约31平方千米，总蓄水量6.04亿立方米，是云南九大高原湖泊之一。碧波万顷的海子宛如一颗"高原明珠"，镶嵌在滇中大地上，哺育着沿湖数万生灵。2002年以来，阳宗海近6年保持二类水质。

2007年10月，宜良县环境监测站监测到阳宗海水体砷浓度与此前相比出现异常波动、升高。2008年4月以来，水体中砷浓度持续上升，6月份超过三类水质标准，砷浓度均值达0.055mg/L，超过国家Ⅲ类水限制（0.05mg/L），于是将情况上报省环保局。后云南省环境监测中心站、昆明市环境监测中心、玉溪市环境监测中心即对阳宗海实施加频、加密监测，至同年7月16日砷浓度达0.102mg/L，超过国家Ⅴ类水限制（0.1mg/L）。7月30日，全湖平均值为0.116mg/L，超过五类水质标准0.16倍，类别为劣五类。

阳宗海出现了砷浓度超标的污染现象，云南省政府于2008年9月12日宣布阳宗海实施"三禁"：禁止饮用阳宗海的水，禁止在阳宗海内游泳，禁止捕捞阳宗海的水产品。到9月16日，阳宗海湖水砷浓度监测值高达0.128mg/L，远远超过0.05mg/L的饮用水安全标准，最高值0.134mg/L出现在10月1日，随后呈缓慢下降趋势。

砷在环境中主要以化合物的形式存在，砷的化合物均有毒性，"砒霜"的主要成分就是三氧化二砷。

2008年9月以来各大媒体、网络均对云南省阳宗海砷污染事件进行追踪报道。从媒体关注的角度来看，该事件现在已经成为仅次于三鹿奶粉事件的重要媒体议程，地方政府被媒体推上舆论的风口浪尖。

阳宗海污染事件，最早公开提及的是《2008 昆明市环保简报》第 21 期："8 月 19 日，我局会同玉溪市环保局、呈贡县环保局、宜良县环保局开展阳宗海流域环境专项检查，'云南澄江锦业工贸有限公司已于 2008 年 7 月 16 日全面停产至今'"。

2008 年 8 月 25 日环境保护部的网站转载该文，同日，绿色记者沙龙也转载该文。绿色记者沙龙是中国较为知名的环保 NGO（非政府组织），该组织曾于 2004 年参与组织了当时轰动一时的云南怒江大坝停建事件，可以说是环保领域的先锋。

网上关于阳宗海事件的舆论也不约而同受到影响，媒体要求问责之声不绝于耳。全国媒体爆发，重点问责地方政府。国家级大型媒体也加入报道战团，其中有《人民日报》、新华社、《中国青年报》的重量级报道。此外，省内和省外媒体也进行相关报道或发表评论。路透社曾援引新华社客观事件动态报道，在全球发布《云南高原湖泊阳宗海遭到砷污染》。

云南公安机关于 2008 年 9 月 13 日对此事件立案侦查，并委托鉴定机构组织有关专家，对本案的污染原因进行鉴定。鉴定人根据相关资料，并结合现场调查情况，证实阳宗海水体砷浓度增加不是自然地质因素造成，并排除了砷污染源来自阳宗海入湖河流。

经云南省环保局对阳宗海周边及入湖河道沿岸企业进行紧急检查，排查出 8 家企业有环境违法行为，并初步确定，阳宗海水体砷污染的主要来源是云南澄江锦业工贸有限公司。

云南澄江锦业工贸有限公司位于阳宗海西南端，距湖面约 1.5 千米。有关资料显示，这家公司始建于 1996 年，最早为乡镇企业，后改制为私营企业，工厂 17 千米的半径范围内，富藏高品位风化磷矿区。公司设有硫酸和化肥两个生产车间，停产前已建成硫黄制酸 5 万吨等生产线多条。

多方鉴定和排查，认为锦业公司是本次阳宗海砷污染嫌疑对象。随后，鉴定人对锦业公司进行了重点调查，包括生产工艺、生产设施调查，发现锦业公司在生产项目建设、涉高砷化工生产过程中，使用砷含量超过国家标准的锌精矿灯原料；未建设规范的生产废水收集、循环系统及工业固体废物堆场；含砷废水长期通过明沟、暗管排放到厂区内最低凹处没有经过防渗漏处理的土池内，并抽取废水至未做任何防渗处理的洗矿循环水池进行磷矿石洗矿作业；将含砷固体废物磷石膏倾倒于厂区外三个未经防渗漏、防流失处理的露天堆场堆放；雨季降水量大时，直接将土池内的含砷废水抽排至厂区东北侧邻近阳宗海的磷石膏渣场放任自流。2005 年至 2008 年 6 月，澄江锦业公司上缴税金 1162.8 万元，但是它造成的污染，治理费用将达几十亿元。

2008 年 12 月 23 日，云南省“九大高原湖泊水污染综合防治办”发布的监测结果显示，阳宗海入湖泉水砷浓度含量已从 2008 年 7 月 16 日检测时的 67.7mg/L 下降到 10 月初的 25.42mg/L，云南省环保局的官员表示阳宗海水体砷浓度上升的趋势基本得到遏制，湖中水体水质砷浓度基本趋于稳定。

“污染数据明显的下降显然与锦业公司被停产有直接关系，所以我们认为专家和政府的决策是正确的。”澄江县环保局局长张咏说。

国家高原湿地研究中心的专家认为：阳宗海是高原喀斯特地貌形成的断层陷落湖，生态功能很重要，但同时生态功能也很脆弱。一旦被污染，水体置换周期将达 10 年甚至更长。而且如此大容量的一个湖，只有长时间的积累才会造成这么严重的砷超标。

自从阳宗海水体砷污染事件发生后，云南省政府启动行政问责程序，成立调查专案小组追究污染事件相关人员责任。因该事件被问责的相关人员达 26 人，其中厅级干部 2 人，处级干部 9 人，其他干部 15 人。

对玉溪市一副市长给予劝其引咎辞职问责；对省水利厅一副厅长给予通报批评。玉溪市、昆明市对事件负有直接领导和监管责任的国家公职人员，按照干管权限给予党政纪处分或进行问责。

2008 年 9 月 17 日，云南省政府召开会议，责成监察厅牵头组成省政府行政问责调查组，启动行政问责程序，调查追究阳宗海水体砷污染事件相关人员责任。省政府行政问责调查组通过查看现场，查阅相关资料，与相关人员谈话，召集省环保局、省九湖办、省环境科学院、昆明理工大学等单位的专家多次进行座谈，以调查核实清楚导致阳宗海水体砷污染事件的相关责任。

通过调查，有关地方和部门在阳宗海的管理保护中存在项目审查把关不严，监督检查、严格管理不力，执法不严，工作不负责，跟踪整改落实不到位，环保竣工验收把关不严，贯彻落实领导批示不到位，打击整治力度不够，以罚代管，督促整治环境违法工作不力等问题。

2008 年 10 月 20 日，云南省委主要领导对当地政府以牺牲环境换发展的做法提出严厉批评。

2009 年 4 月 14 日上午，阳宗海砷污染事件在澄江县人民法院第三审判法庭进行公开开庭审理。

澄江县人民法院认为，2001 年以来，锦业公司违反国家防治环境污染的相关规定，在未办理环境影响评价的情况下，先后擅自技术改造改扩建年产 2.8 万吨硫化锌精矿制酸生产线两条、开工建设年产 8 万吨磷酸一铵生产线一条。

在上述工程施工中，澄江锦业没有同时建设配套的环境保护设施。建成投产后，使用砷含量超过国家标准的硫化锌精矿及硫铁矿作为原料生产硫酸，再用硫酸生产磷酸一铵。

此外，没有按照后期补办的环境影响评价及环境监管部门的要求，建设规范的生产废水收集、循环、排放系统及废固堆场，长期将含砷生产废水通过明沟及暗管直接排放到厂区内一个没有经过防渗处理的天然坑塘内，将含砷固体废物磷石膏在 3 个地点露天堆放。雨季降水量大时直接将生产废水抽至厂外排放。擅自开挖 3 个洗矿废水收集池，未做任何防渗处理，抽取含砷废水进行洗矿。

面对法院的指控，锦业公司董事长、法人代表等人皆予以否认。在庭审过程中，双方辩论的焦点集中在锦业公司对阳宗海水体造成污染指数的取证、锦业公司所排放的废水是否对阳宗海水体造成过直接污染，以及环保部门是否进行过有力监管检测这 3 个问题上。公诉方澄江县人民法院和被告辩护律师在庭上展开了激烈的辩论。

“短时间内入湖砷量之大，根据阳宗海周边的水文地质状况，不能忽略 512 汶川地震后多次地质变化对阳宗海水体砷污染可能造成的影响。”被告代理人向法庭出示了一份中国地质环境监测院在北京组织召开的“地震对地质环境影响”研讨会的《会议纪要》。

公诉机关驳斥了这一说法：提起公诉的 8 方面证据可以证实锦业公司的违法行为。这些证据包括，公安机关立案的根据、阳宗海遭受砷污染的事实证据、锦业公司有造成阳宗海砷污染的客观条件、云南防科所组织专家做出的《鉴定结论》、西南有色金属地勘所的《地勘报告》等。

对公诉机关的指控，被告在法庭上坚持认为自己“没有污染阳宗海”，其代理人马、郭等律师认为，公安机关移送澄江县人民检察院的证据中，认定锦业公司是造成阳宗海砷污染事件的主要污染源的直接证据，是由云南省一些相关单位提供的材料为依据判断。但“这些材料存在诸多疑点和错误，许多观点是推理和可能，缺乏支持其观点的证据，使得调查报告丧失了应有的科学性和公正性”。

2009 年 6 月 2 日上午，云南澄江县法院对阳宗海砷污染刑事案件进行公开宣判。

法院审理认为，被告单位云南省锦业公司作为具有相应刑事责任能力的法人单位，在生产经营过程中的环境违法行为，导致阳宗海水体受污染，水质从二类下降到劣五类，饮用、水产品养殖等功能丧失，周边居民两万六千余人的饮用水源取水中断，公私财产遭受百万元以上损失，构成重大环境污染事故罪。

判处罚金人民币 1600 万元；被告人公司总经理李某犯重大环境污染事故罪，判处有期徒刑 4 年，并处罚金人民币 30 万元；其他被告人犯重大环境污染事故罪，各判处有期徒刑 3 年，并处罚金人民币 15 万元。

审判结束后，被告单位及三名被告人均对判决不服，当庭表示将上诉。

玉溪市政府也不得不向社会道歉：

距省政府公开通报阳宗海砷污染事件一个月之后，玉溪市政府于 10 月 21 日通过新闻媒体向全社会公开道歉。

玉溪市政府表示，污染事件发生后，玉溪市委、市政府启动应急预案，全面落实“三禁”措施，各级投入了近 500 万元，解决了沿湖群众和两户企业 670 多人的生活用水，完成了渔船集中代管工作，制定完善了群众生活生产用水、渔民生产替代等方案和措施。

道歉信说，玉溪市政府已经切断主要污染源，依法关闭了锦业工贸公司，对沿湖相关企业实行停产整顿，依法追究了锦业工贸公司违法排污的法律和经济责任，以涉嫌重大环境污染事故罪将锦业工贸公司董事长李某等 3 人逮捕。玉溪市政府同时表示，要落实行政问责制，对 17 名相关责任人实行行政问责，全面、客观地做好阳宗海水污染情况和处置工作情况的宣传报道，自觉接受新闻媒体和社会监督。

道歉信中披露，锦业工贸公司不仅排污污染阳宗海，而且在事件发生后还采取多种对抗法律、隐瞒犯罪的手段，企图逃避法责。

据调查，该公司曾经发生过两次职工集体砷中毒和一次砷过敏事件，但被隐瞒。该企业偷排污水致阳宗海污染，被上级有关部门查处后，“突击掩埋存在严重渗漏隐患的循环水池并伪装成绿地，弄虚作假，逃避监管，派人闯入已经被公安机关查封的财务室，删除、转移电脑数据资料，销毁证据，企图逃避法律责任。”

在道歉信中，玉溪市政府承认，阳宗海污染事件暴露了政府“有关职能部门存在执法力度不够、督查落实不力、审批把关不严、以罚代管、疏于监管、整治违法行为避重就轻、敷衍了事等现象，致使污染企业多年逃脱监管，违规生产，最终酿成了此次严重污染事件”。

事实上，“阳宗海周边的企业上百家，生产涉砷企业也不止我们，我们公司怎么可能有如此大的能耐，在那么短的时间内造成阳宗海严重污染。但最后把所有的污染责任推给锦业公司是不恰当的，甚至别有用心。”锦业公司一名负责人说。

阳宗海的污染原因多重，既有以锦业工贸公司为主的几家无良企业的违法排污问题，也有当地政府失职失察管理不力的因素，而客观上还有阳宗海分属昆明、玉溪两个市，宜良、呈贡、澄江三个县，以及省“九湖办”和省水利厅阳宗海管理处等几个机构多头管理，管理无法协调统一到位的问题。

早在1997年底，云南省人大就通过了一部地方性法规《阳宗海保护条例》，但由于管理职能存在权限不清等机制、体制问题，具体执行这个《条例》的机构、部门却非常繁复，相互间有较大的埋怨推诿空间，最终导致这个法规成为废纸。

第五节　洱海，1996

1996年的蓝藻，刺痛着世居在洱海边白族人民的心。

那一次，让人们真正感受到污染对洱海的沉重打击。

杜光宏老先生说，20世纪80年代，他和泳友们经常在洱海里游泳，那时的水澄澈蔚蓝，根本不需要戴泳镜下水，在水下睁开眼睛是常态，看着丝丝水草、群群游鱼，好不惬意。

第一次听见蓝藻这个词，是1996年，洱海水没有以前那么蓝了，水色有些偏绿，他说，那个时候他不知道蓝藻是什么，直到看见洱海某个湖湾里飘着的一层“绿油漆”。

那年10月，洱海发生全湖性蓝藻大暴发。全湖藻类从平常的200多万立方米激增到1000多万立方米，湖水透明度从4米骤跌至0.5米，大部分水体发出难闻的异味。人们不得不用塑料桶跑到很远的地方接山泉水喝。

大理镇的才村位于大理古城东边，洱海西岸，辖区有3千米多海岸线，才村人世代居住在苍山下、洱海畔的这个“鱼米之乡”。大自然馈赠给他们的不仅有洱海，还有海西这块肥沃的土地，他们祖祖辈辈既可以打鱼，也可以生产优质的水稻和蔬菜。杨子是大理市大理镇才村的村民。提到过去洱海的水质，他深有感触：“当时，洱海从事网箱养鱼。喂得太多了，水很快就脏了。天热的时候，你可以从远处闻到臭味。没人敢来。”

没有了捕鱼的生计，才村的渔民纷纷开始寻找新的出路，有的外出打工，有的就在家门口的大理古城干起了旅游业，而更多的村民则把希望都寄托给了脚下的这块土地。然而随着连年使用化肥和农药，2016年成为洱海水体透明度十年以来最低的一年，2016年洱海流域污染负荷排放总量和2004年相比增加了50%以上，氮、磷远远超标。

洱海污染引起的恐慌。

洱海保洁员杜光宏，是土生土长的大理本地人，从小就生活在洱海边的里后山村，从家到海边用不了3分钟，回忆起儿时的情景，他充满感慨。小时候一出门都是滩地湿地，小伙伴相约去游泳，一整天泡在水里面。

随着经济的发展，洱海慢慢变得不那么清澈，水体富营养化程度越来越高，原本应该湛蓝的湖水，慢慢变成了绿色，走在海边能闻到刺鼻的味道。此时的杜光宏，看在眼里疼在心里，于是敦厚老实的杜光宏，自发加入了打捞洱海死亡水草的队伍，开始在洱海边打捞水草。

杜光宏回忆说，每年的七八月份，洱海里的死亡水草会因北风吹到洱海岸边大量堆积，这也是最忙的时候，他每天从8点开始，划着洱海保洁船，沿着兴盛桥到石屏湾打捞水草，中午随便吃点饭，一直要干到下午6点多才收工，遇上阴雨天气，工作量还会加大。但不管多晚，他都要把水草清理完才回家，因为水草捂烂以后会形成二次污染。

对于家庭而言，杜光宏有时觉得很惭愧，每天早出晚归顾不上家里，大大小小的事情都由妻子张朋丽一个人操持，而且每个月只拿几百块钱的补贴费，根本不够家里的开支。但是看到洱海这几年的变化，杜光宏觉得，为了洱海，多付出些也是值得的。

张朋丽说："他做的工作又辛苦又累，工资又低，有时候就一天到晚都不回来。"

虽然心里有些埋怨，可看到自己的丈夫每天那么辛苦，休息都顾不上，张朋丽也很心疼。看到丈夫即使病了也要打给其他负责打捞的同事电话，请他们帮忙把自己的辖区打捞干净，张朋丽也只有默默地支持。她说，只要洱海好，我们大家都好。

可在1996年后，张朋丽所希望的并没有那么快实现。2003年和2013年，洱海曾两次大范围暴发蓝藻；2016年洱海保持Ⅲ类水质，已经处于富营养化初期；2017年初，洱海部分海域又集中暴发了蓝藻……

第六节　异龙湖，最后一滴眼泪

异龙湖位于云南石屏县境内，又名石屏海。

清人记载其"周围百里，田连阡陌，舟通城濠，水自宝秀环山漫流，总汇异龙湖中。村居错落，离城三十里，地名海东，有泄湖水河道，其中两山峻狭，曲折长流，建水泸江一带田亩，咸资灌溉焉。"

异龙湖不仅是云南9大高原湖泊之一，同时也是珠江支流泸江之上源。

明清时期，随着云南地区社会经济开发的深入，异龙湖等高原湖泊流域成为经济开发和社会发展较为迅速和典型的地区。明代洪武年间，明政府"置石屏屯十六伍，宝秀屯十八伍，分田给从征将卒，以为世业"，开启了异龙湖流域大规模开发的序幕

崇祯十一年（1638年）七月，到达石屏的徐霞客记载说："迤东之州，石屏为最盛；迤东之堡聚，宝秀为最盛。"异龙湖流域的开发已经达到了一定的规模。到清代，石屏地区的开发更为深入，以致文化风俗均类于中原，"虽蕞尔小邑，文章科第几埒中州""文物冠裳彬彬与中州侔矣"。

从地理环境看，异龙湖四周高山环绕，山区比重大，仅濒湖坝区适宜农耕，

宜牧山地多而宜农耕地少。人口数量的剧增以及“田多瘠薄”的农业条件，使异龙湖流域的人地矛盾逐渐凸显出来。

清代以后，由于山区作物由荞麦向“玉麦”等高产作物倾斜，也加剧了表土疏松及水土流失。在异龙湖流域生态环境的变迁中，最引人瞩目的就是异龙湖泥沙淤积。从明代后期开始，异龙湖泥沙淤积日益严重，海口壅塞已经成为严重的生态和社会问题。

袁嘉谷曾记载石屏城东的化龙桥，“本极高，近已淤塞，桥低于水。余幼时尚见水低桥，桥洞尺许，此为异湖之极西处也”，而海口的锁龙桥“近亦桥平于路，甚者沙埋桥上，见路不见桥”，感叹“陵谷之变迁如此”。所谓“陵谷之变迁”实为生态环境变迁的必然结果。

本地人“局部”在湖边巧遇了居住于此的亲戚。彼此回忆起儿时，每每到这位亲戚家做客，一大群人总要到异龙湖边玩上一阵，打鱼、划船、游泳。“以前这个湖有很多鱼，还有鸭子啊什么的，我们小时候就去拿它们的蛋。”长大后，“局部”在外工作，到异龙湖边游玩成为他和许多人过年回老家时必做的事情之一。

长年在外工作的“局部”从朋友处得知，老家石屏的异龙湖面临干涸。2008 年春节回家，他特意到异龙湖边看看，那一刻，他几乎不敢相信自己的眼睛。

异龙湖，湖水被分成了两半，西部已干，芦苇大片大片地立在干涸开裂的湖床上。眼前的景象，令这位对异龙湖有着深刻记忆的石屏人不禁心酸。

临近景观带的异龙湖西岸，早已不见了水的踪影。很难想象，两年前这里还呈现着十里荷香的景象。

干涸开裂的湖床上布满裂纹，大的能有手掌宽，表层往下的土是湿的，踩上去还有些松软，一些过去用来搭载游客的小木舟荒废已久，倒扣过来，成为供人通行低洼路段的“木桥”。夜晚，月光洒在没了水的湖床上，废弃的木舟布满尘土，空空地承载着月光，更添几分萧瑟。

在“局部”的镜头里，珍藏着异龙湖近十年的变迁史。

2005 年春，舟在水中央，行在被水浸了一大截的芦苇丛中，小舟的木板上生起了炉火，一锅新鲜的黄瓜等待烹制；2006 年夏初，荷花还未完全绽放，一片片荷叶轻轻地漂在水面上，游人闲暇地坐在舟上观景聊天；2007 年 2 月，水漫到村子的建筑物边，临水的民居倒映在清澈的湖面上，水天一色……

由于湖水干涸，过去从事游船生意的亲戚如今只能依靠割草来赚取部分家用。“他说现在每割一百斤草能有几块钱的收入。他们一家世世代代以湖为生，以前水多的时候，经济收入也是比较好的，算是过着小康生活。但是现在水突然没了，只能想别的办法谋生。”

由于湖水大面积干涸，2012 年，异龙湖最负盛名的荷花节和开渔节都没有举行。

虽然异龙湖水质总体评价为劣 V 类，但当地农民还需要它。“污水也得用，有时，污水都抽不着。”

湖水干了，受影响的还有当地的农业灌溉。异龙湖周围涉及异龙镇、坝心镇 2 个乡镇，共 14 个村委会、136 个村民小组、2.7 万人口，涉及农田面积近 2 万亩。

王泽伟回忆，2012 年 11 月曾经收到过一个通知，要求任何人都不准到异龙湖抽水，“但是，湖周围有那么多老百姓，没办法停。”之后抽水重新恢复，只是有了限制，“就是说可以抽，只是不能浪费。但是没有明确说具体的数量”。

2012 年，异龙湖水质总体评价为劣 V 类，其主要超标因子为高锰酸盐指数、化学需氧量、生化需氧量、总氮和总磷。尽管如此，“污水也得用，有时污水都抽不着。就是那个水，（村民）也争得要吵架了”。

王和林与彭德弘经常怀念起过往的岁月来。以往雨水丰沛的时候，异龙湖的水能直接淌到豆地湾村来。两个村委会加起来，有 3000 多亩地都靠异龙湖水灌溉，房子只能建在半山腰，并在山上开出几块田来耕作。湖水穿过村庄，沿着隧道流向红河。后来，一条新修建的路将湖水隔在一边，另一边则开辟为农田，湖水不再汩汩地流走了，村民们也开始将房子往低处建。

彼时，由于湖水丰沛，修建起的道路，“每隔十年就会抖一次，1985 年，1995 年，到 2005 年的时候，水都还很多”。王和林回忆，但凡大雨降临，异龙湖北面的村子能“淌五天五夜的水，水声哗啦啦的，这里都可以听得到”。

总结起来，造成异龙湖干涸和面临严重生存危机的原因，大致有以下几个：

遭遇罕见的连续干旱。

围湖造田、围湖养鱼、围湖造城并最终向人工湖变身。

开凿青鱼湾隧道，改变流域归属。

流域内水源基本断绝：地下水的大量使用造成异龙湖干涸；“中低产林”和“经济林”改造等原因使原生林毁灭造成山泉消失；相同原因造成的赤瑞湖遇旱就干涸，无法向异龙湖补水。

不堪负荷大面积的杨梅林灌溉用水。

异龙湖的干涸，是天灾，还是人祸？

第七节　杞麓湖的“未老先衰”

从作家的作品里看一看杞麓湖的过去。

有作家写道，从 20 世纪 60 年代起，人们开始实施一项“伟大的工程”——放干杞麓湖，增产万担谷。人们幻想，把无边无际的湖水放干后，湖面就能变成万顷良田。杞麓湖不就是一个无比巨大的粮仓？一番“人湖大战”之后，湖泊西部出现了大片沼泽地，湖中的杞麓鲤、云南鲤、龙眼鱼、乌鳢、鲶鱼、翘嘴鲤、肉花头、大头鱼等“土著鱼类”成了牺牲品，水鸽子、土鸳鸯、黄鸭、老鹳难觅踪影，茭草、蒲草、芦苇、灯笼草、花格草成片消失。杞麓湖从此变化莫测，混沌、苍白、暮气沉沉，水质不断下降，显而易见的是它衰老了，失去了原来的精神气质。

师桂梅的《那一湾湖水的乡愁》中也有写道：“那时我不懂在岁月的沧海桑田中，杞麓湖历经了怎样的变迁。母亲曾和我说，在她年轻的时候，杞麓湖比现在大多了，大多数村子的出行都需要划船，后来围湖造田，造成湖面变小。我不懂何为围湖造田，也不懂为何要围湖造田，问母亲，母亲则淡淡地说，为了粮食增产。”多年后在《通海县志》中看到：“1958 年以来，由于片面地放水围湖造田、毁林开荒、用水量超过入水量等原因，造成湖面缩小，湖底淤高，库容调节能力降低，从多方面加速了湖泊的老化。”在六一村一块《幸福莫忘解土人》的石碑上也提到了围湖造田，把海田改成了粮食、油菜的高产田。当时工程之浩大，打埂防洪，划土改田，全靠木船在海上运土，人们你来我往，川流不息，把土一船一船划到两千米外的海田里。从这些简单的文字介绍中，我一方面感受到在那激情燃烧的岁月中，人们那种“敢教日月换新天”、勤劳坚韧的吃苦精神；然而另一方面又隐隐感受到这片心中挚爱的湖水，在过往的岁月中所承受的伤害。

师桂梅还写道："我们的母亲湖，只是默默承受着。承受着那个年代人们做出的选择。犹如对待自己的孩子，包容着他成长过程中的任性，包容着在成长过程中的索求，哪怕不合理。海水包容了所有的伤害，又给予了田庄灌溉，给予了通海人民最好的滋养。

多年以后，我对这片湖水的热爱，不再流于表象。时光在我身上留下了或深或浅的烙印，我也懂得了杞麓湖在漫长岁月中经历的沧海桑田的变化。围湖造田不仅缩小了湖面，也影响了湖的生态系统，造成了一些物种的消失，比如湖中的鱼类、岸边栖息的鸟类。"

杞麓湖是云南九大高原湖泊之一，属于珠江流域西江水系，湖泊面积37.26平方千米，蓄水量1.5126亿立方米。1991年杞麓湖TN指标出现超标并延续至今，特别是2008年起出现5年连旱，水位急剧下降，湖泊内源污染严重，挺水植物疯长，自然湖岸线消失，湖滨带功能弱化，入湖污染源种类多，污染负荷量大，"两污"的处理能力不足，缺乏清洁水源补充，水质逐渐恶化为劣Ⅴ类。

"这条河已经脏了10几年了！这段时间我们每天都在打捞垃圾，河里就没有垃圾了，但下大雨垃圾多就捞不完。"南岸万家村60岁的清洁工牛绍芳说。他已在万家大沟打捞垃圾好多年。

这是今年5月初记者在云南省玉溪市通海县杞麓湖万家大沟河入湖口看到的情景：入湖口河面上漂浮着厚厚的一层糊状垃圾和蓝藻，如同覆盖着一块灰黑色的地毯，将河道盖得严严实实，看不到一丁点儿水面，只有距入湖口水闸50多米的河面才露出了浑浊的河水。漂满垃圾的河水穿过环湖公路下面的桥洞，与杞麓湖湖水汇合，河面上空弥漫着一股臭味。万家大沟河从一千米之外的通海县城延伸而来。在入湖口左侧岸上，立着一块河长公示牌，上面详细写着管理万家大沟河的责任人及其职责。

在万家大沟河入湖口附近河堤右侧，是一排约百米长的截污沉淀沟渠，沟渠内的铁栅栏拦住了体积较大的垃圾，但流出的河水仍浑浊不堪，沟渠旁无人清理的垃圾随处堆积。入湖口旁有一个排灌站，河堤外的排管附近堆满垃圾，从排管口流入河道的是浑浊的污水。入湖口附近还有一个露天简易厕所，粪池紧挨入湖口，臭气袭人。在截污沉淀沟渠右侧，则是上千亩广阔平坦的农田，种满了绿油油的蔬菜。

最可怕的是杞麓湖那些年差点干涸了。

杞麓湖水域曾远及现在的河西、兴蒙等乡镇，历经20世纪五六十年代的改造后，杞麓湖湖水从河西、兴蒙一路退下来，广大的湖盆区成为现在的农田、道路和村舍。饱受磨难的杞麓湖在20世纪70年代又经历了第二次磨难——围湖造田。在通海本土作家杨杨的记忆中，当时，杞麓湖畔的所有村庄都争相向母亲湖要耕地。之后，杞麓湖湖泊面积迅速减少，成为一个包围在阡陌纵横中的封闭型湖泊。没有了来自周边龙潭、涓涓细流、千沟万壑的水源补充，杞麓湖终成无源之水，所有的蓄水只能靠天降雨。一遇到干旱，就面临无水可补的危险。

在通海人记忆中，从1961年到1983年，出现了6次大旱3次大涝，其中，干旱以1983年最为严重，湖水水位为-0.38米，湖心犹如一个小水塘，水量仅有1632万立方米，几乎干涸了。到了下半年，杞麓湖由大旱变成大涝。2001年，杞麓湖再次受到洪水考验，水位最高达5.54米，高出周边农田0.7米，143千米湖堤全线告急，这也是杞麓湖百年来最严重的一次大涝。

2006年泛亚铁路玉蒙线通海段在里山隧道施工时，打通了通海地下水的一条重要动脉，导致铁路沿线地下水最低排池点由天然状态下的泉点标高下降为隧道底板标高，从而引起区域地下水位下降，造成沿线11个泉点流量明显减少、7个泉点断流、5口深井水位下降、1口深井和两个坝塘渗漏干枯，不同程度地影响了沿途5个乡镇45000余人和10000多头大牲畜的饮水，以及23000余亩田地的灌溉用水。

至2008年，杞麓湖一直处于开闸泄洪状态。

此后天气一直干旱，造成湖水水位急剧下降，湖泊蓄水量减少，大片湖岸裸露出来，芦苇疯长，湖泊水生生态环境遭受严重破坏，大量水生植物死亡。同时，湖泊的自净能力也遭到进一步削弱，湖水水质恶化加剧。杞麓湖总氮含量从2009年至2013年增加了25.68%，总磷含量增幅更高达100%。

资料显示，杞麓湖流域面积354平方千米，含6镇1乡，占通海县土地面积的47.8%；流域区耕地面积占全县耕地面积的86.7%；流域区人口28万，占全县总人口的92%。

杞麓湖一旦干涸，湖盆区14.5万亩农田将无水用于耕种，纳古、四街、杨广等工业强镇的高耗水企业也将面临停工。

第八节　情人湖死了，别说“百身莫赎”

我不是刻意要在大理人伤疤上撒盐。

我与大理的爱也是深刻的，无所谓旧仇和新恨，爱是正道。

时间过去17年，洱海天域屡被举报，一点也不奇怪。

尤其在2019年8月，洱海天域传出拆迁传言。

2019年9月24日，95位洱海天域小区业主收到了相关部门对“洱海天域”住宅区房产实施“停止交易、停止抵押登记和装修的通知”。

2019年10月30日，相关部门召集洱海天域95位业主，在洱海天域现场召开办公会和座谈会。业主被告知，拟拆迁洱海天域联排住宅区，并现场征集业主意见。

据说当时洱海天域95位别墅业主反应激烈。

事实上，从2004年洱海天域项目立项至今，长达15年时间里，洱海天域屡屡处于风口浪尖。

最猛烈的一波始于2010年，央视等多家媒体曝光洱海天域因填埋大理“情人湖”建设项目致洱海天域“闻名全国”；2010年5月，洱海天域开发商中建穗丰置业公司原企业老总被曝出为项目行贿犯罪，而后因资金链断裂等问题，洱海天域项目停工。

当时已停工的洱海天域项目，究竟怎么处置，市民都拭目以待。为做好项目遗留问题的处理工作，大理市住房和城乡建设局于2011年12月委托大理州城乡规划设计研究院，开展《大理市“洱海天域”项目遗留问题处理比选方案》的编制工作，共提出了3个备选方案，供20名听证代表参考论证。

方案一，拆除情人湖区域的别墅群，最大限度恢复情人湖及周边山体，保证洱海公园整体功能和景观的完整性，还原情人湖区域的历史自然面貌。

方案二，继续建设原规划设计中已批未建部分建筑，加强小区内部绿化景观建设，增加大树种植进行遮挡。

方案三，拆除部分项目围栏、增加公共用地和公园绿地、穿过项目区新建一条连接洱海公园与湖滨路的廊道、未建设部分停止建设、削低影响视觉效果的楼层等。最终以保有原有建筑、不再审批新的开发项目取得社会“一致”认同。

2012 年，当地政府引进云南城投，对项目进行后续收尾开发。洱海天域 95 套联排别墅业主，从 2015 年起陆续入住；洱海天域配套的五星级酒店则于 2017 年开业运营。

也就在开始运营这一天，正式宣告了情人湖的死亡。

想必也让下关风子捶胸顿足、痛心疾首、潸然泪下。

多年后，当下关风子也听到“恢复情人湖的消息”，他的内心是复杂的，只是我无法知道他是大潮之后的风平浪静，还是依然暗潮汹涌。这个已经不重要了。

我在网络上找到了他写的一篇文章叫作《情人湖和洱海天域：谁生谁死谁涅槃》，明显地看出他对情人湖从来就没有放下过。

“2019 年即将过去的时候，听到拆洱海天域别墅、恢复情人湖的消息还是很震惊。一来不知道消息是真是假，二来‘退房还湖’也曾经是自己的想法之一。”

听说情人湖被“谋杀”的 2006 年 1 月，他就写下个一首题目叫作《悼念一个刚刚死去的湖》的悲愤诗：

……
美丽的情人湖
凶手没有给你留下
演奏《广陵散》的时间
连你紧紧偎依的母亲洱海
也像崩断的琴弦
不再发出鸣响
怜惜龙山这个汉子
也沉默不语
只留下不安的风
……

2010 年，在舆论的一片声讨声中，他持续关注，写了一连串的文章。

在《假如洱海天域退房还湖》中他曾说："只要那块地在，情人湖就有重生的一天……不论是全部恢复，还是意思一下，和不负责任的罚款了事相比，有着巨大的象征意义。第一，表明大理人民全力保护苍洱风景区这一天赐福地的决心……第二，给打着招商引资名号大肆侵害公众利益的贪官一个下马威。"

在《请勿辜负苍洱保护的生死相托》中，他也谈了自己的愿望："苍洱之间，大家把赖以为生的田地还给洱海，把最后的归宿之地尽量缩小，只为'苍山不墨千秋画'能够代代相传，'洱海无弦万古琴'一直绕梁，但愿政府勿负天下人。"

在《有多少洱海可以重来》的末尾，下关风子还有这样的呼喊："不停止洱海天域项目，法律丧失尊严；不尽全力恢复情人湖，洱海即将死去；不将违法者一网打尽，大理没有明天。"

他甚至还写了一首叫《情人湖》的歌，录了下来。当时放在网上，只是已经打不开了。他说，自己有一天翻箱倒柜，才终于找到。

歌声响起，爱恨交织、悲喜同行，思绪万千——

我站在这里
为你献上挽歌
我寻找着你
只能一次次在梦中
你常依偎着洱海母亲
唱出一首首缠绵的歌
如今你消失像一把钢刀
刺进母亲的胸膛
美丽的情人
我寻找你的身影
寻找被别墅掩埋的传说
寻找被大风吹散的良心
……
美丽的情人湖
难道仅仅是传说

难道日夜不停地呐喊
再也唤不回你的身影
……

下关风子只是深爱洱海、深爱情人湖的大理人之一，也永远是之一。

年轻时，我多次去过情人湖，妻子是大理人，不可能不“染指”那份旖旎。

央视的《新闻1+1》说，苍山雪，洱海月，洱海月照苍山雪，美丽的洱海是大理的名片，而和洱海连成一体的情人湖更令人流连忘返。

这话是依据欧阳让权与黄国凤的爱情故事说的，他俩都是土生土长的大理人，情人湖见证了他们的爱情，二人结婚后，就定居在洱海边，但是现在爱情依旧，曾经熟悉的情人湖却不见了踪影。

悲的是情人湖不是死在了不可抗拒的天灾，而是死在了一些人的权力和贪欲之下。

据当年通报，2003年12月，在大理州原州长助理郭宏峻等人的支持、推荐下，中建穗丰置业有限公司取得了“洱海天域”项目开发权。随后，该公司董事长陈白以金钱铺路，“洱海天域”项目便一路违规推进。

项目违规表现在，一是该公司将项目用地范围内的27.21亩商业用地擅自变更为综合用地；二是该公司以欺骗的手段从已缴纳的3000多万元土地出让金中，骗取大理市政府补偿资金2000多万元，使该公司以较低价格获得项目土地；三是擅自更改项目性质和设计规划，将分体式产权式酒店项目变更成以别墅商品房开发销售为主的房地产项目，将“莲花宝座形”主体酒店外观设计更改为普通的长方形酒店，违反协议侵占了“情人湖”规划水域面积，项目开发最终使“情人湖”遭受永久性破坏；四是压低项目用地附着物、林木等国有资产的补偿价格，致使国有资产流失上百万元；五是未批先伐和超期砍伐项目用地上的林木。该公司没有履行在2005年底大理50年州庆前建成国际一流水平五星级酒店并投入使用的协议。

工程项目严重违规却能大行其道，当然全靠了一帮蛀虫。

经查实，“洱海天域”项目从开始时就存在严重的官商勾结、行贿受贿等问题。其中，大理市委原副书记、市长段力收受中建穗丰置业有限公司董事长陈白等人贿赂和礼金400余万元；大理州原州长助理郭宏峻收受陈白所送一套价值100多万元的房子、价值港币数万元的欧米茄手表两块；大理市原副市长方元收受贿赂和礼金40余万元，涉嫌造成上百万元国有资产流失。

后来，段力被开除党籍、开除公职，方元已被开除公职并判刑11年。在当年的庭审中，公诉机关指控，段力在2000年至2009年历任大理市交通局局长，大理市建设局局长，大理经济开发区副主任、主任，大理市副市长、市长期间，分27次收受“洱海天域”房地产开发项目的开发商中建穗丰置业有限公司董事长陈白（另案处理）等11人行贿的财物共计165万余元。得到了好处后，段力利用职权帮其改动了“洱海天域”项目的滨海大道规划，并帮其“摆平”了“闹事”的农民。段力还分两次收受了某施工公司金某（大理龙山行政办公区绿化土方工程承包人）70万元；收受楚雄某路桥公司杨某（大理机场路辅路承包人）“感谢金”15万元；收受昆明某经贸公司普某的“感谢费”2万元等。

其他涉案人员按照干部管理权限，已移交有关单位处理。郭宏峻、段力、方元、陈白等6人已移送司法机关处理。大理市相关部门对“洱海天域”项目建设中的违规问题进行了处理，大理市政府收回被骗的“洱海天域”项目基础设施配套补助资金2000余万元，大理市国土资源局征收土地变更用途出让金180余万元，大理市规划局对中建穗丰置业有限公司行政处罚1000余万元，大理市林业局对中建穗丰置业有限公司行政处罚300余万元。

一些人的罪有应得也难挽回情人湖的重生。

“情人湖，那是20年前我老去游泳的地方。”当地人杨明树说。

“可惜重建要20个亿啊，现在算彻底没了。”这句话让我们看到了当年杨明树的绝望。

美丽的情人湖就这样在人们的视线中消失，冷冰冰的钢筋水泥，替代了它曾经温存的水面，或许在爱情人湖的人们看来，这一丛丛别墅就是一个个问号，带给人们的不仅仅是叹息和遗憾。

田昆当年在接受央视记者采访时说：云南有多条国际河流经过，保护云南的湿地首先有国际意义。从地理位置来说，云南处于第一级阶梯向第二级阶梯过渡的位置，这对于整个国家的生态安全是一个屏障。

另外，云南的自然资源非常丰富，很多是与湿地联系在一起，很多物种都是湿地特有的。保护湿地，对于物种、基因安全也有很重要的意义。同时，很多少数民族的文化与湿地也分不开，保护湿地与维护社会稳定有着密切关系。

田昆，男，1957 年生，二级教授，博士生导师，国家高原湿地研究中心常务副主任、西南林业大学湿地学院首任院长、滇池湿地生态系统国家定位观测研究站站长、云南省高原湿地科学创新团队首席科学家、云南省有突出贡献优秀专业人才。毕业于中国科学院东北地理与农业生态研究所（原长春地理所），获理学博士学位；1991—1992 年，1998—2000 年先后在澳大利亚联邦科学与工业研究组织（CSIRO）、美国杜克大学（DUKE）学习。主要从事湿地生态、土壤生态、恢复生态及自然保护研究。

情人湖已经无法死而复生，但绝对是前车之鉴。

善良的人都这样呼吁，如果不杀一儆百，那么我们下一步，会有更多的情人湖，更多的洱海水面被占用。

大理，应该是“好大个理”，却又总是处在舆论的风口浪尖。

几年后海东的开发又被无数媒体聚焦。

当 2019 年 9 月 5 日，大理州委、州政府在巍山县大仓镇举行大理新区筹备指挥部揭牌仪式时，意味着“向东政策”已变。从揭牌仪式上当地领导人的讲话中也能听出：大理新区筹备指挥部正式揭牌成立，标志着肩负洱海流域绿色转型发展重任、备受各级各方高度关注的大理新区已经进入了实质性落地建设的关键阶段。大理新区的推进建设将重构全州生态、生产、生活空间格局，充分发挥城镇、产业、人口聚集功能，极大助推洱海保护治理和流域绿色转型，为大理市、洱源县、巍山县乃至全州高质量可持续发展创造新空间、注入新活力、提供新动能。

曾经一路叫好、甚嚣尘上的“海东开发”还是遇到了一些人的质疑。

在 2013 年 5 月 29 日的《21 世纪经济》有一篇报道《新城的隐忧：大理上山造城千亿开发海东》，署名本报记者姚建莉和大理报道，报道中写道：

> 进入大理，听到的最热门话题就是“海东开发”。
>
> 从大理州政府所在地下关镇出发，沿着当地著名的洱海一路往东，当看到一片尘土飞扬、推土机、起吊机正在如火如荼运作中的大工地时，就已经到了海东。
>
> ……

所谓质疑，是记者援引了一位当地观察人士的观点，这位观察人士认为，海东新城今后可能面临的风险是，开发的资金瓶颈、产业基础和环境承载力。“尤其海东是水资源缺乏的地方，海东新城建设起来之后日常用水如何保障?”他说。

包括当时的海开委也很清楚这两大问题。

首先是环境。海东地区 90% 左右都是低丘缓坡、荒山荒地，按照国家规定，开发的低丘缓坡不能超过25 度，但大理从现实的角度出发，将很多超过60度的山头均列入开发。由于山地地形复杂，对前期规划设计和施工的要求都比平地高。

其次，前期规划设计时，需花大量人力物力在地质勘探、危险排查上，这些最后都化作资金成本。

而在山地平整、道路开挖、边坡建筑上，海东开发的道路开挖量大，需要架设大量的高架、隧道、立交等，这些都比平地上建筑多出大量工程。

根据海开委大致的测量，海东开发在基础设施上总共配套资金 170 多万元，比平地开发的成本高出近 3 倍，且土地利用率只有 50%。但地价便宜，山上山下的地价可能差 10 倍左右，算下来也差不多。

而总体上，从征地开始，包括土地成本、工建、服务、基础设施的建设、环境治理等，需要政府投入 266 个亿，这个城市才会成为城市，再加上社会投入，肯定过千亿。

那时候多少人都在想，能否吸引社会资金，显然还是个未知数。

解决用水不是个小问题，也有人担心城建起来会变成一座干城。

大理的官员当时直言：海东开发本身是分流部分海西下关城区的负荷，将来的生活用水尽管还是取自洱海水，但新规划采用的先进管理系统，尤其是中水回用系统（生活用水循环利用于绿化等）将大大提高水资源利用率。

而关于新城的产业问题，如果没有产业支撑就不可能成为城市，要避免成为空城、睡城，我们规划时严格考虑了产业规划。

根据规划，海东将是融合度假养生、创意经济、商贸物流、金融保险、旅游服务等产业支撑的新城，而大理州的行政机构亦会搬迁过去起到带动效应。

新城商贸物流区规划了 5.01 平方千米，这其中的市场分析是基于“桥头堡”战略。有人认为，在物流兴起后，随着创意产业和工业园区对产城融合的支撑，金融产业的配套，及规划优势名校的分校，预计可能会有 2 万人左右到来，这些都会带来人才、资金和居住。

理想是丰满的，现实是骨感的，海东开发从开花到不见结果不能完全说是大理的宿命。

本来为拓展发展空间，2003 年云南省就提出打造滇西中心城市，开发海东，向荒山要土地。

2012 年，大理州领导曾对大理市情做过一番分析：大理全市面积约 1815 平方千米，其中 70% 是山地、15% 是水域、15% 是坝区。窘迫的现状是，下关城区三面环山，一面向海，城市发展空间逼仄，海西片区（洱海西边坝区）集中了大理主要的耕地和历史文化资源，必须严加保护。因此，要开拓新的发展空间，海东成为一个必然的选择。

根据官方资料，海东镇的经济总量只占大理 2%，农民人均纯收入更比全市低 26%。

海东镇是整个海东地区的缩影。具体而言，洱海以东的上关、双廊、挖色、海东、凤仪镇等地面积约 700 平方千米都属于海东地区。尽管近几年修建环海公路后，交通已经不成问题，但和海西还是有着天壤之别。

……

当地官员介绍，海东属喀斯特地貌，除日照时间短之外，大量的土地为石灰岩山地，导致其水量贫乏。此外，这里雨季洪水泛滥，旱季水源紧张，植被稀少，农业经济效益极低，“一直处于未开发状态”。

早在 2003 年 9 月 27 日，云南省政府就在大理召开滇西中心城市建设现场办公会，首次提出开发海东。

2009 年 3 月，云南省政府又召开了大理专题工作会议，对加快推进以两保护（保护海西、保护洱海）、两开发（开发海东、开发凤仪）为核心的滇西中心城市建设作出了全面部署，提出着力加快海东开发，打造高原山地生态城市。

一直到 2011 年 9 月，云南省先后 5 次在大理召开了这样的城市建设专题会议。

由于开发海东的目标和定位比较模糊，单向项目居多，还有资金、土地、体制机制、投入等问题，进展缓慢。

随着 2011 年下半年云南省提出“城镇上山”战略之后，海东开发开始提速。

2012 年 3 月，大理州召开了加快海东山地城市开发建设推进大会，并下发文件，提出要举全州之力加快海东开发建设。当年 11 月，云南省批准设立了大理海东山地城市开发建设产业督导协调组，海东开发进入“跨越式发展期”。

为推动海东开发，大理州、市相关职能部门人员都在海东进行了派驻，主要是发改、财政、水务、林业、国土、环保、交通、人社、住建等审批部门。

规划目标显示，2015 年海东新城要基本完成 10 平方千米的城市基础设施配套工程，可容纳人口 8 万人，2025 年建成 30 平方千米，可容纳城市人口 25 万人。

按照当地“坝区农田一亩不征，山地一亩不留、村庄一个不拆”的原则，至 2012 年底海东规划的 12071 亩土地已全部征完。

如此迅速而大手笔地发展海东，因其还关系着云南的发展战略。

一方面，是云南省内的区域协调。2011 年，大理州生产总值虽在云南省排第五位，但横向比较只占昆明市的 22. 65%。

另一方面，在云南“桥头堡”战略规划中，被定位为滇西综合型中心城市的大理市必须承载起的滇西商贸、物流、总部经济、金融、教育、医疗、工业、服务中心等多种功能。整个城市形态必须重新调整和布局。

根据规划，整个大理的城市格局分为三块，大理古城在海西，提升城市硬件和功能的补位放在下关，而新城发展在海东。

张强的老家原先紧挨着洱海而建，“整个院子大概有 2 亩多，房屋有两层 17 间，周围全是海”。提出海东开发之后，张强家在 2009 年已经被征用，2012 年正式搬出。

张强一家获得的补偿款有 40 多万，退伍后他曾拿着这笔钱去外地跟人合开过小店，结果以被骗收场。如今看到海东开发的机遇，他选择回来寻找机会。

2018 年 12 月 22 日，以《全面停止洱海海东开发区建设》按下了海东开发的暂停键。一纸禁令，楼盘完全停工，“北京湾”楼盘就是其中之一。

据和女士讲，她在 2013 年付款 8 万认购，《商品房认购确认书》约定 2015 年 12 月 31 日交房，但实际交房日期需以《商品房购销合同》为准，2015 年交首付，2016 年缴尾款并签订《商品房购销合同》定于 2017 年 12 月 31 日交房，到今天仍没有拿到房。

像和女士一样遭遇的不止一个。

北京张女士2017年借钱全款买房给父母养老，房未拿到想退，开发商却要扣除30%房款，本是开发商不交房违约在先，却让买房人进退两难。

重庆周女士2018年买的，到了约定交房时间，开发商却联系不上，工地停摆，求助政府施压后，工地仅出现三四个工人。

2018年6月，胡女士贷款给行动不便住在90年代老楼里的父亲买了一套电梯房，老人满心期盼，过了交房期，新家依旧是工地，5月中旬老人离世，这是个永远无法释怀的遗憾。

2019年12月31日有网民给省领导发帖：2018年6月份，我掏空了家里6个钱包，在大理海东四季花城认购了一套房子。但是随即政府便下令禁止海东开发，大量楼盘停工，大量交了首付款的人提心吊胆。也不知道什么时候可以交房，一拖就是一年多，而且现在还没有什么动静，一直在停工。据我所知，大部分买房的都是准备结婚的年轻人，现在房子一直拖着，婚期也一推再推。希望领导帮忙主持公道，给普通买房小老百姓一点信心！

在2019年初的两会上，省政府领导已经讲得很明确了：目前洱海水质初步改善，但稳定向好的拐点还没有出现。洱海保护，要彻底转变“环湖造城、环湖布局”的发展模式、“就湖抓湖”的治理格局、“救火式治理”的工作方式和“没有钱就不治理”的被动状态，做到以保护洱海统领大理经济社会发展全局。下一步要扩大洱海保护核心区范围，停止海东新区开发建设，下大力气解决好洱海周边房地产过度开发、旅游无序发展、产业结构不优、全流域治理不够等难题。走绿色发展之路，把洱海保护治理与产业转型发展有机结合起来，大力推进智慧旅游、数字农业和生态农业等发展。

2020年2月，大理海东山地新城城乡规划委员会，2020年第一次建设项目审查会议规划公开，海东主要建设区域，大理市上和片区控制性详细规划批前公示。“海东新城”在官方新闻中降格为“上和片区”，至此，海东的规划大概有了新的方向……取消海东开发区后，对于之前已经建成的9.6平方千米区域，需要重新编制控规实行法定化管控。近期调整控制性规划的上和片区，正属于这9.6平方千米区域。

大理洱海东岸开发区最早的规划范围高达140平方千米以上，规划发展控制区125平方千米，但在2016年，为了保护洱海生态环境，大理海东开发管理委员会将海东开发区的规划发展控制区面积调减为53.89平方千米，其中就包括已经大面积建成的上和片区。

不管是缩小规划面积还是别的处置方式，都已经宣告了海东开发画上句号。

现在包括“云南城投”等诸多房地产企业都将转移至大理新区进行开发。

2020年4月16日，大理省级经济开发区（以下简称：大理新区）集中签约了11个招商引资项目，签约项目涵盖了康养、教育、文旅、科创等多类产业，协议投资额达228.89亿元。在大理新区首批签约的项目中，最令人注意的莫过于云南城投的绿色康养项目。

根据大理本地媒体报道，云南城投海东投资开发有限公司拟投资40亿元建设云南城投绿色康养体验示范区，用地面积约2000亩，是大理新区此次签约项目中规模最大的一个。根据规划，云南城投绿色康养体验示范区将以旅游健康服务业为核心带动相关产业发展，重点发展康养旅游居住、康旅养生、康旅体验服务、康养休闲服务、生活服务业等。

根据公开资料，大理新区位于巍山境内，规划范围有60平方千米，主要以承接洱海流域产业和人口转移为目的，大力发展大健康、教育、文旅等产业。新区将先行启动规划范围12.4平方千米（东至大南高速，南至规划区南侧山体，西至西河，北至上台水库）的建设。

除了云南城投的2000亩绿色康养体验示范区项目外，此次大理新区签约的还包括大理华侨小镇、大理极乐温泉康养园、大理新区理想邦二期康养度假小镇、大理阳光太极康养度假岛、大理轩远·晴川九里5个房地产开发项目。根据海东开发区停建处置与大理新区规划建设联动的原则，今后或许还会有之前在海东片区开发的企业转移至大理新区。

从情人湖之死写到海东开发停止，我的心情一直都是大起大落。

落的还不是某个事物的停摆或消亡，而是人们一而再地犯错误，脆弱的云南生态折腾不起，任何一次错误的决策都会给云南和云南人民带来灭顶之灾。

云南，94%的面积是山地，平地只有6%，散布山间河谷大大小小的“坝子”既是优质耕地的主要集中地，又是城镇建设的主要用地。山多坝少的地理特征决定了不能再走“摊大饼”式的发展模式，如何破解土地供应捉襟见肘的难题，考验着执政者的智慧。

云南到底怎么走？

第九节 土地被蚕食：何必把自己逼得“死无葬身之地”

大自然的威力有时候让人无可奈何，而人为的蚕食那才叫罪大恶极：侵占、污染、死人跟活人争地，等等。

这是云南耕地的全部家底——

据2017年10月2日，云南省测绘地理信息局对外发布的《云南省第一次全国地理国情普查公报》显示，云南省各类地形地貌的面积构成和空间分布：通过对相关数据的统计分析和分类，其中，1000~3500米中海拔区域面积占全省面积的87.21%，云南省绝大部分区域均位于中海拔区域。25°坡度以下区域占全省面积的56.46%，从地貌类型看，平原、台地、丘陵、山地面积分别占国土面积的4.85%、1.55%、4.96%、88.64%。

9类种植土地的面积构成和空间分布：总面积为9.36万平方千米（1.40亿亩），其中，水田11004.11平方千米，旱地59903.49平方千米。

林草覆盖的面积构成和空间分布：总面积为27.18万平方千米（4.08亿亩）。

荒漠与裸露地的类别、面积、构成及空间分布：总面积为2826.09平方千米，为全省总面积的0.7%。

……

这些数据只代表发布那一刻的情况，它永远是动态的。

以2009年12月31日为标准时点的情况，云南省各类土地资源底数分别为：耕地9365.84万亩、园地2480.50万亩、林地34603.92万亩、草地4542.39万亩。比1996年那次调查的耕地减少266.52万亩。

又10年过去了，云南的耕地面积还剩多少？

自己去问吧。

但污染和侵占土地事件从来就没有间断过，尤其由土地引发的口角、纠纷，甚至集体抗争，与土地关联的利益之争更是你死我活。

事实上，云南几次大的群体事件不无与利益纠葛在一起，农民显然是弱者。

失地群众当然担心，祖祖辈辈靠土地吃饭，即便一年四季面朝黄土背朝天，依然食不果腹，但土地在至少让他们踏实。

没有了土地，他们就失去了方向，直至着急、恐惧，从而走向上访的路。

时年89岁高龄的云南省政协原副主席杨维骏坐着政府专配用车，为12名失地农民代表开道，带其到云南省政协反映问题。

被带着上访的那些村民都是昆明市西山区福海社区韩家湾村的。他们要反映的问题是，政府拆迁安置政策不合理。

农民张桂仙对那次上访还记忆犹新，她说，昆明市西山区福海社区韩家湾村有8个自然村组要拆迁，1700亩耕地要被征用，房屋在上访那年年初被限期拆除，政府没有出示征地手续，每亩25万元的征地款也未发放，冬天到了，安置房一直没有下落。

张桂仙说，他和村民曾上访过80多次，那心里着急，心里有气啊。

尤其是2010年12月17日，韩家湾村的400多名村民到社区街道办，要求政府出示土地征用与拆迁的相关手续，遭到拒绝。

张桂仙说，在村民中，有个从云南大学毕业的大学生，他给已经退休的副省级官员杨维骏打电话，反映问题。

那一天，杨维骏从村民处听闻这一消息后，从云南省政协老干部处借调一名工作人员，并乘坐专车赶到现场。

张桂仙记得清清楚楚，到达现场后，杨维骏命人拍照、摄像取证，并带着村民去省政协。

这绝不是孤例，2014年10月14日，晋宁县晋城镇富有村部分村民与昆明晋城泛亚工业商贸物流中心项目施工人员发生冲突，造成8人死亡，18人受伤。该事件是一起由利益纠纷引发，并演化为夹杂着严重刑事犯罪的群体性事件，给人民群众生命财产造成重大损失，严重损害了政府的形象。

这是悲剧更是警示。

但各种变相或者说花样百出的蚕食土地的现象依然不断发生。

根据自然资源部下发的云南土地卫片检查图斑，经卫片检查信息系统分析，2018年度全省违法用地5023宗，面积47664.42亩，占用耕地面积25776.33亩。

截至目前，云南省各地已对符合立案条件的1887宗违法用地进行立案查处，结案774宗，结案率41.02%；查处整改到位524宗，整改到位率10.43%。

据了解，云南省违法用地突出表现在交通运输违法违规用地。全省交通运输违法用地404宗，面积28372.46亩，耕地面积14530.74亩，占全省违法用地宗数、面积、耕地面积的8.04%、59.53%和56.37%。

另外，工矿仓储和农村宅基地等违法用地也成为云南省违法用地的主要表现。

死人和活人争地也屡禁不止。

仅丽江，在2019年上半年违法违规私建“住宅式”墓地等问题排查中，丽江全市排查违法违规私建的大墓、豪华墓就有24969座，活人墓4861座，总计近3万座。

云南山区、半山区约占全省土地面积的94%，坝区仅占6%，坝区既是全省大多数城镇所在地，也是全省优质耕地的集中地，随着工业化、城镇化快速发展，坝区耕地被不断“蚕食”，这是不争的事实。

据有关部门统计，10年前的楚雄市面积在6平方千米以上的坝子已被建设用地占用近25%。楚雄城市的发展，工业的推进面临所在坝区土地和环境承载能力有限等难以逾越的门槛。

全省何尝不是这样？

云南省国土资源厅数据显示，过去的10年，云南省城镇化率由23.4%上升到36%，全省各类建设占用耕地271万亩，其中78%为坝区的优质耕地，全省坝区已有30%被建设占用。又过了这10年，云南优质耕地虽然没有如10年前悲观的估计被占用殆尽，但所谓的“滇中粮仓”“米袋子”“菜篮子”将不复存在，以楚雄坝子为例。

云南一直都在面对发展与土地资源匮乏的矛盾，要打破瓶颈需要足够的智慧。

香港就是一个蓝本。

香港的土地80%是丘陵与山地，海拔50米以下的土地面积只占17%左右，人多地少，导致许多建筑必须分布在30°至45°以上的山坡上，而香港又处于海湾地带，每年都会遭受很多次台风侵袭，山地房子的质量，至关重要。

据了解，香港的山地房建设有三道关卡，一是严谨的监控制度——“工地安全监工计划书”制度。在该制度下建筑专业人员和承包商在施工批准前都要求呈交“计划书”。规定监工和验收都应由具有一定资历和经验的适任技术人员执行。二是承包商注册制度，严格控制承包商经济能力、管理人员、施工机械和工作经验。三是由建筑师管控建筑质量，在整个项目运作的团队中，建筑师扮演的是协调发展商与承包商之间关系的角色。既要保证发展商对工程质量、进度与成本的要求，又要考虑承包商科学合理的技术要求及施工周期。

我也注意到了云南省官方有这样一个规划：到2020年，云南耕地保有量保持在8970万亩以上，基本农田面积始终保持在7431万亩以上。云南将采取强有力的措施加强农业面源污染治理和农业绿色发展工作。

诸如：着力加强耕地“三位一体”保护。建立健全耕地保护体制机制，充分发挥耕地粮食生产、社会保障、生态效益功能，有序推进耕地轮作休耕和生态退耕，推进山水林田湖草生态保护修复，推进高标准农田建设，确保耕地数量稳定、质量提高和生态改善。

加强耕地坡改梯、旱改水、土地平整及土壤培肥改良等，鼓励将劣质低效园地改造为耕地。综合采取工程、生物、农艺等措施，开展退化耕地综合治理、污染耕地阻控修复、石漠化耕地整治、坡耕地改造等，推进耕地土壤污染防治，加速土壤熟化提质，强化土壤肥力保护。

禁止在25°以上陡坡开垦耕地，禁止违规毁林开垦耕地，禁止将污染土地开垦、复垦为耕地。加大工程建设和矿山土地复垦的监督检查力度，确保土地复垦工程质量。

这些都是好的举措，但其路长且艰。

第三章　云南的“中国视角”

第一节　隐痛中的觉醒

纪录片《唤醒绿色虎》的制作人马求实和史立红给云南敲响了第一记警钟。他们保卫虎跳峡的故事无疑是中国当代环保运动的一个转折点。

纪录片《唤醒绿色虎》由加拿大著名导演 Gary Marcuse（盖瑞·马库斯）和中国独立纪录片导演史立红历时三年，共同拍摄完成。该片记录了一次史无前例的，由农民、记者和环保人士共同参与的，反对在长江上游建造大规模水电站的民间运动。

该片以 20 世纪五六十年代的“大跃进”等政治运动为背景，通过鲜为人知的历史资料和影像素材，以及对中国“环保之父”——前国家环保局局长曲格平先生的采访，讲述了中国从“人定胜天”到“人与自然和谐相处”的转变过程。

为此我刻意从网络上找来了环保纪录片《唤醒绿色虎》的视频一看，这部获得华盛顿“格兰特海姆环境新闻奖”等多个奖项的纪录片，于 2013 年 9 月又获得了凤凰视频纪录片大奖——“绿色中国奖”。这也是这部关于中国的纪录片第一次在中国得奖。

在报端，我看到制作人马求实和史立红获奖后接受“中外对话”的采访，这让我更多地或说更深入地了解了他们拍摄此片的心路轨迹。

“中外对话”：为什么要做这么一部片子？又为何选择虎跳峡这个故事？

马求实：我以前做过另外两部重要的环境纪录片，一部关于苏联的激进发展和保护北极的环境运动，另一部关于美国核污染和民众抵制运动，关注的焦点都在环保运动的兴起。中国是新兴的大国强国，所以，我也早有计划做一部关于中国环境运动发端的片子。

最后选择虎跳峡，有两个重要的契机。到中国展开调研的第一周，我就见到了汪永晨、马军、刘鉴强、于晓刚等中国环保领域的领军人物，他们也是虎跳峡运动的参与人。这些人都给我讲了虎跳峡的故事。也提到，当时在《南方周末》任职的刘鉴强（编者注：刘鉴强现为“中外对话”北京办公室总编辑）关于虎跳峡的文章发布后，温家宝总理立刻下令暂停虎跳峡项目。同时，在这次调研中，我通过于晓刚看到了《怒江之声》这部纪录片，我非常喜欢这个片子的拍摄方式。后来我认识了这个片子的导演史立红，了解到她从2004年就开始拍摄关于怒江和金沙江老百姓反对建坝的故事，这些珍贵的视频资料使得《唤醒绿色虎》成为可能。

中国共有约2万座在建或建成的大坝，基本没有遭遇过反对的声音，却在虎跳峡这样一个绝佳的大坝选址处，放弃了修建计划。对我来说，虎跳峡在中国环境运动史上的作用越显意义非凡。

“中外对话”：这部片子中，在滇池边围湖造田、除四害赶麻雀这样一些珍贵的画面，在别处从来没有见过，请问你们是如何获得这些内容，又是如何将这些内容组织到电影中的？

史立红：这些是史料，部分是买来的，部分是通过特殊渠道获得的。

《唤醒绿色虎》有两条主线，一条是保护虎跳峡的行动，另一条是中国人环保意识转变的历史。第一条主线，从NGO和萧亮中的呼吁、宣传，到最后当地民众自己来宣传并发动保护，这是保护虎跳峡的行动本身；第二条主线，从20世纪50年代“人定胜天”到2000年前后以环境为重的态度转变，是中国人环保意识觉醒的大历史背景。我们看到的全民大炼钢，围滇池造田，以及全民赶麻雀，就是那个年代中国人对待环境的态度。

“中外对话”：过去几十年中，中国人对待环境有什么样的改变？

马求实：有两个不同层面的改变。第一，政府的政策转变了。在20世纪六七十年代，政府的态度就是人定胜天，经济发展是第一位的。随后，政府则已经将环境的重要性摆到更靠前的位置。

第二个改变是，公众开始表达利益诉求了。在70年代，他们可能并不同意政府的政策，如围滇池造田，但是不敢表达；在2004年之后，老百姓可以表达了。这个是很大的变化。

纪录片播出和获奖已经过去这些年，人们也许不再记得，但是更愿意看看现在金沙江畔公众的环保意识是怎样的。

是否真像萧亮中一样认识到了：“你哪怕用黄金把这条金沙江河谷铺满，也换不来这条自由流淌的大江，也换不来我们的家园！”

然而，一座座大坝依然耸立，是否在嘲笑什么！

第二节 一路铿锵

身在云南，不可能不知道，在进入21世纪以来，我们一直熟悉的三大目标的表述是“建设绿色经济强省、民族文化大省和中国连接东南亚、南亚国际大通道”，这个在云南省委六届九次全会上提出的具有云南特色经济体系的三大目标，是在国家实施西部大开发战略的大背景下，结合云南多气候带的气候资源及多物种的自然资源、云南是中国民族种类最多民族文化资源富集的省份及云南与东南亚、南亚国家有着天然地缘联系的实际提出来的。

我着重于说说“绿色经济强省”。

2007年，云南省开始实施七彩云南保护行动，九大高原湖泊治理逐渐推进，生物资源开发创新、绿色旅游精品、清洁能源建设等多项举措逐步实施。

2009年7月，时任总书记的胡锦涛来云南考察时提出：“要充分发挥云南作为我国通往东南亚、南亚重要陆上通道的优势，深化同东南亚、南亚和大湄公河次区域的交流合作，不断提升沿边开放质量和水平，使云南成为我国向西南开放的重要桥头堡。”

随后云南省委出台的《云南省贯彻落实胡锦涛在滇考察讲话精神》中明确了，要充分发挥云南省的区位优势，继续加快大通道建设，扎实推进交通、能源、贸易、投资等领域重大项目建设，加快提高通关便利化水平，进一步深化与东南亚、南亚及大湄公河次区域的互利合作，切实巩固提升云南省作为全国面向南亚、东南亚开放的重要桥头堡地位。

2009年年底，“紧紧围绕建设绿色经济强省、民族文化强省和中国面向西南开放的桥头堡”的表述，写在了云南省委八届八次全会工作报告中，成为云南省经济社会发展新的奋斗目标。

2010年召开的云南省“两会”上，《政府工作报告》中提出，云南要抓紧完善规划方案，加强汇报衔接，争取把“桥头堡”建设纳入国家发展规划并尽早启动实施。

此后，加快桥头堡建设，把云南建成中国沿边开放经济区已成为云南发展的重要目标之一。国家发改委启动编制指导意见，标志着云南桥头堡建设正式上升到国家规划层面。

2011 年 6 月，国务院正式出台《关于支持云南加快建设面向西南开放重要桥头堡的意见》。

根据《指导意见》，云南“西南桥头堡”的初步定位为：面向西南开放的国际大通道、沿边开放开发的合作试验区和实施“走出去”战略的先行区、外向型的特色优势产业基地、民族团结和边疆稳定的示范区，以及西南重要流域的生态安全屏障。

2015 年 1 月，习近平总书记在云南考察时来到洱海边，仔细察看生态保护湿地，听取洱海保护情况介绍，在洱海边和当地干部合影后说：“立此存照，过几年再来，希望水更干净清澈。”

此次考察云南，习近平发表了重要讲话，要求云南“主动服务和融入国家发展战略，闯出一条跨越式发展的路子来，努力成为我国民族团结进步示范区、生态文明建设排头兵、面向南亚东南亚辐射中心，谱写好中国梦的云南篇章”。

2016 年以来，云南省先后在全国省级层面率先发布《云南省生物物种名录》《物种红色名录》《生态系统名录》《外来物种名录》，建立了全国唯一的“中国西南野生生物种质资源库”，颁布实施全国首个生物多样性保护法规《云南省生物多样性保护条例》。

随后，云南以革命性的举措彻底转变“环湖造城、环湖布局”的发展格局、“就湖抓湖”的治理格局。

云南破除“就洱海抓洱海保护治理”“救火式治理”等误区，实施环湖截污、生态搬迁、矿山整治、农业面源污染治理等“八大攻坚战”。2019 年洱海全湖水质再次实现 7 个月Ⅱ类，未发生规模化蓝藻水华，主要水质指标变化趋势总体向好。

与此同时，抚仙湖、泸沽湖、阳宗海的水质也达到了 2015 年以来最好的水平，滇池水质是 30 年来最好的。

2019 年 1 月 27 日上午，云南省第十三届人民代表大会第二次会议在昆明隆重开幕，省长在会上作《政府工作报告》。报告指出，2019年云南要持续打造世界一流“三张牌”，做大做强优势特色产业，要保持战略定力，聚焦目标和突出问题，充分发挥州市和县市区的积极性、主动性，加大产业链和龙头项目建设力度，确保取得重大进展。

全力打造世界一流“绿色能源牌”，完成能源产业增加值1200亿元以上。统筹谋划推进绿色能源开发、就地消纳、全产业链发展。加快发展新能源，推动蓄能电站建设，着力解决丰枯问题。加快昭通页岩气勘探开发利用。深化电力体制改革，在服从国家大局前提下，大幅提高云电自用比例，争取年内市场化交易电量达到1000亿千瓦时，进一步调整完善优价满发电价政策，推进增量配电业务改革。建设清洁载能产业园区。加快水电铝材、水电硅材一体化发展，确保水电铝材一体化在建项目全部投产，大力引进技术装备先进、研发能力强的铝材、硅材加工企业。推动新能源汽车在建项目如期建成投产、签约项目尽快开工建设，引进电池、电控、电机企业，争取氢燃料电池项目落地。

全力打造世界一流“绿色食品牌”，确保农产品加工业产值与农业总产值之比达到1.6：1以上。按照“大产业+新主体+新平台”发展思路，努力做大做强做优绿色食品产业。抓有机方面，大力实施化肥农药减量行动，支持发展绿色有机生产基地，组建有机产业联盟，新增“三品一标”农产品1000个以上。创名牌方面，健全特色农产品质量标准体系，强化农产品地理标志和商标保护，严格品牌评选、推介和管理，坚持每年在“中国农民丰收节”表彰“10大名品”和“10强企业”“20佳创新企业”，推动区域品牌、企业品牌、产品品牌集群发展。育龙头方面，力争再引进一批投资10亿元以上的企业，新增50家年销售收入超亿元的龙头企业，遴选20个县开展“一县一业”试点，依托县域形成农产品加工产业集群，尽可能把产业链留在县域，改变农村卖原料、城市搞加工的格局。占市场方面，创建2个出口农产品质量安全示范区，巩固扩大北上广深及港澳市场，大力开拓国际市场。建平台方面，高水平建设云南绿色食品国际合作研究中心，加快中国普洱茶中心建设，科学谋划建设一批绿色食品交易中心。解难题方面，切实解决企业用地难、融资难等问题，加快建设冷链物流配套设施。

全力打造世界一流“健康生活目的地牌”，真正使云南成为高层次人才创新创业和国内外游客休闲度假的聚集地。优化各州市城市化发展思路，进一步明确发展定位，明确不建什么、要建什么，在满足刚需前提下，惜地如金，把最好的生态空间和地理区位用于聚集高端人才，建设人才公寓，打造创新创业园区，努力把生态优势转化为发展优势。多点发力，协同推进，大力构建“大健康+全域旅游+康养+特色小镇”链条。坚持重拳整治旅游市场秩序不放松，深化“旅游革命”，建设20个全域旅游示范区，建设32条精品自驾线，建成50个以上汽车营地。大力发展生物医药与大健康产业，重点发展高端医养、生物制造、仿制药、生物化工等产业，支持中药材规范化种植加工和中药饮片发展。大力发展高端医疗产业集群，创新合作模式，引进国内外优质医疗资源，建设集临床服务、医疗教育、医学科研和成果转化为一体的医疗综合体，推动国际医疗健康城和昆明大健康产业示范区建设取得实质性进展。大力发展康养产业，规划建设一批集健康、养生、养老、休闲、旅游等功能于一体的健康养生养老基地。

2020年1月，恰逢农历春节前夕，习近平总书记再次踏上云岭大地，充分体现了对云南各族人民的无限关心，对边疆人民的深情牵挂，对云南发展的高度重视。

第三节　丽江宣言：让雪山作证

回看2008年2月21日，在丽江通过了《滇西北生物多样性保护丽江宣言》的同时，在场的省级领导还为《丽江宣言》纪念碑揭幕，这让我想起1951年元旦26个少数民族盟誓后树立的《民族团结誓词碑》，这种勒石为碑的场景，无疑，它的神圣是其他方式不可比拟的。有新闻媒体报道说“云南省滇西北生物多样性保护丽江宣言碑”是“云南向世界表明建设生态文明决心！”

让我们更加牢记，地处青藏高原与云贵高原之间的滇西北地区，山峦高耸，峡谷深嵌，江河跌宕，源远流长。这里有中国三分之一以上的高等植物和动物种数，是世界上栖息海拔最高的珍稀灵长类动物——滇金丝猴的主要栖息地，也是全球景观类型、生态系统类型和生物物种最丰富、特有物种最集中的地区。

这里有风俗各异的民族兄弟和丰富多样的民族文化，有“三江并流”世界自然遗产和丽江古城世界文化遗产，这里是全人类共同的绿色家园。为了进一步保护好滇西北生物多样性这份大自然赋予我们的珍贵财富，参加云南省人民政府滇西北生物多样性保护工作会议以及相关主题活动的各级政府和社会各界人士共同发布《滇西北生物多样性保护丽江宣言》，以铭此志。

滇西北生物多样性保护的重点区域是指：在自然区域上属于喜马拉雅山系东部的横断山脉纵谷区，行政区域包括迪庆州的德钦、香格里拉、维西县，怒江州的贡山、福贡、泸水、兰坪县，大理州的大理市和宾川、剑川、鹤庆、洱源、云龙县，丽江市的古城区和宁蒗、玉龙县，保山市的隆阳区和腾冲县，共5州市18县（市、区）。这一地区地形地貌特殊，气候复杂多样，拥有中国近三分之一的高等植物和动物种数，是全球景观类型、生态系统类型和生物物种最为丰富的地区之一；属中国三大特有物种起源和分化中心区域，分布着丰富而多样化的基因资源和动植物类群，保存有大量古老的生物类群，是中国原生生态系统保留最完好、垂直生态系列最完整以及全球温带生态系统最具代表性的地区。滇西北地处亚洲四大江河的上游，既是生物多样性宝库，又是生态安全的重要屏障，已被国家和多个国际组织列为全国和全球生物多样性优先重点保护地区。

我虽不是《丽江宣言》的亲历者，但我可以通过当年新华社记者秦晴、李怀岩采写的报道还原活动当天的隆重场景。

2008年2月21日上午，云南省政府相关部门和各族各界群众近3000人，在丽江市世界遗产公园广场举行集会。省级领导将“滇西北生物多样性保护行动”的会旗授予保山、大理、丽江、怒江、迪庆等5州市政府领导。与此同时，滇西北上万名群众在高黎贡山脚下、洱海之滨、怒江峡谷、丽江古城、神秘的香格里拉纷纷发起签名活动，表示从自身做起，为滇西北的生态建设贡献力量。

滇西北生物多样性保护大型主题活动的开展，是向国际社会发出一个积极的信号：云南将按照国际通行做法，在保护滇西北生物多样性方面为中国乃至全球的现代生态文明建设提供可行的经验。

时隔11年，第四届海外华文新媒体高峰论坛《丽江宣言》

今天，我们来自全球100余家华文媒体的代表来到美丽的丽江，参加由人民日报海外版与丽江市共同主办的第四届海外华文新媒体高峰论坛，探讨全媒体时代华文媒体的使命担当，共同发出《丽江宣言》，与全球华文媒体共勉：

我们要让全媒体时代的华文媒体声音更响亮，为实现“两个一百年”奋斗目标、实现中华民族伟大复兴的中国梦提供强大精神力量和舆论支持。

全媒体时代海外华文媒体大有可为。“所当乘者势也，不可失者时也。”广大华文媒体应该深刻把握5G技术广泛应用等信息革命的历史机遇，因势而谋、应势而动、顺势而为，加快推动华文媒体融合发展，使华文媒体具有更大传播力、引导力、影响力、公信力，在构建人类命运共同体、推进“一带一路”建设等方面，更好地发挥桥梁纽带作用。

深入推进媒体深度融合，华文媒体须携手共进。“明者因时而变，知者随事而制。”华文媒体应深化合作，坚持一体化发展方向、坚持移动优先策略，探索人工智能运用，构建融为一体、合而为一的全媒体传播格局，为加强新时代国际传播能力建设贡献华媒力量。

我们将致力唱响华媒好声音、增强华媒新优势。当前，中国处于近代以来最好最关键的发展时期，世界处于百年未有之大变局，两者同步交织、相互激荡。我们将在新闻报道中，真实、客观讲述中国从站起来、富起来到强起来的成长故事，准确解读中国和平崛起的发展道路。在国际上努力增信释疑，宣介中国主张、中国方案。

我们倡议，海内外华文媒体要加强自身建设，树立华媒新形象，以勇立潮头的改革勇气、融通中外的开放胸襟、高出一筹的传播能力，为海内外中华儿女打造更加美好的精神家园。

携手合作、共迎挑战，守正创新、加快转型，让我们一起努力，共同书写全媒体时代华文媒体合作共赢、协同发展新篇章。

2018年3月11日，第十三届全国人民代表大会第一次会议通过的宪法修正案，将宪法序言第十二自然段中“发展同各国的外交关系和经济、文化的交流”修改为“发展同各国的外交关系和经济、文化交流，推动构建人类命运共同体”。

当前国际形势基本特点是世界多极化、经济全球化、文化多样化和社会信息化。粮食安全、资源短缺、气候变化、网络攻击、人口爆炸、环境污染、疾病流行、跨国犯罪等全球非传统安全问题层出不穷，对国际秩序和人类生存都构成了严峻挑战。不论人们身处何国、信仰何如、是否愿意，实际上已经处在一个命运共同体中。与此同时，一种以应对人类共同挑战为目的的全球价值观已开始形成，并逐步获得国际共识。

习近平就任总书记后首次会见外国人士就表示，国际社会日益成为一个你中有我、我中有你的“命运共同体”，面对世界经济的复杂形势和全球性问题，任何国家都不可能独善其身。“命运共同体”是中国政府反复强调的关于人类社会的新理念。2011 年《中国的和平发展》白皮书提出，要以“命运共同体”的新视角，寻求人类共同利益和共同价值的新内涵。

《丽江宣言》“宣介中国主张、中国方案”，不正是为了应对人类共同面临的“粮食安全、资源短缺、气候变化、人口爆炸、环境污染、疾病流行”等问题吗，期待的是让地球再次洁净。

宣传无止境。

第四节　腾冲纲领：从云南发出的一张世界名片

依然是一则消息，让我还可以清晰地勾勒出 2010 年 5 月 26 日的滇西北生物多样性保护联席会议第二次会议在云南腾冲召开的规模：云南省人民政府、滇西北滇西南 9 州（市）人民政府的领导，省属大型企业、部分中央驻滇及民营企业负责人，滇西北生物多样性保护联席会议专家咨询委员会委员和部分环保民间组织的代表 250 余人出席了这次会议。会议发布了《2010 国际生物多样性年云南行动腾冲纲领》，这无疑是从云南发出的一张世界名片。

我有责任将《腾冲纲领》选录如下：

2007 年 2 月全面实施七彩云南保护行动以来，省委、省政府坚定不移地贯彻落实科学发展观，坚持生态立省、环境优先的理念，正确处理保护与发展的关系。以滇西北生物多样性保护《丽江宣言》为标志，云南生物多样性保护经过全省各族各界的共同努力，取得了明显成效。“生物多样性是生命，生物多样性就是我们的生命”。今年是联合国确定的国际生物多样性年，为推进云南生物多样性保护工作不断深入开展，省人民政府、滇西北、滇西南9州（市）、18县（市区）人民政府的负责人，省属大型企业、部分中央驻滇企业，省内生物多样性保护方面的专家学者和部分环保民间组织的代表250余人相聚祖国的西南边陲重镇——腾冲，共议云南生物多样性保护事业，形成2010国际生物多样性年云南行动《腾冲纲领》。

《2010国际生物多样性年云南行动腾冲纲领》涉及扩大云南生物多样性保护重点区域，加大生物多样性保护建设资金投入，建立完善生物资源开发利用专家评估机制，探索建立生物多样性保护补偿机制，加强生物多样性保护的交流与合作，提高公众参与生物多样性保护的意识和能力，着力增强生物多样性保护与利用的科技支撑，抓好《滇西北生物多样性保护行动计划》的贯彻落实等重大内容。《腾冲纲领》是对云南省2008年2月发表的《滇西北生物多样性保护丽江宣言》的升级和深化。随着《丽江宣言》升级为《腾冲纲领》，使云南生物多样性保护重点区域由5个州（市）18个县（市、区）扩大到9个州（市）44个县（市、区），并逐步扩大保护范围。

丰富的生物多样性是云南的一张名片，保护好生态环境和生物多样性是责任，也是实现云南自身可持续发展的保障。

第五节　《西双版纳约定》：云南与世界的约定

2012年4月25日，云南省生物多样性保护联席会议第三次会议在西双版纳召开。会议通过了《云南省生物多样性保护西双版纳约定》，其要点：

制订实施《云南省生物多样性保护战略与行动计划》。

颁布施行《云南省生物多样性保护条例》。

发展壮大绿色经济。

建立生物多样性减贫示范区。

加强各类保护地的建设和管理。

加强生物多样性保护基础研究和成果运用。

努力构建生物安全防范体系。

传承和弘扬民族生态文化。

建立生物多样性保护工作评估监督机制。

设立生物多样性保护专项资金。

《西双版纳约定》中除了提到一系列的保护性举措外，还专门提到建立外来入侵物种、森林灾害的监测预警机制，加强野生动植物疫病监测预警体系建设，开展外来有害物种综合防控。建立引进物种环境风险评估制度，强化濒危野生动植物种进出口管理和贸易监管。

云南省委对实现全省生物多样性的全面有效保护和科学开发利用，在这次会上提出七点要求。

一要切实加强生物多样性保护利用政策法规体系建设。抓紧完善、尽快出台《云南省生物多样性保护战略与行动计划》，加快推动《云南省生物多样性保护条例》《云南省天然湿地保护条例》的立法工作，认真研究制定有利于生物多样性保护的投融资、产业、土地、扶贫等方面的差别化政策，积极发挥政府的主导作用。

二要扎实推进生物资源科学有序利用。依据各地的资源禀赋、环境容量和经济特点，大力发展绿色经济，加快调整经济结构，转变经济发展方式，努力探索一条既能保护好绿水青山，又能不断增强综合经济实力的绿色发展之路。

三要积极探索开展生物多样性减贫示范工作。争取国家层面加大项目、政策、资金支持，抓紧研究向民族地区、贫困地区加大财政转移支付力度等政策，把生物多样性保护与扶贫开发、改善民生结合起来，探索贫困地区生物多样性保护的新模式。

四要充分发挥自然保护区、自然遗产地、湿地、国家公园、森林公园、风景名胜区等各级各类保护地对加强生物多样性保护的重要作用。

五要整合现有科技资源，加强企业自主创新，切实增强生物多样性保护和利用的科技支撑。

六要加快构建严密高效的生物安全防范体系，切实保护我省生物多样性，筑牢西南生态安全屏障。

七要加强对各民族生物多样性保护传统文化和乡土知识的收集、整理、保护、总结、推广，努力传承和弘扬民族生态文化。

第六节　建设“五美”云南

在云南媒体的报道中，我们经常看到这样的消息：景谷县以创“最美乡村”为抓手，把美丽乡村建设与乡村振兴有效衔接；元阳县坚持生态优先、产业富民，田园风光、美丽和谐的发展理念，着力把元阳建设成为“房美、村美、人美、和美、业美”的美丽家园……

2020 年 5 月 15 日《关于努力将云南建设成为中国最美丽省份的指导意见》的正式出炉，为“美丽云南”建设再添了一把火。

《指导意见》以生态美、环境美、城市美、乡村美、山水美“五美”为目标，力争谱写好美丽中国建设云南篇章。

《指导意见》聚焦“五美”，重点提出 34 项主要任务指标。

涵养生态美。坚持人与自然和谐共生，锁定生态保护红线面积占比、森林覆盖率、重要生态系统有效保护率等 6 项指标，涵养云南生态本真自然之美、生物多样多彩之美、文化包容厚重之美。到 2025 年，全省生态保护红线面积占比、森林覆盖率、森林蓄积量等指标居全国前列，湿地保护率达到全国中上水平，滇池流域、抚仙湖流域、洱海流域全面完成“五采区”生态修复。

创建环境美。坚持绿水青山就是金山银山，锁定空气质量优良天数比率、非化石能源占比、城乡“两违”建筑治理率等 4 项指标，坚定不移地走生产发展、生活富裕、生态良好的文明发展道路。到 2025 年，地级城市空气质量优良天数比率、非化石能源占能源消费总量比重居全国第 1 位，纳入国家考核的地表优良水体（达到或优于Ⅲ类）比例居全国前列。

提升城市美。更加注重城市宜居和历史文脉传承，锁定绿化覆盖率、新建小区车位、城镇建成区人均公园绿地面积等 11 项指标，改善城镇生态，塑造城镇形态，优化城镇品质，着力提升具有时代特征、民族特色、云南特点的绿色城镇之美。到 2025 年，城镇建成区绿化覆盖率、城镇人均公园绿地面积达到全国中上水平，国家园林城市达到 20 个，国家卫生城市达到 20 个；城镇生活污水集中处理率、城镇生活垃圾无害化处理率居全国前列。

塑造乡村美。坚持做优集镇、做美村庄、做特民居，锁定村庄规划覆盖率、集镇区绿化覆盖率、美丽乡村个数等 9 项指标，着力塑造规划布局美、环境整洁美、乡风文明美的美丽乡村。到2022年，建成1万个美丽乡村。到2025年，农村人居环境大幅提升，美丽乡村基本建成。

展现山水美。坚持山水林田湖草是生命共同体，锁定建设一批最美湖泊、一批最美河流、一批最美公路、一批最美铁路等4项任务，精心装扮山坝河湖路田，做美每一条道路、每一条河流、每一个湖泊，大力推进全域旅游，着力展现云南群山叠翠、四季飞花、清水绿岸的秀美山水。到2025年，山水美的格局基本形成。

近年来，腾冲北海乡从“三洋”公社到“三花”家园的“绿色蝶变”为人们所津津乐道。

北海乡距离腾冲城区10千米，曾经是腾冲3个省级重点贫困乡之一。近年来，北海乡通过“十里樱花”“十里桃花”“十里荷花”3个“十里公园项目”的实施带动，美化了人居环境，促进群众增收致富。北海乡也从昔日被人们戏谑为生活贫苦，靠洋芋、洋丝瓜、洋白菜为生的“三洋”公社蝶变为樱花、桃花、荷花“三花”盛开的美丽家园，让绿水青山成为群众实实在在的金山银山。

龙头山镇位于鲁甸县西南部，这里地形地貌复杂，地质破碎，属地质灾害易发、频发地区。2014年8月3日鲁甸6.5级地震后，全镇地质灾害隐患点激增。几年来，各级相关部门持续推进当地生态修复工作。如今，满目疮痍的龙头山已焕然一新。公路、山坡、河沟边筑起坚实的挡墙、防护栏、拦沙坝，生态修复育出致富树，群众安居乐业，走上生态致富路。

这样的例子太多。

全省的层面，21个特色小镇评选命名；怒江美丽公路主线建成通车；3条约1200千米示范美丽公路建设启动；高速公路服务区全面升级改造……

“美丽云南”正在变成现实。

第七节　为滇一抹绿，敢做排头兵

通海县秀山街道大树社区党总支书记赵思旺没有“排头兵”的概念，但他的话朴素地告诉我们，他们中间的每一个人都在为云南生态文明建设添砖加瓦。他说，村子就在杞麓湖旁边，越来越多的人因为日渐清澈的湖泊爱上我们村。

如今，村民的生产、种植都有了环保意识，大家知道只有村美湖美才可能让日子过得更美。

赵思旺的认识也是云南人的共识。

2020 年 5 月 10 日至 11 日，云南省十三届人大三次会议代表审议了《云南省创建生态文明建设排头兵促进条例（草案）》，简称《条例（草案）》。

《条例（草案）》共 8 章 64 条，包括总则、规划与建设、保护与治理、促进绿色发展、促进社会参与、保障与监督、法律责任和附则。

从《条例（草案）》的内容来看，重点突出了全面性、延续性和促进性三个方面。

我最看重的是《条例（草案）》提出的相关制度设计：在云南省已经开展或者正在开展专项立法的生物多样性保护、森林保护、湿地保护等方面做了衔接性规定；对云南省尚未开展专项立法，但法律、行政法规已有明确要求的草原保护、耕地保护、水污染防治等方面内容在与上位法充分衔接的基础上，结合全省实际进行适当细化；对国家和云南省均未开展专项立法，但在保护和治理工作中切实需要的山水林田湖草综合治理、河（湖）长制、垃圾分类等工作根据主管部门意见作出了相对具体的规定。

这是从《云南日报》记者采写的《减少面源污染——变废为宝迈出循环农业新步伐》报道，可见云南人个个都是“争做排头兵”的实践者。

在通海县，有 80% 的废弃菜叶被运往里山垃圾场倾倒，加剧了里山垃圾场对周边环境，特别是对杞麓湖的污染。如何处理这些废弃菜叶，一直是困扰通海蔬菜产业发展的难题。

近日，记者来到通海县里山垃圾场，青山环抱中已不见堆积如山的垃圾。“以前这里山坡下的河谷里常年填满黑色的废菜叶，形成巨大的发酵池，腐败的气味让人无法呼吸。”福慧科技有限公司的工作人员说。随着公司的进入，科学解决了通海县废菜叶污染的问题，公司已实现日均 800 吨蔬菜废弃物的无害化处理能力，年生产有机肥 10 万吨，大大缓解了杞麓湖农业面临的污染问题。

在废弃蔬菜处理中，福慧科技配套的污水处理工程使生产排放的污水经处理达到国家标准，园区水池内都是处理过的水，饲养的鱼儿健康茁壮。公司负责人介绍，目前已启动了“规模化生物天然气工程”建设，项目建成后，可将公司的废弃物日处理能力从800吨提升至2000吨，可在收纳蔬菜废弃物处理的同时增加接纳杞麓湖内水生植物残体的无害化处理能力。

第八节 敢邀世界看过来

就在2020年5月22日联合国确定的“国际生物多样性日”这一天，云南省政府召开新闻发布会，发布了《云南的生物多样性》白皮书。

《云南的生物多样性》白皮书分为前言、保护成效、保护举措、未来行动方向和结束语五个部分，共约2.4万字，是全国第一部生物多样性方面的白皮书。

我们清楚地看到，经过多年的努力，滇池、抚仙湖、洱海、泸沽湖等九大高原湖泊实现了“一湖一条例”，丽江拉市海、昭通大山包等9个保护区实现了“一区一法”，全省生物多样性保护制度不断健全。全省通过建立建设科研平台、数据库等不断加强生物多样性保护研究；构建以自然保护区为基础、其他保护地为补充的生物多样性保护网络，严格自然保护区开发建设活动监管等不断完善自然保护地体系；持续加强生物资源合理利用及生物多样性减贫示范；建立多部门合作的协调机制，不断加大对生物多样性违法活动的打击力度等严格生物多样性监督执法；建立了与多个国家和区域政府间对话交流机制，签署了加强环境保护合作协议等推进生物多样性国际交流合作，多措并举促进云南省生物多样性保护事业的发展，生物多样性保护成效显著。

云南省委、省政府高度重视生物多样性保护，除发布了《丽江宣言》《腾冲纲领》《西双版纳约定》，又先后出台了《关于加强滇西北生物多样性保护的若干意见》《中国生物多样性保护战略与行动计划》《云南生物多样性保护工程规划（2007—2020年）》《滇西北生物多样性保护规划纲要（2008—2020年）》《云南省生物物种资源保护与利用规划纲要（2011—2020年）》《云南省极小种群物种拯救保护规划纲要（2010—2020年）》《云南省实施生物多样性保护重大工程方案（2016—2020年）》《云南省生物多样性保护优先区域规划（2017—

2030 年)》《云南省生物多样性保护战略与行动计划（2012—2030 年)》，在全省划定了 6 个优先保护区域，提出了 9 大保护优先领域、34 项保护行动。尤其在 2018 年 9 月 21 日，云南省十三届人大常委会第五次会议表决通过了《云南省生物多样性保护条例》（后简称《条例》），于 2019 年 1 月 1 日起施行。在全国率先出台生物多样性保护地方性法规。

《条例》明确了“生物多样性”的概念，即生物（动物、植物、微生物）与环境形成的生态复合体以及与此相关的各种生态过程的总和，包含生态系统、物种和基因 3 个层次。《条例》规定，生物多样性保护应当遵循保护优先、持续利用、公众参与、惠益分享、保护受益、损害担责的原则。

同时，建立了全省生物多样性保护联席会议制度，全省生物多样性保护工作不断向纵深推进，进入了新的发展阶段。近年来，云南省生态系统质量实现稳中向好，全省自然保护地体系日趋完善，典型地带性生态系统类型在自然保护地内得到有效保护，森林面积、森林蓄积、森林覆盖率等指标大幅增长，湿地生态系统、草地生态系统不断改善，退化生态系统得到修复，石漠化、水土流失面积逐年减少，多年的努力使全省 90% 的典型生态系统得到有效保护。

物种保护体系不断完善，建立了各级各类自然保护区 166 个，初步形成了由植物园、树木园、动物园、动物繁育中心等构成的珍稀濒危野生动植物迁地保护网络，开展了巧家五针松、云南金钱槭、多歧苏铁、华盖木、亚洲象、羚牛、滇金丝猴等珍稀濒危或特有物种的拯救、保护、恢复工作，全省 85% 的重要物种得以保护。

遗传资源保护卓有成效，建立了包括自然保护区、原生境保护小区、保种场、种质资源保护区、种质资源库（圃）、基因库等在内的遗传资源保护体系；依托植物园、树木园、药园、种质资源库等设施，种质资源收集保存持续增加；种质资源评价、驯化进展顺利，成功驯化天麻、灯盏花、铁皮石斛、龙血树、红豆杉等 20 余个药用植物品种，引种了以南药为代表的多种药用植物。

云南省相继建立了“西南生物多样性实验室”“国家高原湿地研究中心”“中国昆明高原湖泊国际研究中心”“云南生物多样性研究院”等一批生物多样性研究平台。2016 年以来，每年在全国率先发布省级名录——《云南省生物物种名录》《云南省生物物种红色名录》《云南省生态系统名录》，为全省生物多样性资源保护和可持续利用奠定了坚实基础。

我还特别注意到了新华社发布的一条简讯：生态环境部新闻发言人刘友宾在 2020 年 7 月 28 日说，原定于 2020 年 10 月举办的《生物多样性公约》（简称《会约》）第十五次缔约方大会（COP15）确定新会期，定于 2021 年 5 月 17 日至 30 日在云南昆明举办。

COP15 将是《公约》历史上一次具有里程碑意义的大会，主题鲜明，2019 年 9 月 3 日，生态环境部与《公约》秘书处共同发布了 COP15 大会的主题：“生态文明：共建地球生命共同体”。这一主题顺应了世界绿色发展潮流，表达了全世界人民共建共享地球生命共同体的愿望和心声。

第四章 总书记的云南情

2012 年，金秋。

我们沿着当年习近平在云南调研时走过的路线重走了一遍。来到坐落于普洱市思茅区营盘山顶的问茶楼时，陪同我的当地朋友小俞姑娘告诉我，楼下的茶园间有一条“习近平小道”，我开始有些不以为然，以为是他们在开玩笑。我知道有个“胡志明小道”，指的是 1959 年 5 月 5 日，根据抗美斗争的需要，越南中央军委决定正式开辟一条向南方运输的道路，这就是被美国人称之为“胡志明小道”的一条秘密补给线。越南南方称它为“中央走廊”，是支援南方的“战略路”。干部南下、北上，北方及外界支援越南南方的军火、物资都通过这条小道，依靠人背、肩扛、牛车拉、自行车载等方式送到战火纷飞的南方。它可以说是越南南北方之间的一条“大动脉”，是一条炸不断的“生命线”。

后来发现眼前这条茶园中的小道真是习近平当年走过的小道，现今还保留着当年原貌。有报道为证：“11 月 18 日下午，习近平一行登上坐落于普洱市思茅区营盘山顶的问茶楼。放眼望去，万亩茶山叠嶂连绵，好一个生态大氧吧！

这万亩茶园是云南龙生集团的茶叶基地，他们采取“公司 + 基地 + 农户”的农业产业化模式开发建设，随着普洱茶走俏，公司和茶农的经济收入都明显增加。

朋友还向我讲述了习近平当年视察公司的情景——

拾级而下，习近平走进茶农中间：

“一天能采多少茶？一亩收入多少？到农忙季节需要雇人吗？在这里生活方便吗？孩子们在哪里上学？”

正在采茶的采茶女白凤仙鼓起勇气告诉习近平，茶园属于公司，农民都成了茶叶公司的职工，平均每个月能拿 1000 多元。

“你们要充分发挥好普洱茶的产业带动作用。”习近平叮嘱普洱市委书记，一是要在普洱茶功效的科学结论上下功夫研究，二是要充分挖掘普洱茶文化，把普洱茶文化从精神财富变成物质财富。“知之深，才能爱之切、用之透。”习近平说。

第一节 相信你们的生活会好起来

在2008年11月21日《云南日报》的一版上，以《相信你们的生活会好起来》为标题报道了习近平考察云南的整个行程。

报道很详细，体现记者的观察能力，同时也体现了那条新闻的重要性，报道采用的是蒙太奇写作手法，更体现了记者写作上的功夫——

他蹲在田埂与捕鱼者攀谈，不顾深沟跳下地里来到蔗农身边，在傣家木楼上细心提醒大家脚步轻一些，别踩坏了老乡的房子……这些简单平和的细节，如春风化雨，温暖人心。

17日下午，习近平一下飞机，就驱车前往勐海县曼恩村。农闲时节不清闲：刚完成综合整治的土地一马平川，几台大型机械正在水田里忙碌，巨大的铁犁将黑色的土壤一层层翻开……

“前不久收割完水稻，还可以种植一季亚麻，一亩地可增收三四百元呢。”闻讯赶来的村党总支书记岩帕说。

村里搞了“稻鱼共生”，在低洼地块放水养殖。稻田里，村民岩三正在弯腰抓鱼，草鱼、鲤鱼、罗非鱼，一条条大鱼在背篓里活蹦乱跳。“一块田能养多少斤鱼？好不好卖？能挣多少钱？”习近平蹲在田埂上与他交流。

走在崎岖不平的田埂上，看见左边一片甘蔗地长势喜人，习近平不顾深沟阻隔，跳下地，钻进“甘蔗林”来到蔗农们中间。

接过村民递来的甘蔗，习近平关切地问：“甘蔗田里的劳动重不重?”“挺累，但收入要比种粮食高一点。”“你们还出去打工吗?”“就在家里种田、养鱼、种茶，收入比进城打工还高。”“祝你们有个好收成，卖个好价钱!”习近平说。

11月18日，习近平来到那柯里村调研。

艳阳高照，新建的那柯里村里却绿树如荫、流水潺潺、马帮古道美景如画。村头的李天林家祖辈就是赶马人，房屋重建时，他盖了两层小楼，开起了“荣发马店”。马店青砖灰瓦，房檐下挂满了金黄的苞谷，二楼的茶亭可同时供几十人喝茶吃饭。

一进门，习近平便走进厨房，揭开锅盖看看他家的伙食，又走进房间，看看老人的住宿情况。

在“荣发马店”的小院里，习近平和闻讯赶来的村民围坐在一起，喝着新摘的绿茶，吃着自家种的香橼，拉起了家常。

“马店修好了以后游客多不多？一年旅游收入有多少？”

李天林据实相告：“才开始搞，生意不咋个好。”

习近平给他出主意：“茶马古店可以做很大的文章，给它找一点文化内涵，增加吸引力，来的人也会多一点。再利用你们的生态农业，给客人们吃点香橼、山药，做点土鸡、土猪，生意一定很好。另外，可以多发展沼气，既环保，又节约。”

……

在万亩茶园、石林景区，他为老百姓依靠生态致富感到欣慰；在被污染的滇池大堤上，他又微锁眉头……在习近平心目中，搞生态文明建设说到底还是“以人为本”：环境好了，受益的是老百姓；生态被破坏，遭殃的也是周边群众。

“靠山吃山，靠水吃水”，石林镇小箐村村民岁福荣就背靠世界自然遗产石林发起了生态旅游财，他把妻子绣的彝族包包、桌布、茶杯垫拿到景区外销售，很受欢迎。

习近平拿起一块绣品，比画着说：“当年我当大队支书时，也学过织毛袜子，可惜总是织得一只长，一只短。”在欢笑声中，习近平离开了这户彝族人家，上车前，他又勉励村民们继续用好生态和民族两大资源，在奔小康和建设社会主义新农村道路上阔步前进。

19 日下午，习近平来到滇池海埂大堤调研时，气氛则显得有些沉重。看着蓝藻滋生的滇池，习近平眉头微锁，不断询问滇池污染的情况和治理滇池的思路、措施。

“滇池里还有鱼虾吗，水产品还能吃吗，渔民生活怎么办，滇池污染对周边群众生活造成多大影响?”他连续抛出问题。

听到昆明市委领导汇报——昆明正在着力实施环湖截污及交通、环湖生态、入湖河道治理、底泥疏浚、水源地保护、外流与引水等“六大工程”，使滇池治理全面提速；实地视察了五甲塘湿地公园的现场后，习近平一再强调，推进经济发展是政绩，但保护好生态环境是更大的政绩，要认真抓好以滇池为代表的湖泊治理工作，使九大高原湖泊真正成为镶嵌在云岭大地上的明珠。“此役甚为艰巨，但一旦完成则居功至伟。”习近平鼓励说。

“这次国家为扩大内需将投资拉动的4万亿中，你们能不能多争取一些项目?”18日，在野象谷听取了省政府关于云南国际大通道建设和固定资产投资的汇报后，习近平鼓励云南抢抓机遇，多干一点。

……

彩云之南，人心凝聚、一心一意谋求科学发展。省委、省政府抓住影响和制约云南科学发展的突出问题，提出了“促进科学发展、维护边疆安宁、增进民族团结、构建和谐云南”的目标。

彩云之南，关注民生、不断增加群众幸福指数。云南省结合实际探索解决“三农”问题的有效办法和措施，把三中全会精神落到实处。

这是习近平同志第一次来到云南，走边疆串农户，进社区看企业，他为七彩云南的美丽而惊叹，为云岭大地欣欣向荣的发展气象而振奋、而欣慰、而由衷地高兴。

“百姓疾苦挂心间，一枝一叶总关情”，临别前，他对云南科学发展的殷殷期待，对各族群众的浓浓关怀，凝成了深切的牵挂和约定——

“我一定还会再来，希望下次来时，你们的生活能过得更好。”

第二节　习近平与云南的“六年之约”

六年之后，当选总书记的习近平新年首次离京便来到了“彩云之南”。

习总书记与云南人民的“六年之约”，“约”的是“生活能过得更好”，“约”的是发展，是中国梦在云南的同步实现。

我还得从六年前的滇池和六年后的洱海说起。

洱海是大理人的母亲湖。2015 年 1 月 20 日，习近平总书记一行驱车来到洱海边的湾桥镇古生村。

让九大高原湖泊真正成为镶嵌在云岭大地上的明珠，这是习近平总书记对“七彩云南”的期待，也是对“美丽中国”的期待。

“九湖治而云南兴。”这些年来，云南落实九大高原湖泊水污染综合防治“十二五”规划和国家良好湖泊生态环境保护，持续加快推进九湖治理和防治工作。2014 年，洱海水质处在Ⅱ类和Ⅲ类间，其中有 7 个月达到Ⅱ类。

“立此存照，过几年再来，希望水更干净清澈。”2015 年 1 月 20 日，习近平站在洱海边同当地干部合影，然后严肃地说。

有人感慨地说，苍山洱海为证，习大大与云南人民又“约”啦！

……

六年前登上傣家楼，六年后“不舍得离开”。

说起云南，那可是“家家泉水绕诗咏，户户垂杨入画图”，让习近平总书记“颇为羡慕”，甚至“舍不得离开”。

这就是有着上千年历史的古生村。

2015 年 1 月 20 日，习近平来到古生村村民李德昌家。看到院落干净整洁，植物生机盎然，一家七口“四代同堂”，习总书记由衷赞叹：“这里环境整洁，又保持着古朴形态，这样的庭院比西式洋房好，记得住乡愁。”

我的理解，习总书记口中的“乡愁”一定是云南特有的普洱茶般的浓酽滋味。

还让习近平惦记的，是曾给他写信报告高黎贡山隧道即将开通喜讯的贡山独龙族、怒族自治县干部群众。

和茶马古道一样，习近平与这里的人和这里的路也有着不一样的深厚感情。

2014 年元旦，收到独龙族群众来信的习近平曾做出重要批示，希望独龙族同胞借隧道开通契机“加快脱贫致富步伐，早日实现与全国其他兄弟民族一道过上小康生活的美好梦想”。这一年的 4 月 10 日，独龙江隧道胜利贯通了。

2015 年 1 月 20 日下午，贡山的老县长高德荣带着独龙群众的喜悦来“赴约”。

大雪不再封山，第一次走出独龙乡的两位妇女，为习总书记用独龙族语言唱起自编的感恩歌。

之前一天，习近平还提到，独龙族人口不多，却是56个民族的平等一员，在中华民族大家庭中骄傲尊严地生活。

……

第三节　他赋予了云南崇高的使命

习近平的“履约”给三迤大地带来了一股春风，4700万云南各族人民欢欣鼓舞。习近平总书记依然本着“你们的生活能过得更好”这一主题，不仅对云南经济社会发展取得的成绩和各项工作给予肯定，还殷切希望云南主动服务和融入国家发展战略，闯出一条跨越式发展的路子来，努力成为民族团结进步示范区、生态文明建设排头兵、面向南亚东南亚辐射中心，谱写好中国梦的云南篇章。

习近平总书记还尤其强调，要把生态环境保护放在更加突出位置，像保护眼睛一样保护生态环境，像对待生命一样对待生态环境，在生态环境保护上一定要算大账、算长远账、算整体账、算综合账，不能因小失大、顾此失彼、寅吃卯粮、急功近利。

习近平离开云南的当天，云南省委召开常委会传达习近平总书记在云南考察时的重要讲话精神。随之中共云南省委还就关于深入贯彻落实习近平总书记考察云南重要讲话精神闯出跨越式发展路子作出决定：

云南省就是以“四个全面”为战略布局，以“主动服务和融入国家发展战略”为新契机，以“五个着力”为主抓手，闯出一条跨越式发展的路子来，实现“三个定位”战略目标。云南省将更加重视民族工作、边疆治理，努力为全国民族团结进步、边疆繁荣稳定创造经验、作出示范；更加重视生态环境保护、坚定不移走绿色发展之路，确保生态文明建设走在全国前列；更加重视抢抓国家“一带一路”、长江经济带建设等重大发展战略机遇，把云南打造成对外开放新高地，面向南亚东南亚辐射中心；更加重视转变经济发展方式，提升发展的质量和效益，主动适应和引领经济发展新常态，推动转型升级、提速发展，闯出一条跨越式发展的路子，与全国同步全面建成小康社会。

第四节　要留得住青山记得住乡愁

2015 开始，我每年春节都特地携一家老小跑一趟古生村。

古生村，现在是“名村”了，慕名而来的游客来自大江南北。

我的摩托车只能停在村口的路边，我起码几年没有这样洒脱而且惬意地出门了，就在村口停下车来全家照一张合影的时候，我遇到省外电视台的一拨记者，他们是来拍专题片的。陪同我的侄女讲，自从习近平总书记来过，古生村几乎是一夜蹿红，火得你不敢相信。

村民都很感激习近平总书记，要不是总书记的到来，古生村哪有这么大的人气。

我也挤进了村民李德昌的家，并拽着他来到一边。

我问老李是否还记得那一天，老李说，我还记得习近平总书记来到我们古生村和乡亲们说第一句话：“我是第一次来大理，从小就知道苍山洱海，很向往。看到你们的生活，我颇为羡慕，舍不得离开。”

为何习近平偏选择湾桥镇的古生村，不得而知，据知情人讲，当时准备的视察点有 10 来处。如果此话当真，那说明古生村是幸运的。

古生自然村西靠大丽路，东临洱海，村庄沿海而建，从南至北蜿蜒两千米。有 439 户、1746 人，总耕地面积 1220 亩，是洱海边一个典型的白族聚居村落。据村干部讲，2014 年，全村农民人均纯收入已经达到了 10680 元，同周边的村子比也不算落后了。

我所看到的也是，古生村傍海而居，而且溪水环绕，河堤西边到处垂柳依依，绿树成荫。在村子西边是阡陌纵横，一片油绿。村子仿佛一座公园，尤其在村子中央有一棵大青树、一座古戏台、一院水晶宫，还有各种健身器材……三坊一照壁式的古老白族民居，则相映成趣。

据说古生村有上千年历史，村里的好东西不少：有建于明代的福海寺、水晶宫、凤鸣桥，建于清代的古戏台以及龙王庙。

据我所了解，在称之为“妙香佛国”的大理，白族人绝大多数都信奉佛教或本主教，无疑古生这个白族村也不例外。而“古生”在白语里本来就是“放生”的意思。每年的农历七月二十三为佛教“放生日”。这一天，周边村子的人们都会来到古生村设坛拜佛，虔诚地将活生生的鱼虾等放归洱海。

此刻，孩子注意到了村北的一座古桥，要我帮他照一张相。这座桥取名凤鸣桥，近前来才看出它的历史，这座古桥横跨阳溪河，桥头一侧立着嘉庆年间古生士民捐资重修的碑刻，这足以证明古生村的久远。

往村子中央走，一会儿就到了村中心广场，广场约有 3000 平方米，眼前就是远远就能看见的那一株大青树，有老人安坐在大青树下，小孩在广场上追逐打闹，我向正在聊天的两位老人打听这树的年龄，其中的一位老人竖起了三个指头。我明白老人所指：300 年的意思。在广场的西边是儒、释、道三教合一的福海寺和本主庙，三教合一再加敬奉本主，能做到殊途同归，这不能不说是古生村人的开放融合。

在广场东面是一座古戏台，戏台就在大青树的东边不出 10 米的地方。这座戏台建于同治六年（1867 年），坐东向西，高 8 米，宽 7.1 米，与西面福海寺相对。戏台为单檐歇山顶建筑，两侧是照壁式短墙，后台三开间，为化妆室和演员出入场地，平面呈“凸”字形。戏台檐下额枋、檐枋、垂花板、梁头有精细的雕刻和彩绘，两侧照壁中央有圆形浮雕装饰，左雕青龙，右雕白虎。戏台外形美观，造工精细，具有较高的艺术价值，是大理地区现存古典戏台中别具一格的古建筑艺术珍品。

在古戏台的正面，是本主庙。它由大门、大殿、两厢组成。本主庙的大殿为三开间单檐歇山顶建筑，殿廊内立有民国 13 年（1924 年）的《古生村福海寺水晶宫记》及民国 29 年（1940 年）的《北方天王阙下杨地宫碑记》。只见主神位上供奉的那尊神，武将装饰，威严而不失端正，手持七级浮屠舍利塔，竟然是托塔天王李靖。我只是不懂得，这个上界的四大天王之一的多闻天王，怎么会降临这个小小的渔村。见我疑惑，一旁的老人向我徐徐道来：我们白族有信自然本主的，如石头、树疙瘩、水牛、猴子、白骆驼等；有信神灵本主的，如山神、谷神、猎神、龙王、太阳神等；有信英雄本主的，如杜朝选、段赤诚、白洁夫人等；有信民间人物本主的，如大理南门本主等；有信帝王将相及祖先本主的，如南诏、大理国王及高级将领细奴逻、阁罗凤等；还有信外族人本主的，如郑回、杜光庭等。因为古生村“三教合一”的信仰，有了信观音老祖、关羽、李靖的，也就不为怪了。

早些年统计的像这样的本主庙在大理白族自治州境内共有 986 座。白族人意识中认定本主就是村社保护神，是掌管本地区、本村寨居民的生死祸福之神。认为本主能保国护民，保佑人们平安吉祥、风调雨顺、五谷丰登、六畜兴旺。白族村寨几乎都建有本主庙。

福海寺在本主庙南侧，为一进两院，由大门、过厅、两厢、大殿组成。且雕琢精致、供奉繁复。大殿为三开间单檐歇山顶建筑，殿前有月台，殿檐下悬有“福海昌明”“福海文波”匾，殿廊右侧立有民国20年（1931年）郡人杜朝选撰的《古生村兴儒碑记》，叙古生村“兴儒会”成立的由来：“……无非学乐以淑其性，学礼以陶其情，挽回人心以复上古之人心也。”殿左侧立有民国18年（1929年）的《乙己年纂修古生村水碾碑记》，叙纂修福海寺后水碾事由。在典型的白族三叠水的门楼架构和细部精美雕饰的掩映下，前院供奉的是佛教除佛陀以下至尊的佛教四大菩萨之一文殊菩萨。在道教中称文殊广法天尊，是在大理除观世音菩萨外最受尊崇的大菩萨。步入后院，却并非是如一般寺庙般立为大雄宝殿供奉佛教本尊释迦牟尼佛，在此共同供奉的却是道教始祖老子和儒学之至成先圣孔子。

在一个小小的湖畔渔村中，能看到三教一处，共享烟火，这也说明白族在千年历史的演进中，兼容并包、和谐共荣的伟大气度。

我和电视台的潘姓记者攀谈起来，我说，来的媒体多了，游客也就多了，关键的是古生村的本色。潘记者说：这里的山水明媚，老百姓朴实，应该这就是本色吧。

习近平视察古生村后不久，《光明日报》便以《行进中国·精彩故事》为专栏发表了《古生村的新故事》，其实也就是记者在李德昌家一天的所见，这篇报道，是我后来决定带家人看古生村的原因。

那篇报道的要点我还记得：

在院子正中李德昌还特意保留了当时用的茶桌和木椅，供客人们休息。

他家是白族民居中典型的“三坊一照壁”——院子三边都是二层小楼，主房坐西朝东，正对着一面画有白族特色大照壁。院子里种着小树和青菜，照壁下是假山和池塘。

正是这种古朴舒适的庭院让总书记说出了要“记得住乡愁”。

第五节　在中寨司莫拉佤族村的祝福

2020年1月18日，习近平结束对缅甸的新年首访。有人注意到，媒体报道的是回到国内，而不是回到北京。19日下午，总书记的身影出现在与缅甸接壤的云南省腾冲。这一天是腊月廿五。总书记把春节前夕看望慰问基层干部群众的第一站，选择在了这座边城。对腾冲清水乡三家村中寨司莫拉佤族寨子的群众来说，今年的春天来得比以往时候都要早一些。

沿着村落间的石板路前行，远处秀美的山川、婉约的田畴，村边盛开的油菜花、溪边咿呀吟唱的水车，屋外竹林掩映的婆娑、鸡犬相闻的和谐，一一呈现在眼前。

走进李发顺干净整洁的家，一幅幅习近平总书记与李发顺一家的照片挂在屋子里，喜庆、温馨而亲切。

李发顺和我们一起回忆起了见到习近平总书记的情景：

19日下午，冬日午后的阳光，温暖而祥和，洒进整洁的农家院落。一张方桌，几把矮凳。习近平总书记同主人李发顺一家六口围坐在一起，共话脱贫攻坚，畅想幸福生活。

“脱贫了，还有什么需要提高改善的吗？”“希望老人晚年过得再好一点，两个小娃将来找份好工作，就心满意足了。”小院里，笑声朗朗，暖意融融……

脱贫后的村民李发顺一家，住进了“大五架”房，一正两厢一照壁，上下两层，干净结实。

“这房子格局不错，很聚气。”走进李发顺家，习近平总书记先看住房情况，“房子什么时候盖的？花了多少钱？”

“2014年在老房子基础上拆除重建的，政府补了12000元。”李发顺告诉总书记。

堂屋、卧室、厨房、卫生间……习近平一间一间细细看过去。走进卧室，习近平摸摸床上的褥子，关切地问：“这个季节夜里睡觉凉不凉？”在厨房里，习近平拧开水龙头，试试自来水。打开冰箱门，看到有菜有肉，掀开锅盖，一阵饭香扑鼻而来，习近平点点头：“吃饱、穿暖，两不愁这个问题解决了。”

后院猪圈里，养了大大小小20多头猪。习近平走到猪圈跟前，边看边问：

"猪价还好吧？这一头种猪一年能赚多少钱？"

"去年猪价好，卖了8头肥猪，一共卖了近3万块钱。养一头母猪，政府还补助600块。这一头种猪一年也能赚2000多块。"李发顺笑着说。

"你们的小家和国家的命运紧密联系在一起"

回到小院，围坐在一起，李发顺有一肚子的话想同总书记讲。10年前一场突如其来的车祸，使李发顺受到重伤，几近瘫痪。这个家庭失去了主要劳动力，再加上一双儿女的上学花费，让他们顿时陷入困境。国家政策帮扶，全家共同奋斗，2017年底李发顺家实现了脱贫摘帽，去年家庭收入超过了4万元。

"你们现在主要做些什么？"习近平详细询问家庭收入来源。"我在家养养猪，种点玉米、茶叶，还回收出售废品，妻子这几年在广东东莞电子厂打工，收入也还行。"李发顺说。

"老人家身体都挺好吧？看病有没有保障？"总书记接着问。"我父亲78岁，母亲71岁了，身体都还好。现在国家政策好，老人看病报销比例很高，给我们减轻了很大负担。"这两年，李发顺父母看病先后花了1.5万多元，医保报销了绝大部分，自付不到1500元。

"两个孩子都在上学？学费怎么样？有没有享受助学金？"总书记的目光转向李发顺的一双儿女。

正在北方民族大学上大三的大女儿李连欢，前几天刚从宁夏银川赶回家过年，她告诉总书记，每年有6000元的免息贷款，还有国家助学金，可以解决学费和住宿费。

"离毕业还有一年，准备怎么发展？到哪里工作？"总书记亲切地问。

"现在正准备考研，读完研究生后，回来考公务员。"

"好！真是有想法，这完全是可以做到的。有志者事竟成！"

李连欢的弟弟李连斌坐在总书记右手边，虽然还在读高三，但同姐姐一样也有了自己的人生计划："我准备考四川的武警警官学院。"

"好，有志气！以后当武警，当兵参军，体格得练好。我也祝你成功！”

习近平总书记语重心长，饱含鼓励：“你们的小家和国家的命运紧密联系在一起。全面建成小康社会进而全面建设社会主义现代化强国，你们这个年纪恰逢其时，将来要做党和国家事业的接班人、民族团结进步事业的接班人。”

姐弟俩点点头，眼神中充满了希望。

李发顺邀请总书记一起制作佤族新年传统食物大米粑粑。接过毛巾擦了擦手，习近平总书记同李发顺夫妻俩一起操作起来。右手拿起一团大米粑粑，在模子上用力摁下，左手再加把劲，总书记笑着说：“摁了个福字，再来一个喜字，有福有喜。”大家鼓起掌来。

村情展室里，一幅幅新老照片鲜明对比，佤寨交通、住房、文化教育等方方面面的翻天巨变，让总书记频频称赞。

“你们这里已经实现脱贫并正向新的发展目标努力迈进，这个过程也和我们国家一样，全面建成小康社会之后要全面推进乡村振兴，进一步解决城乡发展不平衡、空壳村等问题，发展乡村产业，振兴乡村经济，让更多乡亲就地就近就业，不断增加收入、改善民生。祝幸福的司莫拉村更加幸福！”习近平对大家说。

村寨广场上，身着民族服饰的佤族男女老少，敲起象脚鼓，一起“加林赛”（佤语：意为大家一起排队跳舞），用热情的甩发舞和欢快的竹竿舞，欢迎最尊贵的客人。

按当地风俗，总书记敲响佤族祝福木鼓——“一声鼓响，风调雨顺；二声鼓响，国泰民安；三声鼓响，四海升平！”随着浑厚的鼓声和长者的祝语，广场上掌声、欢呼声汇成一片。

“村村寨寨哎，打起鼓、敲起锣，阿佤唱新歌……”送别的时刻到了，村民们纷纷围拢过来，唱起《阿佤人民唱新歌》，簇拥着总书记走到寨口，依依不舍。

“祝大家新春愉快、阖家幸福！”总书记同乡亲们挥手道别。

“共产党光辉照边疆，山笑水笑人欢乐。社会主义好哎，架起幸福桥。哎……道路越走越宽阔，越宽阔……”欢快的歌声，在村寨里久久回响。

如今，中寨这个极边之地的少数民族村寨又有了哪些新的变化？今后还有哪些更长远的发展规划和措施？

“习近平总书记强调说，全面建成小康社会，一个民族不能少；实现中华民族伟大复兴，一个民族也不能少。”清水乡党委书记孟继早对我说：“中寨在脱贫路上一个都没有少。而我们已经把脱贫后的目标瞄向了更高的水平。当前，我们紧紧围绕‘两不愁三保障’工作要求和脱贫成效巩固20条标准，正在认真做好查缺补漏工作。”

李发顺一家已经脱贫两年了，但一家人在医疗、教育、养老、住房、产业帮扶等方面受到的帮扶力度一点都没有减弱。这让他更加坚定了信心，巩固脱贫成果，尽早实现致富。李发顺家中堂上“奋发图强兴家业，奋勇拼搏奔小康”的对联最好地表达了对未来生活的信心。

“摘帽”之后怎么办？习近平总书记在2019年全国两会期间强调，不能马上撤摊子、甩包袱、歇歇脚，要做到“四个不摘”：不摘责任、不摘政策、不摘帮扶、不摘监管。

眼下，清水乡正在对全乡所有乡村住户住房、收入、教育、就医、饮水、道路、家居环境、思想认识等各方面短板进行全面普查，查找漏洞缺项，一项一项整改到位。认真制定针对剩余贫困人口的脱贫措施、对存在返贫风险的脱贫监测户及边缘户实施针对性预防措施。

“脱贫不是目的。我们要让群众的生活更加富裕。”孟继早信心满满地说。该乡正在采取措施，激发群众的内生动力，从抓春耕生产开始，促进产业有大的发展。积极服务乡域经营主体利益连接建档立卡贫困户373户。为建档立卡贫困户开发公益性岗位70个。鼓励全乡劳动力输出，实现今年就业8255人的目标（其中，建档立卡贫困人口736人），有力地促进群众持续增收。

连日来，清水乡积极顺应群众期盼，从保山市委宣传部领取了习近平总书记考察三家村中寨司莫拉佤族村海报，组织乡村干部到群众家中进行张贴。

在清水社区低保户何从松家中，他正把自己悬挂了多年的“家和万事兴”十字绣取下来。何从松一家人看着乡村干部粘贴习近平总书记的海报，抑制不住内心的喜悦：“今天能挂上习总书记来我们清水乡的海报，内心很激动，我一定会珍惜党和国家给我带来的幸福生活。我当然要把领袖海报挂在家里最醒目的地方，我还要教育孩子们，一定要铭记党的恩情，好好学习，长大了为国家和社会做贡献。”

在清水社区李叶相家中，他正在擦拭有习近平总书记相片的海报。他说：“过年买年画的时候，习总书记的画像最受欢迎，我家一直就有过年买领袖肖像画悬挂的传统。这次不一样了，这可是习总书记来我们清水乡的海报，这是多么自豪的一件事啊！”

清水乡党委政府充分尊重当地民众的文化主体地位，因地制宜、因时而制，调整项目建设，为留住中寨“春有鸟语花香，夏时绿意盎然，秋有稻麦金黄，冬时粉妆玉砌”的人文和自然景观，该乡进行了深度的发展规划。

依托良好的生态基础，清水乡在践行“绿水青山就是金山银山”的发展理念时，各级干部和广大群众已经凝聚成共识，三家村中寨司莫拉佤族村在今后的开发建设中，将从绿色生态入手，发展重点聚焦在农业产业和旅游服务方面，注重培育农业产业及乡村旅游生态健康属性。

在经济发展方面，清水乡将进一步发挥好辖区内传统村落、热海、茶博园、大地茶海、成边古寨等优质旅游资源优势；进一步深挖乡域内的茶叶、粮油、阳光果蔬、中药材、稻田鱼、土鸡等特色种养殖和佤族传统服装、大米粑粑、手工艺旅游纪念产品等，着重培育成绿色生态健康的“司莫拉”特色产业。围绕“乡村旅游带动农业品牌影响力，农业品牌提升乡村旅游知名度”的方向，二者融合促进。

习近平总书记明确指出：“乡村振兴既要塑形，也要铸魂。”

中寨，这个具有500多年历史的佤族聚居村寨。在美丽乡村中寨创建过程中，乡党委依托中寨自然村区位、生态、民族、产业优势，紧紧围绕“保护”“传承”和“发展”三大主题，体现“政府主导、社会参与、长远规划、分步实施”的原则，以将中寨打造为腾冲旅游的又一张新名片为发展定位，进行全面整体的规划。

2019年，中寨司莫拉佤族村景区已成功申报国家AAA级旅游景区，并成为中国少数民族特色村寨、云南省民族特色村、腾冲干部教育培训学院现场教学点、清水乡“最美庭院”示范点。

“我们市将进一步深化三家村的人居环境整治，完善乡村公共服务设施等，尊重自然、顺应自然、保护自然，留住乡愁记忆，建设生态宜居。”腾冲市委宣传部长兰彬告诉记者。

清水乡的乡村干部精神振奋，激动之情溢于言表。“感到肩上的担子更重了，一刻也不能松劲。我们要按照总书记要求，党员干部要带着群众一起奋斗。”镇党委副书记樊艳丽说。

腾冲市也正在指导和配合清水乡，进一步发掘乡域内农业资源、旅游资源及“司莫拉经验”效应优势，在农业三产融合、人居环境提升、完善乡村旅游基础服务设施改善等方面发力。

按照计划，从2020年起，力争通过3年的努力，以三家村中寨司莫拉佤族村为核心，将清水乡建设成为集乡村生态农业观光体验、民族风情体验、“司莫拉经验”示范学习及研学体验等为一体的农旅融合特色小镇和民族团结进步乡村振兴示范区。规划实施农旅融合示范区、精品茶产业提升区、梯田稻花精品区、阳光蔬菜精品区、中草药产业区、临空农业加工产业区六个产业区。配套实施游客集散中心、朱星街“美丽集镇”、特色米粑粑体验区、民族党建教育基地、司莫拉精品农创孵化基地、文化广场、人居环境提升整治、农村四线入地等。

通过三家村“乡村振兴试验示范区”建设，为全乡经济社会发展注入新鲜活力，壮大产业体量和经济规模，拓展现代农业、商贸、住宿、运输、餐饮、研学、培训等业态，带动全乡更多群众增收致富。

在三家村，我们看到，腾冲市和清水乡正在深入贯彻落实好习近平总书记考察三家村时的重要讲话精神和重要指示，在牢记习总书记嘱托，振奋精神，巩固脱贫攻坚成果、发展生产生活、不断增加收入和改善民生、推进乡村振兴等方面做文章。

当下，中寨已经成为腾冲市乡村振兴的生动样本，在清水乡乃至腾冲市的示范效应正在释放出来。

“司莫拉”，佤语当中的意思为“幸福的地方”。三家村党总支书记赵家清说，要让中寨司莫拉村真正成为产业兴旺、生态宜居、乡风文明、治理有效、生活富裕的美丽乡村，真正成为“幸福的地方”。

“清水乡将始终铭记总书记嘱托，进一步统一思想、凝心聚力，全面贯彻落实好总书记的重要指示精神，着力巩固好脱贫成果、促进民族团结、践行好绿水青山就是金山银山的发展理念。”孟继早对记者说，“我们将充分挖掘和利用清水乡农业资源、旅游资源及‘司莫拉经验’效应优势，将三家村打造成集乡村生态农业观光体验、民族风情体验、‘司莫拉经验’示范学习及研学体验等为一体的特色小镇和民族团结进步乡村振兴示范区。”

第六节　我们不能吃子孙饭

2020 年 1 月 20 日下午，在云南考察的习近平来到滇池星海半岛生态湿地，实地了解滇池保护治理情况。

一时间，世界的目光又一次聚焦到了滇池，尤其星海半岛生态湿地。

我第一次知道了星海半岛生态湿地。

省文代会结束，决定去走走。

无伴，打了个滴滴。

这才仅一期，但规模已经不小，建设面积达到了 416.5 亩。

星海半岛生态湿地位于盘龙江入湖口，于 2017 年 6 月建设完成，由 154 亩的盘龙江入湖口湿地和 262.5 亩的华商湿地组成，湿地建设采用复合型塘—潜—表人工湿地的组合形式，通过生态修复、植物恢复、水系连通、防浪堤拆除和栈道建设等一系列措施进行建设。

在植物的配置原则上，种植具有净化功能的植物，植物主体为：滇朴、中山杉、水杉、香樟、金竹各类湿地植物，同时选择可提供水生动物生存栖息的各类水生植物，湿地的空间结构和景观布局都具有立体感，乔、灌、草多层协调优化、错落有致搭配，体现了“以水为本”“以绿为主”的人与自然和谐共处的理念。

一进入湿地公园，湖畔芦苇、菖蒲等水生植物丛生，湿地栈道从中蜿蜒穿过，行人可漫步其中。湖塘节点处种植了荷花，吸引了白鹭、喜鹊、翠鸟等野生鸟类来此栖息。公园还设置了生态绿道、湿地滩涂、休息平台和瞭望平台等，其中，瞭望平台紧邻滇池和盘龙江入湖口，成为远眺滇池和“睡美人”的绝佳观赏点之一。

星海半岛湿地只是滇池 5 万多亩环湖湿地中的一小部分，也是近年来滇池治理的一个缩影。

1990 年，昆明市滇池保护委员会成立，打响了“高原明珠保卫战”；2008 年，滇池流域开始实行“河（段）长责任制”。经过长期不懈的努力，如今，

36条出入滇池河道以及滇池周围工业、农业、生活污染源基本实现截污导流，河道生态环境和水质改善明显。

2016年，滇池全湖水质提升为Ⅴ类，甩掉了20多年的“劣Ⅴ类”帽子；

2018年，提升到Ⅳ类，迎来近30年来最好水平；

2019年，保持在Ⅳ类。

滇池，这颗“高原明珠”正逐渐恢复到从前的神采。

习近平总书记还是有些放心不下，在滇池星海半岛生态湿地边走边对陪同考察的云南官员嘱咐：我们要避免走先污染再治理的老路，一定要摒弃过去那种以生态环境为代价换取一时经济发展的做法。我们提出新发展理念、建设生态文明，是符合客观规律的。从当前看，老百姓现在吃饱穿暖了，最关心的就是环境。长远来讲，我们不能吃子孙饭，要造福人类。要继续抓下去，锲而不舍、久久为功，把绿水青山真正变成金山银山。

可见一个大国领袖对滇池的牵挂。

在云南，在昆明，在滇池，更不乏升斗小民对滇池的心心念念。

大风皮划艇俱乐部是百个昆明市“市民河长”团队之一，2019年1月，该俱乐部成为入滇河流船房河的“市民河长”。一年来，每到周末或工作日下班较早的时候，陈嘉佳就会和伙伴们相约在船房河边，划着皮划艇巡河，一边收集水中的垃圾以及隐藏的地笼，一边劝导岸边钓鱼的市民，得到了中央、省市媒体的广泛关注和报道，成为明星“市民河长”。“保护好‘母亲湖’，是昆明人最大的愿望，我的目标，就是让子孙后代能够看到滇池的美。”陈嘉佳坚定地说。

第五章　永远在路上

第一节　惊回首

每年的5月22日是国际生物多样性日，2020年国际生物多样性日的主题是“以自然之道，养万物之生”（Our solutions are in nature）。

为了保护全球的生物多样性，1992年在巴西当时的首都里约热内卢召开的联合国环境与发展大会上，153个国家签署了《保护生物多样性公约》，联合国大会于2001年5月1日通过决议，宣布每年5月22日为“国际生物多样性日”，以增加对生物多样性问题的理解和认识。

中国是最早加入《保护生物多样性公约》的国家之一。而云南是我国生物多样性最为丰富的省份，属于全球34个物种最丰富的地区之一，生物多样性资源位居全国之首。

多年来，云南省生物多样性保护工作一直走在全国前列。

云南省地域面积39.4万平方千米，仅占全国的4.1%，但各类群生物物种数均接近或超过全国的一半。根据云南省生态环境厅和中国科学院昆明分院联合发布的《云南省生物物种名录（2016版）》，云南现记录有大型真菌、地衣、高等植物、脊椎动物25434种。其中，大型真菌2729种，占全国的56.9%；地衣1067种，占全国的60.4%；高等植物19365种，占全国的50.2%，包括苔藓1906种，蕨类1363种，裸子植物127种，被子植物15969种；脊椎动物2273种，占全国的52.1%，包括鱼类617种，两栖类189种，爬行类209种，鸟类945种，哺乳类313种。

云南不仅具有丰富的野生生物遗传资源，而且是不少栽培植物多样性中心或起源中心，如云南是中国拥有3种野生稻原产地的两个省份之一；云南还是茶的原产地，茶种资源占全世界的82.5%……

云南也是世界很多物种的起源和分化中心之一，具有显著的特有现象，一些植被类型和众多生物物种只分布于云南，是我国特有物种分布最多的地区。云南拥有特有植物2721种、特有动物351种，我国境内仅分布于云南的动物就有600多种。

云南生物物种虽然数量多，但也有脆弱的一面，其分布地域狭窄，种群规模小，个体数量少，特化程度高，适应性差，一旦被破坏就很难恢复。云南分布有国家重点保护的野生植物151种、野生动物242种，同比分别占国家的41.0%和57.1%，全省已有112种动植物被列入极小种群物种，列入《云南省生物物种红色名录（2017版)》极危381种、濒危847种。

在漫长的历史发展中，云南26个世居民族形成了与生物多样性相关的各具特色、丰富多彩的民族文化，积累了丰富的传统知识。各民族的农耕文化、民族医药、饮食文化习俗、传统生产生活方式和宗教信仰文化等都与生物多样性紧密联系在一起，如纳西族的东巴文化、傣族的贝叶文化、哈尼族的梯田文化、傣医药、藏药、苗药等。这些文化和传统源于自然，又与自然和谐共生，有效地促进了云南生物多样性的保护与可持续利用。

丰富的生物多样性不仅为云南各族群众提供了食物、药物、能源和工业原料等，更充分发挥了涵养水源、土壤保持、净化环境、调节气候、养分循环等生态服务功能。

1958年，云南省建立第一个自然保护区，截至2018年底，全省共建有各类自然保护地348个，其中自然保护区161个、风景名胜区66个、世界自然与文化遗产地5个、国家湿地公园18个、森林公园58个、国家公园1个、水产种质资源保护区21个，各类保护地的建立，使全省90%的典型生态系统和85%的重要物种得到了有效保护。

云南省通过实施珍稀濒危、极小种群和狭域特有物种的拯救、保护、恢复工程，巧家五针松、云南金钱槭、多歧苏铁、华盖木、羚牛、滇金丝猴、西黑冠长臂猿、犀鸟、滇池金线鲃、大理弓鱼等一大批濒临灭绝的物种重新获得新生。

云南省先后颁布《云南省陆生野生动物保护条例》《云南省珍贵树种保护条例》《云南省湿地保护条例》《云南省国家公园管理条例》等地方性法规，在全国率先制定出台《云南省生物多样性保护条例》，出台《云南省地方级自然保护区调整管理规定》《云南省自然保护区机构管理办法》，建立野生动物肇事商业保险机制，使生物多样性保护政策法规体系更加完善，生物多样性保护走上法制化轨道。

在保护的前提下，云南省探索合理开展可持续利用，着力培育生物优势产业，大力打造世界一流的“绿色能源”“绿色食品”“健康生活目的地”“三张牌”，促进绿色发展。着力培育生物优势产业（花卉、烟草、茶叶、水果、糖业、药物等），发展高原特色农业，开展生态旅游等。云药、云茶、云花等生物产业，高原特色农业和生态旅游等，已经成为美丽云南绿色发展的亮丽名片。

弘扬民族文化，使文化多样性得到传承。云南省把民族文化多样性和传统知识纳入生物多样性保护范畴，载入《云南省生物多样性保护条例》。开展建立自然圣境保护社区试点，开启了“民族文化促进自然保护”“自然保护促进民族文化传承”的云南模式，充分发掘整理藏族神山信仰、哈尼族森林—梯田文化、傣族“水”文化、纳西族“东巴”文化等与生物多样性保护密切相关的优秀传统文化，弘扬少数民族相关传统知识在生物多样性保护中的作用。

随着一系列工作的开展，云南生物多样性保护探索和实践走在全国前列，制定出台了全国第一部生物多样性保护地方性法规——《云南省生物多样性保护条例》，开创了我国生物多样性保护立法的先河；编撰完成了120万字的《云南大百科全书·生态编》，成为全国乃至全世界地区百科全书史上第一部单独成编立卷的综合性百科全书；在全国各省（区）市率先发布了《云南省生物物种名录（2016版）》《云南省生物物种红色名录（2017版）》《云南省生态系统名录（2018版）》和《云南省外来入侵物种名录（2019版）》，第一次全面系统地摸清了我省生物物种的家底和受威胁状况，为生物多样性保护与持续利用奠定了科学基础；与中国科学院昆明分院共同建立了全国唯一的“中国西南野生生物种质资源库”；结合绿色GDP研究，普洱市景东县在全国率先开展生物多样性和生态系统服务价值评估试点，2016年，在墨西哥坎昆举办的COP13期间，中国代表团介绍了景东县经验，得到了联合国环境规划署和与会各国的高度认可；作为国家建立和实施遗传资源及其相关传统知识获取与惠益分享的试点示范省份之一，在西双版纳州开展的“建立和实施遗传资源及其相关传统知识获取与惠益分享国家框架项目”为国家建立获取与惠益分享制度提供了借鉴。

第二节 “三大”保卫战：一份抢眼的生态答卷

2019年8月12日，国新办举行“新时代高质量跨越式发展的云南答卷”发布会，云南省人民政府主要领导在回答记者提问时表示，云南全力打好“蓝天、碧水、净土”三大保卫战，大力实施生态系统保护修复重大工程，坚决守护好云南的绿水青山、蓝天白云、良田沃土，在三大保卫战方面做了探索和实践。

打好蓝天保卫战。让蓝天白云成为云南的“标配”，成为一种常态。以前所未有的力度推进大气污染防治，全面开展工业企业大气污染综合治理、煤炭消费减量替代等工作，全省清洁能源电量占比达到90%以上，提前淘汰了近15万辆黄标车。在全国率先供应国六（B）成品油，去年全省地级以上的城市优良质量天数占比达到了98.9%，居全国第一。

打好碧水保卫战，让云南的九大高原湖泊成为镶嵌在中国大地上的一颗颗璀璨的明珠。以革命性的举措推动湖泊的保护治理，首先是转变观念，实现了“4个彻底转变”，彻底转变“环湖造城、环湖布局”的发展模式，彻底转变“就湖抓湖”的治理格局，彻底转变“救火式治理”的工作方式，彻底转变“没有钱就不治理”的被动状态。深入实施了抚仙湖、洱海、滇池九大高原湖泊保护治理攻坚战，九大高原湖泊水质总体保持稳定，局部趋好。2018年抚仙湖、泸沽湖稳定在I类，洱海水质7个月II类、5个月III类，是2015年以来水质最好的年份，滇池的水质也有改善，由劣V类提升到了IV类，为30年来最好水平。加强以长江为重点的六大水系保护治理，全省主要河流出境跨界断面的水质全面达标。

打好净土保卫战，坚决守住云南这一方不可多得的美丽净土。推进土壤污染防治，全面完成了农用地土壤污染状况详查，逐级建立污染地块名单，划定了粮食生产功能区、重要农产品生产保护区面积5200万亩。

擦亮云南高质量发展的生态底色。大力实施天然林保护、退耕还林还草等生态系统保护修复重大工程。全力推进国土山川大绿化、持续开展生态文明建设示范创建，建立166个自然保护区、18个国家湿地公园、13个国家公园，全省90%以上的典型生态系统，85%以上的重点保护野生动植物物种得到有效保护。还划定了生态保护红线面积11.8万平方千米、占全省总面积的30.9%。国家重点生态功能区由18个增加到39个，林地面积、森林面积、森林蓄积量等3项指标均居全国第2位，建成了4个国家生态文明示范州市县，10个国家级生态示范区，85个国家级生态乡镇。

第三节　又见碧水悠悠

过去，由于部分规定不够严谨，导致“保护优先、不欠新账、多还旧账”原则难以落地。如今，一湖一条例为云南九大高原湖泊保护提供了法治保障，堵住了违法建设和排污行为的口子。

2020年1月1日，新修订的《云南省阳宗海保护条例》《云南省泸沽湖保护条例》正式施行。这标志着云南省滇池、洱海、抚仙湖、程海、泸沽湖、杞麓湖、异龙湖、星云湖、阳宗海等9个30平方千米以上的高原湖泊都有了量身定做的保护条例。

为何要对阳宗海保护条例进行修改？答案就在中央环保督察通报中。

中央环境保护督察“回头看”及高原湖泊环境问题专项督察反馈意见指出：洱海、阳宗海、异龙湖、泸沽湖等湖泊保护条例，不同程度存在保护区边界模糊、没有严格控制旅游活动和污染物排放行为、未明确界定允许和禁止建设内容、核心区划定标准不统一和基准线不确定等问题。

而修订前的云南省九大高原湖泊保护条例中，部分规定不够严谨，导致“保护优先、不欠新账、多还旧账”原则难以落地，也让一些违法建设和排污行为钻了“空子”。

九湖不仅是湖，也包括湖泊流域。九湖是云南省社会经济发展的命脉。虽然各个湖泊保护条例制定之初，也考虑了湖泊保护的要求，但与目前环保要求已经不相适应。

不久前被废止的泸沽湖保护管理条例制定于1994年，不仅制定的层级偏低，而且保护优先的原则也并未贯彻到底。“这份条例局限于风景名胜资源的保护管理和开发利用，并不适应对泸沽湖生态环境进行严格保护的需要。”丽江市政府研究和法制办公室主任何贵林说。实际上，九大高原湖泊有不少都存在风景名胜区、自然保护区、湿地保护区及旅游度假区交织重叠的问题，在保护与利用之间画出明确的“红线”，这是立法必须承担的职责。

以不少湖泊正在开展的“四退三还”工作为例，前提就是确定湖泊运行水位。此前，国家法定水位标准“国家黄海高程”系统已废止，但1995年制定、2007年修订的杞麓湖保护条例依然使用旧标准，与现行的“1985国家高程基准”不统一。“此次修改，杞麓湖最高水位由原‘黄海高程’的1797.65米，调整为现行标准的1796.62米，最低水位由1794.95米调整为1793.92米。标准修改了，随之而来的保护区划定也要调整。”云南省人大环境与资源保护委员会主任委员黄文武说。

保护优先，有赖于制度支撑。为了落实保护优先原则，在立法过程中，条例起草者字斟句酌。“环保标准提高了，一些新举措也需要法律明确。”云南省人大常委会相关负责人表示。

据大理州人大常委会副主任许映苏介绍，新修订的洱海保护条例专门新增了综合保护管理职责一章，对整个洱海流域保护管理涉及的规划管控、基础设施建设、转型发展、生态保护、农业面源污染防治、垃圾污水处理、水环境监测、科学研究等作了梳理规范。

昔日“大水大肥”，现在要节水减肥。备受关注的洱海流域农业产业结构调整，也在此次修订中得以明确，要求“扶持发展高效生态农业和生态循环农业，推广测土配方施肥、精准施肥、生物防治病虫害等先进适用的农业生产技术，实施农药、化肥减施措施，鼓励使用有机肥，发展绿色生态农业，有效控制农业面源污染。”这也意味着，对大理州而言，农业转型升级不再是自选动作，而是具有法律强制力的规定动作。

阳宗海保护条例草案中曾经规定，主要入湖河道和两侧外延20米以内的区域划入保护区。这看起来很明确的表述却一度引发争议。“20米是水平距离还是地表距离？不同的测算方式划入保护区的区域可不一样。”云南省人大常委会法工委副主任邓先培说。最终，阳宗海保护条例明确规定“水平外延”作为保护区划定的标准，同时要求管理机构应当在保护区竖立界桩、路标和安全警示等标牌、标识。

此前，由于泸沽湖地跨川滇两省，存在目标水质“一湖两类”、片区空间规划及保护政策不统一、管理体制机制不一致等问题。管理措施、管理力度存在差异，在实际开展工作中执法尺度不一致，导致处理纠纷时常常相互推诿、扯皮。而在新修订的泸沽湖保护条例中，明确要求建立丽江市和凉山州两地泸沽湖保护协调机制。“建立两地统一保护和管理泸沽湖机制，建立综合执法和联合执法的机制，做到同一标准、统一尺度，非常必要。”何贵林说。

在阳宗海保护条例的前期立法调研中，不少干部群众反映，阳宗海周边大棚多，大量冷冻烂菜叶随意倾倒、堆放、填埋，造成水体污染隐患，建议在立法禁止性事项中进行明确。

取得共识不难，但如何在法律中精确表述？

“废弃菜叶这样通俗化的表述出现在严肃的法律文件中是否合适？大家意见分歧比较大。”云南省人大常委会法工委干部和晓琳说，最终“废弃菜叶”会出现在条例中，也是因为有具体的案例。

2019 年 6 月，抚仙湖畔的玉溪市区两级公安机关先后破获 4 起非法倾倒废弃菜叶污染环境的案例，抓获犯罪嫌疑人 11 人。仅邓某一人就先后组织多名驾驶员将 2000 余吨废弃菜叶运到江城镇卯政府村东山倾倒。经评估，倾倒点渗滤液造成的环境污染损害超过 70 万元。

“条例要发挥作用就必须得到不折不扣的执行，‘废弃菜叶等农业废弃物’这样的表述，普通老百姓都能看懂，有助于今后条例的宣传落实。”邓先培说。

原来的洱海保护条例规定，洱海流域违规建设由乡镇人民政府依法予以处罚。但根据行政处罚法，乡镇人民政府并没有行政处罚权。怎样才能既符合上位法规定，又照顾基层执法实际？立法工作者为此想了很多办法。修订后的洱海保护条例将洱海流域违规建设的行政处罚主体调整为县市自然资源行政主管部门，但同时在乡镇人民政府职责中规定，开展洱海保护治理日常巡查检查，制止并协助查处违法行为，做好相关行政执法工作。

在条例的每一条条文背后，都是曾经发生过的鲜活事例。在条例的修订过程中，云南省各级人大始终坚持问题导向，越是可能出现的问题，越要加以规范。比如，洱海保护条例将“禁止新建码头”修改为“禁止新建、扩建码头”，就是因为今后在洱海新建码头几乎不可能，但违规扩建码头的可能性却更大。

修订后的阳宗海保护条例规定，放生外来入侵物种的，责令改正，处 2 千元以上 1 万元以下罚款。“针对这一条款，有专家提出并非所有非本地生物都会对阳宗海生态造成破坏。因此，条例最终修改为‘外来入侵物种’，体现了立法的科学性。”邓先培说。

我们亲眼所见云南的河流在一天天变清。

南盘江不仅在一天天变清而且在一天天变美。

南盘江为珠江正源，在云南省内全长677千米，流域涉及昆明等5个州市的26个县（市）。

南盘江流经曲靖市沾益、麒麟、陆良、师宗、罗平五个县区，境内全长246千米，流域面积1.44万平方千米，占全市国土面积的49.7%，水资源量为78.98亿立方米，占全市水资源总量的59%，区域总人口347万人。

南盘江综合治理的目标是把南盘江建成“河畅、水清、路通、岸绿、景美、人和”的文化生态长廊。

项目分三期实施。

干流治理从珠江源至曲胜高速公路处，全长72千米，包含珠江源、天生坝、伏釜山、老城区及机场片区共五段，同时完成城区南盘江沿线的截污管道建设，开展引水入城相关规划设计工作。

南盘江综合治理珠江源段，规划范围始于珠江源，止于九龙水库坝址，河道长度61千米，规划慢行游线51千米，途经炎方、花山、盘江、西平等乡（镇、街道），串联沿线的自然景观、人文资源、古村落等，打造一条贯穿南北的慢行游线，目前已完成伏釜山—马雄山慢行游线概念规划。

天生坝段规划范围始于九龙水库坝址，止于水泥厂桥，河道长度3.8千米，沿线水质清澈，植被丰富，该段的综合整治以保护现状为主，充分展现沾益北郊田园风光，目前正在开展该片区修建性详细规划编制及引水入城相关规划编制工作。

伏釜山段规划范围始于水泥厂桥，止于龙华桥，河道长度2.5千米，规划范围47公顷。根据生态环境条件规划分为三段式，包括东段大觉寺—黑桥段、中段生态湿地、西段田园风光。在坚持生态保护与开发并重的原则上，因地制宜进行规划设计，提高城市的防洪能力，完善城市功能，提高城市形象和品质，保护大觉寺、黑桥等历史资源，未来将成为沾益居民休闲、娱乐、康体的新去处，以及城市旅游新亮点。正开展第二轮修建性详细规划编制工作及施工图设计，且已于2017年9月开工建设。

老城区段规划范围始于龙华桥，止于太平桥，河岸长度1.6千米，该段在城市规划建设用地范围内，河岸全部为硬质驳岸，岸线边有滨水绿带及慢行道路，沿线植被较好，但建筑风貌较凌乱。为了提升改造该段的人居环境，现阶段正在编制风貌整治规划方案。

机场段规划范围始于太平桥，止于曲胜高速公路，河岸长度3.1千米，以南盘江生态保护、休闲游览和航空科普宣教为主要内容，挖掘珠江源、太平桥、徐霞客、飞虎队丰富灿烂的历史文化，使缺失的历史文化在设计中有所体现，打造一条文化廊道。以城市发展新面貌及市民日益增长的生态、健康、运动需求为主题，打造一条运动活力廊道。目前正在开展第二轮修建性详细规划编制工作。

东川，也从“牛奶河”的噩梦中醒来了。

2013年底，东川区委、区政府决定通过“以奖代补”实施办法，即从2014年起，连续3年每年安排1000万元，共3000万元用于推进尾矿库项目建设，促进矿山企业的生存和发展。为历史还账，建尾矿库投入近17亿元。

为可持续发展，东川于2015年7月编制完成《东川区工业固体废弃物和尾矿资源综合开发利用示范基地建设规划（2015—2020）》，将全面建设冶炼渣、尾矿再选回收铜、铁精粉和其他有价组分，尾矿高附加值新型材料，新型建材系列产品，农林用土壤改良剂及尾矿复垦、充填5大类12个产品项目22个子产品项目的尾矿综合利用示范基地。同时规划到2020年，尾矿金属综合回收率达到95%以上，尾矿综合利用率达到100%，工业固体废弃物年利用总量超过1000万吨，实现尾矿“减量化、无害化、资源化”，当年新排放尾矿零堆积的目标。

良好的生态环境是最普惠的民生福祉。几年前，抗浪鱼这一稀有物种“游进”了小清河，把渔民带上了致富路。

抗浪鱼属鲤鱼目，背青肚白，形如短梭，小巧玲珑，长10厘米左右，对水环境十分挑剔，稍有污染就会死亡。昆明市东川区小清河农庄公司老总谭国琼，2011年便回到小清河发展渔业养殖，目前规模已经达到140余亩，其中抗浪鱼40亩，其他品种100亩左右，共投资800万元，是东川唯一一家养殖抗浪鱼的公司。目前市场均价为800元/公斤，市场前景看好。

包包村马支书说：“在谭国琼的影响下，小清河周边养鱼面积已经达到300亩。夏天到小清河郊游的市民比较多，我们打算利用小清河优越的地理位置，在小清河地段发展生态农庄产业，既可以帮助养殖户销售鱼，还能开发小清河乡村旅游资源。”

东川“小江西瓜”，主要分布在海拔1000米以下的干热河谷地区，利用沿江而下的小江河床冲积扇滩地种植，可开发面积2万余亩。这部分土地夏秋主要容纳小江河水，每到冬春季节，河水退潮变小，河滩裸露，沿江群众即围垦修整、开沟、薄铺浮泥，种西瓜于河沙滩之上。这种模式的西瓜生产已持续了10余年之久，既不与粮食生产争地，又充分利用了土地资源；既发展了经济作物，又增加了农民收益，是一种独特的种植方式。随着农业产业结构调整，种植面积不断扩大，年种植面积达5000～6000亩，总产量可达15000吨。

清河西瓜由东川平川专业种植合作社种植，基地投资160万元，在洒海村种植200亩无公害西瓜，带动贫困户100户。采用乌龟山的土，无害化处理的农家肥，配以小清河优质的水，种植出甘甜的小清河西瓜。

东川区拖布卡镇小江沿线的新店房村、大树脚村、大荒地村、格勒村今年在荒滩上种植小江西瓜1000余亩，品种有金优美、金城佳美、8424、火爆88、珍珠王，产量在3000吨左右，目前西瓜已陆续上市。

为了永续发展，由区委办、政府办印发了《东川区“水文章”三年行动方案》。明确用三年时间实现“水工程、水生态、水事业”和“河砂产业”“河（湖）长制”协同推进的“311目标任务”。即2018年，建成水井山水库；建成阿旺、乌龙、红土地、汤丹、拖布卡、因民、舍块共7个乡镇的集镇供水工程；全面建成覆盖全区8个乡镇（街道）的农村饮水安全巩固提升工程；编制完成《东川区水生态建设综合发展规划》。2019年，建成轿子山水库；建设全区共8个乡镇（街道）的“五小水利”工程；稳步推进城市供水市场清理整顿，突破河砂产业发展瓶颈，促进河砂产业得到规范健康发展；全面深化河（湖）长制促进水生态环境治理、完成河道绿化植树和河道治理工程；编制完成《东川区小清河流域水资源综合利用发展规划》。2020年，建成绿茂水库；完成小河水库、迎新水库、红旗水库、清水河水库等重点小型水源工程的前期工作；建成木多抗旱应急供水工程；推进河渠湖库生态修复和山水林田湖系统治理，县级以上饮用水水源保护区一级保护区内适宜绿化的陆域植被覆盖率达到80%以上；全面落实“三级河长四级治理”体系职责。

第四节　路漫漫其修远兮

近年来，云南生态文明建设成绩显著。比如，国家首次公布的2016年各省绿色发展指数排名中，云南绿色发展指数排名第10位，其中生态保护指数排名第2位、环境质量指数排名第5位，使“生态云南、绿色云南”有了更坚实的基础。

绿色发展指数包括6个方面55项指标，涉及生态文明建设领域的各个方面，而公众对反映的当地空气、水、周边居住环境等环境质量状况相关指标的主观感受更加深刻，在年度评价结果中也体现出“公众满意程度”与“环境质量指数”排名具有较为显著的相关性。

多年来，云南省委、省政府高度重视云南生态文明建设示范区创建，把开展生态文明建设示范区创建活动作为云南省努力成为全国生态文明排头兵的一项重要工作来推动。经过长期的努力，建立了省级生态文明建设示范州市县区及村镇创建申报管理规定和指标体系，全面开展了国家、省和州市级多层级生态建设示范区创建工作。

全省16个州市、129个县都开展了生态创建工作，累计建成4个国家生态文明建设示范州市县、2个“绿水青山就是金山银山”实践创新基地、10个国家级生态示范区、85个国家级生态乡镇、3个国家级生态村；1个省级生态文明州、21个省级生态文明县（市、区）、615个省级生态文明乡镇（街道）、29个省级生态文明村。

“像保护眼睛一样保护生态环境，像对待生命一样对待生态环境。”在河湖治理方面，用最严格的制度、最严密的法治保护生态环境，加快制度创新，强化制度执行。大理州实施洱海保护治理“七大行动”，大理州纪委监委亮剑洱海保护，问责治乱、约谈治懒、制度治散，通过严格监督执纪，让洱海保护“长出牙齿”；昆明市出台了《滇池保护治理三年攻坚行动实施方案（2018—2020年）》，通过实施滇池保护治理三年攻坚行动，大力削减流域污染负荷，实现滇池保护治理取得新突破，使滇池成为生态之湖、人文之湖、希望之湖。从2018年1月开始至今，滇池水质一直保持在Ⅳ类，一举刷掉了20多年的“劣Ⅴ类”帽子，为30年来最好的水平。目前，高原其他湖泊水质稳定向好，抚仙湖、泸沽湖水质稳定在Ⅰ类，洱海湖心断面水质为Ⅱ类，为2015年来最好水平。

山水林田湖草是生命共同体，要统筹兼顾、整体施策、多措并举，全方位、全地域、全过程开展生态文明建设。云南林业和草原呈现出“大地增绿”“活力增强”“资源增量”的良性发展态势；农业农村方面，减少农业化肥农药使用，改善农村村居面貌，2017年化肥使用总量增幅为－1.55%，化肥使用量首次实现了负增，年均减少3.3%，连续3年实现农药使用量负增长；截至2018年11月，淘汰全省所有黄标车140585辆中的127747辆，剩余12838辆，完成率90.87%，坚决打赢蓝天保卫战……

但以后的路更难行了。

第五节　再出发

2015年2月10日《人民日报海外版》第2版发表了署名任维东的一篇文章，题目叫《七彩云南，生态建设再出发》。

文章写道：“云南虽有‘动植物王国’美誉，但在生态保护方面也曾有过惨痛的教训，特别是滇池的严重污染。在‘十一五’滇池治理取得阶段性进展的基础上，云南省及昆明市紧紧抓住国家加大‘三湖’治理力度的机遇。此外，云南还重拳出击，严肃查处了玉溪阳宗海砷污染事件、曲靖陆良铬渣污染事件。”

前事不忘，后事之师。

云南一直都在“洗心革面”。

2019年2月，云南省政府出台了《云南省人民政府关于“美丽县城”建设的指导意见》（后简称《指导意见》），成为随后出台的《关于努力将云南建设成为中国最美丽省份的指导意见》的基础。“美丽县城”无疑是“中国最美丽省份”的基本单元。

《指导意见》提出，2019年全面启动全省“美丽县城”建设工作，重点在现有建成区基础上进行改造提升，按照“干净、宜居、特色”的目标要求，通过3年的努力，力争在全省打造形成一批特色鲜明、功能完善、生态优美、宜居宜业的“美丽县城”。

财政支持方面，2019—2021年，拟筹措300亿元资金用于“美丽县城”建设，其中，省财政每年安排40亿元，省发展改革委等部门采取争取中央预算内资金和安排省级既有专项资金等方式，每年筹集60亿元。对国家级贫困县、深度贫困县、民族自治县加大倾斜支持力度。

我特有兴趣的是“打造特色风貌”一条。

加大建筑外立面改造力度。充分考虑当地历史文化、民族文化等因素，结合当地建筑风格、元素和特点，加强城市风貌设计，对县城主街道、标志性建筑外立面进行风貌提升改造。民族自治县和边境县、市风貌提升改造要凸显民族特色、地域特色和国门口岸形象。

打造主题街区要坚持尊重历史、尊重人文、生态优先，体现地域特征、民族特色的理念，通过3年的努力，每个县城打造若干条特色鲜明的主题街区或者历史文化街区、民族风情街区。

修缮历史文化遗存。做好县城内重要历史建筑、历史街区的保护和修缮工作，弘扬传统文化和地域文化，提升县城文化内涵。鼓励有条件的县城积极申报国家级、省级历史文化名城或历史文化街区。

放眼全省，美丽县城建设扎实推进：21个特色小镇评选命名；怒江美丽公路主线建成通车；3条约1200千米示范美丽公路建设启动；高速公路服务区全面升级改造；美丽乡村建设有序推进。全省上下形成了争创美丽省份和争当生态文明建设排头兵的良好氛围。

第六章　让灵魂跟上来

等一等，让灵魂跟上来。

这是一句印第安人的古话，蕴含着深刻的人生哲理：人要知道自己将向何处去，离不开正确价值观的指引；人要正确对待生命中的问题，需要一颗强大的心。

“人法地，地法天，天法道，道法自然。”

生态文明建设就是走“天人合一”“道法自然”和坚持人与自然和谐共生的路子。

人类要健康发展，离不开“天人合一”“道法自然”，这是绝大多数人的价值取向和共同认可的价值追求，只有这样，生活在其中的人们才能感受到自身与自然的高度融合，增强对现在和未来的确定性，收获真正的幸福。

第一节　让“文化强省”的旗帜高高飘扬

一个可以静下来思考“云南建设民族文化强省的标志与意义”的人肯定是个不一般的人，他要么是领导，要么是文化学者。

云南省委 1996 年就提出了文化强省的战略构想，并在国内外取得了颇有影响的成就。

官员可以谈他的战略，学者可以提出他的理论，而我们老百姓只需要见证随之而来的一点一点的实惠。

在云南，彰显出的是云南民族和睦、社会稳定的局面，这无疑成为对新中国民族政策评价的一个参照坐标。

无论之前的“桥头堡”还是现在的“辐射中心”建设，云南无疑都是国家战略，也是国际上认知中国的重要渠道，是 21 世纪海上丝绸之路与丝绸之路经济带有机衔接的重要门户。

云南应该怎么办？

云南早就胸有成竹了——树立充满人文魅力、生态环境魅力、多元文化各美其美、相互尊重、和谐共存的“七彩云南”形象，尤其把云南建设成民族文化强省与我国重要的生物多样性宝库和西南生态安全屏障有机结合起来，充分发挥云南在发展绿色经济和低碳经济、保持良好的生态环境和生物多样性方面的魅力和优势，充分挖掘和弘扬云南各民族的生态文明知识和生态智慧，以生态文化促进云南生物多样性的保护，促进绿色云南的建设，使云南成为一个文化和生态良性互动、经济发展与生物多样性共存的典范地区。

我欣喜地看到了，在2014年12月联合国《2015年后可持续发展议程》报告中有这样的一些关键词：和谐、责任、可持续力、福祉、转型、整合、治理、人权、法治、公正、共享、包容。新千年目标进一步深化可持续发展内容，标志着全球范围内对工业文明的反思和生态意识的觉醒，迈向生态文明新时代，已成为人类的共同选择。

人对自然的一切“进退取舍”，包括对生态系统和环境的保护或者破坏，都取决于其生存需求的价值取向。生态文化以“天人合一”“道法自然”的生存智慧，“知天畏命”“生生不息”的道德意识，“仁爱万物”“爱有差等”的道德情怀，“和谐共生”“与天地参”的道德理想，拓展了人类的道德视野；揭示了人类是天地万物中的一部分，与自然息息相通；启迪人类要认知并掌握天地人和自然万物之本性，树立敬畏生命、尊重自然、顺应自然规律的生态意识和价值追求。

生态文化契合了生态文明价值观的本质特征，为改善人与自然的关系，推进经济社会转型和生产生活方式转变，提供了强大的思想源泉和精神支撑，成为21世纪人类可持续发展，克服生态危机、推进生态文明建设的文化选择。

无疑，云南的路子是正确的。

文化云南，一路创新发展，取得了一系列有目共睹的成果。

——昆明市、丽江市、迪庆藏族自治州、保山市的文化产业增加值占当地GDP的比例接近或达到5%，成为支柱性产业。

——云南文化、骏宇文博、微想科技、天游科技、黑马软件、客莱谛、金彩影业7家文化企业在新三板挂牌。

——云南报业传媒集团、云南广电传媒集团等4家省属国有文化企业建立了具有文化特色的现代企业制度。2017年这4家企业营业额收入110.82亿元，同比增长11.98%。

——建成云南省博物馆新馆、云南省大剧院、亚广传媒中心、云南文苑、云南广播电视集中集成播控中心、东南亚小语种和云南少数民族语言影视译制中心等重点公共文化设施项目。

——以传统民族民间工艺品“金、木、土、石、布”五位一体为特色的文化产业基本形成体系。建水紫陶、鹤庆银器、个旧锡器、剑川木雕、开远根雕等具有浓郁地方特色的民族民间工艺品年产值均在10亿元以上，一些产品远销国外。全省各地众多的民族村寨通过发展特色产业，优化了农村经济结构，找到了脱贫致富的有效手段。七彩云南2018民族赛装文化节，成为云南一张亮丽的文化名片，为边疆民族地区妇女脱贫致富拓展出一条新路径。民族服装服饰开始走向个性化、定制化生产。

——在“一带一路”建设中，文化商品不断走向海外，2017年云南省文化出口突破3亿美元。

近年来，昆明市把文化产业作为培育新的经济增长点、提升文化软实力和产业竞争力的重要举措，加大公共文化事业的扶持力度，快速推进文化产业转型升级，谋求经济高质量发展。2018年，全市文化及相关产业预计实现增加值266亿元，同比增长约15%，占全省的45%；规模以上文化企业约360家，同比增长12%；建成文创园区21个、文化和相关产业融合发展示范基地4个。

夜幕降临，在莲花池庭院剧场中，一幅80年前的历史画卷徐徐展开，一个个历史人物走向观众：迁入昆明的西南联大，校舍极端简陋，铁皮房子下，一遭大雨，师生们只能停课听雨……在独特的演出空间里，庭院剧《联大往事》仿佛带观众穿越到那段艰辛而辉煌的岁月。

这是当事者的一番描述。

但近年来，昆明市确实把扶持庭院小剧场作为促进文化产业发展的一项重要创新，同时也是推进公共文化服务“零距离工程”的具体举措。在一系列扶持举措的推动下，以莲花池、马家大院、南强街88号院等为代表的庭院小剧场，逐渐成为昆明独特的城市风景线，涌现出《圆圆曲》《蓝羽恋》《四美离歌》《粉待》《问心》《鼠辈》《高兴》等一批优秀剧目，受到观众热捧。

与此同时，昆明市通过搭建和推广文化消费平台，引导更多的人进行文化消费。在五华区，“五华文惠卡”项目已经实施到第二年，项目运营至今，已入驻51家优质试点企业，先后发布320款产品，包括庭院剧、书店、酒店、体育健身、非遗文化、文创产品等多项文化消费均以最惠折扣价为基准价，文惠卡再作补贴。

在2019年3月23日举行的金殿花朝节上，千余名身着各色汉服的“仙子”，在主祭带领下，按传统节俗行献香、献花、献爵等礼仪，再现了一场古老的花朝祈福仪式。与以往不同的是，此次活动由移动运营商提供5G技术支撑，通过360度全景VR摄像机将高清视频/AR/VR视频信号实时传送给观众，实现多人沉浸式VR直播，大家通过VR镜头不仅能切身体验整个仪式，还能在VR镜头中与同样参与体验的人进行互动。

目前开发的云南VR旅游资源库已经覆盖云南16个州市的主要旅游景点，戴上VR头盔，你就可以真切感受一番普达措的幽雅静美、三月街的热闹喧阗、滇池的碧水蓝天。

诸如此类“文化+科技”的创新发展，每天都在金鼎山昆明国家广告产业园上演，曾经的老旧厂房，在经历一次次改造之后，变成了云南省、昆明市文化产业发展高地。依托金鼎山片区1.57平方千米开展建设，昆明国家广告产业园辐射学府路周边3千米半径范围，整合“金鼎1919分园”“同景智库108分园”“蓝谷创意分园”“金鼎M60创意园”，形成“一核多分园”的空间发展布局。目前，共有710家企业入驻园区，广告企业及直接关联产业企业数532家，包括东道品牌创意集团、猪八戒网、360搜索、新浪乐居、微想智森、盛策同辉、视广科技、捷利喷画等国内知名、行业领先的龙头企业，形成了产业特色鲜明、商业模式互补的广告关联互动体系。2018年，园区实现广告企业经营额43.1亿元。

通过“腾笼换鸟”，昆明重机厂转型为871文化创意工场、云南电视机厂转型为C86山茶坊、昆明橡胶厂转型为彩云里文创园……2019年，又有云纺文创园、滇创季官产业园等6个文创园区建成。2020年，昆明还将新建拾翠国际民艺创意园区、春雨937工业遗产文化街区等6个文创园区，推动文化与科技、旅游、高新技术产业的融合发展，促进产业转型升级，实现文化及相关产业增加值同比增长12%以上，力争达到15%。

新一批在建的文创园区中，拾翠国际民艺创意园区颇具特点。2013 年，“翠湖 · 拾翠滇精品滇文化中心”在翠湖公园莲花禅院内开业，作为云南首个以滇文化为主题的文化产业项目，该中心整合了近 50 家云南非遗、特色物产企业入驻，并孵化了良绣、云陶、染、喜物山纪等自有品牌，成为云南文化产业名片之一。随后几年，拾翠致力于集萃云南最优秀的民艺产品并推广至全国。如今，拾翠国际民艺园区将在老氧气厂的旧址上打造中国第一个以工艺美术、非遗民艺加创新设计为核心的综合园区，打通创意研发、生产制作、客户体验、展览销售全产业链，引入国际创意融合发展，完善民艺产业应用领域，真正实现以文化为聚合、与消费相结合的产业链生态模型，创造云南民族民间手工艺第一聚合平台。

2019 底，“春雨 937”工业遗产文化街区开业，在原昆明冶炼厂内，建于 20 世纪五六十年代的一排排老厂房，如今变身成为具有工业化与现代主义混搭风格的区域。项目一期占地约 60000 平方米，以工业遗产文化为主题，在保留完整的老建筑、老厂房基础上修缮加固，通过文化创意包装及科学合理的业态规划布局进行招商合作，项目汇集传统市井文化和集市文化，同时引进相关配套服务业态，形成多动能、复合型的时尚文化主题街区。这个项目定位就是工业遗产、创意集市、市井商业、文化街区，就是要将文化、运动、娱乐、食宿等全方位融合在一起，更好地服务市民。“春雨 937”工业遗产文化街区还将融入户外运动、民风民俗博览园、游泳馆、房车俱乐部、垂钓、自助烧烤、棋牌、桌球、运动馆、户外运动、真人 CS 等。

云南省重点打造的“丝路云裳 · 七彩云南民族赛装文化节”，业已成为国内一流、世界知名的云南文化形象品牌。

2016 年，在省委宣传部的具体指导支持下，“七彩云南 2016（国际）民族赛装文化节启动仪式”落户永仁直苴彝族赛装节，楚雄州通过创意策划、精心组织和强势宣传，吸引了大量中外游客、专家学者和知名媒体参与其中，使得这个大山深处的古老彝族节日声名远播，为世界认识彝族、走进彝乡打开了一扇重要窗口。

2016 年 10 月的北京国际时装周上，楚雄州又与国际名模、著名服装设计师马艳丽合作，精心设计推出 50 套以彝绣元素为主题的高级定制时装。T 台之上，一场传统与现代交织、民族文化牵手时尚潮流的视觉盛宴，以直击心底的强烈冲击，引发巨大轰动和关注，赢得广泛好评，惊艳了世界。

至此，历史久远的楚雄彝族服饰文化开始告别“养在深闺无人识”的状态，迈出了从山村到国际舞台的重要一步，也拉开了全州乃至云南省打造民族旅游文化精品的序幕。

自永仁直苴启动仪式开始后，云南民族赛装文化节从深圳、北京、上海等文化产业博览会上的营销推介，到楚雄彝绣走出国门去往法国、意大利、西班牙等国家和中国香港特区、台湾地区；从楚雄州与马艳丽合作，“千年彝绣”惊艳亮相北京国际时装周，到迪庆藏族自治州与马艳丽再度合作，“云秀—香格里拉”引爆北京时尚服装界，再到楚雄州彝族刺绣、服装服饰舞台剧目“云衣霓裳　炫彩彝风”在上海大剧院成功上演……以楚雄彝绣为代表的云南民族服装服饰文化牢牢把握每一个机遇，不断穿越历史长河，与中外时尚建立起一条奇妙的连线，“出山之路”越走越快，有力地证明了云南文化产业发展空间无限、潜力无穷。

选对路子、找准法子，小小绣花针也有大作为。自打造“七彩云南民族赛装文化节”以来，楚雄彝绣服装服饰产业迅速发展，已成为推动全州文化产业发展的新的“引爆点”和“推进器”，涌现出咪依鲁、纳苏、彝家公社等一批彝绣文化龙头企业。

目前全州有彝绣合作社 57 个、经营户 400 余户、绣女 7 万余人，彝绣产业年产值突破 1.5 亿元，正逐步形成集传承、保护、创意、设计、展示、营销为一体的全省乃至全国彝族服装服饰产业的一个中心，力争在 2035 年达到“10 万绣娘、10 亿产值”的愿景。

当下，乡村振兴工程正在全国拉开大幕，也许我们只知道乡村振兴是事关发展的民生问题，但不知道其重点是对文化生态的重建。

文化生态保护是重建文化的基础，是农村建设的重中之重。文化是精神的家园，没有文化的农村，就是没有灵魂的废墟、没有希望的田野。

生态文明建设是乡村振兴的重要引领，而文化又是生态文明的引领。

第二节　文化生态，让人的心灵天空更加纯净

1955 年，美国学者 J. H. 斯图尔德最早提出了文化生态学的概念，指出它

主要是“从人类生存的整个自然环境和社会环境中的各种因素交互作用研究文化产生、发展、变异规律的一种学说”。

文化生态学主张从人、自然、社会、文化的各种变量的交互作用中研究文化产生、发展的规律，用以寻求不同民族文化发展的特殊形貌和模式。

文化生态学认为，文化不是经济活动的直接产物，它们之间存在着各种各样的复杂的变量。山脉、河流、海洋等自然条件的影响，不同民族的居住地、环境、先前的社会观念、现实生活中流行的新观念，以及社会、社区的特殊发展趋势，等等，都给文化的产生和发展提供了特殊的、独一无二的场合和情境。

西方净土是理想的生态王国。

佛教重视个体生命及存在物的价值，认为“所有的自然物具有内在价值”。在生态环境保护的实践中，只有承认自然界中其他生命物种的内在价值，才有利于人类尊重生命、善待生命，维护生态系统的平衡和健康运行。

佛教主张一切事物皆有佛性，便是对各个生命个体生命体存在物的肯定，无论是有情识的动物，还是无情识的植物，乃至一微一尘都具有佛性，有其存在的价值。清净佛土是佛教的理想生态国，对众生感官和精神都有至高无上的快感的世界。最有代表性的清净之地正如《佛说阿弥陀经》所指出的：阿弥陀佛净土，亦称西方极乐世界。极乐世界有七宝池，八功德水，七重行数，池中莲花大如车轮，白鹤、孔雀、鹦鹉、共命之鸟等，昼夜六时，出和雅音，雨天曼陀罗华。

由此可见，佛教有一个理想的生态国，在这一生态国度里，各种各样的生命体均有其应处的位置和存在的价值，佛教的生态伦理便是保持生命体的多样性以及每个事物的自我存在的可能性。

佛教的生态意识，使得我们跳出人类中心的窠臼，向生命中心乃至生态中心的环境伦理的方向更有信心地迈进，从而将人类的道德关怀从人类自身扩展到多种生物甚至是整个自然界。

中国古人很早就懂得自己赖以生存的自然资源并非是取之不尽用之不竭的，为了自身的长远利益，他们反对破坏和浪费自然资源，并早在西周时期便设立了相应的制度和政府部门——虞官，对采伐林木和猎取鸟兽等行为进行严格的规定和监督管理。即使是天子、诸侯，在田猎时也必须遵守相关的“礼”，不得“合围”和“掩群”，即不得采取将猎物团团围住不分大小群取而猎之的手段，否则便是违礼，便是“暴天物”。先民们甚至还初步具有了我们今天称之为生态平衡的思想，在长期的生产活动中，他们认识到滥伐林木等行为会导致诸如气候反常等现象，《大戴礼记》指出，诸如“坏巢破卵”“竭水博鱼”“填溪塞谷”等不当行为会导致“风雨不时，暴风水旱并兴”等灾害，提出了对自然环境加以保护的思想。在先秦的典籍特别是诸子百家的著作中，我们可以看到很多这样的记载。

在云南的25个少数民族中，几乎都有一些与现代环保理念有关的习俗、禁忌乃至习惯。禁忌是约束规定社会行为、信仰行为的观念及措施的总称，是一种普遍存在于各民族中的观念习俗和文化现象。

禁忌最早产生于对鬼神的恐惧，即原始思维中的万物有灵观念。少数民族正是出于对万物有灵观念的假设，通过对自身行为的克制，以期获得神灵的保护，而这种少数民族的禁忌在客观上却调节着人与自然的关系，有利于人们适应、利用和保护自然环境，达到人与自然的和谐相处。

少数民族的禁忌大多与宗教活动和信仰有关。在大自然的万物中，人类接触最多并与自身利益相关的鸟、兽等野生动物，森林、山川等自然生物都成为人们禁忌的对象，并由此产生了形态各异的禁忌习俗。

普米族每年四月至八月封山期间，不能采集山上的花木。壮族为保持神山的神圣性，禁止上山挖药、砍伐、狩猎。彝族把神山看作撑天的巨柱，禁止任何人对着神山吼叫，不许人们上山随便开采山石。藏族对神山的禁忌最为严格，禁忌在神山上挖掘和砍伐花草树木、打猎和伤害兽禽鱼虫、以污秽之物污染神山、在神山上打闹喧哗，甚至禁忌将神山上的任何物种带回家，怕山神怪罪，降下灾来。

水是生命之源，能满足人们的生活所需，但同时也会带来灾难。因而，少数民族既敬水又畏水，从而形成禁止破坏龙潭、龙井、神河、神湖、神泉水源的禁忌，认为如果破坏就会遭到水神的惩罚。藏族的本土宗教禁止在神湖中洗涤，不许亵渎了水神；禁忌在泉源、水井、河流边大小便；不准将垃圾等不洁之物倒入水中，怕触犯水神而受相应处罚。纳西族禁止向河里扔废物或倒垃圾、吐口水、堵塞水源，不得在水源地宰杀牲畜、在水源旁大小便。沧源佤族对水源附近的茅草也禁止砍割。普米族和壮族禁止在山泉附近砍树垦荒种地。

怒族、彝族有敬“神树”的习惯，神树严禁砍伐。布朗族、哈尼族、傣族认为生长在村落附近的高大树木是他们的氏族祖先，保佑着本氏族成员平安顺利，不受他族侵扰，因此，禁止砍伐神树。“布依族禁止任何人触摸和砍伐村寨的山神树和大罗汉树，德昂族禁止任何人走近、砍伐视为神树的‘蛇树’”。

对动物的感恩。如拉祜族、彝族、景颇族忌食狗肉，他们认为是狗带来了粮食种子，大家才有粮食吃的；普米族认为狗对人有恩德，因为狗把自己的寿龄添给了人，因而禁止射杀。“藏族禁忌捕杀黑老鹊和秃鹫，原因在于黑老鹊和秃鹫作为高原上天然的‘清洁工’，对保持藏区的洁净发挥了独特的作用，因而受到藏民的保护。”

坚守传统的禁忌固然重要，但更重要的是建立起合乎现代人生活要求的生态文化。2008 年 11 月 14 日至 17 日，我国第一次举办了以生态文化为主题的博览会。地点选择在彩云之南的昆明。由中国民间文艺家协会和云南中国西部研究发展促进会等主办的首届中国生态文化博览会，之所以选择在昆明举行，正是看中了云南丰富的生态文化资源和实施生态文化战略的决心。

此次博览会的主题是“保护生态环境，共创和谐家园”，旨在宣传生态文化理念，探讨生态文化经济发展思路及生态文化经济的可行性模式，吸引海内外优秀的创新科技和人才，与西部大开发实现对接，寻找既能开发旅游资源，帮助资源拥有地民众脱贫致富，又能有效保护旅游地生态和文化环境的良好路径。

博览会用丰富的图片和实物展示了云南的自然保护区、生态旅游区、物质文化和非物质文化遗产以及多种生态文化产品，还举办了云南生态文化摄影展、生态文化论坛、生态文化（资源）保护考察、民族文化展示和交流等活动。其中，红河哈尼族彝族自治州弥勒彝族的“祭火·钻木取火”和彝族四腔的现场演出，让观众们领略到人与自然和谐相处的美妙。

此次博览会筹备之初，中国文联副主席、中国民协主席冯骥才曾撰文，提出了“文化生态”的概念，阐述了“生态文化”与“文化生态”之间的内在联系。他指出，我们在进行生态文化建设时，不能只重物质性和使用性的自然生态，而忽略了非物质与精神性的文化生态。只要无人传承，文化生态即刻烟消云散，永远消失。即便传承的人还在，倘若文化生态的环境遭到破坏，其文化生态也会产生变异——名存实亡或形存而神灭。

博览会向位于澜沧江下游的东盟国家传递了中国进一步强化云南这个国际

水源区环保力度的信号，得到东盟国家民众的欢迎。

第三节　生态伦理，统治与和谐的逆变

从工业文明走向生态文明，这是人类文明的重大转型。如果人类能够未雨绸缪，自觉地加强生态文明的建设，那么，转型的过程就会少一些悲剧和代价。如果人类继续沉睡在工业文明所编织的神话里，人类走出生态危机的机会就会越来越少，文明转型所付出的代价就会越来越惨重。当地球生态系统最终走上了全面崩溃的不归之路时，人类及其文明就只能以饥饿、死亡、战争和杀戮来结束其在地球上的“狂欢”。但愿人类还有足够的时间和智慧来阻止这个“狂欢节”的到来。

中华文明虽然是工业文明的迟到者，但中华文明的基本精神却与生态文明的内在要求基本一致，从政治社会制度到文化哲学艺术，无不闪烁着生态智慧的光芒。生态伦理思想本来就是中国传统文化的主要内涵之一，这使我们有可能率先反思并超越自文艺复兴以来就主导人类的“物化文明”，成为生态文明的率先响应者。

中国历朝历代都有生态保护的相关律令。这种制度，并非统治者的个人自觉，而是由中华文明本身的内涵所决定的。以儒释道为中心的中华文明，在几千年的发展过程中，形成了系统的生态伦理思想。

儒家生态智慧的核心是德性，尽心知性而知天，主张“天人合一”，其本质是“主客合一”，肯定人与自然界的统一。所谓“天地变化，圣人效之”，“与天地相似，故不违”，“知周乎万物，而道济天下，故不过”。儒家通过肯定天地万物的内在价值，主张以仁爱之心对待自然，讲究天道人伦化和人伦天道化，通过家庭、社会进一步将伦理原则扩展自然，体现了以人为本的价值取向和人文精神。

中国佛教的生态智慧的核心是在爱护万物中追求解脱，它启发人们通过参悟万物的本真来完成认知，提升生命。佛教正是从善待万物的立场出发，把“勿杀生”奉为“五戒”之首，生态伦理成为佛家慈悲向善的修炼内容，生态实践成为觉悟成佛的具体手段，这种在人与自然的关系上表现出的慈悲为怀的生态伦理精神，客观上为人们提供了通过利他主义来实现自身价值的通道。

中国道家的生态智慧是一种自然主义的空灵智慧，通过敬畏万物来完善自我生命。道家提出“道法自然”，强调人要以尊重自然规律为最高准则，以崇尚自然效法天地作为人生行为的基本皈依。强调人必须顺应自然，达到“天地与我并生，而万物与我为一”的境界。

庄子，是继老子之后最为杰出的道家思想家。在继承《老子》道论的基础上，庄子进一步丰富了道的内涵，并将道家天人合一、万物共和的思想发展到了一个新的高度，其中饱含着相当丰富的生态与环保理念。这里，通过对庄子天人观的探讨，去寻觅庄子极富人性的真挚的关爱万物生命的情怀。

对自然界要善意对待，这是因为在根本上“人与天一也”。既然如此，就必须保护生态环境。《庄子》一书中有内容非常丰富的生态观。如《马蹄》说：在风俗质朴的年代里，百姓的行为安详稳重，视察专注，别无外求，所以山上还没有小路，河里也没有船只和桥，万物浑茫，众生繁衍，各不相犯。人没有害禽兽的心，禽兽亦不伤人，所以禽兽可以让人牵着游玩，雀鸟的窝巢可以任人攀着观看，这就是盛德的时代。人类和禽兽同住在一起，和万物同聚在一处，哪里有什么君子和小人的分别呢？这些生动的描述完全是一幅动物成群、植物茂密的自然图画。人类生活其间，也完全是处于逍遥自在、任意无为的状态。那时候阴阳二气调和平静，鬼神不扰乱人类，四时的运作合于节度，万物不受伤害，生物不死于非命，人虽智能，即不妄用，这就是最和谐的状态。

此外，庄子还提出了“万物皆种”的重要思想，认为“物固有所然，物固有所可，无物不然，无物不可。”这里的“然”与“可”在于说明任何事物都有特定的自我规定性，或称物自性，它之所以是这样的而不是那样的，便是由这种规定性所使然，这种自然的类别性，可以称之为“天倪”。庄子曰：“万物皆种也，以不同形相禅，始卒若环，莫得其伦，是谓天均。天均者，天倪也。”（见《庄子·寓言》）也就是说，万物都来自特定的物种，但在不同物质的物种之间也存在着联系和转换，如同圆环一样，分不出始终和次序。这种自然的联系性，可以叫作“天均”。林疑独注：“种者，物生之始，万形万变，其化无穷，相代始终，如环无端，莫得其伦理，是之谓天均，人力莫与焉。天均言其平，天倪言其始，皆自然之谕。”（见《南华真经义海纂微》卷九一）在此，庄子将自然的类别性和联系性有机的合在一起，具有较高的科学价值。

古代中国没有今天这么多的环境问题，但哲人已注意到对待环境的态度，他们所提出的生态伦理可以用下列三点来说明：中国古代甲骨文里，仍没有节制猎杀野生动物的记载；到了春秋时代，孔子提出的“钓而不纲，弋而不射宿”（《论语·述而》）生态伦理，孔子可以说是我国首位提倡节制猎杀野生动物的环保哲人；孟子根据“仁民而爱物”思想，除了如孔子一般主张捕食动物（鱼类）要节制之外，又把这种保护动物的概念延伸到植物界，他说：“斧斤以时入山林，材木不可胜用也”；稍后的荀子进一步提出“知其所为，知其所不为”（要知道取用动植物的限制）及“其生不伤”（要尽量不伤害生命）的两个节制原则，以规范人类取用好生动植物的行为；《礼记》甚至认为看似一无所用的昆虫，也应受到保护，因此说：“昆虫未蛰，不以火田”。不过，这些文献主要的目的，似乎仍在于经济价值。

庄子根据自然无为的思想，主张应按照野生动物的自然天性饲养他们，野生动物（如雉鸡）在自然的“原野”里，虽然觅食了一分辛苦，却很自由逍遥；反过来说，把它关在笼子里，就算有美食，却觉得不舒服不愉快。所以，要采取以“顺物自然”的生态原则保护原野，进而保护野生动物的方式，《庄子》里称为“鸟养养鸟”。这种生态伦理有助于培养中国人的生态观。

第四节　名木古树，透析出历史的沧桑和情感

古树名木是不该荒芜的文明。

古树名木承载了诸多的生态文化要素，在生态文明建设中发挥着重要作用。

云南省历史悠久，战国为滇、寿糜地，民族文化源远流长，遗留的古树名木较多。全省现有古树名木1691株。其中，一级古树247株，二级古树558株，三级古树866株，名木20株。分属77科、178属、338个树种。

我找到一个不知道是不是过时了的《云南省境内国家珍贵树种名录和云南省珍贵树种名录》，且称的是第一批，不知道有没有后来的第二批，反正我还没有见到。把名录写进我的书里有助于我们一起记住它们——

国家珍贵树种

一级

海南粗榧	Cephalotaxus mannii Hook. f.
南方红豆杉	Taxus mairei（Lemee et levl.）S. Y. Hu ex liu
嘉马拉雅红豆杉	Taxus wallichiana Zucc.
水松	Glyptostrobus pensilis（Staunt）Koch
秃杉	Taiwania cryptomerioides Hayata
伯乐树	Bretschneidera sinensis Hemsl.
毛叶坡垒	Hopea mollissima C. Y. Wu
望天树	Parashorea chinensis Wang Hsie
铁力木	Mesua ferrea L.
大树杜鹃	Rhododoendron protistum var. giganteum（Forrest exTagg）Chamberlain
银叶桂	Cinnamomum mairei Levl.
珙桐	Davidia involucrata Baillon
光叶珙桐	Davidia involucrata var. vilmoriniana（Dode）Wanger
香果树	Emmenopterys henryi Oliv.
蚬木	Burretiodendron hsienmu Chun et How

二级

篦子三尖杉	Cephalotaxus oliveri Mast.
福建柏	Fokienia hodginsii Henry et Thomas
长苞冷杉	Abies georgei Orr
油麦吊云松	Picea brachytyla（Franch）pritz var. complanata（Mast）Cheng ex Rchd.
毛枝五针松	Pinus Wangii Hu et Cheng
澜沧黄杉	Pseufotsuga forrestii Craih
黄杉	Psrudotsuga sinensis Dode

云南穗花杉	Amentotaxus yunnanensis li
云南金钱槭	Dipteronia dyerinana Henry
刺楸	Kalopanax sepgemlobus（Thunb.）
榆绿木	Anogeissus acuminats var. lanceolata Wall. ex Clarke
四数木	Tetrameles nudiflora R. Br.
版纳青梅	Vatiea xishuangbannaensis G. D. Tao et J. h. Zhang
杜仲	Eucommia ulmoides Oliv.
东京桐	Deutzianthus tonkienensis Gagnep.
喙核桃	Annamocarya sinensis（Dode）Leroy
云南樟木	Cinnamomum glanduliferum（wall.）Xees
思茅木姜子	Litsea pierrei var. szemois liou
滇楠	Phoehe nanmu（Oliv.）Gamble
版纳黑檀	Dalbergia fusca var. enneandra Zou et Liu
花榈木	Ormosia henryi Prain
长蕊木兰	Alcimandra cathcartii（Hook. F. et Thoms.）Dandy.
鹅掌楸	Liriodendron chinense（Hemsl.）Sarg.
厚朴	Magnolia afficinalisRehd et Wils.
长喙厚朴	Magnolia rostrata W. W. Smith
香木莲	Manglietia aromatica Dandy
大果木莲	Manglietia grandis Hu et Cheng
大叶木莲	Manglietia megaphylla Hu et Cheng
华盖木	Manglietiastrum sinicum law
香籽含笑	Michelia Hedyosperma law
水青树	Tetracentron sinense oliv.
观光木	Tsoonglodendron odorun Chun
麻楝	Chakrasia tabularis A. Juss
红椿	Toona ciliata Roem.
见血封喉	Antiaris toxicaria（Pers.）Lesch.

云南肉豆蔻	Myristica yunnanensis Y. H. li
马尾树	Rhoiptelea Chiliantha Diels et Hand. Mazz.
野荔枝	Litchi chinensis var. euspontanea Hsue
紫荆木	Madhuca pasquieri（Dubard）Lam.
野茶树	Camellia sinensis（L.）O. Ktze. var. Assamica (Mast.) Kitam.
滇桐	Craigia yunnanensis W. W. Smith et W. E. Evanz
榉木	Zelkora schneiderana Hand – MAzz.
椴木	Tilia tuan Szysz
云南石梓	Gmelina arborea Roxb.

云南省珍贵树种：苏铁属（所有种）、南方铁杉、乔松、翠柏、肉托竹柏、贡山三尖杉、云南红豆杉、云南榧楠、滇润楠（滇楠）、纤细龙脑香（盈江龙脑香）鏈树、擎天树、干果榄仁、蝴蝶果、云南七叶树、滇藏榄、云南金花茶、苏木、橄榄红豆、滇黄皮树、东京山核桃。

名木古树遍布全滇，这样广袤，但又因人心各异，那些兀自栉风沐雨的大树会在何时得罪于人，甚至会成为利欲熏心者刀下冤魂？

昆明市2001年再次对全市5区8县1市的古树名木进行普查，经过严谨的实地考察，查明昆明地区现有古树名木28个科、66个种共千余株。其中树龄超过300年的有26株，最长的为黑龙潭公园内的一株柏木，至今已800岁高龄。此外，仅有一株一级保护名木水杉树龄未满百年，现年仅55岁，其余的古树名木均是百岁以上高龄。

位于滇西南的德宏州，从2002年开始，专门成立了古树名木普查领导小组，部署了古树名木普查工作。工作人员经过普查统计，获知分布于德宏普查区域内的古树名木共有4721棵，其中一级古树123棵，二级古树273棵，三级古树4277棵，名木48棵。全州所有64个乡镇1.15万平方千米的土地上都有古树名木分布。包括高山榕、菩提树、龙脑香、铁力木在内的珍稀树种集中分布于城镇、村寨、奘房、寺庙、机关、部队、学校、集体林区等地。

1990年，云南省古树名木办公室专家对大理州巍山彝族回族自治县境内古树群进行调查实测，认定树龄在千年左右的古树名木有44棵。其中鼠街岩子脚的高山栲，树龄近 2000 年。县城蒙阳公园内有古柏 14 棵，文庙内有古柏 7 棵，均植于唐代。巍宝山上的古栲树群，17 株连成一片，树龄都在 1000 年以上。巍宝山灵官殿内的古山茶树，植于明朝，树高 17.5 米，花开万朵，红似胭脂，是目前发现的世界最高的古山茶树。培鹤楼内的古梅，则有 600 年的树龄。长春洞内一株树龄 500 多年的云头柏，是柏树中的珍稀树种，现仅存一棵。添泽堡的鸡桑树，胸径 2.03 米，在云南省独一无二。

尽管通过普查，对全省的古树名木知根知底，但对它们的保护还显得乏力甚至无所适从。一些地区的古树现状堪忧，绿色昆明滇池保护古树项目的负责人夏立在她的倡议书上是这么写的："今年 8 月的一次古树复查，确认了一棵 150 岁干香柏的死亡。它见证了滇池的沧海桑田，它陪伴着世世代代的村民，却在短短几个月里，因为虚空孱弱的树干，久病未医的虫害以及倚邻民房的肆意扩建，离我们而去……"

绿色昆明总干事梅念蜀也为我列举了一组令人震惊的数据：滇池周边 144 个村庄，有 294 棵古树被砍伐，被扒皮，被砍头，近 6 年来，昆明滇池流域消失的古树就有 26 棵，"它们的消失就是因为大家不知道它们的状况"。她还介绍，2006 年底，因村里修路，西山区白鱼口村 16 株茂盛的参天古树被伐，由于未挂牌、无记录，最终 128 名村民的联名举报因证据不足不了了之。这也成为昆明 NGO 组织"绿色昆明"开始关注古树的起因。

她亲眼看到了西林 09 号的不幸消亡，这是海口白鱼口村五组一棵 120 岁的清香木，2010 年通过绿色昆明半年多的努力推动，西山区林业局对其挂牌。2011 年 12 月，它因缺少支撑倾斜。2012 年 8 月，倒掉的它，被人砍成数段。在爱树的市民眼里，这是让人悲痛的结局："一棵倾斜的树，一个水泥或钢架就能挽救它的生命。等它突发了，倒了，我们还能做什么……"

2012 年 4 月，绿色昆明发起了一项征集活动"情侣/家庭古树爱心守护"：征集 50 对情侣及家庭，每对守护一棵滇池边的古树，给树挂牌，与树合影，在这一年里，每月定期探访它们。绿色昆明希望，通过古树爱心守护、我与大树的故事征集、生病古树救助金捐赠等活动，"人人参与，提升古树社会声望，集结社会保护力量，同时继续进行政策推动，最终实现古树全面保护"。

在古树爱心守护启动仪式现场，植物学博士岳亮亮给 50 对守护者们培训古树调查测量技术、守护指南等知识，不经意间，一个小小的粉红色身影一摇一晃地出现在台前，甚至还想爬上主席台。这是古树守护者张悦，还不满 16 个月，不过，她还并不是最小的守护者。一些年轻的父母，为了孩子，报名参加家庭古树爱心守护。

50 对守护者中，大多数都是家庭，其中多数都是为了孩子参加此次爱心守护。每对守护者都领到了一份资料，上面是他们即将要守护一年的古树具体情况，有照片，有位置。主席台上，一位妈妈一手扶着儿子的肩膀，动情地说："我希望孩子能跟古树共同成长，在他心中从小就种下一棵绿色的种子，通过春夏秋冬的变迁，通过每月的探访，让孩子知道自然的神奇、生灵的可贵。"

一对情侣则手牵着手发表感言："希望这棵古树能见证我们的爱情，我们与古树共同成长。"此外，还有企业、社会组织以单位的名义许下守护的承诺。

尽管如此，但一些古树名木还是不容乐观。

晋林 05 号，是晋宁县中谊村火车站一棵 180 岁的黄连木。调查员用相机留下了它在 2009 年 11 月 15 日的样子，茂密的树冠从上至下，几乎看不到强壮的树颈。2010 年 6 月 24 日，一家物流公司在此处建厂，想挖走该树，经过与县林业局和企业多次交涉以及媒体曝光，被挖开的土又填回去。但它并没有否极泰来，2012 年 2 月 3 日，古树边出现一条路，据说是铁路扩建工程，树根被填埋 5 米左右，这意味着它将面临慢慢窒息死亡的未来。2012 年 8 月 18 日，已被挂牌的晋林。5 号被挖走，只剩下一个大坑。再见时，它被安置在苗木合作社里，砍去了枝条、捆着草绳、麻袋，打着点滴……林业部门说，这是他们移栽的第一棵名木古树。民间调查员的第一反应是："以前，又是怎么干的？"

那些没有挂牌的古树们，处境更为艰难。滇朴，被认为是昆明最漂亮的树，每个季节都绿得鲜亮不同。西山区海口 200 号信箱公园，一棵 150 岁滇朴，2009 年时长势良好，2011 年大年初二，树干腐烂死亡，向周边居民询问后得知，由于修路将原有路面填土抬高，导致树根以上 3 米左右被埋到了现有路基之下，呼吸不畅，逐渐腐烂死亡。一位调查员说，树有生命，它会不会也很痛？

名木是名胜古迹的重要景观。古树名木的姿态、色彩、风韵、气质能使游者赏心悦目，也会随季节变化万千，派生无限生机，催人奋进，是自然景观不可多得的旅游资源，令无数游客流连忘返。例如，云南昆明黑龙潭公园内唐梅、宋柏、元山茶以及百花如云的清代玉兰处处引人入胜。云南大理名扬海内外的蝴蝶树是一株树龄达 400 年以上的毛合欢树。300 多年前的《徐霞客游记》就有所记载。现代文坛巨匠郭沫若也曾留下“蝴蝶泉头蝴蝶树……”的诗篇。云南宾川鸡足山因有高山栲空心古树和高僧坐禅十余载的传说而使人浮想联翩。古树名木是历史的见证。大理无为寺的古软叶杉，树龄已有上千年，相传元世祖忽必烈曾以此树拴马，如今千年古树仍生机盎然、郁郁葱葱。

古树名木有绿化价值，又是文明的见证者，失而不可复得。从某种意义上说，保护古树，于生态于文明都是善事，而古树收纳的千百年来的气候、水土等自然变化证据，都是“史料”，十分珍贵。我们若能把古树提升到“绿色文物”的高度的话，忽略，也是一种罪过了。

第五节　珍稀动物，能照出人或妖的一面镜子

工业革命之前，人类在大自然的面前，往往不堪一击，只有俯首帖耳臣服于大自然的威力。在希腊神话中，人们想象出了诸如大地之神、海洋之神、地底之神、农业之神等一系列掌管天地自然的神祇及奥林匹斯山；在中国古代神话里，也有着玉皇、龙王、阎王等神力无比的神话人物，这些都只不过是人类早期对自然力量无知和恐惧而产生的一种敬畏。

18—19 世纪工业革命后，人类在迅速强大，并初步解决温饱后，开始思考人类与周边环境的关系，初步有了保护野生动物、保护生态系统、野生动物是人类朋友的理念。这一方面是因为人类自觉与自省，另一方面则在于一些人先意识到或认清了人类是大自然不可分割的一部分。

短短一两百年，人类的迅速繁衍，在生存和生产中不断扩大边界，挤占并破坏野生动物栖息地，严重威胁着除人类以外其他野生动植物的生存，科学家才将这次完全是因人类行为过度干扰引发的物种大灭绝，称之为地球历史上的第六次物种大灭绝，其物种消亡速度比前五次因环境引起的物种大灭绝的速度快了 1000 倍。

经科学家预测，第六次物种大灭绝将使世界自然保护联盟（IUCN）2004 年物种红色名录中 15589 个物种受到灭绝威胁，这其中包括 12% 的鸟类、23% 的兽类、32% 的两栖类、25% 的裸子植物、52% 的苏铁类和 42% 的龟鳖类。

因此，保护野生动物、保护生态系统、保护环境及地球，都是为了保护人类及人类的未来。

1996年11月19日云南省第八届人民代表大会常务委员会第二十四次会议通过并公布了《云南省陆生野生动物保护条例》，1997年1月1日起施行。

这是早些年公布的一份《云南省境内的国家珍稀保护动物名录》，以流动的眼光看，20多年过去了，哪些动物还在，我没有细问，但愿它们一个也不少。

国家一级保护动物（46种）

兽类（23）种：倭蜂猴、蜂猴、雄猴、豚尾猴、灰叶猴、戴帽叶猴、滇金丝猴、黑长臂猴、白眉长臂猿、白颊长臂猿、白掌长臂猿、马来熊、熊狸、虎、金钱豹、云豹、雪豹、亚洲象、鼷鹿、豚鹿、野牛、扭角羚、赤斑羚。

鸟类（17种）：黑鹳、黑颈鹤、丹顶鹤、赤颈鹤、金雕、拟兀鹫、胡兀鹫、斑尾榛鸡、雉鹑、红胸角雉、灰腹角雉、白尾梢虹雉、绿尾虹雉、黑颈长尾雉、白冠长尾雉、孔雀雉、绿孔雀。

爬行类（3种）：巨蜥、蟒、鼋。

鱼类（3种）：中华鲟、达氏鲟、白鲟。

国家二级保护动物（154种）

兽类（25种）：短尾猴、猕猴、藏酋猴、穿山甲、红豺、黑熊、藏马熊、小熊猫、水獭、小爪水獭、斑灵狸、大灵猫、小灵猫、丛林猫、猞猁、兔狲、金猫、林麝、马麝、黑麝、水鹿、鬣羚、斑羚、岩羊、巨松鼠。

鸟类（116种）：斑嘴鹈鹕、黑鹳、大天鹅、白琵鹭、黄嘴河燕鸥、鸳鸯、灰鹤、棕背田鸡、黑翅鸢、普通鸢、栗鸢、褐冠鹃、隼、黑冠鹃隼、凤头峰鹰、苍鹰、褐耳鹰、凤头鹰、雀鹰、松雀鹰、棕尾鵟、大鵟、普通鵟、灰脸鵟鹰、棕翅鵟鹰、高山鹰雕、凤头鹰雕、白肩雕、草原雕、白腹山雕、小雕、棕腹隼雕、林雕、黑兀鹫、秃鹫、高山兀鹫、白背兀鹫、白尾鹞、鹊鹞、白头鹞、白腹鹞、蛇雕鹗、红腿小隼、白腿小隼、游隼、燕隼、猛隼、友背隼、红脚隼、黄爪隼、红隼、藏雪鸡、血雉、红腹角雉、藏马鸡、黑鹇、白鹇、原鸡、白腹锦鸡、红腹锦鸡、铜翅水雉、灰燕鸻、绿皇鸠、山皇鸻、黄脚绿鸻、厚嘴绿鸡、灰头绿鸠、针尾绿鸡、楔尾绿鸡、斑尾绿鸠、棕头绿鸠、斑尾鹃鸠、棕头鹃鸠、绯胸鹦鹉、大紫胸鹦鹉、花头鹦鹉、灰头鹦鹉、短尾鹦鹉、小鸦鹃、褐翅鸦鹃、仓鸮、草鸮、栗鸮、黄嘴角鸮、红角鸮、领角鸮、雕鸮、林雕鸮、褐鱼鸮、毛脚鱼鸮、马来鱼鸮、领鸺鹠、斑头鸺鹠、鹰鸮、褐林鸮、灰林鸮、短耳鸮、凤头雨燕、橙胸咬鹃、蓝耳翠鸟、鹳嘴翠鸟、黑胸蜂虎、绿喉蜂虎、白喉犀鸟、棕颈犀鸟、冠斑犀鸟、双角犀鸟、白腹黑啄啄木鸟、银胸丝冠鸟、长尾阔嘴鸟、蓝八色鸫、蓝翅八色鸫、蓝枕八色鸫、绿胸八色鸫、栗头入色鸭、双辫八色鸫。

两栖类（3 种）：大鲵、红瘰蝾螈、虎纹蛙。

爬行类（4 种）：云南闭壳龟、凹甲陆龟、山瑞鳖、大壁虎。

鱼类（3 种）：大理裂腹鱼、大头鲤、金线鲃。

昆虫类（3 种）：格彩臂金龟、双尾褐凤蝶、三尾褐凤蝶。

省级保护动物（33 种）

兽类（7 种）：狼、大斑灵猫、小齿灵猫、横斑狸、云猫、毛冠鹿、爪哇野牛。

鸟类（2 种）：友雁、斑头雁。

爬行类（4 种）：伊江巨蜥、眼镜王蛇、眼镜蛇、尖吻蝮。

两栖类（1 种）：滇蝾螈。

鱼类（19 种）：卷口鱼、暗色岩鲮、大鳍鱼、盲金线鲃、拟感、裸腹盲鲃、银白鱼、云南鲤、翘嘴鲤、大理鲤、洱海鲤、春鲤、托仙小鲤、大理弓鱼、个旧盲条鳅、双孔鱼、服脂鱼、长丝芒、花鳗。

人类的贪婪并没有因为有重典律法而受阻遏，一些胆大妄为者甚至更加肆无忌惮。

这是一起猎杀大熊猫的恶性案件——

2014 年 12 月 3 日，昭通市盐津县普洱镇龙台村的王文林一大早发现自家的羊被野生动物咬死在羊圈内，他便在羊圈旁安下套子。12 月 4 日早上，他发现套子被崩断，料定野兽又来光顾，其弟王文才也打来电话称在屋后的山林里发现了野生动物脚印，于是兄弟俩开始顺着脚印追寻。当追到龙台村水打沟处，他们发现了一只野生大熊猫，王文林立即端起火药枪连开了两枪，将野生大熊猫打死。当天15时许，王文林打电话与李某某联系出售大熊猫制品事宜。23时许，王氏兄弟俩在盐津县普洱镇串丝村附近的公路边，将约35公斤的大熊猫肉及4只大熊猫脚掌以4800元的价格出售给李某某。李某某当晚将大熊猫肉及4只大熊猫脚掌带回水富县两碗镇的家中藏匿，并于12月6日将4只大熊猫脚掌出售给四川宜宾的王某，将大熊猫肉出售给吴某某，后吴某某又将大熊猫肉分别出售给王某某、秦某某、杜某某。

……

这些人自以为能神不知鬼不觉地捞一把或饕餮一番，不料在2014年12月31日，昭通市水富县森林公安局太平镇派出所就接到举报。云南省森林公安局迅速锁定了该案主要犯罪嫌疑人为昭通市盐津县普洱镇龙台村王氏兄弟二人，并在水富县太平镇吴某某家中查获疑似熊肉8.5公斤及一批冰冻的野生动物死体，抓获犯罪嫌疑人吴某某。

2015年3月29日，专案组将王氏兄弟中的弟弟王文才抓获，并在其家中查获大熊猫皮一张，及一些其他野生动物制品。民警随后又对其哥哥王文林家进行了搜查，查获猎枪2支，大熊猫头骨、腿骨、油脂等。2015年3月30日，犯罪嫌疑人王文林投案自首，并在后来指认现场时主动上交大熊猫胆一个。

经鉴定，从王某弟、王某哥、吴某某家搜查到的，以及王某某上交的疑似大熊猫制品均来源于国家I级保护野生动物大熊猫。

被告人王文林犯非法杀害、猎捕珍贵、濒危野生动物罪，犯非法持有枪支罪，判处有期徒刑13年，并处罚金1万元；被告人王文才犯非法出售珍贵、濒危野生动物制品罪，判处有期徒刑11年，并处罚金1万元；被告人吴静犯非法猎捕、杀害珍贵、濒危野生动物罪，判处有期徒刑1年，缓刑1年；其余6名被告犯非法收购珍贵、濒危野生动物制品罪，分别被判处有期徒刑1至4年不等。

这也是云南省首起非法猎捕、杀害大熊猫及非法收购、运输、出售大熊猫制品的案件。

莫以为只有冲动才是魔鬼，乱晒微信也是魔鬼。临沧的董某某晒微信晒出了大麻烦：他所射杀的一只受伤的猫头鹰被人晒到了微信朋友圈。微信照片里不但有枪支，还有沾着血迹的鸟，有人在吃疑似鸟腿的东西，配图文字还写着一句话“如此陶醉”。照片被转发后引发了环保组织和网友的关注，也引起了森林公安的注意。

当晚，云县森林公安局刑事侦查中队在云县晓街乡月牙村抓获犯罪嫌疑人董某某，查获改装射钉枪一支。

自2014年至2018年1月，以勐腊县勐腊镇纳么村小组李某、黑某、沙某、河某为首的犯罪团伙先后十次结伙持枪进入国家级自然保护区，以“围山”的方式狩猎，猎杀蜂猴、鬣鹿、白鹇等国家一级、二级重点保护野生动物5只，猎杀野猪、果子狸等其他野生动物15头。西双版纳州森林公安局勐腊派出所先后将李某、捌某等5名主要犯罪嫌疑人抓获归案，并查获枪支14支、子弹500余枚（其中包括枪支1支、军用子弹18枚）。

这只是众多案件中的几例。

更令人瞠目咋舌的是，2020年新冠肺炎疫情防控工作开展至今，云南森林公安机关共立案侦办野生动物案件2909起，打击处理违法犯罪人员2900余人。

“今天的中国，没有谁，需要吃一口野生动物的肉，才不会被饿死；更没有谁，一定要穿一件野生动物皮子做的衣服，才不会被冻死。所以我们没有任何理由，要去消费野生动物。”见过野生动物的美好，也目睹过人们屠戮生灵的奚志农在新冠疫情当前警示到。

可还是有这么多“怕不死”的。

奚志农是保护野生动物的大义者，是一位“如果生命是一片旷野，就去活成一棵参天大树”的人。

自1983年第一次接触野外摄影，奚志农便开启了往后30年与山林为伍，保护野生动物的生涯：

与野生动物相伴多年，奚志农见过留在水边懒懒等候母亲的羚羊宝宝、雪豹妈妈为出生不久的孩子洗脸、与他对视打招呼的羚牛，也亲眼看见藏羚羊堆成小山的头颅和皮子、动物们至死还圆瞪着的眼睛、角上的弹洞以及滴血的头颅……

种种所见所闻，让奚志农在成为享誉国内外的野生动物摄影师的同时，也成了中国著名的环保斗士。2000年，奚志农更是以全票通过的优势获得“地球奖”——我国环保领域的最高奖。

云南就应该多有一些像奚志农这样的环保坚强斗士。

第六节　法治，生态云南的坚盾

塞尔苏斯说：“法乃善良正义之术。”

那些违法者必须受到法律的惩治。

我不妨举案说法，为你们“撞钟”。

生态问题没有小事只有法治。

案例一：2015 年 10 月 22 日，被告人罗某顺，云南省盐津县人。经过昭通市彝良县柳溪乡柳溪大桥时遇到被告人李某田，柳溪乡茶坊村村民，与李某田讲好以每只 1 元人民币的价格收购红嘴相思鸟。2015 年 10 月 28 日至 11 月 15 日期间，李某田组织被告人李某银、李某从、张某全、刘某亮四人，四人皆为茶坊村村民，在茶坊村徐山组二岩处用尼龙网猎捕红嘴相思鸟 680 只。同年 11 月 15 日，李某田等人将这批鸟出售给罗某顺。当晚，罗某顺在运输这批鸟前往盐津县途中被彝良县森林公安局查获。

2017 年 10 月 30 日，彝良县检察院以罗某顺、李某田等六人涉嫌非法狩猎罪提起公诉。同年 11 月 22 日，彝良县人民法院经开庭审理并当庭判决：以非法狩猎罪，判处罗某顺有期徒刑二年，缓刑三年，判处李某田有期徒刑一年零六个月，缓刑两年，分别判处李某银、李某从、张某全、刘某亮有期徒刑一年，缓刑一年零六个月。

案例二：2016 年 10 月，云南红塔油墨有限公司违反国家环保法律法规，为减少企业危险废物处置成本，擅自雇请挖机在通海县五金产业园里山片区其公司厂区北角一空地挖了 4 个土坑，并组织员工将累积的 7 吨左右废油墨在均未采取过防渗漏措施的情况下倾倒入挖掘好的土坑内进行填埋处理。2017 年 4 月 14 日，市环境保护局接到举报后对红塔油墨公司进行了查处，将该案立为环境违法行政案件。

2018 年 3 月 13 日，红塔区检察院依法对该案提起公诉，2018 年 5 月 21 日，红塔区法院依法对该案做出判决：红塔油墨公司犯污染环境罪，判处罚金六十万元；李某红犯污染环境罪，判处有期徒刑一年，缓刑一年零六个月，并处罚金五万元；王某驹犯污染环境罪，判处罚金三万元；付天国犯污染环境罪，判处罚金三万元。

案例三：被告单位富隆公司于2014年12月18日在维西县工商行政管理局注册登记成立，是由自然人投资或控股的有限责任公司，公司法人为和某贵；被告人和某贵自公司成立起担任该公司总经理。2015年10月12日至2017年8月21日期间，被告单位富隆公司在未办理征占林地手续的情况下，修建从维西县叶枝镇拉波洛村艾舍洛至维西县康普乡弄独村麻箐公路，被告人和某贵被公司委托负责该项目。

在修建过程中，未按照规范要求施工，造成一条叶枝镇啊要洛组到康普乡弄独村麻哈落下组不规则道路和道路下方4块不规则形状的林地被覆盖，严重毁坏了地表植被以及林木生长条件。经鉴定，占用土地总面积为26.89亩。其中占用林地面积为25.93亩，非林地（农地）面积为0.96亩。地块地类为有林地、非林地（农地）；森林类别为生态公益林，林种为防护林；亚林种为水源涵养林；权属为集体；现场原有地貌已发生改变。被告人和某贵于2017年11月22日经侦查机关电话传唤后主动到案，并如实供述了犯罪事实。

在附带民事公益诉讼审理过程中，附带民事公益诉讼人维西县人民检察院请求判令被告富隆公司依据维西县林业部门《关于项目毁坏林地区域恢复林业生产条件恢复森林植被告知书》所确定的混交造林方式（每亩167株树苗，株行距2×2米）予以补种，并保证三年成活率达到80%，如被告不履行补植义务，则承担生态环境修复费用33.02823万元，由维西县林业局代为补种管护。

附带民事公益诉讼被告富隆公司对公益诉讼人提起的民事诉讼请求无异议，经法院调解，公益诉讼人与被告富隆公司达成调解协议。经维西县人民法院判决：被告单位维西富隆石业有限公司犯非法占用农用地罪，判处罚金8万元；判处和某贵犯非法占用农用地罪，单处罚金5万元。

案例四：2017年9月，晋宁区检察院在履行职责中发现昆明市公安局晋宁分局移送审查起诉的李某等四人涉嫌非法采矿罪一案可能损害国家和社会公共利益。经审查查明：2016年12月20日23时许，李某等人至晋宁区昆阳街道办事处昆阳磷矿一矿区内盗采磷矿石，该矿区位于“中国前寒武系（震旦系）——寒武系界线层型剖面省级地质自然保护区”。李某等人对负责看守自然保护区的保安人员进行控制后将事先准备好的机械驶入保护区内盗采磷矿石，至次日凌晨，共盗采磷矿石 20 余车，净重 678. 12 吨。经鉴定，缴获的矿石价值人民币 122062 元。

晋宁区“中国前寒武系（震旦系）——寒武系界线层型剖面省级地质自然保护区”是在地球演化的漫长地质历史时期，由于各种内外动力地质作用，形成、发展并遗留下来的珍贵的、不可再生的地质自然遗产，是国家的宝贵财富，对世界都有重要参考意义。因此，李某等四人非法进入“中国前寒武系（震旦系）——寒武系界线层型剖面省级地质自然保护区”盗采磷矿石的行为，不仅造成矿产资源、土地资源流失，还对保护区地质遗迹造成严重破坏，损害了国家和社会公共利益，除应当追究被告刑事责任外还应当追究民事责任。

经呈报昆明市院和云南省院，晋宁区院于 2018 年 1 月 25 日向晋宁区人民法院提起刑事附带民事公益诉讼，3 月 14 日公开开庭审理，6 月 28 日公开宣判，由被告人李某等四人连带赔偿矿山地质环境保护与恢复治理费用 106451. 85 元及《云南省晋宁县梅树村地质遗迹剖面保护区磷矿盗采点矿山地质环境保护与恢复治理方案》编制费用 11000 元，共计 117451. 85 元。对地质遗迹造成损害的赔偿数额经区法院主持调解，协商确定为 50000 元，该赔偿款已经履行完毕。

案例五：2017 年 2 月 22 日，西盟县人民检察院在履行职责中发现，西盟县勐卡镇在由勐卡镇至岳宋乡的公路旁露天堆放大量垃圾，未进行有效处理，大量垃圾经过长期堆积，恶臭刺鼻、蚊蝇滋生，对过往行人、车辆及附近居民的生活造成严重影响。垃圾堆放点周边没有建设防渗工程，雨季渗水对周边环境造成严重污染，侵害了社会公共利益。

勐卡镇属西盟县最大的集镇中心之一，辐射两乡两镇，外来人口和流动人口较多，镇上没有专门的垃圾处理场。自 2011 年以来，由于经济建设等各方面原因，西盟县勐卡镇政府在没有规划审批、土地利用审批、环境影响评价审批等手续的情况下，违法使用勐卡镇西盟村集体公益林的土地作为垃圾临时处置场所，导致在该公益林内随意倾倒、焚烧垃圾现象屡禁不止，生活、建筑垃圾也越来越多，遇雨季污水横流、旱季蚊蝇遍布，且该垃圾堆放点在基本公益林范围。针对上述调查情况，西盟县检察院立即启动行政公益诉讼诉前程序，根据《中华人民共和国固体废弃物污染环境防治法》《生活垃圾填埋场污染控制标准》等相关法律法规和《人民检察院提起公益诉讼工作实施办法》相关规定，于2017年3月14日依法向勐卡镇人民政府发出西检行建［2017］1号《检察建议书》，建议该镇及时采取有效措施对西盟村集体公益林地范围内堆放的垃圾进行整改和治理。

案例六：2018年6月，安宁市人民检察院民行部门在履行职责中发现，安宁市金方街道办事处通仙桥村委会坝塘附近有私自倾倒腐烂菜叶等各种垃圾的情况，形成数处垃圾堆放区，面积约30余亩，污染水体面积约100余亩。同时，上方已经关停的垃圾填埋场内污水渗出，流入下方坝塘，严重污染环境。由于缺乏有效监管，私自倾倒垃圾的行为持续存在，导致各类垃圾堆积如山，且不断产生新的垃圾，特别是腐烂的菜叶等气味刺鼻；部分垃圾沉入水中，使水体颜色变黑且气味异常，形成黑臭水体，并造成水域周围树木大面积枯死。

安宁市人民检察院认为如不及时进行处置，污染情形继续扩大将会造成污染水源隐患，给社会公共利益造成极大的损害。根据两高《关于检察公益诉讼案件适用法律若干问题的解释》关于紧急情况行政机关应当15天回复之规定，于6月23日发出诉前检察建议，要求金方街道办事处15日之内对垃圾堆放区进行整治，采取有效措施，杜绝倾倒垃圾的违法行为。

7月9日，安宁市金方街道办事处向安宁市检察院回复：安宁市金方街道办事处在收到安宁市检察院的建议后，成立了专项整治工作领导小组，并制订了专项整治工作方案。在15天当中，采取了有效措施进行整改：一是邀请环保专家现场实地查看，及时提取水样检测分析，由城管部门在水域上方修建蓄水池吸纳垃圾渗滤液，有效杜绝污染下方水体；二是组织人员对垃圾堆放区及水上漂浮物进行打捞和清理，打捞清理出垃圾54.81吨后由滇池治理专用车运送至垃圾处理厂进行集中处理。对清理出的裸露土地进行生态恢复，播撒草籽，栽种格桑花，种植桑树400余棵；三是坚决杜绝偷倒菜叶等垃圾的情况发生，对进入该区域路口进行挖断和设置路障设施，在路口周边设置警示牌，并公开举报电话。街道城管执法队、通仙村委会一同进行轮流巡查，坚决杜绝偷倒垃圾的情况发生；四是在各村委会及时组织召开村民大会，教育广大村民群众增强守土有责的责任感和紧迫感，落实群防群治、人人有责的环境保护意识。今后，金方街道将继续加强巡查，严格管理，一定做到守土有责，不让类似事件再次发生。

经安宁市人民检察院现场查看，金方街道办事处对垃圾堆放区整改情况良好，原有多年堆放垃圾均已清理完毕，并进行了覆土植绿，原来坝塘黑臭、污水四溢的情况得到明显改观。

案例七：2017 年，福贡县检察院在履职过程中发现在福贡县境内怒江沿岸普遍存在非法采砂的问题。根据《中华人民共和国行政诉讼法》第二十五条第四款的规定，福贡县检察院决定将福贡县水务局等监管部门对非法采砂行为履职不到位的情况作为行政公益诉讼案件立案审查。经调查发现福贡县境内存在 9 个非法采砂点，覆盖了福贡县所辖全部乡镇。通过现场勘测和价格鉴定，九个非法采砂点私自采挖量已达 19439.8 立方米，价值达 738712 元。经调查：作为监管部门的福贡县水务局、国土局等存在履职不到位的情况，导致非法采砂的问题长期存在。因此，福贡县人民检察院依法向福贡县水务局、国土局、交通局、鹿马登乡政府等相关职能部门发出了《检察建议》，相关职能部门便依法履职并采取了相应的整改措施，也及时进行了一一回复。

2017 年 10 月 10 日，福贡县政府授权了福贡县境内伙都独江砂矿临时采砂场、布腊村江砂矿临时采砂场等 14 个采砂点。建立了依法采砂的制度，规范了行政行为，结束了福贡县没有合法采砂（怒江江砂）点的历史。

案例八：2015 年 4 月底，水电十四局大理聚能投资有限责任公司完成了九龙坡、斗顶山两个风电项目的征地、林地临时使用审批手续，其中九龙坡 39.2654 公顷、斗顶山 34.1864 公顷，合计 73.4518 公顷（折合 1101.8 亩）。在施工中因受地质、地形等因素影响，大理聚能投资有限责任公司在未经依法批准的情况下，擅自将九龙坡风电项目中的三个风机机位整体移位建设，同时还存在部分道路改道、风机吊装平台原地移位建设等批甲占乙违法使用林地情况。经审查查明：九龙坡风电项目实际占用林地面积 299377 平方米（折合 449.1 亩），斗顶山风电项目实际占用林地面积 270874 平方米（折合 406.3 亩），两个风电项目合计使用林地面积 570251 平方米（折合 855.4 亩），即与核准征用、临时使用林地面积总额 73.4518 公顷（折合 1101.8 亩）相比，共减少使用林地面积 246.4 亩。但在已使用的折合 855.4 亩的林地中，超批准范围违法占用林地 233.02 亩，其中公益林地 217.9 亩。九龙坡、斗顶山风电项目占用林地跨大理市、宾川县和祥云县三个县市，被占用的林地原有地貌已经完全改变，原有植被已被破坏。后该公司对破坏林地进行了大量的种植林木、撒播草籽等恢复工作。2017 年 7 月 26 日至 8 月 8 日期间，在大理州检察院的参与下，大理州森林公安局进行现场勘查，发现尚有63.84亩林地被道路、风机平台、电缆沟、钢塔等设施永久性占用，未进行恢复，侵害了国家和社会公共利益。

2017年10月18日，大理州人民检察院向大理州中级人民法院提起民事公益诉讼。请求判令被告水电十局大理聚能投资有限责任公司承担违法占用后未恢复的63.84亩林地异地植被恢复费用23.29万元。2018年1月9日，在大理中院召开的庭前会议上，被告不但认可了检察机关提出的全部诉讼请求，自愿承担23.29万元的异地植被恢复费，还愿意承担法院的公告公示费、鉴定费和案件受理费等相关费用。

检察机关本着不违反法律，不损害国家利益、社会公益及其他相关人员利益的前提下，与被告达成了调解协议。2018年2月15日，大理州中级人民法院经过发布公告后做出调解书予以确认。2018年3月1日，被告已将异地植被恢复费全额支付到大理州林业局指定账户，由州林业局负责组织该异地植被恢复的实施、监管和验收。现已在大理市海东镇完成异地补植补种，并作为州级公益示范林。

案例九：鲁甸县人民检察院在履行职责过程中发现，鲁甸县爱卫办分别于2013年、2015年分配了600座、260座农村改厕项目指标给鲁甸县新街镇，配套中央补助资金分别为30万元、13万元，但新街镇人民政府未按照中央、省、市、县卫生部门的要求实施农村改厕项目，其间，还于2014年8月31日将中央补助的农村改厕项目专项资金15万元借给工程老板杨某使用，截止到鲁甸县人民检察院调查时，新街镇人民政府才将15万元借款追回，但仍未组织实施该项目，致使该项目补助资金一直处于闲置状态。

鲁甸县人民检察院于2017年11月29日向鲁甸县新街镇人民政府发出诉前检察建议，建议其在一个月内按照鲁甸县爱卫办下发的农村改厕项目实施方案，组织实施本辖区内860座无害化卫生厕所的建造。鲁甸县新街镇人民政府于2017年12月27日书面回复鲁甸县人民检察院，称该单位已根据鲁甸县人民检察院发出的检察意见，并按照鲁甸县爱卫办下发的农村改厕项目实施方案，经与主管部门对接后，由鲁甸县财政局按照存量资金管理的规定将2013年的农村厕所改造补助资金30万元进行收回，对2015年的农村厕所改造补助资金13万元，已按照规定确定了农户进行实施，且该项目已按照卫生厕所建设标准完成了总量的80%，待验收合格后将及时兑付补助资金。收到检察建议书回复后，鲁甸县人民检察院干警对相关农户进行了走访，情况与新街镇人民政府回复一致。

案例十：保山市检察院在履职中发现，自2014年以来本市相关土地开发公司及用地单位有欠缴的国有土地使用权出让金的情况，国土资源局多次催缴，但相关企业和单位均以资金缺口、周转困难为由拒不缴纳，使大量国有财产得不到及时的追缴、收回，被长期占用。得到此类案件线索后，市院于2017年7月组织开展了"国有土地出让金"专项监督活动，并将获取的线索及时交办到各县区院。经调查核实后，全市共向国土资源局发出了行政公益诉讼诉前《检察建议》28份，收到检察建议后，全市国土资源管理部门积极履职，全面开展国有土地出让金追缴工作，到目前为止，共收缴国有土地出让金1.49亿元，收回国有土地228.61亩，效果良好。

抱歉，上述案例照实摘录，也许你不情愿看这些过于"公文"的文字，但我的意思你应该理解，只求表达准确，以免造成不必要的错解、误解。

10个案例，10份违法记录，有的案例事实，在生活中司空见惯，但在法律的视野里，它就应当禁止。

在生态违法上谁也不要心存侥幸。

我从一份公开的资料看到，从2015年7月至2018年9月，全省检察机关共批准逮捕破坏环境资源类案件1148件1626人，起诉4900件6653人。

2019年到现在的案件数还未统计在内。

看来以身试法者还不在少数。

第七节　生态云南的自觉与自信

这是王长山和侯文坤早些年讲述的"一对美丽姐妹愿化成精灵守护雨林"的故事。

秀美的脸庞、清澈的眼睛、沉静的气质——眼前这对十岁出头的小姐妹，仿佛一对小精灵。自幼在西双版纳丛林中成长的她们，梦想成为"雨林精灵"，梦想这个世界永远青山绿水、鸟语花香。

她们的爸爸说过：所有的种子都藏着生命，我们要好好对待每颗种子，让它们都能长成大树。

清晨，林妲和宛妲从梦中醒来。傣族风格的家，房屋建在丛林中。再远，是滔滔奔流的澜沧江。

在云南西双版纳州景洪市郊外这片面积十余亩的山坡上，她们的父母，来自德国的马悠博士和中国云南的李旻果女士用十多年时间，把一片橡胶林基本改造成“雨林生态环境”，并安家于此。

1953 年出生的马悠是生态学家，曾跑遍了世界各地的雨林。1997 年，他开始任“西双版纳热带雨林恢复与保护项目”专家组组长，在中国协助开展热带雨林保护项目。

“他是科学家，更是艺术家，用艺术的形式做雨林保护的科学工作。”李旻果这样评价丈夫。

他们于世纪之交相识、结婚，随后购下了这片坡地，砍掉橡胶树，尝试用生态自然的方式复建雨林。

2001 年、2003 年，林妲、宛妲相继出生。

林妲——Linda、宛妲——Vanda，都是兰花的名字。马悠夫妇最爱兰花，希望女儿如美丽的兰花一样，在雨林中自由呼吸，在阳光下快乐成长。

“我们想给孩子一个雨林花园，哪怕怀着她们的时候，我也没停止栽树种花草。”李旻果说。

“我们家里最多的就是树，我们和花园里的树啊小动物啊一起成长。小树长得比我们快比我们高，它们长那么大是为了保护我们，等我们长大了，又可以保护它们。”林妲和宛妲的梦想，也像小树一样抽枝长叶。

优雅的兰花暗香扑鼻，高耸的望天树亭亭如盖，大叶榕随风摇曳……十余年爱与汗水的浇灌，让这个由数百种植物组成的“家”日益呈现生物多样性风貌。林妲和宛妲汲取着雨林的养分，也不断孕育对雨林的梦想：“我们的梦想就是我们的花园无限大！大到可以让老虎妈妈生宝宝，可以让大象洗澡。”

赤脚在草地上奔跑，灵巧地攀爬林间藤蔓，在黄昏中轻轻地走近鸟巢，看大鸟给小鸟喂食……这就是林妲和宛妲的童年。

她们听着鸟鸣蛙声，听到落叶的声音，拾到掉下树来的小猫头鹰，和花对话，感知大树的能量——雨林生活造就了林妲和宛妲纯净的心灵。

林妲曾写道：“杨桃穿过树叶的声音是 shua—shua，掉在地上的声音是 pa—pa！鸡蛋果和西番莲生的时候掉在地上，它们还是硬的，声音是 dong—dong

……像音乐一样好听。”

宛妲记得，一个雨后的晚上，许多牛蛙一起叫，爸爸突然哈哈大笑。妈妈问原因，爸爸说：“一只牛蛙跑调了。”

女孩子都有爱美的天性。她俩把园中的落花落叶收集起来，做成各种耳环、簪子之类的首饰，自己戴。

在一棵榕树上，她们的爸爸妈妈搭了一个小树屋，枝枝杈杈当做楼梯、房梁、门窗，树冠就是屋顶。

去她们家做客，两个女孩会请你喝用葫芦瓢舀起的清澈的山泉；会请你喝悬铃花的花蜜，但不会请你喝太多，因为还要给太阳鸟留着。她们还会恶作剧，让你吃小小的野果子，那些果子有着最原始的甜酸味道……

李旻果说，两个女儿天生有着对生命的热爱与悲悯，自然而然地继承了保护雨林的使命和梦想。

姐妹俩有不少“宝贝”，都是从花鸟市场买回来的最丑、最不起眼的动植物，精心地照料它们。她们梦想，把所有的花鸟市场都变成雨林一样的花鸟乐园，只收留，不买卖。

“我们去过动物园，那里的动物都不开心，小猴子没有树爬。”她们盼望，城市不要再大了，但森林要越来越大，这样动物都可以在森林里玩；人要是在城市里待烦了，可以来玩，也可以来住。

2004 年，马悠辞去公职，全身心投入到修复雨林的尝试中。他和妻子基本没有正常的休息时间，在西双版纳探访各处丛林，寻找他们心目中理想的实验地。有时在山间迷路，一夜都回不了家。而在家中实验室忙到深夜的画面也让林妲和宛妲记忆深刻。

“雨林在退缩，已退无可退了。”这让马悠和李旻果十分揪心，希望早一点让恢复林地的项目被大家接受并实施。

2007 年，他们从当地租来 6600 多亩用作放牛山的轮歇农地，开始了再造山地热带雨林的家庭实践。在布朗山中建立天籽老班章生物多样性保护区，希望打造一个既有生态价值又有经济产出的可复制样板，以挽救珍稀濒危的物种资源。

林妲和宛妲经常跟着爸爸妈妈，去丛林深处探寻更大的梦想。

数年间，保护区从荒草丛生变成满目葱绿，绿色的小树苗壮成长，许多附生在树干上的天籽金兰正在绽放。

天有不测风云。2010 年 1 月的一天，在家中伏案书写雨林材料的马悠心脏病突发，猝然离世。

骤然间，正如兰花般绽放的雨林保护梦似乎戛然而止。

强忍悲痛，李旻果带着两个女儿，延续了雨林保护梦。

林妲和宛妲说，爸爸决定到天上做一些更重要的事情，把地上的事情留给她俩，姐妹俩要帮助妈妈。

她们知道，雨林般诗意的生活固然美好，但是地球上的雨林越来越少了。她们决心像爸爸一样为雨林做点事情。

宛妲说："我们和村民准备了很多种子，准备春天种下去。真希望每个人都能到这里种下一粒种子，这样雨林就可以重新活过来，小象也会回来了。"

她们和母亲在筹拍一部魔幻电影《天籽》。在这部以西双版纳雨林为背景的电影中，林妲、宛妲将主演一对寻找种子的小姐妹，表达生物多样性保护主题。

2013 年，姐妹俩出版了一本名为《雨林精灵》的小书，图文并茂地记录她们雨林生活的点滴，书中写到了传说中能让梦想成真的"七彩花"。

面对想象中的"七彩花"，林妲许下三个愿望——让雨林重新站起来、在树上盖一个小木屋、能见到爸爸。

宛妲的愿望也有三个——要飞上天跟爸爸说话、保护地球保护雨林、全世界平安无事。

"希望能保护雨林，成为呵护雨林的精灵，永远留在这片雨林里。"她们说。

林妲、宛妲的故事不仅是感人的，而且她们姐妹代表了一大批云南人对生态文明建设的自觉与自信。

今天，人们尽管对彩云之南充满向往，但那些令人惊羡的林业事实，人们仍然知之不多。

云南的森林资源全国罕有其匹。10 年前，全省林业用地 3.71 亿亩，居全国第 2 位；森林面积 2.73 亿亩，居全国第 3 位；森林覆盖率 52.93%；活立木总蓄积量 17.12 亿立方米，居全国第 2 位。

云南的生物多样性全国各省无出其右。全省分布有 1.7 万余种高等植物，超过中国高等植物种类的50%；陆生野生脊椎动物1370余种，超过全国种类的1/5。这里是中国生物多样性最富集的区域，有122种（类）国家重点保护野生植物、222种国家重点保护野生动物，珍稀物种占到全国的67.5%，稳居全国第一位。

云南的生态区位和生态功能具有世界意义。云南省地处长江、珠江、澜沧江、红河、怒江等六大国际国内河流的源头或上游，是东南亚国家和中国南方大部分省（区、市）的“水塔”。这里是全球自然生态最丰富的区域之一，广袤的林海是中国重要的碳库，也是外来有害生物和疫病的天然阻隔屏障。

云南的各级各类自然保护区多达154个，森林公园40个。云南的竹类、药材、花卉、香料、野生菌种类均居全国之首……

亿万年的自然演化与人类的开发利用相互交叠，云南仍然拥有这样丰茂的大森林。

身在云南，会令任何一个云南人心中涌起自豪的情感，也会让任何一位中国人发自内心地珍惜这片多姿多彩、生机勃勃的土地。

于是我听到了从云南“两会”上发出声音：

王卫东委员提出，保护大生态，核心在于唤起全社会参与。归根结底，环境问题是由社会结构、社会过程和社会成员的行为模式共同导致的社会问题。只有政府、企业、个人、社会一起发力，综合施治，“云南蓝”才会长驻天空、永现眼前。

九三学社云南省委集体提案建议，在推进城乡一体化发展进程中，要把环境容量作为项目取舍的重要标准。在规划上要重视保护和利用好山体、河流、湿地、生物多样性等自然景观要素，既体现美丽风光，又减少施工污染。

同时建议从省或市级层面推动建立生态补偿机制。针对不同区域发展差异性较大的问题，政府应该给予产业发展的差异化政策，以更好地扶持周边城镇经济建设。

政协委员姜作太指出，如今昆明尘土飞扬、气候干燥、雨水减少、气温上升……这些已经成了昆明天气的常态，“春城”之名越来越变得名不副实。为了恢复春城的良好气候，发挥气候优势，留住一片碧水蓝天、空气清新、花香四季，建议将相关治理纳入各部门的议事议程上来，发动全民参与。并从以下途径采取措施。

增加昆明绿化面积，加快城乡绿化，建设城市森林，以绿治污。新建的楼盘，绿化面积达到规定才允许出售。

继续推进屋顶绿化，加大覆盖面积。随着城市化进程的发展，可绿化的面积越来越小，屋顶绿化作为“占空不占地”的新形势，不仅能给建筑物带来益处，还能给城市增添绿色，降低大气污染，改善城市环境。要通过强制手段，让适合屋顶绿化的楼盘和房屋，进行绿化改造。

严控车辆增长，实行限购政策。根据目前昆明市人均车辆保有量情况，政府可参考国内已有限购政策的城市，因地制宜地制定出符合昆明实际情况的相关政策。同时，建议增收社会资源占有税和环境保护税。

像这样的铮铮之言还有很多。

第七章　云南收获了“金山银山”

生态经济是什么?

生态经济就是指在生态系统承载能力范围内,运用生态经济学原理和系统工程方法改变生产和消费方式,挖掘一切可以利用的资源潜力,发展一些经济发达、生态高效的产业,建设体制合理、社会和谐的文化以及生态健康、景观适宜的环境。生态经济是实现经济腾飞与环境保护、物质文明与精神文明、自然生态与人类生态的高度统一和可持续发展的经济。

书上说的。

在发展绿色经济、推动可持续发展的赛道上,偏居西南一隅的云南省,凭借其得天独厚的资源禀赋和良好的生态基础,正在疾速奔跑。

云南省经济增速连续多年保持在全国前三位。过去5年,云南省地区生产总值年均增长8.9%,经济总量由全国第24位上升至第20位。与此同时,主要城市空气优良率达到98%以上,清洁能源发电量占比达到90.5%,单位GDP能耗累计下降23%。贫困发生率从2012年的21.7%下降到5.39%。

生态环境保护与经济社会发展在这里实现了双赢。

一个生态美、环境美、城市美、乡村美、山水美的中国最美丽省份,就像孔雀开屏那样美丽绽放。

习近平的“两山论”在云南处处开花结果。

第一节　让“滇中翡翠”更加熠熠生辉

从卫星图上看,云南犹如镶嵌在中国西南的一块“绿宝石”,而楚雄州则是宝石上最闪耀的部分:这里有青山绿水、蓝天白云,金沙流韵、哀牢壮美,生态良好、物种珍稀,是省会昆明之绿色屏障和“后花园”,是名副其实的

“滇中翡翠”。

2020年，全州森林总量和质量持续提高，生态安全屏障基本形成。森林覆盖率达66.9%以上，森林蓄积量达1.12亿立方米，湿地保护率达52%以上，森林年生态服务价值达1100亿元，林业行业总产值达到240亿元，农民从林业获得的人均年收入达到4000元，林业在脱贫攻坚和乡村振兴中的作用得到充分发挥。

“中国·南华野生菌信息港”经理石晓燕一大早要赶到龙川镇大谷堆村指导南华电子商务进农村示范点的建设。网站自去年上线以来，成为国内野生菌权威的行业信息发布平台，客户遍布全国及欧洲、日本、韩国，在此带动下，南华县被商务部认定为电子商务进农村示范县。楚雄州以高原特色农业为首的“绿色产业军团”抢搭互联网快车初见成效，2015年，楚雄州网上商品销售额累计1.74亿元，同比增长2.1倍，共有电商161户。

午后，彝人古镇，韩国小伙子李庄铉在环境清雅的店内招呼客人。6年前，李庄铉一家人到楚雄旅游时爱上这里的好山好水好清净，在彝人古镇开起了韩国料理。几个月前，小伙子和美丽的楚雄姑娘喜结连理，打算定居楚雄。彝人古镇开发运营商云南伟光汇通古镇运营管理有限公司副总经理张振杰介绍，古镇游客量从2007年的130万人次激增至去年的800余万人次，吸引了900余家来自全国，以及韩国、缅甸、美国等地商家。2016年8月，伟光汇通集团、云投集团与楚雄市政府签约，计划在彝人古镇北区共同打造一个规模上万亩的国家级特色旅游度假区，使楚雄真正成为滇西黄金旅游线上的旅游目的地。

夕阳下，紫溪山脚幢幢彝家小楼在绿树和鲜花的环绕下整洁美丽。紫溪彝村在“一事一议”财政奖补美丽乡村项目带动下，全村基础设施不断完善，山水田园一幅画、城镇村落一体化。紫云轩农家乐老板娘杨政会笑道，以前一家五口年收入仅两三千元，2014年搬迁到紫溪彝村后，依托国家4A级风景区紫溪山，村里乡村休闲旅游业一下子就火了，她家经营的农家乐年纯收入达15万元。

这是一位作家在一天不同时段的见闻。

我终于明白了“滇中翡翠”楚雄要从绿水青山中“索取”金山银山的实际含义。

南华：生态优势成就了“野生菌王国”

楚雄州有大型真菌540多种，其中可食用和药用的有300多种，约占全国野生菌种类的40%，云南省的50%左右。有“蘑菇之王”美誉的松茸、有“真菌女皇”之称的竹荪、有“地下钻石”美称的块菌，还有牛肝菌、香菌、木耳、鸡㙡、干巴菌、羊肚菌等众多的珍贵野生菌。

楚雄州地形地貌复杂，气候类型多样，境内最高海拔3657米，最低海拔556米，相对高差3101米，年平均温度14.8～21.9℃，年平均降雨量800～1000毫米，属亚热带季风气候；全州林业用地面积3255.4万亩，占州总面积的74.2%，森林覆盖率达65.86%，活立木总蓄积量9236.7万立方米，全州农业人口人均拥有林业用地18亩，人均拥有森林蓄积51立方米，是云南省主要的林区之一。优越的生态环境和丰富的森林资源为众多野生菌创造了良好的生长条件，使楚雄州成为云南省乃至全国野生菌资源最为丰富的地区之一。

众所周知，野生菌肉质细嫩、营养丰富、风味独特，是高蛋白、低脂肪，富含维生素、矿物质和膳食纤维的美味佳肴，许多野生菌已被证实具有显著的防癌、抗癌、抗辐射、提高人体免疫力等功效，被誉为“素中之荤”“健康食品”“保健食品”“功能食品”“长寿食品”“天然绿色食品”，是国际公认的“十分好的蛋白质来源”，被称为“植物性食品的顶峰”。

楚雄州供销社食用菌产业办公室与楚雄州食用菌协会对州内80个野生菌集散交易市场业务的统计显示：2016年全州野生食用菌市场交易量达26352吨，交易额达129196万元，同比分别增长10.88%和12.29%。分品种看，交易额上亿元的品种5个，分别是美味牛肝菌13256吨29462万元，松茸1177吨27462万元，鸡㙡2231吨22080万元，葱菌2227吨13237万元，干巴菌404吨12280万元；交易额在1000万～1亿元的品种5个，分别是青头菌2365吨7785万元，铜绿菌1682吨6000万元，奶浆菌805吨1872万元，黄癞头287吨1712万元，块菌82吨1481万元。

2017年南华县野生菌集散交易量8152吨，交易额5.44亿元（县内产量6213吨，产值4.07亿元）。培育有咪依噜天然食品开发有限公司、恒沅公司、名善堂食品有限公司等具有一定规模的14户野生菌加工企业，其中有5户企业被省林业厅认定为“省级龙头企业”，培育成以野生菌基地建设、野生菌收购为主的专业合作社21个，各企业在提升、扩量原有鲜菌速冻类产品（整菇、切片）、干制类产品、泡酒类产品、油炸类产品等初加工产品的同时，积极研发野生菌精深加工，以野生菌为原料的调味品、养生健康产品已实现突破并批量生产。以“中国·南华野生菌信息港”为支点，积极推行“互联网+野生菌”营销模式，实现电商交易7000多万元。2017年，野生菌加工企业产值实现5.13亿元。截至2018年7月24日，全县野生食用菌集散交易量1379吨，交易额为12956.4万元，其中县内产量976.35吨，产值8956.5万元。

2018年全县野生菌集散交易量8283.55吨，交易额61906.29万元（县内产量6387.68吨，产值46934.27万元）。其中，松茸交易量523.6吨、交易额15170.7万元，牛肝菌交易量2127.9吨、交易额4798.84万元，葱菌（红、白葱）交易量865.45吨、交易额8747.75万元，鸡纵、干巴菌等其他菌类交易量680.4吨、交易额10835.3万元，杂菌类交易量3244.5吨、交易额10707.9万元，干片交易量787.5吨、交易额10778.6万元，块菌交易量54.2吨、交易额867.2万元。

2019年，随着雨季到来，野生菌进入生长季节，南华野生菌交易市场日渐繁荣，交易量逐日增加。据调查统计，截至2019年6月30日，全县野生菌集散交易量146.5吨，交易额1235.25万元（县内产量91.03吨，产值590.935万元）。其中，松茸交易量0.5吨、交易额125万元，牛肝菌交易量28.7吨、交易额172.2万元，葱菌（红、白葱）交易量40.6吨、交易额527.8万元，鸡纵等其他菌类交易量4.2吨、交易额84万元，杂菌类（主要以香菇为主）交易量72.5吨、交易额326.25万元。

写这段文字时正是野生菌上市时，“吃菌子没中过毒，不足以做云南人”，这话虽然夸张了点，但不是没有道理，云南人有口福，也好这一口。

楚雄多菌，精在南华。2007年，第五届世界菌根食用菌大会在南华召开，南华获得全国乃至亚洲唯一的“野生菌王国”称号。2006年，南华县野生食用菌产量就已经达到了7700吨，商品交易量达3100吨，产值9900多万元。

野生菌成就了南华“野生菌王国”的美誉。

每到野生菌收获的季节，全县约有8~10万人参与从事野生菌采摘、加工、运输。作为西南最大的野生菌交易集散地，南华还吸引了全国各地的野生菌商汇聚于此进行交易。

为防止过度、无序采摘，南华县制订了《林权流转和封山育林育菌管理办法》，大力推广集体林权个体承包、联户承包和对外承包等经营模式，率先实行“封山育菌、承包经营、规范采收、市场建设、培植龙头企业”等管护措施，一方面通过封山育菌，保护野生菌种质资源，另一方面不断推进采摘标准化，野生菌亩产量由10多年前的1公斤左右提高到现在的4公斤以上，出台的牛肝菌、松茸采集方法标准已上升为全省的行业标准。

从2006年以来，每年一届的“中国·南华野生菌美食文化节”，早已成为“吃货”们大快朵颐的盛会，以松茸宴、鲜花宴、土司宴、核桃宴、药膳宴、野生菌火锅为主的“五宴一锅”，让食客流连忘返。县内餐馆比比皆是，特别是带有彝族文化烙印的红龙草墩屋、山菌美食苑、彝山菌宴、阿亮农家乐等餐饮名店更是“家家人热闹、户户菌飘香”。

野生菌系列美食开发让一大批餐饮企业名声大噪，南华全县共发展野生菌餐饮企业520家、从业人员近2000人，10家餐厅被省烹饪协会指定为“中国南华野生菌美食县指定接待餐厅”，9户餐饮企业被冠名“云南餐饮名店”，9个菜品45道菜入选“云南名菜”。南华野生菌美食从南华小镇逐渐走向楚雄、昆明、北京等大市场，特别是2014年10月，南华把“中国南华野生菌王国·南华野生菌专供餐饮名店”的20块牌子挂到了深圳，其中，7块挂到了五星级饭店，小菌子实现了从山间到餐桌“山珍”的转变，也因南华人探索的独特的野生菌烹饪方法，积淀了健康向上的野生菌文化和独具特色的美食文化。

吃菌子要学云南人。

有网友调侃说，云南人民的吃货之路是由《采蘑菇的小姑娘》（前戏）、《洗刷刷》（洗胃）和《死了都要爱》（后事）组成。

据说在云南，没有哪个内科医生敢在6月到10月这段时间，拍着胸脯保证自己可以不加班的。

但没有什么可以阻挡云南人吃菌子，什么中毒、幻觉，云南人根本没在怕的。虽然每个云南人都有一个吃菌中过毒的朋友，但是七八月不吃菌一年就白过。对他们来说，不愿冒着生命风险的吃货，都不能算真正的吃货。

云南人有句俗话：宁肯眼睛瞎，不给嘴放塌。

南华人不满足于开几家野生菌餐馆和市场的鲜货交易，“靠天吃饭”。延伸产业链，提高产品附加值，让产品走向高端、走出国门，这才是南华人的终极追求。

位于南华工业园区的南华县咪依噜天然食品开发有限公司，目前已开发出冻干野生菌10多个产品，主要销往了北京、上海、深圳等地，并出口到意大利、法国等多个国家。“我们通过真空零下60多度冻干的野生菌产品，出口多个国家。其中冻干松露、松茸产品，产值将近翻了3倍；利用纳米技术加工成易于人体吸收的野生菌微粉，产品价格实现了翻番。”公司董事长余跃先告诉我们。

同样，在位于县城东南面的南华恒沅食品工业有限公司内，5000多平方米的厂房整洁有序，厂房内，冷链速冻加工生产设备、配送设备、检验检测设备一应俱全，工人们正忙着清洗、解冻、装罐……2013年8月正式投产的南华恒沅食品工业有限公司目前主要加工野生菌罐头、干片、速冻等产品，年生产速冻野生食用菌及蔬菜产品能力达3758吨，2015年实现工业产值16755万元，实现工业增加值4708万元，实现利税427.7万元。

依托丰厚的野生菌资源优势，南华县围绕“竞争力最强、成长性最好、关联度最高”原则，集中力量培育特色产业集群，变资源优势为发展优势；在南华县城，现已有欣泰、新世纪、腾龙、恒沅、咪依噜等具有一定规模的17家野生菌加工企业投入加工生产，有4户企业被省林业厅认定为“省级龙头企业”，其余从事野生菌买卖的菌商在南华不下2000户，每户相对固定联系2~3户企业，实现了县城里物流、人流、信息流的汇聚。“世纪华宝”“振彝”“华泰龙”“宏怡”“恒沅坊”分别被认定为“云南省著名商标”。

按照产城融合发展的要求，南华县充分发挥野生菌资源优势，高起点规划建设野生菌产业园区，提出了“一基地、一园、一市、多点”的野生菌品牌战略，不断巩固扩大封山育菌基地，提升改造南华野生菌交易市场，在建的老洪山工业园区规划2~3平方千米的野生菌产业园区，建设野生菌美食文化体验中心，规划野生菌的采摘观光区、野生菌美食街；加强与中科院专家的合作，推进野生菌科技研发，引导和鼓励野生菌龙头企业成立产品研发中心，加强技术创新，建立完善野生菌生产的关键技术标准、质量检测和控制体系，不断提升野生菌产品的附加值。

小小菌子，不仅长出工业，还长出第三产业，形成一、二、三产业联动新格局。

让世界尝到南华味道，是南华人永恒的坚守。为让南华野生菌香飘世界，在对野生菌进行精深加工的基础上，南华县还积极“触网”，让野生菌搭上了“互联网+”的快车。2015年，南华县抢抓被列为“全国电子商务进农村综合示范县”的机遇，投资300多万元打造了5000多平方米的南华县电子商务广场，邀请南华邮政、百世汇通等县内物流快递企业免费入住电子商务物流中心，以南华腾龙物流、元宝物流为代表的大型物流公司快速发展，龙川、沙桥、雨露、五街等一批乡、村电商服务站（点）相继建成，累计发展电商企业35户。2016年6月3日，在省、州、县相关部门的支持下，“中国·南华野生菌信息港”正式上线运行。网站含11个频道、96个栏目板块，涵盖了产品动态、新闻发布、供求信息、美食介绍、营养养生、行情公告等与野生菌相关的丰富内容，这是全国第一个野生菌电商交易平台，由70余家企业加权计算构成的南华指数，将来极有可能成为引导我国野生菌价格的风向标。网站日点击量已超过上万次，“企业不能单打独斗闯市场，必须要抱团发展，形成信息资源共享的公众平台，成为行业的标杆。”

2017年10月16日南华野生菌小镇奠基开工。

南华野生菌小镇是“云南省特色小镇创建名单”上公布的全省一流小镇，项目规划总投资27.11亿元，项目建设地点在中国·南华野生菌产业园规划范围内，核心区建设投资14.3亿元，主要建设松露科技产业园、中国野生菌产业化研发基地、松露社区、松露酒店、松露购物广场、松露美食体验广场等。目前该项目已开工，2017年年内计划投资1亿元，具体项目内容包括基础设施建设、松露观光示范工厂、智能温控仓储物流中心、松露美食体验广场、松露购物广场等。项目建成后，可实现税收6794万元，新增就业4700人。

本项目是以野生菌产业为特色产业，结合文旅产业打造的产城文旅互融互聚的功能区。结合野生菌产业链进行产业发展路径指导。针对野生菌产量丰富但发展层级较低的现状，本项目依托主导企业，顺势而为，从食品界的钻石——松露精深加工切入，延长产业链、提升价值链、创新供应链，做强野生菌深加工、研发与产业化孵化、商贸物流、文化旅游等产品，做大做强产业格局，打造中国乃至世界野生菌产业化的风向标。

大姚：生态文明建设“绿富双赢”

大姚，咪依噜。

百姓眼里的善良女人，文化人视野里的精神化身。

可大姚才不仅仅有个咪依噜，还有可以媲美玛雅历法的大姚彝族十月太阳历和漫山遍野的核桃。

一个当年让汉武帝坐卧不安的金马碧鸡传说的发源地。

近年来，大姚县认真贯彻执行可持续发展战略，坚持以保护优先、自然恢复为主，实施山水林田生态保护和修复工程，按照“蚕桑进田、山中花椒、山上核桃、林下种植养殖”的“长短结合、以短养长”产业发展思路；按照环境保护、农业发展、农民增收、企业增效、消费安全和生态环境不断改善的总目标，采取“公司+基地+组织+协会+农户”发展模式，培育农业新型经营主体，整合林业生态建设、农业综合开发、扶贫、水保等工程项目资金，有针对性地进行产业招商，引进、开发核桃、蚕桑、花椒生态农业生产项目，建成核桃综合交易市场和核桃文化产业园区，发展29家绿色产品精深加工、营销龙头企业，建成1万亩以上连片核桃基地29片，5000亩以上连片核桃基地45片，规模以上核桃种苗种植基地4个。2019年，核桃面积达164.3万亩，实现核桃产业产值达产值9.6亿元，核桃农民人均收入4622元。通过核桃产业的规模增量，农村贫困户做到了村有大果林、户有增收树，既保护了“绿水青山”又收获了“金山银山”。12户核桃龙头企业还为100多名贫困劳动力提供了长期稳定的打工就业机会，切实促进城区周边贫困户脱贫增收。

该县另外种植板栗18.5万亩、蚕桑8.18万亩、花椒42.6万亩、华山松67.5万亩、杨梅2000亩、杧果3200亩，核发经济林权证3.02万本。走出了一条“市场牵龙头、龙头带基地、基地连农户”的产业化发展新路子。

一个小小的三台乡，全乡核桃种植面积达22.8万亩，农民人均核桃种植面积达19.1亩，户均核桃种植面积达74.6亩。近5年来，年均核桃产量增幅均保持在12%以上，2019年核桃产量达7260吨，产值达1.6亿元，农民人均核桃销售现金收入超1.3万元。

作为大姚核桃主产区的三台乡，当地政府针对近年来核桃价格下滑的情况，积极谋划新举措，将承载着希望的古树核桃放在网上，让人认购。2020年的7月13日，更在“大姚县三台乡古树核桃认购暨2020年‘云上消费扶贫’活动”这样庄重的仪式上，为认购者披红戴绿，仿如一场招亲大会。

仪式在三台核桃谷大片古核桃林里举行，尽管风雨交加，但阻挡不了人们认购古树核桃的热情。这些“核桃迷”们在网上得到消息后，从四面八方赶来，只为认购一棵古树核桃，托付一片赤诚情感。他们还在上海嘉定区的牵线搭桥下，通过三台彝王核桃专业合作社与拼多多电商平台取得合作，五个月来，平均每天都有近200多个订单，让三台核桃走俏市场。

着力打造“千里彝山·大姚核桃”生态走廊，实施天然林保护工程464.5万亩，完成1.5万亩封山育林和1万亩森林抚育工程，兑现退耕还林补助资金435.62万元，公益林生态效益补偿金2437.5万元。

全面落实节能减排，推动循环经济、低碳经济发展，加快生物质能、风能、太阳能等可再生资源开发，新增太阳能热水器1500台，节能改灶1万眼。开展“绿剑行动”，依法打击了一批非法占用林地、乱捕滥猎野生动物等违法犯罪行为，并及时开展检疫执法、林业有害生物防治和森林防火工作，全县森林资源安全得到有效保护。

良好的生态环境成为大姚县最大的优势、财富和品牌，促进“七彩云南·大姚保护”行动和特色产业可持续发展，全县目前已申报国家级生态乡镇2个、省级生态乡镇6个，获批“森林云南”省级示范基地3个，被列入国家重点生态功能区，实现了产业发展与生态保护共赢。

南华：小小农庄，倒映出的生态文明

郭雪艺带我们认识了安友农庄。

在南华县龙川镇上雨天村委会大炉冲村，有一座总投资为1.2亿元、占地面积3100亩的现代农庄。

这是楚雄州企业带动农民脱贫致富的新典型，也是南华县人的骄傲。

此前，我没有接触过农庄，没有一点农庄的概念。

据说，在东北，农庄是一种娱乐的公园，挣钱的好地方。那里面许多的娱乐活动、天然的风景、美味的农家饭，使很多的游人流连忘返。尤其是东北二人转，吸引了很多的外地游客。

安友农庄也是如此吗？

郭雪艺说，安友农庄是按“有主体、有基地、有加工、有品牌、有展示、有文化”的“六有”标准规划建设的。农庄分为养殖区、种植区、休闲娱乐观光区及农民新村居住区。正在逐步培育一种农村新型业态，积极探索发展乡村

休闲经济、民宿经济、养老经济、体验经济、运动经济和养生经济。

果然，在安友农庄我们看到了这里分布着养殖区、种植区、休闲娱乐观光区。

安友农庄，主要养殖奶牛、肉牛、山羊、土鸡、藏香猪等畜禽，并建设有1200头奶牛养殖基地、300头奶牛养殖小区、1500立方米沼气发电系统等设施；在种植区以有机蔬菜、有机水果、有机大米、各种山茅野菜及养殖区畜禽饲料原料农作物为主；休闲娱乐观光区包括休闲广场、绿化带、运动中心、观景台、垂钓中心、成片樱花观赏区、野生菌自由采摘区等，还修建了五星级休闲住宿小区。

成立于2002年的楚雄安友畜牧业有限公司，是集养殖、种植、农产品加工为一体的云南省农业产业化重点龙头企业。公司下属单位有云南华农乳业有限公司、安友农场、五种山种养示范基地、老高坝绿色工业园区食品加工基地等。

我们在安友农庄看到，农庄结合现代农业发展的需要，以及高原特色农业的要求，采用沼气发酵设备对养殖场的废弃物进行处理。所产生的沼气通过发电和直接应用已满足农庄能源的需要；所产生的沼液、沼渣作为种植有机水果、有机蔬菜、有机大米、有机玉米的有机肥料，形成生态循环综合利用。农庄自产的生态农副产品主要有鲜奶、肉类、禽蛋类、有机蔬菜、有机水果、有机水稻、生态鱼。部分农产品如鲜奶、肉类还需经过公司加工厂进行精深加工，所有农庄产品一方面进入安友农庄专卖店、各大型超市“安友农庄”专区，另一方面直接供给来农庄的游客。

当地老百姓有了安友做后盾，不再单家独户生产经营，在自愿的情况下，老百姓可以进入公司做工人，由公司安排在合适的种养殖岗位中，不仅有土地租赁收益，每月还有工资，居住环境大变样，可以说在农村就过上城市生活。

正在建设中的农民新村居住区，由安友公司与当地百姓共同出资集中修建，每户建筑面积170平方米。安友改变了过去农民传统生产经营模式，把农民土地集中进行改造，实行科学化、标准化、机械化生产，让农村土地发挥最大效益。对于贫困家庭和五保户困难家庭上不起学的子女，安友采取一步扶贫到位的方式，相关费用均由公司承担。

安友农庄的负责人说，让农村孩子也能和城里孩子一样接受正规教育，成长在同一片蓝天下也是我们企业人的责任。安友农庄不仅是我公司安全、优质生鲜农产品的生产基地，更是带动广大农户走上幸福、富裕生活的有效途径。

像安友农庄这样散落在山林间的山地牧场在南华县不是个例。

近年来，南华县以加快山地牧业转型升级为目标，规划建设以龙川、沙桥为重点的生猪、家禽养殖基地，以雨露、五街、红土坡、马街、兔街为重点的肉牛（羊）养殖基地，大力实施千户规模养殖大户工程，不断提升“安友冷鲜肉”“楚灵牌鲜鸡蛋”品牌知名度和市场占有率，提升品牌带动效应，不断扩大养殖规模；同时，该县还切实加大招商引资和固定资产投资力度，抓实畜牧业支农惠农政策，积极向上级部门争取畜禽规模养殖贴息补助，认真落实有关牧业惠民政策，大力推广生物环保养殖、林下养殖、种养结合、循环经济等模式和“庄园经济”，走种养平衡、农牧互动、生态循环、环境友好的畜牧产业循环经济发展之路，全力推动山地牧业快速发展。

楚雄：大手笔扮靓州府鹿城

青龙河是龙川江的一级支流，由北向南贯穿楚雄市东南新城，南北长约8.7千米（其中城区段5.85千米）。为将青龙河打造为楚雄城区集防洪、休闲、生态景观为一体的滨水景观带，楚雄市编制了《楚雄市青龙河滨水与彝海公园景观工程设计》，该设计以满足青龙河30年一遇的城市防洪功能为前提，由北至南打造以都市生活带、人文休闲带和自然生态带为重点的青龙河滨水景观带，旨在塑造城市中人、水、林相依，和谐共生的绿色景观空间。“都市生活带”以规划天伦之乐、康体园、亲水台地、儿童乐园等公共开敞空间为主，营造老少皆宜的都市休闲生活氛围；“人文休闲带”以建设富有地方特色、民族文化内涵的小广场、小场地、亲水平台为主，形成民俗庆典、文化交流的城市舞台；“自然生态带”以回归自然为主，北片以茶花为主，南片构造“密林+湿地”的生态景观，塑造都市中的原始生态情境。

按照将楚雄城市建设成为生态宜居山水园林城市的总体要求，楚雄市计划用2~3年时间实施建设青龙河两岸滨水景观带。

在改善水环境的同时，楚雄市还强化河道沿岸污染源头控制，完成了青龙河、灵秀小河沿岸污水10个排污口的排查整治，建成污水管网12.2千米，提高了污水收集率，同时建立了市、镇、社区三级河道长效管护保洁责任制。经过整治后的青龙河、灵秀河如今成了市民休闲散步的好去处。

彝海公园是楚雄城市的肺叶。

彝海公园占地面积1857亩，水体总面积725亩，公园重点以“水”为元素，打造青山环绕、绿水相通的灵秀楚雄。彝海公园还追求人性化的绿色生态空间，充分利用优美的自然环境和良好的景观设施，给市民提供可健身、养生、度假休闲的娱乐场所。

彝海是寄居孤单灵魂的处所，作者柳文波的《期盼着黄昏能与你散步》，让我想到了成百上千个他和他在远方的她。

玲梓，你陪伴我漫步吧

今晚，独自一人在彝海公园漫步，总觉得缺少什么？浑身不舒服……晚风轻吹，带来丝丝凉意，千亩彝海，波光粼粼，一丝丝、一念想，直击我的心怀。身在林荫小道上，心却在玲梓那。

一路路的踏看者，就显得我孤独。年老夫妻，对对情侣，年轻小夫妻，他们或漫步在彝海公园沙滩上，或漫步在彝海公园林荫跑带里，他们有的或漫步，有的或小跑，有的或在自行车道上比赛骑自行车……眼前对对情侣坐在长凳上或窃窃私语、或紧紧相拥、或拿着手机自拍。看着他们有说有笑的，独自的我在人群里总是想起你。

来到彝海公园广场，那些跳左脚舞的、广场舞的，海边玩水的，无论男女老少，无不充满着幸福的笑脸，我多么希望玲梓此刻就在我的身边。在草坪上躺着的对对情侣，亭子里歇歇的男男女女，谈笑风生的中学生，我脑海里总是浮现玲梓的影子，我多么希望这些风景里留下你和我的镜头。

我全身每一个毛孔都呼唤着玲梓的到来，没有玲梓的身影陪伴，我似乎失去了漫步的意义，没有你的身影，我似乎失去了生命的价值。

五年前，来自重庆的姜国林原是为了养家糊口，稍不注意间楚雄却成了他的“诗和远方”。“来楚雄做生意挺好，就是没地方逛。”这是姜国林刚到楚雄时说的话。如今，他的重庆火锅店开得风生水起，还娶了楚雄媳妇，晚上打烊后绕着太阳历公园走三圈，成了老姜的习惯。蔡成琼是楚雄本地人，她的两个孩子喜欢每天到彝海公园沙滩玩耍。“孩子放学后就想来这里玩，天黑也不想回家，晚上灯火通明，更热闹……”蔡女士说。彝海公园、太阳历公园、福塔公园、龙川江两岸等，成了楚雄傍晚最聚人气的地方，每天市民相约跑步、健走、骑行、吊嗓、跳广场舞……彝州生态文明建设在提升楚雄中心城市品位的同时，也提升了市民的幸福感。

截至目前，楚雄市森林覆盖率达 76.92%，绿化覆盖率 36.14%，人均公园绿地面积 15.87 平方米，具备了申报创建国家森林城市的条件。在两年半的时间里，楚雄市将以“城市、森林、民生”为主题开展创建国家森林城市活动，确保到 2019 年上半年获得“国家森林城市”称号。

楚雄州府鹿城，必将成为值得你记忆的地方。

生态文明建设当然不能落下了农村。

楚雄州委、州政府以五大举措推进全州农村环境突出问题综合治理。

编制环保规划。楚雄州相继研究制订了《关于落实科学发展观加强环境保护的意见》《关于加强生态文明建设的实施意见》《关于努力成为全省生态文明建设排头兵的实施意见》等文件，为楚雄州从严从实贯彻落实国家、省的决策部署提供了坚强保障。

开展生态创建。通过不断努力，2017 年楚雄市八角镇等 28 个乡镇被云南省人民政府命名为第十批省级生态文明乡镇。截至目前，楚雄州共创建国家级生态文明乡镇 4 个、省级生态文明乡镇 63 个，命名州级生态文明村 285 个。全州生态示范创建工作取得明显成效。

开展农村环境综合整治。编制 2016—2020 年各年度农村环境综合整治建设村整治计划项目 302 个。2016 年争取到省级环保专项补助项目 6 个，到位环保专项资金 1029 万元。争取到中央财政第一、二批传统村落环境综合整治项目 11 个，争取到位资金 1460 万元。2015 年、2016 年确定实施的 47 个中央和省州农村环境综合整治项目正在实施。

强化农村环境执法监管。抓紧实施《楚雄州贯彻落实中央环境保护督察反馈意见问题整改总体方案》，严格办理中央环保督察案件，对三街煤业开发有限公司祭龙山煤矿等存在的问题进行认真整改，对 43 名公职人员进行了责任追究。开展完成砂石开采行业环境执法专项检查，矿山严格填报检查表，矿山生态环境保护水平进一步提升。

加强流域区域水污染防治。围绕龙川江西观桥断面达标目标，已争取到中央水污染防治专项资金 9720 万元，用于西观桥超标水体的环境治理，编制水体达标方案和水体达标综合整治实施方案，已基本完成初稿，开展集中式饮用水水源地环境状况调查和评估，落实九龙甸水库饮用水源地水污染防治项目维护经费22万元，完成团山、尹家嘴水库水污染防治项目。

流域区域水污染防治上了《人民日报》头版。

长江构建“绿长廊”：金沙江畔花果香

“江流到此成逆转，奔入中原壮大观。”这说的是金沙江上“长江第一湾”的奇景。长江从“世界屋脊”青藏高原奔腾而下，来到云南香格里拉沙松碧村与丽江石鼓镇之间，陡然来了个100多度的急转弯，转向东北，形成了罕见的“V”字形大湾。

从此地向金沙江下游出发，沿途经过云南7个州市40多个县市区。如今，金沙江沿岸已是繁花似锦、百果飘香的乐园，沿江行走，在不同的区域都可以看到蔚为壮观的经济果林。按照“生态建设产业化，产业发展生态化”的发展思路，长江经济带正成为云南生态文明建设的先行示范带。

坚持生态优先，守得住青山才守得住绿水

“大王叫我来巡山……”哼着小曲，金贵生开始了一天的巡山护林工作。59岁的老金是云南楚雄彝族自治州大姚县湾碧林场的一名护林员，管护着8000多亩公益林。每年3月开始，林场进入防火戒严期，这也是像老金这样的护林员最忙碌的日子。

谁能想到，现在的护林标兵老金，20年前是一个伐木工人。在实施天然林保护工程前，湾碧、三台、桂花这些山区乡镇大多以木材采伐为主要的经济支撑，仅湾碧一个林场每年就要采伐近3万立方米的木材，木材会通过金沙江水运漂到下游。一到采伐季，金沙江上都是漂浮着的木材，沉掉的、坏掉的不计其数。

森林资源的过度消耗给金沙江沿岸地区带来了严重的生态影响。“几乎无林可砍。”老金说。当时的金沙江流域，很多林场都面临着荒山的危险，由于缺乏足够的森林涵养水土，洪涝、滑坡、泥石流等自然灾害成为常态。

金沙江流域的生态系统修复迫在眉睫。1998年，天然林资源保护工程开始实施。为了加快推进金沙江流域的生态治理与修护，流域内涉及的县（市）先后实施了长江防护林、天然林保护、退耕还林等重点生态工程，森林面积逐年增加的同时，其在涵养水源、保持水土、防风固沙等方面的生态功能也日益体现。

作为生态文明建设的重点区域，金沙江流域的林业发展起到了带头作用。构筑西南生态安全屏障和长江上游生态屏障，整个云南的林业建设都在发力。截至2015年底，云南的林地面积已增至3.75亿亩，森林覆盖率提高至55.7%，从木材产量大幅调减，森林分类经营到森林面积和蓄积的双增长，现在的成绩来之不易。

“我们这辈人吃够了生态破坏的亏。”天然林保护工程实施之后，老金从伐木工人变成护林员，和他一起完成角色转换的还有很多传统森工企业的工人。“我现在是明白了，守得住这山才守得住这水。我得好好守住这个生态底子，把过去砍树的债还了。”

调整产业结构，建起长江上游“绿色银行”

“过去是越穷越砍，越砍越穷。”走访金沙江流域附近的村民，很多都有这种深刻的体会。

脆弱的生态环境加剧流域内的经济发展压力，原始的刀耕火种的农业生产和以木材采伐为主的单一模式导致生态环境更加脆弱。要想真正守住生态底子，还是要靠优化林业的产业结构，让种树者得实惠、有盼头。根据金沙江沿岸各县市区的资源优势和种植特点，云南省培强做大特色经济林产业，积极发展林下经济、生态旅游、森林庄园。“十二五”末，云南林业社会总产值增加到2800亿元，林业发展实现了生态建设与产业发展并重、生态改善与林农获益双赢的重大转变。

过去，云南村民们生活水平按坝区、半山区、山区的顺序依次降低。山上的村民只能“靠山吃山”，砍了今年不知道还有没有明年。实现林业产业结构调整后，村民们还是“靠山吃山”，经济林果种植成了林农们的“摇钱树”和“绿色银行”。

“过去家家户户都是砍柴为生，能填饱肚子就不错了。”石鼓镇石鼓村望城坡小组的村民杨丽英说，“现在大家都种上了各种经济林果，卖得上价钱。到了春天，根本不需要动员宣传，村民们自己就扛上锄头上山了，哪里有空地，哪里就种上了树。”经过十几年的发展，望城坡的林果业种植面积从原来的几十亩，发展到300余亩，遍布整个小组的山头和田间地头，林果业品种也从原来的板栗、苹果、梨子、杏子、李子少数几个品种发展到三月桃、五月桃、冬桃、油桃、黄皮梨等20多个林果品种。

在金沙江沿岸，经济林果的发展让村民们实现了两种“靠山吃山”模式的转变。丽江玉龙县的雪桃、楚雄大姚县的核桃、永仁县的杧果……这些金沙江沿岸的经济林果都打出了自己的品牌，让当地林农大为受益，在一些地区，林业收入能占到家庭收入的一半以上。经济林果不仅让村民尝到了甜头，还让村民们真正将“生态共识”转化为生态行动。

创新机制模式，啃下水土保持治理“硬骨头”

楚雄州元谋县湾云村的坡耕地上，村民杨树保正在打理自家的杧果树，一排排杧果树整整齐齐，每一棵树都缀满了一串串黄色小花。杨树保的30亩林地，是通过世界银行的加强灌溉农业项目贷款改造而来。

现在的元谋以冬早蔬菜闻名，每年全县种植冬早蔬菜20万亩以上，种植特色水果10万亩以上。现在，农民每年卖菜收入达10亿元以上，特色经济林果产值达8亿元以上。如今的发展局面得益于以坡改梯和以经济林为重点的山、水、田、林、路综合治理。

金沙江流经云南地区为多山高原地区，可以说是长江上游水土流失最严重的区域之一。从1989年开始，国家在包括金沙江流域地区实施了长江上游水土保持重点防治工程（简称“长治”工程），云南省共有元谋、大姚、永仁等13个县市被纳入此项工程。还先后启动实施陡坡地生态治理、水土流失综合治理、石漠化治理及农村能源建设等一大批治理修复和改善生态环境的综合工程。

“这些地方条件差、环境恶劣，都是水土治理最难啃的‘硬骨头'，仅仅依靠国家的政策和资金投入远远不够。”元谋水保办的罗桂云在水土保持治理的一线工作了近30年，“关键还是要动员民间资本的积极性。”

民营水保在金沙江流域内水土流失的治理中起到了巨大作用。“这样的新路子治理开发速度快、标准高、效益好。”罗桂云介绍，民营水保的大户都愿意大力发展经济果木林，通过以点带面，带动了本地和外地投资开发者参与到治理水土流失当中来。

“等过段时间这里的青枣、杧果成熟了，树上全都是沉甸甸的果子，看上去壮观得很。”罗桂云说。

元谋的青枣、杧果，玉龙的雪桃，大姚的核桃……百果树林齐发力，金沙江沿岸的村民们正走出一条生态优先、绿色发展的致富之路。

《人民日报》(2016年4月12日第1版)

五年来，楚雄州共完成营造林228.32万亩，义务植树、四旁植树1.41亿株，全州森林面积由2742.06万亩增加到2813.81万亩，净增71.75万亩，森林覆盖率由62.48%增长到65.86%，“绿色银行”所释放的“生态红利”正逐步凸显。

第二节　生态脱贫是怒江最美的风景

邂逅卓玛

她本来是怒族姑娘，却取了一个藏族的名字达娃卓玛，为什么要这样，没有问，我只是知道“卓玛”是藏族对女子的称呼，它的意思是“度母”，一个很美丽的女神。

卓玛是个讨巧的姑娘，人也好看。

我说的好看，不是非要“沉鱼落雁”“闭月羞花”形容的那种，而是一朵野地里静静开放的那种花，多一分艳都显得多余，反正她会勾起你无数的遐想。

那一晚，我们一群疯子彻夜未睡，度过了我来怒江最惬意的一晚。

我们读诗，读海子，读舒婷，读于坚，读雷平阳，读帕男……

“面朝大海，春暖花开”，在这里找不到对应的景致，漫漫夜色，哪里取潮声，就连一声低沉的鸟鸣都没有。

我说，卓玛就读我的《知子罗，时光的残余》呗，昨天才写的。

卓玛看了看天空，看了看我，拒绝了。

我说我读，冷清清的掌声。

似乎大家都不屑，但我还是读了——

真正守住这座城的　是那些鬼魂
不得轻易推开　一道门　或在门的背后　小鬼正在打量
重走一步
都是有可能冒犯
本来已经安静了　而你还来
教堂的门　还是朝着过去的方向　耶和华的现在
比门外的一棵树还要孤独
谁把唱诗的人带走了
留下你　这冷
而且和季节毫无相干
既然毫无相干　那就不要来了
你来与不来　这城都会在　即使最终一砖一瓦
荡然无存
但一旦变成虚幻的城
那则更怕
怕故土难离　而何谓故土　这就是故土　只有鬼魂才能在此安居的
那些奢华的
车水马龙的
醉生梦死的
都是你的他乡

读罢，我大呼一声：鬼来了！

卓玛被吓得蹿起来，一声尖叫，足有八尺多高。

少顷，大家举杯，帕男说："这应该是你的故乡吧，干杯。"

我一下子没有反应过来，因为诗的最后两句"那些奢华的/车水马龙的/醉生梦死的/都是你的他乡"，意思今晚我酒喝得还不到位。

转而卓玛读：

在将你搂在怀里的那些黎明和午后，闻着你的气息，抚摸着你的肩膀。在与你相拥而眠的那些夜晚里，感受得到那种，浓浓的幸福，淡淡的哀伤。虽然已经离开了你，但是直到现在，身上还是粘着你那股，抹之不去的幽香。对你，是淡淡的，却一生一世也无法了却的回忆……

我的天，吓我一跳，一旁的怒族兄弟熊二四拍拍我的肩膀说："她朗诵的在当年到知子罗工作生活过的知青中流传很广的一首诗。"

我"喔"了一声。

天亮了。

"站在油漆斑驳的望江亭，江对岸，连绵的群山云遮雾绕，仿佛是铁的兽脊，一座高过一座，滔滔怒江奔腾咆哮，如银龙飞舞。"

我已经记不起这是谁的句子了，却突然在我的脑子里冒出来。

再也找不到像"讷克勒"那般清澈的眼神

我们一直走在栈道上，她说她叫"讷克勒"。我问她这"讷克勒"是什么意思，她反而问我。我拿出手机百度了一下，"长知识"了，原来怒族人崇拜动植物，他们的姓氏除了虎，还有姓鹿、蛇、蜂、熊、猴、羊、鸡、鱼、鼠、荞、竹、菜、麻、柚木的。他们都各自把这些动植物作为自己氏族崇拜的图腾。怒族人选择姓氏的动植物图腾，大抵与他们的生活环境有关。由于怒族先民以狩猎和采集为生，他们抗御不住自然灾害和猛兽的侵袭。比如，他们猎熊、射豹、割取野蜂蜜，以这些为衣食之源，但又常受到它们的威胁和危害，于是便产生了敬畏的心理，进而产生崇拜，把它们视为自己氏族的图腾。

在怒族人的习俗中，男孩的名字按这样顺序排列：老大称"彭勾"、老二称"金都礼"、老三称"昆"、老四称"增"、老五称"店"、老六称"冉"、老七称"拦"、老八称"八利义"。

女孩的名字也要按顺序排列：老大称“讷克勒”、老二称“尼太”、老三称“江格勒”、老四称“娜”、老五称“念过”、老六称“冉罗”、老七称“达恩”、老八称“英”。无论男女，排行到第八之后，一般以父母所爱的物品来命名。

怒族中的若柔人命名习惯是按孩子的生辰时令、居住环境、排行、相貌、体质特征等来取的。同时，还将含比喻、仿生的词用于孩子的名字。如孩子多病或不乖就要认干爹。若柔人给婴儿命名一般都在满月之时，有的还要请客。所取之名以其生辰、环境、相貌、体重、拜寄、避邪为依据，并力避与上辈人名字相同或相近。排行老大称“阿马”、老二称“阿的”、老三称“阿膊”、老四称“阿腊”、老五称“阿弄”、老六称“阿衣”、老七称“阿汤”，然后分别在男孩的名后加“事”，在女孩名后加“妞”。

男孩老大叫“阿普”、老二叫“阿邓”、老三叫“阿开”、老四叫“阿育”；女孩老大叫“阿娜”、老二叫“阿妮”、老三叫“阿恰”、老四叫“阿都”。

而在怒苏支系中，男子名前普遍冠以“腊”，如腊哥、腊华、腊加等；女子名前则普遍冠以“亚”，如亚娜、亚莎、亚双等。据考证，这种命名法源自古代怒苏人的氏族图腾。“腊”和“亚”在怒苏语中分别指的是虎和鸡，是古代怒族中两个互相通婚的氏族的名称和标志，也是这两个氏族的图腾物。怒苏人对子女排行的称呼不分性别。老大称“染孟”、老二称“染拉”、老三称“染同”，老三以后只说是第五个、第六个等。

“讷克勒”，你猜到了吗？姑娘装着狡黠，但我只当她俏皮，实际上她也不叫“讷克勒”，“讷克勒”是姑娘在家中排行老大的意思。她叫亚娜，家里还有一个 11 岁的妹妹。

沿江边走，这是六库人晚饭后散步的地方，眼皮底下就是翻滚的怒江水，繁华路段有不少的咖啡屋、啤酒屋，据说夜晚很热闹，滨江还有一条烧烤街，那是我多年前“撒过野”的地方。怒江举办全省酒歌大赛，我率楚雄代表团，以楚雄彝剧团为班底的一干 20 多人参加比赛，获金银铜奖，大喜，便到烧烤摊上以酒庆祝。

这一晚，一串的彝族酒歌招惹了整个滨江烧烤街的食客，纷纷对起歌来，你一首我一首，最后从我们的四桌变成了长街宴。

我说给亚娜，亚娜不信，我从手机上翻出了当时和曹新华狂饮的照片，她才信了。

亚娜说，去对面滨江生态健身步道走走，我说好。

所谓的对面就是江的西岸，从向阳桥过去就是。

两岸间有多座桥，水泥桥、铁索桥都有。我问亚娜，明天去老姆登往哪个方向走啊？亚娜顺手一指，我这才反应过来，我问的是多余的，这大峡谷，进出一条路，除非你能长翅膀。

“老姆登是怒族多吧？”我问。“都有，这两岸，唉，帕哥你知道怒江的名字怎么来的吧，还有为什么叫怒族？还有……”我说：“你就别再还有了，给我说怒江和怒族。”亚娜“呵呵”一声没有接着吭气。

其实我早就做了功课，我说我来告诉你吧。

怒江因江水深黑，我国最早的地理著作《禹贡》把它称为“黑水河”，云南省的怒族把怒江称为“阿怒日美”，“阿怒”是怒族人的自称，“日美”汉译为江，含义为怒族人居住区域的江。

那为什么叫怒族呢？亚娜有点想要考我的意思。

我说是不是：“喜欢发怒，就叫怒族。”

亚娜又是“呵呵”一声。

我当然知道，怒族，他们自称“怒苏”“誓阿怒”和“阿龙”，是怒江两岸古老的民族之一，因世代生活在怒江旁边，所以称为怒族。

我问亚娜怒族有什么节日没有？

亚娜说：“怒族有个仙女节，你想不想听？”

我说不听。

但亚娜执意给我讲——

每年的农历三月十五日，是怒族人民最隆重的传统节日——鲜花节。

在怒族人民的传说中，鲜花节的来历有多种说法，但都和一位他们热爱的小仙女有关，所以鲜花节也叫仙女节。小仙女是一位聪明、勤勉、善良、漂亮的怒族姑娘，她的名字叫阿茸。

那是很久以前的事情了，由于气候不好，怒族人生活的地方遭受旱灾，田地干枯、山野荒芜，人们生活十分艰难。阿茸姑娘挺身而出，她不畏艰险劈开悬崖，在高黎贡山上凿出一个大岩洞，将泉水引入怒寨，她像烈火英雄一样守护着族人。

此后人们有水喝了，土地也湿润了，草绿了，树活了，庄稼也长好了。怒江岸边的荒山变成了沃土，披上了绿装。阿茸姑娘的名字传遍了怒江两岸，人们都称她为仙女，并且十分崇拜她。

但阿茸的美貌也让可恶的头人起了坏心思，头人想霸占阿茸。阿茸只好躲进深山，藏到山洞里。头人不死心，追到山洞口，要阿茸姑娘出来嫁给他，阿茸姑娘没有答应。

就在农历三月十五日这一天，头人放火将阿茸姑娘烧死在山洞里。阿茸姑娘虽然死了，但是人们怀念她，满山遍野的山花也为她开放。后来，人们就将这一天定为鲜花节，因为阿茸姑娘是人们心目中的仙女，所以这一天也叫仙女节。

故事听完，已到吃饭时间，我这才反应过来，约好到怒江州扶贫办先见面沟通第二天采访的事被忘记得一干二净。

去知子罗，看时光打住的样子

昨晚商量了半个晚上，就什么时候去知子罗。

我的意见是一大早，怒江的街边来一碗米线，甩完就走。

有吃叫甩的吗？全国绝无仅有，除了云南人。甩，是一种豪迈，一种干净利落。

从州府出发，到知子罗要3个多小时，有的人备足了课，要在这一路“黑”我、“诳”我，但都是善意的，尤其江格勒。“江格勒”是姑娘在家排行老三的意思，她的汉姓桑，名依玛，我叫她“三妖精”。云南有句俗语：一憨二愣三妖精。

姑娘长得很有地域性，一看就属于这峡谷的，丘陵地带长不出这样，平原地带也长不出。

就是说长地瓜的地方出地瓜，长苹果的地方出苹果，这怒江长草果，草果型的脸你自己去琢磨。皮肤是这峡谷里的风润出来的，头发是这厚植的泥水染出来的，尤其姑娘的口才，就像怒江的水。

她一直在讲知子罗，就像去凭吊一个亡人，说到最后，她哽咽起来。

我接过她的话题，我惯于在尴尬的环境里打破僵局。

我说，我给大家唱首歌吧，但我没有想到要唱什么歌，反倒是桑依玛开口——

“哦！哦！哦得得，哦得得！米连阿我哦得得，甲连阿我哦得得……”

“什么意思你懂吗?”我懂，“真的好想你，真的好想你，想你想得夜深人静难入睡，恋你恋得度日如年天难明……”

接着群起而唱：

哦得得，哦得得
童年的情趣很难忘
年轻的爱情很难忘
阿哥牧羊转山头
阿妹放猪守田边
竹木楼房的月光下
阿哥弹起达比亚

这是汉语的《哦得得》。

《哦得得》是怒族民间一首著名的情歌，也是怒族青年男女之间演唱频率很高的男女声对唱。《哦得得》表达了一个姑娘思念情郎的深情。

我说，桑依玛你是唱给我的呢还是……

桑依玛说，我是唱给我自己。

我说，鬼才信。

桑依玛大笑，那一下子见到鬼。

知子罗已经到了。

桑依玛讲，知子罗，一座位于云端的废城，一座尘封在记忆之中的繁华之都。在这里，太阳因为高山的遮挡，晚起早落，山城峡谷常被笼罩在浓雾之中。

知子罗的山麓，有天外来客——飞来石，山顶有心静神宁的高山湖、有郁郁葱葱的原始森林、有最好的生态茶——老姆登茶和怒江独有的漆树品种——碧乃金、有老姆登和谐宗教文化、有古人类活动遗址腊斯底岩画，还有远征军、驼峰航线等历史遗迹。在这里，可以远眺气势恢宏的高黎贡山和碧罗雪山，鸟瞰怒江大峡谷。

后才进到知子罗，在那座八角楼前我就踟蹰了个把小时，想起来这一路的经历。

这一路上，车停留过两次。

一次停车下来看飞来石。飞来石在县城南下46千米的福贡县民族中学石头房子中央。所谓的石头房就是高有七八米，直径有十多米的一个巨大石头，上面建造三幢平房形成的一个三合院，住着七个教师，中间还留有七八平方米的院坝。1983年3月19日凌晨，因连续下大雨，有一个长达七米，直径五米，重几千吨的圆锥形石头，重重地砸在公路上，接着借助惯性又从公路弹到六米高的石头房三合院中央。它像有眼睛一样，既不伤一个教职工，也不损害房屋，就像人为地放置在那里。

有人说是悬心吊胆、触目惊心。我说这一切形容都无聊透顶，就是“顺其自然”四个字。你拿什么资本去与天斗，与地斗？

另一次是在一处观景台前停车，远处峡谷纵横，云雾变幻，怒江水从远处的高山峡谷中滚滚而来。当地人介绍，云雾稍小的时候，从这里就能看得到远处美丽的石月亮，但我却没有能够如愿以偿。石月亮仿佛是开天辟地时就耸立在那里的，在傈僳族古老的大洪水神话中，它就已经存在了。傈僳语称它为“亚哈巴”，石月亮的意思。每一个看到它的人，都希望接近它，然而，它仿佛是留给勇敢者的去处，这里山峰陡峭，道路崎岖，气候变幻无常，没有勇气和毅力是无法到达峰顶的。

从这时起，我就在心里勾勒知子罗的大概形象，见鬼，无论怎么发挥我的想象力，就是无法完整勾勒出知子罗这座城。

桑依玛说，在怒语里，知子罗意为“富裕的地方”。她历经风雨，是怒江大峡谷人文积淀较深的地方。在这里，你会听到很多有关知子罗的奇趣传闻。这些优美或悲伤的故事，会把你带进那并不算遥远却需要努力回忆的时代。

仅凭桑依玛的讲述，肯定要把她讲得口干舌燥。

姑娘的聪明让我五体投地，没有想到她事先就复印好了当年袁小兵刊登在《南方都市报》的一篇文章，题目叫《尘封于1986：迷雾中的知子罗》，她把印好的文章分给人手一份，还诡秘地笑了笑说：“交现钱，随喜。”

我故意问她什么叫“随喜”。就是随便你啦。大家都知道她是在开玩笑，同行的老周便来劲了：“今晚我有空，我可以陪你到天亮。”“呸，老周哥，还是陪你的老相好吧，本小姐名花有主啦。”大家一阵疯笑。我没有参与他们，却在路边一人家的柴垛上看起这篇文章来。

文章详尽叙述知子罗的那段历史——

1912年，云南地方政府派遣怒俅殖边队进驻这里，设知子罗殖边公署，1916年改为知子罗行政委员公署，1932年改设碧江设治局。1949年碧江和平解放，1954年成立怒江傈僳族自治区（后改为州），县府、区（州）府都在知子罗。1959年7625部队的团部也设于此。这里，曾一度是怒江流域的政治、经济、军事和文化中心。

随着1962年怒江第一条公路（保山瓦窑——碧江）和1973年碧（碧江）福（福贡）贡（贡山）公路的通车，知子罗显得孤悬于碧罗雪山之上。它的诸多短板，如地域狭窄、交通不便、蔬菜供应困难等逐渐显露，人马驿道仍然是这里通往内地的主干路之一，居民需要的盐巴、布匹、食物很多还靠马帮运输。

1973年，怒江州府迁驻山下怒江边的泸水县六库镇，知子罗仍为碧江县府驻地。而数年后日渐显露的滑坡危机，最终改变了碧江与知子罗的命运。

1979年9月20日至10月6日，碧江连续16天大暴雨，造成60年来最大的洪灾，全县死亡23人，重伤16人，县城北部和南部出现多处滑坡和开裂，最长的达50米，下陷1米多。12月，省革委会派出专业技术人员实地勘察，认为县城不宜再建新建筑。县革委会统计，涉险地带有48栋房屋、672人，于是提出把县城搬到山下的亚谷。当时，各单位已被领到那里划分地盘，但是次年春天，桃花雨不断，泥石流把亚谷河西一带冲得一塌糊涂，州委坚决不同意在这里建县城。

1980年4月，碧江再提县城迁址，请求搬迁到邻县泸水的双纳王底，获得省长办公会议同意。但不久一阵暴雨后从坡顶冲下一大股泥石流，省委几经研究，决定碧江县城暂不搬迁，要就地治理。于是从1982年至1983年拨款74万元，修造地表排水沟和挡土墙，但这只涉表层而不及本质，岩性破碎及岩质风化难以制止，滑坡迹象反而越来越严重。

及至1985年，在时任省长和志强的过问下，省里再派专家对碧江县城进行全面勘察，发现这里有三组滑坡梯，县城处在风化带、地震带和滑坡带之上，原来修建的挡土墙不能阻滑，反增压力，县城的建筑物更是加重了滑坡的危险。

同年12月，碧江第三次提出搬迁县城，这一回，州政府点了头，但1986年5月29日，省长办公会议做出的决定是撤销碧江县制。1个月后，碧江县五套领导班子全部被请到昆明开会，时任县委副书记的史富相在回忆录中写道："碧江撤县的决定我们一时难以接受，大家纷纷发言要求不要撤销而给予准许搬迁，但省政府领导反复对我们说撤县问题已成定局。其原因是说……自从修了公路，州府搬迁到六库和部队调防离开后，碧江县城变成了死角，失去了中心的地位和作用。况且，现在滑坡加剧，在县内又无容纳一个县城的理想之地。省委省政府的设想是，县制撤销后要重点加强公路沿线乡镇的经济文化建设，使其尽快地发展和繁荣起来。”

时任省长和志强告诉大家：“碧江县城我亲眼看到了，是南北滑坡体，迟早会滑，人工难以治理。”

1986 年 9 月 24 日，国务院发文同意云南省政府关于撤销碧江县建制的批复报告，碧江县所属的 5 个区，分别划归泸水县和福贡县。碧江三度提出县城迁址，最后却出人意料地被撤销县制，前后历时 7 年。尽管早有专家提出不能再新增建筑，但这 7 年间，碧江一边要求择址再建，一边又在上马新楼。

知子罗老村支书李忠雄回忆说，撤县时，特意从大理请工匠打造的县城新景观——八角楼才竣工不久，名为图书馆，却还没来得及放进一本书；县进修学校才搭起 2 层的支架，门窗还没安上就全拆了；4 层的工商银行大楼才启用 1 年，后来知子罗村公所进驻办公，只占用其中几个房间；可容纳千人的电影院才放了 3 天电影，就沉寂下来，不久拆了给山下两个乡各建一个中型影院。

早在 1954 年，怒江建州时就想把州府设在福贡，但十四军军长李成芳不同意，原因是当时境外有“蒋残匪”，若路堵了就无法退回来，遂把州府定在知子罗。1956 年，碧江县城欲迁到亚谷，但州委不同意，盖好的房子也废了；“文革”前又想搬去匹河，并盖了一幢长房，最后还是落空。

但是，许多知子罗村民认为，县里没真打算迁址，滑坡也不会真的发生，那只是县里为争取建设改造资金而强调的一个概念，想不到最后弄巧成拙。

而转眼即是 1987 年，知子罗的居民开始心情复杂地下撤。

当时碧江县级机关和中央、省属企事业的干部职工及工人共有 1086 人，411 人去了福贡，466 人去了泸水，一部分离退休，一部分人分到州级机关工作。碧江中学的高中教师全部归并到福贡第一中学。县医院的医护人员和全部财产划给古登乡东风医院，后来成了泸水县第二人民医院。到 8 月底，撤县搬迁工作全部结束。

县城开始被知子罗村公所接管，住在县城周边的知子罗村民纷纷涌入。由于处在县城南北滑坡带上的所有房屋全部被清拆，住在上面的 170 户农民共 738

人搬到县城中间安全地段，住进县里留下的瓦房、平顶房和楼房，其中包括猎人黄金斗一家。他们曾多次被搬迁，中华人民共和国成立前他家住在国民党衙门口，建人民公社时被下令搬到知子罗村大队；县城扩张了，命他两度搬迁，先后盖起商业局和水电局；最后，县城被遗弃了，他才重新回到这里。

在自愿和鼓励政策下，村里有46户共246人也随着迁徙大军进入山下的城镇，每户有3000元住房补助金和1000元生产扶持金的奖励。他们大部分是从碧罗雪山东面迁徙而来的白族后裔，对非土著而言，再迁徙一次又何妨？

省政府下拨了68万元搬迁安置费，为了平衡关系，知子罗村公所还友情赞助了隔壁老姆登村几万元。

全村13个村民小组，除了知子罗下村两个组处于安全地段，其他11个组（包括在外工作的本籍人员）都获得了分房的福利。这时，地处边疆、经济尚不发达的知子罗村跑步进入“按需分配”的共产主义社会，按瓦房每人1门、楼房2人1门的简单方式，不管这个门头后面是否还有套间。于是，州长办公室燃起了木柴，银行保险库里唱起了歌，新华书店里众人在猜拳喝酒，武装部里一对新人刚入洞房。

老村支书李忠雄那时在村里当干事，每天忙着分房，县工作组组长照顾他，就把原部队团部副团长住的两层砖木结构小楼分给他。赭红色的门，明亮窗玻璃，原色木地板，老李一家子刚住进来时还不太适应。前几年房子漏雨严重，儿子嫌屋瓦朽旧，要用木棉瓦替代，老李坚决不同意，宁愿花8400元去翻新。他觉得还是老的好，就像这屋里的铁杉木板，虽有半个多世纪的年龄，但也是新木比不上的结实。

在街上我们遇到了一位晒太阳的老者，还没有来得及问他的名字，他就给我讲开了。他说祖上从剑川来，爷爷那辈就在碧江做土产生意了。新中国成立初期，碧江需要大批有文化的干部。少年时，他曾经回剑川读过几年书，因为能识文断字，便被招收为国营商店职工。后来，孩子大多在六库工作，他退休后就回到了知子罗。

他说：“在碧江在惯了，气候凉快。六库太热了，人又多，不习惯。”

老人接着说：“过去的知子罗可热闹呢。驿道东连兰坪，西通俅江（指缅北）。”新中国成立前，每年7月间，内地商人就定期到知子罗赶山会，他们带来盐巴、布匹、茶叶、红糖、针线等怒江奇缺的货物，换取黄连、熊胆、沙金、生漆、贝母等当地土产，赶山会上人很多。后来，有的商人就在知子罗定居下来，常年收山货，酿酒，这样的人户在知子罗有三四十家。新中国成立后，知子罗一年比一年热闹，20 世纪 60 年代公路修到了知子罗，千百年来连骡马都没见过的傈僳族、怒族人竟看到了汽车。

说完这些，老人长叹一声：“那些都是过去了，碧江县一撤，知子罗又和以前一样，冷清得很。”

后来我看到的一些资料也证明了老人所说的。明清时，知子罗就是今缅北和怒江大峡谷唯一的互市点，每年春天，澜沧江、怒江、恩梅开江三条大江的各族人民在这里定期交易。内地客商带来盐、茶、布匹等物，换走山货土产，其中最重要的是鸡爪、黄连，黄连就是一种抗生素诞生前非常重要的救命药。李根源、尹明德等都详细记述过知子罗的边民互市。

知子罗成为废城后，所有机关的房屋都归了老乡，往往一户人家就分到了过去一个单位的房。阿普说，厅堂大的银行、商店等部门的房子很受老百姓欢迎，而分到整幢单元房的就很不高兴，因为他们习惯在客厅设火塘，客厅越大越好。

桑依玛带我们走过了那一排废弃的房子，然后进到房子里，这是一幢两层木地板结构的小楼，中间是两头通透的走廊，这是那个年代公家人办公室的标配。

洒进屋子里的光线不强，桑依玛猛地一下跑到走廊尽头，像纤纤鬼影，我着实被吓了一跳。我想起了一个叫赵小赵的作家，他写电影，拍电影，最喜欢的就是那些废弃的水电站、厂房了。我并不想知道他的想法，而我的想法是，就像在沙漠上植树，更能反衬出生命的宝贵，这可能就叫审美。

在六库我还偶遇了小说家宁肯，他谈起过知子罗。

“城市意味着记忆、成长、开始、结束，或重新开始，总之，城市是时间的容器。”宁肯说，他在怒江的这次讲座上讲得比这个透彻，几乎深入到每个人的骨子里。大意是，去知子罗，看时间死亡的那一瞬间，才知道一座城的磅礴而生，磅礴而死，那种凝固的死亡状态，让人心生的不仅仅是感伤，还有愿意歇斯底里地为它狂欢。

死去的未必就不伟大，知子罗如是。

一位作者说：“街道两边全是五六十年代的建筑，那是我小时候见过的场景，灰色、整齐、规律、对称，供销社、邮电局、银行、新华书店、公安局、单位宿舍等等的画面和元素全在这里。红色浮雕五角星、红色木头窗户、墙面上的菱形装饰图案。”

时间在这里的确停止了。这些建筑和颜色，满街都是，置身其中，一脚踏进我们曾经的20世纪90年代前。街道上，几乎没有什么人，而两边的老建筑填满视野，偶尔有代销点一样的商店出现，也让你找回童年进城的感觉。走着走着，你会怀疑自己回到了过去。

街道尽头是一座基督教堂，19世纪初法国传教士从香格里拉的茨中村开始，一路翻越碧罗雪山将基督教带到了这里，基督教从此在这深山扎根繁衍。每个周末，这里的村民都会去教堂做礼拜。

我来时不是星期天，没有做礼拜的村民，反而是一群和我一样的山外来客贼精地窥视着教堂里面。

我从教堂折回，朝一堵长满杂草的石头墙拍了几张照片，不是我喜欢这种沧桑感，而是想简单地记录这曾经是远方的乌托邦。

不能不说如今的知子罗是高悬怒江上空的一座被遗忘的城市，但也不得不感谢有这些怒族人的存在，他们的存在也算是给寂寞的知子罗增添一丝温暖。

我正在给一光着屁股的小孩拍照时，桑依玛大叫起来：“帕哥要流氓。”

我说：“咋啦？咋就要流氓了呢。”

“不是吗，你拍人家光屁股。”桑依玛坚持己见。

回到八角楼前，我叫桑依玛给我照了一张相，就“到此一游”那么简单。

桑依玛叫我赶紧走了，要不天黑下来，刘师傅不动车怎么办？我说，那就住在这里啊，这里不是有一家“旧城客栈”嘛，单间、双人间、三人间、四人间都有，我们开个四人间正好。

呵呵。桑依玛偷偷地冷笑。

桑依玛告诉我别逗她了，今晚住老姆登，郁大哥早就好酒好菜候着了。老周说他饿了，桑依玛更是来劲：“150客栈的菜可是有名的哦，凭客栈老板郁伍林做手抓的手艺，曾经在2012年被云南省餐饮与美食行业协会评为云南怒江烹饪名师。”“他把烤乳猪做到了家，只要来老姆登的人都惦记着这道菜。”桑依玛显示出认真的样子，怕我不信。

郁伍林：不是他一个人的传奇

又是“哦哦，哦得得，哦得得！米勒玛沃哦得得，哦得得，甲来玛沃哦得得，哦得得！”

我说：“别来这一套，什么噢，十分想念你呀，十分挂念你啊！”

车才停稳当就下起小雨，屋内火塘燃着篝火，2 月下旬的怒江还微微有些寒意。

一群昆明人围坐在火塘边上跟着郁伍林学唱《哦得得》，小周随口说了一句：“到处都有昆虫。”我忙制止他，说不得，别惹得嚷起来，收不了场。

其实昆虫怎么了，昆虫也是人，吃饱喝足，哪个出来旅游的人不是吃饱了撑的。

郁伍林迎过来一把抱住我的腰，口里念叨着：“终于来了。”

桑依玛嗤嗤地笑：“看两个老男人……”

先交代一下老姆登，老姆登是怒族语的音译，意思是“人喜欢来的地方”。也有翻译成“向往的地方”。也有人说“老姆登”是白族语，意为“紫竹生长的地方”。村子坐落于碧落雪山半山腰间缓坡地，大致呈梯形聚落，风景优美，有多处自然景点。说它东邻兰坪，南邻知子罗，西邻棉谷，北邻沙瓦，没到过的人是很难听懂我这样的介绍，反正是一处宁静优美的人间仙境。老姆登村有农户 317 户，共有乡村人口 1168 人。村子有两景——教堂和皇冠山。

1976 年郁伍林就出生在云端之上的村子老姆登。

少年的郁伍林家和老姆登的所有家庭一样，过着贫穷、落后、食不果腹、衣不蔽体的生活。读到高中二年级他就退学了，但在村里也算是有文化的人。

他不但擅长怒族传统民歌的演唱，同时还能够弹跳“达比亚”，吹拨“几味一口弦”，会讲述怒族民间故事以及主持传统祭祀活动，是一个掌握怒族传统文化的多面手。1996 年由于能歌善舞，他被选派到了上海中华民族园代表怒族展示怒族文化，在一次民族园少数民族歌舞演出大会上，郁伍林遇上了他一生中最重要的女人——鲁冰花，她那婀娜多姿、精彩绝伦的独龙族舞蹈让怒族歌《哦得得》中的至真至爱成为现实。

我之前对郁伍林的情况了解不多，要不是写《大冲刺》，也没有必要对他刨根问底，但桑依玛老在我的耳朵里灌风，说郁伍林不是一个人的传奇，是整个怒族的传奇，你好好刨问他，兴许能刨出个电视剧题材，尤其郁伍林和鲁冰花的爱情故事。

我知道电影《鲁冰花》讲述了一个凄美的乡村故事。在电影里面，鲁冰花用来象征母爱，它开满乡间田野，点染农村景致，而花叶在凋零后被视为花肥。有一次，阿明在茶田里面看到一株鲁冰花，以为是杂草，想把它拔除掉，但他的年幼却懂事的姐姐阻止了他。

姐姐告诉阿明，鲁冰花春天开花，芬芳满株，等到缤纷凋谢，散落的花叶虽然混入尘泥，却是在悄无声息地呵护和滋养着茶树。母亲谢世得早，阿明已经不记得妈妈的模样，但他每天晚上都会对着天上的夜星充满期盼和遐想。

“天上的星星会唱歌，地上的娃娃想妈妈……夜夜想起妈妈的话，闪闪的泪光鲁冰花……”化作春泥更护花，并不起眼的鲁冰花，却正如同世间最真挚的母爱一样无私和伟大。难道鲁冰花这个名字就是这样来的？

郁伍林选择鲁冰花也是必然。首先有可能是鲁冰花这个名字，然后是鲁冰花的美貌，再有可能就是鲁冰花身上所具有的独龙姑娘的性格。

怒族手抓饭宴我在福贡经历过，而且歌舞伴餐，在这样的筵席上都会有“你不下地狱谁下地狱”的冲动，一轮接一轮的敬酒歌唱不停，酒就喝不停。“三江并流”的喝法，往往让外地人喝得个天昏地暗。

今晚当然要喝几碗酒，对，是几碗酒，单桑依玛就不会饶我。

酒后，我们坐在山竹搭建的吊脚楼脚楼房的阳台上，喝着老姆登茶，听着“达比亚”，这时耳边响起桑依玛的话，不由得问起郁伍林，为什么到了大都市上海还要回到这山旮旯里来。

“‘住惯了山坡不嫌陡’你应该晓得吧，这句话。”郁伍林反问起我来。我说：“当然懂啊，这就是没有出息的理由？”

郁伍林说：“事实上真的就那么简单。那时候年纪小，到大上海开始时两眼摸黑，不知道东南西北，再说上海再大你也融入不了。”尤其演出的喧闹过后，静下来感觉那种思乡之情像雨后的春草，总觉得自己是那株离开土地的庄稼，失去了土地的依附也就没有了生命力。

我相信，那种无根的生活，在吃饱喝足后心里都是空荡荡的。难道就没有别的原因，比如爱你的人或者你割舍不开的文化氛围或有难言之隐？为了《哦得得》，他很干脆地回答我。

郁伍林说，我就是个很简单的人，从小就在大山上奔走，除了大山就是牛羊，根本就没有多少想法，只是觉得自己是怒族人，生命和土地的联系紧密，闻不到乡土的气息，心里不踏实。一心想着回家像老辈人那样安分地过日子。确实如此，回乡后几年，日子过得艰辛而平淡，说白了，和所有老姆登人过的日子没有什么两样：白天耪田种地，晚上磨豆腐，做点凉粉。正如郁伍林自己说的：“住的是篱笆房，吃的是苞谷饭，经济来源少，一年只能给小孩买一次新衣，县城都很少去。”

1999 年起，怒江雄、奇、险、秀的峡谷风光，浓郁的民族文化和风情，吸引了大批外地游客。郁伍林的命运也随之悄然改变。

怒族人好客，家有客人来是吉庆的象征。虽然家境贫寒，一家人只够勉强维持生计，但只要有人敲门寄宿，郁伍林都会生火做饭，招待远道而来的客人。“在历史悠久的基督教堂聆听天籁般的傈僳族多声部合唱、在‘记忆之城’知子罗怀旧、在老姆登观景台远眺怒江大峡谷、到神秘的高山湖泊体验自然……”每有客人来，郁伍林都会主动介绍令他自豪的怒族文化，他希望通过自己的努力，让更多人了解和喜欢自己民族的独特性。

2001 年，在亲朋好友的帮助下，见过世面、不甘贫困的郁伍林在原来的老房子旁建起了拥有 8 个床位的石棉瓦房，取名怒苏哩农家乐。郁伍林给自己的农家乐定下了目标：走民族文化与古朴原始农耕文化相结合的道路。碳烧乳猪是怒族手抓饭的主食之一，只有在过年或者接待重要客人的时候才会上桌。在学习借鉴的基础上，郁伍林经过长时间的研究，对怒族传统的碳烧乳猪和怒族荞米鸡肉饭进行了改良，一推出就成为农家乐的招牌菜。“美食是一个窗口，游客可以从中领略到我们怒族正宗的饮食文化。”

150 客栈还有一个专门的微信公众号——“云南怒江怒苏哩 150 客栈”，推送的信息从怒江风光、老姆登风土人情到当地特产，不一而足。每篇推送文章中都附有郁伍林的电话号码。

“一开始，是个北京来的大姐到我们这里玩，说我们这里景好人好，就缺宣传，主动提出来帮我们做微信，后来又有一个杭州开客栈的朋友免费帮忙。2014 年这个公众号搞起来后，客人真的越来越多。民俗、饮食和图片多的文章，点击量最大。”此外，在朋友的帮忙下，他还搞起了自己的微店，销售村里的茶叶、蜂蜜等。

春耕、夏管、秋收、冬储。每年，他都带着全家种植水稻、玉米、茶叶、蔬菜。时令一到，他就到山里采摘木耳、松茸、核桃，过滤野蜂蜜、晾晒野山菌、翻炒制作高山绿茶，所有的一切劳作，只是为了吸引山外更多的人了解怒江，走进怒江。这帅小伙越干越红火，又用他名字的谐音改成了“150 客栈”，随着怒江的发展，老姆登村迎来了世界各国友人。一位韩国的女游客，见到高大、帅气、能歌善舞的“150”，燃起爱情之火，一定要把“150”带回韩国，“150”没有走，留在了老姆登村，但这跨国之情，在村子里传为一段佳话。当问到“150”为什么不跟着走时，质朴的“150”说：“老婆不让走呀!”大家都笑了。

郁伍林是村里的产业致富带头人，也是民族文化带头人，他身上的荣誉不少。但说起自家的奖状来，他总说最值钱、最看重的就是“云南省民族团结进步模范家庭”的牌子。“对我们人口较少民族，政府样样都有扶持。以前的农作物种植，现在的茶叶种植加工、旅游业、民居改造。当时评上这个模范家庭，得了 2 万元做客栈升级改造的资金；新客栈的贷款，也是政府帮忙担保贷到的。”

2015 年 1 月 1 日，郁伍林许下新年愿望：希望家人平平安安，希望老姆登村的村民们都富起来。郁伍林说：“不光要自己富裕起来，还要带动邻里乡亲们早日脱贫，共同致富。”目前，以郁伍林为代表的农家乐已经成为村上独具特色的致富产业，在他们的带动下，产业规模不断壮大，已由原来的 1 户发展到 10 户。面对前来“取经”的经营户们，他和家人毫无保留地介绍自家的成功经验，夫妻俩成了名副其实的带领大家共同致富的人。

在 2017 年举办的“中国最美村镇”评选活动中，郁伍林被评为“中国最美村镇 50 人”。不管怎样的荣誉，他心里就只装着一个目的：宣传老姆登、推广怒族传统文化。

说着说着，郁伍林的话头突然停了下来，一副沉思的样子，我问他在想什么呢？还在想韩国女游客带你回韩国的事？他扑哧笑出声来。

“我是在想，现在停车场已经建好，游客服务中心也快建好了，就希望村里整体规划进行村容村貌提升，让民居外观恢复传统风貌，打造更美的老姆登。”

我说，还有你更要抓破头皮去想的东西呢，那你知道有个《怒江大峡谷老姆登——知子罗国际旅游度假区项目策划方案》吗？政府要把知子罗作为怒江大峡谷旅游的引爆点，全力打造怒江大峡谷老姆登——知子罗国际旅游度假区。

郁伍林回答我只听说过。

我告诉他未来政府的思路：一是通过怒族文化，对知子罗记忆之城年代文化、大峡谷自然风光资源合理整合和开发，将从打造匹河特色旅游小镇开始，直至黑弄泊湖的知子罗国际旅游度假村。二是通过举办马拉松、定向越野等国际赛事，将新运动旅游模式运用到知子罗旅游开发中来。三是通过建设不同级别的民宿，来解决和满足不同层级的消费体验。四是通过公司 + 原住民旅游方式，带动当地少数民族参与到旅游开发中，享受旅游发展的红利，脱贫致富，实现精准扶贫。五是充分借助现有碧江老县城的资源，通过怒江花谷建设和主题社区文化，将知子罗旧城打造成社会主义乌托邦社区。最终将老姆登、知子罗片区打造成为怒江旅游的引擎，实现社会与环保共赢，政府和企业共赢的良好局面。

此刻，楼外雨水滴答，“哦，哦得得，哦得得！米勒玛沃哦得得……”还在唱得山响。

靠山吃山，靠水吃水

一年四季都可以看到怒江人或是怒族人劳动的身影和收获的喜悦。我无法四季都在，只能通过走访，听别人转述，或根据媒体报道，如下见闻，正是我综合的各大媒体报道。

淅沥细雨中，福贡县石月亮乡米俄洛村党总支书记普纽罗和十几个村民在生态治理区清理水沟，给核桃树施农家肥。普纽罗说，这以前是片荒山坡，经常有大石滚下，非常危险。经过生态修复治理，荒山秃岭如今变成了 300 亩核桃林，“现在，我们再也不用担心走在路上被石头砸着了。”他说，不仅如此，林下套种的 80 亩草果，还让附近农户每年每家有近 3000 元的收入。

兰坪白族普米族自治县石登乡三角河村山背后的山洼子，83 岁的何文昌老人挥起锄头，挖地刨土，趁着小雨，在陡坡上又栽下一棵石榴树。

何文昌原是武汉钢铁公司的一名职工，退休后回到故乡三角河村。1993 年，何文昌向村里租下一片荒地植树造林。25 年的坚守，让碧罗雪山深处 100 多亩荒山坡变了模样。3000 多棵核桃、石榴、木瓜树遍布山坡，郁郁葱葱。

“让所有的荒山有树有果，我们的子孙后代才会活得好。”何文昌说。

春耕时节，贡山独龙族怒族自治县丙中洛镇秋那桶村的11户建档立卡贫困户，改变了以往种苞谷的习惯，在地里种下了百合。村民吴华清说，苞谷只能解决温饱，经济价值不高。种百合、当归，既能美化环境，又能增加经济收入。

独龙江畔，巴坡村村民李梅和村民们在草果地里清理杂草，丰收的喜悦挂在每个人的脸上。“好日子是苦干出来的。”李梅说，希望通过勤奋劳作，让地里的草果长得更好，卖上好价钱。

“花椒第三年开始采摘，五年后进入盛果期，每亩能收入5000元，非常划算。靠种苞谷，一辈子也脱不了贫。”泸水县古登乡马垮底村种植结构调整带头人下付益一直在地里补种苗木，30亩花椒已蓬勃生长。

7月是怒江山岭最茂盛、最热闹的时节。兰坪县通甸镇下甸村残疾人和金海的农耕种植农民专业合作社基地里，果实已压弯了果树的枝条。四年来，和金海与社员们种了5000棵核桃树、2000棵漆树、2000棵青刺果，养殖土蜂100多箱，合作社成员发展到20多人。“两年后，合作社年收入二三十万元没问题。”和金海说。

农忙时节，普拉底乡其达村村民余钰苇总待在山背后的草果地里，除草、围栏、清沟，忙个不停。他家的10多亩山地都种着草果，还套种黄豆、花生，一年可收入3万多元。

“今年还要增加2000亩。”普拉底乡乡长说，草果是乡里精准扶贫的主打产业，已有80547亩。“金果银果不如普拉底的草果。”普拉底乡草果富民的故事，是怒江州生态扶贫的生动写照。

……

福贡县匹河怒族乡至贡山县城一带，一条百里长的草果长廊，成为“生态怒江”的一道靓丽风景线，托起了山区群众脱贫致富的梦想。

怒江州把生态产业作为打赢脱贫攻坚战的重要抓手，大力发展以林果、林药、林菌等为主的“八林经济”，盘活怒江万重山。

“地无三亩平，出门就爬山”，是怒江的家底。长期以来，怒江州各族群众在怒江沿岸、山区开垦出一块块苞谷地。但种苞谷无法提高经济收入，还对生态造成一定的破坏。

如何激活山区经济，实现兴林富农，怒江州一直在探索。他们根据《全国种植业结构调整规划（2016—2020年）》的要求，全面开展种植业调整，引导农民群众发展高效、绿色生态产业，着力解决传统种植业带来的低效和生态隐患问题。

单2018年，怒江州规划农业种植结构调整35.185万亩，替代推广种植草果、花椒、水果、中药材等。

“绿水青山就是金山银山”，这在怒江不仅是共识，更是利民惠民发展大行动。目前，全州已发展核桃、漆树、油茶、草果和以云黄连、重楼为主的中药材种植360万亩，农民专业合作社有1231个。到2021年，怒江州将通过发展绿色香料、怒江蜂蜜、高黎贡山猪，打造一批贫困人口参与度高、能带动贫困户长期稳定增收的特色优势产业。

“植一棵树，造一片绿”也已成为怒江各族群众的自觉行动。

近年来，怒江州把占全州面积58.3%的85.75万公顷天然林纳入生态保护规划。自治州探索建立了“山顶封和禁、半山移和退、河谷建和育”的立体生态保护模式，努力打造怒江、澜沧江、独龙江“绿色长廊”，构筑滇西北生态安全屏障。2016年启动的“怒江花谷”建设，让“生态养山”发展步伐更加坚实。两年来，怒江州全民行动，义务植树种花221.6万株，完成造林58万亩，打造了六库城市面山花谷、百花岭花海和上江鲜花公路等一批生态特色旅游景点。

如今，怒江森林覆盖率高达75.31%，而且“山山有人护，箐箐有人管”，每年的森林生态服务价值达1204.82亿元。怒江金丝猴、戴帽叶猴、羚牛等珍稀动物种群出没于崇山密林中。水土流失、沟壑纵横的状况基本消失了。

昨夜的一阵雨把眼前的世界洗了一遍。

雨后的知子罗村，千亩茶园云雾缭绕。

“老姆登高山茶”是当地最具民族特色的饮品。因具备特殊地理气候优势，老姆登村历来有种植茶叶的习俗。传统的“老姆登茶”手工茶味甘甜醇口，芳香浓郁，外形紧卷多毫，色泽嫩绿匀润，芽叶纯整，汤色黄绿清澈明亮，凭借独具一格的色、香、味而饮誉州内外。

随着近几年老姆登村茶叶种植面积的不断增加及市场经济的作用，村两委在乡党委、政府的领导和指导下，积极探索茶叶发展模式。目前，老姆登村全村种植茶叶面积达3600亩，采摘面积达1800亩，形成规模的茶叶加工厂有1997年成立的“老姆登茶”、1999年成立的“老姆登陆金茶”及2010年新成立的“老姆登高山茶”。2016 年全村茶叶产业销售总收入 220 万元，占农村经济总收入的 16%。

从前这个茶厂村民小组只有 2 户人家，因发展茶产业，现在已经增加到 15 户。王友才便是如此，12 年前，王友才一家搬到了茶厂小组，目前有 30 亩茶园。“年收入在 8000 块左右，比从前好多啦。”王友才说。

王友才的姐夫和大林是村里的能人，高山茶专业合作社便是他发起组建的。

和大林说，这种农户 + 合作社的经营模式让茶农既省心又得到实惠，还能获得更大的效益。

和大林带领我们来到他的茶叶加工厂，茶香扑面而来。正在晾晒的茶叶装在几个巨大的簸箕之上。“我们的大叶树茶不用经过发酵，通过晾晒后自然成为红茶。”和大林十分自豪，因为特殊的生长环境、品种及技术，老姆登高山茶有这一特殊之处。

目前，老姆登高山茶的市场价为绿茶 300 元一市斤，红茶 400 元一市斤，主要销往怒江州境内，年利润可实现 60 多万元，供不应求。

“目前合作社的规模还很小，不敢接大订单。”和大林说，下一步计划扩大合作社规模，吸纳更多的社员和农户，把品牌打出去。和大林对合作社的未来充满信心。他相信，村民们一定能通过自然馈赠给老姆登的片片绿叶实现致富。

老姆登是名副其实的“靠山吃山”的典型。

怒族还有“靠水吃水”的实践，我有些怀疑，人在半山腰，江在大谷底，能靠什么水？

陆娉婷说：错。

我并没有亲证这一事实，但在不久前的公众号上看到陆娉婷写的报道——

明媚的阳光下，贡山独龙族怒族自治县丙中洛镇甲生村村民余旭军在田地里统计着收获的冬田鱼。今年，余旭军家的 1 亩冬田鱼喜获丰收，114.7 斤冬田鱼刚捕捞上来，便以每市斤 35 元的价格现场售罄。

丙中洛是怒江旅游的名片，这里江河纵横，田畴连绵，旅游业发达，而农业产业却非常落后，主要以传统的农业和畜牧业为主。以往，每年秋收过后 1000 多亩稻田便成了“闲田”。

去年，该镇利用当地良好的自然资源，因地制宜，实施“一村一策”帮扶举措，扶持贫困群众开展稻田养鱼产业，以实现“一田多用、一季多收”，让“冬闲田”变“增收田”，解决丙中洛农民群众冬春季节田里无收获、无经济来源的难题。2016 年 10 月，丙中洛镇农业综合服务中心投入 10800 元从保山订购了 652 斤规格鱼，选择了有意养殖冬田鱼的东风二组 10 户农户作为试验对象，进行冬田养鱼示范。

“从去年 10 月份开始投放，到今年 4 月左右捕捞，虽然只有半年时间，但鱼吃的是田里的蝌蚪和其他浮游生物，味道鲜美，深受游客青睐，价格也非常高。”丙中洛镇农业综合服务中心农艺师陈小江说。

“1 亩冬田鱼，半年时间里，扣除成本，差不多收入 4000 块钱，非常划算。”余旭军满脸喜悦。

陈小江告诉记者，丙中洛气候很适合冬田养鱼，夏秋养殖谷花鱼，冬春养殖冬田鱼，这样可以实现一年四季都有特色美食，让游客在欣赏丙中洛绝美风景同时，吃上鲜美的稻花鱼和冬田鱼，带动群众增收致富。

今年，丙中洛镇计划实施稻田养鱼 100 亩、冬田养鱼 100 亩。并根据市场和游客需求，改进养殖品种，切实使稻田养鱼、冬田养鱼和其他特色养殖成为当地特色产业，带动当地群众脱贫致富。

我当然相信这是真的，而且文章中明确告诉了我们两个信息，各驴友、饕餮们，秋冬到丙中洛吃谷花鱼，春夏到丙中洛吃冬天鱼，有得你享受的。

说到冬田鱼，桑依玛兴奋不已，嚷着明天就去丙中洛，去吃传说中的“冬田鱼”。

托坪村的“蝶变”

面对眼前的情景我不想抒情，三百里怒江由北向南在峡谷大地蜿蜒奔腾，偏给一湾在匹河怒族乡托坪村五湖小组打了个旋，这是青睐。打个旋后又旋出一片开阔地，这是厚赠。汪洋主席来到托坪村，这是人和。

天时、地利、人和，托坪村全都占了。

通过异地搬迁实现脱贫恐怕也只有中国一家的创举。

托坪村的搬迁安置是中国异地搬迁扶贫的一个动人情节。

“脱贫村”的事得从2016年6月13日说起。那天，时任国务院副总理、国务院扶贫开发领导小组组长汪洋冒雨步行数小时来到托坪小组，走进村民家聊家常，与驻村扶贫工作队员和村干部谈工作，殷切嘱咐他们一定要带领村民过上好日子。时隔一年半之后的2018年1月25日，时任中共中央政治局常委、国务院副总理汪洋又一次来到他夙夜牵挂的地方并在离别前与村民约定：等大家过上好日子了还会来分享这份喜悦。

普通人一辈子能去一次托坪都不容易，怒江本地人都很少，想不到的是一个国家领导人居然去了两次。

你以为路好走？这是连鸟都怕飞过的地方。我不渲染，你看看当年新华社记者的描述就知道了——

记者从怒江河谷出发，走过怒江上一座摇摇晃晃的吊桥后，沿着坡度甚至可达六七十度的陡峭山路艰难前行，随身携带的相机都变得十分沉重。经过近3个小时的艰难跋涉，记者的衣服已经湿透，终于到达了托坪小组。

村里的贫困状况超出了记者的想象——全村找不到一间像样的房子，几名老人在土坯房里围着火塘取暖，家里没有什么家具和电器，有的人甚至没有鞋穿。

9岁的怒族男孩李雪聪从小就生活在托坪小组，现在是山下一所小学的三年级学生。他每周都得爬山上下学，有时遇到刮风下雨还得让父亲到学校接送。

李雪聪告诉记者，他最大的愿望是能够搬到山下去，好好学习，以后到北京上大学，毕业后回来建设家乡。

对于贫困，作家彭愫英也有清楚的描述：我们来到了村口的根四生家。土坯墙石棉瓦，屋门向着怒江开，背后是一片花开得灿烂的油桐林，简陋的家居在油桐花的衬托下，呈现出淳朴的原始美。户主根四生不在家，女儿在思茅读大学，老母亲在家，正忙着给鸡喂撒苞谷籽。散落在房前屋后的20多只土鸡争先啄食。根四生家有核桃林四亩，还没挂果。她家生活主要靠低保，还有饲养高黎贡山猪和土鸡。房子前面种着一片草莓。草莓花开得热闹，白色花朵呼应屋后的油桐花，置身花丛，欣羡爱美人家的勤慧。

进入村民五四益家，屋里没有一件值钱的东西，家徒四壁的现状令人感到心酸。五四益指着墙壁上挂着的一幅照片让我们看，相片中一位年轻军人正对着我们微笑。五四益高兴地说，这是他的大儿子，在迪庆当兵已经是第5个年头。他妻子不在世了，5个孩子中，3个姑娘有2个出嫁、1个下落不明，四儿子在州民族中等专业学校读书。去年开始，托坪村退耕还林，地里不能种苞谷了，他种了三亩茶叶、两亩漆树，养了三窝蜜蜂。

要看托坪老百姓过去生活的地方，我估计我去也够呛，即便不是大腹便便，要想去到那像是挂在陡坡上的人家，也是很艰难的。

好在是去搬迁后的托坪。

如今，离汪洋第二次来托坪已过去两年，托坪村会变成什么样呢？

吃早饭时，桑依玛找来了几段视频和文字报道给我，说看看这些就够了，不用去了吧。我说，怎么能这样呢，老姆登过去也没有几步路。桑依玛听了哈哈大笑。

我还是坚持，要亲自走一走自己一直抱着谨慎态度的托坪。

来的第一家就是四罗益家，动员搬迁签字最爽快的一个，当然，是儿子有功，在外打过工，眼界不一样。

“新房宽敞漂亮，亲戚来串门，觉得太有面子了！”时值中午，村民四罗益一边招呼记者，一边张罗午饭，电磁炉上炖着的土鸡向外“噗噗”冒着白汽，屋内弥漫着好闻的饭菜香。“以前在上面，最怕家里有客人来了。”四罗益说，“现在的生活，天天像过年！”

四罗益所说的“上面”，是他生活了52年的地方——托坪村民小组。

其实此前，不仅四罗益家怕来客，托坪小组所有村民都怕。地处匹河乡西南部的托坪小组，村委会所在地虽与乡政府仅一江之隔，但到组上的5千米山路，即便是常年奔走的村民，步行也得2小时左右！这是一个以怒族为主的山寨，坐落于高黎贡山山脊，地势险峻，不通公路，全组45户179人中，建档立卡贫困户就占41户161人，唯一可种的作物玉米仅能果腹，这个被先祖寄托太多期盼的地名，多少年来从未给村民带来过哪怕一丝惊喜。

“2017年10月26日”是储存在四罗益记忆中为数不多的日子。那天，他参加了安置点的项目开工仪式，抑制不住内心激动，四罗益狠狠掐了自己大腿一把：“终于要改变了！”

“原先一家5口住在土木结构石棉瓦房里，转个身都困难，一下雨更担心房子会倒；吃盐要去乡上买，苞谷砂都吃怕了……”吃粮靠救济，花钱无着落，困顿的生活，在年过半百的四罗益脑中烙了印。四罗益记得，他 10 岁左右才第一次下山，那是跟父亲背猪去匹河赶场换盐。

快 30 岁的花六妹是托坪村人，村里棒球缝制车间的质检员。现在，看着村里的妇女们手脚麻利地缝制着棒球，她的思绪不经意间就回到了过去。

全村 167 户中有 125 户是贫困户；4 个片区中最偏远的是色德小组，从村委会出发需步行四五个小时；2008 年前要靠溜索过江，一些村民打工赚了钱，买了拖拉机和小汽车，只能停在江东，无法过江开到家门口……

“那时候真是穷啊，这方水土养活我们难啊！不搬不行！”托坪村党总支书记和建才对贫穷的过去记忆犹新，也对改变村民命运的搬迁感叹不已。

不通路，耕地面积少且贫瘠，是托坪村贫困的根本原因。当时也想过修路，可修路需投入大笔资金，还不能从根本上解决全村发展问题。综合考虑后，福贡县认为，实施易地扶贫搬迁是解决问题的最佳选择。

于是，2017 年 3 月，托坪村易地扶贫搬迁安置点建设启动。

搬迁必须村民自愿。改变从 2016 年安置点启动规划开始，但村民故土难离，搬迁着实不易。和建才说，村民种地靠天吃饭，天晴出去干农活，下雨在家喝苞谷酒，收入来源单一，但一些村民却很安于现状，“幸福感”很强。

“别来了，我们知道你们想干什么。”一开始动员大家搬迁时，村干部就遇到难题：群众非常抵触搬迁，而是希望把公路修到村里。

住在土坯房里，交通也极不方便，但毕竟祖辈都生活在那里，怎么舍得搬？怒族贫困户阿花妹就担心搬迁后没经济来源，而在山上至少还能种点苞谷和蔬菜，能满足最基本的温饱。这也成为大多数村民难以解开的“心结”。

面对村民的不理解和抵触，村干部王小波等人和扶贫队员一遍遍地上门，与一个个村民面对面解释，还把最不愿搬迁的村民带到周边乡镇安置点参观。眼见为实！看着搬迁群众过的好日子，托坪村村民动心了。

安置点建设的这半年，尽管每次赶集都会不自觉绕进工地，也无数次想象新房建好后的模样，但真正搬进去那一刻，四罗益还是觉得在梦里：宽敞明亮的房子能遮风避雨，拧开水龙头，干净的自来水“哗哗”流出；摁下开关，亮如白昼的灯光驱散了夜晚的黑暗；免费的光纤宽带和 4G 手机网络……这是他们梦里都想不到的。

这一年，托坪人在新居度过了一个意义非凡的春节。桑依玛和我说起了过春节的情景——

活动从中午开始，在五湖安置点的球场、管委会门前活动场上，一场场比赛和活动在精彩上演，喝彩声和欢笑声此起彼伏，群众积极参与享受着节日的欢乐。

来自托坪村的搬迁户我四益在家吃完中午饭就匆匆下楼，来到安置点管委会门前的活动场地上参加活动。他选择了竹圈套物，不一会儿工夫就套到了牙膏和碗。拿着“战利品”，他开心地说：“搬迁下来生活方便了，大家过节聚在一起乐趣也多。”

不只是竹圈套物，为了让群众积极参与、欢喜过大年，此次安置点的系列活动组织了丰富多彩的文体活动，包括射弩比赛、拔河比赛、篮球友谊赛、跳沙袋比赛、定点投篮等。搬迁户麻四普选择了射弩比赛，准备、瞄准、射箭，一系列动作下来麻四普完成了比赛。拿着自己的弩弓，他笑着告诉记者，成绩不是太理想，要再练习。

夜幕降临，此次系列活动的“重头戏”正式开始，“搬迁群众过大年暨五湖安置点春节联欢晚会”拉开帷幕。来自全乡 9 个村委会的群众，乡党政、中小学、老年协会以及福贡县文旅局等的工作人员共同演绎了精彩的节目。《哦得得古战舞》《怒族迎亲舞》等舞蹈让观众体验了怒族浓厚的民族文化，《阿依怒苏黑秀秀》《嘎齐娜洒来》《怒族儿女心向党》《幸福的爷孙》《吉祥欢歌》等节目上演着怒江人民幸福的生活。20 多个精彩的节目轮番上演，台上演员尽情歌舞，台下观众笑语盈盈，五湖安置点成了歌和舞的海洋。

天上彩云追月，地上同心歌舞。晚会最后，现场点起了篝火，大家喝着同心酒，围着篝火唱起来、跳起来。

歌声飞出心窝窝，火越烧越旺，印在每个人幸福的笑脸上。

沿着干净的楼道走进王小波家，崭新的家具映入眼帘，厨房里厨具摆放有序，打开冰箱门，其间储存的肉类和蔬菜让人恍然觉得更像市民生活日常。“搬到新家后，乡干部和驻村扶贫工作队员带着我们村干部一点一点教村民整理内务，搞家庭和个人卫生，让他们在短时间内适应新生活。”王小波说。

只要在家，王小波就会细细擦拭与汪洋的合影照。

王小波是托坪村委会主任，在和驻村扶贫工作队动员村民搬迁的数不清的日日夜夜里，他们遭过白眼，被吐过唾沫甚至棍棒追击。推开窗，看着场院里怡然自得的黄发垂髫，曾经遭受的委屈从这个34岁的年轻村干部口中说出时竟变得轻描淡写——让他们离开祖祖辈辈生活的土地，一时想不通也是正常的，只要我们有耐心，终究会被理解。

正是有像王小波这样的村干部和驻村扶贫工作队员一起，他们扑下身子，一脚泥一脚水地走在扶贫路上，托坪村的脱贫之路才得以铺就。

新居里，其乐融融的王小波一家。

在根四生家，记者看到电视、电视柜、组合沙发、电饭煲、电磁炉样样齐全。根四生家在4栋404室，是名副其实的江景房。站在阳台上，看着脚下奔腾的江水和对面公路上往来的大小车辆，根四生不禁感慨：一分钱不用掏就有新房住；搬下来前还担心一样家具买不起，想不到政府都帮我们安排好了！

冰箱里的丰富菜品，这就是大家生活的日常。

事实上，政府帮搬迁户“安排好的”不止这些。根四生一家3口人，母亲年过八旬，儿子在普洱上大学，考虑到她需照顾老人，不便外出务工，政府为她提供了生态护林员岗位，而今年3月成立的安置点管委会又将她纳入保洁员队伍中，这样，根四生每月就有1800元收入。“等儿子毕业了，找工作了，加上国家的帮助，还有草果、核桃的收入，会好的。”根四生对未来甚是乐观。

扶贫车间让留守人员实现“楼上居住、楼下上班”；退耕还林和产业结构调整后种植的花椒、茶叶等生态产业作物让原住地土地充满生机；不定期开展的技能培训，为劳务输出做了充分准备；生态护林员、护边员、地质灾害监测员、保洁员、水管员、电工等公益性岗位的开发，有效解决了一批村民的就业问题；针对建档立卡贫困户设置的小额贴息贷款，为想干事、想创业的农户提供了资金支持……一系列后续帮扶措施的出台，让和根四生一样的贫困户对过上好日子充满了期待，而综合服务中心、爱心扶贫超市、物业管理、文化培训中心、关爱中心等后续管理服务，又给搬迁群众吃了“定心丸”，“像开关跳闸这些小事，跟他们一说，也很快就来了。”四罗益说。

县退役军人事务局主任科员杨国华如今是安置点管委会主任，和来自县、乡、村及挂联单位的9名成员一起为群众服务。“管委会以后肯定要交给群众来打理，水费电费怎么收、线路故障怎么修理，都要教会他们。”杨国华同时介绍，安置点配建的商业设施，所得收益将作为集体收入，用于安置点自我管理开支。

“政府把路都铺好了，我们得自己走，不能一辈子给政府添麻烦。”四罗益说。

行进在脱贫路上的托坪人，骨子里透着硬气和自信。

“人均才7分地，种苞谷没有好收成，但我们村的气候适合种茶叶、花椒等经济作物。”今年3月刚从老书记王三益手中接过“接力棒”的托坪村第一书记和锐说道，“茶叶销路自不用说，种花椒，契合州里打造绿色香料产业的提法，前景不会差。”

解决温饱后，如何在脱贫致富路上再迈进一步，做到发展与保护环境相统一？这是看到新希望后的托坪人讨论得最多的话题。经过培训后的他们，一头扎进原住地的自家林地，开始了种茶、种花椒的忙碌，走上了产业结构调整之路。截至2018年，全村共种植草果1500亩、核桃300多亩、金竹500亩、茶叶200多亩、花椒555亩，产业发展多样化格局初步形成。

草果花开，清香四溢。正值农忙，村民李小波在自家草果地里忙碌。“再不抓紧管理，会影响产量的。”对于搬下去这事，李小波最初也有自己的顾虑：到了下面，靠什么生活？山上的草果、核桃怎么办？但后来，驻村扶贫工作队员和村干部从子女上学、看病就医、就业培训等方面多次动员后，李小波和其他村民的思想转过弯来，欣然同意搬迁。“汪主席说得没错，我们这一辈，搬下去后会很难，但要学会向前看，迈出这一步，就能改变下一代。以后农忙季节到山上管理产业，平时在附近打工，有手有脚的，只要勤劳，肯动脑筋，肯定能过上好日子。”而立之年的李小波，对生活充满自信。

扶贫车间，村民正在接受来自四川老师教授的草果秆编织技术培训。

“企业＋编织户”模式的扶贫车间就在楼下，当四川成都新繁棕编在这里遇见草果秆，所有结局都变得妙不可言。随手拿起展台上展示的坤包、帽子、鞋子、抽纸盒等产品，淡淡的草果香在鼻息间似有若无。农忙季节，还可以将材料拿回家中抽空编织，扶贫车间负责回收成品。

“在车间培训结束后就领来材料在家编了，编一个小箩用3天左右，回收价80块，平均下来一天能挣差不多30块。”李小波的媳妇阿花妹在扶贫车间上班很自由，她用于编织的时间，都是早上送两个孩子到三峡幼儿园上学、中午和晚上给孩子做饭的间隙。阿花妹受教育程度不高，但深知“幸福都是奋斗出来的”道理，她说她要不断学习新的编织技术，多挣钱，把日子过得更好，即便在跟记者聊天，阿花妹手中的活也一刻没停下过。

以往因照顾家人而无法外出务工的就业难题，如今不出村就得到解决，托坪人感慨：做梦都没想到能过上这样舒坦的日子，比以前强一百倍！

“我们村是全州乡村人居环境提升风貌打造示范点，肯定只会越来越美！”和锐脸上满是对新时代乡村振兴的憧憬。

“目前正张罗建个小菜市场，到时，我们村的竹笋、青菜、小葱不愁卖不出去。明年，茶叶和花椒就可以陆续采摘，加上草果、核桃，我们村的日子只会越来越好！”一路行一路聊，和锐三句不离“我们村”，而李小波最大的愿望，就是下一步乡村振兴战略的盘子里能有一条通往经济林的产业路，“产业管理方便了，挣的钱多了，不稳定不富裕都对不起自己。”

夜的帷幕刚拉下，便有村民相约来到活动广场，跳民族舞是他们每天晚饭后的“必修课”。

“党的政策就是好，家家户户高兴了。房前鲜花屋后树，我们新家真正美……”随着手中“达比亚”的奏响，老党员普四三即兴唱起《哦得得》。

普洛村：舌尖上的变迁

桑依玛叫我采访一下杰肆林，我说：“好。”

这是一位从普洛村走出来的26岁怒族青年，说起家乡，他总是一往情深。

十多岁离开家乡，在一次次返家的经历中感受家乡的变化，对于杰肆林来说，这是一种难得的体验。“我们那里最有特点的食物就是石板粑粑、苞谷稀饭和一种剁碎腌制的腊肉。”杰肆林说，如今这些特色食物都成了旅游的卖点，农户家里大多数吃起了米饭。

> 小时候
> 乡愁是一枚小小的邮票
> 我在这头
> 母亲在那头
> 长大后
> 乡愁是一张窄窄的船票

我在这头
新娘在那头
后来啊
乡愁是一方矮矮的坟墓
我在外头
母亲在里头
而现在
乡愁是一湾浅浅的海峡
我在这头
大陆在那头

即便杰肆林读过余光中的这首诗，也未必能够撼动他对乡愁的个人理解。

美食，是人最深的乡愁。一个人长大后，总有些滋味，只能停留在回忆里。无论去过多少地方，吃过多少山珍海味，你最怀念的，还是妈妈做的家乡菜。吃更重要的是可以折射出这个村庄的发展变化，普洛村新农村建设带来的诸多变化从吃的方面可以看出。

普洛村位于匹河怒族乡政府地东南方直距 1. 1 千米处的一山脊缓坡地上，海拔 1595 米，属于高寒山区。辖翁交得、腊块腰、讨块、含打、麻字一窝、夸来底、邓究、扛点究、达科 9 个自然村，约 450 户人家，怒族、傈僳族、白族、汉族杂居，怒族居多。

“村里水田多一点，十多岁的时候，村子里的人大部分都种玉米和水稻。最喜欢过年，因为那时候家里会杀年猪，也是最热闹的时候，我妈妈会做大块的烟熏肉。排骨则是剁碎，拌上佐料放在土罐罐里腌起来。还有猪肠也最好吃，妈妈会把猪肠塞上荞面，放上各种调料，然后挂起来晾晒……这些腌肉可以吃上一整年。”

在杰肆林的记忆深处，最特别的是一种食物——大百合。“我们那里交通不方便，有时候没有大米吃，逢年过节吃的也是苞谷稀饭。”杰肆林说，90 年代的时候，家里时常揭不开锅，父亲会上山挖一种叫做大百合的野生根茎植物，“比一般的百合要大好几倍，采回来煮熟，捣碎，把里面的纤维分离出来，提取淀粉，可以和着荞面做石板粑粑，还可以和豆子、玉米煮着吃，有点苦味，但是会回甜。”

在杰肆林的家里，吃大百合的岁月无疑是最艰苦的，“不过现在几乎吃不到了。在吃的方面，这几次回家，其实感觉最明显的是烟熏肉不会省着吃了，村民都吃从市场里买的新鲜肉，农贸市场里的蔬菜种类也丰富起来，村子里还引进了经济作物，引导人们养殖猪牛羊。”

另一种普洛村不可缺少的东西是酒。杰肆林回忆，自己20岁左右的时候，村子里喝的酒还大部分是自己酿的，“我们这里的酒是玉米酿制的，里面要放上一种从山上挖来的，像三七一样的果实，混在玉米里一起酿。酒曲，也是自己捂的。而现在酒都是在小商店、超市里面买的了。”

今日的普洛已经告别了“大百合”，在基础设施建设、产业发展、乡村面貌、社会事业等方面都发生了新变化。

杰肆林说，普洛以前是“房子不好，路也难走”。如今，普洛村房子新了，路通了。民居抗震房、农村公厕、厩舍等的建设改变了普洛村脏乱差的村容村貌。而在“农家书屋”建设上，9个村“农家书屋”图书达到13500册。广播电视“村村通”实施完成，高寒山区群众听广播、看电视难的问题得到进一步改善。

这就是普洛村，一个位于高山峡谷之间的村庄，作为一个少数民族杂居的村寨，这里并未被遗忘，从充饥野菜变身特色产品，从年轻人纷纷外出到回乡创业，普洛村的“舌尖之变”中，生活在变、村庄在变、人们的思想也在改变。

怒族女汉子

年底本是农闲时节，但云南怒江傈僳族自治州的“女汉子”余丽萍近来忙得不可开交——为地里的羊肚菌而忙碌。

34岁的余丽萍是怒江州贡山独龙族怒族自治县捧当乡闪当村村民。初中毕业后，她靠外出到呼和浩特打工赚钱，日子还算过得去。但结婚生子后，打工不再是长久之计。

近年，脱贫攻坚政策在闪当村落地生根，大山深处的村民住上了新房子，退耕还林种起了核桃、天麻等经济作物。余丽萍认为，只要人勤奋，就有机会脱贫致富。

闪当村的田地原来主要用来种植玉米，每年9月份玉米丰收后，地便空出来。看着眼前的大片空地，余丽萍心想，要是能找到一个生长周期短，又适合冬季种植的项目该有多好啊！

电视上农业频道一期种植羊肚菌的节目引起了余丽萍的注意。

羊肚菌是一种食用菌及药用菌，在医学和保健方面有重要的开发价值。余丽萍对它并不陌生，她从小就跟随村里人到山上采摘野生羊肚菌。

余丽萍决定有所行动。她先是通过网络查阅了羊肚菌的有关资料，后又打听到羊肚菌在昆明供不应求，便把目标锁定在人工种植羊肚菌项目上。

2015年11月，余丽萍只身前往丽江市华坪县学习羊肚菌种植技术，学成后，她拿出积攒的5万元在村里租了6亩地，搭起遮阴篷，撒下了羊肚菌种子……

因为在贡山县还没有人工种植羊肚菌成功的先例，余丽萍成了当地“第一个吃螃蟹的人”。

出菌前的两个月对余丽萍来说度日如年，一度忐忑不安。家人不支持，说她真是瞎折腾；村里人不相信，说羊肚菌都长在深山里，地里怎么可能种?!

余丽萍深知，她所有积蓄都押在羊肚菌上，一旦失败就很难重新开始。

眼见一株蚂蚁般大小的羊肚菌幼苗探出头来，余丽萍激动得流下了眼泪。几天后，6亩地里羊肚菌幼苗陆续出土。

6亩羊肚菌收入3万元！试种成功。

贡山县农业局将余丽萍种的羊肚菌和深山采摘的野生羊肚菌干品送到农业部农产品质量检验测试中心，检验报告令人振奋：人工种植的羊肚菌各项指数不比野生羊肚菌低，一些利于人体健康的营养成分甚至高于野生羊肚菌。

这坚定了余丽萍种植羊肚菌的信心，2016年，她把种植面积扩大到16亩，收入8万元。

随着羊肚菌种植在全县逐渐铺开，她的工作变得繁忙起来，大量的精力和时间花在全县羊肚菌的种植培训上，指导农户种植、开展技术培训……

经过不断摸索总结，余丽萍对羊肚菌种植的技术和销路都有了全面认识。她说：“今年1斤新鲜羊肚菌市场上卖70元，亩产160斤，除去成本有1万多元的收入。”

对这个价格和收入，她并不满意。

余丽萍说自己要着手改进销售思路。在当地政府帮助下，她正筹措资金建立羊肚菌加工厂，通过对羊肚菌加工储存，既能解决因交通不便导致的滞销难题，也有利于卖到更好的价钱。

羊肚菌种植时间短、见效快，自两年前余丽萍尝试种植羊肚菌获得成功后，贡山县将人工种植羊肚菌列入全县主要农业发展产业项目，目前该县羊肚菌种植面积308亩，先后成立了2家合作社，惠及140多户村民。当前，贡山县正探索在林下种植羊肚菌。

“我苦点累点没关系，能带动更多老百姓脱贫致富是一件很有成就感的事。”余丽萍说。

小和三：脱贫不是画饼

“只要你努力干，肯去干，在党和政府的领导下，好日子早晚都会有的”，这是家住福贡县匹河乡架究村的小和三说的一句话。如今在党委政府的帮扶下，越来越多的贫困群众通过自己的努力摘掉了贫困帽，慢慢地走上了致富路。

今年31岁的小和三告诉我们，小时候家里的条件特别艰苦，一年的收入也只能解决一家人的基本温饱。2010年，不甘忍受贫穷的他，便凭着一股子闯劲，一个人去了浙江打工，梦想能在外面的世界发家致富，然而现实却事与愿违，虽然有较为可观的收入，却因为在外消费太高，所以一直攒不到什么钱。后来，由于家中两个年幼的弟弟正在上学，家里的所有家务活都压在了父母身上，小和三于心不忍，便又再次回到了这块贫瘠的土地上。

“我是2010年出去到浙江打工的，在那边防盗门厂里上班，一个月的工资也有3500至4500元，虽然外面工资还可以，但是物价很高，喝口水都要用钱，那时候弟弟还在读书，家里就老爸和老妈在，什么事情都由他们两个人做，然后我就回来了。”小和三说。

2016年，小和三一家被政府识别为建档立卡贫困户，被评定为建档立卡贫困户，就意味着可以享受更多的政府扶贫政策，许多人高兴都来不及呢，但小和三却不这样想，他不甘心头戴贫困帽，心里憋着一股劲，决心要通过努力来改变现状。于是开始拜师学习盖房技术，凭借着在外打工学到一些技术和自己的勤奋好学，硬是从师傅的小跟班成长为远近闻名的建房能手，每每村民需要盖房子时候，第一时间想到的就是他。

架究村村民说：“我们是玩得很好的朋友，他跑到我那里跟我说他要盖房子，我当时以为他跟我开玩笑的，都不相信他，但是后来他自己盖出房子了，我都很看好他，现在我的房子都是让他来盖的。”

“16 年从浙江回来以后，我就在村里跟着师傅盖房子学技术，师傅很照顾我，把所有的技术都教给了我，然后我也学会了，觉得也可以自己做，毕竟（打工的话）工资也少一点，自己做的话可以多挣一点钱，然后就学着做，挣了一点钱以后，17 年的时候在党和政府的帮助下，我也盖了自己的一套一层房，今年打算再盖半层，大概 5 月份能完成。”小和三说。

通过近两年的努力，2018 年小和三的收入已将近 2 万余元，加上家里的种养殖收入，已达到了脱贫出列的条件，但他并不满足于此，为了早日致富，他开始多产业齐发展，在政府的扶持下，不仅种植了草果，还学起了养殖中华蜂。

“当时有工作人员动员我去养蜜蜂，我也想多学一门技术，就多一份收入嘛，后来真的学到了很多东西，现在我家里也养了几箱蜜蜂。”小和三说。

珠海河伯蜂业马东升：“小和三是这里学习最好的，接受能力强，年轻，与人沟通又好，对蜜蜂的了解也挺多。”

养蜂合伙人卫四波：“我们的这个蜂场里面，他是年轻人，有文化，脑子又转得快，我们希望到时候成立合作社，也让小和三来负责。”

在小和三看来，只有摘掉贫困户的帽子，活得才有尊严，过的日子才有幸福感。党和国家精准扶贫的帮扶政策，让贫困百姓得了实惠，有了脱贫致富的机会，只要肯打拼、努力作为，就一定会摘掉贫困的帽子，奔上幸福小康生活。

架究村监督主任杨忠华：“小和三这个人比较有想法有干劲，原来家里穷，就去外面打了几年工，学回了技术他就想自己干，刚开始的时候他也不怎么会，但是在党和政府的扶持帮助下，他现在已经学会了盖房子和养蜂的技术，还有自己家的房子也是在党委政府的扶持下，以及自己的努力下盖好的，总的来说，只要相信党，相信政府，自己有想法，自己肯干，脱贫致富的日子是指日可待的。”

“以前日子很艰苦，但我一直在努力地过好生活，现在日子慢慢地好过起来了，我的房子也快盖好了，因为我一直都相信，只要你肯努力，肯去干，在党和政府的领导下，好的日子早晚都会有的。”小和三说。

第三节　朱苦拉，一个不得不说的传奇

一般写白族肯定要从“三道茶”写起，但我愿意有悖常理。

提起白族，也自然想到大理，从《射雕英雄传》到《天龙八部》，在大侠金庸笔下的段正淳、段誉等一个个骨肉丰满的角色，早可与正史中存在的英雄豪杰比肩。多情的段誉父子、一阳指、六脉神剑与大理古城、天龙寺、茶花、白族美女等现实交织在一起，亦真亦幻：佛光普照下的大理古城，苍山洱海的江湖豪情，在真与幻之间，勾勒出热血沸腾的江湖，也构成了大多数人对大理的想象图景。

大理，让人根本就不相信贫穷，它就是人们向往的“诗和远方”的代名词，是人们穷极所有词汇赞誉的地方。

《天龙八部》书中在第一回就用“青衫磊落险峰行，玉璧月华明”来描绘段誉初上无量山时的情景，“玉璧”就是无量山玉璧，月光照在上面使得段誉看到了神仙姐姐，然后解开玉璧，学会了凌波微步和北冥神功。正是金庸妙笔生花造就出无量剑湖和玉璧，那奔泻而下的悬空瀑布，浓雾锁谷的怪石峭壁，林间涧边的草药毒虫等景致，都给金庸迷们留下对大理独有的神秘飘逸印象。

尽管坚称前世是大理人的金庸，写尽大理人文地理，却忘记了给朱苦拉哪怕是简单的一笔，没有金庸眷顾的朱苦拉是如何从贫穷走向“网红”传奇道路的呢?

也许你说，这里住着彝族人，那与白族人何干?

过去的南诏政权是彝族人创立的政权。

现在大理是白族为主要民族的自治州，这个州的任何地方都与白族脱不了干系。

朱苦拉神秘并传奇着：100 多年前，朱苦拉叫“若客来”（彝语），意思是弯曲的山路。1892 年，法国传教士田神父的到来，将彝语的精华与法国人的浪漫结合，于是有了朱苦拉。后人把朱苦拉译为“人间天堂”。

到朱苦拉村的这个“人间天堂”却要穿过最黑暗的“人间地狱”。其交通状况在整个宾川都是出名的，就连村子里的百姓也称是“九十九道弯、八十八道坎”。从平川镇前往村子的 51 千米路，全是陡峭的盘山路，坑洼不平的土石

路面，一边是悬崖，一边是万丈深渊。经常在这条路上往返的当地林业部门的工作人员说：“朱苦拉，下雨天既没有人进去，也不会有人出来，即便在晴天，51 千米山路也只有越野车和摩托才能通行，单程就需要 3 个小时”。扶贫工作队员张瑜、王文涛就因车祸长眠于此，永远陪伴着这里的咖啡树。

村里年纪最大的两位长者杞光辉和李福生都已经 80 多岁了，他们共同见证了中国最古老的咖啡林的形成。杞光辉，87 岁，是村里的第一任文书，他的父亲与田神父是好朋友。1948 年，出于对咖啡的热爱，李福生发动村民种咖啡 50 亩，1983 年的一场大雪把村子里的大部分咖啡树都毁坏了，最后只剩下 13 亩，共 1134 棵，也就是现在这片中国最古老的咖啡林。

现在朱苦拉村除了这 13 亩咖啡林外，各家的小院里基本上都种有咖啡树。咖啡林里的 1134 棵咖啡树，人均 3 棵，按人头来分的话，分到户最少的有 7 棵，分到户最多的有 48 棵。

朱苦拉虽然贫穷落后，但它是一个与咖啡有着不解之缘的地方。除了全民种植咖啡，村民们都有喝咖啡的传统：自种、自磨、自煮，村里年纪最大的老人杞光辉说他就是喝咖啡长大的，现在村子里不论男女老少都有喝咖啡的习惯。比杞光辉还年长一岁的李福生介绍，村里的村民们对咖啡树都有一种特殊的感情，即使咖啡豆没有给他们带来任何经济效益，村民们也不舍得砍掉一棵咖啡树。百年前的朱苦拉咖啡的种植是近代沿袭远古彝人刀耕火种进行农业生产最为鲜活的、最为经典的缩影。

这是一段电视纪录片的开场——

万雪君：右边是悬崖峭壁，左边是万丈深渊。不敢向左边看。

【解说词】她叫万雪君，这条险峻的山路，是她 2012 年花半年时间修的。每次开车行驶在这条路上，万雪君都心惊肉跳。她告诉记者，这条路的终点藏着一个宝藏。而一年前，这个宝藏在很多人眼里还只是一个传说。

朋友吕宗林：在那里藏了一百多年，都没有人去挖掘。

大理白族自治州农业局农业产业化与乡镇企业管理办公室主任张茂云：很多人说这可能是一个故事，包括本地的大理人。

宾川县人民政协原副主席冯志军：没去过。

记者：是个故事？

宾川县人民政协原副主席冯志军：故事，对，包括我们也没去过。

【解说词】一棵咖啡树能成长百年，在世界各地都非常罕见。朱苦拉村这片百年咖啡林，曾被业界认为是个不存在的传说。

万雪君就是在听了朱苦拉的传奇后找来了，“这么多村民守着并没有让他们致富的咖啡树，却不舍得砍掉”，“他们无论老少都不喝茶，而是喝咖啡”，“这让我很感动，在中国找不出第二个这样的村子了。”她把“朱苦拉百年咖啡林这个曾被业界认为不存在的传说”变成了现实。2012 年，她花费半年时间修了通往朱苦拉的山路，以高于市场的价格向村民们收购咖啡鲜豆。她计划在朱苦拉咖啡原产地建设 10 万亩朱苦拉有机咖啡生产基地及相配套的高品质咖啡加工厂。

万雪君说，她进入朱苦拉需要感谢一位咖啡学者，学者名叫陈德新，陈德新听说了万雪君的事迹后，主动发信息给她，二人第一次见面，陈德新不相信咖啡女王这么年轻，万雪君也不相信电话里那个激情满怀的学者已经年过花甲，万雪君开玩笑说：“看陈教授这个样子，灵魂里都注入了咖啡。”陈德新哈哈大笑：“何止啊，我的骨髓里都流淌着咖啡呢！”如今，两人已经合作 4 年，陈德新愿意不遗余力并且无偿帮助万雪君做咖啡品牌，万雪君称陈德新“老爹”，陈德新逢人就夸他的“干女儿”万雪君能干有见识。

村头的朱苦拉咖啡园的标志是万雪君出资修建的，远远望去，起伏的庄园和彝族民居交相辉映，共同见证着岁月的沧桑；朱苦拉咖啡树一代二代三代的划分和管理也得益于万雪君和陈德新，他们在咖啡林里做了大木牌标示，上面是对朱苦拉咖啡的中英文介绍。

“朱苦拉已经不仅仅是朱苦拉了，它是中国咖啡之源；朱苦拉咖啡也不仅仅是咖啡，它更是一种不可多得的咖啡文化。经国外专家鉴定，一杯朱苦拉醇正的咖啡价值可以达到 100 美元，这是难以想象的。”万雪君说，接下来的日子里，她要努力去提升朱苦拉咖啡在国内外的知名度，用五年时间将朱苦拉咖啡打造成国内咖啡第一品牌、国际知名品牌，这是她的愿望。

然而有多少人知道对朱苦拉咖啡的热爱和痴迷仿佛是一场苦恋，

让万雪君险些粉身碎骨，但又奋不顾身。

2006 年，28 岁的万雪君与人合伙在北京郊区开了一个照明设备加工厂，靠着做销售积攒下来的人脉，她拿下了北京很多地产项目的订单。不久，她又抓住北京奥运会的机会，把产品送进了鸟巢、水立方。5 年后，万雪君拥有了 3 个公司，每年销售额超 2 亿元。2013 年 5 月 1 日，由云南精品咖啡学会主办的“中国首届虹吸壶咖啡师大赛”云南赛区总决赛在大理举行，摇身一变成为宾川高原有机农业开发有限公司董事长的万雪君成功“抢”到了本次比赛的承办权，把来自 12 个国家的专家评委浩浩荡荡地请进了中国咖啡的“活化石”——朱苦拉村。

1978 年，万雪君出生在宁夏一个小山村，16 岁时，她跟随知青母亲回到北京，按万雪君舅舅的话说，“她就差光着屁股来了”，所以，少女时代的她就懂得一个道理——努力才能改变命运。2000 年，22 岁的万雪君在一家照明公司做销售员，为了省钱，瘦削单薄的她骑着自行车跑去工地拉订单，为了多跑工地，她甚至不敢多喝水。后来，万雪君离开照明公司，凭着经验和人脉，她自己摸索着办了一个照明企业，就这样，靠着勤奋、守信、坚持和智慧，万雪君的事业蒸蒸日上，她拥有了几套房产，家里停着五六辆跑车，在首都北京，她有了自己的根基，并且站稳了脚。

刚 30 出头的万雪君，是个标准的时尚女郎，她开着“牧马人”，衣着考究，打打高尔夫，做做美容，没事儿牵着爱宠泰迪到处转转，或者与朋友约在高档场所消遣时间，这样的生活慵懒、华贵。2011 年，她却突然放弃了眼前令人艳羡的一切，跑到云南省大理白族自治州宾川县的偏僻大山种咖啡，吃尽了苦头。这让很多人难以理解。

万雪君来大理的本意是想为母亲买套别墅养老，她的母亲患有阿尔兹海默症，身边需要人照顾，做生意一向忙得焦头烂额的万雪君觉得亏欠母亲太多了。有一次，她和客户谈生意，“我只好把母亲锁在车里，匆匆忙忙赶回来时，看到母亲正神色紧张地东张西望”，“我母亲是想上厕所了”，她赶紧搀着母亲去找厕所，车门都没来得及关。她想让母亲在一个舒适的环境下安度晚年，于是选择了大理。

她在山水间买了别墅，房东是意大利归国华侨吴洪平，在宾川县种植咖啡，由于资金短缺，不得已转卖已经装修完毕的别墅。万雪君向他打听了种咖啡的情况后眼前一亮，她问吴总她能不能入股一起干，吴总将信将疑，万雪君坚定地说，“我现在就可以给你投钱!”就这样，万雪君成了宾川高原有机农业开发有限公司最大的股东，持有公司45%的股份。

2月份来到大理，3月份万雪君已经着手干了起来。9个月后，她重新回到北京朋友的视线里，她的变化着实让朋友们惊讶不已：人黑了，瘦了，曾经葱白嫩滑的双手也变得粗糙苍老。她对他们讲了种咖啡的事情，然后变卖了房子车子，向朋友们借钱，朋友们都直呼她“疯了”，“放着好好的白雪公主般的日子不过，偏偏去大山旮旯里受罪!”筹到钱后，她又马不停蹄地回到了宾川，继续咖啡事业。

宾川高原有机农业开发有限公司运营的第一年就被宾川县列为招商引资重点项目和县发改局备案项目，2011年，公司与宾川县人民政府签订重点招商引资协议。公司计划投资9.32亿元资金在宾川县实施10万亩优质有机咖啡种植基地建设、现代化咖啡产品综合加工生产线、朱苦拉咖啡梦庄园项目开发及打造“宾川朱苦拉咖啡”国际知名品牌等。截至目前，公司已累计完成投资近亿元，注册了“滨川咖啡”品牌、“鲁地拉咖啡”品牌、“朱苦拉咖啡”品牌，获得了“宾川朱苦拉咖啡”注册商标独家使用权，同时租赁3万余亩荒山荒坡，建成种植基地4个，现已种植优质云南小粒咖啡2万多亩。自2012年起，公司先后被认定为省级农业龙头、云南省林业龙头企业、国家休闲农业与乡村旅游示范点、云南省休息农业与乡村旅游示范企业、云南省农业科技示范园，公司产品和包装多次在全国休闲农业创意精品推介活动中荣获“包装创意金奖”“产品创意银奖”及多个优秀奖等。展现在万雪君面前的未来一片欣欣向荣。

2012年，吴洪平突然提出要撤资退出公司，这对信心满满的万雪君来说是个沉重的打击，“我怎么也没有想到他会退出，最初这个公司就是他成立的”，她好话歹话说尽也没有挽回吴洪平要离开的决心，“多少困难都是我一个人冲在最前面，也挺过去了”，“吴总负责基地管理，他懂技术，他离开了我真的不知道该怎么办”，“你曾经说我为你的梦想插上了翅膀，现在呢，你的翅膀在哪儿?”最后一次挽留吴洪平时，万雪君泣不成声，“我万雪君没有路可以回头了”，“这几年，我觉得太多人抛弃了我”，无疑，带她进门却在半道弃她而去的吴洪平对她的伤害最大，时至今日，说起吴洪平的离开，万雪君虽依旧哽咽，却也充满感谢，“吴总在管理基地时，因为饿曾把农户锁着的门砸开，进去做顿饭，然后放些钱给他们”。“每天天不亮出门，天黑才能回到住处，整个人晒得又黑又老，他的确付出了很多”。

擦干了眼泪，万雪君开始了真正的孤军奋战。她带领公司员工让宾川的荒山荒坡真正体现出了价值，公司租赁林地3.2万亩，流转林权2.3万亩，在项目示范区新建道路74千米，治理河道16千米，蓄水池9.2万立方米，修建深水井4口，安装滴灌设施2500亩，完成了生产生活供电。1号基地老海田2000余亩咖啡种植已经进入盛果期，公司采取先进的咖啡萃取干燥工艺，成功试制粒剂商品咖啡和专用饮用机，她新推出的果味咖啡（柑橘味、葡萄味、石榴味等）也将于今年7月份上市。

其中一个基地，村民们因为眼馋她的收获，故意刁难她，男人们全部对着她“吞云吐雾”，而当时，身着长裙的万雪君正激情四溢地向村民讲述她租赁这些村民土地的一些具体情况，她没有想到淳朴的村民会这样对待一个弱女子。回到家洗去身上的烟味，我问自己“我究竟在做什么?”“每天都有新的问题进来，来了困难就得正确面对”，万雪君是天秤座，却有着摩羯座一样的性格，踏实，坚强，充满固执，即使是万丛荆棘，她也要去闯一闯。

曾有人质疑万雪君，“你开着宝马进来，别到时候打赤脚回去”，然而所有的质疑都被万雪君不加解释的黄牛一样的坚持粉碎了，不少来自全国各地甚至香港的加盟商和代理商纷纷找她合作，“他们的名片都有一抽屉了”。

万雪君种咖啡的初衷缘于她所认知的“看着咖啡开花结果，然后磨制冲泡，一定很浪漫”，如今，这样的“浪漫”在万雪君的基地和庄园随处上演。咖啡开花时洁白如雪，像是轻盈的梦对大地许下的诺言，时机一到，就是红灿灿的果实，美了风景，醉了人心。万雪君喜欢在咖啡基地漫步，她伸出双手，左边一挥，右边一挥，“这么多的咖啡全是我的”，像个女王君临天下一样。

她的桌子上放着她的护肤品，写着“Dior”，她的肩头隐隐约约可以看见文身，每一个热爱生活的女人都不忘让自己更美好，万雪君也不例外。

第四节　腾冲：腾云俯冲的样子

2019 年春节假日期间，腾冲共接待游客 72.76 万人次，实现旅游业总收入 5.21 亿元，同比分别增长 9.1%和 12.6%，其中，主要景区（点）接待游客 26.9 万人次。星级饭店平均床位出租率 71%，非星级饭店平均床位出租率 72%。旅行社接待团队 189 个，同比增长 8%，接待游客 2263 人，同比增长 4.8%；边境旅游接待游客 109 人，全部为出境游客。腾冲机场累计起降航班 312 架次，同比增长 13%，输送旅客 3.5 万人次，同比增长 14.3%，客座率 82%，同比上升 1.3%。客源主要来自北京、上海、广东、江苏、陕西、浙江、四川、重庆、贵州、湖北等省份。

这是一则来自媒体的报道，看过之后让我感叹。

怪不得一位来自河南省姓李的先生说起对腾冲的印象，竖起大拇指连连称赞：“腾冲的空气质量和生态环境是优中优、好中好。我们来云南已经一个月了，要在这里过冬，来了就不想走了。”

腾冲何来如此魅力？

腾冲县隶属云南省保山市，位于云南省西南部，地处保山市西部，东与隆阳区相连，南与龙陵县、梁河县接壤，西与盈江县、缅甸联邦共和国毗连，北与泸水县相邻。市区距省会昆明 606 千米，距缅甸密支那 200 千米，距印度雷多 602 千米，是中国通向南亚、东南亚的重要门户和节点。

说到底，多年前腾冲还是个寂寂无闻的边陲小镇。

短短几年，腾冲旅游业发展势头良好，变成了天南地北人越冬的目的地，不是坐等而来的。

近几年来，腾冲县上上下下达成共识，冲着打造“绿水青山就是金山银山”的腾冲样板目标，始终坚定不移走生态优先、绿色发展之路。做到合理划分优先开发、重点开发、限制开发和禁止开发区域，科学划定生态红线，着力优化生态空间格局。同时，把良好的生态作为发展的基本依托和最大优势，加强绿水青山的资源转化，推动自然资本加快增值。

经过不懈努力，如今的腾冲县不但荣获了“全国文明城市”“国家卫生城市”、第二批“绿水青山就是金山银山”实践创新基地等多项称号，被评为“最适宜人类居住的地方之一”，还探索出了一条绿水青山转化为金山银山的致富路。

目前，腾冲森林覆盖率达 73.9%，水环境质量 100% 达到或优于Ⅲ类，乡镇镇区、村庄生活垃圾处置设施覆盖率分别达 100%、96%。中心城市空气质量优良率为 100%。

腾冲县全力实施“生态立市、工业强市、旅游兴市、农业稳市、开放活市、文化名市”六大战略，聚焦“大健康和大物流”两大产业，统筹推进“工业聚集化、旅游品牌化、农业规模化、城乡一体化、信息智慧化”五化进程，全力打造世界健康生活目的地，奋力开创新时代腾冲高质量转型跨越发展新局面。2018 年，全市实现生产总值 193.8 亿元，增长 10%；接待游客 1626.8 万人次，实现旅游总收入 185.1 亿元，分别增长 15% 和 22.5%；城镇常住居民人均可支配收入 31702 元，增长 8.4%；农村常住居民人均可支配收入 11292 元，增长 9.3%。

显见，生态环境质量高也让腾冲经济发展的含金量大幅提高。

打造“十里公园”项目，“三洋”公社蝶变为“三花”盛开的美丽家园——

“公路通到家，风景美如画，喝着自来水，养驴又种花……”对于近年来的乡村变化，北海乡村民们用一首打油诗表达内心的感慨。

北海乡曾是腾冲县 3 个省级重点贫困乡之一，有建档立卡贫困户 1559 户，贫困人口 6462 人。据北海乡的一位干部介绍，近年来，北海乡整合资金 3 亿多元，完善了各类基础设施建设，美化了人居环境，促进了群众增收致富，实现了产业转型升级。

目前，北海乡通过打造十里樱花、十里桃花、十里荷花3个“十里公园”项目，昔日被人们戏谑生活困苦的洋芋、洋白菜、洋丝瓜“三洋”公社，完美蝶变为樱花、桃花、荷花“三花”盛开的美丽家园。

为主动融入腾冲打造世界健康生活目的地发展定位，北海乡结合脱贫攻坚、美丽乡村建设，依托区位、生态优势，抓实大盈江流域综合治理。

据该乡政府干部介绍，围绕“河畅、水清、岸绿、景美”的总体要求，以“七改三清一拆一美化”、农村垃圾处理、路域环境整治、氧化塘生活污水处理项目等为依托，结合各村特色，采用“氧化塘+经营、休闲、运动场所”等模式，打造河岸环村截污带，形成湿地小景观，为村庄添色增景。

通过打造3个“十里公园”，以产业结构调整和人居环境提升发展乡村旅游，带动北海乡一、二、三产业融合发展，不断拓宽村民增收渠道，创新乡村治理模式，真正把绿水青山转化为了金山银山。

据资料，北海乡常住居民人均可支配收入从2012年的5398元增加到2018年的10277元，建档立卡贫困户已脱贫1414户5949人，贫困发生率由2014年的27.1%降至2.16%，2018年底实现全面脱贫摘帽。

依托得天独厚的自然条件，走出一条生态引领群众增收致富路——

来到海拔约1980米的腾冲县马站乡乌龙茶景区，顿感置身一片绿色的海洋之中。

腾冲高山乌龙茶景区茶园于2008开始种植规划，景区建筑于2009年开始投资建设，2010年进驻，地点位于火山地热国家重点风景名胜区国家地质公园马站火山群内，海拔1980米，距离腾冲县城9.1千米，距离腾冲驼峰机场25千米。腾冲极边乌龙茶景区，风景秀丽，空气清新，是旅游、休闲度假、生态农业观光和养生娱乐的最佳场所。景区于2010年成为中国旅游协会“中国休闲农业与乡村旅游会员单位”，2012年被评为“云南省休闲农业与乡村旅游示范企业”。游客可以亲身了解“茶叶从一片树叶如何变成一杯香茗”的过程。

2008年马站乡引进云南腾冲极边茶业股份有限公司作为龙头企业，大面积推广种植乌龙茶。为推动茶叶产业发展，马站乡积极探索“公司+基地+农户”模式，支持公司发展生产基地、采用订单模式，通过基地订单化，鼓励并带动农户种植乌龙茶。辖区茶叶龙头企业腾冲极边茶业股份有限公司无偿为茶农提供种苗3200万株，价值3840余万元，免费为茶农提供有机防控物资2860

多万元，有效地降低了茶农的产业投入。并提高鲜叶收购价格，以每公斤15元的价格收购，实现“企业增效，农民增收”的承诺。面对低投入高收益的乌龙茶种植产业，马站乡大部分能人回乡种植乌龙茶，并带动周边贫困户参与种植，让贫困户承担茶地的日常管理工作。

通过10年的发展培植，乌龙茶逐渐成为具有本土特色的有机食品，并成功通过有机食品和绿色食品认证。同时，采用“公司＋基地＋农户”的发展模式，推广“乌龙茶＋”的套种模式，增加了群众的收益。

为使乌龙茶真正达到“天然、绿色、健康、安全”有机食品的标准，马站乡严守种植、管理、质检各环节有机无害化。企业为农民免费提供有机防控物资，坚持使用有机肥，采用“绵羊＋人工”除草、“乌龙茶＋马铃薯”套种等模式，确保不但能增加收益，还能保证茶叶品质。

目前，马站乡乌龙茶种植面积达1.14万余亩，2018年投产面积达2800亩，春茶鲜叶总产300吨左右，预计全年两季（春茶、秋茶）鲜叶总产可达550吨左右，茶农收入750万元～800万元，极边公司预计全年可实现产值1.4亿元，预计缴纳税收300万元。

马站乡和极边公司按照“三产融合、茶旅养生”的发展思路，依托“腾冲高山乌龙茶庄园”景区，通过建设采茶体验、加工体验、茶艺体验、茶山之旅等休闲观光体验项目，以全域旅游助力乡村振兴，走出了一条生态引领、农旅融合的发展之路。景区内现已建成生态观光茶园3500亩，其中“茶园＋樱花”观光茶园1000亩，“茶园＋红花油茶”观光茶园1000亩，“茶园＋银杏树”观光茶园1000亩，“茶园＋水冬瓜树”观光茶园500亩。高山乌龙茶游客体验区1个、高山乌龙茶游客休息区1个、高山乌龙茶观光游道1条、高山乌龙茶文化体验中心1个、游客接待中心1个、可容纳400人的餐厅1个。

据统计，从2010年至今，景区共接待游客88.15万人次，实现旅游销售收入8240余万元。

第五节　红河州：石漠里种出“人民币”

那年到石屏的牛街采访我知道了那刀辣。

不吃辣椒的人不会关心那刀辣那点事情。

那刀辣确实太特别，我记住了它。

在石屏县牛街乡那刀村，就生长着这种独特罕见的辣椒，人们称它那刀辣。那刀辣，体小、细长、全身金黄，有蜡质光泽，晶莹油润，似有半透明之感。其味不仅有丘北辣、冲天辣和小米辣诸味兼而有之，而味道之辣之香为小米辣所不及。当地群众中有这样一句顺口溜："少吃多滋味，多吃定叫你流鼻涕淌眼泪"。

在乡政府食堂招待我的晚饭餐桌上就摆放着两小碟辣椒，一看那摆的阵式让我这个嗜辣的湖南人都感到胆战。

陪我们的郑姑娘极力鼓吹说，其辣不像小米辣寡辣，而是辣口不辣心，辣中有香，辣中带甜，美味可口。我小心翼翼地用筷子夹了一颗塞进嘴里，辣味还是劲猛，有油香感，入口后不敢细嚼便咽，以为会辣胃，一刻半会过去了，却没有事，难怪凡品尝过那刀辣的人没有不啧啧称赞的。

乡党委书记就跟我讲，每年那刀辣上市季节，四面八方的"辣子大王"们便纷纷前来抢购，总是不问价格，有多少收多少。而当地人也视之为佳品以馈赠亲朋好友为快事。就连远在异国他乡的一些华侨也来信，除道不尽的思乡之情外，总是忘不掉索要那刀辣，因此那刀辣出口到泰国、马来西亚、新加坡、菲律宾等国。

有人说那刀辣是上天赐予那刀村的，我说这话不尽然，不管是辣椒还得别的任何植物，落到那刀村扎根都是上天的不公。

那刀村隶属云南省红河州石屏县牛街镇行政村，地处牛街镇西边，距镇政府所在地 18 千米，到镇道路为沙石路，交通不方便，距县 68 千米。

当年费九牛二虎之力才挪到那刀村，这哪里是人在的地方，漫山遍野尽是石头，连巴掌大的一块田地都找不出来。但见当地村民硬是在一片片乱石堆的缝隙里和岩石间，种下了些许辣椒和玉米之类的作物。小郑指着石头缝里的辣椒，告诉我："这就是你昨晚吃的大名鼎鼎的那刀辣"。若不是眼见为实，打死我不信那刀辣就是从这些乱石堆中硬生生地长出来的。

那刀村就是红河石漠化的一个缩影。

"九分石头一分土，寸土如金水如油"，这是对云南石漠化地区的精准描述，位于滇东南的红河州，同样是石漠化的重灾区，全州 13 县市均有岩溶地貌分布。其中，岩溶面积占国土面积 30% 以上的县市就达 8 个。石漠化监测结果显示，8个石漠化重点县市石漠化面积达5929.91平方千米，占全州总面积的18%。

曾经，在这片布满疮痍的大地上，石漠化的不断吞噬让人们更加绝望。

蒙自市西北勒乡的杨贵兴简直就不想回忆过去。才会扶犁，父亲就要他在乱石镶嵌的土地上犁地，尽管他怎么小心翼翼地使唤着耕牛牵引，都难免抵上坚硬的石头，结果可想而知。只要春耕犁地，总是一边犁一边哭。杨贵兴说“犁弄坏了，我就要挨父亲一顿打，牛也会被抽上几鞭子。”40岁的杨贵兴依然还生活在红河州石漠化最为严重的这片土地上。

西北勒乡，位于北回归线上。“西北勒”在彝族语言里意思是“山多树多的地方”。但20世纪中叶，当地大量砍伐喀斯特山体上的灌木，斜坡种植，造成水土严重流失，石漠化加剧。

“土层不到1米厚，土质稀松留不住水分，只能种点耐旱的玉米，收成少得可怜。”杨贵兴告诉我们，“令人绝望的是，土里的石头竟会不断长大，后来才知道这是‘水土流失’”。

转机的出现源于当地积极探索的石漠化治理之路：种植松木修复生态、挖水窖引水储水、实施以苹果种植为主的石漠化治理项目……

2012年，杨贵兴及部分村民从西北勒乡政府免费领到苹果苗，在农业技术人员指导下将玉米地改为苹果林。4年后，杨贵兴的40亩苹果树第一次挂果，当年收入就有近5万元。

至2019年，西北勒乡苹果种植面积近5万亩，挂果面积超过2万亩，总产量10000吨，产值超过8000万元。除苹果之外，当地还因地制宜种植了烤烟、万寿菊等经济作物。

在2014年，中国脱贫攻坚开启前夕，西北勒乡2100多户人家中就有1999户是贫困户，贫困发生率高达94%，成为云南省476个脱贫攻坚乡之一。

如今，西北勒乡水土流失情况大为改善，石漠化趋势得到有效遏制。与此同时，西北勒乡年人均纯收入超万元，全乡已于2017年实现脱贫出列，贫困发生率降至0.9%。

其实，像杨贵兴这样，利用整治后的石漠化耕地搞农业产业化开发的，在红河州泸西、开远等地比比皆是。

走进位于开远市乐白道街道仁者村委会的云南浙兴林果种植有限公司杨梅

种植基地，只见碧绿的杨梅树铺满了山坡。

很难想象，就在几年前，这里还是一座座荒山，有的地方甚至只剩下光秃秃的石头。2011 年 9 月，开远市引进云南浙兴林果种植有限公司到仁者村种植杨梅树。经过 9 年的生长，这片郁郁葱葱的杨梅树不仅成了一道道生态保护屏障，更成为当地农户致富的“摇钱树”。9 年间，出租土地的农户不仅每年都能获得不菲的租赁收入，还能到基地打工再得一笔务工收入。

同样得益于石漠化治理，泸西县向阳乡歹鲁村的一片片荒山石山一天天绿了起来，当地村民一户户挣脱贫困，走上富裕道路。

“过去，我们一家 4 口依靠半亩薄地维持生计，守着的荒山没有经济效益，日子过得紧巴巴的。后来经过土地改造治理，石头山变成了花果山，种下的桃树结出了致富果。”歹鲁村麻塘寨村民梁建功高兴地说。如今，每年的春桃都能为他家带来一笔不小的收入。

石漠化治理，红河州一直在摸索，在实践。

早在 20 世纪 80 年代，红河州就开始石漠化治理工作，主要是对石山进行封山育林，辅助部分人工造林，引进耐旱性、耐寒性佳的车桑子等植物在石漠化地区开展造林。

1996 年以来，红河州利用国家政策和资金，以封山植树和保护为主要手段，先后启动了珠江防护林工程、石漠化治理试点工程、退耕还林工程等国家或省、州林业重点生态工程，通过采取封山育林、荒山造林、坡改梯等措施进行生态综合治理，初步达到恢复和保护森林植被，遏制土地石漠化扩展的目标。

2008 年至 2010 年，国家选择 100 个县开展石漠化综合治理试点工程，建水县、泸西县被列入试点县；2011 年至 2012 年，全州除绿春、红河、金平、元阳、石屏之外，其余 8 个县市被列入全国试点县，红河州基本实现了石漠化综合治理工程建设全覆盖。

“十三五”期间，个旧、开远、蒙自、建水、弥勒、泸西 6 个县市又相继进入了《云南省岩溶地区石漠化综合治理“十三五”建设规划》。

来到个旧，以为满地是锡，锡都嘛，不缺银子花。

但事实并不这样。

个旧市地处高原丘陵地区，山区面积占全市国土面积的 86%，全市岩溶面积 806.36 平方千米，在 9 个乡镇均有分布，重度石漠化区域主要分布于卡房、老厂、大屯、锡城四镇和保和乡，岩溶一区占据了全市50.78%的国土面积，其中石漠化土地面积439.75平方千米，在全省岩溶发育都是排得上名次的市（县）。

好多人不一定清楚，这个因矿而生，以矿而兴的资源型老工业城市，长期以来都在承受着石漠化带来的阵痛。土地石漠化现象不仅严重阻碍着个旧市社会进步和经济发展，还威胁着子孙后代的生存环境，是灾害和贫困之源。

早在2004年，个旧市市发改局着手编制了《云南省个旧市石漠化综合治理规划》，为其市石漠化治理打下了坚实基础。

2011年，个旧市迎来了中央加强对岩溶地区石漠化综合治理工作的“春风”，成功申报进入全国第二轮石漠化综合治理35个重点县之一。于是，个旧市计划用三年（2011至2013年）的时间，投资3640万元，分年度对老厂镇对门山和大屯镇红土坡小流域的石漠化进行综合治理。

治理工程以“改善生态状况、解决农民生计、实现可持续发展”为目标，通过2011—2013年的项目区林草植被保护和建设、草食畜牧业发展、小型水利水保设施建设等工程的实施。截至目前，完成岩溶土地治理面积150.60平方千米，石漠化治理面积108.91平方千米。新增林草植被面积38835亩，其中，人工造林37485亩、人工种草1350亩，项目区林草覆盖度提高14.32%，封山育林6435亩、草地改良6000亩。

项目区农业生产生活环境得到改善的同时，也推进了当地农业结构调整，促进农户增收。根据测算，各项治理措施全部发挥效益后，每年可增产粮食47.5吨，增加薪材1125m^3/年、饲草23000吨，每年可产生直接经济效益近400万元。

个旧市老厂镇对门山，原本是重度石漠化地区，然而在实施石漠化治理之后，居住在这里的对门山、大庆、小半坡三个村的村民们的生活大变样了。

泥结石路从村头延伸到田间，村民们到田间劳作再也不用徒步了，赶牛车、骑摩托、开农用车随便选择；昔日陡峭山坡已变成平坦梯地，机耕完全可以代替人锄和牛垦；地头许多地方都有蓄水池，干旱时庄稼也有水“喝”了；家家户户的地里都有樱桃树，每年樱桃成熟时，城里人纷纷来到这里，收入当然会不错。

随着红河州将石漠化治理工程与当地经济社会发展和农民增收致富有机结

合，大力发展特色经济林果的种植，“穷山沟，去不得”没有人说了，“一县一特、一乡一业”产业布局逐步形成，像西北勒乡这样石漠化严重的地区，经济林果的效益也日渐显现。

按照“做好石漠化综合治理项目，带动产业发展，促进农民增收脱贫”的思路，红河州对石漠化综合治理项目进行科学合理优化布局，同时整合防护林工程、退耕还林、小流域综合治理和扶贫开发等部门的项目、资金和力量，合力实施林草植被保护建设及小型农田水利设施建设，改善石漠化地区基础设施，人居生活环境。

屏边县累计投资2630万元，治理岩溶面积132.4平方千米，治理石漠化面积67.92平方千米，实施封山育林5.41万亩，人工造林3.82万亩。

该县努力改善石漠化区群众生产生活条件，提高土地生产能力，先后修建水窖25个、引水管道5.3千米、沟渠12.2千米，为农业增产、农民增收奠定基础。同时，把石漠化治理与特色产业发展有机结合，大力发展柚木、荔枝、枇杷、苹果、黄花梨等经济林果2.79万亩，预计进入挂果期后每年可增收1.5亿元。发展以山羊为主的畜牧产业，发动群众科学种草，购置饲草机械388台，建设牛羊棚圈264座6880平方米，可圈养8000只羊、320头肉牛，惠及群众172户，每年可增收1800余万元。

泸西县在石漠化综合治理方面累计投资达8934万元，治理岩溶面积361平方千米，治理石漠化面积232平方千米，泸西县在种植业发展上主要把林果和中草药种植作为重点。在水果种植上，2018年，全县水果种植面积26.57万亩，挂果面积16万亩，年产值7.5亿元，全县林业总产值超13亿元。

“十三五”开局以来，红河州共计治理岩溶面积968平方千米，治理石漠化面积408平方千米，项目区新增林草植被面积2.93万公顷，森林覆盖率提高约1.95个百分点，有效减少水土流失近125.05万吨。

战石漠、斗贫困、兴产业、建家园，红河州硬是在石头缝里种出了大把的“人民币”。

第六节　昭通市：乌蒙叠翠，苹果飘香

昭通大洋芋和昭通的“穷山恶水出刁民”一直在我的印象中久久挥之不

去，这源于30年前的一次昭通之行。

现在谈及昭通，人们最先想到的就是“苹果之城”“世界鹤乡”。而且我30年后的昭通之行，让我亲眼看见了在这里，古老的金沙江宛如一条白色的玉带天然地镶嵌在这块肥沃的热土上，蜿蜒曲折的金沙江畔，风光无限，展现出别样生机。

尤其最近五年，就像川剧的变脸，昭通市交出了这样一份喜人的“生态成绩单”：水富市、盐津县先后成功创建省级生态文明县，全市创建省级生态文明乡镇（街道）41个、市级生态文明村795个。建成国家级自然保护区4个，市级自然保护区8个、县级自然保护区3个、国家级水产种质资源保护区1个、省级风景名胜区2个、国际重要湿地1处、省级湿地1处、国家森林公园2个，保护面积达1.2万平方千米。昭通中心城市空气质量优良天数比例达99.2%；完成营造林178.68万亩，退耕还林138.9万亩，森林覆盖率提高到42.2%；17个县级及以上集中式饮用水源地水质全部达标；盐津县成为国家生态文明建设示范县……

2019年，昭通市以“守住一片蓝天、护好一江清水、绿化一方群山、建设一座果城”，全力打造“天蓝、山绿、水清、果香”美丽宜居昭通。

走进昭通中心城区，一个个曾经机声隆隆、粉尘飞扬的锅炉房已纷纷完成改造，一台台高污染、高耗能的燃煤锅炉已被切割拆除，广大企业和燃煤锅炉用户采取煤改电、煤改气、新能源设备替代等方式淘汰燃煤锅炉，用实际行动守护中心城市的蓝天白云。

昭通努力提升城市绿化建设，精心打造望海公园、省耕公园、乌蒙水乡公园等城市水体公园，为人民群众建设美丽宜居的生活环境。与此同时，加快机动车污染防治，“重拳”淘汰黄标车，开展机动车排气检验，仅2018年累计淘汰黄标车4720辆，机动车尾气检验301472辆，检验合格278916辆，检验合格率为99.5%。强化全市扬尘污染防治，联合住建、城管等部门对工地扬尘进行管控，采取工地周边围挡、道路洒水清扫、运输车辆进出工地清洗等措施，做好城市扬尘管控。推进城市燃煤锅炉改造，注重全市环境空气全天候监测。

昭阳区水牛石会所经理张登进尝到了用新能源设备替代燃煤锅炉的甜头，他把锅炉房改造成储物间，拆除原有的燃煤锅炉及烟囱，并在员工宿舍楼顶新装了6台空气能热水器，环境质量变好了，生产成本降低了。“以前用的是燃煤锅炉，噪音大、粉尘多，现在换成空气能热水器，节能又环保，生产成本降低了很多。”他说。

昭阳区狠抓环保督查反馈问题整改，坚持“问题整改不彻底不放过、举一反三不到位不放过、长效机制不落实不放过、环境质量不改善不放过”，举一反三对中心城区24户34台燃煤锅炉全部按整改要求淘汰处理，取缔关闭非法砖瓦厂150家2113门，中心城市空气质量得到明显改善。

结合全市燃煤用户量多面广、燃煤用量高的实际，昭通市建立健全环保监管长效机制，划定了高污染燃料禁燃区，大力推广煤改气、煤改电、清洁能源替代等工程建设，努力从根本上解决能源消费结构不合理问题。

同时，严格划定产业发展生态红线，强化产业布局和规划管控，强化招商选商和精准把控，在改革创新和发展新动能上做“加法”，在淘汰落后过剩产能上做“减法”，依托溪洛渡、向家坝、白鹤滩等水电站，大力建设清洁能源基地、清洁载能产业基地和绿色产业开发带，从源头上减少工业发展对环境带来的污染。

正是这些措施，确保昭通主城区环境空气质量优良率达到99.5%，超出全省要求达到97.2%的目标。

昭通实施土壤保护和修复，争取中央和省级土壤污染防治专项资金1242.62万元；统筹开展生态保护红线划定，生态保护红线面积占全市国土面积比例为22.86%；重点排查大山包、药山、乌蒙山、长江上游珍稀特有鱼类4个国家级自然保护区存在的问题，落实整改措施，确保好环境释放“生态红利”。

蓝天白云、碧水青山、花红草绿，正努力将昭通人的生活绘成幸福的原色——

筇竹，是国家三级保护珍稀濒危竹种，仅中国独有。其竿状貌奇特，姿态秀丽；其笋肉厚质脆，味甘鲜嫩，素有“笋中之冠”美称。大关县拥有天然筇竹20.83万亩，占全国天然筇竹总面积的59%，享有“中国筇竹之乡”的美誉。

大关县将筇竹这一抢救保护竹种不断壮大，培育成“一县一业”，围绕“一核、两路、三带”的竹产业空间布局，采用“开投公司+育苗大户+种竹专业合作社+农户”的模式，打造经营权责明晰、利益联结紧密的产业共同体，全面推进100万亩筇竹基地建设。同时，投资兴建集科技研发、笋材加工、物流销售于一体的木杆筇竹产业园，截至2019年底，大关县筇竹面积已发展到51万亩。依托筇竹产业，3.16万人实现稳定脱贫，占全县脱贫人口的28.6%；14.8万人从中受益，占全县农业人口的64.3%。大关县未来可期，3～5年，全县竹产业产值将达30亿元。

大山包国际重要湿地行政隶属昭通市昭阳区大山包镇，地处金沙江和牛栏江交汇处、溪洛渡和向家坝等梯级电站的上游，是库容达3.6亿立方米的大型水库——渔洞水库的主要汇水区域，是长江流域的重要生态屏障。2004年12月列入“国际重要湿地”名录，2011年12月入选“中国最美湿地”，是我国现有的47块“国际重要湿地”之一，鸡公山大峡谷绝对高差2650多米，比美国科罗拉多大峡谷深1000米。这里还有581个亚高山泉眼，分布着高等植物358种，为越冬黑颈鹤等166种野生鸟类提供了良好的栖息、觅食环境。

为保护好湿地生态环境，昭通市在两年前大山包一级公路即将通车之际，按下了大山包旅游项目“暂停键”。按照“人退鹤进”思路重新定位保护与发展的关系，对大山包保护区进行顶层设计和系统规划，优化调整保护区范围和功能区划，专项整治保护区内的违规违建项目，集中搬迁红线范围内常住人口3000多人。同时，加大湿地生态效益补偿项目建设，恢复湿地8000亩、植被1883亩，还为越冬黑颈鹤等野生鸟类建成了50余亩食物源基地。

大山包属高寒贫困山区，地理气候条件恶劣，经济社会发展水平较为落后。辖区内汉、彝、苗三个民族杂居。基于大山包贫困实际及其重要的生态定位，大山包整合了大山包镇、大山包保护区、大山包景区管委会、昭通市航空旅游集团等4家单位及公司的资源，按照“保护优先，合理利用，实现生态保护与经济发展双赢”的原则开展生态扶贫工作。

2014年，大山包保护区实施了国家湿地生态效益补偿试点项目，获得专项资金2000万元，对大山包4个村29个村民小组700户共计2800余名农民的8000亩耕地实施了退耕，对退耕地进行人工种草恢复植被，引导农户开展割草养殖。退耕还湿还草项目不仅扩大了湿地面积，改善了保护区湿地生态环境，而且促进就业，增收致富。

大山包还建立了马铃薯种植专业合作社，覆盖全镇建档立卡贫困户，发展生态农业。同时，以“生态、健康、绿色、纯天然、无污染”等特色卖点，着力打造大山包荞麦、燕麦、土豆、土鸡蛋、土鸡肉、土猪肉、牛羊肉等农副产品，提高农产品附加值，形成品牌效应。

近5年来，越冬黑颈鹤数量平均保持在每年1100~1600只。2019年在大山包越冬的黑颈鹤为1383只。2018年，大山包黑颈鹤越冬数量达1623只，为保护区成立以来的峰值。2020年5月6日最后一批6只黑颈鹤起飞离去，意味着在大山包越冬的黑颈鹤已经全部北迁。

巧家县东坪镇道角村位于牛栏江峡谷的高山之巅。随着人类活动的加剧，曾经植被茂盛的小村庄变成生态恶化、水土流失严重的深度贫困村。去年以来，道角村78户283人整村搬迁到鲁甸县城的卯家湾安置区。如今的道角村，通过复垦复绿、退耕还草，过度垦殖的土地得到修复，初步呈现出牧草茵茵的景象。

道角村通过整村搬迁不仅实现了挪穷窝、断穷根，还让敏感脆弱的生态环境逐步得到修复。这只是昭通市实施大规模易地扶贫搬迁，推动全市城乡人口分布格局重构、产业发展结构重组、山区生态自然环境重塑的一个缩影。

昭通境内山高坡陡、人口过载、生态脆弱。全市山区半山区占总国土面积的96.4%，水土流失面积达45%，人口密度每平方千米高达270人，是全国平均水平的1.85倍。加之大部分建档立卡贫困人口生活在深山、石山、边远高寒地区，"一方水土养不活一方人"成为全市最大的现实。

近年来，昭通市将脱贫攻坚与生态保护紧密结合，把大规模易地搬迁作为推动脱贫攻坚和环境保护的最根本、最有效手段，按照"应搬尽搬、应退尽退、整村搬迁"的原则和"进城、入镇、进厂、上楼"的思路，实施大规模易地扶贫搬迁，推动全市城乡人口分布格局重构、产业发展结构重组、山区生态自然环境重塑。

"为群山减负，为大山增绿。"昭通市坚持应搬尽搬和应退尽退紧密结合，以大规模易地搬迁和退耕还林还草还竹为支撑，在北部8个县市规划建设竹产业基地500万亩，既让长江上游生态敏感脆弱的乌蒙山区绿了起来，又为贫困山区群众找到了一条生态产业化、产业生态化的致富路子。每年3月，金沙江畔的绥江县新滩镇鲢鱼村万亩李花竞相绽放，吸引20多万游客纷至沓来，乡村旅游发展如火如荼，漫山遍野的半边红李子树成了群众的"摇钱树"。分布在金沙江、牛栏江沿岸的116万亩花椒经济林，已成为干热河谷区生态、经济、社会三大效益结合得最好的树种之一，形成了云南省最大的花椒产业带。

我注意到了2019年12月29日，央视新闻联播在系列报道“我们的2019”专栏中，报道了云南省昭通市昭阳区大山包镇车路村轿子沟苗族群众，通过实施易地扶贫搬迁过上新生活的新闻。

央视报道说，大山包镇车路村轿子沟是个苗族村。2019年10月，村里34户建档立卡贫困群众通过实施易地搬迁，搬到离中心城市不远的扶贫安置点，实现了脱贫。

“搬不动山就搬人”，昭通市共建设集中安置区28个，其中万人以上的8个、4万人左右的2个，跨县安置人数达7.69万人，让整村搬迁的1014个村寨36万多的贫困群众“挪穷窝”“换穷业”“断穷根”。不久的将来，这些山高坡陡、植被稀少、过度垦种区域的自然生态将得到全面修复。

2019年，全市完成营造林178.68万亩，退耕还林138.9万亩，森林覆盖率从20世纪80年代初期的6.7%提高到现在的42.2%。

为实现“河畅、水清、鱼游、岸绿、景美”的目标，昭通扎实推进水污染防治工作，打好治水攻坚战，全面推进全市长江经济带生态保护修复补偿工作，积极开展集中式饮用水源地现场环境监察以及环境监测。2018年，完成全市17个饮用水源地33项特定指标监测，获取有效监测数据3432个，饮用水源地水质达标率均为100%。

近年来，昭通市抓实抓细河长制工作，深入实施“一个U盘下达河长令”，采用高空航拍与地面拍摄相结合的方式，对市级河长负责的17条河流、3座水库的问题进行采集，并以视频形式记录存档，拷贝到U盘里，形成河湖治理的问题清单、责任清单、目标清单、措施清单。进入下一年度，市河长办开展第二轮视频拍摄，通过与上一轮下达的“河长令”视频对比分析，直观反映出河湖管理保护工作情况，并纳入市级河长考核评价范畴。

昭通是金沙江进入长江的最后一道生态屏障，也是保护长江中下游生态环境的源头防线。金沙江在昭通境内流长414千米，大小河流393条经金沙江流入长江。全市海拔2000米以上国土面积达30%，水土流失面积占国土面积的45%，敏感脆弱的生态一旦破坏，将难以修复。

为确保河湖治理取得实效，盐津县以横江县城段为重点，拆除民房5万多平方米，拆除沿河违章建筑6880平方米。水富市共清理河道77.5千米，恢复河道两岸生态6300平方米。昭阳区以城市“两河”治理为突破口，拆除河道构筑物59.3万平方米，新增沿河绿地82.9万平方米，曾经的“臭水河”变成生态廊道。

目前，昭通中心城市第一污水处理厂提标改造即将完工，第二污水处理厂、千顷池湿地等项目进展顺利，黑臭水体治理示范城市建设扎实推进，20个小区排水系统启动改造，17个县级及以上集中式饮用水源地水质全部达标。今年3月，盐津成为国家生态文明建设示范县。

初夏时节，昭通中心城区二环西路、金鹰大道、昭通大道等路段，一株株移栽的苹果树吐出新绿，不时可见拇指大小的苹果挂在枝头，为“苹果之城”建设再添一道亮丽风景。

“短短两三年时间，昭通城的环境变美了，道路更加通畅，城市面貌焕然一新，半城苹果满城香的‘苹果之城’离我们越来越近。”说起家乡的喜人变化，市民朱先生的自豪感油然而生。

近年来，昭通市紧扣“引领区域发展的滇川黔省际中心城市”目标，按照“一城三区、若干小镇、产城融合、城乡一体”的总体布局，加快推进百万亩苹果与百万人口高度融合的“苹果之城”建设。“城在园中，园在城中，半城苹果满城香”的美丽画卷徐徐展开，“秋韵昭通，苹果之城”的独特魅力不断彰显。

随着美丽县城、特色小镇、特色村庄建设统筹推进，省耕公园、乌蒙水乡、望海公园等一批“城市客厅”综合体项目陆续建成，靖安新区、卯家湾新区快速崛起，昭通中心城市建成区面积扩大到57.4平方千米，常住人口增加到54.8万人，初步构建起了“深度融合、特色彰显，无所谓城、无所谓乡”的城乡一体化新格局。

特别是抓住实施大规模易地扶贫搬迁的历史机遇，昭通市大力推动城镇布局不断优化，57个集镇安置区成为带动城乡融合发展重要支点，全市城镇化率提高到了43%，其中易地扶贫搬迁拉动提高了7个百分点。

2019年以来，全市完成市政设施投资37亿元，287个老旧小区启动改造。镇雄、鲁甸、绥江创建国家卫生县城通过省级验收。水富市纳入全省“美丽县城”建设首批奖补名单。完成棚户区改造7885套，分配保障性住房3049套，销售商品房235.3万平方米，房地产投资增长58.9%，达到163.5亿元。

自2016年以来，为加强环保基础能力建设，昭通把固本强基作为首要任务，强化技术支撑，着力提升驾驭新时期环保工作的能力，争取各方资金支持，共投入近1000万元，启动了“互联网+数字环保”项目建设。

目前，已初步建成以环保大数据为依托，以环境监控、业务综合管理、政务办公、环境应急、辅助决策等功能为一体的体系建设，环境信息化与环保业务得到紧密融合，环境信息资源得到合理开发和广泛共享。

让数据发声，提升环境监管水平。通过“电子眼”监测系统实时盯牢污染源，动态采样数据，实时传回视频，进行定量、定性分析，形成全景式、立体化模型，通过环保管理及时掌握企业排污状况。

自这一系统试运行以来，全市已有重点污染源企业441家，畜禽养殖企业201家，医疗机构602家，污水处理厂9家接入在线监控系统。其中，实时在线监测27家，实时视频接入30个。“环保电子警察”可全天候盯牢企业的污染排放口，从源头实时监控污染源。“数字环保”为昭通生态化提升、智能化监管增加了一道保险，使得环境监察、监测、执法、管理的效能大大提高，为昭通更好地“守住一片蓝天、绿化一方群山、护好一江清水、建设一座果城”提供支撑和保障。

第七节　迪庆把生态打造成“金饭碗”

2018年8月30日，迪庆州推进生态环境保护，创建“全国最美藏区”动员部署大会在香格里拉召开，大会发出了两道号令。第一道号令是争当藏区生态文明建设排头兵，谱写好中国梦的迪庆篇章。第二道号令是迪庆州“最美城市、最美集镇、最美村庄、最美家庭”创建活动全面展开。

得益于“生态立州”的可持续发展这样一个有益当代、惠及子孙的战略思路，截至目前，迪庆州全州森林覆盖率75.13%，省级生态文明乡镇16个，空气质量优良天数100%。

这当然不是一两年之功。

我三次到迪庆，见证过迪庆的两季，一冬一春。

冬天的迪庆，蓝天白雪、牧歌悠扬。草甸、湖泊、雪山，宁静中透着美丽，山、水、林、田、湖、草和谐共生，宛如走进了一幅水墨画。站在路边向远处眺望，随处可见郁郁葱葱的山峦，城市、集镇、村庄掩映其中，空气中弥漫着淡淡的香味，沁人心脾。

事实上，迪庆的冬天少有游客，愿意来看雪的都是那些不怕冷的背包客。

总说是迪庆的春天来得晚。

也不尽然。

阳春三月来，在香格里拉市尼西乡汤堆村，山坡上、田野间、房前屋后，满树的桃花已经竞相绽放，春意十足。一簇簇花朵此起彼伏，绚丽夺目。走进村庄，微风习习，听着清脆的鸟鸣声，别有一番韵味。

太阳最早照耀的地方，是东方的建塘，人间最殊胜的地方，是奶子河畔的香格里拉……自从英国作家詹姆斯·希尔顿的小说《消失的地平线》问世以来，作品中所描绘的香格里拉便引起了无数人的向往。人们怀着极大的热情与向往，追寻着这片圣洁纯净的世外桃源。

人间四月芳菲尽，雪域杜鹃始盛开。到了四月，杜鹃花便满山怒放，点缀在青山绿水间。普达措的杜鹃品种多，在小中甸，以矮杜鹃为主的杜鹃花宛如一片海洋……还有巴拉格宗、雨崩村等地也能看到美丽的杜鹃花，让人大饱眼福。

天蓝水清、空气洁净、遍地花开，这是迪庆生态环境的真实写照，也是迪庆最靓丽的名片。

迪庆州位于金沙江、澜沧江中上游，是“三江并流”世界自然遗产的重要组成部分。同时，迪庆还是云南省最大的林区之一，因森林植被保护完好而成为长江、澜沧江中上游主要的水土涵养带。因此，迪庆州的生态状况不仅影响着当地，更直接影响到长江、澜沧江中下游的生态安全。

迪庆按照“生态立州”战略，将生态文明建设摆在突出位置，逐年加大投入力度，强力推进生态文明建设。生态功能区转移支付补助资金从2016年的4亿多元增加到2017年的5亿多元。2017年以来，迪庆州落实生态文明建设项目资金和工作经费近5亿元。2018年1月，环境保护税法正式实施，云南迪庆有色金属有限责任公司、迪庆香格里拉昆钢鸿达水泥有限公司主动技改、减少排放均获降税、免税红利。

迪庆州还打出了一套组合拳：不断强化农村山水林田路综合治理，加快农村危旧房改造，支持农村环境集中连片整治，实施以“改路、改房、改水、改圈、改厕、改灶”，治理“脏、乱、差”为主要内容的村容村貌整治工程，因地制宜采用科学合理技术处理生活污水、垃圾，发展乡村生态旅游业、“农家乐”等，改善农村人居环境。目前，迪庆州已累计创建州级生态文明村123个，省级生态文明乡镇16个。2019年，维西县省级生态文明县创建通过考核验收，绿色学校、绿色社区等创建工作也在有条不紊地开展。

目前，迪庆州生态效益明显，企业和群众既得“绿水青山”也得“金山银山”。

孙诺七林是香格里拉市建塘镇红坡村村民。过去，他们家的收入主要靠运输木材。如今他是位旅游大巴的司机，妻子和女儿都在普达措国家公园景区上班，每年还有景区的生态补偿，全家人吃起了“旅游饭”。孙诺七林说：“以前我们全家靠山吃饭，勉强维持温饱，现在我们全家人都吃上了‘生态饭’，日子一天一天好过了。”

2017年4月，为更好地开发香格里拉市小中甸镇乡村旅游，小中甸镇政府经过讨论研究，决定以招商引资的形式，以小中甸镇联合村奶思村民小组作为乡村旅游开发试点，引进香格里拉市阿佳拉旅游资源开发有限责任公司开发奶思村乡村旅游。同年6月20日，阿佳拉旅游资源开发有限责任公司与奶思村民小组达成合作协议，成立了鼐思·碧水蓝天乡村旅游开发有限公司。鼐思·碧水蓝天乡村旅游景区北与建塘镇毗邻，距香格里拉市区16千米。景区依山傍水，景色绮丽，植被丰富，生态环境良好。一座座白色藏房隐藏在松树林中，当你走进藏房里，一边品尝醇香的青稞酒和香甜的酥油茶，一边聆听藏獒的嗷叫声和松涛声，还有那美丽卓玛悠扬的牧歌声，仿佛置身于仙境。

迪庆州把握顺应自然、保护生态的发展大势，致力于“生态旅游”“高原生物”“高原特色农业”等绿色产业发展，初步建成香格里拉普达措国家公园、香格里拉梅里雪山国家公园、香格里拉滇金丝猴国家公园、香格里拉虎跳峡国家公园、香格里拉大峡谷国家公园五大国家公园。

普达措国家公园作为我国首个按国际先进理念建设的国家公园，以对2.3%面积的开发利用，实现对区域97.7%范围的有效保护，并使保护区面积由141.33平方千米增加到602.1平方千米。

普达措国家公园位于迪庆藏族自治州香格里拉旅游东环线上，东至硕贡、南至洗脸盆丫口、西至属都岗、北至哥拉。公园以高山湖泊、雪山草甸、原始森林、民族风情、宗教文化为主，融丰富的生物多样性、景观多样性、文化多样性为一体，以其独特性、珍稀性、不可替代性和不可模仿性著称，具有很高的保护价值和展示价值。公园有“杜鹃醉鱼”和“熊捞醉鱼”两大奇观，并有“棒打獐子瓢舀鱼，野鸡飞到饭锅里”的美誉，是世界自然遗产“三江并流”风景名胜区的重要组成部分。

生活在普达措景区周边的9个村民小组304户1303人，一直过着半农半牧的生活，因海拔高、耕地少、农作物经济效益差等条件限制，居民生活仍然贫困。普达措旅游开发后，为实现普达措国家公园与社区的共荣发展，迪庆州开展旅游反哺社区的惠民政策。

据香格里拉市建塘镇红坡村委会党总支书记汪丽春介绍，2008年起，洛茸村属一类反哺受益区，享受户均19000元/年，人均5000元/年的资金反哺，现洛茸村每年该项收益达152.2万元。同时，洛茸村享受公园教育激励机制，凡上高中、中专的学生每人享受3000元/年的资金补助。就读大专的每人享受4000元/年的资金补助。就读本科及以上的每人享受5000元/年的资金补助。

在社区优先就业扶持方面，普达措旅业分公司每年为洛茸村集体提供17个环卫工工作岗位，每人月工资2000元；洛茸村在公司正式就业的职工有4人，人均年收入7万元。有5人在公园承担巡山职责，月工资2000元。庄园内的服务人员有4人，月工资2000元，以上合计收入90.4万元。

从培育扶持产业发展方面，迪庆州人民政府从公园生态旅游收益中支出300万元给洛茸村，由普达措旅业分公司出资1500万元，在洛茸村合资建成为公园访客提供藏民俗餐饮住宿休闲集一体的“幽悠庄园”，园内用工主要为洛茸村民，庄园收益采用公司托底的方式，每年使洛茸村33户人家每户收入不低于2万元。

洛茸村村长边玛介绍说：“从我们的先辈开始就十分注重生态的保护，19年前就把生态保护写进了村规民约，我们生在山中、长在山中，山林就是我们的衣食父母。”

在依拉草原上，村民拉姆牵着马，唱着山歌，“景色越来越美，生活越来越好，当然高兴了”。拉姆的喜悦心情溢于言表，保护生态环境已成人们的共识。目前，迪庆共有林业用地近3000万亩，草地面积1400多万亩，拥有国家一、二级保护植物30余种，国家一、二级保护动物60余种。

第八节　文山州：把生态旅游变成“聚宝盆”

明明来了N次丘北，但事实上只在普者黑转悠了几圈。普者黑的名声太大，以至于遮蔽了摆龙湖的光芒。

当来到摆龙湖，人们便见一汪碧水，波光无际，环绕着八个小岛，无一不被这里的山光水色所迷倒。环湖四周和岛上植被繁盛，草木葳蕤，繁花似锦，岛上植物均为云南松和云南杜鹃。秋冬两季，这里有大量的白鹭、野鸭、大雁到岛上栖息繁殖，成为靓丽的鸟岛。在摆龙湖，无论你站在任何一个方位，放眼望去都荡漾着一片绿意。

若有心泛舟湖中，则是清风拂面，远看青山如屏，绿水衬托着蓝天白云，近看湖山交融，相映成趣，以为人间仙境。在这里，可以放飞你的想象，或什么都可以不去想，忘却纷扰、喧嚣与烦恼，静静地咀嚼这里的纯粹。

到摆龙湖还有一个项目，那就是林中野餐。在摆龙湖中的岛上，你可以品尝到烤得焦黄脆嫩的全羊、鲜美的清汤鱼、香喷喷的洋芋饭。

上岛是饕餮们的必修课。啃着香喷喷的羊腿，喝着农家的苞谷酒，和竹林七贤何异。

普者黑摆龙湖水库总库容量5370万立方米，水域面积达3.6平方千米，最大水深60米，透明度达8米。摆龙湖周边群山环绕，湖面呈扇形分布，内有形状各异、环境优美的半岛、小岛8个，总面积1.9平方千米。

经过对摆龙湖周边30多年来的保护开发，摆龙湖已经是一个集防洪、灌溉、发电、旅游娱乐、养殖、种植、人畜饮水等多功能为一体的水利工程，湖（库）区整体绿化率90%以上。人文景观20余处，景区内设有宾馆、采摘基地、游船、餐饮山庄、自助游营地等多处旅游接待服务设施，周边有众多的民族风情，杨梅、蜜桃满山遍野，是观光、避暑、休闲、度假、娱乐、垂钓的理想之地。

国家4A级的摆龙湖景区仅仅是普者黑景区的一小部分。

普者黑景区，壮文名称为 Oengz Liuhdoz Lueg Canghngw，音译为“泸尚阁”，距县城只有13千米，是国家级风景名胜区、国家AAAA级旅游景区。景区总面积388平方千米，核心景区165平方千米，以“水上田园、湖泊峰林、彝家水乡、岩溶湿地、荷花世界、候鸟天堂”六大景观而著称。

景区内有265个景点，各有千秋，312座孤峰星罗棋布，83个溶洞千姿百态，54个湖泊相连贯通，2万亩水面清澈透明，13千米大峡谷雄伟壮观，3千米茶马古道神秘古朴，还有4万亩高原喀斯特湿地。

独特的资源禀赋，造就了丘北日臻成熟的旅游产业，也是丘北县推动和实施扶贫旅游攻坚工作的抓手，是“绿水青山就是金山银山”的最好诠释。

有钱好办事是个道理，想方设法找钱办事更是个道理。

截至目前，投资1.5亿元，实施普者黑村、仙人洞村片区等基础设施建设，主要建设内容包括新建和改造8条旅游环线、新建4个停车场，仙人洞村段环湖截污治污及生态修复工程、道路、管网、广场、旅游厕所、旅游环线、生态建设、亮化等，普者黑村古井园组建的道路、管网、绿化、亮化等。投资2.8亿余元，实施环湖截污治污及生态修复工程、普者黑环境综合治理项目、普者黑水环境综合治理工程、农村环境综合整治、湿地公园湿地保护与恢复工程、八道哨污水处理厂等一批生态环保项目。

还引进同景集团、帅源集团、中科北影公司、永州市耀江房地产开发有限公司、大同集团、大景集团等，在丘北实施教育康养新城、普者黑文旅项目、菜花箐文旅项目、北门河湿地公园、密纳湖康养度假小镇、荷韵青丘文旅双创产业园等项目。

全力推进国家5A级景区和特色小镇创建工作。国家5A级景区预计基础设施建设投资9.92亿元，现已基本完成建设，完成投资5.47亿元。普者黑水乡小镇目前已完成投资21.3亿元。云水度假小镇，累计完成投资8.98亿元。

积极推进云上水乡片区近水镇、枕山宿、荷欢街等项目和笔架山片区、中房集团项目建设。

又通过“公司+基地+农户+乡村旅游”的发展模式，引入玖香鲜花生物科技股份有限公司和诺香花卉农业科技开发有限公司，共计在景区范围内发展食用玫瑰种植2300余亩，年支付土地租金207万元，带动周边阿诺、五家寨等10余个村寨830户群众增收致富，其中惠及建档立卡贫困户177户700余人。通过统一规划，发展荷花种植2万亩，丰富了景区旅游产品、保护了景区生态环境，促进普者黑景区的旅游产业转型升级。截至目前，荷花种植共租赁锦屏镇、曰者镇、双龙营镇、八道哨乡4个乡（镇）4485户20348亩土地，每年支付土地租金1830万元。

还通过整合周边山体、崖壁、峡谷、河流、乡村等旅游资源，以“融合互补”的开发模式，构建溶洞探险、洞穴观光、山林穿越、徒步登山、野外露营、户外拓展、木船漂流、乡村休闲、民宿度假、农业观光旅游产品，提升游客参与性、互动性和体验性。依托北部高山舍得草场、南盘江、五祖沟、水头河等旅游资源，打造集高山避暑度假、户外露营、运动健身、时尚漂流、亲水娱乐、云海观光、草甸休闲、滑草娱乐、低空体验、摄影写生等功能为一体的高山草场风情体验旅游区，让游客尽情旅游观光丘北美丽风光景色。

在乡村生态旅游带动下，截至目前，全县共有各类宾馆酒店、特色民居客栈690家21350个床位（其中，2家五星级酒店正在建设中），四星级酒店1家、三星级酒店5家、二星级酒店1家，二星级特色客栈2家；共有桌位30000多个，旅游直接从业人员5000余人。

70岁的李少英万万没想到，丘北县普者黑景区经过26年的发展，绿水青山乡村生态旅游业已成为了村民收入的主要来源。

仙人洞村还成立普者黑游船公司，对参与划船的服务人员进行上岗培训。截至目前，已培训划船能手300余人，为游客提供了乘船安全保障。全村农家乐设有高低档床位800余个，发展养鱼专业户30余户、养猪专业户14户、旅游产品加工专业户140户。

李成辉家曾经是村里的低保户，主要致贫原因是残疾，2013年全家人均纯收入1680元。如今李成辉家已享受了危房改造补助资金1万余元，参与了民居改造，并自己经营客栈，2018年实现收入7万余元。

2019年，丘北县共接待国内游客585.3万人次，同比增长16.8%，实现旅游总收入524918万元，同比增长29.9%，完成目标任务数的101%。

丘北县共投入资金3546万元，完成石漠化综合治理110.23平方千米，完成封山育林116565亩、人工造林33369亩、草地建设1520亩、坡改梯870亩，建设小水窖50217口。实施封山育林，禁止采伐，对荒山荒坡进行补植补造，逐渐恢复山体林草植被。

丘北县不断推进河长制工作，全县河长制从“全面推行”到“全面建立”，逐步形成了组织体系全覆盖、管理保护全域化，同守“河畅、水清、岸绿、景美”的新格局。

丘北县丰厚的生态福利只是文山州的生态获利的片叶。

围绕架构滇东南生态安全屏障，深入实施退耕还林、石漠化综合治理等重点生态工程，实施封山育林，发展生态农业、草地畜牧业，增加绿色植被面积，促进生态系统良性循环，提升了区域生态环境质量。文山州以西畴县三光片区为示范点，积极探索旅游产业与石漠化治理相结合的发展模式，走出一条石漠化治理与脱贫致富“双赢”之路，不仅打造了秀美山川，也促进了农民增收致富。

麻栗坡县是云南省石漠化较严重、处于重要生态区位的45个石漠化重点县（市、区）之一，99.9%为山区，70%的山区为典型的喀斯特地貌，95%以上的土地属石漠化岩溶山区。在石漠化治理过程中，先后实施了植树造林、新一轮退耕还林还草、天然林保护、森林抚育、生物多样性保护、天然林和公益林管护等护林工程，共义务植树380万株、异地造林0.26万亩，森林生态效益补偿面积达93.86万亩，纳入天然商品林停伐保护28.16万亩，活立木蓄积734.16万立方米，全县森林覆盖率达41.32%，林木绿化率达56.64%。

砚山县依托良好的自然资源，不断加大投入力度，大力推进林业产业发展，将核桃、李子、桃子林果等林业产业列入林业重点产业，积极推广在林下种草，种植菊花、辣椒等。“林果、林药、林菌、林禽”等复合发展的林下经济盘活了林区经济，增加了农民收入。截至目前，全县发展核桃25.97万亩，进入初产期面积1.9457万亩、盛产期面积0.2452万亩，年产核桃干果1608吨，产值近2574万元。

第九节　景东：“靠山吃山”

一直以来，金庸小说中的传奇无量山和美妙歌声中的神秘哀牢山，都是很多人神往已久的去处。我们从未想过有一天，会有一个叫景东的地方，慷慨地把它们同时呈现在我们眼前，带给我们扑面而来的神奇与惊喜。这是一位记者朋友说的。

无量山位于云南省景东彝族自治县西部，北纬23°57′~24°44′，东经100°22′~101°04′之间。西北起于南涧彝族自治县，向西南延伸至镇沅、景谷等地，西至澜沧江，东至川河，景东县境内面积2581平方千米。

都说无量山是诸多富有神秘色彩的大山的集合体，我也基本认同，而且写过《无量山的无量》《与哀牢山的对视》。

到过无量山的人，都会被它吸引住，“雄、奇、险、秀”都占了。清代诗人戴家政有诗《望无量山》，诗中写道：“高莫高于无量山，古柘南郡一雄关。分得点苍绵亘势，周百余里皆层峦。嵯峨杈奇发光泽，耸立云霄不可攀。”

无量山的无量是有依据的，无量山有国家一级重点保护植物云南红豆杉、南方红豆杉、伯乐树、长蕊木兰 4 种，二级保护植物中华桫椤、苏铁蕨、水青树、云南榧树等 7 种，云南省级保护植物鸡血藤、冬樱花、滇西紫树等 19 种。有陆生脊椎动物 30 目 96 科 575 种，其中兽类 9 目 30 科 78 属 123 种，国家一级重点保护动物有黑长臂猿、蜂猴、熊猴、灰叶猴、金钱豹等 8 种，国家二级重点保护动物有猕猴、大灵猫、小灵猫、中国穿山甲、黑熊等 15 种；鸟类 17 目 49 科 373 种，国家一级保护动物有黑鹳、黑颈长尾雉等 3 种，国家二级保护的有凤头蜂鹰、雀鹰、凤头鹰、大鵟、棕翅鵟鹰、林雕等 36 种；两栖爬行类中，有国家一级保护动物蟒蛇，国家二级保护动物红瘰疣螈。

金庸的《天龙八部》中的第一部完全以无量山为背景，金庸先生没有到过无量山，而妙笔之境却与实地如此地吻合。无量山，无量玉璧，因风姿飘逸而闻名，因气势雄伟而遐迩，因金庸之笔而美丽，也因金庸而让无量山更加“无量”。

哀牢山，位于中国云南省中部，为云岭向南的延伸，是云贵高原和横断山脉的分界线，也是元江和阿墨江的分水岭。哀牢山走向为西北—东南，北起楚雄市，南抵绿春县，全长约 500 千米，主峰称哀牢山，海拔 3166 米。

“哀牢”应为记音，即用汉字对古代少数民族语言的记音。

我的采访仅仅是局部的，而且正是草莓红的时候。

当我们来到景东彝族自治县文井镇者吉村的蓝莓种植基地时，看到的是上百个村民正抢抓节令栽种蓝莓，有的培土，有的浇水，一番忙碌景象。在两个国家级自然保护区的滋养下，蓝莓种植基地所处的川河坝，土地肥厚，景色优美。

生态优势是云蓝蓝莓科技开发有限公司选择景东建设万亩蓝莓基地的主要考量。公司负责人介绍，再过 3 年，公司在景东种植的蓝莓规模将超过 1 万亩，鲜果年产量约 2 万吨。

“无量山和哀牢山是景东绿色发展的两只翅膀。”景东人都这样说。

一个县境内拥有两个国家级自然保护区，全国少有，单景东境内保护区的总面积就有3.5万余公顷，约占全县面积的8%。有道是“两山逶迤三水秀”，这是人们对景东自然环境的概括，无量山和哀牢山在这里东西守望，形成了天然的“绿色宝库”；澜沧江、川河和者干河环绕两山奔流不息。

立足绿色生态资源禀赋，景东县在做好绿色文章上狠下功夫，走出了一条生态扶贫富民之路。景东历届县委、县政府坚持生态环境保护优先，把建设好两个国家级自然保护区作为全县生态环境保护工作的重要抓手。自2008年以来，相继出台实施《景东彝族自治县环境保护条例》及其实施意见，编制了《景东生态县建设规划（2011—2020）》和《景东县生态环境保护规划》等。

景东于1998年8月成立了云南无量山哀牢山国家级自然保护区景东管护局。在“十二五”期间，景东自然保护区管理局争取申报、实施并完成哀牢山三期基础设施建设项目、哀牢山自然文化遗产地保护工程项目，无量山二期基础设施建设工程项目，无量山哀牢山中央财政补助资金项目等，共投入项目资金1800多万元。

近年来，景东自然保护区管护局与中国科学院昆明动物研究所合作，在无量山自然保护区野生动物栖息活动的主要区域投放红外相机30余台，开展全年图像资料监测拍摄工作，对辖区内建立的30块监测样地，23条监测样线持续开展监测，全面、准确地掌握自然保护区及周边地区野生动植物资源现状及动态变化情况。出版了《无量山国家级自然保护区》调查专著等。

此外，还将“两山”保护区景东段划分为99个责任区，1名护林员负责1个责任区，并设置了联合巡护线路34条，对保护区资源进行全方位、多层次的巡护管理。

作为国家扶贫开发工作重点县，景东贫困面大，贫困程度深。为此景东县建立了生物多样性保护和补偿制度，被联合国环境规划署列入生物多样性保护典型案例。2019年，全县支付生态公益林补偿、天然林停伐补助和新一轮退耕还林补助3919万元，其中涉及建档立卡贫困户19110户，资金1700万元。选聘生态护林员和森林资源管护人员共3937人，其中3250名为建档立卡贫困户，支付管护劳务费共2118万元。

林街乡丁帕村磨刀河小组位于无量山深处。在一代代村民的保护下，磨刀河保持了良好的生态环境。村寨周围的森林和近千棵古茶树，给予了当地村民丰厚的馈赠。

2018 年，磨刀河小组长普昌润牵头成立了普洱老帮丁家庭农场有限公司，并建成茶叶初制所一座，公司与当地 22 户建档立卡贫困户形成利益联结，同时与安定镇清河村 6 个小组的古树茶种植户建立合作关系，形成一人来带动、抱团谋发展的模式。为了更好地保护古茶树资源，使“绿叶”变“金叶”，公司采取以奖代补的方式，每斤鲜叶多加 4 元收购，鼓励农户去除茶树旁的其他树种，优化茶树管护，同时改进茶叶制作的环境和加工条件，提高茶叶产品品质。以绿色生态品牌拓宽销售渠道，所加工的产品远销到台湾、上海等地。

60 岁的村民普仕清深知保护好生态与自己生活的高度关联，保护好了生态，磨刀河就有好日子过。村子里的古树茶，售价已经达到每公斤 500 至 600 元，成为脱贫的支柱产业。

除了古树茶、核桃和山中的花蜜，这里的村民还发展起了野生菌、重楼、魔芋和黄精等林下资源，家家户户都有了稳定的产业支撑。

监测数据显示，景东森林覆盖率达到 71. 39%，自然保护区内生态系统保持稳定。因为在生物多样性保护方面做出的重要贡献，景东成为首个被联合国环境规划署和生态环境部授牌的“中国生物多样性和生态系统服务价值评估项目（TEEB）示范县”，生态系统服务价值达到每年 545. 06 亿元。

545. 06 亿元所代表的，是国际社会对景东良好生态的一种认可，但如何将其更好地利用于景东的经济发展？该县提出“转型发展、绿色崛起”的战略目标。先后实施了哀牢山保护区和无量山保护区基础设施建设项目，以及自然文化遗产地保护工程项目，累计投入项目资金 1700 多万元。实施生态移民工程项目 5 个，投入资金近 3000 万元；实施美丽乡村项目 7 个，投入资金 1000 多万元；加大农村环境综合整治力度，投入资金近 1000 万元；认真做好生态恢复、污染治理和环境保护等工作，生态功能区转移支付资金 1. 67 亿元。

来到文井镇文光村，只见宽阔平整的田里，是一眼望不到边的桑树，绿茵茵的。

村民魏大明有着将近 10 年的养蚕经验。他告诉我们，自己是村里养蚕最多的一家，现在种着 13 亩桑树，养了 11 张蚕种，2018 年养蚕的纯收入有六七万元。

目前村里共有1640亩桑树，年经济收入有700多万元。此外，村里还充分利用当地充裕的土地资源和优越的光热自然条件，发展烤烟、冬早蔬菜、水产养殖等产业，形成“一年不同天、季季有产业”的立体发展模式。

来到太忠镇王家村，看见在核桃林下搭着一个个种植大棚，我们感到有些奇怪。王家村三农服务部负责人田丕金的话打消了我们心中的疑问：“大棚是用来种植小香菌的，这种小香菌是由浙江大学科研团队成功驯化的，口感鲜美程度和野生小香菌几乎没有什么差别，在市场上很欢迎。”2018年全村首次购入9万个菌棒，一个菌棒能采收1公斤左右鲜品，平均售价每公斤30元。

“黄草岭，高又高，水冷箐深收成少，山茅野菜渡秋荒，半年洋芋半年荞。”这是一首流传在当地的民谣。地处无量山国家级自然保护区边缘地带的黄草岭村，山高箐深，是典型的高寒冷凉山村。但这里生态资源禀赋良好，村民选择了走以桃、梨、樱桃等为主的特色林果业和以花椒、刺苞菜、大麻菜等特色经济作物与无量山乌骨鸡、黑山羊、生态猪特色养殖业相结合的特色立体式生态产业发展道路。

当满山的梨花绽放，这里就像世外桃源。“无量人家”农家乐的老板鲁玉明正忙碌着，但还是愿意歇下来和我们聊他的幸福生活：“近几年，随着公路修通，我除了开个餐馆，还积极发展林产业。我主要种核桃和梨，一年有3至4万元的收入，再加上餐馆的生意，收入比以前大幅提升。政府选到好苗，就送给群众种植，除了传统的品种，我们村还在试种蓝莓和车厘子呢。”在旁边帮忙的村民王章金插话道：“我也有7亩花椒，光这项收入就有2至3万元呢，虽然现在不能像以前一样砍树了，但日子却真是好过多了。”

目前，黄草岭村已形成“春有樱桃、刺包菜，夏有蜜桃、梨果，秋有梨果、花椒和草果，冬有萝卜、雪莲、大青菜，一年四季有生态乌鸡、火腿”的绿色生态产业，并相继完成了6家生态特色农家乐建设。在三年前的2017年，这个村绿色产业和生态旅游业总收入，分别达到510万元和180万元。

黄草岭村还先后争取投入项目资金2600余万元，实施了农村“一事一议”财政奖补、道路硬化、农村人畜饮水安全、农村扶贫安居、房屋美化亮化、旅游基础设施建设等项目，使家家户户住上了“乡村别墅”。

原产自景东漫湾的晚熟杧果，在孔雀山建有省级发展基地，2020年种植面积达4万亩，实现产量6万吨。锦屏镇白羊田村建立了60多亩生态灵芝示范基地，当地农户不仅将土地入股，还在基地务工，增加了60万元的经济收入。锦屏镇磨腊村种植甜竹笋，荒山变“金山”。太忠镇嘎仰村有青蛙养殖示范基地100亩，总投资为1035万元，产值可达1000万元，“稻田养鱼”示范基地已经发展到100亩。大街镇昆岗村水塘小组，核桃树下种植重楼、黄精等中药材，户均增收10万元以上。高原特色农业产业实现产值1.3亿元。

要青山也要碧水。利用自身所拥有的良好生态资源，该县把旅游业列为支柱产业之一，提出了五年内实现120万游客规模和2.5亿元旅游收入的发展目标。该县依托哀牢山、无量山的优势资源，重点开展自然探秘、生态科考、山地探险等国际高端生态旅游；依托川河、者干河等水域及其周边自然田园风光，发挥乡村民族文化资源优势，打造乡村旅游发展带；围绕两山经济干线重点建设自驾营地及自驾风景道，力争把该经济干线发展成为自驾游的一条热门线路。

发源于无量山脊的古里河，从原始森林中蜿蜒而出，水清见底。为了保护古里河这条清流，径流区域的景福镇7个村联合开展河道综合治理，建设一个“水清、河畅、岸绿、景美”的绿色家园。既要生态美也要生活美。

在大街镇的万亩茶园中，种植樱桃、银杏、香樟等树种，这就是为了保证生物的多样性，减少生态茶的病虫害。现在，这些树已经成为一道风景线，众多游客的到来，也带动了周边餐馆酒店等场所的生意，村民的收入可谓是大幅增加。每到花开季节，便可见大片大片的樱花陆续绽放，来此观赏樱花的游人也是络绎不绝。

景东县景福镇地处无量山腹地，坐拥高原镜湖湾水河水库、无量玉璧剑湖、笔架山、背娃娃山、猫头山等奇美的自然景观。

凤冠山有乌龟坝万亩核桃园、高原特色牧场、树包石、乌龟坝瀑布和白岭山道教圣地等丰富的旅游资源。

岔河村干河村民小组有原始的石头寨古村落、石头房、石板路，有漫山遍野的核桃生态林，有远看成林、近看成园的古茶树。

无量剑湖瀑布林深树茂，峰险谷深，终年水流不断，瀑布从高空飞奔而下，场面蔚为壮观，是无量山杰出的一大天然奇景。因其与金庸《天龙八部》笔下的“无量剑湖”颇有相似之处而得名。

多元化旅游资源逐点打造，连成一线，打出了一套漂亮的“组合拳”。

第十节　双柏县的“生态+”

双柏的“生态革命”从“小庙河水库之变”说起。

今来双柏的人都以为眼前的查姆湖天生就这样美。

不是的，她的前世叫“小庙河水库”，是一个“臭水塘”；她的今世叫“查姆湖”，第十七批国家水利风景区。

我与双柏至少有30年的渊源，早些年只要出差都要住到小庙河水库旁边的县政府招待所，这也是唯一可以接待外人的地方。

小庙河水库建于1958年，总库容160万立方米。

在我的记忆里，小庙河水库的功能仅仅是一坛水，之所以叫作“坛”，是因为她不大，一座小型水库，能大到哪里去？称她为一坛，是因为一个没有活水来源的水库，以“坛”论更合适。而且水库就在县城边上，以前的人不讲环保，生活垃圾随便就倒在了水库边，生活污水恣意排放，每到七八月，气温高时，水库水“臭得死人”。

直到几年前，双柏县的决策者们痛下决心，根据当地彝族查姆文化，将小庙河坝改名为查姆湖，并投入3400多万元拆除了3.7万平方米的沿湖周边建筑，然后分三期，又投入6800多万元，对查姆湖进行彻底地改造。同时从大山里引来活水，使得过去的臭水塘变成一池碧水，2017年，查姆湖被水利部列为国家级水利风景区。

整个查姆湖景区面积9.2平方千米，水域面积60公顷。

“小庙河水库之变”，让双柏县城妥甸的“颜值”提高了一大截，成了省内外有名的山水园林城市。到过的人都说，双柏县城的品质就在于查姆湖。

双柏县位于云贵高原滇中腹地，是红河源头的重要生态屏障，全县4045平方千米国土上，山区面积占国土面积的99.7%。占全县16万总人口49.9%的彝、回等17个少数民族，大部分居住在低热河谷或冷凉边远高寒山区。全县森林覆盖率高达84%，县城环境空气质量指数（AQI）优良率为99.7%。昔日远近闻名的贫困县，在实施“生态立县，绿色崛起”发展战略之后产生了巨大变化。

2018年度国家重点生态功能区县域生态环境质量监测与评价考核结果表

明，双柏县生态环境质量“轻微变好”，综合评分位列云南省第一。2019 年 4 月 30 日，云南省政府发布贫困县退出公告，双柏县成功脱贫出列。

“生态立县，绿色崛起”的路子走对了。

爱尼山乡就是“绿色崛起”的一分子。

爱尼山乡位于双柏县西南部，总面积 675 平方千米，人口 1.25 万人，每平方千米仅 19 人。森林覆盖率达 96.69%，人均占有林地 70 亩。

曾经的爱尼山乡人，完全依赖着山，砍树卖钱、砍树盖房、砍树开荒。

现在的爱尼山乡人醒悟过来了，再吃老本就只有死路一条。他们秉持打造“养生福地·生态双柏”这个县域品牌的理念，大力发展自己的生态产业。这里最低海拔 556 米，最高海拔 2250 米，加之森林植被茂密，非常适合药材种植。截至目前，爱尼山乡已引进 5 家中药材种植企业，组建中药材种植专业合作社 15 个，带动中药材种植农户 1800 多户，在高海拔和低海拔地区分类施策，种植茯苓、芍药等 30 多种中药材 5 万余亩。2018 年全乡中药材产值有 3000 多万元，人均 2300 多元。

昔日十分贫困落后的力丫村如今旧貌换新颜，全村 260 户已全部盖了新房，共计购买小轿车 60 多辆、摩托车 300 多辆，进县城购房 40 户。

在力丫村委会的一面荣誉墙上，我们看到了中华人民共和国生态环境部 2019 年 6 月授予该村党总支书记、村委会主任普友华“中国生态文明奖先进个人”荣誉称号的奖状和奖牌。

40 多岁的普友华告诉我们，过去力丫村是靠山吃山的贫困村的典型，穷怕了的村民曾砍伐森林、采割云南松松脂搞创收，加上无节制的生活用柴，使生态环境遭到破坏。

据了解，2018 年年末，双柏县已发展核桃种植 100 万亩，实现产值 9670 万元；中药材种植 10 万亩，实现产值 10 亿元，带动农户户均增收 11440 元，被命名为云南省首批“云药之乡”；种植青花椒 7.8 万亩，种植冬桃等 3.2 万亩，实现产值 14370 万元。

双柏县做足“生态 +”这篇大文章，闯出了“生态 + 产业”“生态 + 扶贫”“生态 + 旅游”“生态 + 文化”“生态 + 康养”的“双柏模式”。

近几年来，双柏县不断加快产业转型升级，带动农民增收，2019 年实现农林牧渔业总产值 24.12 亿元，取得绿色食品认证 11 个、有机食品认证 9 个、无公害农产品认证8个、国家地理标志农产品登记1万亩。

在大麦地镇普龙社区，连片开发的葡萄地一望无垠，枝繁叶茂。

这里有个三江葡萄庄园有限公司，在其种植基地内，员工们正忙着修枝剪叶、灌溉施肥。

这个庄园的拳头产品名为“阳光玫瑰”，由日本引进种植，外形酷似青枣，果肉饱满、清甜多汁、口感优异，市场价格坚挺、利润高。庄园从2016年起在普龙社区很本楷村进行示范种植，通过不断实践，总结出一套丰产栽培和病虫害防治技术，2017年60多亩地首次挂果，亩产就达2.2吨，实现产值约700万元，不仅带动了本地果农的种植积极性，就连省内宾川、蒙自等地的种植户也纷纷前来学习取经。

很本楷村村民罗小平承包了10亩地，也跟着三江公司学种植。

依托绿汁江流域优良的光热资源条件，葡萄种植已逐步发展成为大麦地镇的优势产业。全镇现有“京亚”“克伦生”“维多利亚”“阳光玫瑰”4个优质葡萄品种，种植面积近万亩，产值过亿元。

双柏县始终坚持以项目为支撑，以融合助发展，按照“一城六区三走廊”的总体布局，着力建设中国彝族虎文化园、白竹山生态文化旅游区、老黑山生态旅游区、绿汁江沿岸现代农业观光自驾车游营地、哀牢山国家公园、三江湖休闲旅游区、石碑山生态文化旅游区七大旅游重点项目。坚持全域生态化、生态景观化、生态产业化，大力开展植树造林、立体植绿栽花，依托七大旅游重点项目打造七条风格迥异的景观长廊，建设层林尽染、花草遍地、山清水秀的大美双柏。

依托法脿镇李方村资源禀赋和基础条件，突出生态和文化资源优势，打“生态”和“文化”两张牌。先后整合了美丽乡村、传统村落、彝族生态旅游村、少数民族特色村寨、农村环境综合治理、扶贫安居工程、生态旅游等项目，重点打造民族文化旅游村。

李方村位于白竹山腹地，距双柏县城35千米，离法脿镇政府13千米，全村51户186人，全部为彝族罗婺支系，是双柏“三笙”之一大锣笙的发源地。彝族文化底蕴深厚，大锣笙渊源久远，一直得到沿袭传承，被称为彝族古傩仪的“珍存”，得到州内外专家学者的普遍关注。

近几年来，李方村先后整合了传统村落财政奖补、彝族生态旅游村、少数民族特色村寨、农村环境综合治理、扶贫安居工程、生态旅游等 16 个项目，累计投入资金 1277.02 万元。

双柏县全力推进中国彝乡民宿经济发展示范区创建工作，在彩碍公路、绿汁江公路和双新公路沿线发展一批具有人文情怀、文化氛围、地域特色的民宿和一批观赏游览型、参与交流型、休闲度假型、产品提供型、农垦文化型的农家乐，打造绿色、生态、古朴、现代、温馨的双柏优质民宿品牌。

作为双柏民宿示范点代表的国飞药膳庄园，位于爱尼山乡旧哨村委会彩碍公路与妥爱公路两线相接处。依托优越的地理区位优势，2018 年，通过政府引导、群众参与、市场运作、行业自律模式，国飞药膳庄园建成集林下中药材种植观光、水果采摘体验、农家旧院留宿、原生态药膳食品体验、电商公共服务和党员教育实训基地为一体的民宿区，2018 年开业便实现纯收入 40 万元。双柏县在 2018 年至 2020 年 3 年时间内发展了 114 家民宿和农家乐。其中，新建民宿客栈 34 家，改扩建民宿客栈 32 家；新建农家乐 47 户，改造农家乐 1 家。目前，全县已命名民宿示范点 10 家、农家乐示范点 9 家，并由财政投入资金 89 万元，对示范点分别给予了 3 万至 7 万元的奖励。

如今到双柏只要放眼都是美。

离县城不远的新华村前有座水库，紧紧围着水库是大片大片的粮田，再往外就是大片大片的坡地。这个时节，粮田里长满绿油油的麦子，坡地上正开着黄灿灿的油菜花。村子虽然只有十几户人家，但也不缺乏外来游客。水库旁边的“农家乐”炊烟袅袅，里面播放着一曲当地民歌：“三月麦子青，四月麦子黄，左等右等你不来，韭菜花开心里凉……”在双柏，像新华村这样山清水秀、麦青花黄的村庄还有法脿村、英雄村、杨梅树、月牙埂、小石桥、红豆树、桂花井等等。

碍嘉湿地位于哀牢山国家级自然保护区，海拔 2400 米，由大马房湿地、老王坪湿地、小河坝湿地三大片组成，面积约两万多亩，是云南省中部最大的高山湿地。碍嘉湿地地势开阔平坦，水泽草肥、绿草如茵、野花遍地，溪水潺潺、清澈透凉，空气清新，周边无人家和耕地。湿地周围山林茂密，紧依保护区的核心区，核心区为莽莽林海，人迹罕至。碍嘉湿地为游人提供了一个净化和放飞心灵，回归自然，探秘原始森林，挑战自我的乐园。

小河坝位于哀牢山东麓中段，其范围包括中河坝至塘房庙一条长约 5 千米的山谷地带，在这条山谷地带，一侧是哀牢山东坡茂密的原始森林和群峰山峦，一侧是低矮平缓的丘陵，两侧不同的山体形态和植被类型，形成了强烈的对比；平坦开阔的山谷草甸，则更具有迷人的景观和游览情趣；溪流小河缓缓流淌，奇花异草遍地覆盖，整个环境给人以静谧、苍凉之感，是野营度假、进行森林与空气浴和接受大自然陶冶的好地方。

近几年来，双柏县多措并举抓好《双柏生态县建设规划（2013—2020 年）》各项工作任务落地落细落实，并取得突出成绩。

目前，双柏县已成功创建省级园林县城、省级文明城市等。2016 年、2017 年连续两年被省委、省政府考评为跨越发展“先进县”、重点生态功能区“先进县”，2018 年、2019 年连续两年入选中国最美县域榜单。全县已成功创建省级生态乡（镇）6 个，79% 的村被命名为州级生态村。

第十一节　东川：给秃岭荒山披上绿装

那年写《流泪的红土地》，获全国新闻奖。

那年我们只看到楚雄三街大地上的一个小小疤痕，就已经痛哭流涕。

东川才是真正的“流泪的红土地”，那些年只要到过东川的人，若不潸然泪下，那只能说是铁石心肠。

可和东川的一些老人说起采矿，他们仍然无比自豪。有据可考东川从东汉时期就开始采铜了，采铜史有 2000 多年，直至明清时期，东川仍是国家铸币的原材料供应基地。新中国成立后，东川铜矿建设被列为国家“一五”期间 156 个重点项目之一。1958 年 10 月，因矿设立地级东川市，素有“天南铜都”之誉，累计探明铜金属基础储量达 162 万吨……

然而，数千年的铜矿开采也把东川地表之下凿得千疮百孔，仅汤丹镇受采空区、塌陷区影响的面积就有 50 多平方千米。20 世纪 50 年代以后，伐薪炼铜、过度垦殖，又给东川的森林资源带来毁灭性破坏。2012 年年底，东川区森林覆盖率仅 20. 77% 。而据东川区林业局提供的资料，300 年前，东川的森林覆盖率曾经达到 70% 。

加之东川泥石流与生俱来。科学家认为，这里没有人类之前，泥石流就存在了。东川有很多古老的泥石流堆积，东川城区就是建在五条古老的泥石流堆积层上。泥石流在这里如此频发，是因为东川处在一个很大的地质构造带上，小江河谷之下就是一个穿透地壳的大断裂——小江深大断裂。

小江断裂带北起四川康定—泸定一带，从巧家进入云南，经东川、嵩明、宜良、通海向南延伸，这个新构造时期以来十分活跃的活动断裂带，塑造着青藏高原东南边缘高山深谷的构造地貌，也诱发了频繁的地震活动。

东川受东南季风和西南季风的共同影响，干湿季分明，降水主要集中在6—8月三个月里。小江是一个干热河谷，河谷地区年降雨量只有500多毫米，但是随着海拔增加，降水也在增加，到了海拔3000米，降水达到了1200毫米以上，而泥石流形成刚好是在上游。山下可能不下雨，但山上的雨却下得很大。破碎的岩体在雨季很容易崩塌，于是大量可移动物质借暴雨之力顺势而下，沿途剥蚀着山体，裹挟着巨石泥沙以雷霆万钧之力向下游席卷而去。

尽管人们慑于泥石流灾难，但还是愿意讲述那些过去。他们中间内行的人说，蒋家沟泥石流暴发的时候，可以历时三到四个小时，甚至数十小时。最厉害的时候，最大流量可以达到2820立方米/秒，最大流速15米/秒，最大泥深5.5米，最高容重2.37吨/立方米，最大输沙率6079吨/秒。见过泥石流暴发的人都有这样的描述：房子般巨大的石头像帆船一样缓缓从河床上滚过，轰隆隆的巨响中巨石与巨石相撞在黎明前的暗夜里，发出惊心动魄的“火花”。

蒋家沟是小江流域最具代表性的一条泥石流沟。这条只有13.9千米长的小江支流，海拔却从3069米直降到1042米的小江河谷，相当于每前进100米，就下降14.6米。沟里还有若干支沟，受小江断裂带切割影响，地形陡峻，再加上森林砍伐殆尽，因而容易发生崩塌、滑坡，每年6—8月的雨季期间，山顶1200毫米的降雨量，携带着储量极丰的可移动固体物质倾泻而下，屡屡成灾。仅1919年到1968年，50年间，泥石流就曾7次堵断小江，最长的一次达6个月。蒋家沟平均每年发生泥石流15场左右，最多的一年达28场，在3个月的雨季里，相当于3天一场泥石流。20世纪60年代以来，蒋家沟泥石流已经造成187人死亡。

进入20世纪70年代后，泥石流年年暴发，越来越严重，不是冲毁铁路就是冲毁公路，一到雨季，东川与昆明和外界的联系全部中断了，常常是持续半年连煤都运不进来。小江桥就是那时报废的，从建成到报废不到20年。路途中不时能看到一段段被淤埋废弃的铁路和桥梁。那些桥梁并非年代已久，而是被泥沙淤埋和冲毁了。

为了对付越来越肆虐的泥石流，迫于生存东川政府开始整治泥石流。1975年陈循谦被调到了小江整治办公室，即现在的东川区泥石流防治研究所的前身。他记得，那时的泥防所像消防队，电话一来连夜就得走。死人的事经常发生，1984 年 5 月因民铜矿因为泥石流一个晚上就死了 117 人。那个时代东川常被灾难的阴影笼罩着，人心惶惶，报纸上也出现这样的标题：《东川，泥石流包围的城市》。

如此高频率的泥石流在国内外都属罕见，故中国科学院 1961 在此建立了东川泥石流观测研究站，1988 年蒋家沟泥石流观测站正式成为中国科学院首批 5个野外开放站之一。每年夏天，世界各国研究泥石流的科学家都到这里来工作，使东川观测站成了世界上最著名的泥石流观测和研究基地。

如今荒芜的旷野里，观测站周边是仅有一点绿色的地方。大门紧锁，四周静悄悄的，只有看门人老洪和一条狗厮守着。老洪是当地农民，他的家原先在蒋家沟里，现在全村都已移民沟外了，因为泥石流已经逼近村庄。

老洪很怀念种稻谷的日子，他记得小时候村子边上没有泥石流，稻谷种在河谷边，蒋家沟也不像现在这么宽。听说更早的时候，蒋家沟只是一个小水沟，随便就跨过去了。后面那座荒凉得吓人的大山还有个绿色的名字，叫大松山。他爷爷活着的时候，山上的松树有三四十厘米粗呢。他今年 50 岁，从小就没见过山上有树。“人定胜天”的 1958 年，小江两岸最后的森林就被砍伐殆尽了。在他成长的年代里，他看着水源慢慢干涸，看着水稻种不了，改种玉米、土豆，再后来，泥石流逼到家门口的时候，就只能搬迁了。

蒋先平回忆过去也感到惬意。以前还有一个老蒋家沟村，那是蒋先平爷爷的时代的村庄，现在被深深地埋在泥石流下面。他现在的地就在他爷爷的时代的村庄上面。蒋先平今年快 40 岁，与守门的老洪一样也爱谈祖辈曾经拥有的与现在不一样的蒋家沟。他说：“祖先来到这里时风景好得很，蒋家沟是一个大箐沟，沟里流淌着清澈的箐水，山上有粗大的柏树，观测站背后的山梁子就叫柏枝坪，‘山猫狸’（狼）多得很。”蒋先平说，他叔叔小的时候还被咬过呢。

早几年的东川，确切地讲，也就六七年前，到了冬季，这里的山上满眼是枯黄的野草和裸露的青石。即便到了春天，也很少能见到成片的林子。植被的大面积破坏，加剧了水土流失。

三四月还好，这时是云南的旱季，沟底干涸的乱石滩成了孩子们嬉戏玩乐的场所。可一到雨季，滚滚泥石流就会沿着被牛棚子村民称为干沟箐和大河边的两条泥石流沟渠倾泻而下。张琼和其他150余名村民要随时做好“躲到高处去”的准备。村民们说，冒雨躲泥石流，甚至通宵不眠的情况，已持续了好多年。过去大河边以北的山脚处，住着14户村民。65岁的皮忠存老人说：“雨水天，山上的石头就会下来。”当地村民还说，山顶上已有几十米长、约半米宽的裂缝，一旦遇到地震或单点暴雨，就可能发生大面积山体滑坡，将大半个村庄掩埋。

有环境专家建议，对隐患突出又难以治理的地区，必须尽快实施生态移民。但根据概算，6.5万移民搬迁所需资金超过98亿元，远非昆明市和东川区所能承受。

近年来，东川转变发展思路，坚定不移走生态优先、绿色发展新路子，全力推进生态保护修复，发展特色优势产业，全力建设“一江清水两岸青山”“山青、岸绿、景美”新铜都。

2000年东川区被列为云南省9个退耕还林试点示范县区之一，自启动退耕还林工程以来，东川区严格按照退耕还林各项目的管理规范组织实施。以作业设计为依据，在地块落实、预整地、苗木质量、栽植、成活率等各个环节上严格把关。同时，把林业生态建设融入全区经济社会发展的总体布局，坚持每年投入1000万元的地方财政资金，一年接着一年干。

“十一五”以来，东川区整合各类资金15384.73万元，实施荒山造林22.9万亩，退耕还林28.31万亩，核桃种植24.47万亩。

从2016年以来，全区开始滚动实施林业生态建设暨城乡园林绿化三年行动。2016—2018年第一个“三年行动”，完成区级荒山造林13.7万亩，义务植树、各类植物栽种279.5万株，因地制宜对凤凰木、蓝花楹、杨树、新银合欢四大树种实施四大工程，持续加强国土绿化工作，拓展城乡绿地空间，提升生态效益。

此外，着力打造“五个一”生态精品工程，围绕美丽乡村要求和“一江清水两岸青山”的目标，全区各乡镇（街道）集中打造一个生态示范村、一条生态景观河（沟）、一个生态小集镇、一条生态观光线路、一个环境优美村，通过以点带面、示范引领，推动林业生态建设向纵深发展。

针对东川因干旱少雨、蒸发量大、土层瘠薄、保水能力差，新造林木存活率较低，许多荒坡年年造林不见林的情况，当地相关部门反复尝试利用不同的方法、树种进行试验种植，抽小江水进行浇灌，探索出漏斗底鱼鳞坑保土保水技术。并以汤丹镇达朵村7000亩荒山作为干热河谷抗旱造林示范基地，种植耐旱易成活的新银合欢。截至2018年年底，全区推广种植新银合欢6.1万亩，现长势良好。

经过东川区上下艰苦卓绝的努力，生态修复取得了明显成效。截至2018年年底，全区共有林地面积160.37万亩，森林覆盖率增加到33.7%，预计2019年年底森林覆盖率达38%。

生态好了人们还要富才行。近年来，东川区拖布卡镇按照“一产做特”的工作思路和“新兴产业龙头带动、传统产业提质增效”的工作方法，重点抓好“特色水果、特色养殖、冬早蔬菜、花椒、核桃”等五大绿色农业产业，让荒山披上绿装。同时聚焦农产品加工转化关键环节，不断加大特色农产品旅游商品开发力度，培育了一批省市农业龙头企业、合作社等新型经营主体，全区已形成了以特色蔬菜、特色水果、特色水产、优质马铃薯、高山药材等为主的52个“一村一业”的特色产业村，东川面条、开花洋芋、鹅名堂、红心火龙果、金江小芭蕉、疙瘩金红薯、金太阳甜杏、百花桃、雪上一枝蒿、云南参10个农特产品品牌效益明显。

目前，东川有26家省市龙头企业，规模养殖场47家、养殖大户38家、家庭农场38家、区级以上示范合作社33家、新型职业农民155名。李子沟开花洋芋引入企业“统植、统购、统销”，村民不用出村公司就按照每公斤6元的保底收益价全部收购；岩头冬桃采取“党支部+合作社+基地+农户”模式，注册了公司，种植面积达到750亩，吸纳本村建档立卡户入股会员148户，解决用工300余人；中殿村野逸中蜂养殖基地已申请了“乌蒙牯牛土蜂蜜”注册商标，商品包装日趋成熟，各种特色农产品旅游商品企业如雨后春笋般焕发勃勃生机。

走进拖布卡镇新店房村，漫山遍野的小树苗引人注目，软籽石榴、脐橙等经济作物长势良好。这是目前东川发展林下经济模式的探索和实践成果。东川区将退耕还林、林下经济种植与大户合作社三者相结合，不断扩大生态效益、社会效益和经济效益。

新店房村主要采取“土地流转＋优先务工＋社会保障”的模式，对零散土地进行流转，规模土地农户自己耕种，退耕现金补助全部属于农户，已支付退耕还林农户补助资金121.3万元，种苗补助资金72.78万元。如今已种植软籽石榴400亩，脐橙500亩，2019年已有200亩脐橙挂果，预计经济收入有30余万元。

拖布卡镇森林覆盖率目前达到32.01%，林木绿化率达43.9%。共有公益林133050亩，累计完成退耕还林3.55万亩。种植特色水果7000亩、冬早蔬菜5000亩、花椒1.5万亩、核桃3.5万亩。发展特色养殖，茶花土鸡养殖25万羽，五黑鸡养殖10万羽，竹鼠1万只，豪猪养殖1000只。发展林下魔芋种植500亩，林下中草药种植700亩，林下间种或套种粮食作物2万多亩。

福兮祸兮。

之前，我没有去过东川，只是在网络上看过一幅幅红土地的壮丽景色，红得那么决绝，又是那么震撼，都说那里是上帝遗落了的“调色板”。所以在我的心目中早已把那里列为我这一生必去的地方。

只要简单学过地理的人都知道“水土流失”这个词语，这个词语的背后却是背井离乡的辛酸故事。那些年的东川人多地少，过度的种植和肆意砍伐，尤其在陡坡上毁林开荒等残忍的行为造就了今天的尴尬景致。我也不敢否定现在的东川之美，但每当想起这里的村民艰难地活着的时候，就想哭。

祸兮福所倚，福兮祸所伏。

再尴尬，景致也是景致。这片满目疮痍的红土地带动了当地的旅游业。

红土地镇花沟村旅游资源丰富，主景区位于花石头小组，那里有缤纷的色彩、优美明快生动的线条、恢宏磅礴的气势。整个景区面积30平方千米，最高海拔2715米，最低海拔2321米，高差394米，为彝族六祖分支发祥地，民俗独特。景区地处高原山区，总体上呈北高南低之势，地形起伏变化，山丘、水沟纵横，为高原季风型气候类型，属南温带气候特点，最低气温在1月份，最高气温在7月份，年均降水量800毫米左右。土壤深厚，均为酸性红土，富含铁、镁等元素，当每年农作物收割之后，连片土地裸露出来，呈现大面积片状、块状红色。尤其在雨后观看时，由于雨水冲刷，尚未氧化的富铁土壤大规模出现，加之空气清新，阳光普照，能见度明显提高，景区基本色调由褐红色变为鲜红色，借助景区上方蓝天白云的快速组合、移动以及周边地区高耸山峦的衬托，景区内就不断出现一幅幅变化不断、丰富多彩、美丽天成的红土地画卷，成为闻名中外的摄影圣地，被称为中国红土地的代表作。被专家认为是全世界除巴西里约热内卢外最有气势的红土地，景象比巴西红土地更为壮美。

景区内主要景点有锦绣园、七彩坡、乐谱凹、打马坎、落霞沟、千年老龙树、瓦房梁子、螺丝湾、白泥塘、红土大观。层层叠叠的梯田里，火红的土壤上，一年四季荞子花、洋芋花、油菜花和萝卜花交替开放，色彩斑斓，鲜艳浓烈的色块一直铺到天边。景区目前已建成旅游示范村，建有游道、观景台、标牌、厕所等旅游服务设施，旅游区内还有分散的由农户开设的若干旅游接待点。区内红土地旅游接待宾馆、饭店由 1 家发展到 58 家，旅游床位数由 20 个发展到近 2000 个，旅游年收入从无到有，现接近 2000 万元。区内还有公共停车区 60 个，观景台 10 个。

单一个“东川泥石流汽车摩托车越野赛”就有不俗的业绩。从 2004 年开始，东川区依托世界著名的泥石流资源，趋利避害、变废为宝，先后投入了 5000 多万元，在昆明市政府的支持下连续举办了 13 届中国东川泥石流汽车、摩托车越野赛。13 届赛事直接吸引游客超过 200 万人，旅游综合收入 5.6 亿元。在赛事的带动下，小江河谷农庄、农家乐等休闲产业蓬勃兴起，有一定规模的已有 30 多家，餐饮、住宿，汽车销售、修理等行业快速发展。

东川一年四季都是节。李子沟开花洋芋节、乌龙杨梅节、望厂桃花节、小新街布依族丰收节、牛厂坪布依族头蛇节、阿旺彝族斗牛节、火把节等乡村民俗节庆，不但营造出良好的人文环境，还将农特产品直接面对消费者进行推介，既满足了游客吃、游、购、娱的需求，又增加了农民的收入。最近几年，东川旅游年接待人数达到 150 万人以上，旅游综合收入接近 5 个亿。

第十二节　百花岭村民很懂鸟

一来就问我：“去过百花岭么？”

问我话的小女子就是从百花岭出来到城里工作的人。

我答：“去过，怎么啦？”

她说：“我才不信。你去过的话，那你肯定到过我家，那你肯定知道侯体国……”

我说：“我知道那个叫侯体国的呀。”

她说：“那你说说他是什么样一个人?”

我哑口无言。

我之前到过百花岭，还在那里住了一夜，跳了一场篝火晚会，唱了一曲后来风靡东南亚的《我为小雀找个窝》。

但我并不了解那里迄今共记录到的343种鸟类，这些鸟类约占云南省记录鸟类总种数的43.3%。其中有国家一级重点保护种类5种，国家二级保护种类33种。

更不知道有个人叫侯体国。

侯体国是云南省保山市隆阳区百花岭村人，他的耳朵“认得”很多种鸟鸣，听得懂鸟是高兴，还是忧伤、惊恐。每每有游客和摄影爱好者来拍鸟，都爱找他当向导。“我当向导30年了”，他自信地说，“爱鸟护鸟，采访我，你们找对人了。”

“以前我一天能打100多只鸟，可准了。”侯体国说。从村民口中的“鸟疯子”到经验丰富的“百花岭老侯”，77号鸟塘的塘主侯体国既是当年带领大家进山打鸟的人，也是现在号召大家护鸟、建鸟塘的带头人。那时，因为他对山路熟悉，经常能在山间发现鸟，很多人都跟着他进山打鸟回来吃。

在20多年前，村民们可不这么想。百花岭的村民除了汉族，还有傈僳族、白族、彝族和傣族等少数民族，这些村民世世代代以高黎贡山为家，“没肉吃了就上山打猎”。20世纪八九十年代，乱砍滥伐、毁林开荒、上山打猎，村民和高黎贡山自然保护区之间矛盾重重。

说起百花岭观鸟产业的发展，还要追溯到1989年11月的一天，侯体国在山林里拿起弹弓准备打鸟，遇见一对来观鸟的台湾夫妻，夫妻俩提出如果他能帮助找到画册上的鸟，他们将支付给他一笔相应的费用作为报酬，那一天他们共看到了160种鸟。临走前，夫妻俩与侯体国打赌，只要他不再打鸟，未来将会有世界各地的人到此，有挣不完的钱。

没过多久，一个赌约变成现实。台湾夫妻走后将鸟群信息发布在网上，最初是外国的专家拿着望远镜来科考，到后来，又有许多国内的鸟类专家来观鸟，尤其是近年来除了科考研究外，大批拍鸟爱好者也慕名而来。

为了能够快速辨别，寻找画册上对应的鸟，侯体国开启了他不断探寻的脚步。他说："我是1988年结婚的，为了观察鸟，不顾老婆反对，一个月翻一次高黎贡山。"刚开始，只有侯体国一个人带着观鸟者满山寻找鸟的踪迹，后来，在他的指导下，村里的年轻人也带人进山，如今他已经有了20个徒弟。

在一次进山的途中，侯体国和观鸟者们见到几只鸟在水塘边洗澡，拍摄之余有人建议侯体国效仿泰国和哥斯达黎加的做法建设一个鸟塘。由于经济限制，他只能依据游客们的描述和图片资料进行搭建。2009年，百花岭建起了第一个鸟塘，为外来拍鸟爱好者提供观鸟服务，每个机位收费20元。

从过去的"野拍"到定点拍摄，既提高了拍摄质量，也省去了在山林里盲目寻找浪费的时间，外来拍鸟人数逐渐增多。看到收益后，村民们纷纷效仿侯体国。过去村里小卖店柜台上常放着的弹弓没有了，一个个鸟塘如雨后春笋般冒了出来，鸟塘旁用遮阴网搭个大棚，可以容纳多个拍鸟爱好者一起拍摄。现在每个机位收费50～100元不等，旺季村民一天收入最高能达到4000元。

侯体国常说："是鸟让大家得到了收入，改变了村里的面貌。过去带大家打鸟，现在要带大家爱鸟，要用心、用生命去爱护它们。"看见鸟为村里切实带来的经济变化后，越来越多的村民加入到爱鸟护鸟的队伍中，不仅撤下了防止鸟偷食庄稼的粘网，而且会在庄稼、水果成熟的季节，为鸟主动留出少量食物。

1989年侯体国做了当向导的首单生意后，陆续有人找上门，"百花岭老侯"也逐渐在业内叫响。他平时注意观察鸟的习性，没事就捧着各种与鸟有关的书看。

侯体国说，如今，百花岭像他这样引导摄影爱好者拍鸟的向导有60多名，鸟塘有47个。外出打工的村民，也纷纷回村投入到与观鸟相关的产业，住宿、导游、餐饮、购物、物流等产业雏形初具。2018年，全村6000多万元经济收入里，与观鸟有关的占了近八成。

不过，眼下的状况，在侯体国眼里并不完美。他给记者列了几条：比如，为防止鼠类吃核桃果，有的农户在树下用老鼠药，经常会误伤到鸟。对此，老侯发明了用塑料布或者白铁皮裹住树干的办法，让老鼠只能"望果兴叹"。

为了防止村民之间产生恶性竞争，2014年4月16日，百花岭村委会主任董建强联合全村及自然村集体成立了隆阳区越腾古道农业旅游专业合作社。"合作社成立之初，也有部分村民持观望态度，第一批只有162户加入。"董建强说，合作社不仅对当地鸟塘实行统一管理、统一售票机制，同时还采用山林、资金、土地、房屋建设按户入股分红的形式，形成人人参与、共同致富的局面，激发大家对生态的保护意识，做到经济、生态两大效益有机统一。

侯体国说，各地观鸟相关产业也有竞争，村民最怕环境不好了、鸟飞走了，客人也就散了，向导们也得随之下岗。

在观鸟经济形成之初，百花岭的配套设施还不完善，全村只有侯体国一家能腾出 7 间客房给观鸟者入住，而更多的拍鸟爱好者只能往返几十千米到镇上的宾馆住。看到这一现象后，董建强到潞江镇申请了 19 个家宅地指标，分给当地有条件的村民进行民宿改造。目前，全村共有 22 家民宿，可同时接纳游客 700 多人。

观鸟拉近了百花岭和世界的距离，老侯的两个女婿就是例子。

大女婿叶雪林是广西人，出国留过学，曾在一家银行工作，2015 年辞职来百花岭做向导——不但接待来这儿观鸟的国际友人，还把本地观鸟人士带出国。叶雪林看好观鸟的国际市场，正在学习西班牙语。他说，目前收入和在银行差不多，但肩周炎、坐骨神经痛没了，体重也减了 10 公斤。

在百花岭走走，能看到许多“研学”“游学”的布标，设计时尚有格调。老侯的二女婿葛宝智也扎根山里，做起了自然教育。他说，孩子们进山除了看鸟，还可以认识植物、昆虫、蛙类，知道蝉的翅膀会显示不同颜色。

作为“二代向导”，31 岁的叶雪林眼光独到。他说，百花岭观鸟主要在冬季，其实根据鸟的迁徙规律，一年四季可以到不同地方拍。

目前，百花岭有 22 家客栈，可同时接纳 700 多名游客。当地意识到观鸟迅速发展对环境可能带来的挑战，划定一个 2 平方千米的区域建鸟塘，其他区域禁止建设。高黎贡山旅游度假区管委会资助村民对鸟塘进行“仿生”生境营造改造。

2019 年 7 月，首届“高黎贡山杯”国际昆虫摄影对抗赛在百花岭举办，吸引了 50 多名自然摄影师。5 月到 9 月的观鸟淡季，变成了昆虫微距摄影旺季。从 2016 年起每年举办的观鸟节，既让百花岭声名远扬，又开拓了村民的发展思路。鸟类专家、西南林业大学教授韩联宪建议，合理布局鸟塘、科学投喂、改善当地生态环境，可以让百花岭走得稳健长远。

69 岁的傈僳族老人密朝新，如今又拿起了传统乐器“起奔”。老人有时去侯体国的家里为客人表演，一晚上收入百元。在记者面前他拨弄弦子，唱起傈傈情歌。此时，树上听歌的鸟儿，在这里待得更安逸了。

葛宝智拿着当天做鸟导的500元收入笑着说："现在来我们这里玩很方便，吃住行一体。游客到了之后在民宿休息一会儿，走几步路就可以到餐馆吃点小炒和野菜，要去山里我们会开车把他们送到鸟塘，还能为他们讲解。如果游客要在山里待很长时间，他们可以提前订餐，我们再送过去。"说话的同时，他的家人正忙碌着为游客倒茶、摆碗盘、炒菜、上菜。

"今天真是太幸运了，居然看到两只白鹡鸰在车前跳舞。"4月的高黎贡山春寒早已褪尽，漫山翠绿。两位来自新疆的观鸟者一路讨论着，在鸟导葛宝智的带领下回到民宿。没过多久，一个外国观鸟团的大巴缓缓驶入农家乐大院，车上有来自瑞典、英国、美国、加拿大等不同国家的十余名鸟类爱好者。

"过去我在一个小额贷款公司上班，工资每个月几千块，但常常加班，现在在家里做鸟导和提供住宿，所有收入每年大概有几十万。"侯体国的女婿葛宝智说。葛宝智和妻子结婚后，2015年左右回到百花岭定居，做鸟导已经有3年的时间。从开始的一窍不通到滔滔不绝地为观鸟者讲解鸟类趣味知识，他适应得很快。

除了带观鸟者去看鸟，葛宝智自己也很喜欢摄影，遇到志同道合的人会聊上几句摄影知识。在他看来，鸟导是一个充满乐趣的职业，他不仅能接触到各类人群，也能接触更多大自然的美好。葛宝智除了做鸟导还在不断探索拓展这条产业链，在他家的民宿里，常常会不定期举办自然教育、营地教育等，他希望能将大自然的世界分享给更多的人。

如今，做鸟导已成为百花岭大部分年轻人的副业，像葛宝智这样的鸟导当地还有60多名。在全村的共同努力下，百花岭观鸟产业链逐渐成熟，村民人均年收入提高。然而过去，这里只是个背靠大山、默默无闻的小村。

百花岭还坚持"宜林则林、宜果则果"。大力培育农、林龙头企业，形成了"一村一品、一村一色"农、林产业布局，发展并形成了"杧果村""火龙果村""坚果村""反季节蔬菜村""咖啡村"等，通过特色种植带动农户大幅增收。

"这方面最有名的，是桃园组的李大一。"侯体国说着，把我们带到李大一家的新房前。72岁的李大一，年轻时打猎厉害，后来种树、卖果树苗，挣钱也厉害。提起以前怎么用火枪、弩弓对付黑熊、马鹿，李大一摆摆手："还是动物多了好，山好瞧，游客多。”

为了解决这些矛盾，引导村民转变观念，1995 年 12 月，百花岭村民成立了高黎贡山农民生物多样性保护协会，62 户会员每户交 5 元会费，凑钱自我管理，先解决吃饭问题。时任村支书李加虎成了第一任会长。他回忆，协会先带着村民种植柑橘、核桃、咖啡和板栗等，靠果树致富。

百花岭村的柑橘种植由来已久。早在抗战时期，百花岭村便开始发展培育种植柑橘，至 2019 年全村柑橘种植面积已发展至 10000 亩左右。并在专家的指导和培训下，百花岭村培育出适合百花岭种植的柑橘品种——百花橘，使柑橘在品质和产量上有了质的飞跃。目前百花岭村柑橘种植面积已经达万亩，有沃柑、椪柑、贡柑、红美人、橘橙、纽荷尔脐橙、不知火、AC 晚芦等 10 多个品种，柑橘种植已成为百花岭村的支柱产业。

李大一新房后郁郁葱葱的杉树，就是那时候种下的。这个曾经的猎人，放下猎枪，拿起锄头育苗，这些年光核桃苗就卖了几十万株。他加入生物多样性保护协会后从未打过猎，把心思花在种红楠木、椿树、松树上。他说：“现在不打猎了，想吃肉去街上买就行了。”

水果蔬菜和经济林让百花岭摆脱贫穷，靠山吃山换了个“吃”法。环境好了，鸟多了，近年来百花岭更是因观鸟而声名鹊起，村民也找到了新的营生。

高黎贡山农民生物多样性保护协会是中国第一个农民生物多样性保护协会，协会的成立培养了村民对森林的感情。

这其中一位，就是护林员刘绍纯。曾经的刘绍纯也和村里很多人一样砍伐木料去换钱。他生活在一个大家庭中，为了让家人过上更好的日子，农闲之余就上山伐木，“小的做房梁，30 块一棵，大的做柱子，150 块一棵。比较贵的是木荷树，直径 40 厘米可以卖 300 块钱左右”。刘绍纯说。而一棵直径 40 厘米的木荷树大概生长周期为 40 年。

一棵几十年的老树几分钟就能被放倒，守护一棵树需要更长的时间。2005 年，高黎贡山自然保护区将刘绍纯招收为护林员，14 年来，他一直巡护着这片家门前的大山，巡山的路段多在海拔 1500 米至 3300 米，30 千米左右。每个月他需要和其他护林员们轮流进山住上 8 天，夜晚在偷盗者常出没的路段设卡拦截。

身份的转变也为刘绍纯带来了思想上的转变，一方面是他在巡山过程中对森林逐渐有了感情，另一方面则是旅游业的发展给当地经济带来了可观的收益，他开始发现过去用砍树赚钱得不偿失，“靠山吃山不能只是一次性索取，要保住现有资源永远利用”。在大家的共同努力下，现在高黎贡山的森林覆盖率达69.6%，林木绿化率79.3%。

第十三节　双廊的阵痛与启示

海子在诗中写道：“从明天起，做一个幸福的人，喂马，劈柴，周游世界。从明天起，关心粮食和蔬菜。我有一所房子，面朝大海，春暖花开。”

客栈老板王芸在2015年放弃了在深圳还不错的工作，变卖了自己在深圳的一套房子，还背上几十万债务来到双廊，就为“从明天起，做一个幸福的人”。

吹下关的风，看风情岛的花开，望苍山的雪，赏洱海的月。客栈开业以后，王芸也有过梦想中的生活：开满院子的花，养一只慵懒可爱的猫，以茶会友，听着洱海的波浪声看书。

2017年3月15日晚上，王芸正坐在客栈一层的吧台里和客人们聊天，手机响了，朋友发来一条微信，标题上写着“环洱海客栈餐饮4月1日之后全部停业”。

2017年3月31日，大理市宣布启动“环湖截污工程”，洱海“生态红线区”内的餐饮、客栈全部暂停营业。

从2017年4月1日开始，洱海的客栈老板们有10天的时间把象征着保护洱海的蓝色封条贴在门上、锅盖上，4月10日，“红线区”客栈正式关停。

不只是王芸，所有在洱海边的客栈主们都被这条猝不及防的消息打乱了原本的生活。

一夜之间，629家餐饮客栈的关停，把洱海的双廊镇从喧闹拉回到了宁静。

大理游客井喷是在2014年，电影《心花路放》的播放迎来了大理的第二次兴起。2016年大理的旅游人数逼近4000万人次，是10年前的4倍。随之兴起的是目不暇接的客栈和烧烤摊。近50年的污染沉积导致洱海全湖污染层累计为27厘米左右，总含磷量均值甚至高于太湖、巢湖等富营养化湖泊。2017年，洱海爆发了蓝藻。

洱海确实病得不轻，必须得下猛药救治。

有些人把“开启洱海保护治理抢救模式　实施‘七大行动’”形容成一场战争。

我在环洱海多个乡镇采访时见到，几乎每个乡镇都设有“七大行动”指挥部，墙上挂有“作战地图”，详细列出每项任务的进展，具体责任到人。大街上，“抢救洱海　保护母亲湖”“坚决打赢洱海保护治理攻坚战”等类似标语随处可见。

更多的人或部门被发动起来：当地武警官兵组织志愿者打捞水葫芦；市委党校组织洱海保护专题宣讲活动；市妇联成立了巡查巡护小分队，督查城乡庭院污水收集情况；大理市老干部老年大学组建了“洱海保护志愿者”。

进入2017年4月，走进以旅游闻名的双廊，发现这里就像大工地，挖路、铺管，路上已经开不了汽车，电瓶车骑过都扬起漫天灰尘。

街头巷尾，到处是这样的标语——“洱海清，双廊兴”。

生态环境的保护与旅游产业的发展，短短几年，爆发式发展的双廊终于要直面这看似矛盾的命题。在很多人看来，这才有了这次壮士断腕式的整治。

从最初的情怀梦想，到投资客纷至，游客暴增，再到客栈餐馆关停整顿，这个古镇到底发生了什么变化？这个过程又有什么启示？

走在双廊，游客明显减少得多了，街上走着零零散散的人。比如一家租车店，以前这个时候很忙，车子不够租，现在没有人租了。很多游客到双廊的目的就是住一晚上或几晚上海景房，现在海景房没有人住，老板干脆把客栈关了。在双廊镇开客栈的楼尚说，“这里一直在挖路，交通也不好，谁还来？”

一夜之间，喧闹的旅游地回归到了宁静。

楼尚说，刚来这里时，很破败，比如买菜，没有羊肉牛肉，只能买到猪肉，也没有超市，都是农村的小卖部。还是一名温州人在当地开起了第一家超市，给这个渔村带来了现代的气息。

像很多文艺青年一样，楼尚一开始选择在这里开客栈完全是出于一种生活的情怀。2013年，楼尚从老家杭州来到双廊玩，被洱海美景吸引，觉得这里太适合生活。于是，他带着女朋友来这里定居，向房东租了一个房子，建起客栈。这几年来，他很少回家，即使是春节。

平静的生活只过了两年，他生活的双廊小镇越来越热闹。双廊，变了，变得嘈杂。

旅游产业的发展，让这个原本贫穷的渔村经历了“暴发户”般的变化。随着网络、影视等快速传播，双廊的名气越来越大，游客暴增，它从一个小渔村变成了“打卡地”。

原本，楼尚的客栈位于第一排，前面只是一座老房子，但很快，老房子被翻新成了客栈，他家的风景就被挡了。

从原本的情怀到纯粹的赚钱，楼尚说，双廊客栈发展到今天，经营者的心态已经发生了变化。“客栈越造越多，越造越大，投资五六百万的不算什么了，有的是借了钱来投资。”直至关停，这里仍有多家客栈或在新建，或在装修。

在洱海边开客栈，一般是租房的模式。当地房东会建好房子的结构，然后出租，租期最短10年。经营者自己盖房子、装修，到期后，房子归房东所有。

开客栈，需要办理营业执照、排污许可证、消防许可证、卫生许可证、特种营业许可证等，楼尚有排污证等，但也不齐全。但几年来，这样的客栈，并没有遇到什么整治。

2017年，楼尚又开了一家餐馆，去办证时，被告知暂停办理了。在整个古镇六七百家餐馆和客栈中，真正证件齐全的只有39家。爆发式而没有控制的发展，带来的是洱海生态环境的巨大压力。即使客栈安装了污水处理系统。

在他看来，早在几年前，政府就应该进行科学合理的规划。

现在壮士断腕式的治污，带来的不仅仅是阵痛。

2017年4月15日，王芸请所有员工吃了个散伙饭，情绪也没多凝重，她还高高兴兴地让大家回去，过阵子复业了再回来上班。关门歇业以后，王芸干脆买了一个月的视频网站会员，会员买成了月底自动续费的模式。自动续费了一年，王芸还是没等到客栈恢复营业的消息。

洱海变得安静下来，客栈也是，安静得让人有些难以适应。5月9日早晨，王芸起床去浇花，喂猫，遛狗，然后就没事可做了。她觉得心慌，突然一下子没事做了。客栈里就剩下她一个人，就像生活一下把她遗忘了一样，每天无聊到不知道该做点什么，一下无所适从。

其实比安静更让人焦心的是债。客栈停业已经一年多时间，在过去的一年多里，王芸的损失有几十万，这对她来说是个不小的打击。每天早晨一睁眼，堵在王芸面前的是天花板和每月一万多元的债务还款。

“其实在这里开客栈的没几个有钱人，都是理想生活的践行者，在双廊开客栈的媒体人就有七八个。”王芸告诉记者，来大理这个乌托邦开客栈的都是来自全国各地，为了兴趣、爱好和情怀的人。现在他们这些人，全为情怀买了单。

不过，这种等待是值得的，终有一天洱海还会回到原来那样清幽。海鸥的脚下，水草摇曳，鱼翔浅底，孩子们在水中嬉戏，玩累了便可以捧起一捧洱海水，一口喝下……

洱海流域截污治污工程计划新建和改扩建污水处理厂共 12 座，新增污水处理量 6.9 万方/日，建设环湖截污主干管 86.68 千米，2018 年 6 月 30 日实现流域截污治污体系的全覆盖、全闭合、全投运。

“千年渔村韵水墨，艺术小镇抒华章。”经过一段时间的重拳整治和艰难转型，如今的双廊镇凤凰涅槃，迎来华丽蜕变，谱写出多产业融合发展新篇章。

双廊镇紧扣“根、纲、形、骨、魂”五条主线，坚持全镇一盘棋，用心、用情、用力打造双廊艺术小镇。以文化艺术为“魂”，引领加速转型升级。双廊正以天天用情怀去呵护的初心和时时用精细去管理的韧劲，闯出一条生态、艺术和旅游深度融合发展的新路子。

不幸的是 2020 年伊始，一场来势汹汹的新冠肺炎疫情让原本蓄势待发的春节旅游市场按下了“暂停键”。

2020 年 5 月 1 日，双廊“开禁”，迎来疫情后的第一拨游客。

当天的双廊古镇景区商户已有 90% 恢复营业，接待游客 2794 人次。

“五一”假期期间双廊客栈入住率达 65%。

第八章　云南处处高原红

我引用下面这些话，是想导引你对云南的“客观”，一个客观的云南会让你更愿意接近。这段话是这样的——

朱大可认为，云南，一个专门为西方人所构筑的东方乌托邦。它为全球资本主义提供了一个美妙的人类学镜像。“香格里拉”这个词，凝结了西方对东方价值的估量。基于海拔和其他原因，它变得地位崇高起来：它企近太阳和星空，也更企近人们对远东的文化想象。

其实，遥远而又神秘的彩云之南，也寄托或承载了国内的游客乃至我们这些过客的复杂而又缥缈的感情和梦想。很多人，一厢情愿地认为，云南是一个世外桃源，美丽宁静。有朋友说：“在云南，你可以赏明月于山巅之上，沐清风于碧波之间，听潺潺之江涛，酌醇醇之谷酒。”不可否认，云南的确有这种魅力。同时，我们也必须看到，这里包含了更多的诗意化想象。

第一节　香格里拉：一生一世的牵挂

最初知道香格里拉是从小说《消失的地平线》中，书中描写了一个隐藏在高山和峡谷中充满神秘色彩的世外桃源，《不列颠文学家字典》将“香格里拉”解释为与世隔绝的世外桃源。那里没有仇恨，没有战争，是一片安宁、祥和的净土，一片神奇、拥有无与伦比的原始自然美的乐园。

从此，香格里拉成为世人心中的一个梦——

高天，白云，雪山，草甸，冰川，峡谷，森林，走兽。

……

于是，田方萌说香格里拉是知识分子的乌托邦，他还说他有足够说服别人的理由，即便再多再豪华的酒店被命名为“香格里拉”，这样的乌托邦也不会出现在任何一家酒店，任何一间客房。

他说，在20世纪30年代，美国总统罗斯福曾将他在马里兰州的别宫命名为“香格里拉”。但到艾森豪威尔总统上任后，将这座别宫改成了现在的名字“戴维营”。

田方萌的意思是说，无论罗斯福多么的一厢情愿，在达官显贵们出入的度假胜地，他也找不到香格里拉的一点感觉。

于是，不甘寂寞或渴求静谧的人们便开始了跋山涉水，希望在中国西南部某个人迹罕至的角落里能够找到传说中的香格里拉。

有人问，香格里拉真实面目何在？或许它只存在于人们的幻想之中。有一首叫《香格里拉》的歌曲唱道：“天上落下的八宝莲花/哦，香格里拉/雪山捧起的七彩云霞/噢，香格里拉/你在我的心中/我在你的梦里/香格里拉/你是我灵魂的家园。”词作者莫非也在苦苦寻觅？

最早发现香格里拉的是两位外国人。至今云南人都记得他们：一个叫约瑟夫·洛克（1884年—1962年），就像邻居大叔一样的美国人；另一个则是詹姆斯·希尔顿（1900年—1954年），一个写小说的英国人，就是他根据洛克探险日记中的情景，写了《消失的地平线》。

有今天的香格里拉，无疑军功章里应该有他们的一半。尤其约瑟夫·洛克还被称为研究东巴文化的鼻祖，只是鲜为人知而已。

这位美籍奥地利探险家、摄影家约瑟夫·洛克，会10种语言，包括了阿拉伯语、汉语等，当然还有纳西语等少数民族语言。

约瑟夫·洛克38岁来到云南，那年是1922年，他在丽江玉龙生活了整整27年，直到1950年离开丽江。其间他几乎游遍滇西和川西的丽江、迪庆、西康、怒江等少数民族地区，搜集整理了大量的民间民族文化、自然地理资料，采集动植物标本。

多数人认为作家希尔顿笔下的“香格里拉”情景，是来自洛克日记的启发，而我更愿意相信那些美妙的情景来自于某个作家无穷的想象。

但事实上洛克是詹姆斯·希尔顿的朋友，当詹姆斯·希尔顿看到好朋友洛克的日记后，难免有一股抑制不住的创作冲动，于是在1933年，创作出了长篇小说《消失的地平线》。

1937年，意大利导演弗兰克·卡普拉根据这部小说拍成电影。1944年，美国好莱坞投资250万美元，将小说搬上银幕，主题歌《这美丽的香格里拉》迅速蹿红全球。

当英美合拍的电影《消失的地平线》公映时，身在云南丽江的洛克在他的日记本上，写下了“无以言语的孤寂”。

这一年洛克已经在丽江住到了第15个年头。

希尔顿曾经声称他的读者不可能在任何地图上找到“香格里拉”，但他却在小说的字里行间做了许多的暗示，而这些暗示正好就是作家描绘“香格里拉”的神来之笔：

这是一条长长的山谷，两边绵亘着圆丘状起伏的，看上去令人愁郁忧伤的低矮山峰，而山谷的正前方，凌空高耸着一座，雄伟的金字塔似的雪山——一座世界上最美丽，最可爱的山峰；

这里的居民似乎非常成功地结合了汉族和藏族的文化；

这广阔的被群山环抱的断层山谷非常巧妙地被小小的草地和爽朗的花园所点缀，溪水边栖息着涂过油漆的茶馆和轻巧如玩具似的房屋；

当地人都穿戴整齐，就连这里的妇女也的确穿着扎紧下摆的满清式束脚裤；

这里的人们似乎因范围小而难以避免地近亲通婚稍稍吃了些苦头；

这个被称作“蓝月谷”的福地乐园中有一座花园式的喇嘛寺——香格里拉寺，而沿山谷较远的地方分别还有一座道教的宫观和一座儒家的孔庙；

这里有来自不同国度，不同民族的修行者都长命百岁，却看上去青春永驻；

这里的人们信仰各种宗教：喇嘛教、佛教、道教、儒教、基督教，甚至方济格教。他们将所有这些宗教样在一起，和平共处，从未有宗教与宗教之间的纷争，他们奉行一种儒的中庸原则。

上述真实的描写连同那诱人的荷花池，美丽可爱的满族姑娘，人神一体、生活了几个世纪而长生不死的大喇嘛佩劳尔特，那藏书极其丰富的图书室，肖邦未曾传世的练习曲以及那珍藏了千年的水墨画和精美的宋代瓷器、漆器等等，无疑构造了一幅美轮美奂的“香格里拉”图景。

由此，世人得出这样的结论：没有洛克就不会有希尔顿的《消失的地平线》，也就不会有香格里拉的出现。

可一个名字叫胡贲的人说，香格里拉：并非人间天堂。

他说，2001年，中甸县更名为香格里拉县。当时，中国有三个地方在竞争这个名字。四川、西藏、云南各自推出了自己的候选者。尽管中甸最终夺魁，但至少四川人并不服气，县级以下行政单位的更名并不需要中央政府的同意，四川人于是把稻城的日瓦乡更名成了香格里拉乡。

他说，现在继续争论中甸是否应该改名为香格里拉已经没有意义了，她顶着这顶“人间天堂”的帽子已经这些年，但更多人来这里选择的是随遇而安。

“这儿很美，但这里显然不是‘香格里拉’。”来自西雅图，已经在香格里拉市生活了多年的 Susan 说。

她和她的朋友在独克宗古城开了一家名为“乌鸦”的酒吧，还养着一只拉布拉多，一只黄金猎犬。乌鸦酒吧提供各种欧洲酒吧里常见的饮料，浓缩咖啡是这里的招牌之一，6 块钱一杯。当然，这里还有无线网络。还有每月从昆明快递过来的进口饼干。

Susan 对她现在的生活很满意。其实谁都会羡慕在大都市的精彩和高原小镇的闲适之间自由转换，Susan 觉得在美国可不能如此轻松实现。她认为中甸更名为香格里拉，至少在招徕游客上是有效的。而且对外国人来说“shangri-la”也比“zhongdian”更好发音。

香格里拉县城所在的建塘镇并不大。1997 年，这里的常住人口不到 3 万人，其中绝大多数是藏民。而现在，外来人口已经到了十几万。全县的国民生产总值一半以上来自旅游业。

历史上，建塘镇是茶马古道上的重要中转站，来往西藏、云南、四川的客商都要在这里打马歇脚。20 世纪 80 年代，建塘镇又成了木材集散地，横断山区出产的高质量木材从这里源源不断地运往内地。直到 1997 年云南省宣布这里为真正的“香格里拉”之前，建塘镇的经济支柱一直是林业。木材商人和马帮可没有闲心享受咖啡和龙舌兰酒。酥油茶和青稞酒才是这里的全部。

独克宗古城结束了一天的喧嚣，城里的咖啡馆和酒吧透出昏黄的灯光。北面的新城里，灯火辉煌，欢快的藏族和来此打工的外地人享用着烧烤和啤酒。

中甸很美，经得住最挑剔的旅行家的检验。但这里不是香格里拉。在《消失的地平线》里，“充满智慧”的外来“和尚”康维居然最终获得了香格里拉的长老掸让政权，当然也抱得美人归。但他最终还是回到了自己熟悉的世界，并且再也找不到香格里拉了——我不知道他是不是故意找不到的。

胡赍说：我当然也会牵挂香格里拉。

我第三次走进香格里拉时，禁不住泪流满面，面对眼前的一片废墟，我始终无法相信，这就是我来过喜欢上并且迷恋过的那座古城，一座号称“月光之城”的独克宗古城，一座座始建于唐朝，沟通滇、青、藏三地，曾是茶马古道上“一颗明珠”，怎么一下子化为了灰烬。

我在出差宾馆的电视里看到了古城被焚新闻，实在是痛心疾首却又不愿意相信这是真的，才决定从四川绕道泸沽湖再到香格里拉的。

我比胡赉来得早一两年。

一路上，满脑子香格里拉的过往。那是2011年秋天，我担任武定县新农村建设指导员，受邀参加乡人大代表活动日活动，他们选择了到香格里拉考察学习。从金沙江边的万德乡出发经楚雄再经大理和丽江，一直走进香格里拉。住进酒店的第一件事，就是放下行李去古城看看。

那时候古城里遍布商铺。但我是个并不喜欢逛商店的人，就只是想在小巷子里随处走走。

人家说“阅人无数”，我是阅古镇无数，但独克宗和其他所有的古镇不一样，它既不同于乌镇和周庄，又不同于凤凰和青岩，甚至不同于和顺和黑井，不同于大理和丽江，它是唯一的，没有可以与之比较的第二座古镇。

我来到了一座名叫龟山的小山前，无可犹豫地拾级而上，那里有世界上最大的转经筒，来人都渴望去转动那个转经筒，祈求吉祥如意。

上到寺庙，喇嘛也这样对我说。

于是，彼此陌生的十多个人使出力气，才让经筒转动起来，按喇嘛指引的方向，转三圈。

像带着某种满足下得山来，去参观一家博物馆，但天色已晚，只能走马观花，草草地照了几张相，溜出了博物馆的大门。

肚子也饿了，正好香格里拉电视台的琼卡尔·扎西邓珠打来了催促的电话。我按他电话里的指点走进一家火锅店。正坐下，从外边进来数男数女。见到我喜欢的藏族女作家央今拉姆，我这才反应过来，今晚是他们为我接风洗尘。

有些微醉地走出饭馆，街上早已经是华灯高挂，霓虹闪烁，街上的人也突然多了起来。从不远地方传来吉他声，寻声而去，只见一高大的藏族年轻人依门看着我，我想起来，那不是我同学李涛吗？他的旁边还站着一位老同学老江。

我们走进了这家酒吧……

对于大多数人来说就是这样，古城虽然烧了，但古城的人还在，只要人还在，梦就还在，生活还会继续。我，却站在这一片废墟前，仿佛没有了灵魂，像被烧成灰烬的那木料。我也狐疑，这一去还能复返么？生活又还能继续么？

在后来前往纳帕海的路上，我无心看景，那从窗前一掠而过的美景仿佛不复存在，只偶尔瞟一眼尼玛堆，当回过神来，同学还在那絮絮叨叨着“香巴拉王国”，悻悻之中还是隐隐约约听见了松赞林寺的由来……

同学说，这就是松赞林寺，其实何用介绍。

等下车时，迎候我的是一场大雨，倾盆而下的大雨几乎泼湿了我的全身，但没有阻止我登上松赞林寺的步子，此时，我的心出奇的干净。

于坚就在我的前面，雪亮的光头仿佛也是一道风景，如今我记不得我想了什么，是那些活佛转世的玄机，还是格萨尔王的传说，抑或是梅里雪山的前世今生。所有的那些，来自不一样的体验。

于是有人说：“这里有走不完的花丛和望不尽的雪峰，清澈的湖水倒映着雪山的洁白和天空的湛蓝。古朴宁静的村庄，古老而高亢的歌谣能翻山越岭，能蒸发山涧如梦的云雾，或许还能融化亘古不变的冰雪。有古老而神圣的信仰和坚定地向着蓝天的凝望，还有围着篝火的舞蹈，印着夕阳的庙宇和穿透岁月的壁画。”

归根结底一句话，这就是传说中的香格里拉。

第二节　丽江：一座寂寞男女的城

有人把丽江当作中国最大的“疯人院”。目之所及，无一不是“疯”的，而且不到极致不罢休。

她们说，丽江的酒吧一条街，古色古香的木房子里，喧嚣的音乐，暧昧的光线，夸张的舞蹈，歇斯底里的游客在木桌上“啪啪啪”使劲地敲打着木块，跟着主持人热情的吆喝，全场充斥了震耳欲聋的“呀索呀索呀呀索”的喊声；

她们说，狭窄的舞台上，人们扭着各式各样的腰杆和臀部，尽情地挥洒着激情。

她们说，偏僻的座椅边，男男女女低声的交谈，频频碰杯，醉语绵绵……而主持人的声音穿过这些喧嚣，煽情地向大家喊道：“夜夜换新娘，天天换丈母娘！”全场一片欢呼……这一切，都似乎在向人们灌注着这样一种意念：这是一个艳遇之地！

真的，这些年过去了，尽管看到过往者反反复复的叙述，也看过不少的新闻报道，以及博文，但我还是小看了丽江。

于是再来过，决定深入地住上几晚。但对于眼下的丽江依然爱恨纠结。

果然像她们说的，丽江的“艳遇”离不开酒吧、客栈，离不开披着长发的流浪歌手、摄影人等“艺术家”，离不开帅气的纳西族、彝族、藏族、普米族的主持人和服务生；离不开吃女人软饭的职业混混和酒吧的托女；更离不开常住丽江，以“艳遇”为生的年轻女人，她们无疑是艳遇的主力队伍。

更像有的人说的那样，丽江的色彩“很严重”：混在丽江的男男女女，基本上是下半身动物，男人想泡女人，女人也想泡男人，谁也不是省油的灯。男人泡女人坚持不主动、不拒绝、不负责的基本原则；女人泡男人本着喝酒、吃饭、游玩要男人买单的游戏定律；艳遇中的男女自觉遵守不过问对方的姓名、职业、籍贯等私人话题，最多知道个网名，同居一个月的一对男女不知道对方姓甚名谁，当然如果你识趣的话，最好也“不要问我从哪里来”。因为在丽江你跟女人说真话人家也不信，不如干脆说假话，或者啥也不说直奔主题，一个在丽江混了十年的资深客告诉我：在丽江，千万不要把女人当人，要胆大心黑才行。

一个似乎深谙丽江的作家和我聊起：丽江有许多职业玩家，他们是情场高手，各路色女飞蛾扑火地投向他们的怀抱，这里面究竟有怎样的玄机和奥秘呢？

我不得不承认，2015年国庆黄金周期间中央电视台的报道为我道破了玄机——曝丽江宰客乱象：美女酒托引诱消费“敲竹杠”。

但还是有人辩解，至于“被艳遇”，去丽江酒吧玩才消费500元，还有美女相伴，算你赚了，现在哪个城市的酒吧消费不比这个高？这个政府还真没法管，请各位男男女女管好你们的下半身就行了。

但不管是怎样的托词都不可能自圆其说，不是媒体伤不起，也不是游客伤不起，是丽江伤不起，最后丽江还是被“严重警告”。

我倒认为最能懂得丽江的，还是那些背包客们。他们这些人中，有的因为逃避都市的纷扰，有的因为“受伤”而“疗伤”，有的简直就漫无目的，因为喜欢，所以喜欢。不管他们出于什么需要，也不管他们怎样的惶惶与不安，或者心静如水地来，都能在丽江被满足。

我想说，我不仅20年前来过，现在又再次“深入”，在我的眼里，丽江并没有那么放浪形骸，没有那么不堪入目，没有那么赤裸裸、一丝不挂……其实是每个人不同，有的人本身作怪，一方面希望静处独享，一方面又耐不住寂寞。但更多人的心里希望追求的是一目了然的人际关系，这也许是共通的，可能也只有这种简单的人与人之间的关系，才能在“流放”中举手可得。正因为邂逅，彼此陌生，没有一丝半缕的利益往来，唯一有的是彼此的好奇和新鲜感，而且没有真与假的责任，也不可能去伤害对方。邂逅，彼此也最容易成为互相的一棵风景树。

我做记者25年，最怕“疯狂”浸染不能自拔，往往选择躲避或者远观，但回到酒店里，又有些不情愿。我知道，我的同伴们回来一定会生拉活拽地把我从床上拽下来，拽出门，拽上车，然后转悠半个丽江城，寻找一家傍水的烧烤摊，海吹神聊，然后恣意牛饮，烂醉如泥，然后一无所知。

但我还是更愿意聆听每个人艳遇丽江的故事，这也是最好的下酒菜。

怪不得我的同伴对我耳语：来丽江，你可以不登玉龙雪山，但一定要看《印象·丽江》。对于我，一个曾经在文化局分管过艺术市场的人，而且看惯了电影、听惯了音乐会和演唱会的人来说，原生态的《印象·丽江》和我所熟悉的《印象·刘三姐》和大型风情舞《太阳女》一样，就是一种“艳”。

以雪山为大幕，以垒土为舞台，这就是同伴津津乐道的大型实景演出——《印象·丽江》的演出场地。

《印象·丽江》全篇分“古道马帮”“对酒雪山”“天上人间”“打跳组歌”“鼓舞祭天”和“祈福仪式”六大部分。整个演出以雪山为背景，以民俗文化为载体，由500名来自10个少数民族的演员倾力出演。来自纳西族、彝族、普米族、藏族、苗族等10个少数民族的500名普通的农民是《印象·丽江》雪山篇的主角，他们的家乡就是云南的丽江、大理等地的16个村庄。这些有着黝黑皮肤的非专业演员，用他们最原生的动作、最质朴的歌声、最滚烫的汗水，与天地共舞，与自然同声，带给观众心灵的震撼。

《印象·丽江》是继获得巨大成功的《印象·刘三姐》之后，张艺谋、王潮歌、樊跃三大导演再次合作的又一部实景巨作。《印象·丽江》的“艳”不在于她出自这些大家之笔，也不在于演员阵容有多么庞大，而在于其间原汁原味的唱段不用借助音响效果，完全依靠那些土生土长的少数民族演员，以他们自己的喉咙，从内心深处发出最干净的声音。

同伴还建议，除了《印象·丽江》，还可以去看一些别的演出，例如：古城外不远的《丽水金沙》，古城内的《纳西古乐》，还有刚刚推出的《丽江千古情》。这些演出都可以让人以不同的情绪去领略丽江的历史和风情。

我当然知道，艳遇就是要艳遇丽江的夜色。

来丽江的人，当然不能错过丽江的夜晚。这里的夜色是丽江独有的夜色：暧昧。不管你来自塞尔维亚的贝尔格莱德，还是加拿大的蒙特利尔，抑或是德国的汉堡，再或者是来自国内的广州、成都，丽江的夜依然是一种“艳”。

丽江的白天和夜晚没有分水岭，白天人挤人，晚上还是人挤人。不同的是，华灯初上之时，丽江被抹上了五颜六色，寻艳的人们大大方方地走进一个个酒吧和迪吧。在大研古城的酒吧街上的“樱花屋”“一米阳光”“千里走单骑”“后街五号”，这些地方来晚了就别想找个位置坐下。能选择“大兵的小屋”当然最好，这里是一个纯正的原创圣殿，这里没有电声，只有木吉他、沙锤、手鼓、口琴，能够进入这间小屋去唱歌的都是牛人。“大兵的小屋”很小，像一个倒过来的金字塔，十几平方米的地方每天都会挤满了“朝圣”的人们。这里挤到什么地步呢？如果用沙丁鱼罐头作对比的话，那些沙丁鱼的“鱼均”居住面积就显得大多了。

实在没有你的位置就在它们中间，寻找零星散落的一些小酒吧。这些酒吧地方不大，几张桌儿，一个小台子上有歌手弹着吉他唱歌，有新歌、有老歌，也有歌手的原创歌曲。据说，丽江是流浪艺人的天堂，有不少成名的歌手都是从丽江的这些酒吧走出去的。

在丽江有名的四方街，白天会有纳西人跳他们的民族团结舞，到了晚上，则又是饶有风趣的情景，不知道来自何处的那些流浪歌手们会抱着吉他、敲起手鼓唱一些经典老歌，当然是为唤起过往者尘封深处的记忆。从一旁边经过的人们会被这些熟悉的声音吸引过来，于是围着他们一起唱《十年》《朋友》《飞得更高》《老男孩》《老班长》……在这里，不管你们是认识的、不认识的，都可以拿起瓶啤酒说“干”，也可以相互拥抱。唱歌的直唱到感心动耳，满眼是泪；围观的则有借酒发疯的，哭爹叫娘的闹的，翻江倒海吐的……或踉踉跄跄“醉里不知归处”的。这时，丽江才会渐渐归于平静。游走着的、闲坐着的、东张西望着的多少孤男寡女和痴男怨女们，每个人似乎都在期待着点什么，思念着点什么，忘却着点什么，放纵着点什么……

于是有作家写道：这时的丽江，夜褪去了她白天的朴素，画上了浓浓艳艳的彩妆，一身中国红的高衩旗袍，把她本就健硕的身躯包裹得更加曲线玲珑。她依旧安静地端坐在四方街的石桥上，黑色的眼影暗淡了她似水的双眸，艳丽的红唇过度张扬了她的性感，嘴边吐出的一缕缕青烟，朦胧了她秀美的脸庞。此时此刻她更像一个久经风尘却依旧风姿绰约的少妇。

男人们，大都为她周身的成熟和性感所迷幻，想她是自己的红颜知己，聊天时她博古论今，谈情说爱时她又柔情似水、风情万种。即使你是久经了岁月的磨砺，以为生活不再有感动，遇见她，你那颗冰冷了太久的心，也依然会荡起一丝骚动的激情。

女人们，大都为她的美艳所惊骇，没想到一个三十岁的女子可以这样美轮美奂。她们除了暗自感喟自己的浅薄和无知外，还把她视作了自己最大的情敌，在嫉妒之余，总是先看紧自己的老公或男朋友……

带着浓浓的醉意和四方街上每个角落充斥着的香槟色的欲望，我再次被丽江的娇媚所俘虏，整个晚上，我感觉着她周身的艳丽，触摸着她每一寸的性感。当街上最后一个游魂带着醉醉的酒气，消失在四方街的尽头时，我和她已经快乐得直飞上了九天云外……

“人与自然是兄弟”成就了丽江之美，成就了“艳遇”之实。

第三节　大理：独自清欢别样情

“苍山不墨千秋画，洱海无弦万古琴。”

这是2015年1月20日上午，在洱海边，习近平总书记仔细察看生态保护湿地，听取洱海保护情况介绍后谈话时引用过的一句话，其意是在强调，一定要把洱海保护好，让自然美景永驻人间。

看过报道，我感到惊讶，总书记怎么那么了解大理，就算对大理再熟悉不过的自己，都还不知道有这样的两句话。在恶补相关知识时才越来越觉得自己对大理的了解是那么的匮乏。

就说“苍山不墨千秋画，洱海无弦万古琴”两句，林则徐有：“青山不墨千秋画，绿水无弦万古琴。青山有色花含笑，绿水无声鸟作歌。苦心未必天终负，辣手须妨人不堪。若能杯水如名淡，应信村茶比酒香。苟利国家生死以，岂因祸福避趋之。”

是否有人借用了“青山不墨千秋画，绿水无弦万古琴”二句，查无来处，但描摹大理苍山和洱海也算恰如其分。

大理影人段俊腾有一段博文我很赞赏：苍山并不仅仅只是一座山，苍山是一个集合体，所谓的苍山，其实是我们来到大理之前想象的一个载体。但是，苍山无疑是大理一切开始的地方。就像一幅幅自然的水墨画，当时看到的一切简直无法用美来形容了！我替我的小伙伴们都惊呆了。

正是“我替我的小伙伴们都惊呆了”这句话，我才弄明白了“伙呆了”这一网络热词。

再说洱海，洱海共有 3 道、4 洲、5 湖、9 曲，由于少受污染，湖水清澈，透明度高，自古以来一直被称作“群山间的无瑕美玉”。

洱海万顷碧水，每每风推波浪，犹如万人抚琴，这琴声袅袅万年，依然感人肺腑。

说起大理，我的思绪反而是纷乱的，不知道要从哪里说起。从南诏政权肇始到大理一国的兴盛，我迷惑的是，虽为王国，却也是山高皇帝远的王国，南诏 13 代到大理国传到 22 主最终灭亡，也是漫长的五百余年。你说，有多少风云际会，有多少血雨腥风，有多少尔虞我诈，有多少恩爱情仇……

我看到的却是被人叙述了千遍万遍，而且一成不变的书面历史——

那是隋末唐初，在现今大理的周围及哀牢山、无量山北部地区，分布着乌、白蛮众的多部族和部落。其中有六个势力最大的乌蛮部落，史称“六诏”，即蒙舍、蒙巂、浪穹、邓赕、施浪及越析；或称“八诏”，则加石和、石桥二诏（《新唐书》作时傍、矣川罗识）。公元 649 年，蒙舍诏首领细奴逻建“大蒙国”，自称“奇嘉王”，臣属于唐，遣使入贡。武则天时，其子逻盛亲自入朝。蒙舍诏原居蒙舍（今云南巍山西北），至唐玄宗时，逻盛之孙皮逻阁在唐的扶持下统一六诏，迁都太和城（今云南大理南太和村），公元 779 年又迁羊（阳）苴咩城（今云南大理）。公元 738 年，唐赐名皮逻阁为蒙归义，封云南王。皮逻阁及其子阁罗凤即以洱海地区为中心，发展其势力，向东消灭踞有今云南中部、东部和南部的爨氏，向西南囊括今澜沧江以西的寻传、朴子、望苴子等族地区。

南诏统一六诏后，便开始向外扩张。时唐设置姚州（今云南姚安北），建安宁城（今属云南），向今云南各地发展势力，与南诏发生矛盾冲突。玄宗天宝年间，唐朝开始抑制南诏的扩张。但剑南节度使鲜于仲通、云南太守张虔陀等贪猃无谋，进一步激化双方矛盾。公元750年，阁罗凤发兵攻陷姚州，杀张虔陀，遂背唐而附吐蕃，公元752年，吐蕃封之为“赞普钟”，意为吐蕃王之弟，给金印，号称“东帝”。时杨国忠为唐相，调全国各地兵十万征讨，但为南诏所败。其后安史之乱起，吐蕃东进，唐无力应付西南，南诏乘机扩展疆土，控制今四川大渡河以南，包括今四川西南部、云南全部及贵州西北部的广大地区。阁罗凤孙异牟寻时南诏势力最盛，曾以二十万兵力与吐蕃并力攻袭剑南西川。吐蕃以南诏为属国，向其征发兵赋，又派兵驻其境，南诏王异牟寻不堪其扰。公元787年，唐剑南西川节度使韦皋不断进行争取南诏的工作。公元789年，吐蕃与回鹘争夺北庭，征发南诏兵力，引起南诏不满。公元794年，南诏终于与吐蕃决裂，与唐恢复盟好，并与唐联军大败吐蕃，异牟寻接受唐的“南诏王”的封号。但基于奴隶制经济发展的需要，为了掠夺人口以充奴隶，南诏仍不时向周围地区发动战争。公元829年，南诏攻陷成都，掠女子工匠数万而去。9世纪中叶，吐蕃政权瓦解，唐朝国力也十分衰弱，南诏既无西北后顾之忧，对唐境的侵扰更为频繁，成为晚唐最严重的边患。

南诏晚期，由于频繁发动战争，赋役繁重，生产凋敝，各种矛盾激化。公元897年，南诏王隆舜只知畋猎饮酒，不理国事，为其臣杨登所杀。公元902年，权臣郑买嗣（郑回七世孙）利用民怨沸腾之机，杀死南诏王舜化真，夺取王位，另建政权，南诏亡。自公元649年细奴逻称王至此共二百五十四年，传十三主。

长和三世而亡。其权臣杨干贞弑君之后拥郑氏清平官赵善政为君，改国号天兴。赵善政为政也勉为其难，国王当了十个月，就被杨干贞废弃。

杨干贞自己坐上了宝座，改国号为大义宁。此人弄权有术，却治国无方，民心向背，之后受到各种民间力量的强烈反抗。

公元937年，通海节度使段思平趁大义宁政权危难之机，联络滇东“三十七部”武装力量，首先攻破下关，接着攻占大理，灭大义宁国，建立了“大理国”封建政权，仍定都于羊苴咩城。段思平为“乌蛮”贵族，有学者说他是“白蛮”大姓，大理人，段宝童之子。他当政后，大刀阔斧地进行了一系列的改革，使政权逐步得到巩固，人民得到休养，使经济在不长的时间内得到恢复和发展。与此同时，大理国还与宋朝保持臣属关系。太平兴国初，宋太宗册封其首领白万（白王）为“云南八国都王”；宋徽宗时，又授大理国王段和誉为“云南节度使、金紫光禄大夫、大理王”。

段思平在位8年即死，子思英立，在位仅一年便被思平弟废为僧。之后是思胄称帝在位6年，其子思聪即位。之后帝王依次完成了素顺、素英、素廉、素隆、素真、素兴、思廉、廉义、寿辉、正明的更迭。段正明坐了20年皇位，到了宋哲宗绍圣元年（1094年），高升泰终于撕破脸皮，“正明为君不振，人心归高氏，群臣请立鄯阐侯高升泰为君”一幕上演，高升泰假意拗不过“群臣相请”，逼段正明禅让为僧，自己登基称帝，改国号为“大中国”。至此段家传递了14代的王位暂告中断。

绍圣三年，高升泰驾崩，临终前对其子高泰明曰：“我之立国，以段氏之弱。我死，必以国仍还段氏。慎勿背我。”遗命子高泰明未违父命，将王位还给段氏。高泰明列段正淳为皇帝，自己为相，恢复大理国年号，在历史上，人们习惯将这段时间称为后理国。宋崇宁三年，段正淳禅位为僧，其子正严立。段正严又名段和誉（即金庸笔下的段誉），事实上其勤理政事，在位时间长达39年，年老禅位为僧，子段正兴（义长）立，不久其也禅位为僧，子段智兴立。智兴信佛教，在位期间修佛寺60座。智兴死后，其子智廉立，但在位4年即驾崩，王位传给其弟智祥。其间其广纳贤才，发展农业，治国有方。后也禅位为僧，位传其子段祥兴。宋淳祐四年（1244年），蒙古出兵临关，远征大理，祥兴派将高禾出战，战死九河，大宋还专派使节到大理凭吊。祥兴死后，子兴智立。1253年，忽必烈兵伐大理，灭亡大理国，生擒末代帝王段兴智并赦之。从大理国的创建者段思平到末代皇帝段兴智，大理国前后历经316年，此间22位皇帝皆为段姓。

大理的厚重已被繁华与喧闹虚掩，不过只要轻轻擦拭，就可以一目了然，你会看到一个个鲜活的身影跃入眼帘。

当段延庆提起钢杖，向段誉胸口戳下去时，忽听得一个女子的声音说道：“天龙寺外，菩提树下，化子邋遢，观音长发！”

这女子，正是段正淳的王妃刀白凤。当段延庆与刀白凤四目相对，他似乎回到了20多年前的一个月圆之夜。那一夜，刀白凤一言不发，慢慢解去了身上的罗衫，走到段延庆身前，投入他怀里，伸出像白山茶花花瓣般的手臂，搂住他的脖子……

这是《天龙八部》里的一个片段，就是这些情节，使人们的目光投射到了段正淳、段誉等等人物的身上，也从此幻想出一个金庸笔下的大理别样的景色：

先是“耳中轰隆轰隆的声音越来越响”，感到“水珠如下大雨般溅到头脸之上，隐隐生疼”。“到了谷底，站直身子，不禁猛喝一声彩，只见左边山崖上一条大瀑布如玉龙悬空，滚滚而下，倾入一座清澈异常的大湖之中。大瀑布不断注入，湖水却不满溢，想来另有泄水之处。瀑布注入处湖水翻滚，只离瀑布十余丈，湖水便一平如镜。照入湖中，湖心也是一个皎洁的圆月。”面对这造化的奇景，段誉瞧得目瞪口呆，惊叹不已。到黎明时分，发现“瀑布之右一片石壁光润如玉”，非常平整，如琉璃，如明镜，于是想到：“看来这便是他们所说的‘无量玉壁’了。”段誉起先猜测，所谓“玉壁上有舞剑的仙人影子”乃无稽之谈，“定是湖面上有水鸟飞翔，影子映到山壁上去，远远望来，自然身法灵动，又快又奇”。后来却又发现，自己所站湖岸的身后还有一片石壁，“这片石壁平整异常，宛然似一面铜镜，只是比之湖西的山壁却小得多了”。终于在第二晚月光之下，发现对岸大石壁上确有人影，而这人影实在就是站在小石壁前的自身的影子，原来“我便如站在两面镜子之间，大镜子照出了小镜子中的我”。

……

在金庸笔下的大理是金庸迷眼中最令人神往的地方。多情的段誉父子、茶花、一阳指、六脉神剑、天龙寺、佛光普照的大理古城、苍山洱海……构成了读者对大理的想象图景，道不尽的风花雪月。而南帝段王爷（一灯大师）的“一阳指”更是点出了南诏古国的神秘，引人神往。就连在《鹿鼎记》末尾，金庸也让韦小宝带着七个老婆在大理隐居，优哉游哉地生活。

现实中的大理可能比金庸笔下的更真实具体，是一个可以触摸的大理。

且不说电影《五朵金花》和《五朵金花的儿女们》，两部电影，尤其前者的一夜风靡，加上《天龙八部》的锦上添花，才有了大理的炙手可热。

我却更沉迷于大理“风、花、雪、月”四景。当地白族人民有一首世世代代传诵的谜语诗，诗曰：虫入凤窝不见鸟（风），七人头上长青草（花），细雨下在横山上（雪），半个朋友不见了（月）。

我套用已有的四景诗歌，也许风马牛不相及，权当一种佐料，烘托一下自己所写的“风花雪月”四景。

风袅袅，风袅袅，各岭位孤松，春郊摇弱草。收云月色明，卷雾天光早。清秋暗送桂香来，极复频将炎气扫。风袅袅，野花乱落今人老。

我看过一个女子对下关风的描写，她叫叶依青，这是笔名，她是秋天来下关，且我也有过秋天栉风沐雨的经历，尤其风，她写的是她的感受，但大同小异，小异是各人的过往，她这样写道：

> 其实下关的风除了清晨带有如刀的寒意，你还实在找不出它的其他毛病。早早的，在曦光还没有升起的时候，它就以“长风几万里，吹度玉门关”的雄壮，让你感受到西域的风姿，虽然没有黄沙漫天的悲壮，却有寒风如刀胜似雪的苍凉与漫天黄叶随风舞的凄艳美感。稍后，随着旭日初升，它又给你以“露重风难进，草木响易沉”的那份英雄临风独吟，难抒胸中壮志的无奈。至日中，下关的风又转了个方向，变得如温情的女子，给你以“昨夜星辰昨夜风，画楼西畔桂堂东”的留恋之感。好似还是对昨夜凄悲后的补偿。在你的唇间发梢，尽情地缠绵。任你多大的钢骨铁汉，也会在它的风情中变得心软身酥。而下午的下关风却是多变的，时而如调皮的女孩，狠狠地扇上你几个耳光，让你在面红耳赤之时恨不得将它生吞活剥，时而又如温情的少妇，将你扶至海边，享受玉树临风的那份满足。时而又如中年的夫妻，挽着你漫步而歌，时而又如白发情侣，执子之手缠缠绵绵，温馨无限。这就是下关的风，你很难捉摸它。它无处不在，却又无影可遁。既可以在明月花昏轻叩窗棂与你同吟“夜来风雨声，花落知多少”，也可以在漆黑长夜带来狂风骤雨，让你感觉它“人比黄花瘦”的那种无奈与狂躁。

下关风，四季不同，我四季都来过大理，别说下关风大，相隔咫尺的大理更甚，每年三四月，风就像发飙，猛向大理这一头撞过来。撞得墙或门都要被撕裂一般，据说风大时足有八级以上，难怪云贵川有这样一句民谚：“四川太阳云南风，贵州落雨像过冬。”初来乍到者，绝对是会胆战心寒，但这里的风有底线，再呼啸，都不会进入家门。

关于下关的风，还有一个美丽的传说。相传在苍山斜阳峰上住着一只白狐狸，她爱上了下关的一位白族书生，于是化作人形和书生交往。他们相爱的事被洱海罗荃寺的法师罗荃发现了，他不容他们在一起，便施法将书生打入洱海。狐女为救书生，去南海求救于观音，观音给她六瓶风，让她用瓶中的风将洱海水吹干以救出书生。当狐女带着六瓶风回到下关天生桥时，遭到了罗荃法师的暗算，跌倒在地，打碎了五瓶风，于是大风全聚集在天生桥上，故下关风特别大。按科学的解释，是因为苍山十九峰太高，挡住了东西两面的空气对流，而苍山斜阳峰和哀牢山脉的者摩山之间的下关天生桥峡谷为下关仅有的空气对流的出口，所以下关的风特别大，尤其是在冬春季节，行走在天生桥峡谷对着的街道上，大风吹得人站立不住。

多大的风也未必完全令人恐惧和厌倦，对风的态度不同，得出的结论也会不同。取名文轩·筱智的人在下关风面前是这样叙述的：

> 说实话，平日里我不喜欢这样的大风，但今天我却突然感觉到了，它那粗犷苍劲中的另一种柔情。思绪没有让风吹乱，让它带走的是人生途中的压力和阴霾，喧嚣的呼叫，在一浪高过一浪呼啸中被淹没，迎着风，让它吹过眉宇间那一道隐隐的迟暮，刹那间，心灵的旅行赏尽了沿途的风景，或是模糊清晰，或是悠伤快乐，都在这一瞬间随灵魂飞翔。
>
> 记不得在哪里读过这样一句话：看清了，就看轻了。短短七字，却浓缩了整个人生漫漫长路的悲欢离合。此时的我们，已不再是那个曾经在工作中，为了一句话或一点点蝇头而面面相斥的愚夫，也不再是那个在生活里，仅为一两分钱的菜价与菜贩当街对骂的泼妇。渐渐放飞的灵魂，犹如随风托起的一只的风筝，无畏这场狂风的肆虐。在越飞越高的同时，也让我们的内心，能在这融合着苍洱清凉的味道中，得到一种释放。不管是曾经惊艳了时光和温柔了岁月的美丽，还是匆匆那年心微动，奈何情已远的悲凉都已如过眼烟云，留下的是一片海阔天空的蔚蓝。

花艳艳，花艳艳，妖娆巧似妆，锁碎浑如剪。露凝色更鲜，风送香常远。一技独茂逞冰肌，万朵争妍含醉脸。花艳艳，上林富贵真堪羡。

据《大理府志》载，上关有棵“十里香奇树”，花大如莲，香味尤胜，鲜花怒放时，观者云集。耳濡目染，代代相传，日积月累，全城习俗同步，养花已成习惯！

没有想到自称“全宅半腐女一枚”的棉花糖对上关花还考证了一番。她在文章里写道：

> 在大理“风花雪月”四景中，上关花排行第二。和清晰的座次不同，它的庐山真面一直都是犹抱琵琶。影影绰绰的容颜宛如一幅印象派油画，朦胧中透着神秘的美。它是洱海中摇曳的月亮，它是苍山雨后缥缈的霓裳，既清晰又虚幻，看得见却摸不着。
>
> 您也许一直以为大名鼎鼎的“上关花”是泛指吧：它应该是段誉娓娓道来的“十八学士”“抓破美人脸”所代表的茶花，它应该是苍山上让远道而来的英国人激动涕零的成片成片的映山红，它也应该是“家家流水，户户养花”的大理庭院里任何一朵“睁开眼睛”的花儿……错了。
>
> “下关风，上关花，下关风吹上关花”中那个摇曳在下关风中多姿的“上关花”特指一种名字叫“上关花”的一代名花。虽然离花甸坝不远的上关鲜花如地毯铺满大地，但声名远播的“上关花”并不是没头没脑地泛指各种各样盛开在地名“上关”的花朵。
>
> 实至名归的“上关花”，因为“开时香闻远甚”，所以被赞为“十里香”或“十里香奇树”；也曾因为它的果实乌黑而坚硬，可以用来做朝珠，又被称为“朝珠花”；又因为有一种神奇的力量，它的花朵平年有十二瓣，遇到有闰月的年份就会开十三瓣。遗憾的是，盛名之下的“上关花”一直都生长在“耳听为虚”的“据说”和“传说”当中。还有人已经肯定地说，上关花早在元朝就已经成为大理的绝景。

就连本地人李元阳在《嘉靖大理府志》也没有找到它的身影，它的庐山真面目到底存不存在？在“上关花”令人心跳的红盖头下面，会是一场竹篮打的水吗？它从来就只是一个虚幻的泡影还是一个业已消失的曾经存在？

据传此花于唐栽种，至明代还在，徐霞客在崇祯十二年（1639 年）三月慕游观赏了上关花，在游记中详细记载了此花。称其“花黄白色，大如莲，亦有十二瓣，按月而闰增一瓣，与省会之说同；但开时香味远甚，土人谓之十里香，则省中所未闻也。”

这就是著名的上关花。

到清代晚期，由于游览的人太多，特别是官府的达官贵人到此观花，都要当地白族群众招待，人民忍受不了这种白吃负担，于是把上关花砍了。

据今人考证，上关花其实就是木莲花。

此花在大理境内到处都可以见到。现在上关花公园内已有培植，不要多长时间，上关花就会重振其声名。

金庸小说《天龙八部》里对大理的茶花也有很多描写。我记得他称一种茶花为“抓破美人脸”，就是雪白的茶花花瓣上有一条红线，就像美人脸被抓破后流出一丝鲜血。现在，有没有这种品种，很难说，反正我没有见到，也没有听说。我养的杜鹃花倒有雪白花上有红线或红斑的，不过那名字可不叫“抓破美人脸”。

我的理解是，上关花指什么花已经不重要了，而且当下的大理人，几乎家家养花，已成嗜好或叫成瘾。

我去过无数大理人家闲看，花园中最多的是各色各样的杜鹃花。杜鹃在全世界分布很广，据说以云南品种最为丰富。杜鹃花是大理市的市花，而苍山则被植物学家誉为“天然杜鹃园”。花园里还不乏山茶花、馨兰等花卉品种。大理的花卉品种之多举世闻名，仅茶花一类就有 40 多个，如鸳鸯凤冠、粉十样景、班吉祥、午夜魔幻、十八笑、狮子头、花鹤翎、赛芙蓉、黑萨姆、眼儿媚等都是极有名的品种。

云南茶花名扬天下的，尤以楚雄、大理为最：姹紫嫣红，鲜艳夺目，重瓣鳌枝，绚丽多姿。大理气候温和湿润，“寒止于凉，暑止于温”，最宜于花木生长，于是，养花爱花也就成了白族人民的一种生活习俗。每年二三月间，“树头万朵齐吐火，残雪烧红半边天”，引为云南一大著名景观。据说在大理国时期，大理人人喜爱茶花，家家种植，一到二月，整个大理就成了一片茶花的海洋。茶花因其优雅大方、质朴无华却又气质高贵而深受大理人，特别是大理国皇室所喜爱。毫不夸张地说，茶花已经深入地影响到了大理人的心态和性格。

雪飘飘，雪飘飘，翠玉封梅萼，青盐压竹梢。洒空翻絮浪，积槛锁银桥。千山浑骇铺铅粉，万木依稀拥素袍。雪飘飘，长途游子恨迢遥。

那一年上苍山看雪，给我刻骨铭心的印象。在山下看雪和到山上踏雪有不一样的心境。

读北雁《又读苍山咏雪诗》，等于我和苍山的雪走得更近。

苍山海拔奇高，于是，巍巍的苍峰雪景，壮观、宏阔，带给人不尽的诗意感慨，如闪应雷《登绣岭望点苍山》中写到的奇景："垂垂银溜千峰雪，飒飒晴涛万壑松。"一派宏大奇松雪景图，给人描绘的是一种开阔的意境图像。又如吴嗣仲在《过天井铺望点苍山口占》中描绘的那样："经古雪压玉龙蟠，滇嶂无处此奇桥。"则又是一种壮阔无比的图卷和想象丰富的意境。当然，美丽的苍山雪不止远观，不少生活在点苍山间的人，就可以近距离地感受苍山雪景的美丽，如明太祖朱元璋在《僧居点苍》中写的那样："谷鸟迎僧春哢巧，潭龙听法水生香。峰头积雪炎天厚，岩上深松盛腊长。"这便是身在苍山之中，聆听鸟鸣风吹和山僧说法，感受山光水色与雪景相融合的绝妙之美。

苍山雪景观，千年不断，有如陶渊明"悠然见南山"一般。身处大理，举手投足之间都悠然可见，每每心与物遇，无论春夏秋冬，都始终给人一种旷达豪壮的情境之美。冬天的雪景，如钱谟《苍山冬雪》中写道的"三代冻云凝鹫岭，半空寒气逼龙城"，气势雄浑，漫山覆盖。春天的雪景，正似苏楫《点苍春晓》中的"芙蓉削出插天青，晓色初分列画屏"，景致秀丽，色泽分明。炎炎盛夏，苍山雪景依旧闪耀峰巅，如情浚在《遥望点苍》中咏颂："出岫流云春满涧，嵌空积雪夏盈巅。"老辈人常常说道，以往的三月街，常有人在双鹤桥头卖雪。大错和尚的四首《卖雪》诗读完，竟也让人感到别样的大理风情。总之，苍山之雪，年年披白，四时不化，亘古不消，就如逯昶在《点苍山》中歌颂的那样："极目望点苍，芙蓉倚天阙。下有百尺松，上有千年雪。"

月娟娟，月娟娟，乍缺钩模野，方团镜挂天。斜移花影乱，低映水纹连。诗人举盏搜佳句，美女推窗迟月眠。月娟娟，清光千古照无边。

说实话，我没有在万籁俱寂的时候还守望在洱海边，或索性驾一叶小舟与荡漾清波对话的雅兴。无论一轮满月还是一轮钩月，毕竟已过了浪漫的年龄。在洱海看过月的人太多，他们读出了千万种风情的月。

"别处的月光是清冷的、朦胧的，而洱海月，则亮得可以读书。在这样的月光下，仿佛心也要融化。想安静地睡去，在月光里做一个安静的梦。又不忍心闭眼，看不尽这圆月清晖，这一种从未见过，又无法形容的清朗和安宁。"

不得不再一次承认，洱海，拥有和时光同样的力量。

就在这静谧的洱海之月里，感觉自己的身体正舒展开。思绪，也渐渐模糊，心，渐渐平静。与这低低的涛声相伴，游走在那些关于洱海的传说里，仿佛经历了一场只属于一个人的地老天荒。

陈洪金是一位对洱海月有过亲密接触的作家，在他的笔下洱海月与他人看到的又不一样：

其实，我是在水里看见月亮的。我在洱海东面的浪花里，发现不断泼洒过来的浪花上面，总有一些亮光，细细的，碎碎的，银子一样，晃人眼。而这样的白，并不是对岸的灯光彩色的倒影。一轮波浪过去，海面上有了瞬间的平静。这时候，我才看到水面上漂浮着的是一弯蛾眉月。稍微地一抬眼，我便在洱海西面的苍山顶上，看到了那一弯月亮，在离山顶不远的天空里，被一团一团的星星明明灭灭地簇拥着。月光与灯光，从洱海的西岸，远远近近地投到水面上。当我们浮在水里，缓慢地游着，我看见水面上的灯光和月光，随着水波的起伏，水草一样漂荡着。跟我们一起游泳的孩子们，从水里游到岸边，再跳到水里去，溅起来的水花里，同样闪烁着月光和灯光。他们在水里扑腾着，那湿漉漉的手臂、胸膛、肩膀、头发，都被打上了灯光的彩色和月光的洁白。在他们的身后，便是被暮色包围着的一片茂密的树林。透过树林的枝梢，我看到一片正待收割的庄稼地，庄稼地后面，便是零零星星的村舍。暮色和月光，让这些事物都形迹模糊，呈现出一种恬静来，与洱海东面的下关城形成了一种动与静的比照。

我调侃陈洪金："我怎么就没有你一般的风月情怀？"他说："你老了。"那就继续看年轻人若河心目中的洱海夜月。

如果我要怀念，最深的是洱海夜月。

那时，十八岁，如洱海水一样清澈的年龄。月出，清辉的柔光打在身上，轻如夜中的鸟声，细微多情。

闪在湖水上的点点渔火，将风声、浪声、低语声轻轻荡来，银光中的身影隐隐约约。高高的月亮，朦胧的苍山，金色的洱海，浑然为一体，脉脉含情，仰望一种崇高，俯视一种纯洁，融合一种大爱。

月圆，湖边的剪影如同水墨画，洗练而清晰。柳下的声音，娓娓而起，一段传奇演绎而出，如月下的梅花图，孤月心明。

风起，呼呼地响，下关风来，桅杆在移动，剪辑着飘动的青春，一颗颗跳动的心装上了翅膀。

一位老人，曾对我讲起那一个凄美的爱情故事，有情人的相望与倾诉，是洱海最动人的篇章，白家儿女的忠贞如月光纯洁，感动着上苍的垂怜，用绝美的风景诠释。

古铜色的渔家女，远处呼唤，收网回归，夜月溶溶。

火红的帷幔，慢慢合上。

青春就这样被拣拾，明月安到了心上。

我很想讲一讲洱海月的传说，但悠长而美好的故事最好留着点，那是每个人的念想，而且每一个人的念想都不一样。

还有个叫“洱海月湿地”的地方，想不到。五月大理诗会，我带一帮人到大理读诗，就选择在了洱海湿地公园，想必就是一个公园。那为什么有人告诉我，还有个叫“洱海月湿地”的，又难说不是同一个。

洱海湿地公园就够我惊诧的了，丰茂的林木水草，碧蓝的洱海水，相映成趣。

况且才村码头的一个湿地就让我去过多次，照过不下百张的照片。

在洱海湿地公园的树林里，我们席地而坐，诗人就在绿油油的草地放歌，可以想见的诗情画意。

打开香巴拉密室的博客，也有对“洱海月湿地”的亲近：湖滨的湿地还不断在我的眼前展开着新的画卷，这是幅巨大的水彩画，色彩或浓或淡，它们无声无息地浸满我的心灵，让点点滴滴的宁静交融在岁月的琐碎片段中。我爱这样的风景，珍惜那些曾令我感动过的时光，虽然我已记不清那些时光究竟和什么人或者什么事相关联，但它们就像一帧帧安静的夹在书里的书签，时刻提醒着我曾经读过了什么。

有人说大理是水做的，大理的一半是水，自然，另一半是山。洱海渺渺，苍山巍巍。水澹澹而生辉，山苍苍而毓秀。山水相依，相生相伴，不至于太阴柔，也不至于太阳刚。恰到好处的和美，注定了大理故事温润明晰的品性。日升月落，四时交替，故事就娓娓流淌了。

大理的故事也是水做的，因为它应该是宁静的，祥和的，温暖的，当然，也是缤纷的。

水做的大理故事。水之舞，在洱海边，就连名字也要占尽大理风花雪月的浪漫气息——《洱海之恋》。也许每一个生活在滇西北高原的大理人，心中都有一个梦想。四面环山的大理坝子，是一个孕育梦想的温床。环护的群山是卫士，也是障碍，护卫着大理家园的同时，也阻挡着人们的视野。这种阻挡势必变成想象力。山的另一边，到底是什么呢？这种想象让大理人自幼就生出一个梦想：到外面去，高高地飞翔在青山白云之外，远远地傲视别样的风景。只不过万水千山走遍，他们无一例外地或者身体，或者心灵，或者身心一起，又回归到大理。他们说：爱上大理，无须理由。

彩色音乐喷泉《洱海之恋》就是用大理人最钟爱的水，讲述了这样一个大理人心中的故事。

这是那年一个记者写的一篇特写，记者的名字我记不得了，但记下了这段文字，我很愿意以他那样的心境结束，讲述沙溪水一样的故事。

> “相逢最美为相知”。遇见的人总会遇见，他们决定跟我去沙溪古镇。很感动！以前也看到过类似的话，生活不是电影，没有这么多的不期而遇。毕竟，并非所有人都能参悟透佛祖拈花一笑的美丽。
>
> 漫无目的的迂回、烈日下的歇脚、无拘无束的流浪汉生活。大概是命中有定，我在这晴朗的南方的第一站竟遇见你们，可怜的人生多么美，多么可叹。
>
> 森林，灌木，昆虫，花朵，欢乐。
>
> 走到哪里，赏到哪里。不问从何而来，不贪求更多，也不思索第一次相逢后是否最后一次相别。顺其自然，如果注定，便一定会发生。有多少人的记忆，记载着那些放肆的时光。
>
> 你是什么人便会遇上什么人，你是什么人便会选择什么人，总是挂在嘴上的人生，就是你的人生。人总是很容易被自己说出的话所催眠。

第四节　保山：“人类的双面书架”

《保山日报》有一篇报道叫《不走寻常路》，文章写到了在高黎贡山建立文学创作基地的事情，我倒是没有半点觉得“不走寻常路”。

先读袁枚《谒岳王墓》：

江山也要伟人扶，神化丹青即画图。
赖有岳于双少保，人间始觉重西湖。

再读郁达夫的《咏西湖》：

楼外楼头雨如酥，淡妆西子比西湖。
江山亦要文人捧，堤柳而今尚姓苏。

我不免得出这样的结论，名山大川与作家是共生的，没有李白，哪来“飞流直下三千尺”的庐山瀑布，没有杨升庵，哪来“滚滚长江东逝水”的金沙江……一句诗就是一座城市，比如扬州，她就是一个被唐诗宋词浸泡过的城市。

事实上，高黎贡山资源保护区管理局与省作家协会联手共建云南省作家协会高黎贡山国家级自然保护区文学创作基地，先后邀请省内外著名作家汤世杰、于坚、范稳、张庆国等到高黎贡山采风，撰写出版了《人类的双面书架》《在高黎贡山洒》《凝眸高黎贡山》《高黎贡山——生命的避难所》《大地之痕》等专著，并在各类刊物发表有关高黎贡山的文章千余篇。

说一下范稳，四川人，1985 年毕业于西南师范大学中文系（现为西南大学），同年到云南省地矿局工作。20 世纪 80 年代中期开始文学创作，以小说创作为主，已出长篇小说四部：《骚庄》《冬日言情》《山城教父》《清官海瑞》。中短篇小说集两部：《回归温柔》《男人辛苦》。报告文学一部：《生命与绿色同行》。文化大散文三部：《苍茫古道：挥不去的历史背影》《人类的双面书架》《藏车探险手记》。曾获得青年文学奖、萌芽文学奖、2003 年度中国作家大红鹰文学奖、当代长篇小说优秀奖、全国优秀图书奖、十月文学奖、《当代》杂志五年五佳作品奖、全国优秀报告文学奖等奖项，并连续三届入围茅盾文学奖。

我不敢说，再过些年，或再过上百年，范稳的名字不会和这座山联系在一起。

我最早读过的还是原保山日报副刊部主任周勇的《高黎贡山——生命的避难所》，那时候就对高黎贡山充满好奇，仅有一次小的接触和碰撞，便深深地感觉压迫到难以呼吸。不知道范稳对高黎贡山的感受如何，如果有心可以读一读他写的高黎贡山。

著名诗人于坚更有与高黎贡山的不解之缘，滇西作家陈洪金在评论于坚的《大地随笔》时有这样一句描述：《在高黎贡山之西》很显然是一段往事记忆，于坚把高黎贡山之西陇川之行的见闻原封不动地搬到他的文字里，热气腾腾的原生态生活，被掊取，被保存，它的价值就在于，这种片断式的记录，为我们封存了彼时彼地人们的存活状态与形式。

亦如从于坚诗歌、散文中我们看到了自然主义的迹象，同时看到的还有他对大地与生命的感怀，对生存哲学的精神探求。否则他怎么可能会办一个“高黎贡诗歌节”?

阿来，作家，《尘埃落定》的写作者。他的本性我不了解，也许喜欢玩。据说有一天，于坚的一个电话把他招来了，便也成就了他的高黎贡山之行。

阿来从怕爬高黎贡山叙说开始，还把于坚怕高黎贡山的秘密兜了个底。其实这种怕是被高黎贡山的博大震撼，不得不敬畏。

阿来说：

飞机在无边无际的天空中摇晃，云南大地一片黑暗和沉寂，这是一个平淡无奇的冬天的清晨，刀锋一样清凉的阳光还没有爬上云南的群山。诗人于坚坐在我身边，他的脸上一片迷茫，光脑袋在机舱影影绰绰的灯光中闪亮。我不知道他在想什么，但我知道他害怕高黎贡山。朋友约我去保山玩，我就打电话约他，他听说爬高黎贡山，迟疑着答应，明显流露出害怕。我也害怕，我对云南所有遥远而高大的山峰历来满怀恐惧。可现在来不及了，我们已经坐上飞机，在晨光微露的天空中朝保山飞去。

保山是云南西部最后一座市级城市，古称永昌，从那里再往西，就能出境，去到缅甸，再过去就是印度。这里的高黎贡山，是一片伟大的山脉，生长着无数传奇。我把脸紧贴在机舱一侧的圆形小窗子玻璃上，心事重重地呆看着窗外无光无影的虚无，在心里默默计算天地的距离，琢磨着城市与山峰的区别。五十分钟后，我将走在离故乡昆明六百千米之遥的保山城中，在保山城吃早点，坐上朋友的汽车，前往高黎贡山山脚的怒江边，然后，我将在清晨的阳光中，攀登沉默不言的高黎贡山。

还有无数的名人与高黎贡山结缘，有媒体记者称，高黎贡山是西方探索者的发现之旅。

西方对高黎贡山关注的时间之早，远超一般人想象。并且在“拜访高黎贡山时间表”上排前 7 位的名人中，有 6 位来自西方。而且他们都不是高黎贡山的过客。

据高黎贡山自然保护区官方目前能够考据的资料，最早来到高黎贡山的国内名士，是公元 1639 年到此的徐霞客；最早到高黎贡山的西方名人，是 1868 年到此的英国博物学家安德森。

两人拜谒高黎贡山，时间上相差 229 年。而安德森继 1868 年后，1875 年再访高黎贡山，目的均是采集鸟类、两栖类及鱼类标本。

继这二人之后，排在“拜访高黎贡山时间表”第 3 至第 7 名的，均是西方人士。他们是法国博物学家叔里欧、奥地利植物学家韩马吉、英国学者金德华、美国植物学家洛克、英国植物学家乔治·福雷斯特。

他们对高黎贡山有着共同的兴趣，即采集植物标本。

这一兴趣在乔治·福雷斯特身上得到了最大化体现：他 1904—1932 年 28 年间，7 次来到高黎贡山，共采集动植物标本 3 万号、10 多万份。最终，他将生命也永久地留在了这片神秘的原始森林——1932 年因心脏病于腾冲去世。

高黎贡山独有的大树杜鹃就是由他首次发现，并将这唯一发现记录保持了 62 年之久。英国爱丁堡植物园也因他引种的 250 多种杜鹃花，成为全球杜鹃花研究中心。

尽管原始动机各有不同，但他们对高黎贡山的关注，一开始就是冲着其丰富的生物多样性而来。

这种出于对神奇大自然的倾慕和探索，深深影响了近百年来西方对待高黎贡山的态度。翻开高黎贡山自然保护区“大事记”，来自西方的科考、研究等各种活动，占据了压倒性篇幅。

尤其值得一提的是，这些西方先行者，不仅让世界了解了高黎贡山，也直接带动了后来国内学者对高黎贡山的探索兴趣。

20 世纪 30 年代初，以当时北平静生生物调查所蔡希陶、王启无、俞德浚等专家为先导，中国学术界开启了对高黎贡山真正有价值的考察和探索。

“在世界生态学家眼里，高黎贡山是地球上生物多样性最为丰富的十大关键地区之一。”美国芝加哥博物馆生物部主任莫思科薇博士感慨。高黎贡山是一座沉默的世界名山。

2.8 亿—6 亿年前，一块沉睡于古地中海的台地，不甘长眠海底，一步步向印度洋板块发起冲击。

作家用潇洒的语言描述：亚欧板块和印度洋板块经过漫长地质年代的碰撞后，古地中海水逐渐退去，那块台地开始带着巨大的褶皱冲出海面……这，就是云南的高黎贡山。

“高黎”是一个古代部落的名字，“贡”是山的意思。“高黎贡”其实是一个巨大的山脉，拥有大大小小几十座雪山。北起青藏高原南沿，南至云南德宏北部，全长约 500 千米，主峰嘎娃嘎普峰海拔 5128 米。地处怒江大峡谷的高黎贡山，它是印度洋板块和亚欧板块相碰撞及板块俯冲的缝合线地带，是著名的深大断裂纵谷区；是怒江和伊洛瓦底江的分水岭，仅保护区内就有 80 多条河流分别流入这两条江，这些河流由于落差大，形成许多美丽的瀑布、叠水；是地球上现如今唯一保存有大片由湿润热带森林到温带森林过渡的地区，是目前世界上记录到的纬度、海拔最高的热带雨林；是世界上极其珍贵也极其稀有的生物多样性十分突出的地区。

1992 年高黎贡山国家级自然保护区被世界野生生物基金会（WWF）列为 A 级（全球最重要的）自然保护区。2000 年，被联合国教科文组织批准接纳为世界生物圈保护区网络成员。素有“动物王国”“植物王国”“南北动物交汇的走廊”“稀有动物的避难所”“物种基因库”“雉鹊类的乐园”“哺乳类动物祖先的发源地”“东亚植物区系的摇篮”等令人肃然起敬的称号。

到底高黎贡山是怎样的“多面”，我依然懵懂。2014 年，中国绿化基金会、支付宝 e 公益事业部、云南高黎贡山国家级自然保护区保山管理局等联合举办了“苍穹下的高黎贡——为爱远征公益科考”活动，《重庆日报》成为唯一被特邀的媒体，全程参与。我当然无缘那次盛会，就只能随《重庆日报》记者的体验去阅读和感受高黎贡山的原始、神秘，及其高黎贡山曲折的前世今生。

至1994年，经中科院昆明动物所兰道英等专家复查发现，白眉长臂猿仅剩下50～100群，200余只，其中高黎贡山自然保护区有20～50群，100～150只。

与白眉长臂猿同处濒危境地的，在高黎贡山还远不止一个物种，大树杜鹃即是另一个更为传奇也更为濒危的物种。

与一般物种不同，大树杜鹃迟至1919年才首次被发现，而它的发现过程充满了传奇性。

1919年，英国著名的“植物猎人”、植物学家乔治·福雷斯特（George Forrest），深入高黎贡山，发现了一株树龄约280年的杜鹃花树，把它锯成直径80厘米的圆盘，带回至大英博物馆，并在1926年正式以一个新种名“大树杜鹃”向世界公布。

诡异的是，此后长达半个多世纪，这种产自中国的珍稀植物再也没有被发现过。

20世纪40年代初，我国现代著名植物学家秦仁昌教授在《傅礼士传》（即George Forrest的音译名）中再次提及此事，引起了另一位植物学家冯国楣的高度关注。

1981年，历时两年，历经数次寻找，冯国楣一行戏剧性地找到当年为乔治·福雷斯特抬树的16个人中唯一在世的老人，循迹发现了一棵树龄超过500年，高25米，基径达3米多的大树杜鹃。

大树杜鹃是所有已知杜鹃品种中唯一的常绿高大乔木，属最原始的古老类型。其叶长达24厘米～37厘米，宽10厘米～24厘米，花朵直径约20厘米。

令人叫绝的是，如此巨大的乔木，却极端挑剔生长条件，只能生长在海拔2700米～3300米的杂木林中，即便在高黎贡山这种全球唯一的地理气候条件下，这活化石般的植物仅有区区200棵，且生长极其缓慢。

正因种群极端脆弱，2011年“天宫一号”升空时，就搭载了大树杜鹃的种子，希望通过太空育种来挽救这一高度濒危的植物。

还有灰叶猴、树蛙、鼯鼠……在高黎贡山，随便说出一种物种，都几乎是国宝！近30年来，在高黎贡山共发现了582个动植物新种，平均每个月发现近两种新物种。

或许，国际动植物专家们对高黎贡山的评价，最能概括这座神秘之山的价值——世界物种基因库。

这是尴尬夹缝中的高黎贡山。总面积达40.55万公顷的高黎贡山是一颗璀璨明珠，然而这颗明珠，却在东西方之间有着截然不同的解读和境遇。

1992年是这颗明珠初露光芒的一年。

那一年，全球最大的从事自然和野生动物保护的国际组织，世界野生生物基金会（后更名为世界自然基金会，简称WWF）将高黎贡山评定为具有国际重要意义的A级保护区。

2000年，高黎贡山又被联合国教科文组织列入“世界生物圈保护区”（即人与生物圈计划）。迄今为止，全中国仅有28地被该组织列入这一保护区。

2003年，高黎贡山作为“三江并流”重要组成部分，被联合国教科文组织世界遗产委员会列入《世界自然遗产名录》。

这些全球性的殊荣并非凭空而来。

2009年11月4日，中新社一则简短的电讯稿震动全球学术界——《云南高黎贡山发现世界纬度海拔最高热带雨林》。

文中披露，在高黎贡山百花岭洗澡河（澡堂河）发现了一片热带雨林，位于海拔1300米至1500米范围，北纬25°19′，是世界上纬度和海拔都最高的热带雨林。

经科考证实，高黎贡山是古北极和古热带植物成分的过渡交汇之地，被认为是世界生物起源与分化的关键地区之一。

仅以植物为例，高黎贡山已记载高等植物达256科1196属4897种之多，占中国高等植物总数的16.3%。

这样一个备受西方关注的标志性山脉，在本地却远没有获得应有的地位。

20世纪90年代即蜚声西方的高黎贡山，至今人们还在为它的多头管理、无法有效保护而四方奔走。

2004年云南省“两会”上，保山市代表团12名人大代表联名呼吁，尽快制定《高黎贡山自然保护区管理条例》（后简称《条例》），主要原因竟在于“目前同在高黎贡山自然保护区的5个管理单位分属于5个不同的主管部门”。

此后，类似的立法呼吁被当地环保、林业等部门反复提及。

然而9年后的今天，这样一部千呼万唤的《条例》至今仍无踪影。

记者通过特殊渠道拿到的一份腾冲县林业局填报于2013年3月24日的《行政处罚事项目录》显示，近期内高黎贡山自然保护区内共处理38起各类破坏保护区的事件。

这些动辄是“非法捕杀国家重点保护野生动物案”“非法出售、收购、加工国家一级珍贵树种、国家一级珍贵树种制品案”的最终处理结果，几乎100%都是“罚款、没收非法财物”。

一边是西方学术界和非政府组织的极力推崇，一边是本地并不顺畅的保护现状，高黎贡山恰恰处于这尴尬的夹缝中。

在国际视野中，国外的专家学者甚至给予其“哺乳类动物祖先的发源地”“东亚植物区系的摇篮”这种绝非溢美之词的震撼性定义。

但是在国内视野下，高黎贡山不过只是一个“旅游地”。

百度搜索“高黎贡山”，可以找到近150万个结果。但是海量的搜索结果几乎无一例外地指向一个关键词：旅游地。很大程度上，高黎贡山甚至不能算是一个好的“旅游地”。

2005年，国内某颇具影响力的平面纸媒举办了一场声势浩大的“中国最美的地方”评选。最终专家学会组的评选结果，候选的高黎贡山榜上无名，同时云南省则有九地入选。

东西方比较视野中的高黎贡山，呈现出截然不同且复杂微妙的价值差异。

事实上，暂时抛开当下的语境，向高黎贡山历史深处回溯，不难发现其实东西方对于高黎贡山的态度，一开始就呈现泾渭分明的迥异差别。

目前官方表述的高黎贡山历史，可以上溯至唐代，即“高黎贡山”最早始见于唐代著名学者樊绰在其所著的《蛮书》。

而这本著作约成书于公元863年的唐懿宗时期，距今1157年。

但高黎贡山的考古成果显示，至少在公元前4世纪，便有驮着蜀布、丝绸漆器的商队，从蜀地出发越过高黎贡山，抵达腾越与印度商人交换商品，或继续前行直抵印度平原。

这就是历史上著名的“蜀身毒道”（身毒即古印度），一条起于今四川成都，经云南到达印度的通商古道。

在穿越高黎贡山的“蜀身毒道”延续了至少两个世纪后，中原商贾才驮着丝绸从西北进入欧洲，又过了1000多年，海上丝绸之路才启动。

然而无论承载过多少辉煌，高黎贡山在历史上一开始就只是作为一条道路存在着，是人类简单使用的一项基础设施。

新中国建立后，对高黎贡山最初的朴素保护政策，始于1962年将其划为国有林禁伐区。不过这无法改变高黎贡山曾经是一个供采伐的超级林场的事实。

记者掌握的内部资料显示，甚至迟至20世纪80年代初期，高黎贡山仍有多家国营采伐林场，主要从事森林采伐活动。滥伐、滥垦，使野生动植物的栖息场所遭受严重破坏，许多独特的自然景观、珍稀野生动植物物种相继消失或减少。羚牛、赤斑羚、小熊猫、林麝、黑麝、黑熊数量越来越少，孟加拉虎已成为绝迹种。

1983年，云南省政府批准建立了高黎贡山省级自然保护区，并成立保山、腾冲、泸水三个管理所进行保护管理。

1986年7月，国务院批准高黎贡山为国家级自然保护区。

从林场、禁伐区、省级自然保护区到国家级自然保护区，在“靠山吃山”观念左右下，高黎贡山由“被利用”到“被保护”，经历了数十年的漫长等待。

在高黎贡山，核心区禁止任何单位和个人进入；缓冲区只准从事科研观测活动，禁止任何旅游和生产经营活动；实验区可从事试验、教学实习、参观考察、旅游以及驯化、繁育野生动物等，但必须严格报备手续。

如此严苛的管控手段，使得高黎贡山在最大程度上保证了其原生态。但成也萧何败也萧何，高黎贡山也因此游览、传播受限，成为莫思科薇博士口中“沉默的世界名山”。

不过，一群诗人不忍高黎贡山的沉默，他们带着诗歌来了。

《南方周末》就记录了这一群人在高黎贡山的“逸生活”，作者取题为“悦行密境”。在高黎贡山畅享慢生活。他们受邀参加中国平安VIP俱乐部联合《精英》杂志举办、高黎贡山自然保护区保山管理局特别支持的“穿越之行——高黎贡山自然保护区公益之旅”。

活动组织者邀请到了雷平阳等20多位著名诗人。

……

“没在高黎贡山徒步过，何以谈人生。如果说旅行的意义是遇见最好的自己，那么徒步高黎贡山就是最接近自然本质的存在。去高黎贡山走一遭，是人生的必修课，也是一场净化心灵的历练。”北京户外专家郑旭的一番话道出了他和许多户外旅游者对高黎贡山的热爱。

目前，高黎贡山保护区被评为云南省生态旅游示范景区、云南省科普旅游精品景区，被中国国家地理、华夏人文地理网络评为中国生态旅游最具潜力景区之一，被国外专家评价为世界生态旅游建设的典范。高黎贡山保护区通过“不走寻常路”，创建特色，突出亮点，多管齐下，多措并举，极大地促进了森林生态旅游发展，并且在自然资源保护优先的前提下，森林生态旅游实现了可持续性，较好地解决了资源保护与科学利用之间的矛盾，有效地促进了保护区与周边社区和谐发展。

近年来，度假区围绕“一个品牌（把高黎贡山世界自然遗产打造成世界知名品牌）、三张名片（百花岭五星级观鸟基地、高黎贡山白眉长臂猿、国家地理标志产品——保山小粒咖啡）、三个公园（高黎贡山国家森林公园、高黎贡山国家自然公园、高黎贡山国家农业公园）、八项工程（基地工程、农旅结合工程、滨江休闲工程、特色小镇工程、文化旅游结合工程、古村落保护工程、生态保护工程、服务配套工程）”，着力构建全域旅游。投资 2623.4 万元进行潞江镇集镇提升改造，实现集镇的绿化、亮化、美化、香化；完成辖区六曼公路、史迪威公路沿线的 14 套旅游标识牌的建设；完成新寨文化广场旅游厕所一座，争取市级旅游特色村二期扶持项目 2 个，专项用于扶持乡村旅游经营户、完善标志牌等旅游配套服务设施建设；围绕旅游环境卫生、宾馆酒店服务业、餐饮服务业等开展专项整治行动，进一步规范旅游市场秩序。目前全镇酒店增至 80 家，餐馆和农家乐 230 多家，可同时容纳 1500 多人住宿。

2019 年，全镇接待旅游者 135 万人次，实现旅游业总收入 12 亿元，分别增长 25% 以上和 26% 以上，农村常住居民家庭人均可支配收入 17958 元，增长了 18%。

此外，度假区还成功举办了高黎贡山国际观鸟节、保山咖啡文化节、潞江坝木棉花节、潞江坝泼水节、柑橘节、杧果节、荔枝节等节日，丰富多彩的节庆活动让越来越多的游客慕名来到这个令人眼花缭乱的地方。近年来，汉龙村经济总收入约 6500 万元，其中通过观鸟活动形成的餐饮、民宿、鸟导、户外向导、探险向导、徒步向导、背包服务、户外科考向导等产业链带动农户增收

5100 万元，占总收入的 78.5%，带动当地人均增收约 13000 元，成为度假区“绿水青山”转化为“金山银山”的最具代表性的案例。

第五节　德宏：一座秀色可餐的公园城市

有一个美丽的地方
傣族人民在这里生长
密密的寨子紧相连
弯弯的江水呀绿波荡漾
一只孔雀飞到了龙树上
……

1954 年，军旅作曲家杨非先生在瑞丽创作了这首著名的歌曲《有一个美丽的地方》。正因为一曲优美曼妙的《有一个美丽的地方》，让人们记住了，在中国的滇西，有着一个美丽、神奇、富饶的地方——德宏。

我常到德宏，因为那些年我当记者。我对德宏当然有我的认识，先看德宏人自己怎么发现、认识和总结德宏的，他们心目中一定有一个多面的德宏，而至于我的认识让我最后来告诉你。

他们告诉我德宏首先是一个“碰撞心灵童真的底线——自自然然纯德宏”。

文章说，清新的空气、适度的海拔、充足的阳光、烫烫的温泉、悠悠的竹林、飘香的果园、碧绿的山冈、弯弯的江水、浓密的热带雨林、悠然自得的牛羊……走进德宏，一切都是轻轻的、悠悠的、淡淡的。摇曳的是青葱的竹林，散落的是满山的野花，低翔的是恬静的鹭鸶，流动的是绿色的雾，飘洒的是多情的热带雨……在这里，游人偶然闯进莫里热带雨林，常与林间的孔雀邂逅，更可自由享受“天然氧吧”的恩赐。随性进入大等喊傣寨，娇柔的小卜哨正采摘甜甜的柚子，远处又飘来淡淡的柠檬香。漫步路上，两旁轻柔的凤尾竹在悠扬，不远处一株树一座林。用手爱怜地轻抚地面含羞草却羞涩地躲进了她的新房；放眼田原山冈暖暖吹来的是绿色的风，回望夕阳瑞丽江水洒满金光，水中三五傣家姑娘玉臂轻舒缓缓地沐浴梳妆，不时也有调皮的水花飞扬……这一切来得是如此的自然天成。太阳累了，斜靠山梁，你累了，钻进树洞泡温泉……

走进德宏，去放逐你的身体，回归你的思想，找回你的童真。

其次是一个“穿越民族的水样年华——独特风情醉德宏”。

文章说，狂欢的泼水节、盛大的目瑙纵歌节、跨国联欢的中缅胞波节、古老的阿露窝罗节、欢喜的阔时节……节日多的地方，音乐歌舞就多，德宏各民族的生活离不开音乐歌舞。走进德宏，你的心就被音乐歌舞激活了，田间地头、竹林深处、餐厅里、酒吧内、小溪边、水井边、月光下……一切非刻意源流于内心，在这里悠扬的是葫芦丝、激昂的是象脚鼓、浑厚圆润的是洞巴、柔美清脆的是定嘎腊……在这里，男与女、老与幼都是歌者与舞者，传统与现代并存，古老与神奇同在，独特与融合相济，当地民族对歌舞的喜爱达到极致，从而催生了一大批优秀的音乐人和舞蹈家，如毛相、金小凤、哏德全、万小散等等，更涌现了众多如《有一个美丽的地方》《月光下的凤尾竹》《南西拉》等的优秀作品。

走进德宏，醉人的不仅仅是音乐和歌舞，诱惑你的还有此地的美食，酸辣苦甜生五味皆全，酸得心爽眼亮、辣的开胃、苦的清凉、甜的增加热量、生的味美，当然，如你不怕辣，可以挑战“辣椒中的炸药包”——涮涮辣。过手米线、泼水粑粑、竹筒饭、小花鱼、挑手鱼、各种纯生态的野菜食品，各种连名字你都叫不出来的时鲜水果。傣家醇香的米酒、景颇甜美的水酒醉倒的是你的心。

行行复行行，风情各不同。阿昌打刀汉、傣家剪纸妹、德昂采茶女、头光光小和尚、金煌煌大金塔、绵长长贝叶经……“人类婚姻进化史上的活化石”——景颇族“丈人种”和“姑爷种”的独特婚姻形态，物为言，叶为信，包传情……风情万种，走进德宏，你穿越的是本地民族的“水样年华”。

……

当然还有更多面的德宏，此处省略，也把我的“认识”省略吧，这是想让你看到别人叙说的德宏。

一位作家告诉我说，德宏的景是平的，无须仰视，也不须远眺，真真切切地就在你的眼前，就在你身边，你就在其中，俯首皆是。一伸手，一呼吸，感觉你伸手抓住的，吸进肺里的，已不仅仅是那湿润清新透明的空气，吸进的是满目的葱茏，完全就是一幅静谧和谐、难以名状的田园山水画，那醉间仙境。

在德宏，景的绿，绿得让你不知身处何方。那画既在眼前，又在心里，那是我一直向往的。到处都是一派恬美舒适的田园风光，人在画中走，车在景中行，烟雨朦胧。在德宏你无须去看什么景点，你只要沿着德宏州各县的公路走一圈，你就能真切地感受到德宏的魅力。

在德宏，最能感受到的就是“各美其美”，作家李建芹觉得德宏的美丽更在于水美、竹美。

我也是喜欢德宏水美，“美在清澈不浑浊，美在它有情有义有分量。它代表着德宏人一种不惧险阻、勇往直前的精神，也展示着德宏人似水的柔情”。

每年的泼水节，人们疯狂地泼水，你泼别人，别人泼你，谁都会在意，但谁也不会责怪，因为泼水节的水是幸福之水，吉祥之水，友谊之水。所以当美丽的小卜哨手持洁白清香的树磬花沾满圣洁的水，洒向你，当她们满脸含笑用花水轻拍你的肩，请一定不要躲闪。

尤其在泼水节上，总少不了一曲《月光下的凤尾竹》，总会让人不由地畅想在月色竹林里，月影婆娑的竹林里荡着小卜冒动情的葫芦丝，夜风拂动的竹叶下飘着小卜哨甜美的情歌。这样的月夜竹林，无不风情万种，让人如痴如醉。

这里的竹子，无疑是上天给德宏最美丽的礼物了，作家李建芹写道：“满山遍坝的，一簇簇，一片片，偎在山坡，立于田间，婀娜在河畔。在无处没有的竹的融融的绿中，德宏更似镶嵌在西南边陲的一颗绿色翡翠了。”

竹，似一缸永不褪色的染料，染绿德宏的春夏秋冬。

春风始起，就有了嫩竹拔节的声音，而温柔飘逸的成竹，总在暖暖的春风里欢荡起阵阵浪涛，时而泛起深绿，时而又泛起浅绿。一棵棵，牵紧了手，靠紧了身，依偎着，嬉戏着。

细雨如丝的时节，分不清是多情的雨洒绿了竹林，还是温秀的竹染绿了雨。细雨飘洒时，整个德宏，便沉静在一片绿的朦胧中了，似一幅画、像一首诗，是一首甜美的歌。

瑞丽江更是德宏的一颗明珠。无论翻开哪一本旅游地图，都会读到很多有关瑞丽江的赞美之词。实际上，那些都是苍白之词，因为瑞丽江用几个词语描述远远不够。

那就再到瑞丽江边看看：一江碧波，竹排顺水飘荡，鸥鹭惊飞。岸边的凤尾竹摇曳婀娜……正如诗人吟唱的那样：“瑞丽江，美丽的江，满天红霞醉倒在江面上，一江碧水浸绿了凤尾竹的衣裳。”

我沉醉瑞丽，几乎到了痴的程度。尤其瑞丽热带雨林，是名副其实的动植物孕育之独立王国。

相传远古释迦佛，为传道弘法，曾驻足于此。在景区的芳草绿茵，清晰地嵌着佛祖驯象时留下的脚印，栩栩如生，历历在目。一泓水汪汪的温泉冒出万斛明泉，据说这是大象皈依佛门后为佛沐浴所造。若赶上佛祖圣诞，在绯红色的四角芦桃树下，自远方来朝拜的香客如云。

原始森林里青藤野蔓，奇树抱石，虬龙盘扎，鬼斧神雕。国家一、二级保护动物鹩哥、原鸡在林中出没，猿嬉葛藤，凤开翠屏。经世界教科文卫专家调研取证，瑞丽热带雨林中负氧离子含量高出外界竟达百倍，每立方高达 3 千多个，是生命健康的仙界圣域。日本影星中野良子曾啧啧赞叹："如果把这里的空气压缩包装，可以出口东京。"

独木难成林。但有人说德宏的树就那么任性，独木也成林。

离开畹町继续往南走，320 国道边有一个寨子叫芒令。芒令寨的出名全凭一棵树，一棵高大挺拔、盘根错节的大榕树——瑞丽著名的"独木成林"景点就在这里。

其实，在热带和亚热带地区，大榕树比比皆是——有资料说，德宏境内的大榕树树龄超过 100 岁的多达 600 多棵，芒令寨这棵大榕树树龄虽然有 500 余年，但在德宏州内仅排名第五，离它不远的瑞丽姐东崃寨旁的丘包台地上，还有一棵被称为"榕树王"的大榕树。

"黑河老坡"是个新词语，但只对于我而言，而慕名而来之众，只能说明我"老土"，"黑河老坡"早就名声在外了，别笑话，我是有些迟钝。

黑河老坡景区山脊线海拔约在 2000 米至 2700 米之间，主峰海拔 2836 米，是少有的亚热带地区可以赏雪的地方。漫步在景区的林间栈道上，游客可以寻觅观赏到参天的南方红豆杉树林、秀丽的水青树、侏罗纪时代的桫椤，以及攀爬于藤萝枝蔓上的石斛等 2500 多种高等植物。据统计，景区内被列入《珍稀濒危保护植物名录》和《国家重点保护野生植物名录》的植物多达 27 种。

历史上，黑河老坡曾是当地少数民族的一个著名狩猎场，既然是猎场，这里的动物当然也不少。经初步考察，黑河老坡区域内现共有动物 69 种，其中包括鹿、熊、猴等 18 种兽类。穿行于山间树林中，不时可听到远处野生猴群的啼叫。风和日丽之时，还能在蓝天中看到滑翔而过的鹰群。

丰富多样的珍稀动植物使黑河老坡享有着“珍稀动植物基因宝库”的美誉，成为国内外动植物专家们经常眷顾、考察的地方。

漫步景区，一条长达 6 千米的木栈道蜿蜒着向烟雾弥漫的山顶延伸，成为游人行走上下的通途。走在古朴别致的栈道上，静谧的山坡草地散发出土地的芬芳，悠远的牧铃声随风飘来，远处身披蓑衣的牧人藏身于云雾山雨之中……清新的空气、秀丽的景致，给游客带来了脱离尘嚣的乐活体验。

第六节　楚雄：东方人类的老家

楚雄没有“元谋人”名声大。《中国历史》的第一页就写着：“元谋人牙齿化石是中国境内目前发现的最早的人类化石。1976 年根据古地磁学方法测定，生活年代约为一百七十万年前，元谋是人类历史的发祥地。”

楚雄虽贵为州府，且历史也不浅，但没有像“元谋人”那样的文化符号被人传扬，被人记住。

其实楚雄还是有历史的。

西汉中期楚雄州境就被纳入中原王朝的版图，分别隶属于越巂、益州二郡；三国蜀汉时期，分属建宁郡、越巂郡和云南郡；西晋时分属云南、建宁二郡；东晋咸康八年（342 年），有“爨酋威楚筑城硪碌赕居之”，故有威楚之称；南北朝时分属晋宁郡、兴宁郡和建宁郡；唐初属戎州都督府和姚州都督府，南诏时属拓东节度和弄栋节度；宋属弄栋府、鄯阐府和威楚府；元初分属威楚万户、罗婺万户和大理下万户，后改设路、府、州、县，分属中庆路、威楚开南路、武定路和大理路；明代分属云南府、楚雄府、姚安军民府和武定府；清代分属云南府、武定直隶州、楚雄府。民国年间，裁府、州，设道、县，设楚雄、双柏、广通、盐兴、牟定、镇南、姚安、盐丰、大姚、永仁、元谋、武定、罗次、禄丰共 14 个县。

新中国成立后，行政区划多有变动，现在为九县一市。

楚雄有人试图用三句话来推销楚雄人：“会走路就会跳舞，会说话就会唱歌，会吃奶就会喝酒。”对此我倒也觉得没有什么不妥，但宣传的收效一直不大。人们多在茶余饭后作为谈资。

后来又生出了“世界恐龙之乡——楚雄、东方人类故乡——楚雄、中国彝族文化大观园——楚雄”，还是三句话，也没怎么叫响。以至于有朋友参加电视知识大赛，打电话来问我代表楚雄的是哪三句话，我一时间只说出两句后，就再也想不起来了。

想不起来难免，早就命名的禄丰恐龙，无疑也早已名闻遐迩，小头带个大帽子，未必得体，后面只得声明是“楚雄”；“元谋人”也比“东方人类故乡”实在多了，是写在教科书上的现成的宣传词，口号的后面也还得要加个“楚雄”；中国彝族文化大观园，你把四川的凉山的位置抛到哪里了，且又把红河、毕节、大理等地的位置又抛在哪里？

现在呢？

现在叫“中国彝乡，滇中翡翠，红火楚雄”了。

夜郎国大不大，在夜郎人的眼里，其实还是算大的。但毕竟不像现在的光电时代。今天的夜郎人后裔，眼光倒是开阔多了，看到了夜郎的符号效果，亦是名牌效应，不管什么“黔驴技穷”的坏牌子也敢要而且敢大大方方亮出去。

我们对“元谋人”这块牌子实在用得太少了。

换了别的地方，哪怕是下面这条消息，一定把它炒得热火朝天。

这是我前不久在网络上看到的，称之为来自中科院昆明动物所的重磅消息：元谋猿人、北京猿人不是现代人祖先！

这样的新闻倒是不会让我感到不自在，我认为：“元谋猿人、北京猿人果真不是现代人祖先！”这是多震撼的噱头。

消息里看似有言之凿凿的依据，可是人们依然在问：人类从哪儿来？

我当然注意到了媒体的不断聒噪，他们把笔触放在一个更加不起眼的小地方——泥河湾。他们很是斗胆：河北的泥河湾遗址群可能是除非洲以外另一个人类老家，被誉为“东方人类的故乡”。

尤其媒体的核心提示：“我们初步判断它的时代早于马圈沟现有文化层一层，一旦今年用古地磁年代测定，证实了我们的推测，将把泥河湾人类活动历史往前推一大块，可能超过 200 万年。为泥河湾地区寻找更早的人类提供了新的线索。”我担心，这样下去“元谋人”将成为泥河湾人的孙辈都不是。

河北省文物局的人介绍，自 2013 年 6 月“东方人类探源工程”启动以来，课题组在探索早期人类活动、泥河湾古人类地质环境研究等方面取得重要成果。通过旧石器考古专题调查，确认东部大田洼台地为早期人类（距今 200 万年至

30万年）活动的重要区域，为在泥河湾地区寻找出早期人类化石提供了新的线索，也为下一步考古工作开展提供了新的契机。

此外，考古人员通过深入的地质和古环境调查研究，对泥河湾区内构造特征、地层建造、岩浆活动、古生物演化等有了进一步的认识，对桑干河古河道和古地貌的发育及演化过程进行了进一步分析和研究。

泥河湾遗址群分布在河北省阳原县东西长82千米、南北宽27千米的桑干河两岸区域内，因具有国际地质考古界公认的第四纪标准地层、丰富的哺乳动物化石和人类旧石器遗迹而闻名于世，被评为20世纪中国百项重大考古发现之一。

2013年6月，由河北省文研所承担，河北师大、石家庄经济学院合作研究的河北省科技厅重要科技支撑计划项目“东方人类探源工程——泥河湾人类起源、地质及环境背景研究”项目启动。

我还从梅洁的文章里看到了元谋和泥河湾的巨大反差：

泥河湾是阳原盆地桑干河畔一个至今只有九十多户人家的小山村。而以此命名的“泥河湾盆地”“泥河湾古湖”“泥河湾层”“泥河湾期”“泥河湾动植物群”“泥河湾文化遗存”等名称已超越了这个普普通通小山村而在世界范围内流传。

我所不知的是，研究泥河湾已有近百年的历史。

1921年法国神甫桑志华向传教士发出呼吁，号召人们搜集古生物化石标本，在阴山脚下的张家口传教的天主教牧师文森特当即回应，并提供了泥河湾出土古生物化石的信息。

1924年美国地质学家巴尔博走进了泥河湾，他惊讶地发现泥河湾广阔的河湖相沉积物散发着人类故乡的信息。无法遏制的激情使他第一个向人类发出了“泥河湾层”的地质呼声。此后的十几年里，巴尔博、桑志华、德日进、皮韦托、步日耶，这些美国、法国、德国、英国的科学家先后走进了泥河湾，他们渴望找到证据来说明三四百万年前濒于灭绝的三趾马经常来喝泥河湾湖水的时候中国就有了人类。后来他们几乎是“俯拾皆是”地获得了大量的哺乳动物化石，他们从化石里发现了人工作用的痕迹。于是，他们相信泥河湾一带在地球第四纪时期就有了直立行走的人类。

1948年第18届国际地质学会开始建议把泥河湾地层与欧洲维拉弗朗期地

层进行对比，从而作为华北第四纪初期标准地层之一。于是，“泥河湾层”便成为世界考古界的专用名词。1957 年，曾发现了北京“周口店人”的贾兰坡等中国考古学家开始向人们提示：到泥河湾的地层里去寻找比北京人更早的人类吧。

从 20 世纪 70 年代至今，中国的盖培、卫奇、贾兰坡、汤英俊、尤玉柱、李毅、谢飞、孟浩、成胜泉等数十位考古、地质专家在古大同湖和泥河湾跋山涉水，走峡谷、钻山洞，不辞万苦地寻找着最早制造工具的人类。所有的寻找都充满了传奇，所有的收获都近乎神谕。科学在远古与现实间的艰难穿梭中，向我们提供了一个通向人类之初的神秘的幽径——许家窑、小长梁、东谷坨、虎头梁、郝家台、青瓷窑、杨家沟……这些千百年来定居在桑干河两岸的默然而贫寂的小山村，作为旧石器文化遗址，突然一起开始不间断地向现代人讲述着第四纪人——我们远古祖先的故事，我们从这些故事里发现人类的起源和生命不竭的前行。

我却敢妄言，到泥河湾“探乡”的人毕竟也还是少数。要不是我重新审视“元谋人”，我也很可能还会在很多年后仍然不知道泥河湾这个地名。这不是我孤陋寡闻，而是与我不相干。但泥河湾人是坚定而自信的：泥河湾打出金字招牌“研究远古人类的百科全书”“东亚地区人类文明的起源地”“自然博物馆”“人类的又一个老家”“旧石器考古圣地”……

据较早的报道，考古学家卫奇侃侃而谈道：泥河湾研究应该向知识经济转化。泥河湾盆地的旧石器时代考古发现主要集中在河北省阳原县，一个县范围有这么多旧石器时代考古遗址，在世界上绝无仅有。中国的 20 年看深圳，100 年看上海，1000 年看北京，3000 年看山西，5000 年看陕西。100 万年前看哪里？要看河北阳原县泥河湾！而且从媒体的报道中已经发现，阳原县已经实施了一系列举措，建成了到小长梁遗址的柏油路；防洪水利工程中，在马圈沟遗址修建的防洪工程，已经开始发挥作用；集科研、展示等多功能于一体的泥河湾博物馆的两个设计方案已经完成，地点初步确定为县城新区中心广场。

我们不可忽视两个孩子对泥河湾未来的想象：

石家庄市第一职中的学生刘芳：不知你有没有看过《侏罗纪公园》。那里面有一个理想的史前公园，那场景很美、很壮观。看完电影我就想去“侏罗纪公园”探险。如果泥河湾古人类遗址能建成一个那样的主题公园，利用现代技术复原史前人类和动物在那里如何生活的话，我相信200万年前的那种情景是世界上独一无二的。我肯定会去那里探险，相信我们学校许多同学都会去那里旅游。

石家庄十五中学的学生张晶：我认为应保持原貌，加入一些人工设置的生存考验。我们在那里过一次原始人的生活，不用语言交流，靠打手势，不采用现代工具，用原始人的石器，同那时的三趾马和各种动物相伴生活。相信这种体验还会让我们了解一些古人类生存知识和史前动物的知识，还有地质知识。我特别希望去一个充满了神秘的地方，如果我身边有这个地方，我会同好伙伴们一起去探险。

我们不知道，那些生活在数百万年前的“泥河湾人”何时方能现出真面目？可“元谋人”因为两颗牙齿就像已经钦定的广告词或者语录，从启蒙开始就让你背诵：你的祖先就在中国大西南的云南楚雄。这不是简单的认祖归宗，而是思想里必然经历的一场仪式，好比成人礼。

比起泥河湾的“轰轰烈烈”，我听到、看到的却是“云南元谋人遗址沉寂30年，保护经费几乎为零”的不幸处境。

云南省报记者曾以《云南元谋人遗址沉寂30年，保护经费几乎为零》为题做了深度报道，这是记者在前年秋后看到的一番景象：

秋雨过后，野草冒出来，染绿了一层一层的台地，牛、马或立或卧地吃着草，不远处，有老乡赶着一群羊经过。这里不是牧场，这里是全国重点文物保护单位——元谋人遗址。

看着遗址边缘原本平坦的地貌变得沟壑纵横，接触元谋人遗址30年的楚雄州博物馆研究员张家华焦急地说，雨水冲刷、水土流失，很可能将埋在地下的文物冲走。

“很荒凉。”分管文物工作的元谋县文体广电旅游局副局长杞志聪坦言，缺钱，让元谋人遗址的保护异常艰难。多年来，县里和上级均没有固定的保护经费投入，元谋人遗址至今没有管理用房，没有专职管理人员，没有任何围挡，谁都可以随意进出。

大那乌村民小组长刘光付被县里选为元谋人遗址义务文保员，每天至少到遗址巡视3次，却没有分文报酬。刘光付说：“遗址保护的压力非常大。这里的红土比较纯净，宜于栽花、育苗，周边村民来采土的事情时有发生，尤其每年春节后，三两天就会有一起，一年最少得制止二十来起。今年5月，甚至有人开着挖机到保护区内挖土去作工程填土。许多村民赶来阻止。”当时出门在外的刘光付至少接到10通反映情况的电话。

记者在现场看到，遗址总体保存完好，没有严重破坏的痕迹，但食品袋、啤酒瓶碎片等垃圾随处可见。刘光付说，他曾自掏腰包300元找人把垃圾捡了一遍，又花250元找人把雨水冲坏的土路修了修。

“元谋人遗址就是靠村民们的责任心才保护下来的。”杞志聪说，县文化部门正在为义务文保员争取每人每年800元的补助经费，现在还没有结果。

张家华认为，元谋县在遗址处设立了保护标志，每年派人到村民中宣传相关法律，划定了保护范围、建设控制地带及四至界限，多年来没有发生盗采情况。对于2012年地方公共财政预算收入仅1.62亿元的元谋来说，能做到这些已经不错了。

更棘手的是，文物保护与村民渴望开发之间的矛盾正在加剧。元谋县文物管理所负责人车德才说，遗址所在地过去是耕地，划定保护范围后就禁止深耕、盖房、取土了，村民意见很大。

由于地处金沙江干热河谷，元谋盛产反季节蔬菜。刘光付说：“元谋的耕地是‘金土地’，一亩地年收入两三万元很平常，若是种葡萄，亩产值能有十来万元。如今，大那乌村民小组300多村民人均只有一亩耕地，而元谋人遗址在大那乌村民小组境内占地680多亩，相当于人均减少两亩耕地。”

“有的村民说，天天拿遗址当宝贝，地也荒了，又没有补偿，不如拿来种红薯。”刘光付说，本来要求家家签订文物保护责任书，现在有10多户没签。所以有的村民把遗址当成放牧的通道，村里也不好多管。

更严重的是科考停滞了。

研究者说：元谋人遗址面积大，如果项目资金太少，搞下来也不见得有多少成效。

县城的元谋人博物馆建筑面积超过5300平方米，布置有7个展厅，展出各类文物2000多件，其中却没有一件元谋人化石标本。

据介绍，1965年5月1日，研究人员在元谋发现两枚猿人牙齿化石，后被带回北京鉴定认为：两枚牙齿化石距今170万±10万年，属同一成年男性个体的左、右上中门齿；确定成年男性个体为猿人，并定名为直立人元谋新亚种，由此将我国人类历史在蓝田人、北京人的基础上前推了100多万年，成为我国人类历史的开篇。

“元谋人名气很大，可发现的化石却很少。”张家华告诉记者，1984年，在牙齿化石出土地点南250米处发掘出一段人类胫骨化石，研究者认为属于元谋猿人。除此之外，迄今再无元谋人化石出土。

楚雄州博物馆考古研究部副主任付丽娅说，对元谋人遗址的野外发掘一共进行过4次，分别在1973年、1984年、1995年、2000年，其中后两次仅仅是清理。这也就意味着，针对元谋人遗址的正式发掘在1984年以后已经停滞近30年。

其实，元谋盆地内其他文物点的科考发掘工作近年来一直在进行，已先后发现距今600万年前的元谋古猿、1.6亿年前的姜驿恐龙、约20万至2万年前的旧石器文化、4000年前的新石器文化……那么，为何偏偏元谋人遗址受到冷落？

“元谋人遗址属旷野遗址，面积较大，如果项目资金太少，搞下来也不见得有多少成效。”云南省文物考古研究所研究员郑良说，对于遗址发掘，国家控制得比较严，一般需要由省文物局向国家文物局提出申请，还要有领队资格的单位和专家具体牵头。楚雄州不具备这样的资质，省里近些年也有过零星申报，但很难申请到发掘经费。

张家华算了一笔账：楚雄州级财政每年预算20万元，用于全州文物的征集、考古发掘工作，而元谋人遗址的发掘，3个月搞下来就要约100万元，绝非州、县两级财政所能负担。

2010年8月，楚雄州博物馆曾向州政府递交《关于重启楚雄州人类起源研究重大项目的请示》，请求州政府给予项目启动经费20万元，此后每年拨给项目经费20万元，但始终没有回音。

“这几年，提元谋人提得少了。”张家华认为，一个重要原因是国内外学术界对于元谋人还存有疑问：两枚牙齿化石是在地表被发现的，而没有在土层里，说服不了人；没有发现头骨，脑容量等重要特征难以判定，找到了炭屑和用火的痕迹，但有没有可能是雷电引发的火灾？发现了旧石器，伴生出土的动物骨骼也有被加工的痕迹，但是不是元谋人所为？研究人员太渴望在元谋找到更多更新的证据。

“与国外对于古人类长期的连续性的研究相比，我们对元谋人的研究已经滞后了。”付丽娅也感叹，“发掘下去，可能什么都没有；不发掘，就一定什么都没有。”

……

面对苍凉矗立的元谋人遗址碑柱我依然愿意回望元谋人曾经的柔软时光——

170万年前，元谋人生活的年代是一片亚热带的草原和森林，先有枝角鹿、爪蹄兽等第三纪残存的动物在这里生存繁衍。再往后推移一段时间，则是桑氏鬣狗、云南马、山西轴鹿等早更新世的动物出现在这片草原和森林。它们大多数都是食草类野兽。他们惹不起动物，甚至不敢住到山洞中，因为那里已是野兽们的巢穴，他们对大自然的威力也无可奈何，总之就是挣扎在生物界中，生活得十分被动。他们能制造一些石器，食物还是以植物的种子和果实为主，偶尔当别的动物捕猎后遗留下“残羹剩饭”，他们不会错过，制作石器刮下骨头上的剩肉吃……

就凭这一点点遐想，也定会带给我们不小的冲动，一冲动也就有了灵感——据说元谋“两园一馆”将呼之欲出。“两园”即元谋古人类文化产业园、元谋古人类化石遗址公园；“一馆”则是对现有元谋人博物馆进行提升改造。

元谋古人类文化产业园规划用地32037亩。内容包括，一个温泉古镇、一个古人类历史文化展示园，包括东方起源广场、元谋人生产生活场景展示、4D动感穿越影院、远古剧场、东方人类祭坛、远古文明主题餐厅等。

元谋人得以繁衍子孙，而在另一地的禄丰恐龙呢?

恐龙的绝命无疑是一场生态灾难——

1995年在禄丰川街恐龙山，一青年农民一锄头挖出了一个迄今为止世界上最大的侏罗纪恐龙大坟场，范围达到1万平方米，分布着侏罗纪早、中、晚期的恐龙化石及伴生动物群。

时至今日，这里依然有一些谜团没有解开，例如这里出土的恐龙化石，无一例外头部均朝向东方，这不禁令人生疑，它们死前那一刻究竟看到了什么，令它们集体将头望向同一个远方?

人们有众多猜想，但都被一一否决了，直到一个巨大的疑似“陨石坑”在禄丰恐龙谷南面被发现，无论是在谷歌地图上还是空中俯视，这个陨石坑都与周围地貌形成鲜明对比，极具视觉冲击力。人们开始将恐龙集体朝向东方与“陨石坑”联系起来，甚至相信，揭开陨石坑的秘密也就解开了恐龙灭绝的密码。

禄丰世界恐龙谷的“恐龙大本营展馆”内有一间放映厅，这里每天都会播放一部大约6分钟的短片，展现的就是行星撞击地球恐龙灭绝时的悲壮场景。

川街陨石坑与禄丰世界恐龙谷景区、昆楚高速公路仅一岭之隔，当时修昆楚高速就因为巨大的陨石坑的阻挡，才使高速路在该段有了一定弯曲，也因为高速公路的施工而发现了震惊世界的恐龙墓地。卫星遥感图上测算，这个“陨石坑”东西宽约3千米，南北长约10千米，宛如一颗巨大的心形，这一带正是恐龙化石分布最集中的地区，恐龙山镇的长田、梨园、川街、大村一带分布了大面积的红色沙石，当地人称其为“羊肝石”，他们认为这些都是带有岩浆岩成分的岩石和土壤。

“陨石坑”的周围是环形山，海拔大约1700米，峭壁似锅底逐渐向下倾斜。曾有学者对“陨石坑”内部进行考察，发现坑内并非一个完全平坦的山间盆地，它东北偏高，西南偏低，坑中又有3个小坑，按照行星撞击理论的逻辑推演，这颗小行星在坠落前曾发生解体，至少有3大块陨石同时落在这个大坑中，于是便有了我们现在看到的3个小坑。之后由于层岩剧烈变动，陨石坑的中间还隆起了一座几乎与周围环形山等高的山丘。

这个“陨石坑”是如何形成的，它的发现蕴藏着什么样的故事，它能揭开禄丰恐龙灭绝的秘密吗？

显然不能，这样的猜想早就有过，而且比这靠谱的猜想还有，要解开恐龙灭绝之谜，恐怕结果遥遥无期，于是通往解开之谜道路上的林林总总可能更有意思，也才有了古生物学家进行了长达两个世纪的研究和探索。

两个多世纪以来，他们给出了多个假说，据说仅公开发表的就有100多个，其中不乏稀奇古怪之说。比较近期的一个假说是：在侏罗纪末期，随着冰川时代的来临，全球气温骤降，恐龙产的蛋要么是死蛋，要么孵出大量雌性。慢慢的，恐龙世界的雌雄比例严重失调，恐龙最终走向灭绝。这个假说被叫作“雌雄比例失调论”。

美国古生物学家乔治·波尔纳在他于2008年出版的著作《谁在咬恐龙？昆虫病菌和白垩纪之死》中提出一种理论：恐龙是被带有病菌的吸血昆虫给灭绝

的。他说："我们并不是说传染病菌的吸血昆虫是造成恐龙灭绝的唯一原因，其他地质和气候灾难也可能扮演了一个角色。然而，它们都无法解释这样一个事实，那就是恐龙是在很长很长时间、甚至数百万年时间中逐渐灭绝的。只有昆虫和疾病才能给出合理的解释。"这个假说被叫作"蚊子绝杀恐龙论"。

此外，还有"中毒论"（从白垩纪开始，地球上的被子植物开始快速发展，其中不少植物含有毒素，恐龙因为吃错食物，体内的植物毒素积累过多，最后灭绝），"哺乳动物竞争论"（就像现代的猫鼬会破坏鸟类和爬行动物的蛋一样，一些早期的小型哺乳动物进化出了吃恐龙蛋的能力，整整一代恐龙在离开巢穴前死亡），"臭氧层破坏论"（大气臭氧层被食草类恐龙放的屁里的甲烷破坏，恐龙被直接暴露在紫外线下，最终灭绝）。凡此种种，不一而足。

我在楚雄工作，对禄丰恐龙几个字早已烂熟于心，没有特别的客人我不会反反复复再来恐龙谷，这里就只是恐龙死后被埋葬的巨大坟场，站在恐龙的尸首上，你以为你就把一个称霸了一亿六千万年的地球霸主踩在了脚下？

我相信，许多来过的人都和这位叫卡提非非的作者一样感同身受：站在这里，我深知，渺小的我如此渺小。

美丽的彝族导游说，假如把地球发展至今的时间算做一天的话，恐龙存在的时间其实还不及一个小时，而人类的存在仅仅只有1秒钟。她说这话的时候，我正在触摸一块恐龙骨。那是展馆唯一一块提供给游客无距离接触的化石。突然间手指就止不住地颤抖——在浩荡的生命发展历程中，这一刻对我来说，是多么奢侈。

渺小归渺小，还是为一个庞然大物的存在感到骄傲，即便看到的是白骨生肌，但还是愿意相信：

你从两亿年前的远古走来，将记忆封存于黄沙黑土之中，即使身旁的海洋变成了高山，即使奔跑过的森林变成了湖泊，即使血肉之躯逐渐坚硬成了埋藏地底的岩石，你从未远离我们的世界。

王者归来，看似不经意的方式，却震惊了整个世界。于是，国内的学术专家来了，国外的研究考察团来了，四面八方的游客来了，名不见经传的偏远小山村，成了世界的焦点，因为占有了多个世界"第一"。

生存年代跨度世界第一；

多类并存一地世界第一；
个体保存完整世界第一；
埋藏区域集中世界第一；
种属分类之多世界第一；
集中装架展示世界第一；
拥有世界最长的恐龙之一
……

两亿年前，我脚底的这片土地，究竟是恐龙们的战场，家园，还是只是最后的坟场？

第七节　西双版纳：美丽到伤心的乐土

我有一幅重彩画，画卷中的主人公是我的妻子，已被我珍藏了二十年有余。这幅画没有任何故事，本人不是画家丁绍光。丁绍光的一幅《乐园》不但拍出了396万元的高价，还拍出了以他为原型的影视剧《玉观音》。

我看过《玉观音》，倒是不信《玉观音》与丁绍光真的就有千丝万缕的关系，但网络上关于丁绍光凄美的爱情故事铺天盖地，而且衍生出了各种版本。

我还是想在这里简要复述这个故事：

那是1962年暑假，从中央工艺美术学院毕业的丁绍光，被分配到云南大学任教。为了创作，每年的寒暑假，他都要去西双版纳写生。有一次写生时，正碰上当地赶摆，很热闹。丁绍光无意中遇到了傣家姑娘玉香。玉香羞涩地从盘中拿出一只鸡腿递给他，丁绍光接过清香扑鼻的鸡腿，三下五除二地吃了，见到丁绍光嘴馋的样子，玉香一边窃窃地笑，一边又将另一只鸡腿递给他，然后收拾东西，悄然消失在人海中。

丁绍光飘飘若仙地回到住地，把这场“艳遇”和“口福”告诉给同伴，好让大伙共同分享。一位插队落户的知青告诉他说，你中了丘比特神箭，姑娘看上你了。丁绍光却全然不知。原来傣家青年男女恋爱有两种方式，一种是吃鸡定情，另一种是纺纱定情。尤其是吃鸡定情，凝聚了姑娘全部的爱恋与心思。听了知青道出原委后，丁绍光恍然大悟，同时，又变得心神不安起来，他决定找玉香说清楚，谢绝她的好意。可人海茫茫，哪里去找呢？

过了一些时候，丁绍光又外出写生，刚摆上画架，玉香神秘地出现了，丁绍光正要开口，被玉香抢了先：上次吃了鸡，还没付钱吧。丁绍光摸了摸口袋，发现出来时忘了带钱，一脸的尴尬。玉香说，没钱不要紧，你的画画得好，就给我画幅画吧。丁绍光不敢怠慢，不一会儿，一幅惟妙惟肖的人像画就画好了，玉香接过画，说声谢谢，便走了。丁绍光沉浸在作画的喜悦中，却忘记了与玉香说出心里话，像一块石头悬在心上，落不了地。

为了了却这笔心债，丁绍光一边写生，一边打听玉香的住处，在当地人的帮助下，好不容易才找到玉香的家，丁绍光一跨进门，便受到了玉香一家人的热情接待。当丁绍光说明来意时，却被玉香的父母挡了回去：傣家人把诚信看得比生命都重要，你既然吃了鸡，就同意了这门亲事，不能反悔！丁绍光说自己不懂傣家人的规矩，请求谅解，玉香父母一想，也是，不懂者不怪，于是提出，不同意亲事可以，但必须帮三个月的工。丁绍光无奈，只得言听计从。

很快三个月过去了，丁绍光在与玉香一家的朝夕相处中，深深地感受到傣家人的善良与纯朴，也发现了玉香的贤惠与聪颖，于是同意了这门亲事，成了傣家的上门女婿。

光阴荏苒，很快到了1965年的秋天，丁绍光因绘画的学术成就被学校推荐到美国学习西洋画。临走时，玉香嘱咐他，好好学画，尽早回国，造福家乡。丁绍光深情地吻别妻子，告别乡亲，带着对未来生活的憧憬，漂洋过海，去了美国。

天有不测风云。就在丁绍光学成回国之前，“文化大革命”已燃起熊熊烈火。丁绍光被告知，如果此时归国，将招致里通外国之罪，于是丁绍光只得隐姓埋名，继续留在美国，割断了与家人的一切联系，把对家乡、亲人、祖国的思念化作一幅幅丹青。

“十年动乱”一结束，丁绍光就踏上了归国的征途，回到云南后直奔西双版纳，寻找玉香，老村长把他领到竹林深处的一间竹楼里，眼前出现了一位头发花白、双目失明、神情呆滞的老太婆，丁绍光不相信这就是玉香。当他走上前去，搀扶着她，呼唤着她的名字时，玉香泪眼婆娑，双手不停地在丁绍光身上搜寻。当摸到颈前那枚出国时送给他的翡翠观音时，玉香使劲拽住，然后一倒，气绝而去。丁绍光被突如而来的一切惊呆了，不知所措。老村长告诉他，玉香能熬到今天，双人相会，十分不易。原来，打丁绍光去美国不久，玉香就生下了与丁绍光爱的结晶，一个可爱的女儿，一家三代，日子过得很幸福。哪知女儿不到两岁，不幸夭折，不久玉香又因海外关系屡遭批斗，父母双双撒手西归，接二连三的打击，使玉香变得精神失常，无家可归。老村长喊上村里的人，盖起了这栋小竹楼，乡亲们你一餐我一顿地接济玉香艰苦度日。知道玉香的遭遇后，丁绍光如万箭穿心，跪在玉香的身边，长久不起。

后来，在清理玉香的遗物时，丁绍光发现当年给她画的那幅肖像，还平整地放在枕头下，完好地保存着。他特地将它带回云南大学，至今挂在他的寓所。

如今丁绍光已成为蜚声中外的美术大家，他的作品融合了东西方古典艺术和现代艺术特色，被誉为“东方的奇迹”。特别是他独创的工艺重彩画，是中华民族对世界艺术的杰出贡献。然而，所有的人物工笔重彩画中，丁绍光无一例外地以玉香为原型，永远都是那样的秀丽端庄，温文尔雅。这中间，除了融进了丁绍光的个人情感外，更重要的是玉香集中代表了中国女性所有的美，是中国的“蒙娜丽莎”。

如果说丁绍光的一幅画让我知道了西双版纳，那么一部《孽债》让我走近了西双版纳。

那是一个时代，几十万热血知识青年响应号召奔赴云南边疆。十年一梦，大返城的汹涌狂潮又把他们卷回城市。在边疆，他们抛下的不只是红土地、流沙河、橡胶林……还有他们的青春情怀和爱情结晶，那就是孩子。

岁月荏苒，光阴似箭。历史走到了20世纪90年代，孩子们长大了，懂事了，有的隐隐约约知道了自己的身世秘密。于是他们中一些胆大的便开始邀约，瞒着养父母偷偷踏上了开往上海的列车，去探究自己的生命奥秘，寻找生养了自己、又抛弃了自己的亲生父母。

然而，上海的亲生父母都有了新的家庭、新的儿女。千里寻父寻母的孩子们哪里知道，他们的到来就像一枚枚炸弹，给父母的家庭掀起惊涛骇浪……一首《哪里有我的家》更是揪住了所有观众的心。

美丽的西双版纳
留不住我的爸爸
上海那么大

有没有我的家
爸爸一个家
妈妈一个家
剩下我自己
好像是多余的
……

《孽债》是由著名导演黄蜀芹执导，上海电视台于1994年根据作家叶辛的同名小说改编、拍摄的20集电视连续剧，该剧于1995年在上海电视台以沪语播映，引起沪上巨大反响，并创下了42.62%的超高收视率。此后，《孽债》被多家省级电视台转播，但由于有关部门的介入，沪语版播放被停止，而改用普通话版。直到2005年，作为该剧播出10周年纪念，上海电视台才获得特许重播沪语版，又创下较高的收视纪录。该剧还获得1995年“飞天奖”三等奖，并获“五个一”工程奖。

作家邓贤的《中国知青梦》，我买过一本，是这部作品让我用心记住了西双版纳，有人说，知青就是一部传奇，我亦深信不疑。

我以前就看过一篇题目叫作《西双版纳，矗立着垂泪的知青墓碑》的通讯，如今想起，我都还会眼眶湿润。

通讯叙述：

周兴悦一行人第一次从北京出发远赴云南寻找姐姐周兴芳。从昆明到西双版纳，再从西双版纳景洪市驱车25千米到东风农场，最终来到姐姐长眠的龙泉公墓。

周兴芳牺牲后，家人没能来看望一眼安眠在西双版纳的她。不是家人无情，在那动荡不安的“文革”时代，居住在北京的周家遭受到灾难性冲击。当时，周兴芳的父亲被关押，母亲也被“打倒”，失去自由。周家兄弟姐妹共有7人，大的才刚十几岁。周兴芳到云南后，全家人颠沛流离，生活无着。父母自身都难保，更保护不了孩子，兄弟姐妹还小，都四散谋生，又怎能顾及得了周兴芳呢？这些年来，周兴芳的家人一直在四处打听她的下落。他们找过国务院知青办、地方军区领导、地方政府，能想到的地方都查过了，越来越觉得山高路远，大海捞针，机会渺茫。后来，在众多好心人的帮助下，他们终于找到了周兴芳的墓地。

周兴悦一行人在龙泉公墓得知：姐姐周兴芳于1970年8月14日因公牺牲了。当时她年仅17岁，在云南工作了不到一年。

当才站在周兴芳的墓前时，周兴悦就早已泣不成声，心情沉痛而愧疚："你16岁一去无回，而亲人几十年无人顾及你。今天，我们来看你了……几十年中家人没能找到你，是我们冷落了你，我们对不起你呀。以后，亲人们会常来看你的……"周家兄妹哽咽着说。农场的工作人员也陪着流下眼泪。

随后，周兴悦和家人还举行了庄严的祭奠仪式，为长眠在此的另外70名知青上了香。

1969年11月，16岁的周兴芳从北京被分配到云南建设兵团一师二团（西双版纳东风农场）。和那个时代的所有知青一样，她和当地的农垦工人和各族人民一起，建设着西双版纳这个中国第二大橡胶基地。

为了建设云南而献身的知青还有许多许多，周兴芳只是这千万个知青中的一员。据《西双版纳傣族自治州志》记载，1956年至1972年西双版纳农垦系统和农村共接收安置各地知青共56162人，其中北京知青3051人。在西双版纳东风农场有一座龙泉公墓，除了周兴芳，那里还长眠着70个来自北京、上海、重庆、昆明的知青，其中有11人来自北京。

景洪农场场史载：1974年，当时全场知青60%住了瓦房，其余仍住草房；直接生产人员，每月定粮40斤，基本够吃，吃油靠自己种的花生榨油，每人每月4两。多数连队逢年过节才杀猪吃肉，平时没有肉吃，蔬菜供应也很少，五六十年代的老职工喝过的"玻璃汤"，知青们在70年代还在喝。

什么叫玻璃汤？一根葱，浮点零星油花，"其实就是盐水汤"！

那时的任务是一人一天挖两分地，女知青一分五，然后种水稻、油茶。后来水稻、油茶种不出来了，改种花生、黄豆。

劳动十分辛苦，有的知青吃不了苦，老请病假，还有的故意把手割破，借口不上班。

生活单调，晚上就到女知青宿舍聊天。50 多名女知青都编在四排，住一个大屋子里，一张张床铺整齐划一，邻床用箱子隔开。有时竟有 100 多男女在女宿舍聊天，人声鼎沸，“闹腾程度像上海的南京路”。女知青想家，常哭，相熟的男知青就去安慰，经常是一头哭，一头笑，活似一锅粥。过不久，睡眠不好的女知青向上级提意见，此后连里规定，晚十点后不让男知青进女舍。

水土又不服，70% 的知青闹病，发烧拉肚子，送病号有时都忙不过来。八人抬病号，四人一组，走 13 千米泥路到关坪，师部派车等候，车行 60 多千米送景洪。张仕良说，新开发的原始森林瘴气重，抵抗力差点就都受不了，很多时候是三更半夜送病号，纵是身体好，也折腾得够呛。

闲极无聊，知青间打架也是常有的事。

橡胶林记录了知青的青葱岁月，并带给了不仅一个世代的荣光。以周兴芳长眠之地的东风农场为例：1968 年 3 月，首批 55 名北京知青经周恩来总理的批准自发赴西双版纳东风农场，拉开了在全国范围内大规模知青上山下乡运动的序幕。1968 年 12 月，毛主席发出了“知识青年到农村去，接受贫下中农的再教育很有必要……”的号召，1000 名首批上海知青从黄浦江畔下乡至西双版纳，其中普陀、闸北、南市和卢湾区的上海知青被安置在版纳勐龙的东风农场。至 1972 年 4 月，有 13500 余名北京、上海、重庆、昆明的城市知识青年分批到西双版纳东风农场落户。

1968 年至 1978 年，知青在云南东风农场的 10 年里，正值农场的创业和发展时期。知青的到来给农场注入了新的活力，成为活跃在各个岗位上的新生力量。10 年里，农场人口增至 2.4 万余人，农场编制由原 6 个分场扩建为 15 个分场，191 个连队。橡胶的种植面积由 4.5 万亩发展到 10.5 万亩，橡胶开割面积由 0.2 万亩扩大到 3.8 万亩，年干胶产量从 5 吨增至 2000 多吨。知青来场时，除少数建场较早的连队橡胶林已开割外，绝大部分是以知青为主体的新建连队。知青在中缅边境的热带沟谷雨林中从事着开荒斩坝、开挖梯田、橡胶定植和幼林管理等繁重的体力劳动；在交通闭塞，物质和文化生活极度匮乏的艰难岁月里，为建设祖国第二个天然橡胶基地奉献了青春和热血，有的献出了宝贵的生命。

如今云南东风农场是一个以天然橡胶产业为主的国有大型农垦企业。农场人口 21903 人，职工 7349 人，拥有土地 25 万亩，种植天然橡胶 18 万亩，年产标准胶逾2万吨，平均单产达到世界一流水平，其“东风牌”橡胶荣获中国第二届农业博览会金奖。

那些年头顶荣耀的知青们，谁能想到40年后，橡胶林的过度扩张成了西双版纳热带雨林的灭顶灾难？

这是《中国地理杂志》李闵和袁方采写的文章，题目叫《橡胶林，绿色沙漠》：

> 冬天的澜沧江依然是混浊的红色，滔滔一条大河借着雨季过后的最后威力，执着地流向东南亚炎热的腹地。大江穿过1800千米的高原和峡谷，流到西双版纳的时候已经耗去了它百分之九十的落差，变得开阔而温柔。江边弥漫着浓浓的大雾，雾气从我们的车窗的缝隙钻进来，像流动的烟云，让人感觉到细细的雨丝般的凉意。在持续6个月几近无雨的干旱季节，这浓雾就是这个植物世界里珍贵的水源。
>
> 公路依着山势沿澜沧江在一片绿色的林中蜿蜒，今天，橡胶林已经成了西双版纳的标志性植物，景洪通往任何一个方向的公路两旁，从阳坡到阴坡，从箐沟到山顶，一眼望去的植物全是如同士兵一般排列整齐的橡胶林。然而，在几十年前，这些长满橡胶林的土地却是另外一种绿色，那绿色来自生长了千万年的热带雨林。
>
> 半个世纪前，在资源紧缺、粮食紧缺的饥馑年代，西双版纳先后建立起若干国营农场，热区经济最大限度地为国家做出了贡献。90年代以后，经济大潮锐不可当，森林面积渐渐萎缩，田园牧歌式的生活不可避免地成为历史。尤其新世纪刚刚开始，国际橡胶价格飙升给这片丰饶的土地带来新的梦想和变化，橡胶林如燎原之火遍及每一个村庄、每一片山林、每一个角落，西双版纳已经变得寸土寸金，只要种得下一棵胶苗的土地就绝不会空置。那些在黎明时分从树皮下滴落的白色树液就像流动的黄金，给这片丰饶的土地带来了意想不到的财富。这财富改变着大地的景观，改变着生物的多样性，改变着人们的生活，也改变了一切。
>
> ……

我查到了一份2011年的资料：该年，西双版纳州全州橡胶种植面积431.06

万亩，开割220万亩，干胶产量28.3万吨，实现产值50.94亿元。橡胶副产品中，橡胶木材产量8.5万立方米，产值1.3亿元。到2020年橡胶种植面积达到了431.06万亩，干胶产量28.1万吨，总产值41.43亿元。其中民营橡胶种植面积285.46万亩，干胶产量18.77万吨，占干胶总产量66.8%。橡胶产业已成为全州种植规模最大、范围最广、整体效益最好、经营层次最高、从业人员最多的绿色生态优势产业。

事实上，胶园急速扩张，产业迅速做大，与此同时，种植橡胶树是否会造成水土流失和生物多样性减少等种胶破坏生态的质疑引起了社会的关注。专家指出，任何一种作物，一旦单一大面积种植，都会引发生物多样性减少、生态功能弱化甚至发生大面积病虫害。

……

20世纪末期国际橡胶价格暴涨，40年前在雨林中播下的星星之火在经济全球化的浪潮中很快成了燎原之势。一时间橡胶投资开始狂热起来，倒卖胶园、出售山木土地成了版纳的“风景线”。由于种植橡胶需要技术，胶苗种下之后7年才能割胶，前面的7年里的精心养护需要大笔投资。普通农民没有能力投资的就把自己的自留山、自留地以很低的价格卖给了胶园主。

从景洪市的景哈乡到国境线，一路上，公路两边全是胶林，一眼望去你很难看到第二个树种。在山下见到的是整齐的农场的胶林，往山上走就是私人的胶林。路边上的小店看到有人经过都会主动告诉他：没地了，都卖光了。小店旁边的山上生长着3年左右的胶树，小店主人只知道是老板的，哪里的老板不知道。其实这些山上全都是老板们的财产，他们请外地农民为他们看胶苗、除草。我们在山头看到一户老夫妻住在一个小茅屋里，他们是拉祜族，60多岁，管着几百亩胶林，每个月可以领到五六百块钱。

橡胶产业呈爆炸式发展，倒胶园买卖土地一直特别的热闹，在这个行列里除了当地农民、企业，还有公务员和各个行业的人们。政府机关流行着这样的顺口溜：“正科、副科，不如橡胶树栽几棵；正处、副处，不如两棵老茶树。”寸土寸金，橡胶真正成了西双版纳的经济“龙头”。

今天的西双版纳，在低于海拔800米的低山、丘陵地带，随处可见橡胶的奇迹。凤尾竹下、椰子树旁，灰褐色挂瓦的竹楼中间，一幢幢镶着彩色瓷砖的小洋楼拔地而起。哪怕还不是小洋楼，那些干栏式的竹楼下也早已不再拴牛拴马，而是用来停泊轿车、皮卡。橡胶已经改变着普通老百姓的日常生活。老百姓有的是坐收土地租金，有的是请人割胶，他们不再种田、不再养猪，也不再种菜，许多家庭只为橡胶活着。橡胶带来的利益也是现实的，每公斤胶水4到5元钱，每一天胶树上流出多少胶水都是能够统计的。在割胶期间，胶树多的人家每天的收入可到千元左右，家有二三十亩地，每年收入就有近10万元。但是，为了让橡胶树能多流淌出一点胶水，他们过着一种日夜颠倒的作息方式，每天凌晨就要起来戴着头灯去割胶，人的生物钟全被打乱，健康受到影响。

我们在前往缅甸边境的路途中经过一个傣族寨子，半大的孩子们围在一起赌钱，他们的父母们在干活。在一群盖新房的老乡中，有位中年男子告诉我们：他家租了1500棵橡胶树出去，3年收的租金是18万元，但钱已经不在了，除了日常生活费，儿子买了车到处玩，赌博，输输赢赢。胶树明天该砍了，重新种下后要等7年才能割胶。问他们年轻人一个月花多少钱，盖房子的老乡们七嘴八舌，有的说三四千，有的说两三千，不论是多少，这个数字在那么偏远的地方都已经是天文数字了。他们还说，寨子里有3个女人因赌博输光了胶树而离了婚。我在景洪还听到更好笑的事情，有人坐在胶树下面赌博，输了就舀胶水付账。

在另一个哈尼族寨子，我们正赶上一场婚礼，主人家3天杀了3头牛，杀了多少鸡连主人都记不清楚。问参加婚礼的老乡，现在收入还可以，但橡胶降价以后怎么办？他们回答很无奈：现在有钱几万块钱过一年，没钱的时候一万块钱过几年。眼下日进斗金的收入并没有给他们带来安全感。

疯狂的圈地运动之后，能种的地方都种了，不能种的地方也种了。低地种完了往高处种，南坡种完了，还往北坡上走。专家说：我们非常担心，这个地方不是典型的热带，如果往高处走往阴坡走，将来有寒流冷空气翻过哀牢山进入这个地区，可能会对橡胶造成毁灭性的灾难。胶林一再突破禁忌，突破纬度，突破海拔，勐腊县关累镇的橡胶已经种到了海拔1200米的山上，这种狂热导致的无知是很难说服的。

黄昏时分的橡胶林里，弥漫着冬日里美丽的哀愁。放牛人赶着牛群从林间的斜阳里走过，有人说是诗意的、浪漫的，真正了解这片土地的人却感到了深深的悲哀，雨林中诞生的物种正在吞噬着北纬20度最后的雨林。

不要等再过些年，我们只能靠着前人写下的这些文字或影像想象着那个曾经美丽的西双版纳。我还是担心，西双版纳的有朝一日，因此我预留两篇你可以记忆，而后留待回忆想象的西双版纳，一篇是黄泽的《西双版纳，一个做了千年的梦》：

到过西双版纳的人，没有一个不被这儿浓郁的傣乡风情醉在自己的梦幻里。要是你深情地拥抱这片神秘富有的土地，用心灵去看，你的梦中还会看到很多：

那是橄榄坝独具特色的傣家民居，是基诺山幽深的密林，是原始森林公园茂密的热带雨林，是勐海翠绿的茶山。

那是澜沧江清澈的江流，是勐泐大佛寺庄严的佛影，是贝叶经古朴而隽永的文字，是傣家姑娘们美丽的身影。

那是穿越激流的龙舟，是东方狂欢节中疯狂的人群，是勐巴拉娜西优美的舞姿，是凤尾竹下吹响的葫芦丝……

另外一篇则是雪菲的《情似水哨哆哩》：

从一个妙曼的舞蹈，知道了一个行走在画里的民族，从一曲悠扬的葫芦丝，了解了一个生活在诗意里的傣家。无论是刀美兰翩翩婀娜绝美的孔雀舞，还是小岩朋清纯的葫芦丝，都让我迷恋不已，深深沉醉。因此，对西双版纳有了一份无尽的向往。

在西双版纳的日子里，每一天都被舞蹈包围着，无论是专业的勐巴拉娜西，还是傣家竹楼里小卜哨天生丽质的即兴曼舞，无论是橄榄坝傣家园成群结队的哨哆哩翩翩群舞，还是寺院里充满宗教色彩的虔诚献舞，无论是广场上摩肩接踵跳着街舞尽情狂欢的人群，还是曼听公园充满民族风情的篝火晚会上情不自禁地激情互动，都让我深受感染。哨哆哩优美的舞蹈，缠缠绵绵，如柳，随着微微熏风轻轻摇摆，如藤蔓茑萝，柔若无骨，如水，清纯甘霖，在有形与无形之间，自有一份渴望与希冀融在其中。

这是一个骨子里都渗透着歌舞音律的民族，尤其值得惊叹的当数曼妙美丽的哨哆哩。傣家把中青年女子都称哨哆哩，用我们的话说就是美女。穿着民族服饰的哨哆哩，实在是泼水节最亮丽的一道风景。

五颜六色鲜艳夺目的傣裙，不仅仅把她们打扮的妖魅玲珑，婀娜多姿，更有一份优雅娴静附在细弱的腰身，仿佛仙子一样。在曼听公园，看了一场孔雀公主的舞蹈，那是傣家王子召树屯和孔雀公主楠木诺娜的爱情故事。虽然在很多年以前看过电影《孔雀公主》，楠木诺娜对爱情的忠贞不屈、勇于牺牲精神，曾经让我感动了很久，因为那个时候我还年轻，还那么容易被感动。而今，坐在舞台下面，又重新自心底而生的那种感动，让我自己都无法相信，我心深处仍然保留着那份如水样温软的柔肠。或许是置身在这水样的情调和空气里，不知不觉就把自己融化在这个氛围里了。

傣族，是崇尚水的民族，对水的那份钟情与崇敬，是任何语言无法描摹的。她们认为水是圣洁的，不但能冲刷一切污垢秽气，驱走一切妖魔鬼怪，还能消除灾病，给人们带来吉祥幸福，所以在最美丽的节日，傣家新年里，把最神圣的水泼给你，也就把最美好的祝福献给了你。在西双版纳的日子，每一天都令人难忘。无论走到哪里，都有身着节日盛装的啃哆哩，手里端着银色的碗，用树枝给每一位客人的身上洒上几滴祝福的水。已经有那么多那么多的水滴，洒落在我的肌肤上，融进了我的血液。

很多年前，曾经在哪里的文章里看到过这样的情节，描述傣家啃哆哩非常爱清洁，她们不管白天多么劳累，晚饭后，夕阳西下的时刻，她们都会去寨子旁边的河水中洗澡，把五颜六色的筒裙向上卷起来盘到头顶，一边洗澡一边嬉笑打闹，有人路过并不避开，你尽管贪婪地尽情欣赏。美的脱俗，美的自然，美的甚至心中无一物，美的只剩下美了。

傣家的啃哆哩，就像澜沧江的水一样清纯，闪烁着母性的光芒，把全部的爱和情，都暖暖的，柔柔的，软软的，附着在这片美丽富饶的土地上，流也流不尽，淌也淌不完，孕育滋润着这里的花草树木永不凋谢，万物生灵生生不息。如果有来世，如果来世可以自由选择，那么，就让我也做一回傣家的啃哆哩，孔雀一样，蝴蝶一样，最重要的是，水一样。

再想着一旦“末日”，便又手下留情，多留下了这篇石建光的《雨林中的情思》：

西双版纳，没有谁能阻止我爱你！无论是热辣辣的阳光，还是热辣辣的“骚多哩”。沉浸在雨林的氤氲中，漂移在柔情似水的“绿浪”里，我成了被幸福环绕着的“猫多哩”。

西双版纳，没有谁能阻止我爱你！“嗜杀藤”不能，“箭毒树”不惧。纵然成了坎坎伐檀兮中的“紫檀木”，纵然成了“挨千刀”的“黑心树”，我也依然爱你！我是傣家人炉膛边劈碎的柴，即将投入到西双版纳熊熊燃烧的生活里。

第八节　玉溪：如果只说那一条如玉带般的溪流

单纯玉溪这个地名，绝对十有八九是有一条如玉带般的溪流，但遍寻不见，玉溪本地人也说，何来玉溪？玉溪又为何溪？

然而玉溪就因玉溪河得名。

玉溪那条溪，一直在世人的梦里，也在我的想象中。

青壤和我一样，他这样写道：

于公于私，我都曾多次到过玉溪，但我以前没有发现玉溪坝子有溪，更不要说是一条像模像样的河了。

我也觉得，这与公然号称“高原水乡”的玉溪名不副实。玉溪有抚仙湖，还有星云湖、杞麓湖，更有元江，与阳宗海也沾得上隔壁邻居，即便就凭一个抚仙湖，称玉溪为“高原水乡”也不为过。可是作为偌大的玉溪城，却不见一条溪流，不觉得玉溪徒有虚名？

前年，受作家张三疯老弟之约再到玉溪，和同学、几个朋友喝得有几分醉意之后，三疯硬要拽我去看州大河，我当即就问，什么叫州大河？尽管我摇摇晃晃，他们还是没有放过我。

眼前的景象让我不敢相信，这不是舞台置景吗？只见一泓清亮的河水，在色彩斑斓的灯光映照下，显得格外妖娆妩媚，像柔情少女。

没有想到，玉溪原本是有河的，“玉溪”这个名字，就因为其所在的地方曾经“有河清澈如玉，有溪蜿蜒如带”才得名玉溪。

当然，不能怪我这个外地人只看其表，本地人肯定就不一样了，他们每个人都有“打断了骨头连着筋”的那种故土情怀。

你说玉溪人有什么样的故土情怀，一个网名叫“那一年……又一年”的玉溪人，回答得很是动情——

> 对于玉溪的情是什么呢？是味道。玉溪人上街无论贫富都喜欢吃一碗热腾腾的米线。如果是鳝鱼米线，那缠绕舌头的鲜美，想是许久都化不开的。因此米线这种寻常的食物，也被玉溪人的智慧所美化，产生了独具特色的米线节。玉溪的另一种味道应该是甜，来玉溪可以不抽玉溪的烟，但不可不尝玉溪的糕点。玉溪的糕点为何好？我想大概是和我们的地理位置有关的。玉溪地处滇中，水源充足，气候宜人，自古少灾少荒，生活在这里的人，心头自然是甜的，心里头甜了，手里头做的糕点当然也就甜了。
>
> ……
>
> 对于玉溪的情是什么呢？是种在心里的根。无论我远走到哪里，这里都是我的家，这里有我的亲人、朋友，这里肥沃的土壤养育了我的身体，这里碧玉清溪的水滋润着我的心田。

而我们这些外地人对于玉溪的情感有时候是直观的，有时候是模糊的，有时候就像大白话，有时候还会模棱两可。

玉溪那条溪，很细很细，细得只能称得上一条溪，细得在地理学家和历史学家的眼中可以忽略不计。

玉溪那条溪，很清澈也很丰沛，清澈得可以照得见人的心地。这里的人们累了倦了，可以枕着她的臂弯入睡，有了心事，也可以对着她尽情倾诉，甚至醉了、狂了，也可以对她放歌……

玉溪那条溪，很洁净也很明亮，草因她而翠、树因她而绿、云因她而蓝、天因她而高、大地因她而洁净……

但是，玉溪的溪、玉溪的河，也是曾经浑浊过的，也是曾经消失过的。

好在玉溪人醒得早，于是，今天的玉溪，又有了如玉的河，如带的溪，又是一派碧玉清溪的景象，又有了“水做的玉溪”的美誉。

玉溪一条溪，再美也是表面的，她内在的美还需要很多的支撑，可能很多人认识玉溪大都是从聂耳开始，若说聂耳与玉溪，或说聂耳与红塔山，往往会得出这样的顺序：红塔山—聂耳—玉溪。

我先说聂耳，只要是中国人就和他再也脱不了关系，而且敬仰他。原因很简单，因为他是中华人民共和国国歌《义勇军进行曲》的曲作者。况且聂耳的意义已经超越了时间，用云南师范大学教授吴宝璋的话说："无论是过去，现在，还是未来，聂耳及其《义勇军进行曲》的精神都是中华民族伟大复兴的战歌!"

除了丹麦，世界上其他国家都只有一首国歌，不是每一个人都可以为泱泱之大国的国歌作词、谱曲，也不是每一首歌都可以成为国歌。聂耳的唯一性正是玉溪可以成为"唯一"的积极要素。

《国歌》已经拍成电影，大众对国歌背后的故事绝对不再陌生。但我还是想赘述几句，看看聂耳的侄女，76 岁的云南民族电影制片厂作曲家聂丽华女士了解的国歌背后的故事。

她说聂耳是"抢"来的谱曲任务。

"聂耳对工作从来不知道疲倦，《义勇军进行曲》谱曲就是聂耳主动'抢'来的工作。"聂丽华作为聂耳侄辈唯一从事音乐艺术的人，她对叔叔的生平事迹和国歌创作过程进行了搜集考证。

在 1934 年，中共地下党白区领导人之一瞿秋白建议要利用电影和电影歌曲唤起民众革命和救亡的激情。1935 年，田汉为上海电通影业公司写出一部名为《凤凰的再生》的文学剧本，后被改编成电影《风云儿女》。其中最后一节诗稿，后来就成为影片主题歌《义勇军进行曲》的原版歌词。

"1935 年 2 月，田汉同志写完初稿就被国民党逮捕入狱，剧本交到了电影编剧夏衍手里。"聂丽华介绍，"当时聂耳正准备去日本，听说《风云儿女》有首主题歌要谱曲，就主动向夏衍要求把谱曲的任务交给他。"

夏衍回忆聂耳"抢"工作的情景："一拿到《风云儿女》的剧本，聂耳就找到剧本最后那节诗稿，他念了两遍，很快地说：'作曲交给我，我干。'等不及我开口，他已经伸出手来和我握手了。'我干！交给我。'"

除了国歌，玉溪的红塔山也很出名，甚至可以跻身世界名山。纵使你领略过"会当凌绝顶，一览众山小"，但也不可以小觑红塔山。

我终于知道什么叫“山不在高，有仙则名”了。

红塔山在玉溪城区西边，是一座高不过百米的小山丘，因山体顶部耸立有元代所建的白塔而得名，红塔原名白塔。元代始建，清代道光十九年（1839年）重建。1958年将白塔涂为红色，更名为“红塔山”，其景亦由“红塔朝晖”所取代。

1956年，一群质朴的农民发现玉溪坝子的优质烟叶是他们创业的资源：他们创办了玉溪烟叶复烤厂……

1958年，一个特殊的年代，创业者们顺应了红色口号震天响的潮流，在那座山上，用几把刷子把象征火热的红土，一刷一刷地涂在历经了沧桑尘封、浸透了岁月风雨的白塔身上，似乎是在表现那个特殊年代玉溪的人们炽热的“大跃进”激情。也就在这个特殊的年代，开始了玉溪生产卷烟历史的第一页——

这些创业者们和他们的后生们并没有在四书五经中找到什么文化含义，也没有刻意琢磨，更没有策划和研究远隔大洋的CIS。他们凭着质朴的信念和追求，注视着那座玉溪人们求平安、祈福祉的、被漆红了的白塔——玉溪人和土生土长的后生们就呼之曰：红塔——又多添了象征激情的蕴意，这座小山也就称作红塔山了。他们为自己生产的卷烟取个名——就叫“红塔山”。

孰料，暑往寒来，又是红叶尽染时，竟创造了中国卷烟第一品牌——红塔山。

从此，那座山因“红塔山”的品牌而生辉。

只要你说起“红塔山”有意无意都会和褚时健联系在一起。

有媒体这样形容褚时健：从“红塔山”到“褚橙”，作为罕见的、身陷囹圄之后还能以古稀之年东山再起的企业家，通过电商和媒体的演绎，他变成了一个励志符号，他跌宕悲辛的人生也被省去了晦暗不明的部分，成了最佳的心灵鸡汤。

他是企业家心中的企业家，王石、柳传志都对他倍加推崇。“80多岁了，心还是不甘。”

对这个已经耄耋之年“还是心不甘”的老人，媒体除表达了敬意之外，还细挖了他的不甘是怎么炼成的——

1999年1月，褚时健被判处无期徒刑，剥夺政治权利终身。此时，他的女儿已于河南狱中自杀，夫人也身陷囹圄。

大时代的浪潮把他打翻过，又把他送上巅峰。现在，他第二次被抛弃了。

两年后以保外就医走出监狱之门的褚时健和他过去的部下也是形同父子的好朋友任新明说，自己要种橙子。

任新明听了不仅大为惊讶而且极力反对。“我闲不住。”褚时健说。他向昔日朋友们筹了1000万元，包下了哀牢山上2400亩的政府农场。

驯化满山的冰糖橙，褚时健用了6年。起初，橙子的味道不行，销量也不畅。全靠褚时健昔日的朋友、徒弟们帮衬，云南的各大烟厂就把哀牢山的橙子消化大半。

2012年，褚时健种橙的第十个年头，经过生鲜电商平台“本来生活”网的社会化营销，“褚橙”挺进北上广，成为全国范围的励志象征。

架不住地方政府的盛情，褚时健不情愿地上马了一个新项目——褚橙庄园。

云南省计划5年内在全省打造100个现代特色农业精品庄园。建成后的褚橙庄园，将囊括当地上万亩冰糖橙果园，容纳游客在庄园内吃住。

褚时健并不相信这个投资2000万元的庄园可以产生政府所期待的效益。建这个庄园，他需要出资600万元，其他部分由云南省、玉溪市、新平县三级政府承担。

“一年最多1/3的时间有人来，其余时间都闲置。我一年要拿100多万来补贴这个庄园，不然人家来了吃不好住不好。”褚时健说。

2014年11月20日，褚橙庄园开门迎客，游客如织。褚时健与游客闲聊，逗小孩儿玩。

在他的主持下，2014年果园的土地又被深翻一次，旨在提高保水能力，应对高温干旱天气。

有媒体问，“你怎么评价自己的一生?”

“让别人去评价吧，我很难评价。但有一点，我在做事的时候，不怕自己吃亏，怕别人吃亏，这是我的优点。”褚时健回答。

2019年3月5日，91岁生日后不久，褚时健在云南玉溪病逝，一段商业传奇落幕。

褚时健影响了一代企业家群体，如今，对他的争论在这里也已经尘归尘、土归土。

不过他创下的“褚橙王国”还会让人挂记。

后来，从媒体上我也看到了，马静芬管理下的褚氏家族各有分工，又相对独立。

也就是说，褚一斌成为正统的继承人，可褚家的事业并不止他一个人在继承。褚一斌和马静芬主导的新平金泰和外孙女任书逸主导的云南实建果业均拥有“褚橙”的商标，大家都有各自的产业、公司和基地。

褚家的事情终归是褚家的事，我更关心的是褚橙布下的大片绿。

第九节　曲靖：古爨文化策源地

说到小粑粑，云南人都知道那是说曲靖，曲靖小粑粑是一种世俗，是调侃，但也为曲靖传扬了名声。

我认识曲靖当然早，回家乡必经，它是入滇的东大门。

还有七擒孟获，相信读书人都能道其详，于是都知道了一个叫爨的部落。爨，到我写下它，我都还不知道有多少笔画，离开电脑或字典，怎么写都写不完整，越是难记，越是记住了这个爨。

又，今年中国书画院成立，请来了一位爨宝子碑体书法家，我是好生奇怪，陡然起了索要一幅的念头。原因竟然那么简单，缘于我对爨字的懵懂。

是支云华《爨宝子碑考说》给我普及一堂关于一块碑的知识课，甚是感谢。

不是人所周知，在三国西晋以后的东晋南北朝，全国处在全面动荡时期，不论是少数民族为主的北方政权还是汉族为主的南方政权，都在频繁更迭，根本无暇腾出手来经营云南地区。以爨氏家族为代表的南中大姓趁机发展壮大。

爨氏崛起大概时间是在公元339年，当时南中地区的大姓霍氏、孟氏火拼结果同归于尽后，这给爨氏的崛起提供绝好的契机，爨氏家族不但驱逐了内地王朝在南中地区的统治势力，还将霍氏、孟氏两家地盘据为己有，短短的时间里就控制了今天云南的大部分地区，自成割据。

爨氏的衰败是在唐代天宝年间，竟然是重蹈覆辙。由于爨氏的内部出现了内讧，导致互相残杀，南诏的首领皮罗阁就乘虚而入，把两个女儿嫁给相互攻伐的爨氏双方儿子，以麻痹爨氏双方。然后趁爨氏双方打得不可开交之时，已继承王位的阁罗凤率军攻陷曲靖。在肆行无忌的屠城后将“两爨”（西爨白蛮，东爨乌蛮）收入自己的统治范围。

爨氏家族最终退出历史舞台，却在中国历史上留下了这通千古不朽的《爨宝子碑》和使后人百思不得其解至今难以寻觅的这段“爨氏历史文化艺术”之谜。

《爨宝子碑》，全称《晋故振威将军建宁太守爨府君墓碑》，东晋义熙元年（405年）立，清乾隆四十三年（1778年）出土于云南曲靖县南杨旗田，1852年移至曲靖城内武侯祠，1937年移到曲靖第一中学，今存曲靖一中校园内。碑首半圆形，碑额题“晋故振威将军建宁太守爨府君之墓”15字。碑文13行，每行7~30字，共336字。除最后一字缺损外，其余都清晰可辨。

有意思的是，《爨宝子碑》永远的秘密是你不知道作者是谁，而且碑文还出现若干的错别字，估计与“书者并非撰文者”有关。有人说，《爨宝子碑》既无汉分的典雅，也无唐楷的谨严。它是汉分的野孩子，唐楷的不衫不履的先辈。此评似贬乃褒。

对《爨宝子碑》，康有为也在《广艺舟双楫》评曰：“端朴若古佛之容。”“朴厚古茂，奇姿百出”。有人认为此碑属正（楷）书，有人认为书体是在隶楷之间，有人则认为应归隶书。任政等在《楷书基础知识》中说，“它的用笔结构已具楷书雏形，归属楷书较为合理”。许多作者认为，魏晋是书法史上新旧书风的转换期，主要是隶书向楷书和行书转换。因此，新旧杂糅，楷隶相参，实难定其为楷书或者隶书，《爨宝子碑》便是这一时期书风的典型。康有为在《广艺舟双楫》中称此碑为隶书。书法家蒋彝先生写的《中国书法》一书中，也不承认爨碑是隶楷之间的一种过渡体，而将爨碑只简单归到隶书范围内，也没有将爨碑提到多么高的地位。

另一名碑《爨龙颜碑》，书法史上常将此碑称为“大爨”，比《爨宝子碑》晚53年。小爨《爨宝子碑》与大爨《爨龙颜碑》并称为“二爨”。《爨龙颜碑》位于陆良县沙林西部3千米处，额上部浮雕青龙、白虎和朱雀，左右雕日月、日中有骏马、月中有蟾蜍。碑文体制古茂乃汉代楷隶遗法，刚劲古相，康有为称“雄强茂美之神品”，书法界评为布势如精工画人，下笔如昆刀切玉，被誉为“南碑瑰宝”，其书法价值早已名扬国内外。

二《爨碑》声名远播，日本书坛人士专程到云南“朝圣”二爨者，不绝于途。1961年“国务院关于公布第一批全国重点文物保护单位的通知”中，在碑刻部分，除西安碑林外，还有云南省曲靖会盟碑，二爨碑西夏甘肃省武威市感应塔碑（西夏碑）等四块碑。从此不难看出二爨碑在文物界的重要地位。

杨修品却认为，二《爨碑》不是名家所书，也不讲究什么笔法，具有的是刀味、石味、民间味、野蛮味，和南朝正统名人书家的法度、笔意结构、书卷气形成强烈对比。二《爨碑》实质就是“不法”“不名”“不笔”“不汉”。

近人师法爨宝子者不少，广东的秦咢生，湖南的谭盘、周达于此均有建树。近年有些书家的爨宝子体作品，虽略有声名，但失却“野趣”，未得二爨精髓，惜哉!

因爨赢得爨乡之名，爨，即刻让人想起曲靖，是倒是，但一次看电视上介绍爨底下村发展乡村旅游，猛一惊以为说的是曲靖的爨底下，却想不到是远在北京的爨底下。

因此记住北京的爨底下村，但不能不说与曲靖有关，此爨彼爨，是否有渊源，不知。我只知道爨在748年陨落，爨姓随之销声匿迹。

电视上是这样介绍爨底下村的：爨底下村，位于北京市门头沟区斋堂镇，是一座始建于明朝的古村落。村内至今仍完整保留大量清朝民居。2001年被列为北京市文物保护单位，2006年被列为全国重点文物保护单位。该村还是第一批中国历史文化名村。

爨底下村人（户主及子女）全姓韩。相传是明代由山西洪洞县大槐树下移民而来，原村址在村西北老坟处，后因山洪暴发，将整个村庄摧毁。只有一对青年男女，外出幸免于难。为延续韩族后代，二人以推磨为媒而成婚，并在现址立村，婚后所生三子，为：韩福金、韩福银、韩福苍。三子分三门，即：东门、中门、西门。始以福字为第一辈序排20辈：福景自守玉、有明万宏思、义巨晓怀孟、永茂广连文，至今已发展到17辈，茂字辈。

还相传是因为爨被村民们编成了顺口溜：兴字头，林字腰，大字下面架火烧，大火烧林烧的兴，岂不很热？所以姓寒，谐音韩。

有爨氏后人感叹：爨文化又是南诏、大理文化的渊源，大理国就自称继承爨氏遗风。然而，500年辉煌灿烂的爨文化，如今只剩两块爨碑和《蛮书》《新唐书》中的只言片语。爨人用的“蝌蚪文”已经失传，爨人在政教合一的过程中创造的、含有丰富自然知识的巫术已经没落，爨人的农业典籍、兵法兵书等都已不复存在。我们只知道，爨人的后代——彝族女阿诗玛即“蛇女”的意思，而蛇是爨人图腾崇拜的一种……

第十节　昭通：有黑颈鹤在这里栖居

且说昭通城，还是先听曹阜金娓娓道来："昭通是有名气的，姑且不说北京紫禁城外那块'鲁甸厅'的招牌，就拿现在的昭通旧城来说，从清朝二木那建城至今，已有近三百年的历史了。"

20世纪90年代末，昭通有个全省地市党报年会，通知我参加，我愣住了，那时昭通在我的心里，一是穷，二是远。总之穷乡僻壤，"拉屎不生蛆"的地方。

一辆213吉普，作为报社，当年算是好车了，一路上也还算争气，但分两天走，第一天到曲靖。

天下报社是一家，说蹭饭可能有点难听，说交流学习好像又太过于冠冕堂皇，就说路过吧。吃饭间还在说起昭通，要么说没有印象，要么说穷，要么说难玩死了。

除了例行参加会议，我还是喜欢到街上走走，住的昭阳宾馆，也就坐落在老城，实际上，老城不老城，昭通城也就那么巴掌大。

我的观感和曹阜金描写的也差不多。他说，走过凤池书院的状元桥，踩过文庙前的青石板，到巩固街数一数那些保存完好的清式建筑，到永安街看一看盛极一时的陕西会馆，到北门的李家祠堂造访一下李耀廷规整的家祠，还有被现代文明扔在角落里的忠烈会馆、西岳宫，尤其是到辕门口一侧的挑水巷走一走……

我也觉得除了挑水巷、怀远街，外地人最记得住的是怀远街旁的云兴街。云兴街是因为云南王龙云的名声。云兴街的历史不长，其建于民国二十四年间，曹阜金说，当时龙云已入主云南省主席，可能为了光宗耀祖，龙云、卢汉在原来的马王庙和辕街上分别投资建成了一楼一底的西式过街楼，北边为龙云的，南边为卢汉的。

曹阜金说，比云兴街更有意思的，应该是北正街，因为这条街从辕门口向北延伸出去，看到北正街，就会让人想起昭通的古城门，不管是东边的抚镇门，还是西边的济川门，不管是南边的敉宁门，还是北边的趣马门，都让人勾连起那段历史。记得有一幅解放军解放昭通的老照片，解放大军从济川门进来，人山人海夹道欢迎，让人感到昭通从此走上了建设美好新生活的起点。

但曹阜金又说，要说到古城，现在看到的昭通城其实并不是最古老的。真正的昭通古城在哪里呢?

昭通城原来的地名叫二木那，那是鄂尔泰改土归流后新选择建城的地点，鄂尔泰一纸奏章，就去乌暗为昭明，易蒙蔽而宣通。昭通之前叫乌蒙，这段历史持续了一千多年，乌蒙的旧城并不在二木那，昭通城是新崛起的。乌蒙的都城叫天梯土城。天梯土城在现在的土城乡政府所在地，由于明清时毁于兵燹，而乌蒙的历史又鲜有记载。

曹阜金说，天梯古城虽然神秘，但要说起来，它同样不是昭通最古的城垣。据考古发现，昭通城四周到处都有梁堆出土，而尤以现在昭通城东的白泥井出土文物最多。最出名的要数那块残了半截的孟孝琚碑，碑文老练，碑风古朴，后人考证为汉初永寿二年所立，在周围梁堆中，出土的砖块足可用几百辆现代巨型运输车拉，而且这些砖块图案丰富，纹路优美。这些隆起的梁堆实际就是被这些砖块拱起来的，是当时人死后的墓葬，那么大的规模，那么精美的墓葬，足可以推估当初这里人烟稠密，那么有一座供人居住生活的城池就不足为怪了。从现在的情形看，在新建的飞机场旁边，有一个叫诸葛营的地方，四周凸起，有土夯的城垣，城垣外有沟，两千年过去了，仍然依稀找得到古城的印迹。文物专家猜测，这里应该是汉代的城池，因为这里没有梁堆，而周围的山上则集中了不少梁堆。也许这就是那个消失了的朱提古城。为了纪念昭通这段最辉煌的岁月，两千年后，人们就在这块地的旁边修了一条又宽又长的大道，名字就叫朱提大道。

朱提古城也罢，天梯古城也罢，还是昭通城也罢，昭通因为有了代代生生不息的人们，才把昭通的历史延续到今天。

真正认识昭通，是我从认识昭通作家群开始，从夏天敏、宋家宏、黄玲、雷平阳、潘灵、刘广雄、吕翼、杨昭、樊忠慰、影白、尹马、刘平勇、王单单、陈衍强、朱江、麦子等一大串的诗人、作家开始。

我的接触只是表皮，但桑田的自诩让我看到更为真实的昭通人，因为她本来就是昭通人，而且很响亮地告诉这个世界“我是昭通人”!

一个真正的昭通人给我的讲述就这样开始了，她说：“我从来不避讳自己是昭通人，别人问起，我都会讲：我是昭通人。”

她说，我不认为作为昭通人是可耻的，我深沉地爱着这片粗糙的土地，恶劣的自然条件和强悍的民风是所有文字灵感的来源，也正因为如此，才诞生了轰动全国的昭通作家群，而在这群人里，已经有两个获得鲁迅文学奖，还有获得其他奖项的更不计其数。

外面的人常挂在嘴边的一句话是：遇上昭通人，年都过不成。

也曾听见这样的言论：你家昭通的，个个都是猛人。

她说，我不知道这样的言论是褒是贬，我愿意将它理解成褒义，因为我是如此为这股血脉感到自豪。

她说，在我小时候的记忆中，昭通的很多地方，你难以想象它有多穷，特别是高原上稀疏的人家，地里长不出庄稼，一家人连一套像样的衣衫都没有，男人想着如何往外跑，女人想着如何往外嫁，一家人全部家当加起来不到五百块钱的比比皆是，总之就是千方百计想着如何逃离这个穷山恶水的地方，就算是在城里，建筑也是低矮的房屋，雨后湿漉漉的青石板是孩子们最好的滑雪场，这里没有科技馆，没有大型游乐场，有的只是杂乱稀疏的房屋和说话像吵架，连客套也像是在吵架一样的昭通人，他们的脚上带着泥，再漂亮再昂贵的鞋，穿着在昭通城里走上一圈，都会变成高粱馒头的样子，一到冬天，四处炊烟，烧煤留下的煤渣被一大车一大车拉到郊区的垃圾场倾倒，农民衣衫褴褛顶着风雪挑着一担重重的白菜来城里卖，冬天了，他们的裤管还卷得老高，破旧的裤管看上去稀稀拉拉宛如流苏。

她说，我曾经去一个商场应聘，给人卖手机，老板什么都看了，最后一听说我是昭通人，立马打消了用我的念头，我跟他说：你留下我给你干几天试试看，如果干得好，你留下我，如果干不好，我走人就是。一个星期之后，老板留下了我。可是可恶的老板，每天让店面上的钟表比北京时间快了五分钟，于是许多人经常迟到，一迟到，半天的工资就没有了，最后算工资的时候，老板没有扣我的，其他同事多半只有半个月的工资。

她说，我从来不避讳我是昭通人，我是昭通人，一辈子都是，即使往后奔波在别处，换了身份证、换了户口本，我也还是昭通人，我的身上流着昭通人的血，也将一代一代传接下去。

有人说昭通的一切景物皆因来了黑颈鹤才显山露水，敢情说这样话的人并不了解昭通，待你看看这三个人的资料，你还会这么说？

一个叫龙云。生于1884年，卒于1962年，彝族，昭阳区炎山人。1912年入云南陆军讲武堂学习，后参加护国、护法运动，官至第5军军长、昆明镇守使。1928年至1945年任云南省主席。1949年，积极策划、推动云南和平起义。1950年后，先后担任中央人民政府委员、国防委员会副主席、西南军政委员会副主席、民革中央委员会副主席、第一届全国人大常委会委员、全国政协第二届委员会常委。

一个叫卢汉。生于1895年，卒于1974年，彝族，昭阳区炎山人，1914年于云南陆军讲武堂第四期日军，毕业后，长期在滇军中服务，官至师长，并一度兼任省财政厅厅长。抗战军兴，任国民革命军陆军第60军军长，率部在台儿庄会战、武汉保卫战等战役中，重创屡立功勋。后升任第一集团军总司令、第一方面军总司令，授上将衔。曾受命担任驻越南日军受降司令官。1945年10月起，任云南省政府主席、云南绥靖公署主任。1949年12月9日，宣布云南起义，云南全境和平解放。1950年3月起，历任云南军政委员会主席，西南军政委员会副主席，国防委员会委员，国家体委副主任，第一、二、三届全国人大代表，第二、三届全国人大常委，全国政协第一、二、三、四届常委，民革中央常委，民革台湾和平解放工作委员会委员等职。

还有一个叫罗炳辉，1897年出生在云南彝良一个汉族贫苦家庭，从小过着艰苦的生活。1915年入滇军当兵，作战勇敢，从士兵升至营长，参加了讨袁护国战争、东征战争和北伐战争。1929年7月秘密加入中国共产党，同年11月在江西吉安领导靖卫大队士兵起义，参加中国工农红军。历任团长、旅长、第六军第二纵队长、第十二军和第二十二军军长等职。第五次反“围剿”开始不久，任红九军团军团长。曾任中华苏维埃共和国中央执行委员。率部参加广昌保卫战，并护送北上抗日先遣队出征。抗日战争初期，以八路军副参谋长名义，在八路军武汉办事处从事统一战线工作。1939年任新四军第1支队副司令员、第5支队司令员，率部开辟皖东抗日根据地。1940年后任江北指挥部副指挥兼第5支队司令员、第2师副师长，1943年起任第2师师长兼淮南军区司令员。1946年4月任新四军第二副军长兼山东军区第二副司令员，6月21日在山东临沂病逝并安葬于临沂。

来了黑颈鹤只能说是为昭通锦上添彩。从20世纪五六十年代起，每年10

月至次年4月间，总有一群被当地人称为“雁鹅”的鸟飞临大山包，后来大家才知道这些“来客”竟是与大熊猫、金丝猴并称“三大国宝”的国家一级重点保护野生动物黑颈鹤。也正是因为“山之精灵”黑颈鹤的存在和吸引，随着大量科考、探险、环保、摄影、旅游人士前往赏鹤拍鹤，大山包成为国际重要湿地和国家级自然保护区，当地诸多神奇美景随之揭开面纱并声名鹊起。

可因为气候恶劣，灾害频发，土地贫瘠，山高路陡，信息闭塞，大山包长期成为一处几乎与世隔绝的“世外桃源”，贫穷的大山包群众曾为生计躬耕劳作，无暇欣赏如此人间胜景，但大山包的人一直默默地守护着这一切，而且一切的付出都只是为黑颈鹤建美好家园。

20世纪70年代起，热爱环保的大山包人就一直把黑颈鹤视为象征吉祥长寿、爱情忠贞的“神鸟”和人类的朋友，打心底里喜欢它的高贵、优雅。因此就不断人工投食：20多年来，大山包保护区66岁护鹤员刘朝海一直默默守护黑颈鹤，再穷也要用自家种的洋芋、蔓菁来喂它们；昭通大山包黑颈鹤保护志愿者协会主席王昭荣在1998年与黑颈鹤结缘后，与协会360多名会员一道，创办了《黑颈鹤》会刊，开设黑颈鹤保护网站，不断为宣传、保护黑颈鹤呼号奔走，争取来了很多爱心公益资金和环保扶持项目；大山包实施退耕还林、还湿还草工程，成立大山包保护区管理局，保护黑颈鹤栖息家园；每年种植80亩洋芋、蔓菁，为黑颈鹤提供“口粮”；拔除空中废弃电杆，实行电线入地埋设，为黑颈鹤消除飞行障碍；建立观鹤长廊，提供观测设备，避免惊扰黑颈鹤……

正是因为如此，大山包黑颈鹤数量不断攀升，彻底打破了世界野生动物基金会在1998年关于“再过10年黑颈鹤将会在中国消失”的预言。

董应兰家在老房子的基础上新建了客栈，吸引了全国各地的摄影爱好者，也为家里带来了一份收入。陈光会说，通过黑颈鹤，她结识了几百名来自全国各地的爱鹤朋友，她家的土木草房从2007年的5间房屋增加到现在的15间，开起了“鹤来居”农家乐，每年营业纯收入达3万元。

后来通乡柏油公路修通了，每年涌来6万多名游客，当地腊肉、野菜、燕麦酒卖了好价钱，29家农家乐红火地开起来了，村民退耕还林还湿后收入反而增加了，曾经“倒贴本”的护鹤员现在看鹤可领工资了，从四面八方寄到大山包的爱心包裹增加了。

长期潜心关注黑颈鹤保护的王昭荣主席出版了一本名为《用爱订座的天

堂》散文诗歌集，该书内容典雅、诗意、唯美，一度畅销后被大量盗版印刷。此外，因为全身心扑在黑颈鹤保护与宣传教育上，他还收获了美丽爱情，建立了幸福家庭，相继获得了几十个国内外环保大奖，成了网络搜索的红人。

按照大山包国家公园的建设规划和昭通市政府的旅游发展要求，3 至 5 年时间内，大山包保护区将建成 5A 级旅游景区，每年接待游客 80 万人以上。

我欲再去一趟昭通整整准备 15 年，为大山包，为黑颈鹤。

至于鸡公山，在我脑子里是一个未知数，任凭驾驶员把我带去，好在我这人命好，坐什么车都不会晕吐，连半点难受都不会，反而越坐越兴奋。

坐了多少个时辰，不知道，反正一觉。

这里好像没有“阳春三月”的说法，三月的天气咋还那么冷，有些意外。

车子在破浓雾前行，尽管速度很慢，但还是感觉到了车身外的风很疾，我根本不敢打开车窗，就直朝大山包方向去了。

下午 2：40，到大山包乡政府驻地，但雾大，只看到一个大概，再说一个乡政府也没有什么好看的，歇脚的地方而已，此时，兴致降至冰点，而且肚子奇饿。

吃饭选择在了“山外山酒楼”，环境还好，除大山包特有的特色菜外，还有城里有的菜肴，太冷，胃口不是太好，直等几杯酒下肚，才又提高了些许兴致。

我是第一次来大山包，除了黑颈鹤，其余的一无所知。

反复折腾，最后找到了去大海子的路，我看驾驶员都有些不耐烦了，又加上大雾笼罩，能见度太低。行走一段路，迷蒙蒙的大雾之中忽见一房子很突兀，近前一看，原来是“黑颈鹤管理站”，我有些兴奋，喃喃自语道：我总算找到你了。

车一停下，车门打开，一个寒战，身边却站着几个穿着厚厚棉衣的本地人，向我们热情地打着招呼。他们是这里的管理人员，据他们介绍，大海子目前有黑颈鹤 890 只，是大山包黑颈鹤的主要聚居地，另外在跳墩河还有 500 余只，是大山包黑颈鹤的第二聚居地。“你们来得不巧，遇到这样的鬼天气，恐怕是看不到黑颈鹤了！”管理员说。

这句话，简直是把我的心浇透了，而且凉到了脚后跟。大老远跑来，听到的却是这样一句话？可我就是不信邪，兴许黑颈鹤能被感动，会网开一面呢。

没叫管理员陪同，我自个儿朝指点的方向行走，突然，驾驶员惊悚一般，表情夸张地对我说，你听见什么声音没有，我说除了我们的脚步声，什么也没有听见。再往前几步，果然“咕咚、咕咚……”地传来几声。这声音就从不远的湖边传来，定睛望去，驾驶员激动得想大叫，看我的手势他才压低嗓门：“我看到黑颈鹤了”。

这时，朋友们开始考虑是否还要继续朝前走，正在这时，只见两只黑颈鹤向我们飞来，从我们的头顶上滑了过去，其双脚蜷缩在腹下，果然也是白茫茫的。但这时，我们实在被冻得有些撑不住了。

回到“云南省大山包黑颈鹤自然保护区”石碑前，我们拍了照，合了影，匆匆给管理站的同志打了声招呼，便迅即钻进了车内，开了空调，便踏上归途了。这时，已是下午六点过些了，过了会儿，头发上的冰凝才慢慢融化，变成水珠顺着头发滴落到车窗内。

雾依然不散，寒风依然呼啸着。

第十一节　普洱：不一样的曼妙

在彝人古镇听人讲茶道不是一次两次的事情了，我不是装高雅，烟酒茶糖，我一爱酒二爱茶，然，酒不断，茶常喝。

在家我从不沾酒，不是为了省，没伴，喝着没劲，两口下肚连心都凉了。喝茶则可在家，可在办公室，只逢远客到访或三五文朋诗友相邀才偶尔到茶庄。我所以说只是偶尔，是消费不起，再差的一壶茶也要百八十，乌龙茶、毛尖、龙井或一般普洱也要两三百。后来有朋友开茶庄，我可以寄茶的方式抵费用，这样就能少花钱，陪客人喝茶也就有了去处。

我不喜欢和人家侃茶，无论在哪里，我以为自己至少半罐水，嗜茶、看茶、品茶倒也可以，但并没有修到可以头头是道的地步。尤其有一次在群里，有人对茶侃侃而谈，我来了气，凑了他几句，最终不欢而散，也就不再侃茶了。

两年前专程去普洱看同学，自然又和普洱茶有了一次亲密接触。同学老艾推荐我看一篇《闲谈普洱》的文章，我以为出自他的手笔，便也客客气气，看过之后，不枉他推荐，这篇文章所写，还深得普洱茶之精髓。

我之前并未来过普洱，对普洱一城只在想象中，所谓茶城，也一定是宣传噱头罢了。其实不然，那么多的茶庄是我没想到的，我还参加了某茶庄的一次盛大的聚会。

店之大，上下两层楼，并且三坊一照壁，各种茶案也很考究、富丽，出出进进的那么多人，我忍不住问老艾，他说是一个茶老板今晚开“茶沙龙”，我不懂，但理解和开“party”差不多吧。

等到看茶，半个小时都多了，闲极无聊，老艾与我侃普洱的茶庄历史。尽管我说过我很不喜欢和人家侃茶，但在这样的氛围里不侃茶又侃什么。而且我每到一处，对那里的掌故是最愿意关注的。这证明你不仅来过，而且不是走马观花。

我所了解的是，普洱茶最早的生产加工集散中心在昔日的清代普洱府城。普洱建城始于8世纪中叶唐南诏，苏、张、周、段等姓的白族官员到此镇守，建“奉逸城”。明代时，普洱茶生意大旺，据史志载，外地迁入的“客籍”户，大多与茶叶贸易有关，民居、茶庄及其与茶叶经贸相连的马栈、铁匠、鞋匠、皮匹铺等在城外集中连片，形成新的街市。

清雍正七年（1729）设普洱府后，将其土城外墙建成砖墙，并在普洱设茶局，专办“茶引”（执照）、茶税及督办贡茶厂，选取最好的女儿茶，以制成团茶、散茶和茶膏，敬贡朝廷。茶局管理贡茶加工、茶叶生产和运销，每年四月为“花茶市”，交易活动为10天。雍正十三年（1735），普洱茶名震京师，清政府题准征收茶捐，普洱府当年发出“茶引”（执照）三千引（三千担），秦晋、两广、四川、江西、两湘，以及石屏、腾越、下关、玉溪、通海、思茅等地茶商纷纷在普洱府署宁洱城，建立茶庄、商业会馆，对茶叶进行加工、精制、包装、运输。清道光、同治年间，宁洱城的普洱茶经贸商务活动达到高潮，城内城外，众商云集，足有300余家堂馆店铺。

据《普洱县志》载，仅茶庄就有六七十家，每年茶销量约570吨。较大的商号协太昌、同心昌、福美祥、元盛号、荣和昌、义盛昌、国金号、广兴隆等20余家，大多经营加工茶叶。其加工的普洱茶有毛尖、芽茶、小满茶、紧团茶、改造茶、团饼茶、方砖茶、牛心茶、人头团茶等。民国时期，猛景茶庄压制的心脏形紧茶也很有名，内飞中部印有中文“猛景茶庄”，中部左右方印有“猛弄”二字，椭圆形圈内飞下印有英文，上端为英文“猛景茶庄”，下端为英文“猛弄”。

民国三年（1914）9月30日，普洱道时期，征集茶品参加了美国巴拿马万国博览会，在陈列品中有“云南宁洱县糯猛景茶庄紧茶内飞　993499 猛景茶庄紧茶”一封。“普洱茶”因最先在普洱加工、销售、集散而得名。

老艾又问我是否识得普洱茶，我说大致，他笑了笑。

他说，论普洱，有生熟之分。生茶，晒青翻炒，茶底青黄，汤色金黄，入口略带生涩，片刻甘甜回返，满口余香，更有清凉降火之功；熟茶，卧堆发酵，其底黑褐，汤如红酿，入口香滑，有陈香荡气回肠。

听老艾谈得津津有味，我便插话：你说普洱熟茶最常见的汤色有哪几种？他忽然声音大起来，那你说呢。我知道他在考我，我说我略知道的有红色、红亮、红浓、红褐、褐色、黑褐、黄白，是不是？

我说论冲泡我不在行，但品茶我还能说出些门道。我说，喝茶，将茶当饮料解渴。品茶，注重茶的色香味，讲究水质茶具，喝的时候又能细细品味。茶艺，讲究环境、气氛、音乐、冲泡技巧及人际关系等。最高境界当然是茶道了，在茶事活动中融入哲理、伦理、道德，通过品茗来修身养性、品味人生，达到精神上的享受。

老艾又笑了笑。

我接着说，茶道最早起源于中国。中国人至少在唐或唐以前，就在世界上首先将茶饮作为一种修身养性之道，唐朝《封氏闻见记》中就有这样的记载：“茶道大行，王公朝士无不饮者。”这是现存文献中对茶道的最早记载。当时社会上茶宴是一种很流行的社交活动。唐吕温在《三月三茶宴序》中对茶宴的优雅气氛和品茶的美妙韵味，作了非常生动的描绘。在唐宋年间，人们对饮茶的环境、礼节、操作方式等饮茶仪程都很讲究，有了一些约定俗成的规矩和仪式，茶宴已有宫廷茶宴、寺院茶宴、文人茶宴之分。

见我还没停歇的意思，老艾打断了我的话，那点书本上的东西，就不要拿来卖了，真正的茶道是“妙在不言”。

我当然不以为然，以为只是调侃。你看余秋雨如何“品鉴普洱茶”——

小小的“茶品”结构，在人格形态外沿拖拽出了一个小小的“茶格”形态。不管是“品”是“格”，都是通过否定和删削，来求得等级自守。这对茶事来说，虽然无关精神道德，却是有涉生活素质。

老艾又打趣我了：这年头其实懂茶的人多，懂你的人少；喝茶的人多，泡茶的人少；说茶的人多，品茶的人少；蹭茶的人多，带茶的人少；买茶的人多，爱茶的人少。

确实，这话我也听有人说过。还有人说，没有一种茶不是生在灵山秀水之地的，没有一种茶不体现着自然的精华与绝美之姿。于茶的采摘和品饮中感悟人生的真理与大道，让人以一颗平常淡雅的心态对待周遭一切。“大隐隐于闹市，闭门即是深山”，这便是品茶的最高境界了。

于是我便想起唐代诗人韦应物《喜园中茶生》：

洁性不可污，为饮涤尘烦；
此物信灵味，本自出山原。
聊因理郡馀，率尔植荒园；
喜随众草长，得与幽人言。

喝茶是有道的，这道是一种精神，这里就不说了，但普洱因为茶而成为普洱——普洱是“世界茶源”。普洱有在景谷县发现的距今3540万年的宽叶木兰化石，有在景东县田心发现的距今有2500万年的中华木兰化石，有镇沅千家寨2700多年的“世界野生茶树王”，有澜沧邦崴1700年的过渡型古茶树，有以澜沧景迈山千年万亩古茶园为代表的18.2万亩栽培型古茶园，以及146.6万亩的生态茶园。普洱成为世界上唯一的一条从宽叶木兰化石—中华木兰化石—野生型—过渡型—栽培型茶类植物垂直演变完整的生物链。为此，2013国际茶业大会上普洱市被国际茶业委员会授予“世界茶源”的称号。

普洱是“中国茶城、普洱茶都”，是茶马古道的源头。普洱市委、市政府以实施“以茶名市、以茶兴市、以茶富市”战略，打造“世界茶源、中国茶城、普洱茶都”品牌，取得了可喜成就。2005年全市有生态茶园面积74.2万亩，茶叶产量3.55万吨，茶叶总产值10.2亿元。到2020年3月，普洱市共有茶园面积301万亩，其中现代茶园面积165万亩、野生茶园117.8万亩、栽培型古茶园18.2万亩。有机茶认证证书达到120张，认证企业达到82家，普洱市有机茶认证证书、认证企业数量均居全国第一。近年来，普洱市主动服务和融入“千亿云茶产业”战略，按照“大产业+新主体+新平台”的思路，以建设绿色、生态、有机农产品基地为方向，在抓标准、抓品牌、抓融资、抓庄园、抓整合、抓“互联网+”上狠下功夫，建立普洱市茶产业发展标准化体系，全力打造世界一流“绿色食品牌”，走出了一条具有普洱特色的有机茶产业发展路子。

老艾说，就此打住吧，喝的这茶不知道第几泡了，我倒是觉得，心有一壶茶，咋泡都随心！

第十二节　临沧：留下的只有脚印，带走的只有照片

临沧比我想象的远。

入滇 20 多年只去过一次，但那一次足以一辈子深刻。

临沧却又很近，只要你对着临沧方向喊一声，迅速就会有回音。

我喜欢《听月亮升起》，歌词是那么简单，但韵味是那么深长。

我看舞者手舞足蹈，那时我便可放开想象，在沧源岩画上的那些舞者，他们心无旁骛舞蹈着，不为天地，不为流年，只为自己。

“世界佤乡，秘境临沧”，这是临沧的宣传口号，一般我不喜欢这样高大全的东西，把话说满了，就等于是在吹牛皮。动辄“世界”“中国”，那是因为内心不够强大，所以才会去扯虎皮，拉大旗。

美国人从来不说世界的纽约，但它实实在在是“世界的”，东京、伦敦、巴黎、柏林、莫斯科，也都没有说他们是“世界的”，但世界都瞩目它们。道理很简单，要想成世界的，你需要具有让整个世界刮目相看的东西。

秘境这个词也用烂了，当下世界，哪里还有秘密可言。

所谓秘密，缘是我们自己孤陋寡闻。

我不喜欢这两句宣传词，但并不影响我对临沧的公平公正，反而我对临沧青睐有加。

就像《月亮升起来》，喜欢得那么自然而然。

月亮升起来哟
山寨静悄悄
风儿轻轻吹
弦子声声响
弹起我心爱的小三弦

我心上的姑娘快快来
哎……
快快来
月亮升起来哟
山寨静悄悄
弹起小三弦
阿妹轻轻唱
让我们相依在一起
诉说心里的悄悄话
哎……
悄悄话
你不来，我不信。

行走是一场盛宴，尤其行走在临沧更是。于是就有了“司岗里、古道、勐库、大雪山”之行。

还是从《司岗里》大型音乐舞蹈说起，当这台舞蹈被带到楚雄广电中心演出，不看之前就已经征服了我。临沧，司岗里，凭借这两个名字，就给了我想象不完的空间，何况后来看了《司岗里》和司岗里。

《司岗里》是通过真实的九大人文自然符号，由“古歌”“山谣”“神韵”“心声”四个篇章组成的原生态组舞，展示了农口硝烟、石佛洞文化遗址、沧源岩画、建筑腐蚀、歌舞艺术等众多文化积淀。整台晚会基于佤族的生活劳作素材、结合现代观众的审美要求，在表现手法、舞美、灯光、音乐、道具、演出布局、节奏等各方面经过细致的创新合成。舞蹈编排方面除了佤族具有代表性的舂米舞、簸箕舞、薅秧舞、狩猎舞、木鼓舞、甩发舞之外，新增了原来没有表现过的摸你黑、佤王宴歌、击石舞、取新火等。

我欣赏的不单纯是艺术，而是被感动的思想，因为晚会演绎了阿佤人敬畏生命、崇尚自然、天人合一，团结和谐的普世精神。

司岗里是什么？来到司岗里的面前还在问，记得那年带我们来到这里的是佤族姑娘叶茸，虽然她的口才不是一流的，但尽力地去讲。

“司岗里”离我们有多远？

在沧源岩帅流传着这样一首古老的民歌，歌名就叫《司岗里》。这首歌译过来就是：“燕子下蛋不挪窝，燕子从来都是燕子孵。人类起源是一处，都出自一个葫芦。”

在沧源，每天夜晚的火塘边，佤族的老人们都会用一杯浓茶或一碗水酒润过喉咙之后，面对稚气未脱的晚辈们讲自己从爷爷那里听来的一个又一个的神话故事。也就是“司岗里”传说，其主题离不开“葫芦里生，司岗里来”。

佤族没有文字，故这种口口相传的“司岗里”出现了多种版本。

“司岗里”佤语方言有的叫“阿岗”“里岗”“西岗”或“司岗离”，根据“司岗里”的传说，人们又称它为“洛奔达”，意为祖先历史的规范言语。

“司岗”是什么？各地说法不一，沧源的班洪、班况和澜沧一带说是“葫芦”，西盟一带说是“岩洞”；耿马以及沧源的糯良、勐来一带则说是“竹筒”。尽管说法不一，但所有的佤族都认同“司岗里”佤语全部含意是“葫芦里来，司岗里生”。

在沧源的那天晚上，我和县上的艺术家们边叙边喝酒，也聊过司岗里。佤族男女青年还为我们唱起来了他们常唱的歌曲《加林赛》和《司岗里狂想》，当然少不了那首《月亮升起来》。我还记得《司岗里狂想》里的几句歌词：“阿佤把水酒斟满，阿佤把木鼓敲响。司岗里故乡，我们为你狂想；司岗里故乡，我们为你歌唱。”

任凭我怎么狂想也狂想不过沧源的岩画时代，来沧源看景固然要看岩画，初来乍到，对于秘境临沧，仅它的歌声你就会被淹没。所以在来之前我就做好了功课。故先看《水墨沧源》，再看《沧源记》，直看到心早飞到了沧源。

也难怪有人说，你读懂了沧源就读懂了临沧，我说，也许。

《水墨沧源》，这是沧源县人大农业工委杨国祥的一篇散文。在他心目中，沧源就是一卷散发着水墨芬芳的国画，任何时候展开，都水汽氤氲，春意盎然。他说，你若有空来观光，阿佤山沧源四季都不会让人失望，春有花开的情意，夏有热情迸发的绿色，秋有金色的甜美，冬有委婉含蓄的情调，她就像梦中的情人，青春不老，尽善至美，永不消退的迷人风韵。

他说，阿佤山沧源，高达 73% 的森林覆盖率，是一个天然的全域大景区。南滚河森林公园是集野生动物观赏、亚热带雨林奇观、科考、探险旅游、休闲度假娱乐为一体的森林公园。公园内热带雨林和季风雨林保存完好，山峰奇险、怪石嶙峋、古树老藤盘缠、河水滔滔、云雾缭绕，虎豹猿猴出没其间，幽谷明洞随处可见。

因岩画而得名的岩画谷景区，具有独特的喀斯特地形地貌，美丽壮观、巧夺天工、浑然天成，有气势磅礴的天坑和溶洞群，有连片的董棕林，有壮美的千米天然彩壁国画长廊。

临沧日报社的几位好友陪我看过翁丁后，来看岩画，一路上的喧闹嬉戏此刻变得宁静，长时间的注目凝视，陡然间自己不再是自己，而成了岩画中的一分子。

佤族作家袁智中告诉我，岩画距今已有3500多年的历史，是新石器时期佤族的文化遗产，岩画还不止我们看到的这一处，县内包括勐省镇，以及糯良乡、勐来乡，海拔在1000米至2000米之区域，已发现15处之多。在众多的岩画中，岩画内容大同小异，面积大小不等，大的80余平方米，小的不足1平方米。岩画一般绘于距地面高1米至8米，垂直平整的石灰岩岩面或溶洞峭壁上，图像大的约30厘米、小的约5厘米，其颜色为暗红色，经考证绘画原料是用赤铁矿粉与动物血调和而成；画的内容多为狩猎、放牧、村落、战争、舞蹈、杂耍和宗教祭祀等。

岩画景区还包括了司岗里溶洞，洞内呈“Y”形分布，主洞长千余米，平均宽30米左右、高近40米，由石灰岩沉积物形成的石笋、石柱、石钟乳、穴珠、流石坝、石幔、石葡萄等形态各异，洁白晶莹，景致奇美，令人叹为观止。

导游叶茸在岩洞里为我们唱起歌来，我忙叫她打住，这是你们祖先在的地方，莫轻易惊扰了他们。叶茸却说，祖先在黑暗中摸索太久，他们需要歌声的陪伴，而且，佤族人生性爱唱歌跳舞，也是从祖先那里遗传下来的。

我说，那好，就唱个够。

从洞中出来，在一棵芭蕉树下站着，叶茸又开始讲司岗里溶洞的传说和故事。

天坑群也在岩画谷景区中，具体位置是在糯良乡班考村，在全长13千米的山路沿线，分布着6个蔚为壮观的天坑。经考证过的最大的一个天坑，坑深达235米，直径200多米，周长720米，坑壁以垂直管状形态耸立，坑底古木繁多，董棕、桫椤等珍稀植物密布，时有各种动物出没，生机无限，站在天坑周围时而俯瞰、时而远眺，让人感叹大自然的奇妙之时，不禁浮想联翩。

红木的《沧源记》写的不是景致，而是沧源“巴饶克人”的过往。我一个外族人又远在别处，对沧源的了解只能算点滴，甚至是鸡毛蒜皮的一些。

他告诉我们，沧源县是全国仅有的两个佤族自治县之一。

居住在这里的巴饶克人是古代百濮族群的后裔。

夸张的牛角号、猎猎生威的头饰翎羽、鱼尾人、太阳人、各种怪异的装饰打扮、意欲欢响的木鼓、等待开发的弓箭、正在热播的圆圈舞，凡此种种，所蕴含的深刻意思和巴饶克人的传说、历史、现存的文化现象一脉相承。

他说，岩画是笃信鬼神、万物有灵的巴饶克人文化的代表，也是研究古代民族、远古社会的珍贵资料。生活在这里的巴饶克人鲜活地保存了岩画所体现出的某些远古文化习俗。木鼓是巴饶克人的通天神器。它曾在巴饶克人的生产生活中占据重要的位置，发挥重大的作用。在过去，祭祀旱谷、征战、火灾报警等，人们都要敲打木鼓。现存最古老的木鼓摆放在广允佛寺。它有一百多年的历史，据说是缅甸绍兴巴饶克人赠送给勐董傣族土司的礼物。巴饶克人在选树、砍树、拉木头回寨子、制作木鼓、安放木鼓的活动中，要举行盛大的祭祀活动，在活动中产生了木鼓舞、铓锣舞等独具特色的舞蹈。现在，在舞台上，还能够一睹这些充满祭祀味道、朴野、狂情的艺术。每年的狂欢节，在原生态村落翁丁，村民们镖牛、拉木鼓、载歌载舞，向世人活现了远古蛮荒时代粗犷的血祭习俗，让人们感受那一幕遥远的惊天动地的豪情壮举。木鼓还体现着巴饶克人对伟大母亲的崇敬。它凝聚着巴饶克人精神的重要内涵，是巴饶克人文化的象征。

他说，在沧源，时间似乎是凝固的，巴饶克人按照自己的方式生活。寨子里还保留头人制，头人管理寨子的宗教民俗。在头人和管理祭祀事务的神职人员的组织下，人们举办各种民俗活动。遇事，人们依旧请示先知巴猜，杀鸡看卦，或者祭祀神灵。巴饶克人的村落有自己的神林。一般在寨子上头，人们选一块地方，建盖神房，那里的一草一木谁都不会乱动。有事情的话，选择吉祥的日子祭祀大神莫伟，请求莫伟的庇护。过节的时候，建有寨桩的村落还祭祀寨桩，打歌跳舞。人死了，到山上砍树，断筒子，劈成两半，把筒子凿空，把死者放进去，合拢，捆上。算好出殡的时辰，做仪式，把死者埋到规定的林子里，不堆垒坟墓。事实上，这样很节约土地。远古的时候，人们还给正常死亡的老者跳棺舞，告慰死者的灵魂，安抚死者的家属。现在，有的巴饶克人的村落还保留棺舞。这样看来，人们重生轻死，积极乐观。巴饶克人似乎过着桃花源般与世隔绝的生活。在这个桃园里，鬼神无处不在。每一块石头，每一条河流，每一个池塘，每一棵树木、谷物，每一件生产生活用具，每一只家畜等等，都附有神灵，都有它们自己的魂灵。

在佤山，人和自然亲密和谐的节日、习俗，不胜枚举。比如接新水节、新米节、火把节等节日习俗，巴饶克人都要祭祀神灵、叫魂。叫谷子、生产工具、帮助人们干活的牛，甚至猪羊的魂灵，让它们都能回到家里安歇，人们丰衣足食。一些奇特的物体，比如钍、鼓、秤、刀、石头等在人们的生产、生活、祭祀中起过作用的物件也倍受崇敬。它们从祭坛、从历史舞台上退下后，又上升为神物，被人们祭贡，成为保佑平安、吉祥、富足的神物“向”。

说到狂欢节，中国佤族司岗里“摸你黑”狂欢节是从巴饶克人的远古文化习俗中创办的极富魅力的接触类文化娱情节日。文化、狂热、激情、文明、纯善、健康、幸福、自我精神超脱释放是节日弘扬的主旋律。

他说，五月的沧源，几千年积淀深厚的佤文化在雄浑欢悦的木鼓声中狂热盛开。斗牛、打陀螺、射弩等民间体育竞技活动发挥了巴饶克人传统习俗的参与性与娱乐性，展示力与美。甩发舞等艺术精品表演，展开了浓郁的民族风情，令人激情涌动。“摸你黑”主题活动，黑黑的巴饶克人，欢快的木鼓声，甩动的长发把神奇古朴的佤文化甩向世界。

我没有参加过“摸你黑”狂欢节，但从铺天盖地的报道中可见一斑，尤其当你看到那些琳琅满目的照片，你定然会变得武断，这是世界上最疯狂、最好玩、最荡气回肠的节日，也定然血脉贲张。

作家袁智中绘声绘色，来到节日现场，再有理智的人都会变得疯狂，而且疯狂到不可想象。

从千姿百态的照片上我感受到，连执勤的武警官兵、公安民警，老太老汉、姑娘小伙，几乎个个都成了一堆泥塑。

“摸你黑”源于佤族民间用锅底灰、牛血、泥土等涂抹在脸上驱邪祈福求平安的习俗，“摸在姑娘脸上，寄望姑娘越来越漂亮；摸在老人的脸上，祝福老人长寿健康；摸在小孩脸上，希望小孩平安吉祥；摸在朋友脸上，期待友谊地久天长；摸黑满脸，代表开心永久、快乐永久；摸得越多，意味着幸福就越多。”

“摸你黑”涂料配方据说很神秘，涂料是以佤山米粉为主料，添加当地的神奇泥土和天然植物不死草——“娘布洛”。

为了得到生命的永恒，阿佤人一直在寻找这种神奇的不死草。找到一种或是几种药草后，磨成粉，拌成药泥，据说还有防晒、美容、护肤的功效，这配料里还有巧克力的成分。脸上被摸黑了，权当是做了一个香喷喷的面膜。

并在特定的日子里相互把药泥涂抹在对方身上表示祈福，希望被药泥涂抹的人百病不侵，健康长寿。

狂欢期间，可以在长龙阵势的佤王宴上大快朵颐，种种民间歌舞在水酒篝火晚宴中燃烧、释放。班洪乡的刀舞、班老乡的祭大象舞、勐来乡曼莱以蜂桶鼓为打击乐器的贺新房舞……

我当然会被他们撩动得不能自已，恨不得马上摸一把，疯一把。

红木说，沧源，人民淳朴，自然灵秀。这是老话，却也是大实话。

他说，从耿马进入沧源勐来大峡谷。途中所见，山峦清秀，石头峻奇，树木苍翠。冬日，天空湛蓝，薄雾轻扬。夏日，湿云重重，雾霭沉沉。但凡进来的游客就会猜测，这样的境界，深藏着什么样的不为外人知道的神秘？单是这条大峡谷，就有六个岩画点、一个大天坑、一路自然风化形成的石壁画、恐龙时代的树蕨桫椤、高大的董棕树。若进入南滚河国家级自然保护区，就发现，此地因为高温多雨，植被非常繁茂，动植物种类繁多，一些国家级保护的珍稀动植物在这里生长繁衍。世界上为数不多的亚洲象在保护区内觅食、生活。

面对此种原生态环境，人们不免会想起传说中的野人。巴饶克人至今还有野人传说的故事。

第十三节　红河：一条彩虹画的河流

淡墨有《写给红河》，我也有“写给红河”，一封从来没有寄出去的私信。

红河首先是一条河，然后才是一个地域名字。

我去红河时还没有《我要去红河》那首歌，也还没有“云上梯田，梦想红河 · 云南旅游新方向”。

20 多年前，我还很单纯地去了红河，那时候我还在报社当记者，随楚雄州歌舞团参加滇中南艺术节会演。

那时候红河州的首府还在个旧，留给我仅有的印象就是个旧的金湖和弥勒、建水、开远、泸西的“洞”，从白龙洞，到南洞，再到燕子洞，最后到阿庐古洞……

如今好多人都会唱：

我要去红河，浪漫的红河
我要去红河，梦中的红河
我要去红河
每天在疲惫里奔波
每天在高楼间穿梭
每天在拥挤中堵车
这不是我想要的生活
有一个美丽的传说
有一条彩虹画成了红河

实话实说，我那时候还没有一种非要去红河的冲动，天高路远，路途的颠簸够呛。当时是受《昆明文化报》几个记者的怂恿，才勉强去了一趟河口。

传说中的河口，当年也只不过在河滩上有一条用帐篷搭建的“越南街”。每个摊贩几乎都卖着同样的几件商品：尼龙吊床、蛤蚧、草果，我驻足不到20分钟，“不带走一片云彩”地离开了河口。

还是那首《我要去红河》：

有一首天籁般的歌谣
抚平我心中的烦恼
红河是一条开满鲜花美丽的河
红河是一处留给心灵栖息的角落
红河飘荡着迷人的果香
还有醉人的笑窝
红河有多少曾经浪漫，浪漫的故事

去程，看了燕子洞，我只在洞口瞭望了片刻；回程，看了白龙洞。白龙洞，位于弥勒县西南虹溪乡，距弥勒县城31千米。白龙洞旅游区占地面积200万平方米，四周山峦起伏，怪石嶙峋，群山之中分布着10多个溶洞，其中最壮观的为白龙洞。洞分上下两层，有南宫、北官、瑶池仙境、海底世界等四大景区，10多个厅堂，100多个景点。

够壮观的，但印象全丢了。不能说那里没有一首天籁般的歌谣，不能说红河不是一条开满鲜花美丽的河，不能说没有飘荡着迷人的果香，不能说没有醉人的笑窝，但依然没有要去红河的冲动。

我要去红河
每天在阳光下唱歌
每天在云海里欢乐
每天听到绿色的呼吸
这才是我想要的生活

因此有作家说，红河是从红土高原心脏里泵出来的血液，大山母亲流淌着的乳汁，养育了一方水土一方人。

用东方古老的情感方式去旋转水车、旋转童年、旋转天地君亲师的文明……

骑在牛背上的牧童用横笛吹出一曲好听的牧歌，阡陌上那个穿蓝底印花袄的村姑，挎着一篮鲜嫩的春天。青箬笠，绿蓑衣，斜风细雨不须归，日出而作日落而息。青灯黄卷绵延阵阵书声，千百年就那么一句实实在在的话：耕读人家。冬去春来，总是描绘一幅“重冈已隔红尘断，村落更丰年”的图景。

农妇在洗衣石边，将银手镯荡成一枚十分古典的月亮。

春天红了腮帮子的桃花，秋天枝头压弯了腰的喜悦，都是属于一条河的风景。打谷场上，从老人双手捧起的谷粒里，让人们去感悟水滴怎样沉淀生命，一条河怎样书写沧桑的人生。

一捧红河水，一抔红土地的土，捏成建水红陶——这山与水的最佳组合，在国际博览会上，灿烂了多少白种人的目光。那一介书生袁嘉穀，便是喝红河水长大的。他一篇笔走龙蛇的论文，倾倒了所有的江南才子！

红河，你是我们民族的乳娘，我们民族的母亲。

红河是一个故事，

要多古老就有多古老。
红河是一支歌谣，
要有多古老有多古老。

这个作家写得这样生动，如果你还不来。

如果不趁现在，又更待何时?

凡是来红河的人都要先来建水古城，而且凡来的人都有可能迷醉在这座古城里，作家艾吉如是说。

我来建水，是从一场建水花灯杂烩开始。陪同的人把我带进了金临安茶苑，名为茶苑，实际上是个看戏的小剧场。

这个剧场有意思，说它是剧场，但又是茶吧，人们品着茶，吃着果拼看节目。节目全是道地的“土特产”：“民歌小调、方言说唱、民族歌舞、情景喜剧、服饰表演”五大版块，无一不透着“沙悠味”。

这时我便定论，建水是个有玩场的地方。

进建水城最先看到的是一座完好的城楼，它名朝阳楼，这是一座比北京天安门城楼还早28年的古城楼，人们习惯把朝阳楼叫作东门。

东门巍然屹立着，古城便有了鲜活、灵动、壮美的灵魂。

别小看了这座小城，古时叫临安，自元代以来至民国为滇南政治、经济、文化中心和交通要塞，是素有“滇南邹鲁”“文献名邦”美誉的国家级历史文化名城、国家级重点风景名胜区的建水城。

建水城集中着全国仅次于山东曲阜孔庙的建水文庙、全国罕见的学政考棚和书院、大型木建筑结构指林寺、雄镇东南的明代建筑朝阳楼、中国十大古桥之一的双龙桥、“中华宝塔古今无”的文笔塔、“滇南大观园”朱家花园等各种古寺、古庙、古塔、古楼、古园。

已有1200多年历史的建水，作家艾吉在《迷醉在建水古城》告诉了我很多：建水古称“步头”，是边地土著少数民族的家园。

他写道：

唐和元年间就修筑过城池。作为唐王朝版图上的一小块肥肉，统治阶级舍不得丢掉，伸出长手抓几把，又无法紧紧抓住，晾在那里长久地风吹日晒。

唐朝在世界文明的中心，躺在繁华、富庶上优哉游哉，得意了几百年后，终于气数已尽，昏昏沉沉地睡死了。

直到元朝的到来，与其说是一个崭新的政治时代的开始，不如说是儒家文化铺天盖地的涌入。1258 年起，占地为曲阜孔庙三分之一的文庙开始兴建。继昆明、大理之后，建水正式开办第三所庙学。从此大兴教学之风。明朝以后又相继建学政、州学、书院、府学等等，成为滇南最高学府。明清开科取士，有时云南一榜举人中，临安学士竟占半榜。建水古城，于是赢得了“文献名邦”“滇南邹鲁”的美誉。

我走进这里的孔庙，也表明我还算得上斯文人家。

陪同介绍，在每年农历八月二十七日这一天，这里的人们都会选择在文庙举行盛大的祭孔活动，届时游人如织，尤其带着“信则有”目的的莘莘学子，来此三拜，祈求金榜题名，也验证了作家艾吉说的：“这里的人们怀着无限的虔诚，把对孔子的感恩、怀念推向了极致。”

艾吉文章中还写到了坐落在泸江河、塌冲河上有十七孔桥的双龙桥。这座桥曾被我国著名的桥梁专家茅以升列为中国古代十大桥梁之一。我有幸一睹，但惹不起浮想，更不会联翩。苍狗白云，桥在阁楼在，但造桥的人呢？

来建水的人都要游一番朱家花园、张家花园，朱家在城内，张家在城边的团山。据说两家主人的祖籍分别是湖南、江西。

占地 20000 多平方米、建筑面积 5000 多平方米的朱家花园经过两代人的心血，于 1903 年落成，其规模宏大，风格独特，与《红楼梦》中描述的大观园极为相似。来人看过之后，都禁不住一番感叹：能设计、建造出如此神奇、完美的花园，我们不得不再三感叹。每条小路，每扇门，每扇窗户，每块脚下的石板、砖头，每片瓦，拂面习习游过的每缕微风，都是艺术。

曲终人散皆是梦，繁华落尽一场空，风往尘香花已尽，日晚倦梳头，物是人非事事休……尽管朱家花园是典雅、瑰丽的，但仍在出尽了风头后，时间使其衰落了。

今不见朱家的后人，更无人知其先人已魂归何处。隔壁的张家花园也是一样的宿命，再辉煌的家族，都一样黯然地退出了历史的舞台。有道是，有谁能敌流年辗转？

站在东门楼上，胸中涌起古人的妙笔生花："东城楼，高百尺，千霄插天，下瞰城市，烟火万家，风光无际，旭日初升，晖光远映，遥望城楼，如黄鹤，如岳阳，南中大观。"

遗憾的是建水再美，却不能完美，建水坝子是个干坝子。因此也成就了建水水井奇观。从有文字记载的最古老的东门外700多年的醴泉开始计算，至于古城究竟有多少口井，谁也说不清。门外有水井，家里有水井；有单口眼、双口眼、双胞眼、三口眼，井眼大小不一，形状各式各样。

"龙井红井诸葛井，醴泉渊泉溥博泉。"这是滇南建水古城中坊间流传的一副关于水井的对联。

探寻建水古井，这副坊间留传的对联就是"导游指南"了。

这些井，大多建于明代，经历了六七个世纪。置身于这些古井旁，看着青石井栏上被井绳勒出的凹槽，脑子容易出现空白，而内心却会受到一次次的震撼。那些凹槽一道一道分布于井栏上，或深或浅，光滑锃亮，如同一行行史诗，那么深沉厚重，撼人心魄。

当然了，井要有名，要有文化，建水人为此也是费了一些心思的。无论是城东北的龙井，红井街的红井，还是西门外的西门井，都有另外一个别称，打上文化印记。东井就叫"醴泉"。"醴泉"出自《礼记·礼运》篇中，原文为"天降甘露，地出醴泉"。西门井就叫"溥博泉"。小节井就叫"渊泉"。这两井之别称都出自《中庸》，也有来头。原文如是："溥博渊泉，而时出之。"理学大家朱熹还对此有批注曰："溥博，周遍而广阔也；渊泉，静深而有本也。"

在这些古井中，论观赏性和文化价值，可能要数东井和西门井了。东井的井栏由两块弧状青石构成，井的内壁也用弧状青石镶嵌，四周还镶有镌刻"东井"字样的青石。按照造井的一般规律，井栏必须用整块石料打制，坚固完整；井壁的石料也呈方状，依次而砌。而东井所用之弧状石料，并不是本地缺乏巨石，而全在于造井人的独具匠心上。这是东井用料有异于其他井用料的关键所在，以及最大的区别。井栏是两块弧状材料组成的圆，井壁仍是若干块弧状石料组成的圆，往下观之，井栏与井壁石料的布局就十分协调，自然而流畅，尽乎完美。作为井的规格，西门井是我见到的水井中最大的一口。它呈圆形，井口的直径达到3米，难怪当地人要称之为"滇南第一井"，可供"全城之饮"了。西门井的井栏是一个组合体，由6根石柱和6块石板镶嵌而成，上有石雕石刻，显得大气厚重，古朴壮观。井栏有如此的规模，且注入文化元素，足见其在井中的地位了。西门井之水异常清澈，出水极旺，溢满井沿，一眼就可见底。时为初夏之晨，滇南的阳光已经散发出暖暖的热气，越过长了杂草的瓦屋顶，灿烂地照在西门井上了。井水吸纳着太阳的光和热，折射出粼粼波光。

建水古城的一天，似乎就是从西门井开始的。

……

西门井水真的娇惯了建水人，听说建水人出差在外，离开西门井水就有些不适应，喝了自来水就容易感冒。

走在建水城内老旧的西正街上，我才真正清楚西门井水与建水人和谐相处的真谛。那些瓦屋顶长出的杂草，以及已经陈旧甚至门面破损的邻街民居，总会挂出一块上写“供应西门井水”和“铜壶烧西门井水”字样的牌子。

经营西门井水的商铺，随便走进哪家，生意都很好。专门经营开水的，店铺都不大，一两间临街的房，天井边立着老式陈旧的锅炉，以煤作燃料，直烧得炉内之水沸涨，汽笛尖叫，满屋子热气腾腾。

在滇高原，建水人的生活方式是很雅致休闲的，家人相拥时用刚烧开的西门井水泡上一壶茶，一边家长里短地叙说着，一边细细地喝着品着，将空余的时光整得有滋有味，风韵无穷。亲戚邻居来访时，也泡上一壶茶，相约着尝尝西门井水的味道。

一些开水铺同时也是茶铺，铺面比单纯的开水铺要大，里面摆上五六张桌子，或者十来张桌子，主人一边经营开水，一边打理茶铺。

茶客也大多是左邻右舍，进门一张熟脸，都是老常客，要坐哪张桌子哪把椅子已经成了习惯，不需要招呼就可自己坐定。茶铺经营的茶不贵，多是普通的云南产的绿茶，一两块钱泡上一壶，可以喝一个上午。

西正街上因西门井而产生的另一现象就是与茶铺可媲美的豆腐作坊，听说在这一带有几十家。在街上闲逛，一阵清风就会带着一股豆腐香味扑鼻而来，待寻着豆腐香味而去，就可找到一家豆腐作坊。

建水的豆腐作坊，规模都很小，大多是一家一户经营，三两间房，打砌了灶台，配置上锅碗瓢盆等用具，成本不高。建水做豆腐的历史长，技艺也多有讲究。我曾读到《建水县志》，其中就有制作豆腐的记载，在风味食品中称为“临安烧豆腐”。临安是建水的旧称。烧豆腐这种食物是云南人的美食，大多认为只有建水的邻县石屏县制作，且有特色，而把建水豆腐忽略了。

当然，豆腐作坊喜欢做的还是烧豆腐，原因是烧豆腐存放的时间较长，且食客多，销量大，不仅可登堂城内酒店、街头烧烤摊，也可销往昆明、玉溪、个旧等周边大中城市，市场大。要食这样的食物需要选择和掌握时机，必是古城灯火阑珊时。我是晚上10时去的夜市。夜市并不大，就十数个摊子。每个摊子三五张桌，都是一家一户经营，火盆上的栗炭火异常炽热，食物在烟熏火燎中散发着诱人的香味。

食客们一来，老板娘们就各自忙着拉客，十分热情，柔软优雅的建水话让人难以拒绝。烧烤摊上的食物品种很多，有鸡翅鸡爪、鸭肠鸭肝、猪尾巴、羊肉串、罗非鱼、洋芋片、韭菜等等，当然最不可少的还有烧豆腐。

建水因井而建，因井而兴，因井而荣。

一座城市的源流就浓缩于古井之中。我以为读懂了古井，就读懂了建水这座历史文化名城。

好井好水好茶必然少不了好的茶具，建水陶显然是天下好茶的绝配，尤其普洱茶。在普洱茶甚嚣尘上的那段日子，到底是在卖普洱茶还是卖盛装普洱茶的茶具，有人“骑墙”，左右逢源，干脆“相得益彰”谁也不得罪。

建水陶又名建水紫陶，因产于云南省建水县，呈赤紫色而得名。据现有史料和实物考证，建水紫陶始于清代道光年间，是在明代粗陶生产昌盛的基础上发展起来的。在建水陶瓷发展史上，曾有“宋有青瓷、元有青花、明有粗陶、清有紫陶”之说。

新中国成立初期，在北京举办的全国民间工艺品展览会上，建水紫陶以其卓然不凡的陶瓷品相和深厚的文化内涵，与江苏宜兴陶、广西钦州坭兴陶、四川荣昌陶一并被国家轻工部命名为“中国四大名陶”。近年来，在越来越多建水陶艺家的努力下，这一文化瑰宝得以重放光彩。

建水紫陶不叫紫砂陶而叫紫陶，皆因其泥料与紫砂泥有本质的区别。紫陶泥浆经过滤浆后，经过五六次反复搅拌漂洗，在透气封闭的状态下自然凝干成泥，整个过程要经过20天左右的时间，这时的泥料已腻如膏脂。然后要经过拉坯，拉坯时“心要正、眼要准、手要稳”，唯有此，才能造就一件优秀紫陶作品。

建水紫陶的坯土是以氧化铁为主要呈色元素的红色黏土，填色的泥料则是含硅的白色黏土，一些灰绿的、浅绛的、橙黄的天然彩泥被奇妙地敷上了紫色的陶坯，这种人为的创新和发挥，极大地彰显了建水紫陶的艺术表现力。

因紫陶泥料无砂细腻，可经过精细的打磨而得到陶明如镜的“无釉磨光”效果。高温的焙烧，使得陶质坚硬如铁，一件上好的紫陶要通过七八道工序，使用不同的磨具才能完成。打火皮是第一道打磨工序，以粗砂石磨去火皮，再用细砂石打磨留下的拉丝，最后用鹅卵石抛光，细致复杂的过程后，原本暗淡粗糙的陶体被磨出了镜光，最后用油脂对陶器进行周身擦拭。经过如此细致繁缛的过程，粗糙无神的陶器才会显出诱人的光彩。其细润的质感和光泽的变化，会令人在反复展玩之中爱不释手。

汽锅是紫陶产品中的一个重要项目。驰名中外的“云南汽锅鸡”就是用紫陶汽锅烹制出来的美味佳肴，用汽锅烹炖肉类菜肴，不仅味道鲜美，而且汽锅具有耐酸、耐碱、保温持久等特点，同时也是造型美观的美术工艺品，使人赏心悦目。

“残帖”装饰是建水紫陶独具匠心的创造，是所有陶瓷中仅限于建水紫陶独特的语言。传说建水县城有一位文人练字时，将写过的字纸随手扔在一边。却无意间发现了堆在一起的字纸表现出一种残缺的美感。残缺美属于美学范畴中的一种特殊形态，早在先秦时期，人们就用“书不尽言，言不尽意”来表达残缺之美。

“残帖”便是将在陶坯上施泥为彩的艺术演绎得出神入化。残帖的做法是：将坯上的字画分别以阴、阳两种刻法交叉刻出，在刻模上以彩泥交替填充，多不过五六块，少则两三帖，让观者心随神移，拍案叫绝。

最早运用“残帖”装饰紫陶的是王永清。王永清是清代贡生，建水著名的书画家，他吸取了传统书画艺术精髓，借鉴景德镇陶瓷装饰的技艺，将“残帖”装饰运用到紫陶上，开创了紫陶装饰的新局面。

云南大学吴白雨总结出建水紫陶有“八美”，概而言之，殆有形、色、质、饰、工、韵、用、新八美。

第十四节　怒江：走在地球皱褶的深处

行走在怒江边，你便看到了时间的模样。跌宕起伏，一泻千里，是谁也挽不住人生的从无到有，转而从有到无。

远方只是时间的一个驿站，却是人生的终点。

行走在怒江边，人陡然变得没有了脾气，历尽艰辛的豪迈，尔等人生，即便有多少坎坎坷坷又算得了什么！

对于怒江的第一印象，来自地图上那绝妙的地理线条和神奇的山脉走向。

在云南地图的西北方，东西150千米的范围内竟密集排列着高黎贡山、碧罗雪山、云岭、哈巴雪山四条横断山脉，这在大多为东西走向山脉的中国，绝对是一种地理奇观；而山脉之间，三条近乎垂直并列的大河，由北向南飘坠而下，三江（怒江、澜沧江、金沙江）之间最窄处仅有72千米，这在世界上也是绝无仅有的自然异景。于是，“三江并流”便顺理成章被骄傲地列入世界自然遗产，成为大自然赐予我们最宝贵的财富。这三条气势磅礴的大江，又以怒江最为不驯。因其受喜马拉雅造山运动的影响，形成了山高、谷深、滩险的地理特征。怒江河水湍急，一路喧哗，沿着高黎贡山和碧罗雪山之间一道深长的沟壑，汹涌而来。而这条天崩地裂的巨大沟壑，便是以艰险、绵长著称的怒江大峡谷，亦称东方大峡谷。

面对这样一条神奇的大江，面对这样一个神奇的地方，你无法阻止澎湃的想象和热切的期盼。

我还是不急于去放飞想象，现实中有一个更唯美的故事，远远超过了怒江的吸引力。那是我在竹林的一篇文章里看到的，一个温州姑娘爱上了一个丙中洛小伙，而且义无反顾地嫁给了这个小伙。乍看这个故事都像是小说甚至怀疑虚构的水平笨拙而平白，除非姑娘脑残。于是我得需要寻找更多理由去相信。

最终我相信了，竹林是跟着当年的云南省委副书记丹增去的怒江，并一路同行到了丙中洛。而且主人公就是他们此次怒江之行的导游。

故事是这样的——

三年前，就是在这条茶马古道上，温州姑娘小慧，再加上五位来自香港的女孩，一起跟着小余走（小余是他们雇的导游），一直走了四天，走到了西藏的那曲。从那曲玩罢回来时，还跟着小余走的，就只有小慧了。回到秋那桶小余的家时，两人该分手了。小余说：“小慧，三月十五马上要到了，你再待几天，我带你到仙女洞去过鲜花节好不好？”

“仙女洞，鲜花节，听起来很美哦，有故事吗？”小慧问他。

"当然有啦!"在小慧的身边，小余永远兴致勃勃，"仙女洞里住着仙女阿茸，阿茸喜欢鲜花。阿茸的情人雪山太子总是骑着卡瓦格博神马，捧着鲜花，去跟阿茸约会。我们现在滴的圣水从钟乳石上滴下来，接了那水喝，就保你一年都有好运气。"

终于，从仙女洞接到了圣水，虽只几滴，已经足够，似生命的全部，幸福的琼浆，小慧一饮而下——可离别的日子还是到了——旅游结束，小慧要回温州去了。

小余说："我会骑着卡瓦格博神马来看你的。"小余的神马就是电话。小余当森林管理员兼导游的月收入约800元，可小慧离去后的第一个月，他给她打电话就花掉了600多。

于是小慧说："都什么时代了，'骑神马'太落后，还是坐飞机来温州吧!"

小慧说到做到，只花几个小时就从温州飞到了昆明去接他。可小余却花了几天才从秋那桶赶到昆明。小余第一次走进飞机的机舱有点晕，可飞机让他长出了翅膀，晕晕乎乎就到了另一个世界。

小慧的家里有三幢别墅，四辆轿车，自然不缺钱，只缺真诚可靠的女婿。小慧的父母看小余，怎么看都是个老老实实的好孩子，就说，你先在我们的工厂里干吧!

小慧的父亲开了一家汽车配件厂，小余的工作是每天看着工人进厂刷卡。小余站在工厂大门口，只看见人，那么多人啊，进到厂里就不能出来了。小余觉得他们可怜，于是他只在早上看一看，下午嘛，马马虎虎就算了。但是小余得到的工资不少，一个月有5000元呢。空下来，小余闲不住，还把小慧家里养的鸡拿出去卖。小慧的母亲发话：卖鸡的钱也归小余。这样，小余又多了一笔收入。小余从来没见过这么多钱，他都不知道拿这么多钱怎么办好了。

小慧的母亲答应把女儿嫁给小余了。岳母随随便便地说："按我们这里的规矩，男家父母要带一点聘礼，上女家来求婚的。"

小余悄悄问小慧："按你们这里的规矩，聘礼是多少?"

小慧一笑："50万差不多吧。"

小余一下子傻眼了!他哪里去弄50万?这么多的钱，他连见都没见过。他知道，自己父母连来一趟温州的路费也拿不出来。小余傻愣了好久，干脆，把在这里挣的钱一共2万余元，全部恭恭敬敬地——算聘礼也好，算心意也好

——交到了岳父母手上。

岳父岳母就接受了他的2万元——不是稀罕这点钱，而是满意这未来女婿的诚实。于是，他们给了小两口一幢四层楼的大房子作为婚房。小余在这里享受的幸福不言而喻。

可小余还是对小慧说："我想家了。"

小余提出要带小慧回秋那桶。老爸老妈慌了。就这么一个宝贝女儿，哪能舍得她离开？老爸对小余说："你若肯留下来，我就把工厂的一半分给你。"

可小余还是坚定地携妻返回秋那桶。

前面就是秋那桶。终于又回到自己的故乡了。他知道，自己结实强健的身体，清澈明净的双眸，是被秋那桶的风吹着、秋那桶的水润着滋养出来的……那么，小慧呢？他忽而又坠进了现实。跟他一起来到秋那桶的小慧会在自家的木楞房里抱着孩子，在火塘上烤荞麦粑粑吗？

小余不敢想，也不忍想了。不想，心里还是有一丝悸痛，两滴眼泪就滚了出来。

聪明的小慧立刻问："你怎么哭了？"

小余只好说："我高兴！我要让神山作证，在这里与你再举行一次婚礼！"

小慧问："进不进教堂？"

小余摇头："不进！"

"为什么？"小慧不解。小慧记得小余说过，天主教徒结婚都要进教堂举行仪式的。在他们的眼中，教堂里仪式的重要性远远超过结婚登记。

这些，小余当然知道。可他想，一旦在神父面前宣誓——无论疾病、无论贫贱富贵，今生今世他将与小慧永远厮守、永不变心——不是不愿意，是太愿太想了。然而正因为这愿望太强烈了，他对小慧的爱超过了一个天主教徒对婚姻的承诺。他要像秋那桶碧蓝的天空一样，给小慧以飞翔的自由。

婚礼那天，小慧见丈夫身着藏袍神采飞扬，就说我也要穿藏服。

藏服？好啊！就怕你不肯穿。呵呵，家里早就给你准备好了！小余即刻捧出来，让自己的新娘换上。缀满美丽胸饰的无袖藏袍，衬着一个江南女子的粉脸藕臂，窈窕身段，小慧看上去美若仙女。小余和小慧的婚礼把乡里、县里的画家、艺术家都吸引过来了，全村人跳了一天一夜的锅庄舞。

听完这个故事，我依然还有无数费解的地方，这几乎与世隔绝的地方，怎么留得住一个“天女”，或许真的是爱情的力量，或许什么也不是，就因为丙中洛的与世隔绝，或许是因为怒江的决绝的性格；或许是可以与神灵对话的环境……

不到怒江无法体会怒江的美妙，这是暖暖 shu 的《怒江大峡谷随笔》里的片段，可以弥补每一个到不了怒江的人：

在塞满屋子的黑暗中，和着怒江“千军万马般的怒吼”声，我给朋友讲述 1999 年深冬初睹怒江时的美妙：中午到达大理，凛冽的寒风嗖嗖，晚上到达六库，却春日般的湿润而温暖。怒江很平静，没有一丝一毫的“怒气”。天空，那透明的宝蓝，有一种特殊的宁静，怒江水却比蓝天还要蓝，蓝得想与之终生厮守形影相依……静目悦心的景致让我顿生凭虚御空飘飘欲仙之感。暖暖的冬日阳光，融融于身，也晒暖了我默然而又空荡荡的心，荡漾着对丈夫满满的思念。当是时，面对着妩媚的江水，曾动情赋诗一首：“万山凝碧一江横，阅尽风光万感生。却想与君明月夜，怒江吊桥听江声。”这首诗留在了笔记簿上，因为那缠绵的情，因为那旖旎的景，因为那触心的亲近，所以，至今仍清楚记得。

在暖暖 shu 的《怒江大峡谷随笔》还描述道：

凌晨，雨过天晴，混浊的江水咆哮着穿城而过，一派“奔流至海不复还”的潇洒；云雾在峡谷上方萦绕，一种集阳刚和阴柔双美于一身的雄奇俊秀。我们的房车沿大峡谷逆江缓缓而行，大峡谷呈“V”形欢迎我们，滔滔江水就在“V”的底部奔流，满耳都是宣泄的水声。大峡谷内，山挨山，山挤山，挨挤成一个大山的世界。抬头望山，两厢起伏挺拔的山峦如屏，更高的则肩披冰雪，在纯粹的蓝色天幕中莹莹光闪。

我也来过怒江多次，依然陌生，依然不厌。你来不来，怒江都在那里，来也依然陌生。

那年我和几个作家一起，欲借一时兴致去深入地看一次虎跳峡。

三菱车开得很慢，一是因为风景，二是因为绝壁奇险。出六库向北 50 千米处，大峡谷就变窄了，几乎要将天挤成一条细小的缝隙，两岸相隔不过10米。车的两侧尽是刀削斧劈的岩石，怒江水奔流到此，先因山逼而情急，加之撞上江中磐石阻碍了江水变得归山虎怒吼般，此处，傈僳族称为“腊玛登培”，意为“虎跳大峡谷”，就是这样一个世界大观的地方。

游大峡谷必到石月亮。

那天天阴，有人说，我们这些“贵人”，天为此而开，石月亮会露出她的真容。

下车来有些沮丧，不但天阴，还下了些小雨。只好先照相，后逛那些小摊子，然后等待。尽管耐心地伫立，却两眼望去，倒也群山起伏连绵，千峰纵横捭阖，可是乌云翻滚，不见太阳光穿破云层。我一个心思地等待着有那么一刻：拨云见日。直到山谷中又升起了大雾，浓雾像滔滔江水，淹没眼前的一切……

继续往峡谷深处挺进。

怒江海拔在4000米以上的山峰就有40多座。无论高黎贡山、碧罗雪山，还是担当力卡山、云岭山脉延伸老君段、雪邦山等，都是那般其冲云霄，巍峨挺拔。再就是知道了怒江的水，其有独龙江、怒江、澜沧江三条大江咆哮奔腾，有188条分支河流恣意纵横，更有山巅的碧潭、峰腰的飞瀑、沟涧的流泉……

再往前走就是人神共居的丙中洛了。

怒江流经丙中洛乡日丹村附近时，由于王箐大悬岩绝壁的阻隔，江水流向从由北向南改为由东向西，但流出300余米后，又被丹拉大山陡坡挡住了去路，只好再次调头由西向东急转，因而在这里形成北—西—南“U”字形的大湾，这就是赫赫有名的“怒江第一湾”。

或是神山有灵，狂放不羁的怒江到了这里怎么就显得温柔婉转了。又见雪山皑皑，碧水涟漪。大弯道自然环抱的桃花岛，即便不见艳艳桃花，也可看到荞麦青青的一派田园风光。

不过真正读懂怒江的还是怒江人自己，他们也应该是最有发言权的人，但因为大山的阻隔和面对大山的悲观，他们选择了认命，选择了漠视和沉默。其实别人看不到的，他们看到了：怒江早已不是一条“处女江”。怒江—萨尔温江流域，两岸世代居住的千百万人，为了生存，都在直接开发利用着河谷地区的土地、动植物和矿产等资源，其“原始生态”早已被改变。

资料显示，怒江两岸98%以上的土地面积是高山峡谷，而76%以上的坡度都超过了25°。由于特殊的地理状况，怒江人民只能生存在两面的山上。由于坡度陡，所以当地的种植有“壁耕”之称。

怪不得暖暖 shu 有这样的一番描写：

“人随车走，满山的树便重重叠叠迎面而来，仿佛奔腾的千军万马。贴在山崖上的田地遥远成一块块的金黄的‘挂毯’，有两三个人点缀其上。

只有停车拍照，用镜头仔细分辨，才知道他们是在搬收苞米。被当地人称之为‘大字报地’紧贴在贫瘠的山壁上，或大或小，或绿或黄，有的稍稍平整，有的竟超过了60度的坡度！难怪有人说：掰苞米之前，不仅要两脚踩稳，还要扶稳扎在泥土里的苞米秆，不然，稍一使劲儿，便会咕噜咕噜地从山上滚下……我惊讶地遥望着高山上的两三间茅草棚，茅草棚上的袅袅炊烟让我生出怜惜生出感慨：天哪，这样的贫瘠，这样的艰难，这样的落后，这里的人们怎么活呀？”

一位新华社记者说：“看怒江人民种地就像看啄木鸟啄树”，许嘉璐副委员长则一针见血地说：“你们种的不是粮食，你们种的是灾难！”

这里的老百姓为了生活用柴，也在大量砍伐木材。云南省国土资源局提供的数据表明，怒江两岸的居民一年就要砍掉50万立方米的木柴，怒江两岸海拔在1500米以下的原始森林已经荡然无存，1500～2000米之间的植被也被严重破坏。怒江30多年中每年减少林地44平方千米，森林涵养水源的功能急剧下降。

然而，早已立项的怒江大坝却因为种种原因被暂时搁置。其中喊得最响的便是某些环保组织的保护“中国最后一条原生态河流”。对于这样的口号，我一直不明白，也无法理解怒江怎么就是一条原生态的河流？

我没有乘坐溜索的体验，但在河岸乘坐溜索处整整看了半个多小时，看那些人飞一样到对岸，我的心里却像有了一道勒伤。因为穷，怒江连几座像样的桥都修不起，怒江两岸的老百姓，日常来往的交通工具便就是那么一条颤悠悠的钢索，凭几根粗麻绳，一个钢滑轮，滑来溜去。

怒江的落后状态不容置辩。

以至于传出这样一个令人心酸的笑话：20世纪50年代初期，有人在福贡发现了一些石斧、石锄，狂喜之至，作为“新石器时代”考古的重大发现送往昆明，然而，经专家鉴定这些石器乃为当代打磨之物……

“笑话”说明了一个辛酸的史实：1950 年前，怒江泸水县以北地区，仍处在原始社会末期，整整比中原地区落后了三千年。怒江人凭着一间茅棚，一个铁三脚，一两口锅，两三床破棉毯和一些苞米及野菜，筚路蓝缕地将数千年的光阴原封不动地踩在了脚底。想象中，仍能想见前额上沟壑纵横的怒族人背负一架弩弓，腰挎佩刀，“着麻布短衣裤，披发、绑腿、跣足”，甚至还在使用石器，宛然太古之民的身影……

世上之事皆有两面，对囿于大峡谷深处艰辛度日的怒江人来说，封闭是万恶不赦的罪孽之魔，然而，当轰轰烈烈的发展与进步碾碎了许多自然财富时，封闭却使大峡谷许多宝贵的自然财富得以保存下来。现在，怒江大峡谷不再“藏于深山无人识”，它被推崇为一个具有自然之美和人文之誉的胜地。

我还是激动不起来。我在知子罗只待了半天，尽管不少人口传让来者相信知子罗是有生动故事的地方，但我还是喜欢不起来。一座废城，本身就是一种悲哀。

不过我还是想听一听马伟智说的“废城”知子罗，他说知子罗是有最生动故事的地方。

——知子罗，悬于怒江上空的废弃县城，面对高黎贡山，在迷雾里若隐若现。

曾经的机关大道，只有家禽闲庭信步。

怒江上空、碧罗雪山腹地一座废弃县城，时光似乎定格在 24 年前，知子罗，成为中国都市图变之前的最后模板。

……

但怒江人心里总还怀揣着三座山：雪邦山、盐路山和红土山。在怒江人的心里，它们不仅仅是山，更是一种心灵和精神的依靠。

雪邦山位于剑川县马登镇黄花村后，主峰海拔 4295.3 米，是大理州最高峰。确切一点说，雪邦山位于怒江州的兰坪县与大理州剑川县的马登坝子之间。如果站到山顶以山梁为界来看，一边是兰州坝子（剑川县的马登和上兰），一边是兰坪县。

雪邦山中有众多高山湖泊，形状各异，湖水幽深神秘，被马登人称为九十九龙潭，其中一个龙潭较大，和老君山一样被称为黑龙潭，但潭体比老君山的黑龙潭小了很多。

站在雪邦山山顶，可以西看碧罗雪山，东北观赏老君山和玉龙雪山，感受滇西北地区山脉横断、江河并流、重山叠岭的恢宏气势。

盐路山，顾名思义，就是运盐的主要通路。马登的盐路山是盐马古道从啦井到剑川的古驿道。马登人所指的盐路山和雪邦山为同一山脉，但分别为两座山。盐路山在雪邦山左，隔着几个云岭山峰。

盐路山中溪涧纵横，行旅艰难。山顶有救命房，像彭荆风先生《驿路梨花》中的小房屋，方便行人短暂休憩。盐路山山高坡陡，道路崎岖，据《新纂云南通志》记载：同治二年（1863 年），提督杨玉科、都司王武然、盐大使刘克让、许有书“改修盐路，一些路段用石板砌成”。盐路山属云岭山脉，主峰海拔 4295 米，巍峨雄壮，东临马登坝，西接兰坪坝，常遇风霜雨雪阻滞，如临险境。故岭上设有救命房，救险助危，至今演为名地。足见古时风雨无阻，运盐忙碌，蜚声远近之盛况。现今来看，背运几十斤水果物什翻越一座高山，也绝不是一件容易的事。通常走到山顶就有气昏力绝之感，若遇骤风急雨，危险可见，把能遮风挡雨的房子称救命房一点也不夸张。

据资料载，该山也是茶马古道的一条线路的必经之路：从剑川翻盐路山、碧罗雪山、高黎贡山，渡澜沧江、怒江可到缅甸、印度，如顺怒江和独龙江上去则可到西藏的察瓦弄和察隅。具体线路是：剑川—羊岑—马登—盐路山—兰坪金顶—拉井—营盘—猴子岩—老姆登（知子罗）—福贡（上帕）—利沙底—贡山—丙中洛（或独龙江）—西藏察瓦弄、察隅。从福贡可达泸水（鲁掌镇），经泸水就可从片马出境到缅甸。

红土山是坐落在上兰和马登两个坝子之间的一座山，相当于两个乡镇之间的一个界碑。

叫它红土山，很大程度出于山体中红褐色的土壤。传说红土山是观音老姆搬来镇压恶龙的，在两个乡镇之间的山脚，有一股不小的水流一年四季从红土山流出来，被当地人称为龙泉，有心之士以此为名就地做起山庄的开发，也有取用龙泉水酿制的龙泉稗子酒就地出产并久负盛名之意。

红土山的美不在于土壤的奇特，还有各种让人意想不到的景观。附近的村民通常去山上掳松毛和割茅草。有一年春天，我早晨跟村里人去山上掳松毛，到半山腰往下一看，整个马登坝子变成了滔滔云海，四周的青山清晰可见，云层涌动，我们好像在天上一样，那种壮观的场景持续了一个半小时左右才渐渐散去。夏天雨水一来，红土山上就经常云雾缭绕，各种杂菌也相继冒了出来，村民通常一上午就能采回一背篓鸡油菌、青头菌之类并不名贵却很爽口的菌子。

当下，我最想走一走的还是怒江美丽的公路。

有人说："要想真正感受一个国家的美好与神奇，公路旅行无疑是最好的方式。"

第十五节　昆明：春城无处不飞花

汪曾祺说，昆明就像既美又很世俗的一座城市，昆明的美在雨季，昆明的雨季、昆明的杨梅、昆明的缅桂花，你说美不美？昆明的世俗在舌尖上，在汪曾祺数叨的牛肝菌、青头菌、鸡纵、干巴菌、鸡油菌上，就像面对的是整个野生菌全席，弄得我等垂涎三尺，整个昆明，就像是过小日子的昆明。

汪曾祺笔下的既属于他的那个年代，也依然属于我们这个年代。昆明当下的雨季照旧是明亮的、丰满的，使人动情的。一到时节，杨梅火红上市、缅桂花随风飘香，野生菌悉数登场。

不妨从昆明的风谈起，风不需要组织起来，不需要收拾打扮，不需要装腔作势，是什么就是什么，来无影去无踪。

谭向东的《昆明小感》告诉了我这样的昆明风——

昆明的风，也没有我国北方的风那般狂烈，没有广州、湛江、深圳、福州、厦门的风来得那般勇猛。而这儿的风，是轻缓的，柔和的。风过处，不见秋丝毫的萧瑟。

随风飘落下来的叶子，撒在大道上，洒到昆明的湖里。轻柔的湖水，也是那般惬意。零星浮游的混镂花，承着轻轻的叶片，尽情地在湖水面上游荡着。似在它们的眼中，是没有丝微闹城的喧哗，没有丝微世间的沧桑。其实硕大的尘世间，它们的生命并不高贵，甚至还可以说算是卑微的，然它们在其卑微中，依是静静地，呈现着它们独有的那份生命之美。

昆明的阳光楼主今晚告诉我们的是"昆明的阳光"：

昆明的阳光似乎不是一种天文现象，而是生长在这座城市上的自然的颜色。昆明也因此而灵动起来，谁不爱这样一位随时都笑吟吟的女孩呢？迷了眼，便觉着“增一分则太长，减一分则太短，施朱则太赤，施粉则太白”。

北方的日头也不少，但虚伪得很，看着明明亮亮，没有些许温度；阴郁的南国若是放了晴，总容易有些余怒未消的模样，照在身上，刺刺的生疼。均不如在昆明，阳光包裹了你，极柔顺的，像母亲给孩子的一调羹甜水，自己先试了试温度，吹了吹，才小小心心地喂到你的嘴里。

有了这阳光，说是春城，真名不虚传。庄子笔下的“朝菌不知晦朔，蟪蛄不知春秋”，是短视者的悲哀，反过来，昆明人不知有寒暑，却真是他们的幸运。

然而，对于古往今来的昆明人来说，阳光不仅有这阴柔妩媚的形象，更多的，是生命和繁荣的象征。

怪不得有好多的人“遗梦小城”。

这位叫停云落笔的作者很是感慨：

喜欢春天，所以我喜欢上了这个城市。就像春天一样，四季鲜花开不败，给这个地方取一个暖暖的名字——春城。守着这座城，不曾想眼睛错失一刻的花开满城，生活在城市里的人，走上街头，街道两旁的似乎就是这个城市的味道，这个城市的颜色，慢慢地走过，看看花开的样子。你走在街上，不需要再考虑因为慌忙地出走而忘记带上厚厚的外套，一件稍微带点温度的衣裳就可以在最冷的天气里，逛到花店里选一枝鲜花，然后给最在意的人一个惊喜。所以我喜欢这个城市，见不得鲜花凋零后不小心的失落！

如果工作累了的话，又不能走远，正好趁着午饭的时间，迈着步子，静静地徘徊在翠湖畔，原来喧闹的都市也适合彷徨，冬天的红嘴鸥呆呆地注视着你，一下子倦怠的心情也不再那样的沉重了。小路两侧的花暗暗地绽放，有些惊慌于感觉的正确性，或许在这里冬天都已被鲜花踩在脚底下了，唇角漾开的温度早已将冬驱赶得远远的。

……

在盛夏里刚好来的人，正好怀上一点点乡愁的人，可以去大观楼看看满池的睡莲，在雨水的洗涤下，正好赶上江南荷叶田田的味道。登上大观楼，一眼望去茫茫烟波，索性，错当江南也罢！烟波浩淼，五百里滇池奔来眼底的茫然俨然有点诗人的味道！或许，你沿着湖中路慢慢地绕着，和我一样，会在杨柳底下偶遇几个画画的小女孩，笔尖不停地，或许你已经在她的风景里。

……

这个城市，不太华丽地去修饰，只需要沿着街道耐心地走一程，你就会深深地喜欢上她的美丽、温暖！

春城无处不飞花，谁愿意是过客？况且这里四季皆可看到繁花似锦，谁又不愿意归入呢？

清晨的静海用他的语言呈现给我这样一个《昆明的秋》：

昆明的花入秋后更显丰饶，街上有很多卖花的人，五颜六色，千娇百媚，芬芳馥郁，有玫瑰、康乃馨、百合花、菊花、干花……应有尽有，很多我叫不出名字。这些花那么香味扑鼻，好像看着我微笑，有亭习清幽的雅致，脱俗飘逸的潇洒，轻盈似云，使人意驻神索，我看了都忍不住要买一把，像是得到了珍贵物品一样爱不释手。水果也是那么丰富，柚子啦、红富士啦、香蕉啦、橘子啦、葡萄啦，满街都是，堆得像小山一样高，它们在相互挤着，相互嚷着。还有大个大个的红心番薯，看着大个的红心番薯，我又想起在家里妈妈从山上背回来的大红薯，削去皮，生吃清甜可口，烧吃又是柔软而清甜，吃红薯像读一篇精美散文，那么淋漓尽致，让人回味无穷，还有鲜红欲滴的柿子，让人看了垂涎三尺。

昆明的秋天气变化无常，一会儿阳光明媚，一会儿风雨降临，一会儿大雨，一会儿小雨，淅淅沥沥，叮叮咚咚，噼噼啪啪，纷纷乱乱，真是大弦嘈嘈如急雨，小弦切切如私语，雨滴疏一阵、密一阵的扑打着窗子，发出簌簌瑟瑟的声音，我喜欢看雨的潇洒，看着雨欢呼，看着雨沉思，喜欢淋小雨，雨声总会撩起我无尽的忧思，思索我的往事，思索着我的未来。更能抖起我的一片片浓浓的乡愁，窗外雨声窗里人，分明叶上心头滴，谁家秋院无风入，何处秋霜无雨声。大雨过后，四周的花草树木是给人一种爽肌滴骨的清新。

昆明的秋是千姿百态的，它无限的美早在我心幕上留下了五彩缤纷的画廊，就像在我疲倦的翅膀上落满了快乐的音符，挥不去……

有人说，一座城池，必有一江或一湖，这才算得上真正的城池。

昆明城无疑与滇池相依为命。便也必然被昆明人尊为“母亲湖”，这不但是对水的依赖，也是对水的尊重。

在滇池，不管是小住，或久留，抑或像那些祖祖辈辈都生息于此的人们，都会对滇池有剪不断理还乱的感情。

一般人，或者像我等外客，只需以一池水的眼光看待滇池也就足够了。

滇池太深远了，一千部书也写不完。

这才有《大哉！滇池文化》的感慨：

大约三万年前，滇池边的溶洞里，居住着被后来考古界命名为“昆明人”的原始人。他们属于晚期智人，使用简单的石器，猎食相对温顺的野牛、鹿猪，已经能够用火烤熟食物并保存火种。1973 年发现的呈贡县大渔乡龙潭山昆明人遗址，其丰富的古人类化石、旧石器，使其成为国内著名的原始社会重要遗址。是国内外考古工作者一直研究的对象。

距今 1 万多年前，“昆明人”的后代已经使用磨制的石器、陶器。并有了铜箭头的弓箭。这时，他们已经开始向滇池水域找寻螺、蚌、鱼作为食物，这种以采食软体动物和捕鱼、狩猎为主要生活来源的原始文化在世界多处地方发现，统称“贝丘文化”。至今在官渡古镇保存完好的螺蛳壳堆，就是这段历史文化的证明。

公元前 7 世纪的古滇国时代，以滇池之滨的晋宁县石寨山出土的数千件青铜器展示出其青铜艺术的辉煌。青铜贮贝器、铜编钟、各种造型的铜扣饰，以及戈、矛、叉、剑，其独特造型及铸造方法，显示出人类进入青铜时代之后，古滇国在艺术及铸造过程中自成体系、高度发达的青铜文化。特别是司马迁在《史记》中记载的“滇王之印”

在两千多年后重新现身，谜一样的古滇国还有多少文化历史成就等我们去发掘、发现?

在滇池沿岸，分布着各类的宗教古迹，仅一座西山之上，始建于元代的华亭佛寺、元代的太华佛寺，与元代的道教三清阁、清代的龙门石窟并列。明代观音山上修建的观音寺，晋宁盘龙山上的盘龙佛寺、道家玉皇阁、民间信仰的财神殿、清官庙兼收并蓄。上蒜乡的北方天王摩崖石刻，还有沿岸大大小小的众多龙王庙，其宗教门派、建筑及造像造型等等都在反映着不同时期昆明人的精神世界。

自古以来，昆明人在滇池中捕鱼、在岸边平地上种粮、在岸边山上打猎，形成了滇池的渔猎农耕文化。元代，赛典赤扩大滇池入海口，治理滇池泛滥。使昆明旱涝保收。出生于滇池岸边昆阳的明代航海家郑和，其童年就在滇池木船上的风浪里度过。到了近代，中国第一座水力发电站石龙坝水电站，把滇池水的力量，化作现代工业的电能，照亮了昆明城。昆明人祖祖辈辈勤劳勇敢的品格，就这样与时俱进，传承至今。

从元代昆明文人王升的《滇池赋》震动当时的汉语文坛之后，明代杨升庵的《滇海曲》首次把“春城”美名赋予昆明，明代日本诗僧机先的律诗、徐霞客的游记、清代孙髯翁的《大观楼长联》、西南联大教师学生的文字，到当代多不胜数描写滇池的诗词歌赋、散文小说，或豪放，或婉约，或描摹滇池万千气象，或凭栏借景抒怀，滇池成为古往今来昆明本土或外来高人韵士挥毫泼墨的灵感源泉。

从石龙坝水电站开始，滇池岸边的工厂一个个开始建立起来，特别是进入抗战时代，云南第一个水泥厂昆明水泥厂结束了修石龙坝电站时从国外进口“洋灰”的历史，内地迁到昆明的电工器材厂、化工材料厂、磷肥厂、兵工厂都在滇池岸边成立，生产出中国第一根电缆、第一个望远镜……

八年抗战，昆明作为大后方，除了滇池岸边的工厂在为前线将士夜以继日生产，滇池上空，也成为和日寇飞机较量的战场。美国飞虎队的空中英豪，在滇池上空的激烈战斗，引得当时还没有高楼大厦的昆明城中老百姓万人空巷，观看时为美国朋友的英勇齐声叫好。至今，静静的滇池水里，还躺着飞虎队的飞机遗骸，记录着那一段世界人民在反法西斯战争里同仇敌忾的英雄壮志。

如果要评选中国的第一红歌，人人都知道就是《义勇军进行曲》，西山上，曲作者聂耳的墓就面对烟波浩渺的滇池。无论中外游客，在此凭吊聂耳，许多人都会唱起这段响遍世界的旋律。

……

真的，滇池所承载的文化，实在太多太多，我没法说完。

滇池总是令人悲喜交加，不管你抱着怎样的心境，是爱，是怜，还是悲，这一汪云南水定然烙印在你的脑子里一辈子。

昆明之西有西山。

昆明人把西山又叫作“翡翠西山”，足以看出对西山的挚爱。

西山雄居昆明众多的名胜之首，在国内外享有很高的知名度，但龙门与西山相比，则更显突出。所以一直有“不耍西山等于不到昆明，不到龙门只是白跑一趟西山”的说法，由此可见龙门石窟的美妙与神奇。陡峭的山体，抬头一望，帽子就掉了，但要是坐缆车上山，高山也就变坦途了。

龙门石窟是建造在陡崖之上的风景。石窟位于西山风景区终端，北起三清阁，南至达天阁，是云南最大、最精美的道教石窟。建在千尺壁立的断崖上，决定了它的奇和险，那因山而凿的奇特景观与壁立陡峭的山崖互相辉映，飞鸟都难以栖息的山体本身就是风景，更何况历经了好几个朝代，又加上好多文人工匠的努力，一路的神仙雕像、摩崖石刻、牌楼、石碑等目不暇接，在各种参天古树与花草的掩映下，站在一级级的观景平台上一看，五百里滇池尽收眼底，在奇、险之上又添幽、绝二字，看得你流连忘返。

三清阁始建于元代，因寺上峭壁半空悬石如大肚罗汉，又称罗汉寺。三清阁，又称三清境，是道教的最高境界，三清阁则主要是道教的宫观。道教在云南，源远流长。道教拜的最高神是“道”人格化的“三清尊神”。也指居于三清仙境的三位尊神，即居于清微天玉清境的元始天尊（又名天宝君），居于禹余天上清境的灵宝天尊（亦称太上道君），居于大赤天天清境的道德天尊（又叫太上老君）。玉清、上清、天清三境，合称为“三清”，指道家神仙居住的最高仙境。故道家所建的宫观，多以三清为名。昆明西山的“三清阁”，名亦由此而来。紧靠三清阁建筑群的石窟称“凤凰岩”。凤凰岩有上下两个洞窟，上洞较小，称“老君洞”，洞侧建有“老君殿”。下洞较大，洞前“览海处”平台宽阔。石窟前檐浮雕“彩凤衔书”，故称“凤凰岩”。石窟凿成十平方米左右方形石室，南北两壁雕“云海”“石林”，历代摩崖石刻琳琅满目。民国初年李根源拓刻明末傅宗龙之草书“一径飞红雨，千林散绿阴”，不仅字体飘逸，内容也极其符合在龙门临崖赏景的特点，堪称摩崖珍品。

据《重修慈云洞吴道士功行碑记》记载，开凿凤凰岩，打通慈云洞，系清乾隆年间西山山麓下渔村贫穷道士吴来清所为。吴来清从乾隆四十六年（1781年）起，至乾隆六十年（1795年），十四年茹苦含辛，一锤一钻打开顽石，凿石工程之艰巨，所需毅力之顽强皆令后人叹服。我们今天在铁栏杆护佑下，探头望一望那陡峭的悬崖，腿都不免哆嗦，更何况当年一锤一凿地雕刻这些胜景，那需要怎样的信仰和力量支撑啊！清嘉庆辛酉（1801年），彝族文士那文凤在慈云洞前香炉上，题刻《赠吴道士》诗，使其得以名垂千古：

万钻千椎显巨才，
悬崖陡处辟仙台。
何须佛洞天生就，
直赛龙门禹凿开。
紫云荫书心里出，
慈云霭露掌中来。
昆池恰似观南海，
不负当年梦几回。

由慈云洞往南再上绝壁，一条傍山隧道沿悬崖峭壁屈曲起伏。洞口竖有隶书“云华洞”的大字石碑。云华洞南端，即龙门石窟。石窟平台洞口，凿“龙门”石坊。石窟内居中雕魁星立像，南雕文昌、北雕关圣坐像。魁星左手横身擒龙，右手高悬执笔，右足踏双翅鳌头，左足后蹬起斗，彩带飘逸，形象生动。南北墙上分别刻有“文昌帝君阴骘文”和“关圣帝君觉世真经”，前者讲善恶有报，提倡除恶扬善，后者以忠孝节义为根本，倡导道德人生。两墙下方是骏马奔腾的浮雕。天棚是浮云缭绕的仙境，神像后壁，云山洞天福地的群仙飘逸。最难为石窟前檐岩壁上的雕刻，是在峭壁之上完成的。在雕凿的神龛内，又浮雕南极仙翁骑飞鹤，两侧童子执拂捧果的画面。望着悬崖，想起当年的雕刻之险，就心惊肉跳。

龙门的整个工程都是在一块天然岩石上精雕细刻而成的，从构思到工艺，可谓叹为观止。但如果仔细观察就会发现，魁星手上的笔尖是另外安上去的。相传，有一位参加雕凿石室工程的师傅，婚姻不幸，后来参加凿龙门，与伙伴们辛苦了十余年，很想干出点成绩，在最后刻魁星手中的朱笔时，却不慎将笔尖凿断，使本来很完美的一件艺术品留下了缺憾。他伤心至极，纵身跳下龙门。

整个龙门石窟之神像、石壁、天棚、香炉、烛台、经文、楹联，均在原生岩石上雕凿而就，真正的奇、险、绝、幽！当你登临窟顶，一览滇池那粼粼的波光和彩云在水中漂游的幻境，真好像是登临天上宫阙了。龙门石牌楼一侧，装饰有波浪花纹及跳跃的鲤鱼图案，牌楼石柱上，有清末赵鹤清题刻的楹联：

举步艰危，要把脚跟立稳；
置身霄汉，更宜心境放平。

这副写龙门险境的对联，看似是提醒香客与游人置身惊险高危需谨慎，实际上更深的含义是告诫世人，要把握好自己的人生脚步与心境！

复到山下，站立在滇池的大坝上，看两毫冬意透湖心，西风挪走西山景。一群海鸥打湖面飞过，惊拂起一层涟漪。向着南方忆追，飞渡在那看不清的边缘，渐渐失去了残影。

又到了滇池候鸟时间。

湖堤上站满了人。爬上湖堤，只见父母带着孩子，孝顺的子女推着坐轮椅的父母，年轻的恋人们手挽着手，将整个湖堤化成了一片人的海洋。越过摩肩接踵的人群，来到湖堤边，成群的海鸥迎面扑来，惊喜就这样不期而至，没想到在这样一片湖上能观赏到如此壮观的鸟景，原来昆明温暖的气候引来了无数过冬南迁的候鸟，难怪会吸引着如此多的游人前来观赏。

看鸥是幌子，喂鸥才是真，也有人把这情景叫“戏鸥”。

成千上万只海鸥盘旋飞翔，有的在想方设法捕到游人手中的食物，有的在刻苦练习啄水中鱼的技能，有的则懒懒地停留在海面欣赏着这美好的冬天里的春景。不经意间，“嘭”的一声响，停留在海面的海鸥同一时间整齐地飞起，像一支整齐的队伍，从东到西，渐渐地往上空人字形飞翔，几分钟过后又整齐地倾斜地下水，就像一帘干净雪白、很宽很长的幕布。这情景使人想起李清照的一句诗“争渡，争渡，惊起一滩鸥鹭”。抬头仰望天空，浓厚而阴霾的云层，低压压的、灰蒙蒙的，不远处的滇池上空，仿佛水与天相接，犹如海市蜃楼将要出现。

第十六节　文山：最后的世外桃源

曾几何时，《血染的风采》《高山下的花环》《凯旋在子夜》《雷场相思树》等红遍大江南北，像我这样20世纪60年代出生的这一代人至今耳熟能详。但时光的流逝冲淡了人们的记忆，现在，还会有多少人对1979年爆发的那场中越边境摩擦记得或熟悉?

1979年2月17日，当第一缕曙光照亮这个地平线的时候，摩擦开始，到3月5日，中国政府发表声明，3月16日，中国边防部队全部撤回中国境内，我以为摩擦就算结束了，其实不然。

为了创造和维护边境地区的和平与安宁，广西、云南边防部队又展开了收复法卡山、扣林山战斗，为收复和保卫老山和者阴山作战。

保卫老山那场战斗，是战士在前方浴血奋战，捍卫了祖国尊严，创立了鼓舞全国人民的以“艰苦奋斗、无私奉献”为核心的老山精神。

是老山让我记住了文山，是老山精神让我记住了老山。只要提到文山这个地名，我就会肃然起敬。

文山仅仅给了我惨烈的战争记忆？显然不是，文山恰如其名，“文”的本义，纹理或形象，文山灿若文锦。

陶潜的《桃花源记》至今我还能烂熟于心。

> 晋太元中，武陵人捕鱼为业。缘溪行，忘路之远近。忽逢桃花林，夹岸数百步，中无杂树，芳草鲜美，落英缤纷，渔人甚异之。复前行，欲穷其林。
>
> 林尽水源，便得一山，山有小口，仿佛若有光。便舍船，从口入。初极狭，才通人。复行数十步，豁然开朗。土地平旷，屋舍俨然，有良田美池桑竹之属。阡陌交通，鸡犬相闻。其中往来种作，男女衣着，

悉如外人。黄发垂髫，并怡然自乐。

见渔人，乃大惊，问所从来。具答之。便要还家，设酒杀鸡作食。村中闻有此人，咸来问讯。自云先世避秦时乱，率妻子邑人来此绝境，不复出焉，遂与外人间隔。问今是何世，乃不知有汉，无论魏晋。此人一一为具言所闻，皆叹惋。余人各复延至其家，皆出酒食。停数日，辞去。此中人语云："不足为外人道也。"

读过《桃花源记》的人一定不少，也一定不会怀疑，桃花源在号称"三湘大地"的湖南，但只要来过坝美的人，内心会开始怀疑，当年武陵人避世的地方莫不是这眼前的坝美？

我有幸来过两次，不厌不烦。

第一次是尴尬的闯入，在文山日报社副刊同仁的带领下，车才到甲科乡，天就大黑了。车还被深陷不拔，一人发一袋饼干，一个手电筒，开始行军。

跌跌撞撞走了约个把小时才到洞口，首先听到了哗啦啦的流水声，声音很大，响彻很远；然后见几条木舟，驾舟的是当地的几个男人。凭手电筒的光是看不清周围的，就连洞口也看不实在，心里便开始打鼓。

登上小舟，就像将生命交给了未知，在纤细的电筒光照射下摸索前进。

越是有人安抚，越是感觉心里无底，到底是怎样的一个未知？

黑漆漆的，什么也看不远，也看不见。约摸半个小时，船拢岸，深一脚浅一脚地跟着文山日报的人走。

在一户农家小院里歇了脚。主人已经摆好了三桌饭菜。大概是经过了一天的长途颠簸和劳顿，再加上夜入桃源的惊悸加喜悦，都有些饿了，当这家女主人带着甜蜜的笑容把那些产自坝美肥嫩的野生鱼，产自自家菜地里的白菜、莴笋、青椒、老麦和自家腌制的老腊肉抬上桌来，倒上一大碗坝美人自己酿制的米酒，然后开始这顿进入"世外桃源"以来最为惬意的晚餐。

几碗酒下肚，不知道是自己微醺看什么都美，还是坝美的夜晚本来就不同，尤其感到这个晚上就更加的美了。

再过数巡，兴致盎然，村里的壮家小妹纷纷前来牵手，邀我们到河滩上唱歌跳舞。原来村子里知道来的都是记者和作家，特地为我们准备了篝火，邀来村子里的所有男女，要和我们赛赛歌喉。

首先是一位小学老师开场，然后众推我搭档“主持”，我自知赶鸭子上架，想躲是不可能的。

姑娘们跳完手帕舞后就要唱山歌，我本瑶族，族里也有唱山歌的习俗，但声同调不同，只能“鸡同鸭讲”。这时，我来了灵感，提议唱现代歌曲，和这些山旮旯里的姑娘们总有一比，但我彻底错了，当那位老师报完由我和壮家姑娘共同演唱《纤夫的爱》时，大家一阵哄笑。

没有想到妹妹一溜都是道地的“于文华”，唱得是声情并茂，还落落大方，举足有致。

当篝火尽燃，晕月西坠，鸟早已归巢栖息了，而我们还依然兴致不减。蹒跚回“家”，一路狂吼，一路浪笑。

这“家”就是村头壮家妹妹的家，姑娘的父母出门了，就剩姑娘一人。

姑娘出落动人，前奔的额头，深凹的眼窝，浓密的弯眉，明媚的眸子，黝黑的脸蛋，洁白的牙齿，就像散落在山里的一颗珍珠。

姑娘话语不多，但很在行应付，有记者调侃上门入赘，“好啊”，姑娘声落干脆，倒让“多情”者无言以对。

姑娘为我们准备了洗脚的水，洗脚后，分成楼上楼下，又有人调侃，年轻“好色”者不得睡楼下，于是楼下的房间让给了《云南政协报》的老丁，其余的青壮都上了楼，当然说归说，其实都是故意。上了楼我说，今晚由我睡楼口，看好你们不准悄悄下楼。《云南经济报》的老赵更“神堂”，叫下面的人把楼梯抽了，看你跳楼不成？

都无睡意，只因坝美还未被撩开神秘面纱。

这一夜无眠，想必辗转中各自杜撰了一个个绝色的坝美。

老早就听鸡鸣了，待天色渐亮，按捺不住，纷纷起床披衣来到屋前的楼台上。平日里妙语连珠的记者们却一个个哑言无声。

早晨的坝美，汽盖雾锁，村寨、山野、田畴弥漫着湿漉漉的大雾。极目所至，也不过三四百米，山峦隐约，翘檐微露，树舞竹曳；侧耳聆听，小河淙淙，水车吱呀，百鸟啁鸣。

一两个钟头，秋阳才懒洋洋地爬上山来，半开雾霭，依然难见坝美真容。但还是四下环顾，朦胧中勾勒出坝美——一个方圆不过两三平方千米的狭长坝子，四面青山环抱，山崖壁立，斧劈刀削，又层峦叠翠，青黛如墨，坝美如置身画屏中央。

先踏雾而行，大伙争相去看昨晚的入洞。这与入洞而来时的心情不同，可能别致而又从容，这让我们更加关注这里的每个细节。

洞叫落水洞，洞口高阔，古树倒挂，藤蔓交织，燕子翔飞。

拾级而下，依然有小舟可乘，都由清一色的年轻艄公撑竿掌舵，三两下小舟就吞没在黑漆漆的洞中。

行舟洞里，除了能听到彼此鼻息和竹篙击水声，这分超然，尔等宛如陶翁笔下的渔人，悠游垂钓，仿佛世外。

忽见高高的洞穹上有一个“天洞”，透进一束刺眼的光芒，大伙儿惊呼，如乍现光明，一种久盼不得或失而复得的感觉。

其实过这洞一共要经过三个天洞，天洞各异，尤有一洞口倒悬一树，看似沧桑，却枝叶婆娑，生命顽强。

有人说洞中可看的不多，但我却感深邃高阔，深不可测。

出得洞来，阳光高照，一条石板小道蜿蜒而去，我这才看清了自己落脚的那个村子，它散布在面向西南的山坡上，被一株株巨大的榕树所覆盖，零零星星，错落无序，但这是散淡的美，足可玩味。

阿科河就从村子婉转贯穿整个坝子，小河两岸垂柳依依，修竹蓬蓬，阡陌间，木桥横架，荡荡悠悠，如此出神入化之境，仿如水墨丹青。尤为壮观的是，沿河上下大大小小有数十架水车，如同岁月的转轴，推动着人生的钟摆，吱吱呀呀，从来没有停止过脚步。

小河里，一两个赤膊的汉子正在撒网，村妇们浣沙捣衣，稚童们水中骑牛，鸭群飞腾聒噪，蜻蜓顽皮点水，蝉嚣纵情树梢，这是一曲绝美的田园交响。

更为让人乐道的是这河分男女。碧透的阿科河从汤那洞流出后不久便在坝心分了个岔，岔左边是“男河”，岔右边是“女河”，男河女河又围出了一个桃花岛。这叫桃花岛就有了风情，男河女河里也就多了一份让人追索的神秘。

其实据村里人讲，因为这里还延续着裸泳的古老风习，每到暑来秋燥，借助月色，男女老少，都聚来河里不羁地裸浴，村里人便利用自然形成的河流分叉约定俗成将男人和女人隔在了两边。这里的人虽不像坝美河上游的汤那村，男女合浴，但男女分河而浴的习惯反而留给了人们更多的想象空间。

挨到炊烟四起，我们就要穿坝子而过，从汤那洞出坝美回城了。

眼下干活的男女和放牛的牧童或荷锄提篮或扛着拾来的柴火，缓步回家。村屋瓦上，炊烟袅袅，我想象那壮家飘香的老腊肉和米酒的甘醇，有些恋恋。

尤其更加想象那没有电灯的坝美之夜，当月挂半空，田野里只剩下蛙叫虫鸣，女人们做着针线活儿叨絮着家常，男人们聚在一块空地上抽烟聊天，姑娘小伙躲在树下唱歌对调，那情景是何等闲适自在。

时间不等。

又是乘坐猪槽船，行一段明河再进到洞里。明河两边，青山相送，一顾三盼，心情陡然有些不快。

只是没有想到这汤那洞更为壮观，逆水行舟，慢慢悠悠，依旧洞高水幽，依旧只能听到鼻息和清脆的竹篙击水的声音，却难依旧的喧声笑语，仿佛个个不舍。

行 20 来分钟出洞，坐牛车，这架势，如山野新郎般的惬意，摇摇晃晃，颠颠颤颤，这才冰释了先前凝重的心情。

回到县城，心还在坝美，咏起陶渊明的《桃花源记》。

两相对比，坝美与桃花源极似。

桃花源世寻不再，那也许是陶渊明自我杜撰的人间天堂。我不信坝美，也在天界？

真艳羡坝美人平和、顺当而清白并怡然自乐地生息，我想天界神仙的日子也不过如此而已。

坝美，一个哲人可来，旅者可来，探险家可来的真正的世外桃源。

出世外桃源让我于怀的还有美丽的驮娘江。

我写过《驮娘江，最后的香吻》，那一年我对驮娘江只是一瞥，但那是深刻的，难忘的。

我其实和一个作家写过的一样，也不知道驮娘江孕育的究竟是一种什么品格与景象，只知道从这条江边走出了不少的、有名有姓的诗人与作家，他们都把自己思想和精魂融进到滔滔的江水之中，融进了两岸所留下的古朴而令人思索万千的风情里。多少次我来到驮娘江边，匍匐在那一堆堆被江水冲刷得乌黑发亮的大小鹅卵石上时，我总是那样的难以自制，炽热了心中的梦想，让大脑里的灵性都在江水的绵绵歌唱中，共同诉说悲欢与得失，还有阳光和风雨所给予的荣辱和是非。掬一把清澈的江水，酸甜苦辣涩，生出了许多感叹与振奋。

你的默默不闻，你的涓涓细流，你的豪情惆怅，都在我和你的坦荡与赤裸裸之中得到了理解和永远不息的诠释。

这条江就是著名贡品——八渡笋的发源地；就是中国近代史上马赖案件（西林教案）——鸦片战争的导火线发生地；也是云贵总督、两广总督清朝一品世官岑如英家族的生源地；更是中国考古史上著名的西林铜棺的发掘地……

眼望着一个个被太阳拉长的身影，山型和树状从江面上渐渐地漂浮而去，眼见着一张张飘落在江中的树叶慢慢地漂流而去，一种孤寂的情绪在心中隐隐地游荡起来，偶尔的鸟语声声和鸟飞翔的影子，风尘仆仆地浮进了我和那些匆匆过客，我们都不过是一些梦影，是一些尘缘，是一些感叹，唯有我这位饱经沧桑而依恋驮娘江的人，仍旧对江水的诗情画意，相对着多少人的漠视与匆匆，却让人感到刻骨铭心的伤感，颤视着许多算计驮娘江水故事的居心叵测的人啊。

我，没有别的奢望，默默地凝视着驮娘江，只有一丝的眷恋融入江水之中，将一身的疲惫和幽怨抖落在流水里……

第九章　美丽中国的裙裾

第一节　三江并流——这是亘古舞动的三条巨龙

一大早我就在念这样一首诗——

你是我前世牵手的那个恋人，终究要守候千年夙愿，
你在怒江、澜沧江、金沙江“三江并流”的天然垭口，
守护着这唯一屏障，默向一隅，留着那割舍不断情愫，
千百年来日夜想你，念你。
……
我前生今世的爱人，一生都在一个门庭里驻守，
一口窗棂中凝视，可你的爱却流浪了几世，
多少次让临水照花的蕊，沁凉了骨朵，
坠在时间的干枯河流之间羽化，
今夜，我和你将撕裂风的衣裳，打断水的骨头，
用我穷尽一生遇见你之后，
留下唯一的一点点烈酒，
款待自己时，
又是谁在离我心房最近的地方，遗失一地落英？三江并流。

这首诗的题目叫《遗忘在“三江之门”的爱》，我只念出其中的片段。

在云南滇西北，奔腾着怒江、澜沧江、金沙江三条大江。三条大江中间，高耸的高黎贡山、怒山与碧罗雪山、云岭及香格里拉大雪山、沙鲁里山，与三江平行纵列而立，呈现山夹江、江隔山的山水并列雄强气势，形成“三江并

流”的天下奇观。三江并流，这无疑是我们云南山川的无限骄傲和荣光。

有人说，是冈瓦纳大陆与欧亚大陆碰撞出的火花及爱情在这里的留存，刻下印度板块与欧亚板块接壤成的地缝合线——一道醉人的吻痕。

确实这里堪称世界能研究新构造运动及其产物的地质遗迹博物馆，是奇特地质景观的集萃地区。

从潞西、龙陵，再到六库，然后再到泸水、福贡、碧江、贡山、丙中洛，一路沿着大江穿行，见到的是大江奔流。听着江涛拍打江岸的声音，心里有一种欲说不能的感觉。怒江是一条充满神秘和野性的大江，它多像喝醉的高原汉子躺倒在万山丛中，以一种从微醺到酩酊大醉再到温婉的姿势呈现在我们面前。

当我乘江风穿行于峡谷中，这才让我酣畅淋漓地享受到了一次可谓人生当中的绝代风华。

在怒江享受人生当中的绝代风华的还有一个人，她叫汪永晨。她的名字，与这条神秘的大江联系在一起。

这位五十岁的妇女，具有双重身份，既是民间环保组织“绿家园”的负责人，又是官方媒体中央人民广播电台的记者。

2003 年 8 月 16 日，当她在南水北调的丹江口采访，从一位环保总局的朋友心急如焚打来的电话中知道中国最后的生态江之一的怒江要修 13 级水电站时，马上意识到：这辈子反水坝的生涯要开始了。她头脑里迅速闪过十年前认识的一个人——云南大学教授、著名河流专家、国际河流中心主任何大明——他手里掌握大量怒江的详细资料。她立即把何大明的电话告诉环保总局的朋友。于是，就此引发了何大明在 2003 年 9 月 3 日由国家环境保护总局在北京市主持召开的“怒江流域水电开发活动生态环境保护问题专家座谈会”上对怒江建坝的激烈抗议，也挑起了全国关于对于怒江大坝的争论。之后，她又与“绿家园”“云南大众流域”这些非政府组织的同事们，通过各种渠道，各种论坛，各种会议，奔走呼号，把自己的主张表达出来。

除了汪永晨，为保护怒江而奋起抗争的专家、学者、新闻工作者、知名人士的名单，还可以开出长长的一大串，他们反对的声音汇聚成了一条大江。

他们的意见，终于得到了政府的重视。

2004 年 2 月 18 日下午 3 点，一支由眉头紧锁的人组成的队伍，步履艰难、心事重重地跋涉在从怒江丙中洛到贡山的路上，汪永晨也是队伍中的一员——

他们是由北京的“绿家园”“云南大众流域”这些非政府组织邀请的来自北京和云南的新闻工作者、环保志愿者和专家学者参加的怒江考察团。

静默中，汪永晨的手机骤然响了起来，她接到了一条决定整个怒江大峡谷命运的消息，一条牵扯着与怒江命运相关联的所有人的神经的消息，一条涉及当今世界各国都在深刻思考的问题的消息。

在挂掉手机的瞬间，她两眼放射出晶莹的喜悦，大叫了一声：

“中央批示了，怒江不用修水电站了！”

在伙伴们的阵阵欢呼声中，喜极而泣的她，以手掩面，发出一声低微的长叹：“怎么保护一个怒江竟这么难呢?”

怒江 13 级电站搁浅了。有人不无欢欣地认为，民间组织的活动和声音极大地影响了中央政府的决策，这在中国还是第一次。这是一个标志性的，甚至具有里程碑意义的事件。

怒江 13 级电站搁浅了，但是留下的问题却像江水一样冰冷地刺激着每个人的心：怒江的老百姓怎么脱贫？怎么奔小康？

望着这江涛，这大山，我心里像煮沸的水。

记得一位作家曾说过这样的话，21 世纪，怒江将会成为那些久住城里的人们的理想“避难所”。

而且包括我，也厌倦了钢筋水泥构建的空间里那种单调呆板的生活，故有必须出门，哪怕是到蚕豆田里走一走的愿望，那被释放的满足感，就是对自己最好的待遇。

何况是怒江和怒江大峡谷。

怒江开发争论发端于 2003 年 8 月，当时由云南省怒江州政府完成的《怒江中下游流域水电规划报告》通过国家发展和改革委员会主持的评审。这意味着，怒江中下游流域两库十三级、全面的水利开发、设计装机容量超过了三峡水利枢纽工程的超大项目上马在即。就在此时，一些专家学者和环境保护者发出了“给子孙后代留下一条原生态江”的呼吁。

他们认为，怒江具有经济价值之外的宝贵的生态价值，水电工程上马，必然危及世界遗产，对环境造成重大伤害，十数万移民的安置也会造成社会不公，对土著文化造成冲击。此后，各方学者、多家媒体、民间人士、中央和地方的政府部门、下游国家非政府组织、怒江所在地民众纷纷卷入“怒江要不要建坝”的争论。时任总理温家宝也做出了“慎重研究、科学决策”的批示。

其实，怒江干流是否上马水电站的争论，本是一个绝好的对公众进行环境启蒙、环境教育的案例。

所以大理作家张乃光要把怒江称为“一条深刻的大江”。

他说，金沙江与澜沧江的名声，似乎要比怒江的名声大得多。但三江中，给他留下最深刻印象的还是怒江——

> 与前往怒江途中经过的红浪滚滚的澜沧江比，它显得更有隐者风度，它的水质显示了隐者独立高标的品格。它在流动中显示出的那种超凡脱俗的力量，让我想起了“沉甸甸”这三个字——它是在大山的高压下挤出的一条沉甸甸的大江，它反过来又用自己隐忍着的力量，让大山为它让道！隐隐的水声，是大山发出的喘息。
>
> 与金沙江相比，它虽然没有金沙江显赫的涛声，却要深沉得多。怒江的江面很少有浅水滩的。它水面虽然平静，但当我把手探向江中时，立即触电般地猛然缩回了手——一股巨大的力量迅速地把我往下猛地拽了下去，这条每千米平均落差为两米的大江让我胆战心惊。

第二节　茶马古道——在马蹄印记里倒映出的历史

茶马古道肇始于唐，兴盛宋元明清民国的内地与西域诸番的茶马互市，但千百年来，其功能的延伸已大大超出纯粹的贸易范畴。

历史上，茶马古道的前端起始有两条路线，一条在云南，一条在四川。这两条路线犹如万里长江的两个源头，在西藏的昌都汇合后一并蜿蜒流向境外的印度和中亚。

茶马古道并不是一条单一的道路，它是由主线以及延伸出来的大大小小的若干分支的统称，如万流成河，百江归海。

在滇西祥云坝子里有一个叫云南驿的地方，殊不知“云南驿”这个名字，已经保留了2112年的历史，“汉武帝无狩元年（前122年），彩云现于白崖，遣使迹之至此，及置云南县。”自公元前122年至今的2000多年间，有史可考的“彩云南现”不下10余次，盛有“彩云之乡”的无上荣誉。

云南驿是我国古代西南丝绸之路的重要驿站。西汉时汉元封二年（前109年），云南驿是境内最早的县治驻地，在此设置了云南县；蜀汉建兴三年（225年），置云南郡，治理机构即设在云南驿，云南驿是云南郡治与云南县治的同驻地，云南驿作为蜀国南中七郡之一，作为滇西北地区的政治、经济、文化中心长达358年。南诏时期，云南驿为云南赕所在地，并设置有军事机构云南节度；唐贞元年间，是云南驿的鼎盛时期，唐武德四年（621年）至天宝九年（750年）的129年中，云南驿为西宗州与宗居县的州、县治同驻地；元代，元和元年（806年）至宪宗五年（1255年）共449年，云南驿一直是南诏国及大理诸国的云南赕治驻地，政府在云南驿设置云南州，当时的云南驿是滇西第二大治；明朝，洪武十七年（1384年），云南县治由云南驿迁往洱海卫城南，另筑新城于今祥云县城，结束了云南驿从西汉至明初近1500年间作为行政管理机构县、郡、州、赕或军事管理机构节度所在地的历史，民国七年（1918年），因省县同名才改称祥云。

云南驿的名称却一直保留了下来，祥云人绝对欣慰。但连我每次经过，都会陷入良久的沉思——

面前的一景一物，像看一帧帧电影画面，即便不见其人，也会把场景和人物勾连起一段段情节。

“砍柴莫砍苦葛藤，嫁女莫嫁赶马人。”

那些年的赶马人，靠的是福大命大，常常不是遭遇土匪抢劫，就是染上顽疾，还会撞上洪水猛兽。但赶马人个个都是热血汉子，尽管他们深知，梦想的那一头可能是地狱，但他们一想到挨饿的妻儿老小都会当作天堂路来走。现实中，多少森森白骨被抛在了古丝绸道上。

在狼烟四起的抗战期间，眼看就要国破家亡，忽如一夜春风，吹开了举世闻名的驼峰航线、滇缅公路、中印输油管三朵奇花，古老的驿道也成了忙碌的运输生命线，云南驿就成为盟军在远东最重要的战略反攻基地，云南驿古镇也因此载入西方的史册。

很多游客是来凭吊的，凭吊当年殉职在此的莫尼中尉，尤其每逢清明时节都会有成百上千的少先队员和民众到莫尼中尉纪念碑寄上一份哀思。

云南驿的人说，在这个小镇周围的土地里会开一种花，花期在每年的四五月份，它白天是红色的，红得像鲜血那样，开得四野皆是，是看不到边际的红；

而到了下午花色却全部转为了白色，像风吹落的雪，白茫茫一片；当夕阳西下的时候，那一片白色就像祭奠死去的人高举的孝幛，刺目得令人不敢凝视。

马队繁盛，为了补充马夫，也有在当地抓差的，若不从，就会被打，轻则残肢断腿，重则一命呜呼。

自然也有反抗的，但都被砍死，血流像倒泼的油漆，把驿道刷得通红。他们当然是为杀鸡儆猴，没死的就只能跟着上道，这些人大多有去无回，活下来的也被逼入乡随俗，不得不抛妻弃子。

年复一年，坟墓已是一大片，但无一不成荒冢，忽然有一年，在这片土地上居然开出了一片花来。

云南驿还保留着当时作为驿站的一些建筑，像垂暮老人，述说着人生的过往。

如今的云南驿是清淡些的小镇，清淡得只剩下安静和优雅。每天一早习惯了用瓦罐担水的女人，可以把游人的心思拉得悠长……

有谁止得住哀伤？

云南驿只是茶马古道上众多小镇的一个缩影，在茶马古道上还有太多的传奇古镇。

经由祥云到下关到剑川，剑川一段由剑川古城往东，越东山过马厂即到鹤庆（糖道）。再往北可经丽江，或经香格里拉（原中甸县）到西藏。往南则有两条古道分支：其一经野鸡坪（今玉华）到大理、昆明，或过景东到思茅（今普洱市）；其二由甸南分道经沙溪（寺登街），过乔后、漾濞进入“博南古道”（博南，古县名，东汉置。治所在今永平县西南），越过博南山，渡澜沧水可到保山、腾冲或缅甸的密支那。往西经金华山麓的丁卯城，过白腊到拉鸡井（今兰坪），是马帮驮运食盐的古道。

不用说，这两条古道都历经沧桑，其中的滇藏茶马古道，是当时马帮从藏区下来，穿过剑川古城到滇西、滇中、滇南往返运输或贸易的主要的人马通道。直到解放初期，滇藏公路已经通车，因车辆太少，马帮运输还复存在。

马帮到了剑川古城旁，赶马人会看看天色，如果是夕阳西下，或远望“东岭夕辉”（剑阳八景之一），或遇暮色苍茫，他们就歇马休息了。赶马人经常在南城门口，旧寨巷东口、东门街口、北门街口，远一点就在古城北郊外的“厄子宝尔”等空地上露宿。“厄子宝尔”是白语，意指“大榕树下”。大榕树就在今新城区县农业银行西侧，约有20多米高，树根暴露，盘根错节，粗大的树干要三个大人才能合抱过来，四季常绿，枝叶蔓披，亭亭如盖，巨伞般的树冠足遮阴一百多平方米空地，是古城北郊的一棵标志性古木，可惜这棵大榕树殁于“文革”时期。

据说，过去由城北门出，顺着田间小道往北去，大榕树下是必经之地，再往前就到板洞河村……马帮就此休息，这时赶马人先将马驮子卸下，把马围起来，给它们喂草料和水。接着烧火造饭，先烧出热水，各人都习惯了，忙着用热水洗脸洗脚，洗却一天的灰尘和疲劳。一会儿饭熟了，蔬菜是路上买的很新鲜，炒炒煮煮很快也就熟了。菜热饭香，饥饿好吃。几个人围着火塘，边吃边讲，有说有笑。此时马锅头还要提着马灯检查驮子和马匹的情况，没有异常，他才放心地与同伴们坐在一起议事聊天。

如果是藏族马帮，他们洗过脸脚之后，就用饼饼茶煮茶水，把茶水滗进“酥油茶桶”内，加上酥油和盐等配料，轻轻搅成醇正喷香的酥油茶。然后将酥油茶分到每个人的碗里，各人抓几把青稞面放入酥油茶里，用左手轻轻地捏成糌粑开心地吃起来。吃完醇香的糌粑，喝过浓郁的酥油茶，查看了马匹和驮子，他们又围着火塘，不约而同地唱起原生态无伴奏的欢乐的藏歌，又和着歌声手拉手儿踢踢踏踏地跳起藏族舞蹈——锅庄，借愉快的歌声和粗犷的舞蹈消除疲劳。

夜深了，繁星闪烁，月光倾泻，火塘里火光在闪动。他们欢悦兴尽，睡觉时用驮子做“帐篷”，人就睡在下面。

茶马古道上，哪一座小镇不是这样，或有更多的隐秘和精彩，只是我精力和笔力不逮，简明扼要地给你说说——

沙溪是一个历史悠久的小镇，也是茶马古道上重要的商贸交易集市。

也许是上苍对沙溪情有独钟，唐代以后，与沙溪坝一山之隔，位于沙溪西部的弥沙发掘了盐井，古称傍弥潜井，沙溪是离盐井最近的茶马古道集市，古镇的贸易也随之多了盐一项。盐井的开采，为沙溪带来了繁荣，古镇作为离盐井最近的茶马古道集市，一跃成为茶马古道的盐的重镇，同时也成为西藏、滇西北地区的食盐供给的集散地。

与丽江、大理相比，它现在是小了许多，更落后了许多，但它比束河更为单纯宁静，在历史的长河中，它的存在，丝毫不逊色于茶马古道上的其他遗迹！

束河镇在纳西古语中称“绍坞”，又叫龙泉村，是茶马古道上保存完好的重要集镇。

这个上午，游人还不多，店主们也懒散地闲坐在铺子里发呆或做着自己的事情。

店主人会在这时给你咕叨束河古镇的八景，即烟柳平桥、夜市萤火、龙门望月、雪山倒映、断碑敲音、鱼水亲人、西山红叶、石莲夜话。

到束河古镇都要到四方街广场走走，店铺都刷上了黑红色的木板门面，风雨剥蚀，显得有些老态。有水溪围绕，五道分向，各自延伸而去。据说这里曾经是丽江的皮毛交易的集散之地。脚底下磨得规划的石板块，告诉了我这里曾经的繁华。想象昔日广场夜市熙来攘往、灯影憧憧，也就形成了“夜市萤火”。有人让我走一条通往青龙古桥的路，那里有一座昔年木氏土司设计的石砌桥梁，溪岸杨柳依依，屋舍俨然，也就有了“烟柳平桥”。

沿溪向北而行，可见龙泉山下古树参天，还有一池涌泉，汩汩晶莹，积水成渊，便也就有了八景之一的“九鼎龙潭”。八景，我不逐一而表，但我要告诉你，在潭旁矗立的一块半截古碑有些奇巧，据说只要用石块敲击便可以发出清脆悦耳的声音，人们称之为“断碑敲音”……也许是弦外有音。

地处西藏芒康县和云南德钦县接壤之地的盐井古镇，是茶马古道进入西藏的第一站。盐井盐田这道人文景观现在是“茶马古道”上唯一存活的人工原始晒盐风景线。

盐井山高谷深，沿江两岸三叠纪红色沙砾层出露有盐泉，将盐泉水提至盐田，经3～5天盐水自然蒸发，析出盐分，即为“藏巴盐”。盐业是盐井乡的主要经济来源，井口和盐田全分布在境内澜沧江两岸。盐井在纳西族和藏族的历史上，是个围绕着盐而产生许多战事纠葛的神秘之地。

到盐井古镇最先看的自然是盐井，纳西族女子会用长圆形木桶从江边的盐井内将盐水一桶桶背出，然后爬上来，倒于一块块晒盐田之中。一两天后，井盐便在峡谷阳光的暴晒和强风的吹拂下，成为固体状盐。

据当地人介绍，过去达赖喇嘛规定“茶马互市”只能有3个过道，盐井即其中之一。盐井是商品集散地，周边18个地方的人都来此地做买卖。芒康有18个头人到这里买盐，运到拉萨。现在每天还有来自察瓦弄的大群马帮到此买货，每次来的马匹100多匹。

察瓦弄属于西藏察隅县，位于云南、西藏、缅甸、印度三角交叉地带，是“茶马古道”上著名的马帮繁盛之地，至今马帮仍然十分兴旺。

当然，我不会忘记在滇西南的哀牢群山深处有个叫博尚的美丽地方，古时名为泰恒。由于地处咽喉要冲，这里历来就是一个万商云集、繁华兴盛的物资集散地，是茶马古道的重要集镇。

来到过街楼，当地人说，从缅宁城（今临翔区）到泰恒，必经“过街楼”，任何骑马人来到这里，必须下马徒步通过“过街楼”。当年古镇茶市就在博尚水库位置。街道地形为半月牙形，用石块石条筑成，街道两侧有排水沟，沟外侧用石子镶成空道，空道外即一排排商号店铺。古镇街道围墙后有一块广场，供茶商放驮或用竹签包装茶叶，而街内马店、茶叶交易瓦房，称斤计量，评级定价等等都有专人负责。一到春夏，茶市兴旺，客商往来不绝，上市茶叶多达500驮。各地往来客商都要通过“过街楼”，云集于茶市。商铺人语马嘶，茶楼酒肆熙熙攘攘，颇有山间铃响马帮来之风土人情，泰恒镇由此被海内外商旅称为“小香港”。

这些商家马帮驮来布匹、洋纱、瓷器、萝卜丝、粉丝、干辣子、奶制品和日常小百货，交易后，驮运走大宗茶叶。因而，历史上缅宁县城（今临翔区）把泰恒镇当“聚宝盆”，茶农卖茶得利，马店卖宿租房赚钱；过称者得金，评茶者享银，镇公所收税，老百姓小买卖受益。

茶叶造就了马帮，马帮繁荣了古镇。几经繁华，几经落寞，小镇依然如故，留下了许多让人品味不尽、讲不完的故事。如今，博尚盛产茶叶，被称为“绿茶之乡”，博尚种茶历史悠久，腾龙拉祜村内有500多年的古茶树。全镇有3万亩生态茶园，有制茶企业16家，产品畅销海内外。

空谷蹄音，驼铃声声，千年悠远绵延。数百年的茶马贸易，尽管繁荣昌盛，终化作一段如歌的岁月风流云散。

第三节　泸沽湖——一方安静的水

泸沽湖，演绎着美丽传说的圣土。美国学者洛克曾旅居于此一段时间，将自己亲身体验写成《中国西南古纳西王国》一书，其称道：“真是一个适合神仙居住的地方。”

清代谢秉肃在《泸湖三岛》诗云："何处来三岛，苍茫翠色流。嶙峋吞海气，缥渺壮边陲。叠嶂临波动，连峰倒影浮。浦寒猿啸月，汀冷雁鸣秋。雨后烟鬟净，云中螺碧幽。乘槎如有约，即此是仙洲。"

20年前我造访泸沽湖，为看摩梭人土生土长的文化，那神秘的母系大家庭，走婚、女山、母海等等，总像一只魔手，一直撩拨着我的心，并且常常勾起我想探测谜底的一种强烈的欲望。

说起泸沽湖，很多人都知道那个叫杨二车娜姆的戴花女子，她的《走出女儿国》一书向世人展示了那个神秘而美丽的地方。

我在她还没有写这本书之前就认识了这个戴花女人，当然，那时她还是个女孩，在中央民族歌舞团。

见到她，就自然而然想到了"走婚"。这从远古便遗留下来的婚俗至今还保持着原始的味道，使这个母系社会经久不衰地演绎着那个女儿国的故事。想象中的泸沽湖该是一潭蓝湛湛的止水，隐藏在苍山与云际之间，水边有一个古老的村落，身穿民族服饰的摩梭女子轻盈婀娜，若早晨，初阳冉冉，一声牛哞声惊破澄静；若傍晚，夕阳慢坠，一缕缕炊烟袅袅升起，摩梭女子带着盈盈笑声归来……

20年前去泸沽湖还是土路，坑坑洼洼，尘土飞扬，那是我所经历的不堪，但那时候已经开发得不错了，还和摩梭女孩摔跤，被摩梭女孩筛糠……但一切美好只是昙花一现。

20年后再出发，从丽江。

从丽江古城出发，去泸沽湖要好几个小时。心越迫切，道路就越显得漫长。但想起"女儿国"，那一个个寂寞的女子，不知不觉就来了精神。

当我们到达观景台的时候，太阳已经出来了，梦寐已久的泸沽湖便真切地呈现在眼前。湖面清澈而平静，湖水在阳光的照射下格外妖娆，那是不知情由此生的蓝色，隐隐约约的小岛，仿佛难以捉摸的苍茫。

摩梭人的村寨果然如我想象，它就在泸沽湖边，依山傍水，名叫落水村。

我在这里遇到了"川妹"，名副其实的美女一枚，名叫上官宛如，像小说里的人物。

其实她是故意和我撒谎，她的真名我不说了，我给她取了个汉名叫做"莞儿"，尽管是我一厢情愿，但还是很乐意地接受了。

她带我们到了湖边，上了一条猪槽船，眼前又是一个摩梭女孩，但一袭自己的民族服装，还有一个皮肤黝黑得发光的摩梭男子，莞儿说，这是我们摩梭人中的一对金童玉女，由他俩为我们掌舵。

行程才开始，就这样完美，那不知道接下来旅程如何。

我说莞儿，请这对金童玉女唱一首摩梭情歌，不想他们那么落落大方就开了口：

> 小阿妹，小阿妹，隔山隔水来相会。素不相识初见面，只怕白鹤笑猪黑。阿妹，阿妹，玛达咪，玛达咪，玛达咪。小阿哥，小阿哥，有缘千里来相会。河水湖水都是水，冷水烧茶慢慢热。阿哥，阿哥，玛达咪，玛达咪，玛达咪。情妹妹，情妹妹，满山金菊你最美。你像明月当空照，我是星星紧相随。阿妹，阿妹，玛达咪，玛达咪，玛达咪。情哥哥，情哥哥，人心更比金子贵。只要情意深如海，黄鸭就会成双对。阿哥，阿哥，玛达咪，玛达咪，玛达咪。
>
> 他们以前就这样歌唱着，生活着，相爱着……

越走下去，湖水越显清幽，但无形中又有了敬畏之心，除了歌声，不敢有半点声色，怕大不敬，惹恼了这圣湖。

其实，这湖水蓝得太深，反而需要喧腾，才会更加和谐完美。

不多久，猪槽船在湖中心停下来，我们依次登上岛屿里务比岛。

岛屿的一侧为石笋，成为天然的码头，一条蜿蜒的小道直接通往岛屿的顶部，道路旁边有许多杜鹃花以及野樱桃树。花丛的尽头为藏传佛教寺院里务比寺，岛顶有一白塔。

但我没有完全走完行程，很快来到了停靠船的地方，莞儿正在那里发呆。

……

再写下去，泸沽湖就变了本来了。

我盗用一位笔友的话：“画家说，泸沽湖不能画出来，因为水太蓝了，画出来像是假的；作家说，泸沽湖的水可以直接吸进笔中写诗，但诗又无法穷尽她的意味；摄影家说，泸沽湖的风光内涵用镜头是难以展现的；生态学家说，泸沽湖的生物资源丰富，其环境质量是独一无二的，是难得的科研教学场所。”

盗用的意图很简单，我怕穷尽了我的词汇也写不出个中味，怕影响了泸沽湖的完美。

我就住的落水村，我当然喜欢这个仅有30来户人家的村落，我被安排在傍湖的一个房间里。倚着走廊木护栏就可以远眺湖面。

晚餐后，我去参加了摩梭人的篝火晚会，看一群摩梭男女载歌载舞，高唱着摩梭人古老的民歌。

此时我在想，多年来，我都没有这样陶醉过了。

待湖水平静时，夜已经深了。临湖一边的铺面都还在营业着，莞儿说，去湖边走走或吃点烧烤，我当然允诺而且迫不及待，这夜色里，有美女相伴，且不说也没有暧昧的念想，但这个夜一定是其乐融融。

淡淡的夜风荡着湖水的气息，轻拂在莞儿的纤手，我说，我可以牵你的手吗？莞儿笑笑后说，量你也不敢。

是不敢，早过了花期，就不能绽放了，否则叫乱开，但打心底希望这条湖畔的路没有尽头，这月色永在。

第四节　普者黑——高原的“江南水乡”

我当然会想起秦光荣那首叫《雨中游普者黑》的歌，为此我写过一篇评论《大爱如虹》，还因此获得过全省报纸副刊好作品二等奖。

唱普者黑的歌实在是多，著名词曲作家车行作词、戚建波作曲创作的《哪有这里更美丽》，郑明、刘晓耕等人创作的《不一样的美》《畅想丘北》《普者黑恋曲》《浪漫柔情普者黑》《普者黑的水》，丘北当地领导人创作的《唱不完的家乡美》，同时，还有当地文艺工作者和爱好者积极创作歌曲和创作敬酒歌40多首。另外著名歌唱家宋祖英到丘北普者黑拍摄了《天蓝蓝》MV；中央电视台完成了《普者黑，我可爱的家乡》的创作和MV拍摄，其由著名导演张艺谋的拍摄团队采用胶片及首次采用水下实景进行拍摄。

……

“小船荡桨哎，裁波段；远望青峰哎，叠碧翠。近看荷花哎，风送香。撒尼阿妹歌声起，普者黑里心荡漾……”

普者黑我不但来过，而且来过数次之多。

普者黑，彝语“鱼虾多的地方”。

普者黑，位于云南东南的丘北，莽莽大山中蓦然出现的一派桂林山水画卷。

走过中国很多地方，除了为数不多几处景致，能够让我第一眼就喜欢上的地方还不多，普者黑却能让我一下子就喜欢上她，因为她的那份宁静和柔美。

喜欢莲，喜欢莲的碧翠和摇曳，微风袭来，莲枝轻舞，宛如柔若无骨的少女腰肢，妩媚中带有半点羞涩。

无数次的看莲，抚莲，却没有碰到过如此多的莲。飘动的河道长满了莲，舒展的湖面长满了莲，静待的湖汊里长满了莲，连旮旯的池塘里也长满了莲，这是一个莲是天地，洁的世界。

此刻我才真正读懂了接天莲叶无穷碧。

此刻我才真正读懂了映日荷花别样红。

如此亭亭玉立，如此袅袅冉冉，正是我当年踏破铁鞋寻找来的词语，奉送给了我的初恋。

怪不得有人说，到了云南，不去普者黑游玩，是人生的一大憾事。到了普者黑游玩，不在荷花间泛舟，也是人生的终生憾事；泛舟时不让自己“失身”，更是人生中的憾事。

前年盛夏，当我闻到普者黑的荷香，便来了，陪同我的是文山的几个作家、记者好友，他们扬言要让我好好“失身”一次。

我还是先把“失身”一词解释一下，免得有人想歪了，就是“湿身”的谐音。到普者黑玩，无外乎看荷、泛舟、戏水、啖鱼、随舞。而戏水求的正是“失身”。

还没有上船就准备好了瓢盆等十八般武器，包括了雨衣、雨伞。船离码头，还未来得及环顾，就遇到了另外两条归来的小船，一边一条形成夹击态势向我们冲来，顿时一阵狂泼，我们简直无还手之力，个个变了落汤鸡。雨衣和伞能抵何用。

看来出师不利，这一路行程看荷是虚，打水仗是实了，但并不影响我对普者黑荷花的敬仰和爱戴。

忽见一队小船荡来，我等几个男士早已严阵以待，驾驶员更是赤膊上阵，簸箕大的盆盛好了满当当的水，等待万箭齐发的时刻。可还没有近身，就自己乱了阵脚，驾驶员一个踩偏，一船人纷纷落水。

再爬上小船，忽见近边荡悠悠过来一小船，船上烟雾缭绕，香气扑鼻，彝族小阿妹的叫卖声扎实甜脆，几近如酥，情不自禁地买了几分油炸鱼虾。但少了口酒……假若在这山水之间，又假若这小舟之上，再假若莲荷般美丽的女人……

普者黑就是这般犹如世外桃源，自然、安逸，令人忘返。

据说在不知道多少年前，一部分彝族人为了躲避战乱和争斗，从洱海、滇池边出发，躲避到这里生活。他们不但成了普者黑最初的发现者和命名者，更是普者黑的开拓者，有如庄蹻开滇般的意义。

在普者黑，撒尼人的歌，在这宽广无比的海子荷莲间里往来，会让人浮想联翩，尤其歌唱的美妙，顿然让灵魂出窍。

说要唱歌就唱歌，
说要打鱼就下河。
只要小妹跟哥对，
对到太阳下山坡。

这是没有半点杂质的山歌，是男生阿黑唱的。

小妹阿乃会对过来：

唱就唱，
唱它三天嘴不歇；
唱得鲤鱼会上树，
唱得六月会下雪。

阿黑来劲了，接着挑逗地唱起来：

红莲出水好风光，
豆蔻姑娘巧扮装。
阿黑划船心想妹，
不知阿乃爱何郎？

阿乃哪愿意示弱：

阿着低呀好地方，

山清水秀乐鸳鸯。
红莲含笑迎佳偶，
豆蔻仙姑爱黑郎。

山歌是唱不完，也是听不完的，还是赶紧抽身。

还有让人激动的是围着自己亲手点燃的篝火，与当地撒尼人的大联欢。在如此热情四射的场景里，所有的人都会沉浸其中，我也不可能例外。

第五节　橄榄坝——澜沧江畔美丽的“绿宝石”

“大理三月好风光哎、蝴蝶泉边好梳妆，蝴蝶飞来采花蜜哟、阿妹梳头为哪桩？蝴蝶泉边好梳妆”，看过冯牧的《澜沧江边的蝴蝶会》，就彻底颠覆了我脑子唯一的这首歌。

作家冯牧由于一种可遇而不可求的机会，看到了一次真正的蝴蝶会，一次完全可以和徐霞客的描述相媲美的蝴蝶会。

他在文章里写道：

> 终于，我们发现了一种来时所没有的新景象：我们多了一群新的旅伴——成群的蝴蝶。在花丛上，在枝叶间，在我们的周围，到处都有三五成群的彩色蝴蝶在迎风飞舞；它们有的在树丛中盘旋逗留，有的却随着我们一同前进。开始，我们对于这种景象也并不以为奇。我们知道，这里的蝴蝶的美丽和繁多是别处无与伦比的；我们在森林中经常可以遇到彩色的斑斓的蝴蝶和人们一同行进，甚至连续飞行几里路。我们早已养成了这样的习惯：习于把成群的蝴蝶看作是西双版纳的美妙自然景色的一个不可缺少的组成部分了。
>
> 就这样，在我们和蝴蝶群的搏斗中走了大约五里路的路程之后，我们看到了一个奇异的景色。我们走到一片茂密的木贝树林边；在一块草坪上面，有一株硕大的菩提树，它的向四面伸张的枝丫和浓茂的树叶，好像是一把巨大的阳伞似地遮盖着整个草坪。在草坪中央的几方丈的地面上，仿佛是密密地丛生着一片怪的植物似地，聚集着数以万计的美丽的蝴蝶，好像是一座美丽的花坛一样，它们互相拥挤着，

攀附着，重叠着，面积和体积都在不断地扩大。从四面八方飞来的新的蝶群正在不断地加入进来。这些蝴蝶大多数是属于一个种族的，它们的翅膀的背面是嫩绿色的，这使它们在停伫不动时就像是绿色的小草一样，它们翅膀的正面却又是金黄色的，上面还有着美丽的花纹，这使它们在扑动翅翼时又像是朵朵金色的小花。在它们的密集着的队伍中间，仿佛是有意来作为一种点缀，有时也飞舞着少数的巨大的黑底红花身带飘带的大木蝶。在一刹那间，我们好像是进入了一个童话世界；在我们的眼前，在我们四周，在一片令人心旷神怡的美妙的自然景色中间，到处都是密密匝匝、层层叠叠的蝴蝶；蝴蝶密集到这种程度，使我们随便伸出手去就可以捉到几只。天空中好像是雪花似地飞散着密密的花粉，它和从森林中飘来的野花和菩提的气息混在一起，散出了一种刺鼻的浓香。

受冯牧的影响，打心底里想，如果我也能邂逅一场蝴蝶会就好了。

于是我来了，那是2011年，到普洱拜访我的校友老艾。他说，普洱看茶，除此之外就没有看的了。这是老艾说的话，半信半疑。于是他建议说，我们去橄榄坝。

从普洱到允景洪，中间有个野象谷，耽搁了一个多小时，再驱车往前赶，到版纳首府正好12点吃饭时间。先前联系好的版纳同学说，公务缠身，也就不便打搅。

老艾说，那就不在景洪城里吃饭了，客随主便，叫往哪儿走就往哪儿走。

车一路沿澜沧江下，我才问老艾去哪里。

看上去老艾颇有几分喜形于色，操着隆重的冷水滩口音慢条斯理地说，要去勐罕，那里有个美女妹妹。

我倒不怀疑老艾好这一口，他的性格是有点活络，也讨人喜欢，况且在学校干过团总支书记，还是干过团市委秘书长的人。

再好的向往和心境都会被堵车闹心，可这一堵就是个把小时，幸有眼皮底下的澜沧江，想起来当年坐船去泰国的清盛，10个小时的随波逐流，虽苦犹乐，但这条江也因糯康曾经犯下的13条人命案而变得令人深感悚然，人生无常，假如当年是我们遇到了这些杀人越货的家伙……

到勐罕不过30来千米的路程，耗去了两个来小时，也如愿以偿地见到了老艾说的那位美女妹妹。

老艾的欣赏水平还不算赖，至少按我的审美标准。

美女姑且叫她“春春”，姑且是因为我没有听懂老艾的介绍，我俩虽属永州人，但口音差别还是有些大。春春有“三好”：皮肤好，细白；腰身好，婀娜；气质好，落落大方。

我记得春春，还有更重要的一点，她长得有点像我一个朋友的妻子。

先打发肚子，春春带我们来到一家傣味餐厅。二楼靠窗，篾箩，篾凳；烤鱼、“吹牛皮”和一盘鸡，全傣式做法，加红酒。

可能肚子也饿了，三下五除二，吃了个精光。

有人说，谁要是没有到过橄榄坝，谁就等于没有看到真正的西双版纳。连冯牧当年也不得不承认：当我们刚刚从澜沧江的小船踏上这片密密地覆盖着浓绿的植物层的土地时，我马上就深深地感觉到，这些话是丝毫也不夸张的。

橄榄坝位于澜沧江的下游，澜沧江从坝子中心穿过。橄榄坝，在傣语中叫作勐罕，“罕”意思是卷起来。传说，佛祖释迦牟尼到这里讲经，教徒们就用棉布铺在地上，请佛祖从上面走过去，佛祖走过去后，教徒又把布卷起来，勐罕就是这样得名的。橄榄坝的海拔只有530米，是西双版纳海拔最低的地方，也是气候最炎热的地方。这炎热的气候也给橄榄坝带来了丰富的物产，有椰子、槟榔、香蕉、杧果、荔枝、杨桃、波罗蜜、西番莲等等，除鲜果外，橄榄坝还出产大量的果脯。傣族园位于历史上被称为中国橡胶梦工厂的橄榄坝，故人们对西双版纳的记忆很多都是从橄榄坝开始的。

饭后就去了傣族园景区，景区由五个保存完好的千年古傣寨组成，是西双版纳集中展示傣族历史、文化、宗教、体育、建筑、生活习俗、服饰、饮食、生产、生活等为一体的民俗生态旅游景区，被誉为“傣族民俗博物馆”。橄榄坝有两个比较大的寨子，一个是曼松满，也就是花园寨；另一个是曼听，也就是花果寨，无论你走进哪一个寨子，都会看到典型的缅寺佛塔和传统的傣家竹楼。景区内的椰子树、槟榔树、杧果树、波罗蜜、绣球果等热带植物和花卉布满整个村寨，树丛中掩映着座座傣家竹楼，赏心悦目。

我们先观看的是一个傣家寨子，里面放着劳动工具，和各式展示傣家风俗的物品。少数民族的物件，不是和鬼神有关，就是和男女有关。其中，有个大磨盘，说是如果小伙子想娶主人家的姑娘，要付出转三年大磨的苦力。要是不愿意付出这苦力，有技术也可以，院子里有棵又细又高的槟榔树，在那光滑的树干上抹上油，小伙子要是能徒手爬上去，也能娶到姑娘。这些规矩，要是拒绝你的话，这是最好的挡箭牌；要是能接受你，我想是能够通融的。傣家的“人”字形尖顶木楼，外观看上去像个佛殿，一般分三层。一层大多放杂物或住牲畜，二层住人，三层一般放粮食或住着姑娘。小伙子要是和姑娘谈情，可以半夜时把梯子架到三楼，住在二楼的老奶奶要是不反对，就装作没看见；要是她不喜欢小伙子，她就会把梯子推下去，或点起灯火，让小伙子不能成。到了楼门前，中年男主人热情地把我们让进楼，领我们到了二楼。他殷勤地给每个人献茶，然后就开始展示他那精美的银器，银镯子、银簪子、银坠子……什么都有，价钱虽然说不上昂贵，也都不便宜，但这里银器的白银含量百分之十都不到。

出了这个傣家民居，我们到了曼春满佛寺。橄榄坝寺庙较多，一座比一座壮观、精美。古老的佛寺、佛塔昭示着佛家的久远，也昭示着它们在傣家人心目中非同寻常的地位。曼春满佛寺已有一千多年的历史，积淀了丰富、厚重的南传上座部佛教文化，佛寺中保存有著名壁画《如爹米转世》和《释迦牟尼的故事》。

从寺庙出来，我说我们往江边走走，我想近看一眼澜沧江。老艾和春春都没有阻止。到江边，虽然没有看到冯牧《澜沧江边的蝴蝶会》那样的情景，江水也并不湍急，并混着黄红色的泥沙，但两岸树木葱茏，或一片片的甘蔗林，或一片片的香蕉地。

后来到大剧场看演出，才拍了两三张照片，相机的电池就没有电了，郁闷。

原因是头晚不知道要来橄榄坝，加上吃过晚饭到酒店就只顾海吹神聊。

演出的水平倒也没有什么特别的，但阵容庞大，几十位穿着傣家筒裙的少女确实袅袅婀娜，很想拍下那场景，但不得不空留遗憾。

再去看“天天泼水节”就没有多大意义了，又再绕寨子溜达了一圈，赶普洱吃杀猪饭。

……

第六节　抚仙湖，高原少女明媚的眸子

随便翻开地方志，都可见题赞抚仙湖的诗词文章："滇水唯多土，故多壅流而成海，而多流浑浊，唯抚仙湖最清。"这是明代大旅行家徐霞客对抚仙湖发出的由衷赞叹。而与之同时代的著名文学家、《三国演义》开篇词作者杨慎，在被贬云南保山时，也曾泛舟于抚仙湖上，写下了《游江川之澄江》三首：

其一：

通海江川湖水清，
与君连日镜中行。
孤山一点横烟小，
何美霞标挂赤城。

其二：

澄江色似碧醍醐，
万顷烟波际绿芜。
只少楼台相掩映，
天然图画胜西湖。

其三：

海鳌江蟹四时供，
水蓼山花月月红。
自是人生不行乐，
莼鲈何必羡江东。

徐霞客的日记，据实写来，不需要情绪铺垫，也不需要诗情画意。但杨升庵不一样，他是个诗人，又是个被朝廷贬谪边地之人。看一草一木、一山一水，固然多了联想、借代、借喻、比兴。字里行间表达出了他的羡慕、喜爱和不舍。尤其透露出此时不行乐，更待何时？这是因为他骨子里还留有怨恨，恨无力报

效朝廷，无力报效国家。

我无数次来抚仙湖，春夏秋冬四时，且有雨有晴，但依然看不到抚仙湖的全部。

有作家这样说，作为北纳诸溪瀑流，南受星云湖泄水的抚仙湖，若要了解她、认识她、亲近她，还得先来听一听有关于她的传说。早在唐代樊绰著的《蛮书》里，就有了把抚仙湖称为“大池”（后称“青鱼戏月湖”和“罗伽湖”）的记载。而关于抚仙湖的由来，在民间却流传着多个版本。

相传，现在的抚仙湖一带原是一个城池。城里有一座古寺，寺前有一对石狮子，石狮子旁，经常有一老奶在这里卖香纸。有一天，来了个占卜算卦的先生，这先生见老奶心性仁慈，乐善好施，就对老奶说，如果哪一天石狮子的眼睛发红，就暗示这里将有大难发生，那你就赶快往山上逃，要不然就没命了。从此，这位迷信的老奶每天来卖香之前，最先做的事就是看看石狮子眼睛，而且逢人就将算卦先生说的话转告一番，没想到这些话传到了一群孩童的耳中。他们想，这位老奶真糊涂，石狮子的眼睛怎么会自己变红呢？于是他们想捉弄一下这位老奶。一天放学后，他们提前用笔把石狮子的眼睛涂红后，就悄悄地躲在一侧看老奶的笑话。不一会老奶来了，当她走到石狮子前一看狮子眼睛果真红了，便惊慌失措地转过身来大声喊叫着向城外没命地跑。她刚一跑出城门，身后就天崩地裂地炸响开来。刹那间，天昏地暗，暴雨如旺，不多时，整个城池就被大水淹没了。当她跑到半山时，洪水竟紧随她的身后。她咬紧牙关拼命地往上爬，可洪水却一直往上涨。老奶实在爬不动了，心想劫难难逃，反正都是死，就索性一屁股坐在了身旁的一块青石板上。谁知她刚一坐下，暴涨的洪水竟在她的脚跟前温顺地停了下来。如今，抚仙湖的北岸还有一个名叫“镇海营”的村子，据说这个村子就是当年老奶歇脚的地方。

传说固然不可信，但抚仙湖的成因却是燕山运动、喜马拉雅山运动和新构造运动的结果。从高俯视，抚仙湖恰如镶嵌在万山丛中的一个蓝葫芦，两端大中间小，北部宽而深，南部窄而浅，东西宽约 10 千米，南北长 34.2 千米，湖岸周长 90.6 千米，湖泊面积 212 平方千米，总容量 205.5 亿立方米（占云南省九大高原湖泊的 67%），地处金沙江与珠江两大流域的分水地带。湖水由湖东岸的海口河溢出流入南盘江归于南海，属珠江流域南盘江水系，是一个南北向的断层溶蚀湖泊，其东、南、西三面山岭直迫湖岸，唯北部稍平坦，整个地势北高东低。粼粼抖动的湖面恰似铺开的一块巨幅绸缎，荡漾起一湖的欢欣。

作家总是多情的，来过抚仙湖的作家都抑制不住一种潜移默化的感动，都能妙笔生花：细碎的水波似在窃窃私语，倾诉着无尽的爱慕和依恋。纵目远眺，水天一色的抚仙湖清碧无瑕，婀娜多姿。雨霁天晴之时，抚仙湖水光潋滟，山色空蒙。湖面上空，薄雾轻笼，一如羞答答的少女，披了薄薄的轻纱，芳姿绰约，摄人心魄。皓月当空的夜晚，抚仙湖水涵轮满，银光千里，一轮明月倒映其中，月光就随了盈盈水波荡漾开来，扩散成万千跳跃的音符。

抚仙湖朝晖夕阴，气象万千。一年之中，春秋各异；而一日之间，则又变幻莫测。适才还风平浪静的湖面，转瞬便惊涛拍岸，声震长空。记得有一次我陪人上孤山，就曾撞上这样的风浪。只见激烈鼓荡的巨浪你推我涌，翻腾起万壑千山，大有波撼乾坤之势。我原以为水乃至清至柔之物，不曾想温柔之中也有刚劲之猛。

抚仙湖之美不仅仅在于她的百里湖光，也在于她的山川景色。沿岸景物，随便捡拾一处，也多有蕴含和沉淀。独踞于湖西南的孤山小岛，到了明朝，可谓盛极一时。占地 82 亩的岛上盖满了大大小小的殿堂楼阁，尤其是“督学杨师孔尽捐己俸，更转募诸当道购铜万万斤铸造”的“下广五丈，上高九丈，积一十三层”的“中铸金刚经，饰以朱绀翠碧”的铜塔，更是令多少名公巨卿、迁客骚人为之赞叹和留题，成为“闪烁澄湖，武当金殿，不为过也，昔年东滇名胜，独此地为最”的一道景观。

据资料，当时的孤山之北，原有一小岛。两岛之间架有铁桥相连，名曰“飞虹桥”或“虹饮桥”，明末时因地震，小孤山和飞虹桥被震落湖中，唯大孤山（即今孤山）独存。孤山素有“巍然形胜冠南州”之誉，大概是因滇中五湖，即滇池、抚仙湖、星云湖、阳宗海和杞麓湖中，唯抚仙湖里有此岛屿之故吧，所以就连孤山岛一进大门的正中位置都挂上了“天下名岛”的匾额。只可惜连四面黄尘飞不到的孤山也因时势的变迁而屡遭劫难。到了清朝顺治五年(1648 年)，巍巍铜塔竟被朝廷大将李定国的手下冯双礼，捣毁铸成了永历通宝以作兵饷之充。此后的几百年间，孤山屡建屡毁，甚至成了地方匪徒赖以顽抗的窝点。及至 1979 年，孤山又因成为猿猴养殖场而被群猴撕咬抓剥得伤痕累累，寸草不生，其状惨不忍睹。直到 1987 年，孤山岛收归江川后，历经 10 多年的开发和建设，孤山始得重现生机，再展风采。

环湖周围，山奇水秀，风光旖旎，构成了抚仙湖独特的自然景观。但胜景之多，却又都分布于沿湖西岸一带。由澄江至江川地段，不管是风景名胜，还是诸多人物，大都可圈可点。随便走进抚仙湖畔的一个小渔村，你都会为抚仙湖水孕育的奇迹而大感惊奇。麒麟山下的禄充村，就曾有过“一门双进士，百步两翰林”的荣耀和辉煌。早在三国时期，李恢就因其战功卓著，而被蜀汉政权册封为汉兴亭侯加安汉将军兼交州刺史。这样一位叱咤风云的人物，同样也是出生于抚仙湖畔的一个小渔村。再如此后的风流才子许湘、官至吏部侍郎的赵士麟和授翰林院庶吉士的王元翰等一干人物。时至今日，禄充村依然人才辈出，蔚起文风。

自古以来，大凡有名胜之地，就必有名人之迹。隐藏于抚仙湖西岸群山中的万松寺，一幅用牛鞭杆写就的楹联而让其声名远播。相传清朝时曾隐居于万松寺的著名文人阚祯兆，一日兴发，正欲挥毫作书，忽闻有隐隐叹息之声。阚甚惊异，忙止笔，一看，原来是个到厢房避雨的牧童。阚便不甚在意，将笔往砚台里又重新蘸了蘸，正准备下笔之际，岂料厢房那边又传来了牧童的轻叹之声。阚老夫子急止笔，向头戴竹笠、身披蓑衣的牧童朗声问道：

“不知仙童有何叹气？”便还加问道：“或有何赐教？”

这本是一句客套话，谁知牧童竟毫不客气地说：

“俗笔太重。”

阚祯兆当时已是颇有名望之士，敢在他面前如此放肆之人，想必绝非等闲之辈。阚祯兆闻听此言，暗忖准是遇上高人了，便请童子即席赐教，自己则转身进房沏茶。不料茶刚沏好端出，那牧童早用手指粗细的牛鞭杆龙飞凤舞地狂草了一幅长联：

放眼处，偏惹渔樵耕读来，不能分他们一毫快乐；
低头时，便道春夏秋冬去，何曾识自己半点寒温。

阚氏见状，便连呼神笔，只是牧童没有落款，就抱拳说道：

“仙童既已赐教，就请落个款吧。”

牧童也毫不客气，依旧提了鞭杆，唰唰唰地写了出来：

“学仙童子题。”

阚一时惊讶，那童子则飘然而去。

传说虽有几分人为编造的痕迹，但这幅联书俱佳，绝非俗品的楹联至今还保存完好地挂于万松寺内。

抚仙湖以其158米的水深而屈居长白山天池之后，但经近年有关专家考证，跨出国境的天池是南浅北深，而位于我国境内的水域是没有抚仙湖深的。由此看来，抚仙湖应是我国第一深淡水湖泊了。然正因了抚仙湖的深沉和浩渺，才使得形如葫芦的抚仙湖犹如希腊神话里的魔瓶变得神秘起来。尽管传闻抚仙湖里有海马出没、光环显现和水下“活人”，但崇尚科学的人们总是持怀疑态度的。可是关于抚仙湖底有古城墙的传说，却是随着中央电视台的水下考古现场直播而证实了其存在的真实性。

还有，抚仙湖畔的渔民既不用撒网，也不必垂钓就能把活蹦乱跳的鱼，从深不可测的湖中捕捞起来的事实，是否从另一侧面表明了抚仙湖以及环湖周围所发生的种种奇、特、绝、怪的现象确有存在的可能呢？

这就如同李家山下神鱼泉里的鱼为什么会嗑瓜子，孤山周围的鲭鱼为什么会列阵出游，“界鱼石”的鱼为什么从不过界一样，也是有着其难解之谜呢。

在抚仙湖与星云湖相连的河道——玉带河中段的河边，耸立着一块高6.3米、宽5.4米背北向南的大石头。这块形状狰狞的嶙峋怪石就叫“界鱼石”。“两海相交，鱼不往来”，说的就是抚仙湖里的抗浪鱼和星云湖里的大头鱼一旦游到这块大石头下就都各自掉头而返、从不越界的奇特现象。

多少年来，人们众说纷纭，各抒己见，有题书“石怪鳞惊”以作辩解的，也有题写“鱼各有性”而抒己见的，把个界鱼石炒得神乎其神。但细细想来，又都似觉欠妥。这其间奥妙恐怕只有两湖里的水族们才说得清、道得明吧！明代云南巡抚姜思睿途经此地，也曾感怀此事，题诗一首。诗曰：

星云日向抚仙流，独禁鱼虾不共游。
岂是长江限天堑，居然尺水割鸿沟。
燎原已扑殃池焰，解网应消在沼忧。

吩咐鲛人传鲤信，河清从此得相投。

抚仙湖属深水湖泊，水质清且深，浮游植物不易生长，但鱼类品种不少，有36种之多。其中的抗浪鱼为云南四大土著名鱼之一，清朝时还作为贡品上贡朝廷享用呢。抚仙湖不仅多有名贵之鱼，而且体大如船之鱼也时有发现。据说竟有数米之长，其身旁还追随着众多虾兵蟹将。更为奇特的是，就在抚仙湖南面的孤山周围，大片大片的鲭鱼群，在每年的夏秋季节，都会不约而同地汇聚到孤山东南一带，列成一排排整齐的队形，仿佛听令待发的部队，它们一动不动，又像参加什么会似的。时长日久，人们便把这片水域称为“鱼乐国”，把鱼的这种队形称之为“鲭鱼阵。”《滇南志略》里说：“（孤山）四壁如削，……下有鲛宫，常有巨鱼数万头来朝。”时至今日，如果赶上好的日子，你还有可能一饱眼福，欣赏到“鲭鱼阵”呢。

抚仙湖虽无海之辽阔，也无江之曲远，但偏偏就在这水天盈盈之间，却隐藏了几多鲜为人知的秘密和神奇。环湖周围，随便爬上哪座山峰，抑或步入某个深谷，走进哪个村庄，你都会为你的发现而狂呼与惊叹。位于湖之东北方10余千米处的澄江帽天山，如果仅从她的外形看，你是不屑一顾的，然而就是这其貌不扬的山包包，却隐藏了距今已有5.3亿年的澄江古生物化石群。澄江古生物化石群的发现，一时轰动了世界，成为寒武纪早期生命“大爆发”的古生物圣地，被列为20世纪最惊人的发现之一。而坐落于抚仙湖西南的碧云山，远望如碧云突起，瑞气腾空；近观则峭岩壁立，古木成荫。溯其渊源，这碧云山上的“武当别院”还是湖北十堰市武当山的支系呢。置身山顶，抚仙湖风光尽收眼底，万千气象全罗胸中，令人顿有海阔天空之想。其实，沿湖的诸多峰岭，如凤山、麒麟山、金钟山、笔架山、老鹰地等，大都气势不凡，各有千秋，或秀媚以资观瞻，或壁立直插云霄，或围护以作屏障，但更多的却是在山水纵横之间展示了这方胜地的神奇与美丽。

第七节　石林——大地上最具质感的音符

大千世界之中，或许有山的地方便会有石。然而，赤裸裸地从平地里突兀而起，遍布成憨态可掬、形态各异，宛若鬼斧神工，云南石林完全可以独尊天下。

石林之奇，在于你细细捧读，只有读过每个石头细节的人，才算读懂了石林的绝妙所在。

石林面积在3万公顷左右，游路几千米可以度量，但上上下下，爬高下低，只顾掠色给罔顾了。

进入石林大门就可以看到石林湖，沿着湖边小径信步，便觉得湖畔幽径，杨柳扶风，一派山灵水韵，像行在画中。当走到了小径与山丘的汇合处，沿着石级拾阶而上，再遁阶而下，走几步便到了“石林胜景”。只见巨大石壁前刻有“石林”二字，我欲照一张相留作纪念都变得有些奢侈，莫道君行早，更有早行人，这里早就挤满了来自全国各地的游客。

“石林”二字本为云南省主席龙云所书，但可惜，龙云的题的二字真迹，在“文革”中不知所终。现在的那两个字，是后来龙云的儿子归国回乡祭祖，省政府派人从字帖上选取补刻的，幸与原书较为相似。石壁上还书有“南天砥柱”“大气磅礴”“天造奇观”“顶天立地”“天下第一奇观”等字样，也可谓之石刻大观。

继续沿着曲径往前，就踏入石林深处。忽见夹道两侧的笋峰高耸，一块巨石悬夹在两峰之巅，近前一观，但见崖壁上刻着“千钧一发”。据说，倘若你是君子，就可以安然无恙地从岩石底下走过；如果是居心叵测的人，那可就得小心了，很可能会被砸。

再沿着小道前行，不久便来到“且住为佳”处。只见崖洞如屋，屋内陈设有石桌、石凳等“家什”，若有心歇脚，定然有“在家”的感受。

出得石屋，凭栏近观，便可见“剑峰池”。这里石峰高耸，层层叠叠，密如剑林刀丛；俯瞰剑池，更可见白云在谁，水天一色。那一石突兀，貌如长剑，直插入石泉之中。

再往后路就越来越窄了，有用处便是“极狭通人”。我等胖人，险些被卡在石缝间，惹得儿子喊我“胖哥”。

一路上，还可见“双鸟渡食”“仰天俯地”“犀牛望月”“八戒背媳妇”……真可谓一步一景，目不暇接。

最后拾阶而上便到了石峰之顶，奇怪山巅上会立着一头石象，且称“象踞石台”。此景便和“双鸟渡食”“孔雀梳翅”“凤凰灵仪”“犀牛望月”一样，仪态神似，足以乱真。

过一天桥，穿过挡道的石峰，再拾阶而上，需步步昂首，步步惊叹，不花费点力气恐怕不行了，但也只是片刻便登上了望峰亭。

望峰亭定然选择在石林的最高处，让你体会到“万山皆朝”，你就是这里的王。稍事休息，有人在吟读一首诗歌：

“幽林何太僻，万石凿深宫。径转疑无路，山鸣似有钟。古苔缘雨滑，邃窖倩云封。半点尘难到，惟余谷里风。”转身看，是一老者，戴一副老花眼镜，手持一本小册子，大概是读给身边的小孙子听。

我凑过头去问老人，是读谁的诗歌，他慢悠悠地告诉我：是在乾隆十八年，有个举人叫金瑛曾的作此《石林》诗。

就在这一瞬间，我想起了黄庭坚有一首诗，诗云：

去年对月庐陵郡，醉留歌舞蹋金沙。
今年今夕千峰下，新磨古鉴动菱花。
寒藤老木被光景，深山大泽皆龙蛇。
西风为我奏万籁，落叶起舞惊栖鸦。
遥怜城中二三友，风流惯醉玉钗斜。
今夕传杯定何处。应无二十四琵琶。

我知道诗不是写石林，却情景就像是石林一样。黄庭坚也许知道石林，但没有来过石林，就连徐霞客也与石林擦肩而过。

殊不知屈原早在《天问》里有问：“焉有石林”？柳宗元也试答过：“石胡不林，往视西极”。

出石林，就在一家小店吃饭，当地的酒，当地的山茅野菜，又是酩酊大醉。

再去大叠水，离城仅 25 千米，用不了多长时间就到了。

入门处立有一石，上书“珠江第一瀑”，想必有些名声，但入门第一眼印象很差，着实简陋了些，一山妇卖着烤和煮的苞谷，10 块钱，买下 10 个。吃一路看一路，山峦叠翠，田畴翻浪，倒是颇有“采菊东篱下，悠然见南山”的意境。

不久就到了大叠水瀑布之上，正好有小馆子，同伴建议吃了午饭再下到谷底看瀑布。馆子里有鸡有鱼，见一池清水，里面游着鲤鱼和鲫鱼。我知道这山中之鱼的难得，那味道是市场上买来的那些鱼无法相比的，想必这些鱼，都恋这山水，可捞了半天都没捞到几条。F手勤，把鱼一个个剖了，还亲自做出来。

说了很多话，吃了很多鱼，是因为鱼的鲜甜，可惜其他同伴急匆匆地走了，要去几十里外的地方公干。

大叠水瀑布是上下可看的瀑布，就在这馆子的背后。老板在竹林之下摆放了几张石桌，可供吃饭、喝茶。穿竹林有一人工构筑的观瀑台，立其上，可俯瞰瀑布全貌。

瀑布状如飞龙，顾又名“飞龙瀑布”。当南盘江支流的巴江流到这里岩层骤然斫断，悬崖壁立，高达百丈，水就从悬崖狂奔而下，跳过三迭岩石，倾入崖底深潭。这些天雨水特充足，巴江水头猛增了许多，跌落时的巨大轰鸣，仿如万钧雷霆。尤蔚为大观的是，久雨初晴，水雾如青烟袅袅，蒸腾弥漫数里，阳光下的水雾上形成一道长长的彩虹，五彩斑斓，煞是好看。

下谷底有缆车，一个人头20块钱。谷底看瀑布又是另外一种感受。

抬头仰视，水从天而来，其如万练散落，前人罗光灿见之，谓为“叠水喷云”，并欣然命笔：

> 瀑布飞泉几万重，喷云吐雾豁心胸。
> 油然出岫嘘成气，洞口淫边密密封。

可惜的是相机没有了电池，只得出钱求山妇帮忙，一次性成像的照片是最没有看头的，但又怕枉来一回，还是咬牙照了。

第八节　土林——最凄美的生态读本

我说，把缺憾舞到极致的只有云南元谋土林。

经过150万年的风雨肆虐，他依然隽永、俊逸地伫立在世人面前。每一次雨水洗礼之后都是涅槃。

有人问我，土林会痛吗？我说当然会痛，如果是剥你的皮，抽你筋，而且千百次反复，你不撕心裂肺地疼才怪！

土林如是。

风吹日晒，狂风骤雨，都是对这块土地的凌迟。

土林是大地的创伤处，有谁说自己是哭着看完土林。

麻木是对土林的最大伤害。

据史料记载：元谋于元朝至元十六年（1279 年）初设县，8 年后，即至元二十四年（1287 年），意大利旅行家马可·波罗组织一支由 8 匹骆驼组成远征队伍沿南丝绸之路从川滇交界处的龙街渡口过金沙之江进入了云南元谋，饱览了土林奇观。也把元谋土林介绍到了海外。公元 1638 年，我国明代著名旅行家徐霞客也来到元谋，游览土林后写道："涉枯涧，乃蹑坡上，其坡突石，皆金沙烨烨，如云母堆叠，而黄映有光。时日色渐开，蹑其上，如身在祥云金粟中也。"

元谋境内共有 13 座土林，总面积达 42.9 平方千米，其中面积最广、发育最典型、最为壮观的是物茂、新华、班果三个地方。

专家介绍，土林是流水侵蚀地貌形成的特殊形态，是当地的地层结构、物质组成、构造运动、水文条件、土壤团粒和水运动力的差异相互影响下形成的。在距今 150 万年前的第四纪早期，这里还是河流纵横，湖泊密布，森林繁茂。可到后来，随着生态环境的变化，河流带来大量的泥沙、砾石，填没了湖泊，摧毁了森林，也就此埋葬了"元谋人"生存的家园。再后来，又由于地质新构造运动的作用，使平缓的湖泊地层渐渐隆起，成为山丘，并在局部发育成了铁质风化壳，并在西南季风的影响下，使得元谋盆地春冬季节少雨，温暖干燥，夏秋多雨，干湿两季分明，炎炎夏季，风雨成为大自然威力无穷的雕刀，尤其是暴雨，使地表形成许多粗细不等的冲沟，经长期烈日暴晒，在流水的侵蚀和切割下，冲沟不断增加、延伸、扩大，特别是对软硬不同地层冲刷的差别，顶部覆盖着坚硬厚实的"铁帽子"的地层就被风雨雕刻成千姿百态的石柱。

一游客，有可能还是个与我一样喜欢文字的游客，写下了这样一段话——

雨水冲刷后的窄窄河床，已经在秋季到来的时候干涸，于是被冲下的沙砾松软而静静地卧在那里了无生气。沿河床前行，便可置身于土林之中，几乎有十余层楼高的土林，一刹那挡在你的面前，紫红、黄、灰、白的叠加色彩由顶到底灌入满眼，而每一丛土林由于形成时间或外力不同，也表现出不同的姿态与形状，更因为土层沉积物的不同，而便得土林的顶端或底部，乃至于中间部位都会有如人工雕琢一样的繁复奢华：或如佛家的五百罗汉由远及近，或如古罗马宫廷的廊柱，或如古希腊众神的官邸……仔细揣思描摹它是否曾经有雕花的横梁或是镶过红蓝宝石的佛像，每一个转弯都会被一幕沧桑色彩的墙挡住去路，那里有着皴裂的纹路和雨水冲刷后的痕迹，但却就是这些根本毫无规则的模样里，你完全可以想象它是一堵曾经雕刻了百千形状菩萨的通道，这里或许曾经有红衣的僧众逡行，或许有朝拜的人燃香叩首，而当月圆之夜的时候，还会有头顶光环的众神游弋，那时的星光点点便是众神炯炯的眼神，他们佑护着身边的子民，风调雨顺。而一簇簇的土林更似一间间的经常与道场，在这里众神的辨经与传法声似乎还在随着秋初的风飘扬。

我来十数次的土林，我几乎没有写半个字，我不敢用一半点欣赏的文字去写病痛、死亡、腐朽。

土林是凄美的。

我之所以说土林是凄美的，就因为他的蔚为大观。

于是这里在不经意间就成了中国西南最有名的影视基地。

1982 年，迎来了《猎歌》剧组，因此《猎歌》就成了在土林拍摄了第一部电影。后来又有电视连续剧《葫芦信》《白衣寨》《杀手情》《十二生肖传奇》来此取景拍摄。尤其 2004 年 5 月 6 日，陈凯歌把《无极》开机仪式选择了在这里举行，并向世人宣告了元谋影视基地正式揭牌。2009 年 2 月由成龙、王力宏主演的《大兵小将》，由高仓健主演、张艺谋导演的《千里走单骑》和此后的《铁血高原》《美丽元谋》《猎歌》《金沙水拍》，以及 40 集大型电视剧《舞乐传奇》也来土林取景拍摄。元谋土林正以影视基地的名义聚集人气，以各个文艺大腕的名声传扬着土林。

张艺谋、陈凯歌、成龙、高仓健、于荣光、宋祖英、秋瓷炫、林更新、唐国强、高明、胡海峰、赵文瑄、王力宏、刘涛……

这些人的到来只是对这块伤心地的抚慰和补偿。

我不知道这些人会否发问，问问土林这样坚强伫立十六万年究竟有什么意义，而在风吹雨淋中的坚持如斯又是为何？在那日复一日的风雨岁月之中，苍老着容颜颓萎着身形，但依然地伫立直至随雨水倾落冲入河谷汇入农田，难道这就是所谓的沧海桑田？明明的可以感触到它们也有感情，要不然如此的伫立是为等谁而来？尤其是在那里暗暗的夜里，有谁来听你们的诉说？

上述，正是一个一个游者的诘问。

第九节　九乡——瑰丽的地下宫殿

云南旅游界有一句俗语：地上看石林，地下游九乡。石林之美在于峰，九乡之美在于谷。

九乡溶洞群发源于六亿年前的古老白云岩中，总计有大小溶洞上百座，它是洞中有洞，洞中有河，洞中有天。民间又说："九乡溶洞九十九，数完溶洞白了头。"

我就是受了这样的蛊惑，明明知道，旅游词多半夸大其词，但又往往不计，来九乡，我就不信"数完溶洞白了头"。

那是一年秋天，在昆明举办的全省报纸总编辑经验交流会，拨冗到九乡休整一天，也叫采风，我当然欣喜若狂。

一大早乘坐大巴出发，车上打盹，是有些怀疑此行的收获，其实大没有这个必要，到任何地方，都不要满心期待，反而禁不住落差而悻悻不乐。

来了就随缘。

眼前是一泓碧水，是一叶扁舟叶载我，掌舟的是一小女子，脆生生的普通话："我们先游荫翠峡吧。"其实我哪晓得从哪里开始，进得园门我就开始发怵，这青山间，怎么就看不出半点不一样，表面的山峰叠翠，沟壑纵横，却就在你的脚下，却是另一番景象或说另一个世界。

这时只见峡谷深大、岩壁耸峙，时窄时宽的水面，状如凝脂仿如翡翠，绿意盎然，若谁也不说话，这般清幽，会让人把持不住，更会生出许多想法，这是载去何方？或屏住呼吸，最想静静地聆听来自地穴里透出的信息，哪怕是一点点。

驾舟的女孩笑我愣住的样子，便打趣：是不是怕进洞？

我爱理不搭地回了一句：何惧进洞？不正是每个男人期待的吗？

她答得更诡：不也是我们女人期待的！

我知道话已经偏色，只好笑了笑。

其实沐浴在这山光水色之中，那种舒坦跃然出了每一根毛孔，只是无法形容。

小舟在纤纤玉手的拨动下缓缓地前行着，不时见岸边钟乳石凌空悬挂，在斑驳绿荫遮掩下，更见其亘古。殊不知这荫翠峡，早先是地下溶洞，不知何年何月，地壳骤变，洞顶轰然陷落，把个亿万年前好端端的地下宫殿昭示在了光天化日之下，变成无遮无掩的露天峡谷。不过，山明水秀，鸟语花香，大有了先声夺人之势，欲独领九乡风骚，只是一般人看不出这荫翠峡的企图。

窄处的一处叫一线峡，一线顾名思义，连一缕阳光也要扁平着才能挤到峡来，还不一定到谷底。忽见一古树从左岸倒卧在右岸，形像天桥，我却说是偎依，驾舟的女子笑了，她说，写作的男人就是不一样，句句含情。她说这树卧倒确实是有美妙传说的，称此桥为情人桥，因此荫翠峡也就有了别号叫情人谷。

入溶洞先经惊魂峡，敢名“惊魂”定有惊魂之势，当轻盈的脚步落在栈道上，便从不远处传出轰鸣声，如雷霆万钧，此时只要敢低头就是深不见底的峡谷，却就在深处，仿佛“乱石穿空，惊涛拍岸，卷起千堆雪”的“东坡所见”。

仰头向上，视野被挤压成纸片厚薄，一隙窄光吃力地向下，左右两壁像摆脱世俗的阻隔而努力挣扎着靠近的情人，见状者无不感心动魄。

入矮石门，此处必低头。再从扶梯盘旋直下百米深处就到了“古河穿洞”，只见一水从狭洞中穿出，似绝城而去，倒也洒脱，却让我陷入了沉思：何谓若水乃为上善？不得要领。“上善若水，水善利万物而不争，此乃谦下之德也；故江海所以能为百谷王者，以其善下之，则能为百谷王。天下莫柔弱于水，而攻坚强者莫之能胜，此乃柔德；故柔之胜刚，弱之胜强坚。因其无有，故能入于无之间，由此可知不言之教、无为之益也。”想想这番话，再看看眼前之水，再不恍然大悟才怪。

经过不断的迂回曲折，来到了至少对于我来说前所未见的洞穴大厅，宽得无法用我的视野丈量，据说足有一万五千平方米。这样的宏阔，简直就是在贬低我们。置身期间，人啊何足挂齿，还不如静静躺在那里的一块顽石，悠然而自得。

驾舟的姑娘给我介绍说，这地下大厅曾举办过一次洞穴交响音乐会，我说，这可能吗？不是天方夜谭吗？

查无实证，但我在想，如真在这里举办因此溶洞音乐会，恐怕比帕瓦罗蒂他们在紫禁城举办音乐会还要拉风，因为它别出心裁，举世无双。

后来到了三洞汇合之处，与卧龙洞对视的是白象洞，侧面向上盘旋的洞叫神女宫。神女宫，钟乳丰满，玲珑剔透，一如刚出浴的秀美仙女。卧龙洞的“雌雄瀑”携手而来一起落入30多米下深潭中融为一体，它们的“痴心与亲密”让多少人艳羡不已。

再就到了“神田”，由于一股泉水从一边洞壁上穿流而出，这一流就是六亿年。由于水流速较慢，水中含有大量矿物质，使水在六亿多年的流动中逐步钙化，形成一洼一洼水面，水翻过一洼水面边缘向下流动，又在下面形成一洼水面，久而久之，就像依山而建的梯田。更加锦上添花的是田垄之中那一座巨型圆锥状的凝石仿如金黄色的粮堆。

游性正酣，却到了九乡最后一个溶洞——蝙蝠洞，因为人的惊扰，却不见蝙蝠踪影。但我还是醉了，醉在了这天设地造的大观之中。其实岂止是我，就连“痞子作家”王朔也禁不住情醉九乡。

龙河写有一篇文章，记录了王朔的“醉态”。

大概是在前年的4月12日，应昆明市政府的邀请，素有“痞子作家”之称的王朔一行来到达九乡。龙河作为九乡风景区管理局负责宣传的他也参与了这一接待工作。

他说，走下旅行车的朔爷样子看上去很拽，既不说话，也不旁视，只跟景区的领导简单地握了下手，便自顾自地坐到贵宾室的红木椅上，可能还没有从旅途的颠簸中回过神来，看上去朔爷并没有痞子的味道，倒有几分腼腆的感觉，个子在云南人面前也算不得高大，脸膛有些泛红，腆个不算太突出的小油肚，他的这一副尊容，和他文章中的痞子味道相去甚远，更没有“我是流氓我怕谁”的无赖嘴脸，只是脸上一直阴沉着，似乎我们上辈子借了他的白米，今生还给他苦荞一般。

在贵宾室小坐片刻，朔爷一行七位作家：陈染、林白、徐小斌、阎年科、李敬泽、邱华栋，在景区导游人员的带领下，乘坐50余米高的峡谷观光电梯，来到了荫翠峡。

当朔爷一行七位作家随导游王小姐一起登上荫翠峡的小舟，在船工的轻柔划水声中，飘进碧波荡漾的峡谷里，穿行在苍崖、古树、鸟唱、水吟的情景之中，加之导游一曲悠扬的《恋九乡》歌曲，久久地回荡在荫翠峡的柔波里，也荡开了朔爷脸上的阴云，使得朔爷如沐春风，一缕喜悦的阳光，悄悄爬上朔爷的脸庞。

导游王小姐是九乡风景区导游水平最好的老导游，当导游的时间已经10年，歌也唱得蛮靓丽和深情，朔爷们算得上中国文坛的大腕级人物，落笔能惊天下，打个喷嚏也可使中国文坛抖动几下，可惜面对此山此水，此情此景，朔爷一行似乎连大气也不敢喘一声，朔爷更像一位蒙童，憋了一张红润的脸，文文静静，规规矩矩地坐在小舟中似对那山那水，那空谷，那清脆的鸟鸣，有着无限的崇敬的心理。游完荫翠峡后，朔爷一行又在导游的带领下，穿过地下大峡谷，走过雄师大厅，观看了雌雄双瀑和神田奇观，被这一神奇美丽的地下世界深深地陶醉，使得朔爷从情人谷荡舟开始就换上了一副好心情。

接待朔爷一行的中餐安排在三脚洞的三脚大厅野炊，早早就有一拨人在那里为朔爷一行张罗，有洋芋、豆米焖饭，有烤鸡翅、烤鸡脚、烤鱼，有农村特色的血辣子，还有杂熬菜、乳饼等，更主要的是准备了10多公斤一塑料桶的九乡彝族泡缸酒。

从下车到三脚洞口，还有一段500米的田埂路，北方人走惯了平原大道，现在走上这山村里的田埂小路，便感到非常吃力，特别是陈染、徐小斌、林白几位女作家，走在田埂上，如同走钢丝一般，走路都成问题，哪里还顾得上看山水风光，一直抱怨着："吃一顿饭哪里用得着跑那么远的路？"说真的，我倒有些同情陈染，她那么瘦，那么小，是有些吃不消。我开玩笑说："你是女人中最弱小的，我也是男人中最弱小的人，我们俩有许多共同的东西，你是陈染，我是龙河，你的色彩，染绿了我的河流……"

走进三脚大厅，已是一片热气腾腾的欢乐气氛，大厅西北角的土台上，铺了一层碧绿色的青松毛，几个大盆装有色彩诱人，香气扑鼻的菜肴，早到的朔爷和几位男作家，已经围坐在地席前边大啖野炊，一种尚未有过的昂然情趣荡漾在三脚大厅中。

吃了没多长时间，好客的九乡人就提出了那壶泡缸酒，九乡人告知是"彝族饮料"。于是性急的女作家徐小斌还没有弄清楚到底是酒还是饮料，便率先喝下了两杯。不一会，便脸红红的兴奋起来，她率先在大厅里唱起歌来。无意中徐小斌的歌声把野炊的气氛掀起来了，于是喝酒的人更多，酒也喝得更豪爽了。

朔爷本来是好酒量，看见一壶酒，便感到兴奋，又加上泡缸酒性情温和，口感舒适，喝之有一股绵绵的甜腻的感觉，确实犹如饮料一般的爽口爽心。在这一行作家之中，朔爷是焦点人物，因而，认识和不认识的人都来找朔爷喝酒拍照，朔爷一改初到昆明时的拘谨和腼腆，基本上敬酒的都喝，要求拍照的都照，霎时，六七杯酒灌了下去，直喝得旁边看热闹的陈染为之担心，而朔爷也放下了当今文坛大腕的架子，在三脚洞豪饮不止。

稍后，九乡风景区的一位女士走过来和朔爷互敬，女士人长得漂亮，天生活泼好动，酒量非常的惊人。两人大有一见如故，酒逢知己千杯少的味道。互敬几杯后，朔爷兴趣大增，高声对女士说："我俩把剩下的都喝了吧!"所有的人都侧脸看那壶酒，13 公斤的酒壶，还有一大半。朔爷的豪言，把个子瘦小的陈染听得瞪大了眼睛。陈染说："王朔又在说大话了，他刚刚把胆切除了。"

三脚洞，在清代光绪七年（1881）成书的《滇南志略》已有记载："三脚洞，洞下皆平畴，洞中可容万人……"洞体全长 2. 7 千米，洞内宽度一般为 20 米，最宽处达 70 米，高 10 ~ 20 米不等，气势雄浑、粗犷、空阔、幽冥、洞底平敞，阴河蜿蜒，河床两侧有沙洲错落分布，钟乳斑斓，造型硕大优美，色彩艳丽。朔爷听说我们正在搞洞穴探险，也顾不得早已醉眼蒙蒙的样子，拉了我们的女干部就歪歪斜斜，深一脚浅一脚地往洞里边走去，我和其他的人也连忙找了手电跟去。陈染不放心，也死活跟定了朔爷，生怕朔爷出事，可朔爷在两位女士的搀扶下，早走在了前边。陈染本来也喝了酒的，清醒时大白天走田埂路都吃力，更何况是在黑咕隆咚的山洞里边，因而更苦了陈染这个单薄的小女人。怕她走不了，我只好去照顾她，和她一起跟在朔爷他们身后。

我和陈染走这样的路都有如此困难，更何况朔爷在两位女士的搀扶下了，他们更是走得东倒西歪，蹒蹒跚跚，一次一次掉到河里，曾经有两次几乎整个身子扑到水中，幸亏我们有保安人员在侧护卫，否则后果不堪设想，然而，最后还是使搀扶他的一位女士蹭破了脸面，掉了一只耳坠……

陈染一边在后面追，一边喊着朔爷的名字："王朔我们别去啦，别去啦!"朔爷依然故我，似乎根本就没有听到陈染的喊声，大约进了 500 多米，大伙都不想进的时候，朔爷似乎还意犹未尽，他一直高喊着："穿过三脚洞，到山的那边去……"很有酒壮英雄胆的豪气。

陈染感到实在追随不了朔爷的时候，她失望地蹲在了地上，让我陪她返回洞外，好在我们没返回多远，就看见朔爷他们的手电光也开始返回来了。

醉酒的朔爷，最终还是没有征服三脚洞。

大篇幅引用龙河的文字，就想借王朔的痞气说一句痞话：我就是世界的九乡，我怕谁！

第十节 玉龙雪山——爱情的圣山

云南山高水长，多壮士，多美女，多诗人。悠悠岁月中，留下了不知多少不精神界奇人的佳话。

很少有人知道，在20世纪40年代，才情绝代的大文豪沈从文有过一段对纳西人的神山——玉龙雪山的不解之缘和深深的惆怅迷惘之情。

沈从文没登过玉龙大雪山，但他的审美的精灵能深深领悟出这大山的精魂，沈从文在他未完成的小说《虹桥》中这样描写——黄昏时光炊烟四起，上映雪山皎洁，景色非人间所有……

读到沈从文先生不同凡响的一种大自然审美意识和他对自然之美、自然之神秘的感悟力。自然之美到极致，往往会使人产生一种宗教感或与宗教感很相近的神圣感、空灵感或是地老天荒般的悲怆感。

人们或许从雪域高峰那四顾茫茫，天地悠悠，白雪静默，古泉淙淙、山花寂寂等景象中感悟到宇宙洪荒，沧海桑田，想到岁月悠悠而人生苦短的千载孤独，万年惆怅等等。

滇西北的两座高峰——梅里雪山和玉龙雪山分别是藏族和纳西族的大神山，玉龙雪山就是纳西族全民信仰的民族神三多的化身，在东巴教中，司掌着山林河流、泉溪湖海和野生动物的大自然之神“署”也大多住在高山野岭或古泉清溪畔。究其原因，无疑与人们面对莽原高山和大江深峡的宗教感有关。

我读过元代诗人李京写的一首赞美玉龙山的诗：

丽江雪山天下绝，
堆琼积玉几千叠。
足盘厚地背擎天，
衡华真成两丘垤。

沈从文的“景色非人间所有”，李京“丽江雪山天下绝”早就让玉龙雪山勾去了魂。

有想法和成行还是相隔了好些年，又是秋天。

导游口若悬河，她说起了纳西族的某个传说。相传和金沙江相伴的玉龙雪山原是一个美男子。每年阳春三月，附近的姑娘们就在他门前唱歌跳舞，想引他出来谈情说爱，玉龙不为其所动。一天夜里，玉龙被吵得不能入睡，走出家门。一位漂亮姑娘缠住了他，经过对歌二人定了情，说好来年新春结婚。可等到来年，玉龙却不见姑娘的面，再等，又是好几年。原来那姑娘早攀上高门大户了。玉龙怀着怨恨，来到金沙江南岸安家，发誓不再谈情说爱。从此他独自傲立在群山之中，头发也白了，这就是玉龙雪山……

终年云雾缭绕的玉龙雪山，传说每年秋分是日月交合同辉同映的日子，神灵会在那天赐予人间最完美的爱情阳光。如果那天玉龙雪山云开雾散，神奇的阳光就会铺满整个山谷，每个被阳光抚摸到的人会得到最美、最圣洁的爱情。但是善妒的山神在那天从来不肯开放自己的胸怀。总是有云、有雾、有雨……

接着，导游又来了一个“传说”，很久以前，有一对男女也生活在这片神奇的大地上，他们在雪山对面的山崖上相识并且相爱了。但是那在很早以前，村里还流行着指父为婚的传统，所以村里的人们不接受他们的感情，想要拆散他们，可是他们都是热血青年，不愿意服从。经过双方多次商议决定离开，他们一直向往那座神秘的雪山，所以他们走向了那里。他们走到了他们相识并且相爱的山崖才发现根本没有路可以通向雪山，而且山崖与雪山之间是一个深不见底的悬崖峭壁啊，眼看家族的人们在后面追赶他们，他们不想回去，又不想分开，于是俩人对视良久，纵身而下。就这样，他们自由了，他们可以相爱了，可以永远地在一起了。

从此之后，有很多的相爱男女若遭受家族得反对都会在这里殉情。

但我所知道的，丽江纳西族青年男女殉情的“传统”，最早可追溯到纳西神话《鲁般鲁饶》和《黑白之战》。“鲁般鲁饶”是纳西语，意思是“牧人的儿女迁徙过来的地方”，也被翻译成“一个只有青春和爱情的地方”。故事讲述了两个年轻人的爱情故事：羽勒排和久命姑娘为了爱情决定迁徙到美好的地方去，但半路被父母阻挡并被拆散，他们最后选择了殉情之路。《黑白之战》讲述黑族与白族为争夺太阳的光明而战。黑族为夺得太阳让黑族公主去引诱白族王子，不料他们竟真的陷入爱河，无奈之下黑族首领下令处死了白族王子。黑族公主伤心欲绝……还有另一个神话，当人们的感情受到现实的阻拦，人们可以用自己的生命换取另一个生存空间，一个永远有青春与爱情的国度。即传说中的玉龙第三国。而玉龙雪山上的云杉坪就是传说中进入这个国度的入口。殉情对于他们来说也就变成了美好的事情。到了清雍正年间，中央开始对边疆地区实行“改土归流”政策，即罢免土司，改为中央直接任命地方官。以加强中央对边疆地区的控制和文化渗透。在婚姻制度上更是竭力推行“三从四德”“父母之命”“门当户对”“媒妁之言”等一些汉族封建礼教的包办婚姻。彻底剥夺了纳西族青年男女的婚恋自由。殉情现象一直延续到20世纪60年代。丽江的一个村子放映露天电影《梁山伯与祝英台》竟导致六对青年男女触景生情，在看完电影后相约一起殉情。殉情固然不可推崇，但纳西族青年男女追求真爱的勇气却让丽江有了“殉情之都”“爱情圣地”的美誉。

还传说只要是相爱的恋人能够登上这座神奇的雪山，就能够拥有甜蜜的爱情，所以有很多很多的恋人都会来这里朝觐，希望能够在这里找到通往雪山的秘道，但是至今没有一个人走进这座神秘的雪山，没有人能够涉足于它，让它永远的洁净。

其实，真正到了雪山，我才仿佛回到现实：一大早，山寨还在酣睡，而雪山已开始迎接曙光；到傍晚，雪山又迟迟不肯送走最后一缕霞光；等月出，你会问乡关是何处。春至是薄雾轻纱影影绰绰；入夏是扑朔迷离野茫茫；秋到是岚气接天意苍苍，冬来是雪添锦被白皑皑。

如若能环山一游，会迭现更多奇景——

“来到‘雪精溶玉液，冰骨酿珠浆’的白沙玉湖，山峰杉林，草地牛群，玉壁金川，构成了一幅摄魂的图画；登上大具望雪亭，眼光大开，雪山13峰，峰峰晶莹明澈，面面瑞色集攒，玉笋插天天更青，银烛照地地更明；转到玉龙山西面，这里削壁千丈，苍藤盘曲，谷底金江狂涛怒卷，咆哮轰鸣，是惊心动魄的虎跳奇景；要是上玉壁，爬雪山，既可观赏动植物宝库，又可领略梦幻般琼楼玉宇的世界，更可体味‘立品须立最高品，登山需登最高项’的人生哲理……”

我来只敢良久地仰视，不吭一声，连喘息也放慢了节奏。

长久的伫立，已恍恍惚惚，从那一个个传说故事中抽出身来，我才笃定我在现实中的角色，我还会食人间烟火。

第十一节　蝴蝶泉边好梳妆

是第几次来到蝴蝶泉，我记不起了。

八九月的天很比我想象的清亮，没有风，却飘着雨，几乎没什么游人，还是那条弹石小路，只是被这些雨水荡涤，好像更干净了，带着褐色的润泽，看着也更养眼。

毛竹从翠绿变得有些泛黄，但不影响她的窈窕颀长。竹的下面是一个紧挨着一个个的摊位，但见不到一个摊主人，游人也只是三三两两。

平时的拥挤让我对蝴蝶泉懒得多看一眼，而如今冷清了反而提起了我的兴趣。我和我的旅伴们尽可能慢下脚步，缓缓而行，生怕几下就丈量完了这路，而阻断了我的思考。

雨水突然密集起来，也知道这雨不会停歇，像似有意，但我还是很乐意接受这雨，无论打在额上还是脸颊上，就如同有爱人的香吻，除了惬意还是惬意。

很快就听到了汩汩的水声，那是从离蝴蝶泉不远的一个四方龙口中流出的，只是龙头已经没有了棱角，但流出的泉水依然清澈透亮。几棵大树苍天，浓荫遮挡了清澈的天，蝴蝶泉被这雨水和竹木浸染成了一汪碧绿，泉边满是苔藓，泉更清洌了些。这可能是少了往日的热闹与喧嚣，这泉也有知，水比平日里安静了很多。

现在还不熟悉蝴蝶泉的人恐怕不多了，它就是电影《五朵金花》里阿鹏、金花对歌传情的地方，位于大理点苍山最北峰云弄峰麓神摩山下。

那时候，我还没有来云南工作。在农村更不知道什么电视机，农村的人一年只能看几次露天电影，而且全是像《地道战》《地雷战》《奇袭白虎团》《智取威虎山》《金光大道》《红灯记》《龙江颂》等这些故事片。据说，后来，周恩来总理说话了，他说爱情片太少了，指示长影拍一部爱情片。接受了这个政治任务的长影总编室全体出动，费尽九牛二虎之力，终于在云南找到了一个《十二朵金花》的题材，接着又群策群力，七弄八弄把《十二朵金花》砍成了七朵，到最后才有了《五朵金花》的剧本。

可当长影的摄制组到云南大理来拍摄时却傻了眼，剧本里描绘的全无影踪，尤其所谓的蝴蝶泉也早已成为社员饮牛的烂泥塘。据说，无奈之下，美术师只好全凭想象在摄影棚里搭了一个蝴蝶泉，电影中最后金花和阿鹏对歌谈情的那首《蝴蝶泉边》是在长影的摄影棚里唱的。

电影放映后，没有想到电影《五朵金花》和插曲《蝴蝶泉边》会火遍全国。大理人才根据摄影棚中的蝴蝶泉的样子，重修了现在这座蝴蝶泉。

这不堪的历史，现在的大理人显得有些轻描淡写，有的甚至根本不愿意相信，说那是有人嫉妒，是瞎编，玷污了蝴蝶泉的美好名声。而且在300多年前，徐霞客在游记中就写到过：蛱蝶泉之异，余闻之已久。说瞎编就瞎编，我后来再也不说《五朵金花》半点不是。

当然现在的蝴蝶泉基本还原了徐霞客闻之已久的“三绝”：泉、蝶、树。

蝴蝶泉的水是从岩缝沙层中浸透而出，清澈甘洌。而且蝴蝶泉也不是一个烂泥塘而是四个潭；蝴蝶泉公园内，一簇簇的凤尾竹夹道迎客，松林、柏林、棕榈林、茶林、杜鹃林、毛竹林遍布视野。园内还有一株夜合欢树，每当四月初开花时节，白天花瓣张开如一只只蝴蝶，夜晚又花瓣合拢吐出阵阵扑鼻清香。蝴蝶是会飞的花朵，有人形容这合欢树的花朵是静止的蝴蝶。

到蝴蝶泉当然要说蝶。蝴蝶泉蝴蝶种类繁多，每年阳春三月到五月间，蝴蝶大的如巴掌，小的如蜜蜂，成串悬挂于泉边的合欢树上。盛况最空前是四月十五日，这一天被白族人定为蝴蝶会。郭沫若于1961秋到大理游蝴蝶泉时，曾写下“蝴蝶泉头蝴蝶树，蝴蝶飞来万千数，首尾联接数公尺，自树下垂疑花序”的诗句。

而到了秋冬，蝴蝶早已飞走，人们为什么还要这么虔敬地来到这里呢？难道是为了欲说还休的爱情故事？还是为了祭奠已远逝的一份纯美？

旅伴轻叹了口气，极怅惘，在这蝴蝶泉边少有的雨里……

在返回的路上，又想起了《徐霞客游记》中对蝴蝶泉的记述，不难勾画出几百年前的蝶会是怎样的缤纷璀璨。

第十二节 普达措——心灵的驿站

香格里拉的普达措公园是一个梦，那森森八月的树林，那浅草三月的牧场，那自由自在的马群，那不争一季的野花，那长年清澈的湖水，都笼罩在如梦似烟的雾霾里，形成了一幅幅奇幻的画、一首首恬静的诗。这是一个写作者的描绘，对于一个与普达措还无一面之缘的人来说，肯定是一剂兴奋剂。

我还在噶玛巴活佛第十世法王所著《曲英多杰传记》中看到过这样一段：“有一具‘八种德’的名叫普达的湖泊，僻静无喧嚣，湖水明眼净心。湖中有一型如珍珠装点之曼陀罗的小岛，周边是无限艳丽的草甸，由各种药草和鲜花点缀。山上森林茂密，树种繁多。堪称天生之‘普达胜境’。湖水、蓝天、白云、草甸、羊群、野花……我梦中的香格里拉。”

当我抵达海拔3500米的普达措公园的时，还在云雾弥漫，四周的山峦、山脚下的帐篷、远处的湖泊森林，都笼罩在梦幻般的雾霾里，还显阵阵寒意，游客们纷纷穿上了租来的军大衣。

坐上公园绿色的观景客车，首先来到了山峦环抱的属都湖景区。

“属都”藏语之意为“奶子汇集之地”，“奶子汇集”我实在不懂，所以在后来问过不下10人，最后才弄明白，原来是“属”藏语为奶酪，“都”意为石头。传说古代有一位高僧云游到此，牧民给他供奉奶酪，他见属多岗湖牛场的奶酪很结实，如同石头一样，大喜，于是祈愿道“愿这里的奶酪永远如同石头一样的结实”，属都岗由此得名。

属都岗湖畔是中甸有名的牧场，这里草场广阔，水草丰茂，每年春夏之际，成群的牛羊炊烟湖畔，牧棚如星罗棋布，这背负青山，面临绿水的感受，就像将自己绘在了图画中央。导游说，林中栖息着麝、熊、豹、金猫、毛冠鹿、藏马鸡等多种珍禽异兽。

当然，我相信这里栖息着麝、熊、豹、金猫、毛冠鹿、藏马鸡，可我们没有那么好的眼福，但看到松鼠的可能性还是有的，导游说。

大雾还在属都湖上缭绕，木栈道依山傍水而筑，走在曲折蜿蜒的栈道，如踏上走向仙境的路。栈道下是一片草甸，夹杂着星星点点的小花，微风轻抚，花草都显得格外妖娆。

再美的景色，用文字是很难详尽的，勾勒了大概就会忽略了细节，强调了细节，可能就失去了大概。如果我是画家，此刻我会这样画——

稍远处是在雾中显得墨黑幽深的树林，近处的湖面上白茫茫的一片，湖上大大小小的洲渚隐隐约约，长长的栈道在大雾中划一道曲线，然后消失得无影无踪……

沿栈道进入林区，原始森林的气息扑面而来，参天的古松、云杉如一位位古稀老人，枝干上悬挂着的寄生植物如冉冉长须，这就是有名的“胡子树”。我以前也见过胡子树，那是榕树，在南方，在桂林。南宁、西双版纳，胡子树比比皆是，但那是榕树的须根。这里的胡子树才名副其实，是长在树梢上，洁白。

导游总是不厌其烦地告诉我，那叫“松萝”。

松萝又名女萝、松落、龙须草、金钱草、关公须、天蓬草、树挂、松毛、海风藤、金丝藤、云雾草、老君须、过山龙等，属地衣门，松萝科植物，生于深山的老树枝干或高山岩石上，成悬垂条丝状。松萝有很强的抗菌和抗原虫的作用，有清肝，化痰，止血，解毒之用，同时也是滇金丝猴的主要食物之一。

导游给我上了一堂知识课。

导游告诉我，湖中还盛产“属都裂腹鱼”，鱼身金黄，腹部有一条裂纹，鱼肉细腻鲜美。

鲜美也只是从导游口里得知，也不可能有那么好的口福，相见不如相忘，留点念想。

雾渐渐散开，树木、草甸、远山、近水的身影渐渐明晰了起来，清澈如玉的湖水中已映出了岛屿山峦的倒影，远处的连绵山峰间仍然云雾缭绕，如害羞的少女犹抱琵琶半遮面。山峰间的雾渐渐散去，属都湖已显现出粼粼波光，清晰可见湖对岸的山峦、牧场，将它们的身影与蓝天白云一起，清清楚楚地倒映在如镜的湖面上。湖边草甸上，不时可见倒卧在水里的枯树，将那些光秃秃的枝丫伸向蓝天，远处的牧场上，隐约可见游弋觅食牛羊的身影。

离开属都湖，依然走栈道到碧塔海景区。

“碧塔”藏语之意为栎树成毯的地方，碧塔湖四周的山峦上栎树掩映。倘若说属都湖景区看树看山看雾充满着原始野性，洋溢着男性的阳刚之气；那么碧塔海景区看草看云看湖则洋溢着秀丽明艳，充满着女性阴柔的韵味。

属都湖的栈道是依山傍水的，碧塔海的栈道则是架设在水面之上的。走在碧塔海的栈道上，水天一色，湖水碧蓝、天空碧蓝，栎树掩映、白云洁白，湖心里驶过一艘游船，平静的湖面上犁开了道道涟漪。红红绿绿的彩旗在青山绿水间十分醒目。湖心的一座孤岛上，树木郁郁葱葱，如同一颗黛色的翡翠镶嵌在碧水之间。

一路上，导游和我说起“杜鹃醉鱼”与“老熊捞鱼”，她说这是碧塔海的奇观，因为高山杜鹃有微毒，鱼吃了便肚皮朝上，仿佛喝醉了一样翻着肚子晒太阳，格外浪漫有趣。老熊们便会在这时出洞捞鱼。这种奇观也是可遇不可求的，一个游客写下了这样一段文字：“醉鱼”不常有，只是每年六七月，香格里拉山花烂漫，碧塔海湖畔各色杜鹃竞相开放时，重唇鱼才能争相抢食到飘落湖面的杜鹃花瓣，也才会出现“杜鹃醉鱼”的奇观当然，不是所有大大小小的重唇鱼都有机会抢到杜鹃花吃，而成为“醉鱼”所以，“醉鱼”十分罕见。

到碧塔海自然保护区拍摄到“醉鱼”这件事，给我留下了长久的挥之不去的惦念为记述我的心路历程，写了一首“七绝”小诗：

> 迪庆山殊水亦殊，
> 碧波塔海惹人趋；
> 松萝紧扎无终止，
> 赤手村姑捉醉鱼。

看不到醉鱼也罢了，却看见不少倒下匍匐的树，在水中，想必已是累了，睡了，那么寂静，像沉浸在自我的世界里。

我有些伤感，怎么就睡了呢？是不堪岁月，可也有年少的树呀。

也许不是不堪，真的累了，以另一种姿态呈现。

每经过这些树，我都要驻足很久，看有没有动弹，有没有呻吟……但都于我不顾，也许他们都在可笑我的这无聊的怜悯，而且微不足道。

不管是树还是人，都有他选择归宿的自由。倒下谁说不是风景，凡是来者，都会停下脚步，举起相机照一个够。

“谁要是到了云南而没有去过碧塔海，谁就不能说是真正领略了云南的无比奇妙的自然风光。”著名作家冯牧如是说。

碧塔海，让我再一次重新理解并感悟了生命的意义和生活的真谛。

第十三节　拉市海——那一点雅韵

这篇文章有点蛊惑我，他口口声声说他恨拉市海，一位叫三角的人这样写道：

自从2008年6月5日那天见到你，你原始的自然美占据了我的整个心底。我心中美好的诗情在外流浪，找不到归路；我骄傲的文句零落漂泊，不能团聚；我优美的旋律，断断续续地在风中抽泣，不忍离去。

拉市海呀！我恨你！恨你害得我搜肠刮肚、绞尽脑汁也讨不到你的欢心。我徘徊在你的岸边，冥思苦想：你若是东海龙王的远亲，那末，传说里的社橘啊！我到何处叩访？我穿越时光的隧道，能否求龙女之始嫁？我闭目歇思恨不达啊！怎见峨阁及宝殿？我驾一叶扁舟，意念与鸟儿齐飞，在碧空中时起时落，低鸣着与云天私语；我撑一支长篙，心灵随清波荡漾，此起彼伏，沉浸在你柔情里，缠绵着和水草曼舞……

呵！拉市海呀！我恨你！你害得我魂不守舍，万念俱空！

在去拉市海之前，我曾经阅历过滇池、洱海、抚仙湖、星云湖、阳宗海、杞麓湖、泸沽湖、异龙湖、程海、剑湖、茈碧湖、纳帕海、长桥海、大屯海，几乎大大小小的湖岸都留下了我的足迹。在我的印象里，滇池的华丽已经成为昔日骚人墨客的诗联，如今留下的只有满目疮痍、让人无法直视她的丑陋。虽然洱海还保持着原有的浩渺与清澈，仍然独有那高原湖泊“风花雪月”般的美丽，但年年来也会审美疲劳的。而对于拉市海，它没有滇池、洱海那般博大及响亮的名声，也没有洱海那般“风花雪月”的诗情画意。但是，它还是吸引着我。

拉市海，位于丽江市区西面近十千米的拉市坝中部，是云南省第一个以“湿地”命名的自然保护区。湖面海拔2437米，水域面积200多平方千米。“拉市”为古纳西语译名，“拉”为荒坝，“市”为新，意为新的荒坝。坝中至今仍有一片水域，便称拉市海。拉市海虽距离丽江市区有12千米，全程都是盘山的公路。

不急着赶，吃过早餐也是九点了，十多辆车依次开出酒店，然后出城。

来之前也有听到对拉市海抱怨的，而且诅咒到处是处处见马屎，尿骚充斥了整个拉市海，而且个个人像强盗。

拉市海真这样吗？

我们是有组织的，而且是一群作家，还包括了一些很有名的，包括了于坚、叶梅等等，滇西的作家，有名无名的多了去。

青稞架很显眼，作家“好色”，带队的车也还能心领神会，带头歇下来，给作家们照相。

这里看不到拉市海的全貌，更看不到她的边际，就觉得很大，大到只能想象。其实也没有那个必要，只要浅浅地涉足，也就足够了。

眼前是一个大小不一的栅栏，没有我想象的牛羊成群，只见三五头牛慵懒地吃着草，主人家站在一旁看朝我们这个方向。

离得太远，无法打个招呼。

我很想下到草甸上，但有一个土坡，土坡前还有一条水沟，“怕失足”便罢了。

假如草甸是一幅画，那青稞架简直就是这幅画中的神来之笔。就即便现在是空架子，有了这青稞架就有了拉市海的骨感。

车环拉市海走，并不算好的环海公路，车被堵了两次，我倒是巴不得，多停留一下，就把快乐向后延伸了好大一截。

突然，传来一阵清脆的铃声，一个个马队正走向我们。他们在山间的小路上，形形色色马和形形色色的人，交相成趣。

当地的同学出发前就告诉过我，来到拉市海，必定要在拉市海里泛舟，并尝一尝拉市海里的烤鱼，其次是骑马，去体验感受被历史风沙遗忘了的茶马古道。

集体活动，我不敢想。于是向曾经来过这里“散打”的作家朋友讨教。可惜他不善言辞，几句话，而且寡淡无味。

游完了回到酒店，另一个作家才显摆他的游历，我才找到了来游拉市海的真谛。

他说，那一年我们一行 7 人乘坐的小舟出发，虽比不上海上或是洱海的客轮，但坐在这样的舟上，你会觉得和“海”更近，也更能融入。

他说给他们划船的是一位朴实的年轻女子，她一边划船，一边打量着船上的美女，于是说，“在我们丽江这个地方的女人，是越黑越美”，她说，“因为丽江这个地方离太阳太近，被晒得越黑，就证明女子越原生态也就越自然美”，船上的人无言以对，好在这不是贬损，那些皮肤白皙的脸上还挂得住，这是在丽江，人家说“一白遮九丑”。这句话对丽江女人来说没用。

船摇摇晃晃地向前，离岸越来越远了，水越来越深了，湖面还越来越安静，划船大姐突然唱起了不知道谁创作的歌曲《把爱做够》。这歌其实并不下流，也不情色，只是我们心不端正，如果心里干净，听来就是，何况这女子唱得真的有板有眼，好听。

如果我老了不能谈恋爱　你还会爱我吗
如果我老了不能歌唱　你还会爱我吗
陪我到丽江晒晒太阳　听我诉说伤心往事
数你的白发　数我的皱纹　今生今世共度一生

他说，他也是第二次次听到，第一次在丽江古城，有人弹着吉他慢慢唱，一圈人围着歌手调侃，他唱的时候非常静，不曾想到这首歌在今天给他那么多的感动。

他说，很想调侃一下划船的那小女子，但话正要出口，却憋了回去，划船女子继续唱：

如果我老了不能做爱　你还会爱我吗
如果我老了不能过马路　你还会牵我吗
……
摸摸这里　摸摸那里　白天夜晚都在一起

他说，划船的女子没有半点羞赧。

歌唱完，船便停在“海”的中心，这种水天一色，人在其间的感受每个人都太少了，也包括他自己。

他说，顿时就产生了错觉，不知自己遨游在天空，还是飘荡咋大海。当划船女子说要返航的时候，他才从这种眩晕回过神来，原来这些都不是海市蜃楼。

船渐渐靠岸，划船的女子让他们上岸在草甸玩一会。草甸上汪着一摊摊水，人可以绾起裤腿光脚走。即便踩在一堆堆的牛粪上，也没有任何厌恶感。水凼里里还会有小鱼小虾，悠游而无争得样子，于心不忍，只敢捞在手上片刻，然后将其放回水中。他一说，此刻的心情陡然复杂起来，有时候想想人还不如这些小鱼。

抬头一瞥之间，看见了远处的树，它会否寂寞和孤独吗？但它是真正的玉树临风！他说，他就喜欢这些静默的东西，一棵树、一颗石头、一根木头、一墙篱笆、一架青稞架……

只有它们才做到了真正的安静，却我们……

在这个世界，到处都是一片喧嚣，还不嫌不够，还要去挤挤攘攘，去大声喧哗，用无穷无尽的战斗制造繁华。

我宁可做少数人，以旁观的姿势生活，看多数人以战斗的姿势生活，该忘的人和事也就忘了吧。

第十四节　元阳梯田——大地的华美乐章

“田种高山顶，家住云端里。千座峰峦悬梯，万仞峭壑叠翠；阡陌纵横哀牢，大地诗雕乾坤……”

什么叫可遇而不可求？在元阳，面对动人心魄的梯田，我充分领略了此等境界的神奇魅力。那是红河参加笔会回来，顺道去了元阳，因为那里有梯田，有中国最著名的哈尼族梯田。

元阳梯田分布极广，除了老虎嘴、多依树和坝达三大景区以外，还有大坪乡小坪子梯田，逢春岭乡尼枯浦梯田、老曹寨梯田、大鱼塘梯田，小新街乡石碑寨梯田、大拉卡梯田，嘎娘乡大伍寨梯田、苦鲁寨梯田，上新城乡下新城梯田、瓦灰城梯田，沙拉托乡坡头梯田，马街乡瑶寨梯田，据说，这都是几千看近万亩的梯田，形状各异，各具特色。只因路远、交通不便，很少有旅游者去看那些梯田。

我们选择的也就是红河州文联安排的，去箐口和多依树梯田。

在箐口要作停留，“箐口”是汉语，哈尼话称为“洱普”，与普洱茶的“普洱”含义相同，意为水多的地方。此行不但看水多，还要看看哈尼族的蘑菇房。

才进村口就被一群玩耍的小孩吸引了过去，小孩的共性除了调皮、可爱，更容易抓住我们眼球的孩子身上穿着的哈尼服装。当我们纷纷举起相机照相时候，小孩开口了：照相要给钱的。尽管有人逗趣说没有带钱，小孩没有半点要饶的意思。怕引起点什么，只好找了个避开的借口进了村里的民俗文化陈列馆。所谓馆也没有多少馆藏，几样农具和服饰，还有就是村里的光荣历史。想必是来的人多，口头介绍太烦了，故才有了这个民俗馆，想知道箐口的过去就到这屋里去看。

其实箐口还是不错的，当然要舍得花钱。2013 年红河州启动了“美丽家园”行动计划，元阳县委政府便决定将箐口村打造成哈尼梯田旅游特色村。于是聘请来了旅游、园林、规划、设计等各方专家对箐口进行了二次规划，财政投入大批资金，按照“建筑风格统一，建筑外观统一，建筑模式统一”的原则新建和改造了一批民房，同时加大基础设施的投入，修建了入村公路、村内道路、排水沟；搭建观景台、突出民族特色的水井、公厕、垃圾房。更是对村内的文化广场进行了提升改造，特别是姜文在此拍摄电影《太阳照常升起》时留下的场址，也进行了修缮，供游客更好地拍照留念。

时下我所看到的箐口村，在小巷两边是漂亮整齐的土黄色墙壁、原木色大门、蘑菇般的茅草屋顶，这就是哈尼人的房屋。房子依山势而建，街巷也是高低起落，房屋顶也是跌宕有致，整个村寨就是一片“蘑菇林”。据说蘑菇房这种房屋形式是哈尼族祖先西斗梅烟创建的。祖先西斗梅烟看着站在狂风暴雨中用树叶遮身的哈尼子孙，一个个被冷得瑟瑟发抖，他看在眼里，痛在心里。于是日思夜想要怎样才能给哈尼族一个温暖的家。有一天他在森林里避雨，看见一朵朵大蘑菇撑开伞盖，而蘑菇下面的泥土却是干燥的，一群蚂蚁躲在下面避雨，从而受到了启发。他召集起躲在树洞里的 10 个兄弟，又叫来 10 个缩在草窝里发抖的姐妹，一起商量建蘑菇一样的房屋。西斗梅烟教哈尼男人立起来的屋架，像树一样标直；他教哈尼男人和泥筑起的土墙，像石墙一样牢固；他教哈尼妇女用竹竿和茅草编扎的蘑菇房顶草排，扎得像大雁的翅膀一样漂亮。住在九山九岭的哈尼人，看见一间间像蘑菇一样的房子，不禁发出“萨啊萨！萨啊萨！（好啊!）”的喝彩声，从此祖祖辈辈的哈尼人就学着西斗梅烟的方法建蘑菇房。

昨天在云上宾馆住了一夜，就是想赶在凌晨五点到达箐口梯田看日出。从五点天不亮等到七点，从一片漆黑，等到天亮，直到八点，太阳才羞羞答答地露出一点头，转瞬又缩了回去。

来的不是时候，更没有一个晴好的天气，看到的和过去照片上看到的有巨大落差时，心里犯嘀咕了，算不算枉来？

后又到了多依树景区，怕下雨，毫无停歇地赶，走完了所有的观景台，多依树村依然被笼罩在一片朦胧的雨雾中。

归来却总是听人津津有味地述说着梯田，赞美着梯田——

一丘微波粼粼的梯田，就是一帧五彩斑斓的画卷。一双双勤劳有力的手臂，夜以继日，挖天掘地，推动四季循序渐进，自然更替，描绘出初春温和的嫩绿，仲夏热烈的墨绿，秋末馥郁的金黄，寒冬冷静的灰褐。

一片千姿百态的梯田，就是一曲感天动地的酒歌。一条条牢固的埂子，是天然的五线谱；一双双好动的手，弹响了天地，弹奏了血汗斑斑的过去，谱写今日如火如荼的生活，试唱远方的鸟语花香。欢乐的童谣，赠给悠闲的鸭群；感人的情歌，送给日思夜想的心上人；深奥的酒歌，唱给血脉相连的亲人。一张张能说会道的嘴巴，年年岁岁，谈古论今，照耀了迁徙史浓墨重彩的血汗，温暖了火塘生生不息的火种，芬芳着篾桌宾朋满座的宴席，熏醉着神龛熠熠生辉的荣光。

一片片漫无边际的梯田，就是一首首继往开来的诗篇。一把弯刀挺身而出南征北战，征服了横行霸道的野草，掀开了一座大山崭新的历史；一把镰刀低头弯腰走南闯北，消灭了不可一世的葛藤，改写着一片山谷的故事；一把犁铧喘着粗重的气息，震碎了顽石的魂魄，满腔热情地犁起一堆堆远古的秘密；一把木耙满面笑容，迷醉了放荡不羁的溪水，铺开一片片柔情蜜意。

第十五节　丙中洛——人神共栖居

人们总喜欢把丙中洛形容成“人神共居”的地方，其实我并不理解怎么个“人神共居”，于是把丙中洛想成了化外之地，且一直在我的想象中。

看丙中洛，最好每个季节都来一转，或小住，据说每个季节都有它的不同，看到的也就不同。

我想在秋冬来，但都被意志力所阻隔。

春天的丙中洛是一个大花园，各种花竞相怒放。尤其到了四月，在沥沥的春雨中，桃花与油菜花比美，蜜蜂纷飞，蝴蝶齐舞。到了二月初十这一天，居住在桃花岛上的怒族群众要过桃花节了，各家备好炒面，集中到村子里，在阵阵的号声、经声中，炒面捏成了怒族先祖白玛的塑像，四周插满了盛开的桃花，把白玛打扮得分外妖娆。

桃花岛当然要数浙江舟山的出名，他们把金庸笔下的桃花岛据为己有，并赢得了天下名声。而怒江的桃花岛呢?

有游客说，桃花岛只有在春天桃花盛开的时节才突然惊艳，平时它都被下游几千米的“怒江第一湾”遮蔽了光彩。尽管这里的村主任不服气地说：“我们是上游，是真正的怒江第一湾，它们算是第二湾。”但无论桃花岛还是怒江第一湾，都是为了展示给外人而取的名，观光客们除了站在高高的观景台上猛按快门，并不跨江走近这里一步。

从此意义上说，这两个三面环水的半岛只适合远观。一旦离开观景台，顺着蜿蜒陡峭的小路下到江边，再经过颤巍巍的吊桥，看到的不再是有着优美曲线的“第一湾”了，而是曾经关押麻风病人、让他们自生自灭的“失乐园”。

对一个追求世外桃源的外人来说，想象和修正想象总是纠结在一起，桃花岛上的俗世图景也许能给人另一种旅行的视觉。

桃花岛真名扎那桶，是丙中洛乡丙中洛村的一个村民小组。它离乡政府所在地很近，沿小路下行约半小时，就到了江边的钢索吊桥。以前两岸来往只靠一条篾做的溜索，几个月换一次，后来改成钢索，但1980年钢索因锈断裂，过江的5位村民坠江而亡，于是在1983年建起了这座钢索吊桥，但桥墩上写着，禁止5头以上牲畜同时通过，也禁止10人以上齐步走。

桃花还未谢，梨花又开了。忽如一夜春风来，梨花一夜间就铺满了丙中洛的村村寨寨。此际，各种野花也被一阵春风唤醒，就连香巴拉宫遗址的围墙上，也开满了紫色的野花。正当各种野花开得欢畅之际，杜鹃花也按捺不住从江边一直连到山顶，或绯红或雪白或，让人目眼花缭乱。

夏天的丙中洛是一枚翡翠，翠得沁人心脾。这时的田野里，山岗上，处处铺青叠翠，绿得是那么认真，那么一丝不苟，那么一尘不染。而怒江，念瓦洛河，格玛洛河恰恰是翡翠上的斑纹，大自然在这里组合得天衣无缝。此时此刻，除了那如鸽子飞舞的鸽子花是白色外，恐怕再也找不出别的颜色了。雨后天晴，道道彩虹显现在丙中洛的上空。而最为神奇的要数石门关上的彩虹了，两道石壁把怒江紧紧挤在中间，仅给它让出一条道，已成天险，而更为神奇的是彩虹一头在东，一头在西，形成一座天桥，把石门关紧紧连在一起，构成了丙中洛夏天最美最妙的景色之一。

秋天的丙中洛是一幅画，是任何画家要画都将成为缺憾之作。好的作家也会无奈，会觉得任何词语都嫌苍白无力。稻田里，滚动着金色的稻浪；怒江边的黄金洞遗址旁，金色的叶片似乎要与金洞里的金子比美；在重丁教堂旁，村民们用长长的竹竿敲打板栗树，毛茸茸的板栗堆满地，用脚一踩，金色的板栗从毛壳中蹦出。爬上贡当神山，霜叶如醉，高大挺拔的松树间、杉树里挤满了红色，黄色的叶子，那高大的红松干脆全身换成了黄色，在高山湖泊边显得更加夺目。玉象屏上的孔雀树，也换上红色的秋装，叶子旁边，一串串，一簇簇色彩艳丽的野果沉甸甸地挂在枝上，使人垂涎欲滴。

冬天的丙中洛是一首诗。当霜叶退尽，岸边与别处的树木脱光了叶子，地里的庄稼颗粒归仓之际，飘飘洒洒的雪花就从嘎娃嘎普神山处慢慢地跑下山，像一床大棉被。每年的冬天，嘎娃嘎普神山总是第一个披上雪白的衣裳，随着的是其他的神山也披上，可谓银装素裹。

我不可能四季都去，去一次都那么艰难，而且是在秋天。

丙中洛到底是怎样的一个地方?

丹增的《丙中洛素描》给了我们这样一个回答：它仅有 800 多平方千米，聚居着 10 来个民族，是不同民族和睦相处的典范；它只有 6000 多人口，教堂寺院图腾神迹遍布村寨，是不同宗教和平相处的典范；它是中国最小的行政级别，丰富多彩的原生态文化五彩缤纷，是不同文化各美其美的典范；它只是两座大山一条大江构成的地貌，可这里一山分四季，十里不同天，是不同生态争奇斗艳的典范。最美的女子养在深闺，最美的风景藏在边陲。这里就是云南怒江峡谷深处还没有被现代文明侵蚀的净土丙中洛，藏语“有寨子的地方”。

对丙中洛作了一番交代之后，丹增肯定地说：“在本地人心目中它是盛开在八瓣莲花花蕊上的家乡，是人神共居之地；而在外地游客眼里，这里是人间最后的乐土和天堂。”

事实证明丙中洛就是多种宗教并存，人神共居的地方。

在清乾隆年间，藏传佛教传入普化寺。

天主教于 1905 年传入丙中洛地区。兴建于 1931 年的重丁天主教教堂，整个教堂为方形，大四合院，柱子全为汉白玉石柱，教堂约高 30 余米，钟楼有两个。礼拜堂居中，堂内设施耀眼辉煌，是贡山县境内建筑史上的一个奇迹。

藏传佛教（俗称喇嘛教）、基督教、天主教这三大外来教以最初的宗教文化渗透，现已发展为三教共融共处。

丙中洛村四周被群山环抱，传说有十大神山守护，东边是横亘怒江峡谷的碧罗雪山，北边是雄伟的石门关峡谷，西边是纵贯怒江峡谷的高黎贡山和著名的格瓦卡普神山，南边是巩当神山。形成了“雪山为城，江河为池”的奇特自然景观。周围奇美的自然景观、丰富多彩的民族文化、田野风光以及宗教文化景观，琳琅满目，令人目不暇接。

位于村西部的香巴拉宫遗址，是藏清佛教喇嘛寺，建于明代，为当时北连西藏察隅通道的重要佛寺。经考察，该寺历史上曾一度繁荣辉煌，据老人们回忆说当时就有6位活佛，占地25亩。但现只剩两堵残墙。

怪不得，多数来者被这“人神共居”地方所牵引而前往，经历着不舍、想念的深痛。

我推荐你看看作家丹增是怎么堕入丙中洛这样一张无形的网而深陷不拔——

如果说，在怒江激流的呼啸声中，丙中洛是一朵酣梦不醒的睡莲，那么我的故乡，则是怒江上游的另一朵莲花；从丙中洛溯流而上，翻过梅里雪山，越过乃塘草原，蓝天下有一处出淤泥而不染的圣洁清净之处，那就是我从小生长的地方，我生命的维系之根。在那海拔4000多米的那拉神山下，在四季不凋的苍茫林海里，5岁，我就披上僧衣，走进家庙，成了一名学佛的僧童。自此，母亲温柔的怀抱，林中飞奔的马鹿，草原上活泼的羊群，都远离了我；而属于我的，是青灯古佛、难懂的经文，还有就是人生在世的苦难生活的体验——

那时，我经常滑过牛皮溜索，在寺院与住家间穿梭。这牛皮溜索是用竹筏载送过江的办法拉起来的，我经常被悬在奔腾不息的怒江上，看江水打着旋涡，闪着波光，不停地朝前流去；或抬头看两岸的青山，青山伸出双臂似要挽留住我，我好像还听见怒江对青山说：“你是守不住我的。”

终于，我也像怒江里的一滴水，随着时代的激流奔腾而去了。时光如大漠风烟，曼舞飞扬，我在俗世已经奔波了一个甲子。羁鸟恋旧林，池鱼思故渊……如今我已到了倦鸟知返的时候，家乡的雪山草原和童年生活的情景，常常忽然奔来心中眼底……于是我禁不住操着我亲切的藏族母语诵起儿时记忆中的企求大自然恩赐的《甘露颂》。在我的面前，一些钟乳石从洞顶上垂挂下来，犹如女性丰满的乳房。忽然，有人发出惊叫："水来了，水来了！"

在钟乳石的下方，在那酷似乳房的乳头部位，一滴清水开始渗了出来！

……

泪水从我的眼中溢出。我从洞口向北眺望，翻过这个山口，翻过前面海拔6000多米的大雪山，那里就是我的故乡，我亲爱的爷爷奶奶、父亲母亲及其他亲人生生不息的地方。我不由自主地用自己的母语祈颂：巍巍的雪山，奔腾不息的怒江啊，我的家乡，我的草原，我已经感受到了你温暖的怀抱了；您的孩子没有忘记您对我的养育之恩……

水，一滴又一滴，纷纷滴下，越滴越快，渐渐地连成了线，流成了瀑，哗哗而下。我的心跳得更加激烈起来；我似乎觉得自己也变成了一滴水，融进了这哗哗的水流之中，随着怒江滚滚的激流，汇入萨尔温江，然后注入大海，一起奔向宇宙、生命、物质、和自然的轮回流转之中……

文章告诉我们，在丙中洛，你若是行走在茂密的森林中，满耳听到的是哗哗的松涛声；若是行走在纵横的田野里，满耳听到的是叽叽的鸟鸣声；若是行走在翠绿的山谷中，满耳听到的是潺潺的流水声；若是行走在村寨的小路上，满耳听到的是此起彼伏的牛羊声。这里充满荒情野趣，全无空气痕迹，这里空气清新甜美，全无浮尘雾霭，这里天空蔚蓝如拭，全无碳酸污染，这里充盈着质朴的美，粗犷的美，宁静的美，我看到这里，听到这里，不再恋惜摩天大厦、高速公路、霓虹闪灯、车水马龙。工业文明的物欲满足是以破坏生态环境为代价的，对城市人来说蓝天白云、清新空气、清洁的水已成了奢侈品，再也找不到丙中洛这样的"随便"。在我们广袤的国土上，还有几处丙中洛呢？

第十六节　多依河——最抒情的河流

"很多很多的清泉汇成了多依河，很多很多的翠竹染绿了多依河，很多很多的花朵芬芳了多依河，很多很多的鸟鸣陶醉了多依河！多依河，神秘的多依河！古老的水车旋转着不老的传说……”

谁的诗语，我不管了。

在西南一隅滇黔桂三省区交界的云南省罗平县，有世上最娟秀最多情的多依河……

我带着一干人来，男男女女。

游过之后，我就写过一篇散文，题目叫作《罗平，我以心静的名义》。我不再记得文章写过什么，翻书后才被记取，看看那时的我是多么被感动，仅撷取几小段：

> 面对多依河和自由的影子，我宁可看到渔人是一个失落的舞者。
>
> 好得多依河有舒缓有致的律动，河道上大小 50 多个钙化瀑布浅滩，多依河的灵魂就在于这些韵致翩然的十湾九跌、一目十滩。云公滩、处女滩、鸳鸯瀑布……喊不完的优美的名字，却能饱看一个个的百媚娇态。有的层叠错落，有的曼妙挥洒，有的纵身一跃，有的溅玉生花。
>
> 最耐看的其实是两岸的榕树，这是一种骨子里的冥顽，却又以一种如痴浪漫的方式守望，身躯佝偻，欲直难伸，老态龙钟，沧桑可鉴，但你却感觉不到它的颓废，老干新枝，生趣盎然，春秋一树，上演的是残酷、是虐杀、是竞争、是包容、是相生，是不泯……你可以从树的身上读懂对于生命的完美诠释。
>
> 多依河，一条让自己生动了，也让人生动的了河流，但也是一条让自己宁静了，也让别人宁静了的河流。
>
> 诚来拜谒，得罗平山水的熏染，我早已经哑言顿语，不得不向诗人一片芦苇借得《七律·遣兴》，以表达我的心境：
>
> 移居郊陌避嚣尘，一片清光物物新。
> 朝听天风临户牖，暮看帆影走江津。
> 功名草草何须计，恩怨悠悠已渐泯。
> 自许文星轻冕笏，来生仍作布衣人。

此时，我心静如水。

也许这才是我对罗平这片土地的真正理喻，也是我对这方山水的崇高敬意。

据资料，多依河从鲁布革乡腊者布依村附近的山腹缓缓流出，在滇、桂、黔结合部的万峰湖与黄泥河、南盘江汇流后奔向珠江，全长12千米有40多个瀑布。

再也没有比多依河水碧绿的河水，轻掬一捧即可入口，其甘美清澄，如入的是心扉，也就再也忘不了了。

多依河上，时有竹筏出没，人在河中看两岸，两岸竹林绿树相夹，定然自比画中人，从两岸看和中央的他们，又不由得哀叹枉作多依踏勘人。

绿树隐掩之中，不时冒出一缕缕炊烟，这不又是一幅“竹林深处有人家”的山水画？多依河畔，朴实沉重的水车旁传来一阵阵欢快笑声，原来是美丽的布依女三五成群，在和小伙子们对歌传情。

多依河不是常见的那种河流，而是由瀑布群组成的河，河道上分布着瀑布浅滩，可谓十湾九跌、一目十滩。每个水滩都让人领略各种风情，有的水滩层叠如水台，一层层地铺展开来，错落有致，水面清澈透明，宽阔舒缓，像织出的缎面，柔滑绚丽；有的水滩落崖而下，瀑布直挂，形成各种水帘，柔美中露出刚烈。板台瀑布群布依语为“纳顶”，位于板台村东南河湾处，由六个高1～3米、宽30～50米的瀑布组成，分布在长约100米的河道上，条条清碧。沿河金龟滩、银花滩、古榕滩蜿蜒其中，瀑布群边石坝呈弧形弯曲、叠水翻涌，似银盆溢水，像喷珠吐玉。雷公滩水珠四溅、水雾弥漫，巨大的水流声回荡山谷。距雷公滩约500米处的鸳鸯瀑布群，布依语“钟章”，由三个瀑布组成，较大的钟章瀑，高8米、宽60米，瀑崖被植物和巨石分割成多条瀑布飞溅而落、叠花朵朵，瀑声轰鸣、气势雄浑。

登高俯视，三江口是多依河的尽头，因南盘江、黄泥河、多依河在此汇合而得名，景色极为壮观，三河如三条巨龙形成“品”字形。这里滇桂黔三省区一衣带水，西是云南、东是贵州、南为广西，极目三江口，面对浊浪滔天的黄泥河和清泉悠悠的多依河水，早忘了泾渭分明，融为一体了。

多依河山峦走势起伏，随河谷弯曲迂回。山因水青、水依山秀，河流清澈、水播花香，美在自然，奇山秀水令人神往。两岸郁郁葱葱，古老的榕树树干苍劲，枝头抽出的新绿却青翠欲滴，把整条河都染绿了。两岸青山起伏，群峰突兀，在雾色中层次分明地排列着，和着水中的倒影，景色秀丽如画。山不转水转、水不转雾在转，有如梦回。

“多依河染出风景画，小山峡有那大风景，油是这一方香，蜜是这一方醇，飘香流蜜好地方，名字叫罗平。”

第十七节　北海湿地——飘逸在柔软的时光里

北海湿地是云南最大的火山堰塞湖。

北海湿地保护区，位于腾冲县城西北方向，距城 12.5 千米，是 1994 年 12 月国家首批公布的全国 33 处国家重点湿地之一，也是云南省唯一的国家湿地保护区。保护区面积 16.29 平方千米，所谓海的面积其实不过 0.46 平方千米，其中水面面积仅 0.14 平方千米，但最奇特有趣的是面积 0.32 平方千米的海排。北海湿地由青海和北海两个天然湖泊组成。两湖间空距不足千米，但由于海拔高低差异和环境特色不同，两湖的特色各不相同。青海在北海东部的众山之间，海拔 1950 米，比北海高 200 余米，是典型的高山湖泊，湖水呈微酸性，是世界仅有的三个酸性湖之一。

这里水草密密麻麻，根系交错密密地编织在一起，日复一日，年复一年，旧草腐烂，新的长在腐烂的草根上，然后再腐烂，再然后又长出新的，最后形成整片的草甸，彼此毫不相干地浮在水面上，宛如一个个小岛，通常有一米多厚。

我不曾一试，我的几位同事忍不住，脱了鞋赤着双脚就向栈尽头狂奔而去，他们要上“草岛”。

我看到了其中一些同事的尴尬，回来的或多或少都湿身了，有的简直就像“落汤鸡”。

回到车上的同事对我讲，踩在“草岛”上感觉就像踩在海绵上，柔软还有弹性，脚板尤其舒服。但是，假如没有思想准备的话会被吓出一身冷汗。当一脚踏上草岛，就像大地在晃动一样，并且觉得草岛在迅速下陷，尤其看到水从周围涌过来。马上就会在站立落下一个坑，然后积水成潭了。当移步旁行，草岛又缓缓浮起，复归原初。

据说，当地人经常会随意切开的一小块草岛当草排，和筏子同理，人们就凭这些捕鱼捞虾；还有人干脆在草排上开个洞，把鱼竿伸到洞里这样也能把鱼钓上来。

芦苇丛中还不时传来嘎嘎的野鸭声，湖面上不时有游人感受初踏草岛惊喜尖叫，也有驾轻就熟的回头客悠然自得。不管是选择湖面泛舟，还是顺着搭在草岛上的木板徒步来回，都宛若置身于大草原之中。只不过这片“大草原”是漂浮在水上。

当地人讲，湿地边有些稻子也是漂浮在水面上的，还有更夸张的说法，有的人曾不惜劳苦割开四面草岛，让属于别人的一大块长满庄稼的农田“飞”至自己的地盘上，连公安干警都被这种做法惊得目瞪口呆。

在北海，每个人尽可能地打开味蕾，这里的空气里飘着草叶的清香。

如果是吃货，就坐下来好好吃一顿北海的烤鱼。

看过余秋雨在底格里斯河畔吃烤鱼一番情景：工人又送上一碟切开的柠檬和一碟生洋葱，食客用右手挤捏一块柠檬往鱼上滴汁，左手捞起几片洋葱在嘴里嚼。然后，几只手又同时伸向烤鱼，很快就把烤得焦黄的外层消灭了，只剩下中层白花花的肉。

在北海湿地的边上也有不少的烤鱼摊，说是摊子是因为很窄小的地方，一个气化炉一张小桌子，一口油锅，或有的是炭火烧烤。说它是馆子是因为各种时鲜蔬菜和季节野菜一应俱全，只要愿意坐下来，还是可以小酌一杯。一般人都喜欢站在摊子前，等自己那份烤鱼熟了，蘸上椒盐或更猛烈一些的人在烤鱼的两面都撒上红彤彤的一层小米辣，边走边吃。

我不算吃货，但挡不住摊主的吆喝。

我们选择了一家稍宽敞一点的，这是一家母女俩经营的小店。

这家店和其他的店没有什么两样，主打野生鲫鱼，还有当地的野菜，当然也包括大众化的土生，所谓土鸡蛋和老腊肉等。在这里着重吃鱼，不到巴掌大小的鲫鱼称是从北海湿地里面打捞出来的。我们七个人，每人按个头点了两条，考虑到留点余地又加了 4 条，一共 18 条 5 斤 4 两，25 块一斤。

还再点了一份老腊肉、一份辣子炒鸡蛋，一份蒜苗炒肉和一碗纯情苦菜。

母女俩自顾忙去了。

隔壁一桌坐着三个广仔，主要听口音。他们只上了一两个蔬菜，然后是鱼。

首先端上来一大碗鱼汤，看得出典型的广式做法，广东人最注重的是鱼的滑、鲜、嫩、香。

过了不到10分钟，烤鱼也端上了桌。三个广仔大块大快朵颐起来。

看着皮焦焦的，一股特有的木炭香味扑鼻过来，我赶紧转了一个向，就在这时，我听到他仨其中一个人说：这里的烤鱼比我家楼下卖的万州烤鱼要好吃多了。

吊我的胃口不是？没过半小时，我们的烤鱼也端上桌了。这一吃下去，同事们说不走了。说不走了，是同事开玩笑，我说，不走就不走，你就在这家上门，做几年苦役，到能感动老板娘家的小美女为止，你就留下，做一个“烤鱼皇帝”，如何？

第十八节　和顺——有一股扑鼻而来的人文气息

有人说，你想不知道这个地方都难。

又有人说，在这极边之地方，居然藏匿着一个如此辉煌的村落，这简直就是一个奇迹。

我说，“想不知道这个地方都难”，这个我信，因为最近那么多的热播剧都在和顺取景。说和顺“居然藏匿”和“是一个奇迹”那我就要说话了，和顺600多年历史，或说是：你见，或者不见我，我就在那里，不悲不喜。这就不是和顺的错了，那可能是因为你是漠视，或至少是你的孤陋寡闻。

停云落笔在他的散文《遗梦小城之和顺古镇》一起笔就开门见山：

> 我走过很多地方的桥，看过很多地方的云雨，去过许多地方的小镇，观赏过很多的老房子的安然，轻轻地踩踏过很多地方的青石板小巷，也被许多地方的美景迷醉过，当第一次来到这个古镇的时候，梦似乎找到了栖息的地方，停下脚步在这里看细水长流，观赏这里的四季田园的颜色共与山乡天长地久、慢慢变老的欲望如此之强烈，也就是只有这个古镇，这个西南高原之间躺着的古镇。

和顺古镇位于云南省腾冲县城西南3千米处，古名阳温暾，因境内有一条小河绕村而过，更名“河顺”，后取“士和民顺”之意，雅化为和顺乡，现有人口6000余人。全镇住宅从东到西、环山而建，渐次递升，绵延两三千米。

和顺是一座历史悠久始建于明朝的汉族古镇，当地汉族大多是明初到云南从事军屯和民屯的四川人、江南人、中原人的后代。明洪武十五年（1382年），“兰玉、沐英攻大理，分兵鹤庆、丽江、金齿，俱下。”（《明史·太祖本纪》）和顺寸、李、尹、刘、贾五姓，原籍四川重庆府巴县，其祖先就是此时奉命随傅有德、兰玉、沐英征金齿、腾越南来的。事平，驻军腾越，均以军功得封。如刘继宗授总旗官；尹图功授指挥，赠武略将军；寸庆领卫指挥职兼随军参赞；李波、贾受春亦授指挥。因云南距京城远，边境多战乱，于是设镇守云南总兵官，沐氏世袭此职。作为沐氏部下之和顺五姓祖人，亦得袭官授田，世代留守边地，后居“阳温敦村”（和顺古称）。《刘氏家谱》叙其始祖与寸氏祖遍览腾阳，最后发现此地，啧啧称赞说：“四时和煦之气，洋溢于郊坼……”一两人心甚慕，不忍舍去。接踵而到的是，来自湖南的张姓，来自南京的赵姓、钏姓，来自河南的许姓。张、赵、钏、杨到腾冲时间约在明洪武末年，许姓则是正统年间随王骥征麓川而来。之前尚有曾、蒋、丘、番、冯姓，可能迁居他处。

这些人深受儒家思想的影响，有的文化素质较高，虽为生活所迫，背井离乡，位于高原极边，但和顺的村落风貌、民居建筑、民间工艺，无不浸润和保存了中原汉族文化精髓，同时，它又是一个“外向型”的社会，游子们吸收了外国文化的精髓，与传统本地文化交流整合，创造出了有着和顺特色的地域文化。

据了解，这里的传统民居多达1000多座，其中清代民居有100多幢，被誉为中国古代建筑的活化石；其建筑风格，有“三坊一照壁”“四合院”“四合五天井”等，在这里你可以领略到徽派建筑粉墙黛瓦的神韵，也可以寻觅到西方建筑的元素。尤其是那老宅的门窗木雕，各种雕刻造型栩栩如生。宅院中尤具地域特色的是以火山石堆砌的石阶，遇到雨水天气，能很好地起到了防滑作用。

走进和顺，展现在我们面前的是一派如诗如画的风光，山明水秀，垂柳依依。怪不得惹得民国元老李根源先生不无啧啧称道：“远山茫苍苍，近水河悠扬，万家坡坨下，绝胜小苏杭。”

更值得称道的是和顺先贤以医愚救国，开启民智为宗旨，赢得了“在中国乡村文化界堪称第一”的美誉。

清末庚子之变后，新思潮遍及全国，同盟会员、日本留学生寸馥清等乡中先进知识分子，为使乡人从学识上思想上得到新的见闻，迎合时代的需要，于清光绪二十一年（1905 年）在和顺发起组织了一个“咸新社”。

社中购置到成批新知识书籍，供社内外人士阅读，作为公有图书提供群众借阅，在这偏僻小乡，还是开天辟地第一次。

到了民国初年，旅居缅甸的和顺青年寸仲猷、李清园、贾铸生、李秋农等，在缅甸瓦城组织了一个“青年会”，其宗旨是发展家乡文化。不久，青年会发展到家乡后，于 1924 年，创办了一个“书报社”，自上海等地订购了一些书刊杂志供乡人阅读。

从上海到云南边疆，因交通不便，寄到的新闻已成了历史资料，于是他们多方辗转运到缅甸，再经八募沿着古老的西南丝道用马帮运至腾冲，最后到达读者手上。当时文人杨策贤先生为书报社撰写了一对联：

书自云边通契阔，
报来海外起群黎。

从对联中也反映了当时书籍报刊的来之不易。即便如此，较之从国内走旱路要减短一半以上的时间。书报社的成立，颇受到乡人的赞赏。

1925 年“青年会”改组为“崇新会”，会员日益增多，社会影响和作用日愈增大，书报社已不能满足读者的要求了，于 1928 年，崇新会将书报社扩大为图书馆，以旧咸新社社址为馆址。

一经在国内外宣传发动，捐款捐书、捐物资，形成了一个高潮，现藏一些珍贵古今大型图书，如百衲本《廿四史》《武英殿聚珍全丛》《云南通志》《九通全书》《续藏经》《四部丛刊》《万有文库》《汉魏丛书》《佩文韵府》等等，都是得自捐献而来。有遗嘱捐款的，父子同时捐赠的，兄弟共捐的，夫妇合捐的，情节十分动人。

1938 年建馆 10 周年之际，又于旧址改建成一座规模更大的中西合璧式的馆屋，一所坐南向北的二层木结构楼房，正前面伸出两个半六角亭，算是当时最别致新颖的建筑形式。屋前是宽敞的花园，花园外建一个三孔平顶拱门，额上嵌有李石曾书“文化之津”的石刻，正拱门头上悬胡适书“和顺图书馆”的木匾，大门沿用旧有牌楼式老大门。

1994年，和顺图书馆被省人民政府公布为“重点文物保护单位”。

华侨捐助建成的“藏珍楼”，1998年，该馆70周年之际，得到省、县各级领导的支持，海外侨胞、旅台乡人的大力捐助，建成全钢混仿古二层楼房一座，将该馆历年收藏的古籍珍善本、地方文献藏入其中，成了名副其实的“藏珍楼”。“藏珍楼”的艺术设计，不脱古典风味，又具时代色彩，它给众多的参观者一种精神享受。一些外地、外省作家与学者也纷纷赠书，如陈运和等。

如今，和顺图书馆还增设了电子阅览室，吸引了众多中年人和学生的目光，电脑阅读激发了他们对外界新事物的热情，这座“中国最大乡村图书馆”开始步入高科技的信息化殿堂。

历经多少沧桑巨变，和顺人以自己超常的智慧使古建筑和文物奇迹般地保存了下来。改革开放后，和顺以文化为灵魂，以保护为基础，以其独特的建筑风格、丰厚的文化底蕴、优美的田园风光开展文化旅游，一跃成为云南著名的旅游胜地，走出了一条可持续发展的路子，是云南省最为重要的文化生态村示范点。2003年，和顺被《中国国家地理》《时尚旅游》等联合推荐为“人一生要去的50个地方”之一。

习近平来过和顺古镇。

那是2020年1月19日下午。

央视的新闻报道：他沿着古镇小巷步行，沿途游客看到总书记，热情簇拥上来，习近平同他们亲切打招呼，询问大家都来自哪里。有游客问：“习大大，彭麻麻呢？”总书记笑着回答说：“没来。过年了都在家里忙着呢！”大家都会心笑了起来。

遗憾的后来疫情暴发，和顺古镇里游人并不多。

但这样显得更加的宁静，一个人可以慢慢地在古镇里逛，穿过小巷、走过青石板街道，看着这里的一草一木，一砖一瓦。

如果我来，就只看时间在这座古镇打坐的样子。

第十九节　珠江源——南中国大地的乳泉

写作时，我看到了一个文化学者的文章，他对珠江是忧虑的，是打抱不平的，他说：珠江，已经被我们忽视了许久。由于中华文明五千年来大致是由北向南推衍，黄河与长江流域依次并共同成为中华文化的中心与中华儿女的向心力之源，而忽视了之前较为边缘的珠江。其实，被忽视的不只是江水，更是背后流淌的文化。

珠江是一条非常不同于黄河与长江的河流，不仅在于其流域地貌、气候等自然环境，珠江最为明显不同点的是其水系分布特征。

珠江在古代原指广州到入海口的一段较短的流溪河下游河道，后来直到民国时期才逐渐成为中国南方西江、北江、东江与珠江三角洲河网水系的总称。其定义上的干流西江发源于云南省东北部沾益县的马雄山，流经云南、贵州、广西、广东四省。北江发源于江西省信丰县西溪湾，流经江西、湖南、广东三省，与西江在现今广东省佛山市三水区汇合，部分水流向西汇入西江，另一部分水流向东入珠江三角洲河网，进入广州。东江发源于江西省寻乌县桠髻钵，主要流经广东省东部的梅州、河源、东莞地区，在东莞石龙镇流入珠江三角洲，最终在虎门入海。珠江三角洲河网水系把西江、北江、东江的下游纳于一体，并且串联了三角洲地区众多大大小小的河涌，从而形成了密集的河网水系。最终，珠江水系各河径流汇集于三角洲后，通过 8 条水道注入南海，各水道之出口称之为“门”。珠江出口门共有 8 个，称之为八门出海。东边注入伶仃洋（又称珠江口）的口门有 4 个，从东向西为虎门、蕉门、洪奇门（沥）和横门；西边注入南中国海的有磨刀门、鸡啼门、虎跳门和崖门。

有一种三江并流是指三条江水并流而不交汇，是并行不悖的意思。而珠江三角洲地区却形成了另一种意义上的并流，合并成全。这并不是简单意义上的两条河合并成一条河，而是来自西、北、东三个不同方向的浩瀚江水，在共同的三角洲区域汇集、交融之后又各自取道入海，形成密集河网与多口入海的独特景象。

于是把珠江和云南与我联系在了一起。

我在珠江口总会想起珠江源，尽管那年我还一次没有去过珠江源。有文章《春江一色》为证：

黄昏，在南沙一岸看珠江看虎门。

这是我第四次吧，都有些记不得了。来南沙，有机会都要到江边走走，看江波荡漾，心情也随波跌宕。

距今十余年，那时的南岸几乎是茅草丛生，乍到南沙，几乎没有什么玩场，我来江边只是想看看来自彩云之南的珠江水。

好听点叫有缘，难听点就叫宿命，注定了我和这一条江剪不断理还乱的关系，而且，此生难绝。

终于能携妻将雏到此一游。

珠江源景区大门牌坊上书有一联：

想山恋山寻山山远在身后

思源梦源探源源近在眼前

这对联，像是写我的心境，面对这副对联我凝视了很久，直到老婆催促。我习惯在每个地方看它的楹联，一副联的好坏可以影响小到一个景点，大到一个地方的名声。孙髯翁大观楼联不说，它不但属于大观楼，而跻身到了全国名联之列，当然为云南赢得了名声。

半壁起危楼，岭如屏，海如镜，舟如叶，城郭村落如画，况四时风月，朝暮晴阴，试问古今游人，谁领略万千气象九天临绝顶，洞有云，崖有泉，松有涛，花鸟林壑有情，忆八载星霜，关河奔走，难得栖迟故里，来啸傲金碧湖山这昆明西山飞云阁的门联，对西山增色不少，也让看过这副对联人，为之怦然心动。

是不是一副对联分量之重难能估量，想必这副“云朝朝朝朝朝朝朝朝散，潮长长长长长长长长消”的对联使你记住了王十朋与江心屿，也记住了温州。

每遇到挂楹联处我的驻足也就有理由了。

珠江源景区的这副联我还算喜欢，不要源在眼前却不思、不梦、不探，就像说是一个人生来不能不孝，要知本识源，学会孝敬；不要等山到了身后，才去想山，恋山、寻山。正所谓，世间万事，知其所来，方能知其所往。

走进源头洞口，洞上方书有“珠江源”三个大字，源头之水是由洞中流出，水质清澈凛冽，虽是仲夏，可在这里却十分清澈舒服。在小树林处，立有为纪念泛珠三角区域合作与发展论坛在这举行开幕式的石碑，珠江成了泛珠三角区域经济、贸易、旅游、交通等合作的桥梁和纽带，这无疑也是给珠江源头发展旅游留下了一笔财富。

马雄山主峰东北向鞍部延伸，在第三个小包的分水岭上，从海拔2350米处开始，出现一条近一尺深的明显的流水沟，向具有宽阔脊面的鞍部穿流750米，在海拔2260米处，成东西走向分流口，西者流进北盘江，东者下行250米，连接大冲沟。大冲沟在海拔2240米处，有一碧水潭。整条大冲沟林木覆盖良好，常见有水渗出，形成纵横交错的细小沟管汇到大冲沟。从大冲沟下行2~3千米，有一低洼谷地，与高山沟交汇。高山沟长2千米，同样常见细小流水，其顶端在老高山腰，连接库容为10万立方米的高山水库。大冲沟和高山沟在低洼谷地交汇后下行不远，由于前面隆起的一个小山包，一堵6米高的峭壁裂开大洞，迫使沟水汇流后进入伏流。这里海拔2158米。从伏流口下行约1~2千米，又有一堵约6米高的断壁，分上下两个出水口，流水潺潺，海拔2145米。这里便是1942年和1952年两次勘察认定的珠江源。这是水利专家在《南盘江治理与开发》中对珠江源的描述，应是最具权威性的描述。

来过珠江源，除记住了源头出水洞，看过印象最深的要算是马雄山上的大树杜鹃花了，这里森林茂密，溪流淙淙，有200多科、1900多种植物，其中，尤以杜鹃花群著名，有190余个品种漫山遍野的宽钟杜鹃、紫背杜鹃、团花杜鹃、南烛杜鹃、碎花杜鹃、露珠杜鹃以及映山红等，花大如碗，大红、洁白、淡黄、粉红，千花开一树，漫山遍野，蔚为壮观，把整个马雄山装点成了花的海洋、花的世界。登马雄山巅，观“一脉隔双盘、一水滴三江”胜景、听鸟语声声、赏杜鹃花风姿绰约，让心灵随着游览而涤荡，甚是舒畅。

此时站在云南的我又想到了珠江口，不论何时，我都不能忽视了珠江和珠江文化。有学者说，取掌上明珠之意的女儿形象对于珠江文化在中华文化中的定位是恰当的。珠江文化不仅仅是中华文化的掌上明珠，也是人类文明的东方之珠。

千万年来，生生不息，源源发展，形成了一条波澜壮阔的文化长河，在“茫茫九派流中国”的江河文化中，独放异彩，为构建“多元一体”的中华文化做出了自己的贡献。珠江文化，从范围上来说，包含之前得到大致认同的岭南文化（即广府、客家、潮汕文化）、港澳文化、雷州文化、八桂文化、琼州文化等等珠江水系流域覆盖及影响地区的文化。并形成了以广州、香港、澳门三角组成的珠江三角洲文化核心区域，辐射梅州、河源等客家地区，潮汕地区，肇庆、封开、梧州等西江走廊地区，远及广西八桂地区、雷州半岛地区、海南岛地区等等。

言在此，我记住了珠江，你呢？

第二十节　阿庐古洞——去谛听地球的心跳

记住阿庐古洞是因为那两具男女神物，一具是“男根”钟乳石，一具是“酥胸”钟乳石，不是好与不好这一口，我惊叹大自然的巧手，将那么些神圣而隐秘之物雕琢得那么惟妙惟肖。

吴景娅写的《神秘的男根山》，那只还是写意的男根，便说：“你必须像我这般身处一种接近天堂般的高度，才能看清这里的真实。”

于是她多了这样的一番感慨：

> 那时秦灭巴国，被奴役的僰人被迫充当伐楚的炮灰，男人们像被滥伐的庄稼一般一片片倒在了山岗，男人消失了。而女人便在男人血流成河的地方立起了石桅。她们要用比男人更结实的石头来祭奠男人、记忆男人、呼唤男人。那山岗上耸立的石头便成为另一种生命——有信仰、力量与语言。人们雕刻或竖立栀子的时候便是在播下一粒种子，侍候它长大，与天地共存，然后不屈不挠地生生不息。久而久之，当地人便以拜栀子来表达自己的人生诉求：或企盼亲人平安，或企盼人丁兴旺、添财增寿。他们与天地对话如此简单，谨慎地索求，唯有虔诚。无论江山如何更换，总是本性难移，这种在外人看来难以启齿的风俗被坚定地传承了下来，成为联络他们彼此的暗号，互相惦记的依据。

我不知道阿庐古洞这神物有没有人跪拜或敬奉，别嘲笑我，这不是单纯的一器物，正如吴景娅说的：“因为一个信奉人自身雄壮能力的宗教有什么值得去嘲笑的？它不比乱七八糟信奉一些不靠谱的天神地煞来得更智慧些？”

这些神物应该成为阿庐古洞的亮点。

机械般地在洞口照了一张相，也是按惯例，而且要比那些刻画在文物上“某某到此一游”值得尊重，我只为纸上留痕。

洞里的所有都不那么重要了，不管是一柱擎天，还是倒挂金钟，抑或是似猴似狮似虎似猫，就即便是千军万马……

我还想重申吴景娅的那句话：“你必须像我这般身处一种接近天堂般的高度，才能看清这里的真实。”因此，我还想谛听地球的心跳。

洞就好比地球的胸腔，这是一个形容，假如真的是，我们就可以亲自触摸心壁，随着地球传达出的心率，一同拨动，你想想看，那是多么当然心弦的跳动?

我不指望一个溶洞给我带来什么，太多的洞我染指过，像我的爱人，了如指掌。

你说除了千姿百态的钟乳石，或有“暗度陈仓”一出还有什么异处，但阿庐古洞不一样，就凭一个名字。

阿庐古洞的“阿庐”二字为彝族的语言，意为“有山有水的山洞”。彝族是云南人口最多的一个少数民族，阿庐是古代彝族的一个部落的名字，阿庐古洞就是宋、元时云南三十七蛮部之一“阿庐部”的穴居点。

阿庐古洞这么美，民间当然赋予了它动人的传说：泸西境内素有九峰十八洞之称，阿庐古洞就是其中的一部分. 在部落战争期间，阿庐部落酋长阿庐率领9员大将和众多男女，从五曹来到杨梅山，不料竟被山下一片浩瀚的海洋挡住去路，大家只得住下来休息，突然敌兵从后追来，阿庐一面抵抗敌兵，一面派出9员大将和18位姑娘，连夜砍树、扎排，架设过海浮桥36道，造最后一道桥的时候，9员大将和18位姑娘不幸落入海中，等到阿庐杀敌率部来到海边时，海水已经干涸，9员大将和18位姑娘变成了9峰18洞，从此阿庐部落就在9峰18洞定居下来，“阿庐古洞”也由此而得名。

英雄辈出的年代似乎离我们越来越远了，多俗气的香车宝马、酒池肉林，这个世界可以保留酒香，但不能滋长了选择性忘记。

每次游洞，我都盼望着早点重见天日。

第二十一节　热海——感受大地的温度

来腾冲热海估计没有几个人深究“热海大滚锅”那几个“怪字”，而更多的是盯着那些卖鸡蛋的小贩子们。

怪字，的确。我第一次接触这种怪字也就在到了热海，然后才注意到“招商银行”那几个字也系“同一体”。

同游者说，像小娃娃的字，我，呵呵。

书到用时方恨少，不知也不究，但那几个“怪字”就一直刻在了我的心坎上。

辅佐中国书法院成立，又现这一书体，才有了打开心底疑念的想法，恰在这时要写此书，便对“二爨”寻根问底，故得出结论，热海的那几个字是爨体字，少见多怪。

后来，细细一端详，款题郭伟，这不是省文联副主席、书协主席、德高望重的书法大家吗。

赵浩如先生在《古的传统与新的意象——郭伟书法论叙》一文中写道：“过去他那以古为新的篆书创意中的狂野，变得更加注重结字的规范，法度更加严谨；他那小爨体势中的雄强掺入了静穆，故行楷书的稚拙也更见凝重。过去那过分飘逸而显得漫漶的笔势基本不见了，更多的是枯笔苍疏，湿墨秀逸。”朱从凯在《稚拙古朴，放达清逸》中评价郭伟说：“以‘小爨’而论，窃以为先生师爨而不泥于爨，其以广博精深的艺术素养和匠心独运的笔墨技巧，将‘小爨’写得静穆高古、奇拙天真。”

因郭伟的“怪字”加深了我对热海的记忆。

大滚锅是一个直径为3米多的盆形沸水池，深约1.5米，终年冒着97℃的沸水，响声震耳、蒸汽冲天。游客到热海，只要在地下挖一个小坑，把盛有大米和菜食的饭盒置于坑中，不到半小时饭菜就熟了。当地百姓还利用泉边的出气孔，垫上稻草，蒸红薯、土豆，并在“大滚锅”温泉里煮鸡蛋，立等可食。

美女池酒店是借了美女这个噱头，那些年生意挤破头，多少人就冲着“美女”，我不是说酒店有什么猫腻，美女，天下男人都喜欢。

况且去过的人都喜欢把热海的夜晚写得那么暧昧……

热海的传说是很苍白的，不信你看看，说是在远古的时候，这一带天寒地冷，人民苦不堪言，有个善良的老人历尽艰险，寻找办法，决心使这里变成温暖丰腴的地方。后来，他的诚心感动了神仙，神仙赐他一宝珠让他含在嘴里，他顿感燥热难耐，便一口气喝干了几条河水，最后他变作了吐热水的小龙。凡是他歇过脚的地方，就有了数不清的热泉。从此，这里便四季温暖，牛羊肥壮，五谷丰登。

就凭这忆苦思甜似的讲述，定然减了来者的兴趣，不过这些肯定是过去当地小文人编的，那点想象力可以理解。

我到过日本的热海，那和腾冲热海泡法是另有千秋。

我住的酒店内就有一个泉池，不是很大，但是流泉，温度在45°左右。在日本是不准直接穿泳裤入池的，需在池外冲洗一番，然后裸身入池。

几个男人一起，大眼瞪小眼，还是有点难为情的。

出泉池，一件睡袍包裹，然后躺在酒店的门外走道的椅子上，好笑的是，风一吹，必然走光，若恰巧有女士路过就更难为情了。

但还是被走漏了，两女子扑哧一笑，走开了，可能大家都心照不宣。

到热海，我对怀胎井最好奇。

说喝了“怀胎井”的水就会怀胎，牛吧。我当然不信，我对“怀胎井”的好奇因为“怀胎”的字眼。

怀胎井是两口井，两口井中的水温一高一低不觉奇怪，奇怪的是两口井相距仅五六米，一口井喷出的热水清澈，蓝茵茵的；另一口井喷出的热水像淘米水一般浑浊，传说喝了这浑浊的泉水就会怀胎，不过这浑浊的热水还真表现出了一点点玄奥。井的上方，有一个石碑，石碑上书有碑文：怀胎井起源于一个“泉水送子”的美丽传说，故称怀胎井。其水温为88度，含有丰富的微量元素，具有促进新陈代谢及调节内分泌的作用，对月经不调及内分泌紊乱具有疗效作用，常为不孕的女子津津乐道，故称为大自然造就的送子观音。

呵呵，说白了就是“药泉”，与矿元素有关，或就是硫黄。

传说清朝年间，当地有一大户人家，世代单传，儿子娶了一个貌若天仙的媳妇。可是，已经过门三年了，这媳妇还没有怀胎，婆家急得要命，开始扯鸡骂狗，后来直截了当：“我家讨了你个不下蛋母鸡，你要叫我断子绝孙吗？”情笃爱深的两小口不得已离家出走，远走高飞，他们躲到了热海这一带，想过男耕女织的日子。劳动时候口渴了，就喝这口井的水。却没有想到，媳妇怀孕了，丈夫喜出望外。十月怀胎，果然生了个胖小子。这时候婆家知道了，转而讨好儿媳妇，恨不得八抬大轿请回去。且一家带着下人大阵仗地来到井边，宰三牲祭井。从此，一传十十传百，这口井便名播遐迩，老百姓把这口井叫做“怀胎井”。

我一个大男人，没有想法，但结识的朋友中有不孕不育的，多年来看他们煎熬，已经快要撑持不住了，说不定哪一天轰然一声……

不堪去想，如果传说是真。

我愿意再次为那些人膜拜。

第二十二节　勐远——道是人间却仙境

这小女子搞笑，我的一个朋友，姓刘。

在从勐远回来的车上，我说我想写一篇散文，给当地的报纸副刊，我问她怎么个开头好，没有想到她居然当真了。

她便娓娓说来：小时候，我曾在一本插画书中读到过一个英国旅行家的冒险故事。那本书到我手中时早已被别人翻看得残破不堪，既无开头也无结尾，我甚至不知道书名是什么；但它的内容却令人印象深刻，我至今还记得一些很小的细节。那个幸运的主人公走遍全球去寻找人间天堂，有一次他跟一个贵妇谈到天堂的一些基本要素，其中之一是说，天堂的植物应该是高大而茂密的热带雨林，而非低伏浅薄的灌木丛。于是我想，勐远就是。

没想到，没想到，我一连说了两个没想到，她大笑起来，说我老帕：“相信小女子的才思泉涌了吧！”我说，相信了。

她笑得更欢了险些被口水噎着。

后来我才知道，这刘丫头忽悠了我，是她看到别的人一篇散文，开头就这个样子。不过我佩服，她背诵得一字不漏。

勐远仙境地处云南西双版纳勐腊县境内，是典型的热带雨林、溶洞文化。传诸葛亮南征时曾经扎营勐远，被这里的山水所魅惑，惊叹“此乃仙境也”，勐远仙境便由此得名。

不打算写勐远的洞，看过的洞太多了，但不写洞又写什么？

小刘说，那就写我吧。我“呸”，她一点不害羞，她便接过我的话说，那就写写“诸葛亮与勐远”。

也是，这里的人把诸葛亮到西双版纳的故事说得天花乱坠，说他给版纳的傣家人民留下了三件宝贝，其中一件是就改善了傣家人民住宿问题的类似于八角帽的楼顶。还有另外两件，就是傣族妇女们穿着的裙子和孔明灯。另传诸葛亮南征时还给西双版纳带去了多种农作物种子及种植技术，其中包括茶叶。故诸葛亮又被尊为“茶祖”。为了让人家相信，有的人甚至搬出了史册。说，不管是檀萃的《滇海虞衡志》，或师范《滇系・山川》《普洱府志・食货志》《续云南通志》等，都有记述当时传闻掌故的内容。尤其《普洱府志・古迹》中有这样的记载：“六大茶山中有孔明山，是诸葛亮的寄箭处。”该志还记载：“（孔明）祭风台在（普洱）南六大茶山中，登其山可俯视诸山，相传武侯在此祭风，又呼为孔明山。”

事实上，诸葛亮于公元225年三月开始南征，大军分三路出发。马忠率东路由僰道（经川南入贵州境），直取朱褒；李恢率中路军经平夷（贵州毕节）“案道”向建宁，抄袭雍闿、孟获后方。诸葛亮亲自率西路主力军从成都出发，到达“去（越嶲）郡八百里”的安上（四川屏山县西新市镇），然后“自安上由水路入越嶲”，到达“去郡三百里”的卑水（四川宁南附近）。此时高定在旄牛（四川汗源）、定筰（四川盐源）一线驻军，而雍闿、孟获也从滇东渡江驰援高定。诸葛亮“欲定元军众集，合并讨之”。正在决战时刻，高定的叟兵发现上了雍闿的当，袭杀雍闿，“孟获代闿为主”，继续顽抗。诸葛亮抓住敌人内部混乱的机会，攻下越嶲（郡城在西昌县东南），击杀高定，跟踪追击孟获。战事由四川转入云南境内。

诸葛亮从“五月渡泸”到“秋平四郡”，在云南境内作战约四个月，然后又由滇东班师，十一月到汉阳（四川庆符），十二月回到成都。整个行军路线根本没有到过版纳。

小刘说，诸葛亮来没有来过西双版纳或来过勐远，恐怕已经不重要了，重要的是这里闻所未闻的溶洞群。

我不写这里的洞都不行了。

在《贝叶经》《版纳秘史》中记载的勐远有各种溶洞100多个，最长的溶洞长达10千米，是一个洞穴探险的绝佳去处，洞中隐藏着富有层次变迁的曲折路径，还有着地下银河的闪烁大气。岩溶地貌资源丰富的勐远仙境景区中更是孕育出众多的石峰、石森林、石笋、石芽、溶洞和地下暗河等自然景观，洞内还有蝙蝠、鸟、鱼、蟹等动物。

其中的一个溶洞叫宝角牛洞，傣语叫“潭怀毫香”，长达3360米，目前可游览的为1400米，洞穴高差达88米，溶洞洞身奇特，地质结构十分复杂，狭窄处仅容一人穿过，宽阔处可供万人集会。这个洞还有一个神奇的传说，传说很久以前，野牛谷被一个老牛王统治着，但为了捍卫自己的宝座，他驱逐杀灭所有的公牛。一头母牛得知自己身怀一头小公牛，于是默默离开牛群，躲到山野里独自将小牛抚养长大。小牛得知这些事实之后，毅然要挑战老牛王。它跑到溶洞里修炼本领，遇仙人相助，长出一对银光闪闪的锋利牛角。终于有一天，向牛王发起挑战。宝角牛之战惊动了西天佛祖，释迦牟尼为帮助宝角牛，从南海引来一条飞天神龙，在神龙的助力和佛祖的庇佑下，宝角牛终于打败残暴的老牛王。

如今洞内一处极为形似的景观被命名为“神龙护洞”，以此来表达人们对于佛祖的敬仰之情。在溶洞内，随处可见从泰国远道而来的信徒留下的一堆堆石块，一个石块代表一个愿望，它们整齐得叠放在一起，通常密集地处在暗河的沿岸上，有时候石块还会出现在暗河对面，让人匪夷所思这些祈福者是怎么办到的？据说，曾有一名泰国信徒来到溶洞，为家中久病不起的老母祈福，他虔诚地祈求佛祖救救重病的母亲，并接了一碗佛台边池子里的水，带回去给母亲饮用。母亲的病居然自此之后奇迹般好转，信徒回到溶洞还愿，这个故事在东南亚国家信奉南传佛教的民族之间广为流传，于是，人们就把个水池名为“圣水池”。不过这池里的水有时满溢，有时干涸，让“圣水”更为神秘起来。

再写点别的吧。

勐远的热带雨林，绝对大有可写。

小刘又开口了，说老帕，还在纠结的话，还不如写我。

逗我一笑，就算结束了这次的勐远之行。

第二十三节　勐仑植物园——乱花渐欲迷人眼

当然要先说版纳的树。

椰子树，总有那么一些胆小的人担心树上的椰子会掉在她们的头上。

不好说。

先说勐仑一词，它意为柔软的平川。在西双版纳众人皆知的旅游景点民间传说，佛祖释迦牟尼到西双版纳讲经的时候，曾路经勐仑坝子边沿的勐仑河畔，由于极其疲劳，便落座在一块石板上小憩。不知何故，释迦牟尼所坐之石，竟然毫无坚硬之感，反觉柔软如棉。释迦牟尼感慨万分地说："此地石软如棉，就叫勐仑吧！"从此这个平川便有了勐仑——柔软的平川这么个名称。

说勐仓，一些人不一定能反应过来，要说是中国科学院西双版纳热带植物园，再懵懂的人都会一下子回过神来。

植物园位于勐腊县勐仑，距离景洪有 96 千米，距勐腊县城有 100 多千米。流到这里的澜沧江支流——罗梭江刚好拐了一个弯，把陆地围成一个葫芦形的半岛，人们就把它叫作葫芦岛，植物园就建在岛上。葫芦岛占地有 15000 亩，土质肥沃，海拔为 570 米，属于热带气候，全年平均气温在 21℃ ~22℃之间，最高温度在 38℃ ~40℃之间，湿热的气候，为热带植物的生长提供了良好的条件。

葫芦岛四面都是山，自然植被保护得比较好，1958 年，在我国著名植物学家蔡希陶教授的倡导下，成立了云南热带植物研究所，建址大勐龙，1959 年迁到葫芦岛。经过 40 年的发展，现在岛上种植了 3000 多种国内外热带、亚热带植物，是中国科学院所属的一个重要热带植物园。

前往植物园的罗梭江上有座大吊桥，过了大吊桥就到植物园。路两边生长着高大的亚热带乔木。像茶树丛一样的是名贵的美登木，这是一种能提炼治疗癌症药物的树木，是蔡希陶教授费尽千辛万苦在大山里找到的。这种植物的发现，给癌症患者带来了福音。那些生长着大叶子的是龙血树，是蔡希陶教授亲手栽培的，龙血树制造"血竭"的主要原料。血竭具有活血、止血等作用。

走进园内，最引人注目的是高达三四十米的国家一级重点保护植物——望天树。在热带雨林区，这棵高耸入云的树中巨人，从远处看就像鹤立鸡群；从下往上望去则像一把利剑直插云端。

园里的树奇形怪状，一定会让你看得眼花缭乱。

霸王棕，顾名思义，棕榈树中的"霸王"，高达 60 米，"手掌"长 3 米，且坚硬如铁，别名：铁掌巨人。

油桐，能结出50斤一只、含油60%的果实。

贝叶棕，被称为是傣族人的“文化树”，傣族人就是用它的叶片记载传承他们的历史和文化，因此，傣族文化也叫“绿叶文化”。

酒瓶棕，圆滚滚的，像站在那的一排酒瓶子。

光棍树，上无片叶、下无根芽，但叫“光棍”有点伤树的自尊。

奇迹树，每年长高3米，照此长下去还不撑破天？

还有轻木树、铁力木、导弹树、绞杀树，箭毒木、挨刀树、龙血树、美登树、鸡蛋树、香肠树、面包树等等。

还真有树撑破天的，它叫望天树，在勐腊有一棵树高80米，腰围3米。

独木成林，我就不说了，留给你去想象。

第二十四节　武定狮子山——一个皇帝出家的地方

武定狮子山，号称“西南第一山”，其山形像一头伏卧的狮子，故名狮子山。

狮子山有许许多多的传说故事，在这些故事中，有关明朝建文帝削发为僧，来狮子山出家的故事，最为生动，而且在当地家喻户晓，“钩担戳出月牙潭”，便是众多动人故事之一。但《明史》中只有简单几句记载：“都城陷，宫中火起，帝不知所终……或云帝由地道出亡……自后滇、黔、巴蜀间，相传有帝为僧时往来迹。”

600多年来，因为狮子山有大明皇帝在狮子山出家，便引无数迁客骚人和探秘者前来凭吊、寻找“遗迹”，使得古刹香火盛极，绵延不绝，成为“中国八小佛教名山”。

狮子山牌楼前有用整块红砂石雕琢而成的石坊，做工精细，刻镂粗犷。坊额上刻有“乾坤双树”四字，石坊高5.8米，建于清康熙四十六年（1707年）。

石坊两侧对生的巨大杉树，一株粗壮，一株修长，故名“乾坤双树”。一株高28.7米，5人牵手才能合围；右边一株，原树被雷击死，民国年间补植，树稍小。

乾坤双树既指道家阴阳观，又是佛家清静地，表明这块净土是三教合一之地。这石坊是入正续禅寺的起点。

石坊上刻有对联："山藏龙伏隐高峰永作滇云盛春，天遣狮蹲守宝地祥钟罗婺灵源。"此上联道出了狮仗龙潜的传说；下联说出了武定的地方历史典故。

"罗婺"是武定一带的风氏彝族土司罗婺部族的称呼，至今狮山南坡还留有风氏土司屯兵遗址，北麓侧背处留有云南巡抚平定风氏叛乱的古战场遗址。

坊联将狮山称为罗婺部族的灵源、宝地。

进入山门，正面墙壁上有这样一幅大壁画，画面上画的是明惠帝芒鞋徒步隐狮山的传说故事。

从左侧上石阶，可见牌楼上迎面有"西南第一山"楷书匾额，背面为"狮子山"行草大字，系同治十三年汤绍悦所书。

进入牌楼，穿过天王殿，这就是被称为"诸天楼阁"以正续禅寺为主体的古建筑群。

正续禅寺始建于元武宗十四年（1311 年），完成于延佑七年（1320 年），后经印度名僧指空扩建，是为续寺。寺院的扩建者指空禅师系印度有名高僧，在滇中地区享有极高声望，他选中狮山作为传教圣地，并对寺院进行了匠心独具的扩建，使得这座滇中古刹，顿时生辉不少。

后来，指空辗转去了韩国，传播佛教，开宗立派，至今仍受韩国人民的顶礼膜拜。

寺内大雄宝殿雄伟耸立，周围的亭院以及楼台亭阁，布局巧妙。遍布于寺内的各种碑刻、楹联出自历代名家之手，有着丰富的文化内涵。

大雄宝殿有一联：叔误景隆军一片婆心原是佛，祖兴皇觉寺再传天子复为僧。

上联讲述：靖难之变时，征虏大军李景隆率十万大军与靖难军作战，屡战屡败，损兵 40 万，众臣主立杀景隆以励军心，建文不听，反而重用。燕军兵临南京城下，李景隆打开金川门，降迎燕军，南京城陷。

下联则述：建文祖父明太祖朱元璋幼时曾在皇觉寺当过和尚，传到建文帝朱允炆又当了和尚。

大雄宝殿后面的藏经楼，依山而起，几乎与狮山主峰融为一体。楼下的祠阁所供的坐像，不是佛家诸菩萨，而是供奉有建文皇帝的塑像，而且是按皇宫格式建造的宫殿式建筑，所以称为惠帝祠阁。此阁建在一个高 8 米的石砌平台上。平台正面无阶梯，需由左右两侧仅容一人通行的石阶"九龙口"登上围有花板和石栏的丹墀；石栏栏头有一只动物，当地人称望天猴，这就是只有在皇宫前华表柱头上才有的那个“犼”，台下有9个高低不一的平台，这就是按官职品位大小跪拜的“品级阶”。

惠帝祠阁里重檐歇山顶式的两层木架结构建筑，高14.85米，占地面积835平方米。座前高挂的是“帝王衣钵”的巨匾，两边楹联构思巧妙，上联是“僧为帝帝亦为僧，数十载衣钵相传，正觉信然皇觉旧”，下联为“叔负侄侄不负叔，八百里芒鞋徒步，狮山更比燕山高。”对联讲的是：朱元璋幼时当过和尚，后来成为皇帝。帝亦可为僧，朱允炆当了皇帝后又成为和尚。叔负侄，指燕王朱棣把侄子朱允炆赶下皇帝宝座，自己登基做了皇帝。侄不负叔，朱棣早有争夺皇位的野心，大臣提醒建文加以警惕，建文却说：“燕王骨肉至亲，应无他变。”靖难之役中，一次朱棣在夹河陷入重围，眼看就要被生擒，建文却下诏：“勿使负叔父名。”竟让朱棣骑马鸣角穿营而过，安然逃走。

祠阁里还有一副对联，讲的是建文皇帝隐居狮山：“衮龙换袈裟抛却东北九五尊，飞凤易芒履来隐西南第一山。”

入殿，只见两条五爪金龙盘柱欲飞，中间这座悬有“明惠帝”匾额的佛龛内又有两条金龙护卫着建文皇帝的塑像——一位身披袈裟的慈眉善目的老和尚，他眉宇间透露出慈祥而带忧愁的神情；旁边侍立的两个和尚，就是随同建文帝削发为僧，以后死于洱源的监察御史希贤（法名应贤）和吴王杨应能（法名应能）。

藏经楼上供奉着释迦牟尼佛，东南北三面设隔门，与檐厦构成回廊，可在这里观赏全寺风景。这板壁上有百余幅壁画，各位请看，这些是佛陀生平故事，讲述了达摩东来的佛教传统，画面技艺娴熟，画笔流畅。

词阁两厢里是45米长的神仙栏。两旁是供奉跟随建文帝出逃到云南的9位大臣牌位的“从亡词”。神仙栏内塑有56尊高1.8米的泥塑彩像，这些泥塑形象逼真，神情各异，是难得的艺术品。

坐落在正续禅寺北侧，占地50余亩的“红云轩牡丹园”，明初即有牡丹种植于此，至今已发展到32600余株，120余个品种，其中全国闻名的珍贵品种有“垂线愈黄”的姚黄、“碧绿修茎”的豆绿、“纯正红色”的胡红、折叠瓣、中心呈淡黄带粉色的赵粉，还有“青龙卧墨池”“杨妃播翠”“珊瑚台”“威草炉”“万世生色”“酒醉杨妃”等。分红、黄、粉、白、蓝、绿、紫、墨、复九个色系。花形有单瓣、重瓣、米重瓣、楼台瓣、丝絮瓣、盘状、陀状、球状等千姿百态。

建文皇帝在遁迹狮子山为僧时就亲手种植过一株白牡丹，历经600多年沧桑仍然盛开不衰，且花大如盘，艳压群芳，1988年被中央电视台称为“中国牡丹之最”。

第二十五节　碍嘉的生命质感

我并不觉得碍嘉有什么过人之处，因为是在所有的关于碍嘉的文章当中，没有一个人写到了碍嘉的本质，那就是碍嘉厚重可触的生命质感。

碍嘉这方水土，来者的眼光往往先在于水。

碍嘉的水有些偏执，在山之水不羡出山之水那是假话。碍嘉的水就变得矜持了些，毅然决然的性格，有点像假小子，原本应该的风情万种，却只剩下了俏皮和顽劣。

川水就是川水，缺乏大而远的目光，也就尤其自恋。

你会说碍嘉的石头不也和碍嘉的水一样?

非也。

碍嘉就因为天上掉下一块陨石而得名，又因陨石而得“鄂”字，这可是和千古一帝的武则天平起的尊严，武则天为自己的名字造了个“曌”，碍嘉人为自己的生息之地造了个“碍”，纵使你在众多的舆志典籍中，恐难找出第二个。

碍就是石的意思，是彝话。

《乾隆碍嘉志》载：“元大定间，大星殒于碍嘉之黑初山，化为黑石，状如东瓜，有点如星，击之锵然有声。人言举之则动，言騄举不动，土人以为怪，积薪焚之，雷雨交作，终惧而止。”

这描述绘声绘色，当时之事，也只有天人知道，但石头是真的，志书上也白纸黑字地写着：“明嘉靖间，碍嘉知县杨永江，移至土地祠，立春祀之，今存城隍庙内。”“文革”期间，供销社盖房子，有人把这块陨石拿去垫了墙脚，这是邑人苏家学告诉我的。怕我不信，他一再强调，只要有点年纪的人都看过拜过。而且，有一年还有两个老外不远万里而来，带着仪器，探测出了陨石安榻的位置。

我笑而不言，老苏有些急。

其实，我信，就凭碍嘉一城，借三面绝崖，一面垒石为墙，就足以说明碍嘉人对石的理喻与推崇。

而又四目之下，多石头，石头理所当然就是碍嘉的本质。

一路上，我先后三次下车，都是去看溪下的石头。

或站或坐或躺，或平视，或俯瞰，或仰视，我把每一块石头都当活生生的生命看待。

这些石头，大的数丈之高，不是人可合围，论斤重，更不可秤称。石头的颜色好看，黝黑厚重，水过之处，又显得白皙可人。

石头状貌各异，也就给了人们无限遐想。麻嘎河小憩，得一“石来运转”算是佳话，尽管“石来运转”早已见诸省府昆明的许多酒店，却也不嫌剽窃。这里有一农家乐，按地理绝对是不二佳境。背山望川，竹木庇荫，尤有大石把门，天设地造，疑是桃源人家。老板娘端上泡核桃、香花生、葵花子和茶水，好生服侍着我们。突然说，农家乐还没有取名字，于是七嘴八舌，有的说叫“大石头农家乐”，有的叫“麻嘎河农家乐”“飞来石农家乐”，有的说，要取就像古华取的“相思女子客店”一样的暧昧，令人馋不得，最后是一作家插声道：不如叫“石来运转”。大伙都知道借“时”和“食”，石来运转会不会被老板娘奉为招牌，那是后话。

看石头，要有心境，否则还是石头。“远看石头大，近看大石头；石头果然大，果然大石头。”这是我一直叨念着调侃着的，这是俗人的眼光，不足为奇。

即便是俗人，碍嘉的石头也大为有用，起房打灶，总会觉得这山石带来的便宜，邑人的偏爱自不必说。

我看碍嘉的石头，首先不是传统眼光里的石头，瘦、漏、透、皱、清、丑、顽、拙、奇、秀、险、幽。

十二看家之长只占一二，这还是勉强。其次不是用来把玩的，它撂于荒野，都是那闲情逸致，任尔东南西北风的自我性格。

碍嘉的石头只适于亲近，无论你下到溪涧，还是爬山头，择一石而盘踞，便陡然感到身体的变化，仿佛血液穿透石头循环到你的体内，那一丝丝凉意迅速扩散一直到全身酥软。

更有闲花、溪流、阳光。

这山野的四季虽也分明，但花树种种，无论寒暑，都有花开相伴，又听得溪水淙淙，鸟语呢喃，沐浴着恰是温柔的阳光，那惬意了得，身临其境，你一定不会艳羡神仙的快活。

尤其半卧半仰，卧可以神闲气定，仰可以思绪翩跹。云舞溪跳，更显得山石的沉静、冷凝，人在其上便感这些背负承载责任与支持力量的石头，不是别的，这就该是人类的伙伴。

记得宋代著名画家郭熙说过："山以水为血脉，以草木为毛发，以烟云为神采，故山得水而活，得草木而华，得烟云而秀媚，水以山为面，以亭榭为眉目，以渔钓为精神，故水得山而媚，得亭榭而明快，得渔钓而旷落，此山水之布置也。"这头头是道的还是草木亭榭，烟云渔钓，不免喧宾夺主，我不以为然，倒是"石为山之骨，而泉为石之骨"的说法，反而为我道出了礍嘉山石的真谛。想见，如果山少了石头，水少了石头，草木也少了石头，那一定是不堪的性格，就是别样的情景了。

因石而生的性格总是要多了些刚强和倔强，甚至是匪气。

礍嘉的从前是匪盗猖獗，无论在清朝同治年间显赫一时的土司尉迟品玉氏，还是颇具传奇色彩匪首普有能，一个是称霸一方另一个甘愿落草为寇，我想，都与这礍嘉的山水人文不无关系。

邑人苏家学的嘴里土匪普有能和他那美丽的压寨夫人，一个悍凶蛮霸，一个缠绵悱恻就像演绎着一部传奇电影。

还有当年被推为"彝家兵马大元帅"的李文学，而最后告败人头落地，也不无沾染了那山石的刚性，宁死不屈，视死如归，有乌龟山的石头作证。

礍嘉的男男女女好像都是刚性的，挨到晚上，礍嘉的天地就变了一个样，灯红酒绿，男人女人的张扬，让小镇落得个百里乃至千里之外的名声，不说那歌厅酒肆怎么个花样又怎样地随心所欲，那是暗地里的是事，当我不闻不见。

夜市摊上，又是别样的战场。

礍嘉人烧得吱吱作响的小刀肉，还有冒着热气的小灶酒，三碗不过冈的豪情，让人醉倒的不是家门口，而是女人的酒歌之中。

有幸得哀牢山自然保护区的盛情相邀，书记又是个能干且个性鲜明的女人，一场篝火晚会，让我见识了"闪腰舞"，我这挖老板田的笨拙，无法融入，哪怕沦为看客，也会血脉贲张。

如果想期遇七月半的鬼节是要有准备的，至少在心理上。

鬼节上“摸奶”的讹传反而成了碍嘉的最好招牌。

只是在彝人古镇，一些浪人把上好的风俗庸俗到了骨子里，以“流氓”有过之而无不及的方式意欲复制这个节日，若仅仅赚取几个臭钱倒也罢了，偏把虚得的恶名传扬开来。

碍嘉的鬼节其实是个“情人节”，是有情人的舞台，大胆不过是碍嘉人的性格而已，“咸猪手”极其个别，有情人又何必在意你我，这才是真的。

在我看来，归根结底碍嘉的闪腰舞和鬼节上的所谓“摸奶”也只是为碍嘉的刚性中增添的些许柔性罢了。

面对或者融入这一切，切肤的感受还是碍嘉那些大大小小的石头，觉得唯有碍嘉的石头可以透出碍嘉的生命质感。

第二十六节　茶花故里

据金庸《天龙八部》所记，段誉对不懂茶花的曼陀山庄王夫人珍藏的数盆茶花嗤之以鼻。“有一种名种茶花，叫作‘十八学士’，那是天下的极品，一株上共开十八朵花，朵朵颜色不同，红的就是全红，紫的便是全紫，绝无半分混杂。而且十八朵花形状朵朵不同，各有各的妙处，开时齐开，谢时齐谢”……段誉指着那株五色茶花道：“这一种茶花，论颜色，比十八学士少了一色，偏又是驳而不纯，开起来或迟或早，花朵又有大有小。它处处东施效颦，学那十八学士，却总是不像，那不是个半瓶醋的酸丁么？因此我们叫它作‘落第秀才’”。

王夫人又道：“湖中风大，这四盆花在船舱里放了几天，不见日光，快拿到日头里晒晒，多上些肥料。”段誉道：“我笑你不懂山茶，偏偏要种山茶。如此佳品竟落在你的手中，当真是焚琴煮鹤，大煞风景之至。”

当我写下“楚雄茶花甲天下”的标题时，还是有些担心，“甲天下”是否口气大了点。但爱茶花的人大抵都会读过《滇中茶花记》就说：“茶花最甲海内，种类七十有二。冬末春初盛开，大于牡丹，一望若火齐云集，灿日蒸霞。”《滇略》卷三说：“滇中茶花，甲于天下，而会城内外尤胜。”《山茶百韵》的序言也称“滇茶甲海内。”这些文字都说明，作为中国八大名花之一的茶花，云南山茶早就闻名海内了，是名副其实的甲天下。

有人说楚雄茶花甲天下是无依据的，云南山茶备受关注是在昆明，黑龙潭的早桃红、金殿的蝶翅，太华寺的松子鳞，她们不仅进入到杨朔的《茶花赋》，郭沫若也有一组歌咏昆明山茶花的诗，其中写金殿的“蝶翅迎风舞，山头日已斜”和写黑龙潭的“茶花一树早桃红，百朵彤云啸傲中。惊醒唐梅睁眼倦，衬陪宋柏倍姿雄”这些名句使得这些茶花声名鹊起。他同时所写《咏茶花》诗中的“艳说茶花是省花，今来始见泛红霞。人人都道牡丹好，我道牡丹不及茶”，更是家喻户晓。似乎觉得楚雄茶花比大理、丽江茶花的名声也不及。丽江玉峰寺的万朵山茶以及大理白族家家种植茶花，户户用茶花美化环境的佳话，甚至白族姑娘多以茶花取名，因金花姑娘太多，有了《五朵金花》的电影名扬天下。

茶花，不仅是中国的名花，而且在几百年前，茶花从中国等国传入英国、瑞士、美国、澳大利亚、荷兰等国后，茶花为全世界各国人民所喜爱，最终成为世界的名花。花的富贵，高雅，不惧严寒，既可在山野溪畔沟谷顽强生长，也可在庭院寺庙落土生根。正如邓渼在《山茶百韵》中所概括，茶花具有十大特有的品性，即色艳而不妖；百年老树，青春常在；枝杆高耸，大可合抱，雄奇壮观；肤纹苍润，若云气缥缈；枝条壮似麝尾、龙形可爱；蟠根兽㰏，可依可枕；丰叶如幄，森沉茂盛；性耐霜雪，四季常青，有松柏操守；次第开放，花期漫长；折入瓶中，水养多日不变，含苞亦能开放。这十大品性，大富大贵的牡丹不及，傲霜斗雪的蜡梅也稍逊于后。因此，茶花之品性，为追求真善美的人所倾慕。

楚雄茶花是有名有实的，不但是楚雄市，在众多茶花之都的角逐竞争中，赢得了 2012 年举办第 27 届国际茶花会的主办权，而且楚雄人栽培茶花的历史悠久。从现存人工栽培茶花的实物考证，至少可追溯到 800 年前。因此，楚雄的古茶树最多。

紫溪山之所以成为国家级的森林公园，除了这里丰富的森林资源外，还有一个重要原因，就是这里生长着大量的山茶花古茶树，几乎涵盖了茶花的主要品种。从大的方面看，云南山茶的 9 个属，楚雄占了 8 个属，而紫溪山就有 6 个属。1996 年云南省人民政府公布的《云南省古树名木名录》中百年以上的古茶树为 111 棵，而楚雄就有 67 棵，占 60% 以上。这些古茶树，大多生长在紫溪山公园。

溪山古茶树之多、之奇特，的确开创了中国山茶史之最。树龄300多年的“彝山表妹”、200多年的色奔以及名贵的楚雄茶、鹿城春、泽荷、胭脂、国楣、楚蝶、紫溪、东林、紫烟……

走进紫溪紫山，那一棵又一棵高耸屹立的古茶花树，花逢盛世，返老还童，火红如霞，映红蓝天白云，映红清水溪流，映红绿草碧茵，那火红的气势和灿烂，就像杨慎的《月节词》中所写的：“正月滇南春还早，山茶处处齐开了，艳李妖桃都压倒，装点好园林，处处红云岛。”

由于山茶花和佛教文化相关，又称之为曼陀罗花。过去紫溪山就是一座佛教名山。在明、清时代，紫溪山佛教寺庙已达百多座。这些寺庙虽多，却在日后的战火天灾中毁没，但山茶花由于受到护花人的保护，加上这里良好的气候、肥沃的土质、水分充足、山清水秀，茶树峥嵘，穿越千百年的历史烟云，依然笑傲于人间。

和相国茶齐名的，还有一棵树龄高达600多年，能开红白两花的古茶树。这棵古茶树曾吸引过明代画僧名士担当的注目。大概也是这样的一个早春二月，担当和尚凝神仰望一树开两种花的茶树，顿觉灵感袭来，便脱口而出，吟咏了一首世代传颂的《山茶花》名诗：“冷艳争春喜灿然，山茶按谱甲于滇；树头万朵齐吞火，残雪烧红半个天！”这“红云白雪”相照映的古树奇花，为楚雄所独有，也是世界所独有。元代僧人把一棵白茶花嫁接在原生的红花滇山茶树上，天长日久，就长成了这棵一树开两花的奇观。红花命名为“紫溪”，白花命名为“童子面”，使这棵古茶奇树成为“沧桑历尽千百载，名冠南中第一枝”。

紫溪山的古茶树，成为楚雄山茶的传奇。名花古树“紫宝”“灵峰”，不仅花美，故事也很有意思，它是朱元璋的三儿子晋王朱桐之孙朱铸臣在紫溪山参禅诵经时所植。

在一棵古茶树旁，立碑书写着清代定边知县杨书的《紫溪山茶花》诗。诗曰：“东风吹绿紫溪草，碧汉璃宫觉春早，大块韶光一片明，群山树色千重晓……宝珠移种漫相夸，斗大朱英擅第一。庆云烂漫迷朝霞，赢却春前百万花，绣被锦帷天半叠，直愁青帝穷精华……寄语山僧须护惜，滇南无此最高枝。”

紫溪山作为山茶花的特种基因库，古茶树倾倒了中外的茶花专家，而原生的野山茶，厚皮香、连蕊茶、滇山茶、大头茶、红花油茶、银木荷，成为原始的家族，使紫溪山成为中国茶花的重要的原生地。正如著名植物学家冯国楣先生多次考察紫溪山后所说："紫溪山是云南山茶的主要原生地之一。"

中山镇的黑牛山，更是一个野山茶开放的花花世界。

黑牛山，名字很土，但它是很美的地方。有一个名叫庙岭岗的彝族小村。庙岭岗的野山茶，从山头到山箐，成片生长，多有历经数百年风雨的古老原生山茶屹立其间。她们树干粗壮如小水桶，基径达 100 多厘米，树高数丈，花开万朵，树树都可堪称万朵山茶。庙岭岗人敬山茶为花神，花开之时，都要举办祭花神仪式。每年腊月 14 日，全村男女老少，洗沐更衣，选准一棵花开繁茂的山茶古树，供奉猪头、鸣放鞭炮、点燃香烛，叩拜花神，祈求花神保佑山村、人畜安康、风调雨顺、天地人和。

和庙岭岗村相连的大丫口村，也是古树新花，一片灿烂。有棵老茶花树，树龄六七百年，树冠覆盖面积近 60 平方米。

在不远的犁头房村，几乎每棵野山茶都在百年以上，有一棵基径达 1.28 米，树龄超过千年，可称茶花树王。这个不到 7 户人家的小村，百年以上的原生野山茶，就有 172 棵。对黑牛山野山茶考察的不完全统计，这里的原生野山茶三万余棵，百年以上的古树七千余棵，而且都呈原始状态，具有很高的科研价值和观赏价值。

我该可以说楚雄茶花甲天下了吧。

第二十七节　在咪依鲁家乡，与传说的红花一起跳舞

昙华是一首诗，能读懂的人不多。

昙华有一个动人爱情故事。潸然泪下的人多了，这里也就成了不俗也不腐的情感地带。

昙华有个插花节，节日你也可以不来，但后悔的最终是你，而不是昙华。

到昙华，诗人会不显才情，摄影家们会慨叹无处不美都入画。

昙华的美有一点野性，有一点顽皮，有一点率真……诗人如是说。

昙华的美是秀外慧中，含情脉脉，摄影家如是说。

我说，我什么也说不出来。

就像北京诗人刘毅峰在他的《初恋楚雄》一文中喟叹的：

到了楚雄才第一次感到不会写诗的苦恼，就像一个哑人不会讲话一样。到楚雄的那天黄昏，几个同行在街上散步，见天是那样地湛蓝，那样高远，有一诗人说，诗人到了楚雄就不会写诗了，因为这里到处是诗。忽听远处传来抑扬顿挫声。有人说，听，像有人吟诗，再细听，是一个小孩的哭声，诗人们大哗，楚雄小孩的哭声也像吟诗啊，因为楚雄太美了，太灵杰了。

可惜这位诗人未去过昙华山。

昙华山离大姚城44里，与泱泱华夏名山大川不争，在云南大小算得上是座名山。昙华缘何得名，有一说，按字面得来即是开满鲜花的地方。另一说，昙华为彝语，“昙”为“塔”，意为松树，“华”为“多”，也就是说，松树多的地方。

此说彼说都在理，我都信。

不管什么时候来昙华山你都不会遗憾，这里四季都有景，景景都动人。

春天来，这里的山花分外惹人。漫山遍野的杜鹃花一簇簇、一团团，红的就像燃烧着的火、紫的像流动的云霞、白的像皑皑的雪、黄的像冉冉初升的朝阳……花是昙华山的灵，你得留心地品，留心地读。若感悟不出什么，那说明你的心不真，除非你无意。

秋来看松。

松是昙华山的魂。

从昙华寺起脚，一路古木抚风、声出微澜、沙沙如吟。彝族诗人高奣映也为此动情，作诗一首，不吐不快。

诗曰：“柴门虽设未尝关，亲看悠禽自往还；尺壁易求千丈石，黄金难买一生闲；雪消晓嶂闻寒瀑，叶落秋林见远山；古柏烟消清昼永，是非不到白云间。”

诗人的诗中不无幽怨、愤郁，但笔下的昙华山都还是美轮美奂的。

苍松翠柏昂首相向，挺立入云，岂不像一道从未关启过的柴门？秋天的树叶落了，但并不凄凉，但看远山藤蔓依旧含青吐绿，这更像是一幅妙笔丹青。

在觉云寺旧址，虽已不见香钵袈裟，但也不由得敬畏。那残碑上依稀可辨：

“月影低留地，云痕涉楼空”，据说这是隐居告老的高奝映闲来之时，勒石镌碑，才有了这神来之笔。

流泉飞瀑，你顿悟山水相依。山的雄浑，水的温柔，有山有水就更加变得依依可人了。难怪游过昙华山的人都说昙华山是不怕疲劳，也不会有疲劳的。掬一捧山泉进嘴，困乏就会顿然消失了。更何况，随涧而下，你可以找到彝人的闪片、麻秆房，你就不愁没有小憩的地方了。

昙华的美不仅仅是花树杂形、水形潺潺。其山这奇险也算是昙华山的另一种美。

我把这种美叫嶙峋之美，是性情，有棱有角，有血有肉。

昙华山有许多听来毛骨悚然的地名：“鬼门关”“奈何桥”“望乡台”“蒸人甑子”“煮人锅”等，走此路就像走地狱之门，能不悚然？

其实到了“奈何桥”你就会惊叹不已，奈何桥并非是桥，而是连接两峰的一条险道。道下深壑万丈，瞰看不见谷底，人行其道，就会不由自主地感觉到了自己已在生死间。离“奈何桥”两三千米就是“鬼门关”，“鬼门关”也仅是一隘道，“天下容数尺光，道不并两人趾”可见什么叫狭隘。尤两边大树葛藤，相攀成“关”。有诗云“古剑劈山开，千年不合逢”，那鬼斧那神工也未必可凿可就。过“鬼门关”，攀援不久即可登山顶，这即是“望乡台”。立定“望乡台”，一览众山，皆为匍匐，极目四望，近风远景全收眼底。

踱步、攀缘、感情幽思，你能读懂多少昙华？

恐怕最读不懂的是昙华山的插花节了。

每年的农历二月初八，方圆十里数十里的彝族同胞都要涌向这里。

一袭盛装，不分男女，这也是因为是彝家人自己的节日，不漂漂亮亮地装扮一番，对不起节日也对不起自己。

插花节源于何时无从考证。但自从 1982 年恢复以来，就年盛一年，也不再是彝族人自己过自己的节，而更多的是慕名而来的游人和商贩。

节目也由自发改为当地政府组织，活动就更加紧凑有序。

节前，就要在进昙华山的公路上扎一道松枝门，进来的客人都要喝这道迎客酒。长号一吹，酒歌一唱，彝家人的热情就像点燃的火。这时的你，不单是一杯酒下肚，就连身心也会被融化。

插花节要赶好几天。明是初八才开始，却在初七的晚上，这昙华山上就已经是随处见人。

初八一早，毕摩率众人祭过山神之后，节日就算开始了。人们相约于旷地，手执手、肩并肩地跳舞或是互相插花。彝家人心里总有一个愿望不泯：鲜花遍插，福禄无边。他们还采来鲜红的马樱花插在门头、拴在牛角和农具上，其寓意祝愿吉祥幸福，日子红红火火。

这里白天跳舞，晚上唱歌，如果不跳舞不跳烂绣花鞋，不跳到黄灰冒就不叫跳舞了。那般起劲，没有不被感染的，总会有脚板痒得难耐的外地游客会丢去羞涩挤进他们中间，大有不来一次放纵就找不到自信一样。

唱歌对调，外地人就掺和不进去了。

一到晚上，满山遍野都是火塘，人们就围在火塘边上边饮酒边唱“梅葛”调。

除了这些星罗棋布般的小火塘，跳歌中央也是要燃起篝火的。可以说这是活动的主会场，火堆更大，火更旺，人也更多。

未婚彝族青年男女借此机会，在篝火边翩然起舞，尽显自己优雅的舞姿，以吸引对方。双方有意者，则送上一束自己亲手采摘的马樱花，就算定情了。

外来的游客也不必担心“居无定所”，如今昙华乡早通了公路，乡镇上还有了旅店、饭店、招待所、商店。如果在商店里买不到的，插花节的物质交流会上可任你选任你挑。

达旦燃烧的篝火和百鸟听了也动情的“梅葛”，你能入眠？

随你走到哪堆火塘，都会有酒喝，有煨焦的洋芋和其他干果。

再则听那缠绵悱恻充满了悲剧色彩的爱情故事：

很久很久以前，昙华山上有一个叫咪咪依噜的姑娘，出落得像山花一样的美丽婀娜。咪依噜自小聪慧过人，早早地就学会绣花。她绣出的花朵能引来蜂喋翻飞；她有一副黄鹂鸟般的嗓子，只要她的歌声一出口，就会引来林中百鸟啁啾；她会耕地、织麻、放羊……

一天，咪依噜来到山坡上放羊。她一边织麻，一边唱起了放羊调歌声清脆悠扬，随风飘过山岗、深箐，传到了在山上打猎的彝族青年朝列若的耳畔。朝列若的心醉了，醉得他忘了打猎。循着歌声，朝列若不知越过了多少山岗、丫口，越过多少深谷、溪流，终于在昙华山的山坡上找到放羊的咪依噜。

朝列若待在一片雪白的花丛中和咪依噜对歌。歌声传情，使两颗心慢慢地靠近了，就在这一天，他们私下定了终身。

那些日子，哪个山头都不太平。

尤其在昙华山，有一个穷奢极恶的土官。这个土官用榨取乡民得来的钱，在高高的昙华山顶盖起了一座天仙园。彝家人不知其用途，只听土官说，他请来了天上的仙女，在天仙园里教人织布绣花，每个寨子都要将最漂亮的姑娘送来侍候仙女。彝家人本性善良，纷纷将寨子里最漂亮的姑娘送到天仙园，可他们哪里知道，凡是送去的姑娘，都一个个被土官糟蹋蹂躏了。

就在咪依噜和朝列若约定见面的那天，土官派人传令说：天仙园已选中了咪依噜，必须在三天内将咪依噜送至天仙园。否则，杀了她全家不算，还要放火烧了全寨子。

听了这话，深知凶多吉少的咪依噜的阿妈哭得像个泪人，心里盘算着跳下深崖，一死百了。寨子里的乡亲们也纷纷躲到了深山密林中。

咪依噜看在眼里，恨在心上。她心里想，如果不是这个狗土官，哪会闹得这样鸡犬不宁？为了阿妈，也为了乡亲们，咪依噜毅然选择死。她从山上摘来了一朵剧毒的白花，插在自己的头巾上。她爬上了山顶，并瞒过戒备森严的家丁们，只身闯进了天仙园。

土官自他投胎入世也没有见过这般美丽的姑娘，也没遇过送上门来的好事，顿时连骨头都酥了。土官眯着色眼，忙不迭地吩咐家丁端酒来，准备和咪依噜喝个一醉方休。

面对猥琐而凶残的土官，咪依噜恨在心里，笑在面上。她佯装亲昵地，用手轻轻地从头上取下白花泡在酒里，并把酒杯举到土官面前说："愿我们永远相爱，共同干了这杯同心酒吧。"说完，咪依噜举杯喝下两口，然后递给了土官。土官早已情迷意乱，哪顾得上思索，更顾不上说几句耳热的话，一咕噜就喝了个碗底朝天。不大一会，土官和咪依噜都倒在了地上。

这时，朝列若把自己捕获的金色鹿子扛回家来，当得知咪依噜已进了天仙园时悲愤交加。他别上快刀，张弓搭箭，一路呼喊着咪依噜的名字向天仙园奔去。见朝列若凶神恶煞的样子，土官的家丁像丧家之犬，纷纷逃窜。

当朝列若找到咪依噜时，咪依噜却早已饮毒身亡。朝列若抱着心爱的人儿走出天仙园，一路走一路喊一路哭，走过昙华山的山山岭岭，眼泪都哭干了，眼里流出了血。鲜血把山山岭岭雪白的马缨花染得彤红。从此，昙华山满眼都是如火一样的马缨花。

如此悲情，如此凄美的传说，你能不动容？能不潸然泪下？

据说，1985 年根据传说改编的大型舞剧《咪依噜》进京演出时，不仅好评如潮，而还赚了不少北京人的眼泪。

昙华山就是这么一个地方。

插花节也就这么一个节。

第二十八节　方山之恋

先来看看汤世杰答问方山。

何谓方山？一座山取名如斯，最初或出于远睹时那四棱四角的方正外形。而华夏名山林立，不唯泰山、华山、黄山，连近处的苍山、玉龙等等，尽皆以意命名，何以惟方山以形名之？是古人词穷无以命名，还是今人笨到未解其意？细斟那两天行程，总觉以一个“方”字命名之无名山峰，绝非仅指外形，何况其外方，未必不是内圆。中国典籍中所谓“方”，常意指其浩大，品端，行正。而《易·坤卦》有云：地体安静，是其方也。《周礼·冬官考工记》称：圜者中规，方者中矩。《淮南子·天文训》更说，天道曰圆，地道曰方。足见“方”，犹“道”也。如此一想，方山便是一座“道山”，有大道深藏其中。而此“道”非道家之道，却是“大道之行”的道了。细斟至此，便喟然深叹：山川大地何曾错过？错的总是我们；该负罪的，也总是我们这些大地山川养育的子民。

所谓“仁德”，非止于明君良治，更多的倒出于山川。山川仁德，乃大仁大德。《逸周书·大聚》有云：“丘坟不可树谷者，树以材木。春发枯槁，夏发叶荣，秋发实蔬，冬发薪蒸。以匡穷困。揖其民力，相更为师。因其土宜，以为民资，则生无乏用，死无传尸。此谓仁德。”至此，那天我身在永仁方山，所思却远及天下。一个人，年少时什么都不服，大了才知道，人外有人，山外有山，天外有天。三十岁前我们无所畏惧，慢慢才懂得敬天、礼地、尊人。四十岁前，非亲眼所见我们什么都不信，年复一年才悟出，看见的未必是真，看不见的未必不真。山川施于人类以仁德之幸，我们对山川、对大自然又如何呢？人在做天在看。五千岁的中华应已年届不惑，更当深思慎行。《后汉书·鲁恭传》有谓：“进柔良，退贪残，奉时令。所以助仁德，顺昊天，致和气、利黎民者也。”一个民族和一个人一样，不妨眼界放高一点，目光放远一点，恭行温和善良，远离贪心凶恶，遵时令，促仁德，顺天意，达和睦，这才有利于家国百姓；从而以仁报仁，以德报德，永世敬重这片生养我们的大地山川。

汤世杰给方山封了个“仁德方山”，我给它封了个“天下方山”。

“天下方山”是我好多年前给的，在一次川滇两地作家聚集的文学笔会上，酒酣耳热，醉意里听到永仁县要为方山出本书，出书得有书名，于是征求大家的意见，我脱口就取了“天下方山”。响应声一片，这也可能道出了大多数作家、诗人们的心声，我得意地想。

会议结束，鸟归各巢，电话的一端是个小女子，就说书名改了，改为“梦幻方山”，是常委会定的。我的哑言，小女子的无奈，我们当然知道谁的半斤谁的八两，电话之中的慨然，电话之后的沮丧，只有我们知道。

方山是大气的，大化之山只有用“天下”囊括，只惜之方山山门牌楼小气了些，缺少一幅像样的额题，也缺少一对脍炙人口的楹联。

心驰之因为神往，一路碧树翠叶，难得的次生原始林，几个幸福的小转弯，赫然变了，满目都是高峻挺拔的云南松，风中摇曳着的松尾，如少女摆动的裙裾。

松林下错落几座庄堂楼所，最抢眼也最谐美的是福山草堂。这山野间，想要的就是融入这草莽中的神闲气定。

落住还早，过眼处也仅仅是个表皮，真正的风景还在深处。

方山的安静，针落地下的声音都能听个清清楚楚。只是冬季，少了姹紫嫣红，尚存黄花，偶有少女撇折，一把把地握在手中，满脸堆砌的笑容，面对着每个生客。

安顿好车马，要去望江岭。

这是必看的景点，除非你不熟悉方山。登望江楼建在川滇两省交界的悬壁之上，从来没有听说一楼跨两省的，这望江楼就是。来人都说这里看日出美得你瞠目，我可不然，海上、湖上、山上都看过，日出大抵都一样，喷薄之状也奇怪不到哪里，我看重的是那种挣脱臂抱地向上，那种积极性，会让我亢奋。

这里的日头早升上了半天，雾也被山风轻轻地撕成了碎块，极目处，重峦叠嶂，一条玉带飘拂在山壑间，那是金沙江。在大江之畔，你会感觉自我的卑亢，那奔腾、那咆哮，那义无反顾的大写气势，会让你窒息。“山高人为峰”，只有人在高处，你才有了鄙视一切的眼光，你才会恍然顿悟：伟大和渺小都是一纸之间。也只有在这时才能读懂“迥临飞鸟上，高出世尘间。天势围平野，河流入断山”的诗句。

下楼行不远处，是“诸葛营”。垒土为营，旧迹还在，据说早些时候还出土了两面铜鼓和锈蚀斑驳的箭镞。这颓废之墙，你是看不出个所以然，就像农家司空见惯的篱笆，颓墙上草木侵染，融为一体，也掩埋了那策马飞鞭、厮杀呐喊的那段日子。

风不来，也还是显得有些阴森肃杀的。

想当年，“夏五月，亮渡泸，进征益州，生虏孟获，七虏七赦”。

是建兴三年吧，诸葛亮沿着越巂古道挥师南进，土人首领孟获欲借泸水天险阻挡，并重兵把守方山脚下的拉鲊渡口。没有料到的是诸葛亮略施小计，兵分两路，一路由诸葛亮在拉鲊渡口对岸作正面佯攻，一路由魏延率部从元谋龙街渡过泸水，直插孟获后腰。此时的孟获安坐寨中，饮酒取乐，还得意洋洋地对众酋长说：“吾若与诸葛亮对敌，必中奸计。今靠此泸水之险，深沟高垒以待之；蜀人受不过酷热，必然退走。那时吾与汝等随后击之，便可擒诸葛亮也。”说完仰头大笑。

又酒过三巡，孟获才遣了副将忙牙长，引三千兵投夹山峪来。这时的蜀汉将士早已杀上阵来。孟获始才惊觉，但军中早已乱作一团，将士纷纷逃命去了。

诸葛亮来到方山与魏延会师，见一山树木，高耸入云，浓荫蔽天，气候又湿润清凉，加上山势巍巍，风吹草动，尽在眼下。如此高山，岂不正是安营扎寨的不二福地。

于是择东麓伐木建营，垒墙为壁。

传说在方山营中诸葛亮还唱了一出“空城计”。

诸葛亮在杀了高定元后，心想可以得一时安宁，不曾料到，高定元的一员虎将又纠集两万多人来攻。一日，诸葛亮见山下尘烟弥漫，杀声如雷，知是大兵压境，而此时，自己只剩三千残兵……

一番踱步，诸葛亮陡然来了主意。即刻招来魏延等众将领聚于帐内，并颁令士卒齐燃灶火，顿时整个方山，烟雾袅袅。高定元遗部不知方山虚实，只好打道回府了。

诸葛亮在方山休整了一月有余，便继续向西挺进，追击孟获。

……

1700 多年，方山唱的那出空城计也早已成了人们饭后闲谈，但士卒们一捧一捧地将黏土垒成这道营墙，更多的是一种伤悲，因为在生命里只剩下了那么一点点尚存清晰的回忆。

也在东麓，诸葛营往下往北侧走不远的缓坡上，一片密密匝匝的松林里有一座和尚坟，紧挨着的是一座比丘尼塔。天下名山僧占多，出家人在圆寂后都有自己的灵塔算不上稀罕，可和尚和尼姑同葬一地恐怕鲜见。

灵塔并无令人侧目之处，却埋在塔里的是后人也只能草草描述的一段故事，一段凄婉的爱情故事。

游者大多不问比丘尼塔里的主人与和尚坟里的主人生前渊源，但据说两人有过抽刀断水般的恋情，世俗并没有予以恩典，看破红尘的他们不得不各自遁入空门。

拍照之隙，伫立片刻，我在想：出家人一生都过着清心寡欲的生活，时刻“静”“禅”在心，就不知佛门的戒律能否根除掉人的本性？至少人在红尘，就难克服，何况大多有着无尽的贪婪、膨胀的欲望，就和嗜酒之人，当酒精弥漫时痴迷的那个样子。

想必他们是做到了，所以只剩下死前的些许祈望。

一路下来，林丛草甸，森森藐藐，又上一缓坡，踏地出声，轰然如鼓，这就是有名的擂鼓坡。坡顶小憩，有人说，再去不远就是静德寺。

静德寺应该算得上滇西一方名寺吧。1316 年岭南和尚驻足方山，建了这静德寺。初建时分前、中、后三院。前为金刚殿，直对山门，后为藏经楼，大雄宝殿居中。

今仍见庙宇巍然，飞檐插空，榭耸凌云，红墙碧瓦，辉煌闪烁。再听佛钟振振、木鱼声声，踏足此间，如果不是香客都是如此这般，清静自在心得。

你观一联便知：吕楠游僧一领袈裟遮圣地杖穿钱眼奠宝刹，我邑名山八景殊绝胜神工磨龙转穴兴神邦。上方横匾就是“静观自在”。

寺院里数株参天古柏，这些都是元代古树，老枯的树干，却勃发新枝嫩叶，次第向荣。不由想起了宋人王洋的《枯柏》里的两句：枯柏复枯柏，汝其亦长思。

最珍贵的还是那片高可接天的楸木林。楸木又名椅木、梓木等，《尔雅·释木》：“槐小叶曰。”即“槐当为楸。楸细叶者为”。《说文》：“槐也，与楸同。同物异名。”晚明谢在杭《五杂俎·物部》说：“梓也、椅也、楸也、豫章也，一木而数名者也。”

楸木为大戟科落叶乔木，干高多在三丈许，时大圆形或广卵形，先端尖，叶有三尖或五尖者。嫩叶及叶柄皆呈赤色，夏日枝稍开穗状之黄绿色细花。花单性，雌雄同株。花后结实，多软刺。熟则三裂，木材细致。据明清两代史料记载，楸木是当时制作器具的首选木材，是世人鉴赏之材。

楸树还有可药可食，《本草纲目》中记载：“楸树叶捣敷疮肿，煮汤洗脓血。冬取干叶用之。”还说：“楸树根、皮煮之汤汁，外涂可治秃疮、瘘疮及一切毒肿。”明代鲍山《野菜博录》中记载：“食法，采花炸熟，油盐调食。或晒干，炸食，炒食皆可。”楸木花叶还可用作饲料，宋代苏轼《格致粗谈》记述：“桐梓二树，花叶饲猪，立即肥大，且易养。”

要不长在佛地，才留下了这些稀缺之物，也许早就成了匠人刀斧之下的器具摆件了。

在静德寺一侧还有观音寺，亦始建于元朝。多次来，未及拾级，几乎都是远望，但看得见的，四棵古柏苍翠，四时常青。难得岁月雕刀下的还留下了那参天高姿，存续的是不枯不腐的精神。

我想，一座山的魅力不仅仅是庙宇道观，方山的魅力更在于“四壁如削，悬萝倒木，万壑蹲低。又山多土而少石，多阜而敷之若平原，多水而细流如碎玉，多兽而异处多客来，盖其颠敞朗，虽翠坞千盘，无非旷观远引。襟带金沙江，而元谋、黑琅井、武定、定远、姚安之诸山，皆若儿孙仰哺其下”。

这是一座山的气势，也是一座山的自我。

方山有八景，这是多少乡土文人写过的，来方山的人都不会放过其中的两大景观，一处是七星桥，另外一处是珍珠滴水岩。

其实一路都在陡岩万丈的山腰上，行过才知道什么叫作“山羊见了淌眼泪”的羊肠小道。

一路上都有碗口粗细的藤蔓，其盘旋如舞，大有虬龙升腾之势。偶有横过山道，人在其上，就像坐在秋千架上的感觉。还有的从天而悬的那一个藤圈，恰在一人身高，只要把脖子一伸，哈哈。天地造物，就是喜欢开这样一个玩笑，生命的脆弱了得，但关键在于你对生命的认识与坚持。

一路上的岩壁还有许多题刻，大多都是过眼即忘，只有旧时那些县令的题刻还算可以，而大多不是应时附奉，就是计算机里的字体，反而坏了风雅。

经思过岩到仙人谷，就要到珍珠滴水岩，大多数选择了放弃。到珍珠滴水岩还要下到谷底，披榛藉草，不是所有人乐意的。

果然水雾遮眼，坡陡石滑，约莫20分钟最终抵达。

来时水小，但还是能见瀑布倒悬山壁，那一泻不顾，拍岩击石，宛如泼洒的珍珠，自天而降，令人驻足流连。

不经意间，袭来清风一抹，凉爽透润心田，多想小坐，感同“不知身在翠微里，疑冷虚碧海中仙”的惬意忘我。可惜夕阳西下，鸟将归巢，何况还要去看看七星桥。

七星桥位于方山水头箐。

倒是上坡再下，气喘吁吁。走入深箐，但见谷底曲桥卧波，这野谷深潭也就多了些看长。

据说，原本这里无桥，是吕洞宾来此，无桥可过，又无舟楫可乘，于是飞起一脚，一棵大树应声倒下，就有了独木成桥的由来。

没有那一潭碧水，倒像是个天坑，这里四面林木丰盛，藤蔓缠绕，仰头望天，斜阳穿树，星星点点，故名“漏天”。传说，夜晚看天，也仅能看到七颗星星，想必“七星”一词就是这样来的。

不论是“幽涧鸣泉”还是“可以悟机”还是“燕山小妹”和“应声哥哥”的传奇爱情故事，都足以说服你到此一游。

到晚，是方山之游的重头戏。

我不敢说这一夜风情万种，至少你忘情忘我不醉不归。

方山多彝人，只有诸葛村里住着蜀汉遗族，但并不影响你的观瞻，这里民族和睦，民风古朴，路不拾遗，夜不闭户。

就在诸葛村旁的彝寨里，烧的喷香的玉米和洋芋我们看到了彝人的如火一样的热情，随之身着艳装的彝族姑娘，把一盘盘、一碗碗菜肴端上桌子，你会馋涎欲滴的。大块的坨坨肉，满盘的山茅野菜，醇香扑鼻的苞谷水酒，动听的彝族酒歌……

酒醉七分开始打歌，这是彝人最欢乐的时刻。过去只有节日才有的聚会，今天却因为我们的到来，聚拢了这山上所有山寨里的青年男女。我们一起顿足而歌，踏足而舞，险些通宵。其实在彝人的心里，“打歌打到太阳出，一块豆腐两块肉”才是真的境界。

醉我达旦，满嘴的胡话是否也是“方山”，但这并不影响我对方山视为“天下”独享的名声。

天下方山，方山天下。

第二十九节　楚雄，楚雄，火火的楚雄

当风继续从龙川江的水面升起，第一粒火种就再次被祖先点燃在170万年前的夜色和暖意里。这是第一缕火光穿过无边的黑暗，照亮先祖不曾停下的步伐。他们在元谋和永仁地区丢下旧石器，学会制作陶器与铜鼓，把牲口赶入栅栏，在炊烟里种植水稻……这是祖先在四千年前为我们寻找栖息之地，最后，化名为氐羌、百越、百濮三大族群散落于先秦时期的莽莽楚雄境内。话说公元前279年，楚顷襄王已多日不见朝臣，黔中郡的再次失守，成了他一个心病。经过再三权衡，他决定命大将军庄蹻领兵十万，夺下被秦军占据的黔中郡。庄蹻很快收复失地，顺势一路推进，很快就逼近滇池。这一日大军行至楚雄境地，但见重峦叠嶂，诸峰环拱，谷地错落，溪河纵横，这番景致令庄蹻想起故国，于是这片地方就被庄蹻称之为楚。这就是楚雄先民定居之地最初的名字。今天看来，这简单的一个楚字，不仅饱含着一方诸侯的霸主雄心，又弥漫着多么柔软的一种人文情怀。此后很长一段时间楚（楚雄）地隶属古滇国所有。一直到了西汉后期，中原王朝才把其归入官方版图。之后几百年，西南地区的行政区域不断更换着名字，

但楚地一直未变称谓。

上述这段文字是从作家汤世杰文章里拣来的，把楚雄的来历说得那么威猛，我还是第一次见识。对外人，我总是中规中矩地介绍着楚雄：他就是个挑担的，一头是昆明，一头是大理。挑担的就是挑担的，名不过昆明，也名不过大理。于是一般介绍，照本宣科。

东方无极，旷古楚雄。

“未曾生我谁是我，生我之后我是谁，长大成人方知我，阖眼蒙胧又是谁。”君曾记否，顺治皇帝的这首出家诗？

这也许就是人类从未揭开的谜，也是古往今来凡深入生命意趣者所苦苦追寻的根源问题。印度教说，生命是由梵天而来；道教说生命是由阴阳两仪变化而来；佛教说生命是由因缘和合而来；基督教说生命是上帝所创造出来的……历史学家说，人的生命是由父母生来，生物学家说，人类是由猿猴进化而来，由此我们有了共同的祖先——元谋人。

这决然不是简单含义追问，也不是简单含义的回答，而是惊天动地的昭示。

不置可否，是“元谋人”的一把火燃烧出了华夏文明的开端。

2005 年 5 月 1 日在“元谋人化石发现四十周年纪念会暨古人类国际学术研讨会”上，国土资源部地质力学研究所研究员钱方语惊四座——

“元谋人是最早使用火的人类，元谋人是世界上烧烤的发明者，也是中华民族食文化的创造者。”

彝族史诗《勒俄特依》中也这样唱道：“远古的时候，天庭祖灵掉下来，掉在恩杰杰列山，变成烈火在燃烧，九天烧到晚，九夜烧到亮，白天成烟柱，晚上成巨光。天是这样燃，地是这样烧，为了人类起源燃，为了祖先诞生燃。”

从此，我们的祖先有了火，火光照亮天庭，火种遍播九州。火种从距今一百七十万年“元谋人”播到了距今七八十万年前的“北京人”的手中，又从“北京人”的手中播到了“河套人”和“山顶洞人”手中……

因为有了火，人类结束了“茹毛饮血”的历史。

因为有了火，人类不畏三九阴寒。

因为有了火，人类活动克服了白天与黑夜的分野。

因为有了火，“元谋人”以刀耕火种创造了人类最初的农业。

火成为东方希望的芒光，芒光照亮了人类进化的路程，芒光永远与人类相生相伴。

正是这熊熊燃烧、熠熠生辉的火，“元谋人”奉之为毁人扶人的灵物，衍生出了后人的祭火、拜火和火的民族——彝族。

彝族礼赞火，讴歌火，不仅留下了许多动人的火神话和火传说。彝族还对于火，既敬畏又感恩，神灵观念产生后，火就被彝人神灵化，成为聚集着火的多种特性的火神。再由对火崇拜发展而成的彝族盛大的节日——火把节。

每年的农历六月二十四日，彝族群众都要杀猪宰羊，穿上簇新的衣裳，高擎火把，纵酒踏歌，通宵达旦。

晚清诗人王安廷盛赞：“年年六月二十四，火炬相同循故事；火炬熊熊光烛灭，小炬零星互相次，往来联络照更深，处处欢呼偕幼稚。”

在如今这个情人节加狂欢节的盛大节日里，火的永恒主题得到淋漓尽致的表达。对火的感情与反思燃烧在诗人的歌声中，吉狄马加《彝人谈火》如此写道：“你是禁忌，你是召唤，你是梦想，给我们无限的欢乐。”

在欢娱喧阗的背后，是彝人对生死的诠释。

人生浴火，人死焚火，生时死时都与火相依恋。

彝人是虎变的，人死后火化后也会变成虎。

“虎死一枝花，人死一只虎。”彝人的思想里就永远也抹不去人火化成虎回归为祖先的意念。

虎和火也许是这个民族最具代表性的两件事。火塘、火把鞋、火把帽、火把舞、掌火歌……都是关于火的。

而关于火，一种舞蹈叫大锣笙的。这也是在火把节上跳的舞，是祭火的舞。

火，也成就了比玛雅文明还深远的彝族古老文明——十八月太阳历。与彝族十八月历有渊源关系的美洲玛雅十八月历每月分别用各种名物纪月、纪日，在当地韦腊克鲁斯金字塔内有365个神像代表365日。可以设想，人类在远古原始群时代，认识到日出日落一个昼夜为一天，用自然万物中的某物，无休止的纪日下去，及至认识365日是草木枯荣或水涨潮落的一个周期，才用365个神代表365日；继之，把这365日划分为十八个月，进而把每个月定为20日，把剩余5天作为“禁忌日”。

苍天和火神在上。

面对楚雄十月太阳历的庄严神台和高大的神柱，我们仿佛看见那圣洁的太阳女在顶礼膜拜后的黯然神伤——

阳光一点一点被神灵带走，驱赶恐惧的圣火噼里啪啦地在风中摇摆不定。玛雅人忏悔挽留的眼眸中转动着滚烫的泪水：羽蛇神……你别走，求求你把最后一丝光芒留下！

几千几百年的沉淀，彝人的厚度超越着现代人可以想象的极限，一切诡秘而又富有内涵的文物昭示的不仅是文明之厚，更是文明之广。

火，也使称雄地球的恐龙生命在瞬间成为绝响。

面对倒下的庞然大物，人的渺小是微不足道的，恐龙死去的惨状，让人类感受到了真正的恐怖。

恐龙走了，整整六千五百万年。我们不能听到它踏实浑厚的足音，也听不到它地动山摇般的嘶鸣。但我们可以想象——

六千五百万年前，禄丰盆地气候温热宜人，雨量充沛富足，沼泽襟连，森林茂密，叶肥草丰。马鲛鱼在水里悠游，甲板小鳄躺在沙滩上。盆地四周，无数的卞氏兽躲藏在石缝里，斜乜着高大的禄丰恐龙趾高气扬地穿过丛林来到溪边。身轻灵巧的卢沟龙不紧不慢地走向一棵蕨树旁边，坐等树上不慎滚落的昆虫。高坡上，三迭龙虎视眈眈地盯着卢沟龙，恨不得马上将它撕了，也好美美地饱食一顿……然而，这也只能想象，留给人类的一堆又一堆的白骨当中，能破译的仅仅是“惨烈”吗？

六千五百万年实在太久了，恐龙死时向着东方翘望的姿态是否预示什么？是否守望着地球未来一个高度现代文明的到来？

至今为止：凡苏美尔、巴比伦、古埃及、古希腊、古希伯来、古波斯等现代西方等原创与非原创文明虽有的曾是最早，有的递相繁衍，有的相互敌对，繁星的勃发均昙花一现，暂存的五指可数，分裂的仇视背离了全球化的潮流，文化上的密切渊源无法从根本上解除西方文明本身给它们带来的没落危机。唯有中国文明卓尔不群、独立东方，被国际主流视为神秘另类和出众黑马。

“且持梦笔书奇景，日破云涛万里红”。

这是泱泱中华，这是盛世绝响。

这不也千里彝山的真实写照吗？

威楚雄州，素有“省垣门户，滇西咽喉”之称。成昆铁路、广大铁路、安楚公路、楚大公路、南永公路、永武公路形成纵横交错的交通网络，东距省府昆明130余千米、西去古城大理160余里，北达钢城攀枝花不到200千米。

远古的声响敲击着岁月的蹉跎，绵绵千年之后，在现代文明的熏染下，炽烈地更加经久不衰。顿时一条长龙横空出世，云击乾坤，与天与地搏击，生生不息。

生生不息，倒是真的，如果你现在来到楚雄，只需要你随我走近，再走进。

楚雄的夜来得很晚，风疏疏，云淡淡，喧嚣渐渐远去，行人漫不经心，小城总是以安详从容的方式示人。

这是个美得有说不完话题的楚雄。20年前的无意眷顾，便在我的心底烙上了一辈子也挥之不去"诗情楚雄"的情结。

楚雄晚来的夜色如一道茶，你得细细地品。

"消得春风多少力，带将儿辈上春天。"诗情的楚雄里，你一定禁不住携老将雏，到火车站前的市民广场闲适漫步，凭借晚来风急，放飞轻盈的风筝。或青龙驭云，或神鹰高飞，或春燕衔泥，或蜻蜓点水，正如"纸花如雪满天飞，娇女秋千打四围。五色罗裙风摆动，好将蝴蝶斗春归"。风筝翩翩，使黄昏单调而空泛的天际间又多了一点点内容更多了一点点灵动。

龙江公园里草木葳蕤，荷叶田田，借得轻舟，湖面悠游。把盏彝尊酒，菡萏气息鲜，直须长醉不愿醒，安得优哉不羡仙。若在长亭赋诗，只剩得春风能解你此时胸臆，也只有此时托春风带去你对她的缕缕思念之情。有诗道：谁料春风不入夜，断肠人对断肠台。几行辛苦对人诉，却是风波谁惹来？

桃园湖畔，灯影烁烁的湖面，闻得鱼儿戏水的声音；情侣们纤手折柳，彝人软语和铮铮淙淙的月琴醉得你迷糊；穿行湖岸，便是那"河堤杨柳醉春烟"的瑰丽。此时总有那水灵灵的彝家阿表妹，葱指在三弦琴上轻拢慢捻，岁月就此跨越，不知道是千年万年，斑驳幽梦，醇香如彝家的那一坛陈年苞谷老酒。

微风舒展，绿林草蔓，虫鸣鸟啾，十月太阳历公园就像刚刚揉开惺忪睡眼，却怨夕阳匆匆西去。独倚阑干，凝目廊外，葫芦海边摇曳着几枝滟绯桃花，却也不经挑逗，片片落英浮水，顿感半湖的萧疏。忽听，彝索桥头，有竹笛轻吹，声似婉约，莺燕低吟，嘤嘤如诉，这是谁家男儿不知春来？

凝望处，清溪边芭蕉一蓬，仍可见残留冬迹，婆娑影去。急匆匆，入眼便是重楼。稍驻足又闻女子清唱："青嶂轻散小院影初露，群菲争窥亦相妒。翠柏掩裾疑似画一幅，素袂飘摆佳人回顾。心神漾，魂牵刹间荡，甘心仅存书中幻。”音起句句轻佻，这又是谁家伊人，想今夜憧憧月下，他是否一样望月，又是否是一样的思绪？莫怪女子怨这春色苦短，却总是“遥相望，芳心为谁敞？花路只寻梦一场？”

彝人古镇如歌。

“年华似水，匆匆一瞥，多少岁月轻描淡写，爱你的心百转千回，莫忘那天你我之间……”这美丽感伤的歌正是唱的彝人古镇？

数百年烟尘掩埋了那个德江古城，却突兀一座“裁一段江南水乡”的彝人古镇。古镇虽无岁月浸迹的门棂，也无风霜染指的瓦檐，更无爬满紫藤青蔓的残墙断壁，但有装满故事的深深庭院，也有宋时小令里曾令深宅怨妇们望穿秋水的江楼……

当然，彝人古镇少了苍苔掩马蹄的旧迹，也少了旧时的酒肆青楼，但并不影响彝人古镇的洒脱和生动。隔三岔五就有经典风情歌舞，每一个角落都可以听到月琴声声。三两步一小桥，四五间一泉溪，彝人古镇鲜嫩水灵着；水边柳翠桃绯，檐下燕语呢喃，彝人古镇旖旎着；亭台舞榭歌舞升平，风花雪月闲情逸致，彝人古镇娇妍着。敢情这彝人是水做的，古镇是水镂的。如果你恹恹喧嚣、奔波劳形，嵌入彝人古镇这个为情而设的独特时空里，直叫人怎能辜负。

灵秀湖，西山公园是远了点，踏山乐水倒也惬意。但你是读不完这黄昏艳趣的，晚来夜色，你也该走走歇歇。

且莫道：“门掩黄昏，无计留春住。泪眼问花花不语，乱红飞过秋千去。”

第三十节　黑井和石羊的黑与白，咸与淡

之前，我并没有注意黑井的前生今世，那年，我和电视台的一位记者，从广通坐火车去黑井做一次疯了的行动，买石榴。我说不出黑井石榴到底好在哪，但就像着了魔。

因为石榴与黑井结缘，对这里有了些认识，但也只知道黑井有个盐厂，产的黑井盐还不被多数人待见。尤其推行实行专营，缺乏加碘技术的黑井盐厂像“偷生”一样的尴尬。

真的没有想到黑井有那么厚重，厚重到从黑井开发旅游之始一直到现在，

都压得我喘不过气来。白井石羊亦是。

这一“黑”一“白”两个古镇就像两部线装书。

关于黑井，金庸《天龙八部》有语：“保定帝下旨免了盐税，大理国万民感恩。云南产盐不多，通国只白井、黑井、云龙等九井产盐，每年须向蜀中买盐，盐税甚重，边远贫民一年中往往有数月淡食。保定帝知道盐税一免，黄眉僧定要设法去救段誉以报……”黑井，就是大理国仅有的9个盐井之一。

在距今4000年前的新石器晚期，彝女阿招在黑牛的引导下，发现河边山脚处有卤泉自然溢出。从此，黑井先民采卤而食；青铜器时代，他们掘池储卤，用原始的薪炭法制盐；南诏时期，掘池汲卤，用釜煎盐，黑井盐成为专供王室的贡盐；元代，中央置威楚路提领管黑盐井盐运使司。但在这两千年中，黑井仅仅开挖了两三口盐井。明洪武年，黑井设正五品的盐课提举司，直隶于省。中央从应天府迁来64名身份非同一般的灶丁，大力开发黑井。经过数百年发展，到清朝，黑井盐业到达鼎盛，盐税竟占到云南盐税64%。新中国成立前，黑井设场务公署，但海盐的“入侵”，使昔日富甲一方的盐都，因失去支柱而走向衰落。

斗转星移，沧桑变迁。“盐城”早已失去了昔日的辉煌，却留下了古色古香的具有唐宋风貌坊巷，颇具明清风格的民居，碑刻、石雕、古塔、石牌坊、古戏台，以及古寺庙、古盐井、煮盐灶户等，特别是享誉省内外的保存完好的明清建筑典型的武家大院，吸引了众多的海内外游客。

“王”字形的武家大院豪宅、贞节牌坊、道光皇帝的御笔、飞来寺、以前曾产过盐的盐井及卤水池子仍留在那里。在龙祠内悬挂着雍正皇帝所题写的牌匾，上书“灵源普泽”四个大字。此匾长2米多、宽80厘米，匾上雕有9个龙头。“灵源普泽”四字也正是雍正皇对当时黑井卤水惠泽普天下的评价。还有始建于明末，完工于清道光年间，至今仍发挥着防洪作用，护卫着黑井镇的安全的黑井庆安堤，也是一个不可不去的地方。那些古盐井、煮盐灶，仿佛在向人们倾诉着历史的久远和沧桑的变迁……

白井，是指石羊的白井。

据志书记载：西汉时，石羊小镇因掘井取盐获石如羊而得石羊之名，小镇因此得名石羊至今。自西汉小镇盛产食盐，到唐代小镇已直属都督府统辖。元朝朝廷还在小镇设置正七品盐税官。明清是小镇盐业发展的鼎盛时期，先后开辟井洞60多处，家家户户挑来盐水，用特制的“鸡窝灶”“盐锅”煮盐。煮盐户多达700多户，年产量1000多万公斤，所产白盐洁白芳香，除供应周边县百姓外，还远销四川、大理、西昌一带。制盐业的兴盛，带动了石羊商业的发展，石羊小镇万商云集、市井繁华，同时也给石羊带来了多元的文化，石羊孔庙及孔子铜像就是在石羊因盐而兴的大背景下修建和铸造的。

10年前，我承担了一项开疆拓土似的工程，那时候镇里要开发石羊古镇旅游，邀我创作一部长卷散文，我便以《天地之孕》的书名，对石羊的过往与现在认真梳理了一遍。

石羊应盐而昌，但又应盐而致使生态恶化的典型案例，当然也少不了黑井，险些走向自取灭亡的宿命，幸好新中国成立后兴建的石羊盐厂已经在20世纪80年代关闭停产。

只是遗憾传统的取卤制盐更只是存留于老一辈石羊人的记忆中。

为了让游客了解怎样取卤熬盐，旅游部门不得不石羊复原了取卤仪式供游人观赏。每年的孔子文化节期间，在西汉古盐井——庆丰井举行取卤仪式。取卤之前，在祭师的带领下，12名身着黄布衫的盐工分三排，站在龙女画像前，祭师读祭文、拜龙女、祈祷祈福——这是追忆古时传说中龙女牧羊发现盐，石羊用盐而留的历史遗痕。

“取卤啰!”随着12个身着土黄色衣衫盐工齐声呐喊，盐工们挑着盐桶，走下古老盐井，汲上卤水，走出井口。随后，在“送卤啰!”的盐工吼声中，一路时而哼着歌谣，时而呐喊，担着卤水，向象岭山脚的卤水压力池走去，山道弯弯，路径狭窄，盐工们步履蹒跚。当将卤水倒入压力池，盐工们又齐声呐喊“晒盐啰!”此时，卤水通过竹制涧槽，流至晒盐蓬喷洒而下，盐水经晒盐蓬上的山竹草过滤，滤去杂质，提高卤度后，再流入煮盐的鸡窝灶，经搅拌、煮盐、烤盐等工序，几番熬制，雪白的石羊白井盐终于制成。从取卤水到白盐制成，工序环环相扣，游客们对这一古老的制盐工艺啧啧称奇。于是，在喝着红盐茶的同时，也纷纷购买印有自己姓氏的工艺盐，留作亲历白井制盐的纪念。

第三十一节　帽天山——集体主义的虫叫

来到帽天山，我的脑子里一下子涌进来“集体主义的虫叫”，《集体主义的虫叫》是雷平阳的得意之作。

我当然当然读过，而且记忆犹新，不妨重读，刚好抚平我此刻的心灵创伤。帽天山，到底是大自然的不朽之作，还是臭名昭著的屠场，或就简单的理解成一座坟墓。我陷入极度的不安之中，居然不敢站在一具被石化了的云南虫尸体面前，我怕我欲哭无泪，被人怀疑，我们是集体行动，全省25个少数民族的40位作家。

此刻，满脑子的是雷平阳的《集体主义虫叫》——

窃窃私语或鼓腹而鸣，整座森林
没有留下一丝空余。窃窃私语或鼓腹而鸣，整座森林
没有留下一丝空余。唯一听出的是青蛙
它们身体大一点，离人近一点
叫声，相对也更有统治力
整整一个晚上，坐在树上旅馆的床上
我总是觉得，阴差阳错，自己闯入了
昆虫世界愤怒的集中营，四周
无限辽阔的四周，全部高举着密集的
努力张大的嘴，眼睛圆睁，胸怀起伏
叫，是大叫，恶狠狠地叫，叫声里
翻飞着带出的心肝和肺。……

我的不安，使我同时想起一次令我震惊的“百虫宴”，人类其实才是最可怕的刽子手，面对“虫子宴”上整齐地摆放着油炸蜈蚣、蜂蛹、蚂蚱、蜘蛛、蛇……我怎么也打不开味蕾，尤其桌子中间的炉子上还热气腾腾，我还不知道那里面煮着什么……

接待我的甄先生不无得意地说：别看这一盘油炸蜘蛛，你猜要多少钱？“一只蜘蛛，十只蚂蚱。”意思是吃一只吃蚂蚱的蜘蛛，就相当于吃了十只蚂蚱了。

看我迟疑，甄先生更是侃侃而谈：不同的昆虫菜具有不同的风味，比如蟋蟀有生菜味、黄蜂卵有杏仁味、蚂蚁有核桃味、蝇蛆有蛋糕上的奶油味、蚕蛹有肥肉香味、蝈蝈儿有瘦肉鲜味等等。法国食客特别钟爱蝈蝈儿，说蝈蝈儿味美胜过鱼子酱。

我忙让甄先生打住，转身向服务员要了一碗面条。

帽天山，让我想到的太多。

眼前帽天山不正是一桌“百虫宴”？

可这是世俗的眼光，在饕餮们的眼睛里，眼前一亮的是怎样才能让包括云南虫在内变成餐桌上的美味佳肴；在我的眼里，依旧一种殇；那在古生物研究学者的眼里呢？

1984 年 7 月 1 日，当时是中国科学院南京古生物研究所的研究人员的侯先光来到了云南的澄江，他的目的只是为了采集一种被称为高肌虫的化石。可连上帝都没想到的，意外的收获让侯先光成为澄江动物化石群的发现者。

据新华社记者的报道，当时，侯先光近一个月的野外工作进展不顺。6 月 30 日，熬过不眠之夜的他决定，换个地方重新寻找化石。1984 年 7 月 1 日，小雨。侯先光来到距澄江县城 8 千米的帽天山，这是他来澄江之后的第二个野外工作点。围着山转了一圈，选好工作地点，他和助理一起又开始挖起石头。

下午 2 点多，一块半圆形的轮廓化石引起了侯先光的注意。“化石有五分钱硬币那么大，是以前的文章里都没有记载过的，这就意味着一种新的动物！”多日的疲乏瞬间一扫而光，侯先光赶紧让助理继续挖大石头，自己再用榔头敲开，看看有没有类似的化石。半个小时之后，另一块半长椭圆式的轮廓化石出现了。等第三块化石再出现的时候，侯先光被惊呆了。

“那是一块栩栩如生的标本。当时天空在下雨，标本给我的第一感觉就像是在水里漂浮着一样，然后又想这个岩层里怎么可能有这类化石。之后头脑一片空白，拿着标本的手也一直在抖，因为太突然啦。”侯先光说。

侯先光在帽天山意外发现的第一块化石，便是后来被鉴定为“长尾纳罗虫”的第一块澄江动物群化石。1987 年 4 月 17 日，中科院南京古生物研究所正式公布“澄江动物群”的重大发现。“澄江动物群”被国际科学界誉为“古生物圣地”“20 世纪最惊人的古生物发现之一”。

毋庸置疑，是侯先光的这一发现为我们打开了一扇洞察寒武纪早期生命面貌的窗口——

在地球历史中，距今 5.42 亿 ~4.88 亿年的寒武纪是引人注目的重要时期。早在 19 世纪初期，人们便注意到，从寒武纪开始，地层中保存了大量的化石，而在寒武纪以前的地层中却很少有化石。因此，寒武纪被确定为显生宙的起始，表示从寒武纪开始地球上有了“看得见的生命”。据介绍，1909年，美国古生物学家查尔斯·维尔卡特在加拿大西部落基山脉的布尔吉斯发现了距今5.15亿年中寒武时期的软躯体动物化石，展示了中寒武时期丰富多样的海洋生物面貌，成为寒武纪“生命大爆发”的经典例证。

侯先光介绍，澄江动物群的地质时代为5.3亿年，属于早寒武纪，比布尔吉斯动物种群早1500万年，因此澄江动物群更加接近寒武纪“生命大爆发”的起点，这是迄今为止，人们所发现的真正意义上早寒武纪“生命大爆发”的实证。

整个化石埋藏带呈蛇状蜿蜒达20千米，宽4.5千米，埋藏深度达50米以上。现圈定的保护面积为18平方千米，其中核心区保护面积1.2平方千米。到目前为止，共发现化石点30余处，采集化石3万余块，科学鉴定认为有40个门类，100多个种的古生物化石，涵盖了现代生物的各个门类。还发现多种过去曾大量存在现已灭绝的动物新种，已超出现有动物分类体系，只能冠之以发掘地名来命名，如抚仙湖虫、帽天山虫、云南虫、昆明虫和跨马虫等。尤以可喜的是最近在玉溪与昆明交界的滇池海口又出现了地球上最古老的脊柱动物——海口鱼，其结构和功能较云南虫还复杂，是世界上发现的化石动物中特异门类最多、埋藏保存最佳、外形最精美、品质最优良，属稀世珍宝级的动物化石。科学研究认为它是鱼类——两栖类——爬行类——哺乳类——人类这一重要生命进化树和生物演化链上的鼻祖。

可就这样一个重大发现，却差点被推土机掘断了它的生命之根。这是当年记者以《救救帽天山古生物化石群》为题采写的现场报道：

> 2004年7月23日，记者来到澄江县，从右所街通往澄江动物化石群保护的土路在帽天山山脚已被挖断，车辆无法通行。
>
> 步入帽天山南面泥泞土路，便听到挖掘机、推土机机声隆隆，十几辆20吨载重量的红岩大卡车往来穿梭，昔日披绿的山峦被挖出一个硕大的深坑，近百米深的山腹里挖掘机、推土机分上中下三个层面齐头并进，奋力挖掘。
>
> 据目测，这里距中科院南京地质古生物研究所驻澄江古生物站（以下简称澄江古生物站）不过千米。在帽天山山脚下，记者看到，

七八个工人在沿帽天山挖沟，埋水管抽矿渣水，几个标有核心保护区的“界碑”外缘部分已被挖得残缺不全。

帽天山的南面、北面及西北面分布了好几个磷矿采矿点，远远近近的山峦被开膛破肚、满目疮痍，挖掘机、推土机、大卡车隆隆开进，“四面楚歌”。

澄江县第九中学一位教师介绍说，近年，帽天山四周开山挖矿的机器声时断时续，去年以来，曾有保护区管理人员在三级保护区边缘，制止过好几起开磷矿挖山体的事件。

23日下午2时，记者跟随运磷大货车，见其驶入不出一千米的“澄江县德安磷化工有限责任公司”堆矿点，卡钟计算，载重量20吨的红岩大卡车约6分钟进厂自卸一次。

面对肆无忌惮的采矿，澄江动物化石群的第一发现者、中国科学院南京地质古生物研究所侯先光教授目睹络绎不绝、满载矿石绝尘而去的大货车一脸痛楚，他心急如焚，整夜整夜地睡不着觉。“要在关停前把能采的矿都采了！”

我不敢相信，这样的事实：早在1987年，澄江县就颁布了《保护澄江无脊椎动物群暂行规定》《保护澄江动物群近期实施的意见》，对动物化石群进行保护和管理。此后，又于1997年6月、2001年3月分别建立“澄江动物化石群省级自然保护区”和“澄江动物群国家地质公园”。

2004年4月，澄江化石地申报世界自然遗产工作正式启动。而且澄江县于2004年已经祭出了撒手锏：关停了帽天山周边的14个采矿点。

但人们还是看到了上述的一番景象。

到了2008年，矿石价格突然飞涨，盗采帽天山矿石的现象又严重抬头。一场遗产保护与利益驱动下利欲熏心者的博弈开始了。2010年1月19日，在澄江县委全会上，县委书记崔明针对当前帽天山磷矿遭疯狂盗采的现象，提出调查帽天山磷矿盗采背后有无职务犯罪。

此后一批官员因此落马。

如今的帽天山，已经看不出有采矿的痕迹，化石首发点已经建有专门的设施进行保护，椭圆形的房间将一块大岩石罩住，屋顶的点点灯光仿佛灿烂的星空，玻璃地板下散布着些许碎石。在澄江县城化石广场旁的动物群陈列馆，中华微网虫、长尾纳罗虫、火把虫等古生物化石静静地躺在玻璃柜里，吸引着人们驻足观看。

7月1日，经过第36届世界遗产委员会投票表决，认定中国澄江化石地是地球生命演化的杰出范例，符合世界自然遗产标准，正式列入世界自然遗产名录。

站在动物群陈列馆门前的台阶上还是止不住地去想象，陈列馆里的事实告诉我——

寒武纪生命大爆发后，“澄江动物化石群”的动物居民们幸福快乐地生活着，但它们不会想到，一场毁灭性的天灾浩劫正悄然而至。从“澄江动物化石群”出土的一些化石来看，这里的生物似乎是死于一场突如其来的巨大风暴。例如仙湖虫和纳罗虫，它们的胃里充满了未消化的食物，可以设想它们是在享用美餐时非正常死亡的；而最明显的是那块著名的“昆明鱼”化石，它呈弯曲状，鱼头向下，鱼尾上翘，腮囊明显鼓胀，被灌满了大量泥沙，保持死前痛苦挣扎的形状，这表明鱼是被活埋的……

此刻，我多想像雷平阳那样，能认真地听一次“集体主义的虫叫”。

第三十二　无量山——无量山的无量

叫这么个山名，无量山。无量与有量，让我琢磨了很久，相对的两个词，而我只知道“前途无量”“功德无量”，词语里的无量，意为没有限量，没有止境，这个我还是懂的。

佛经常说这个世界是“器世界”，也说这个娑婆世界，是“有量世界”不是“无量世界”。

器世界或有量世界，都是说事物一切都有极限。

无量世界是说没有极限的宇宙。

那为何叫无量山，我也就不再纠结，甚至完全释然了。

首先是无量山名声的无量。

只要是看过金庸小说的人，绝大多数都会有印象：段誉随普洱茶商马五德来到无量山，误入无量剑湖宫，进入石洞看到神仙姊姊塑像，练成“凌波微步”。

但来过这里的人就不算多了。无量山的闻名，不及大理、丽江，无量山的美丽，不输于大理、丽江。来到无量山去旅游，便会感受到金庸笔下的胜境——山清水秀，风光旖旎，物产丰富：飞禽、走兽、草药、毒虫；怒放的各色山茶，在月色下摇曳生姿；山崖上如玉龙悬空的大瀑布，注入一池清澈异常的大湖中；还有那迷惑了“无量剑”数十年的“玉壁仙影”之谜，以及怒涛汹涌、水流湍急的澜沧江。神秘无量山，引来各派武林高手在此明争暗斗，也引来武林中人在这深山中潜心修炼武功。一时之间，美女、书生、恶人、高手，都云集到无量山来。

金庸作品造就了千千万万个“迷”，也带来了许许多多个“谜”。

无量山自然成了这其中的谜之一。于是无数解谜者纷至沓来，也就有了无量山响当当的名声。

无量山，古称蒙乐山，以“高耸入云不可跻，面大不可丈量之意”得名。其位于云南省景东彝族自治县西部，南诏时称南岳，属横断山脉云岭余脉，点苍山向南延伸的一个分支。自北向南绵亘县境89千米，自西向东宽50千米，辖区面积23355公顷。主峰笔架山海拔3376米，海拔2500米以上的还有猫头山、背娃娃山、金鼎山、通鼻子山、大囤子山、凤冠山、朝阳山等，无量山是诸多富有神秘色彩的大山的集合体。初到无量山的人，你一下子就会被它吸引，它是那么的雄、奇、险、秀，正如清代诗人戴家政在《望无量山》中写道：“高莫高于无量山，古柘南郡一雄关。分得点苍绵亘势，周百余里皆层峦。嵯峨权奇发光泽，耸立云霄不可攀。”。

每个人都不可能走出金庸先生《天龙八部》笔下的无量山，人们的潜意识里一定会根据《天龙八部》里写到地点按图索骥。诸如书中写到的“无量剑湖”“无量玉璧”“无量宫”“神仙姊姊”住的山洞，以及在人物中写到的“无量剑派”。至于金庸笔下的这些地方，有没有或有又在何处，这个悬而未决的

结果，本身就是吸引人们前往的重要原因。

于是，到来者便开始慢慢地寻找，然后对应，比如段誉到无量山所见的神秘大瀑布和大湖，其实有心的人还是“找到了”：位于景东县景福乡岔河上游

的羊山瀑布，是无量山中的一块璧玉。只见高耸的崖壁上，一条玉龙飞流而下，碎玉喷珠，大气磅礴。蛟龙入深潭，形成一个清凉的大湖。瀑布四周植被茂密，云气氤氲，绿树苍翠欲滴，那是人间少有的绿，那是无量山之绿。飞瀑后面是一紫黑色的光滑如镜的巨大石壁，石壁反射湖中倒影，常常有挥剑飞舞的人影，神幻迷离。一传十十传百，羊山瀑布就成了金庸笔下的描写的“无量剑湖”，“无量玉璧”了。

其次是无量山生态的无量。

无量山生态名片是亚热带中山湿性常绿阔叶林生态系统和以黑长臂猿、灰叶猴为代表的珍稀濒危野生动植物资源。

无量山有蕨类以上高等植物2705种、244科、1074属，有国家珍稀濒危保护植物36种；有哺乳类动物124种，国家级珍稀濒危保护动物50多种；有鸟类446种，两栖爬行类104种，哀牢髭蟾惊现无量山，使无量山增添了魅力。

到大寨子寻觅黑冠长臂猿踪迹恐怕是每个来者最向往的。黑冠长臂猿是一种神秘而高贵的动物，它们长相奇特，除成年雌性呈棕灰色外，通体黑色，雄性头顶部毛向上生长，形似黑冠。它们终年生活在树上。其生存环境必须是古木参天、人迹罕至的原始森林，一般只在晨昏活动，极其机敏，一有风吹草动即遁入密林中，很少有人能看到它们，系国家一级重点保护珍稀濒危动物。目前世界上只在海南大黑山和景东无量山发现。海南仅有19只，景东无量山自然保护区有500只左右。

再次是无量山精神的无量。

中央电视台多个节目组都来无量山做节目，可见无量山的精神魅力。

李文学是无量山的英雄，这是一个因肚脐大而被人形象地称为“得勒密”的彝族传奇人物。当人们伫立在“李文学殉难地遗址”的石碑前，看看对面莽莽苍苍的无量山，仿佛看到了李文学被人一刀刀凌迟而死的血腥场景。

1856年，李文学率领着5000多名贫苦农民在天生营揭竿而起。起义后，在哀牢山地区建立了一个“民富而府实”的政体，李文学被推为“彝家兵马大元帅”。经10年的奋斗，根据地扩大到南涧、弥渡、南华、楚雄、双柏等10多个县的大部分地区，总人口达50多万人，面积达3万多平方千米。

1872年，李文学率部救援大理杜文秀政权时，南涧失守，被清军围困，1874年3月，李文学在无量乌龟山壮烈牺牲。

起义失败后，一位参加过起义的清朝贡生评价道：“十八载厉兵秣马，当世英雄，志在灭清兴汉，完整河山成一统；千百户馨香俎豆，今日人民，心有覆浪翻江，口碑青史颂达人。”

当地人为缅怀李文学的不朽业绩和壮举，在乌龟山建了一座小庙，由此影响，在无量境内，“凡有大殿处，都有李文学塑像”。每年农历三月二十五日这天，各族群众都要到庙里，祭奠这位彝族英雄。

景东还有个叫营盘山的地方，其位于景东者后乡文新村后，当地老百姓又把此山叫做“仙人寨”。山上奇峰突起、怪石林立、苍松竞秀；每到春夏之交，满山遍野开满了白色的杜鹃花，煞是好看。这可入诗入画的险峻之地，正是李文学军副帅田四浪的驻军营地，他们凭此天险与清军展开了激烈的对抗。

从此，无量山的子民们不但有了英雄情结，还汲取到了无量山和哀牢山的精气，孕育出了多姿多彩的民间文化。无量彝族，以祭虎、画虎、跳虎和制作虎头小帽等系列崇虎活动中即表现出了彝族生龙活虎的民族特性。民间流传的舞蹈有图腾崇拜的跳虎；有从原始部落狩猎和战庆活动的敬奉行为开始的“南涧跳菜”和彝族打歌舞；还有流传广且影响深的热烈奔放的山歌对唱，古朴浑厚的彝腔小调，优美动听的吆牛歌，和风细雨般的催眠曲等。

彝族“火把节”“朝立夏”等10多个传统节日里通宵达旦的“篝火打歌”中，比起“阿哥跳穿千层底，阿妹跳烂绣花鞋”也绝不逊色。据说唐朝时，这种神奇的歌舞曾到都城长安演出，得到大唐天子的称赞：“夷俗男女相会，一人吹笛，一人吹芦笙，数十人环绕踏地而歌，谓之踏歌。”清桂馥在《滇游续笔》中亦如此描写道。

“跳菜”，是南涧彝族特有的古香古色的饮食文化，他把粗犷豪爽、古朴生动的民间艺术亮点融汇其中，堪称“东方饮食文化之一绝”。

彝家人办客事，桌子往往迎面摆开，中间留路，宾客三方围坐。眼花缭乱之际，这些彝家汉子以迅雷不及掩耳之势，瞬间把小碗筷撤毕。“跳菜”开始，只听数声锣响，大号、唢呐齐鸣，主持办事的“总理”一声令下，两位“跳菜”大师从厨房里相继而出，他们头顶托盘，手里还撑着托盘，在托盘里面装满了菜碗，在忽高忽低、忽急忽缓的音乐声中，一前一后，一摇一晃，根据音乐节拍，迈着轻柔而敏捷的步子，缓缓入场，两人一边跳着舞步，一边在脸上做着怪相，其动作幽默而滑稽，舞姿轻松而优美。接着其他“跳菜”者托着花样繁多的菜盘也陆续登台上菜。“跳菜”者多为男人一般两人一对，一对跟着一对跳，姿势各异，变化多端，刚柔相济，旋转自如，不断地把装满菜肴的托盘在他们手中花样翻新。有的用头顶，有的用手托；更有的用肩抬，有的一人骑在一人身上，下方两手托盘，上方吹奏金唢呐，头还顶着大菜。伴随着激越的唢呐声，他们时而“苍蝇搓脚”，时而“鹭鸶伸腿”，时而“金鹿望月”，时而“野鸡吃水”，翻转跺脚，大步舞盘，竞献绝技。

当第一对“跳菜”刚完毕，第二对、第三对、第四对……其中最精彩的要数“口功送菜”和“空手叠塔跳”。“口功送菜”，只见“跳菜”者的口中紧衔着两柄大铜勺，勺上各置一碗菜，头顶托盘，盘装满了菜，面带笑容，满怀激情，边跳边上菜。“空手叠塔跳”，只见“跳菜”顶级高手们，头顶托盘，盘装八大碗，双手十指分开，每只手分别托起重叠在一起的四大碗菜，踏着节拍，合着节拍，甩开矫健而优美的舞姿，边跳边舞，穿梭席间，还有一前一后，一左一右的搭档们，手舞毛巾，一张一弛，一招一式，以合拍的舞步，迎接“跳菜”的到来，此时，“跳菜”便达到高潮，宾客心惊，碗里肉跳，客人们的心仿佛提到了嗓子眼上，生怕掉下一碗菜来。

然而，只见“跳菜”者从容自如，那重叠在一起的菜碗在他们手臂上，随着舞姿，自上而下，自下而上，忽前忽后，忽左忽右，不断变化着位置，始终稳稳当当，一点菜也不撒出来。在宾客的一片赞叹叫好声中，“跳菜”者神不知鬼不觉已把菜陆续摆到桌上。“跳菜”要有功夫，摆菜也有讲研，均按传统规矩——摆放常见的摆法有“回宫八阵”“四方形”“梅花形”“一条街”等。待上四大碗菜，宾客方能动筷，一边欣赏“跳菜”者变换无穷的舞姿和欢快诙谐的表演，一边品尝彝家山寨风味，既饱口福又饱眼福。

第三十三节　哀牢山——与时间对垒的不死绝恋

作者然约波赛说，选择一座山寄生，谁的梦？在山的怀抱拓荒一片情茬。

苍茫。广袤。浩瀚。

亿万年前的太阳，谁的眼睛？于苍穹的天幕注视一座山的心跳和岁月沧桑嬗变的风雨声。

凸起的高地，雄鹰展翅最初驻足的制高点。

一个随身携带火种的民族，涉河而来。山，便成了祖祖辈辈用锄头雕琢的图腾。

朴实。粗犷。豪迈。

哀牢山，铁骨铮铮的山。

据说，哀之意为酒，牢亦是酒，用于高寒地带驱寒气也。“哀”是哀牢人哈尼人与彝族人说的“酒”，“牢”是越人、傣族人和汉人说“酒”，“哀牢”二字合称，就是指好喝酒的人——褒义为善于喝酒，酒量特别大，贬义即为“酒醉包”。在古代，哀牢人是“种人”，即指他们是一个族种，大约明代前，哀牢种人计两次归汉，合计五万四千六百六十户，人口五十六万一千三百七十。后因助朝廷剿灭山匪有功，受历代朝廷封号，哀牢山地区建立了土司制度。

哀牢山，纵贯云南中部，主峰近3200米，低于无量山，主峰在玉溪市新平县境内，分南哀牢山（哈尼元阳梯田），中哀牢山（新平旅游风景区）两大部分。它是元江（红河）与墨江的分水岭，云贵高原与横断山脉之分界线，其走向为西北至东南，北起楚雄市，中经玉溪市新平县，南至红河州元阳县和绿春县，全长约近千千米，面积五六千平方千米，长度面积，略少于无量山。哀牢山主峰在玉溪新平，海拔3166米，低于无量山100多米。

其地理特征之一，哀牢山平均海拔高度，一般在2000米以上，仅高约3000米以上的山峰，就有九座之多，为云南三大山脉体系之最。地理特征之二，立体气候最为显著，各山体相对高差大，气候垂直分布明显。哀牢山各大山体，从山麓至山顶，依次分为南部亚热带—中部亚热带—北亚热带—温带—寒带五在气候类型，在中国，立体型气候，这为云南所独有。原始森林达数十万亩之多，它是云南植物王国，动物王国的一颗“绿宝石”，生物物种“基因库”。

《雪花神剑》里的哀牢山，牢牢地系着一个为爱痴狂的女魔头的喜怒哀乐。那个女子，她只想和爱的人在哀牢山上厮守一生，可惜未能如愿。她说，只要有他在，她就安心。可惜，他终究还是负了她。

现实里的哀牢山，全长约500千米，海拔3166米。哀牢山是森林的海洋，雄伟壮观，半山腰上多为悬崖绝壁。

那年去临沧，站在无量山上，遥望哀牢山，座座山峰有的像娇羞的少女；有的像伟岸的男子；有的像一尊卧佛；有的像打坐的沙弥……或是无可名状却又美在心中的各种姿态，这些，我无法一一诉诸笔端的，好在虽无法言说却可以欣赏。

看山，能到辛弃疾那种境界，是人生的一种福分：“我看青山多妩媚，料青山看我，应如是。”普通人看山，看到的是山川景物，只需要眼睛，高人看山，他是用心在看。

宋代禅宗大师青原行思提出参禅的三重境界：参禅之初，看山是山，看水是水；禅有悟时，看山不是山，看水不是水；禅中彻悟，看山仍然是山，看水仍然是水。

大清早就驾车从双柏县城出发，在山雾里沿着蜿蜒的柏油路向上爬升，越爬越高。前面就是南恩瀑布，将车停稳，打开车门即可见一道水帘从天而降。

我说从天而降，非与庐山瀑布类比，是因为哀牢山的雾气太大，只看得见瀑布的腰下部分，而脸就像蒙上了一层薄纱，因此，观南恩瀑布就有了不一样的感受。

一网名“雨山晓月 y”的尝作《水调歌头·哀牢山南恩瀑布》

山峦如涛骤，剑破横云巅
常叹终南幻境，空觅几多年
哀劳逶迤东去，一行云海沉浮
白鹭出清涧
小驻蓬莱顶，羽化而登仙
晓雾散，青山断，垂天练
疏狂曾是，飞流磅礴南恩见
遥聆金戈铁马，却看天瀑风雨
对坐已忘言
顾来还意惬，长梦在此泉

此君称无韵，我也懒管它平仄，写出了那个意思，也写出了那个心情也就罢了，总之，还合我的口味。

就这样驾着云雾在七弯八拐的山路上放逐着自我，不一会儿就到了石门峡。此石门峡非彼石门峡，不在甘肃，而在云南，在哀牢山的嘎洒。

买了票，往公路下走，我陡然想起毛主席诗词“无限风光在险峰”一句，但在这样便捷、离城也不远的地方，居然有此颗遗珠，难得。

石门峡，石门何在？我未寻得，还是我忽视了，但两岸壁立千仞。峡中多巨石，姿态万千，或伏卧于水中，如戏水犀牛，或伫立与路旁，像威严哨兵，或孤悬于头顶，像岩鹰欲飞，抑或平躺一侧，貌似舞台……

峡中之水，时而琤琤琮琮，时而敲盆击缶；时而如抖绢帛，时而飞花溅玉；时而水平如镜，时而流水落花……

在哀牢山看雾、赏雾，是别有滋味的，非牛奶，又透着牛奶一样浓稠。高山雾和深谷的雾是不同的，高山雾若成熟女人，不造作，不修饰，原汁原味地弥漫着，并形成一种氛围，持久地引吸着你。而深谷的雾则像二八少女，纯一不杂，软玉温香，但半遮半掩，娇羞易变，此起彼落，云期雨约……

我相信，即便我老去，我的心也会在每年都去一次哀牢山，在山间在山顶在山里如今天一样，深深的多吸几口那里的雾气云气……

第三十四节　永德大雪山——浸润出德化永昭

既然海男已经写了《耸立于云霄的永德大雪山》，我可以不用写了，于是有人建议我去写梅里雪山。按道理应该是这样，梅里雪山在中国十大雪山排名居第三。在云南，不用排也是翘楚的地位。

云南有多少座雪山，我真的不知道，也顺手查过，但没有一个权威的资料告诉我，有的说八座，有的说九座，不管几座，永德大雪山也只能居最末。

梅里雪山和玉龙雪山都算是大名鼎鼎，山因人，人因事，也就有了故事，有了故事的山才可能成为名山，不是说“山不在高，有仙则名”吗？

看来还是绕不开海男。

她肯定不是来登大雪山的第一人，但写大雪山的名人可能是第一人。

海男，诗人、作家，现居昆明。著有跨文本《男人传》《女人传》《身体传》《爱情传》，长篇小说《花纹》《夜生活》《马帮城》《私生活》；散文集《空中花园》《屏风中的声音》《我的魔法之旅》《请男人干杯》等；诗歌集《唇色》《虚构的玫瑰》、《是什么在背后》等。曾获 1996 年刘丽安诗歌奖；中国新时期十大女诗人殊荣奖；2005 年《诗歌报》年度诗人奖；2008 年《诗歌月刊》实力派诗人奖；2009 年荣获第三届中国女性文学奖；2011 年获第二届在场主义散文奖新锐奖等。

海男对雪山的态度是明了的，正如她写道：我们的身体将修行于足下，这足下将与沙砾沟渠相遇。我们之足下可以绵延我们心灵中期待日久的长旅，它将由此蜕变世界历史的一切细节。当地理的坐标面对你时，个体的生命显得如此地渺小，我发现了这渺小的理由：因为人是被神放逐在地球上的牧者，人只有耗尽其身的时间和力量才可能获知世界为何辽阔。

她很从容不迫地宣称：现在，让我们来为大雪山自然保护区作一次诗学命名。

我写这些文字是为正名，假以文学的名义，如删繁就简，言简意赅——

我就喜欢开门见山，直截了当，大雪山到底有多么辽阔？当然我这是世俗上的“四向”“四至”：海男的“辽阔”是人的一种视野。

循规蹈矩地讲，大雪山的“辽阔”，比较起来是十分有限的，按官方所能及的画地为牢，也不过如此，即所谓的永德大雪山国家级自然保护区东西宽18.9千米，南北长24.5千米，总面积17541公顷，其中：核心区面积9276公顷、缓冲区面积3291公顷、实验区面积4974公顷。水平方距：东西17.8千米，南北19.2千米，方界：东连蚂蟥箐大茶山，西抵大炉厂后山，南及曼来后山，北达扎摸西山。角界：西北至黄草山，东南抵万丈岩山，东北接石灰地西山，西南接大岩房东山。

但视野上的“辽阔”会让大雪山大得无边。

大雪山，海拔3429米，主峰西北有小雪山，海拔3177米，峰之南有红花山，海拔2723米，峰之东有鼓鼓山，海拔2843米，最东边是属云县地界的大朝山，海拔1813米。

大雪山国家级自然保护区受高海拔、低纬度的影响，其气候呈垂直分布。有寒温、温、亚热三带。海拔960～1500米的半坡深谷地带，年平均气温18℃～20℃，降雨700～1600毫米；海拔1500～2500米的深涧峡各地带，年平均气温10℃～18.7℃，最高19.1℃，降霜47天，降水1300～1900毫米。海拔2500～3500米的山顶高峰地带年平均气温10.3℃，1月5.9℃，6月14.6℃，极端最低0℃以下，降水2300～2500毫米。雨季多雾雨，冬春遇雨即降雪，连续积雪最长半年，风也较多较大。

大雪山国家级自然保护区共有维管束植物195科1639种，其中，蕨类18科，33属，50种；裸子植物6科，11属，16种；被子植物171科，707属，

1573 种；合计有种子植物 177 科，718 属，1589 种。

永德大雪山国家级自然保护区已发现的国家重点保护野生植物 6 种，其中，国家一级保护植物 1 种，即云南红豆杉；国家二级植物 5 种，即金毛狗、桫椤、水青树、干果榄仁及异颖草。

大雪山国家级自然保护区分布有国家一级重点保护哺乳类 10 种，即：蜂猴、豚尾猴、熊猴、灰叶猴、黑冠长臂猿、马来熊、云豹、豹、虎、豚鹿；国家二级保护动物有猕猴、短尾猴、中国穿山甲、豺、黑熊、青鼬、水獭、小爪水獭、大灵猫、小灵猫、斑灵狸等 18 种。国家一级重点保护鸟类黑颈长尾雉、绿孔雀 2 种，国家二级重点保护鸟类有雀鹰、乌雕、林雕、红隼、红腹角雉、原鸡、白鹇等。24 种，分布的国家 I 级重点保护的两栖爬行类蟒蛇、巨蜥 2 种，国家 II 级重点保护的两栖爬行类有红瘰疣螈、眼镜蛇及眼镜王蛇 3 种。

回到文学的意义，海男说：在地理的坐标中我们正在接近东经 99°33′50″～99°43′53″，北纬 24°1′26″～24°11′50″。地理的坐标，导引出了这一区域与神灵相交的温湿和高低的距离，从坐标中我们尽可以精确地触摸到神灵的地址。我喜欢上了坐标，每次选中地理的坐标时，都意味着于我将有一段难以言喻的旅程将开始于足下。

世界为何辽阔？

我也答不上来。

第三十五节　轿子雪山——在这里，我们穿越时空行走

我不是不想写梅里雪山等八大雪山，姑且这样算，是不敢写。

在松赞干布时期，相传卡瓦格博曾是当地一座无恶不作的妖山，密宗祖师莲花生大师历经八大劫难，驱除各般苦痛，最终收服了卡瓦格博山神。从此受居士戒，改邪归正，皈依佛门，做了千佛之子格萨尔麾下一员剽悍的神将，也成为了千佛之子岭尕制敌宝珠雄狮大王格萨尔的守护神，称为胜乐宝轮圣山极乐世界的象征，多、康、岭（青海、甘肃、西藏及川滇藏区）众生绕匝朝拜的胜地。

卡瓦格博雄居八大神山之首，统领另七大神山，225 中神山以及各小山神，维护自然的和谐与宁静。藏族认为，每一座高山的山神统领一方自然，而卡瓦

格博则统领整个自然界之所有。在卡瓦格博山下，你不能谈论一切细微之处的美丽，因为对任何出自自然的微瑕之美的言语称赞都仅仅赞美了卡瓦格博山神统领的整个自然界的极其微小的一部分，而这些都是对卡瓦格博山神的不敬，也是对广博而和谐的自然的不敬。当驴友们在卡瓦格博山间旅行时，藏族同胞的这一禁忌最好还是要予以尊敬的。

在藏文经卷中，梅里雪山的13座6000米以上的高峰，均被奉为“修行于太子宫殿的神仙”，特别是主峰卡瓦格博，被尊奉为“藏传佛教的八大神山之首”。

在藏语言习惯中，卡瓦格博是太子雪山主峰、山神及整座太子雪山概念的三位一体的称呼，自古以来受藏民崇拜。在藏民的心中，卡瓦格博峰是他们保护神的居住地。当地人认为：人类一旦登上峰顶，神便会离开他们而去。缺少了神的佑护，灾难将会降临。卡瓦格博的高耸挺拔之美以及在宗教中的崇高而神圣的地位吸引了无数的中外旅游者和登山者。然而，从20世纪初至今的历次大规模登山活动无不是以失败告终。因此，梅里雪山至今仍是处女峰。

1991年，中日联合登山队对主峰发起了冲击，他们从三号营地出发冲顶，上升至海拔6700米时天气突然变得恶劣只好下撤准备第二天继续冲顶。然而当晚当队员与大本营进行过最后一次语音联系后遭遇大规模雪崩，所有队员全部遇难，长眠在了卡瓦格博。部分遗体于数年后被放牧的藏民在主峰另一侧的大冰板发现。人类对雪山之神征服的尝试又一次以彻底的失败告终。从此也更让人领会到藏族同胞对人与自然关系更为真诚和深刻的理解：人只有尊重自然爱护自然方能与自然和谐相处；人若一心与自然为敌，只意欲征服自然，则必将以灭亡告终。

这还不是我不敢写的愿意，而是“辽阔”，我的视野告诉我，我做不到。

而耸立在昆明一隅的轿子雪山因为接地气，也可以攀登，更可以“寄居”。

轿子雪山位于云南省昆明市禄劝县境东北角乌蒙乡，属于乌蒙山系拱王山脉余脉，最高海拔4247米，主峰海拔4223米，因主峰形如古代花轿而得名，历代被称为“滇中第一山”。总面积119平方千米。早在1200年前，南诏王仿效唐朝皇帝册封五岳，封轿子雪山为群岳之首，称为“东岳”，这个地位还在玉龙、梅里雪山之前，这样的册封也不足为怪。

轿子雪山相对高差达3400米以上，形成寒、温、热立体气候，呈“一山分四季，四季景迥异”的奇异景观，也是我国纬度最低的季节性雪山。

初进山时，从盛夏走进花海里的春天。

现在驾车可直达到山腰的约1000米处了，一路晴好，阳光明媚。但也只能弃车，无奈徒步。但真正的行者怎可能走马观花？

蜿蜒的木栈道曲折而去，我们缓慢而行。

海拔也在一点点的增高，天色也在不断变化。目之所及，是雄浑高昂的群山和夹在群山之间宽阔的草甸、极速奔腾的溪流瀑布；就在我们沿着木栈道曲折上行，山腰处出现壮观的杜鹃花海、苍松，大有“山花雨过开云锦”之感。

越往高处走，宛如从初秋走到寒冬冰雪的季节。

到海拔3500米以上，出现了迷人的冰雪天地，大量古冰川与现代冰原交错奇景。此时，积雪足有尺厚，瀑布也成为大型的“冰挂”。在我们将要下山时天空飘起了鹅毛大雪，这般热烈的送客方式，我倒也喜欢。

第三十六节　诗意普洱茶——杯影里的唐风宋韵

或许西晋左思的《娇女》算是中国最早的茶诗：“心为茶荈剧，吹嘘成对鼎。”写的两位少女，因急着要品香茗，就用嘴对着烧水的“鼎”吹气。还有张载的《登成都楼》，用“芳茶冠六清，溢味播九区”的诗句赞美成都的茶；另一首是孙楚的《孙楚歌》，用“姜、桂、茶出巴蜀，椒、橘、木兰出高山”的诗句，点明了茶的原产地。

到唐宋以后，写茶的诗词更多。若细读唐宋诗词，和茶有关的佳作那是俯首可拾。李白的《答族侄僧中孚赠玉泉仙人掌茶》：“茗生此中石，玉泉流不歇”；白居易的《夜闻贾常州、崔湖州茶山境会亭欢宴》：“遥闻境会茶山夜，珠翠歌钟俱绕身”；杜甫曾写道：“落日平台上，春风啜茗时。”唐代诗人卢仝有一首《七碗歌》：“一碗喉吻润。二碗破孤闷。三碗搜枯肠，惟有文章五千卷。四碗发轻汗，平生不平事，尽向毛孔散。五碗肌骨轻。六碗通仙灵。七碗吃不得也，惟觉两腋习习清风生。”

宋代文人骚客咏的诗词也不少，苏东坡有一首著名的《汲江煎》，很细致地描绘如何煎茶：“活水还须活水烹，自临钓石汲深清。大瓢贮月归春瓮，小杓分江入夜瓶。雪乳已翻煎处脚，松风忽作泻时声。枯肠未易禁三椀，卧听山城长短更。”宋代诗人杜小山的一首《寒食》我尤其喜爱：“寒夜客来茶当酒，竹炉汤沸火初红。寻常一样窗前月，才有梅花便不同。”

有意思的是有心人做了这样一个统计：在白居易的2800首诗中，涉及酒的900首，以茶为主题的8首，涉及茶的50多首。《唐才子传》说他“茶铛酒杓不相离”，茶酒兼好。他“看风小榼三升酒，寒食深炉一碗茶”（《自题新昌居止》）。又说：“举头中酒后，引手索茶时”（《和杨同州寒食坑会》）。茶助诗兴，白居易说：“起尝一碗茗，行读一行书”；“夜茶一两杓，秋吟三数声”；“或饮茶一盏，或吟诗一章”。饮茶可以陶冶性情，于苦闷忧愤中超脱，他在《何处堪避暑》中写道：“游罢睡一觉，觉来茶一瓯”；“从心到百骸，无一不自由”；“虽被世间笑，终无身外忧”。他的《食后》一诗说明饮茶是他的一种生活状态，“食罢一觉睡，起来两瓯茶。举头看日影，已复西南斜。乐人惜日促，忧人厌年赊。无忧无乐者，长短任天涯”。他在《山泉煎茶有怀》中，通过饮茶怀念亲朋挚友：“坐酌冷冷水，看煎瑟瑟尘。无由持一碗，寄与爱茶人。”成彦雄的《煎茶》异曲同工：“岳寺春深睡起时，虎跑泉畔思迟迟。蜀茶倩个云僧碾，自拾枯松三四枝。”

元稹与白居易齐名，并称“元白”，同为新乐府运动的倡导者。元稹有一首题为《一言至七言诗·茶》的宝塔诗，此种形式颇为少见。

茶，
香叶，嫩芽。
慕诗客，爱僧家。
碾雕白玉，罗织红纱。
铫煎黄蕊色，碗转曲尘花。
夜后邀陪明月，晨前命对朝霞。
洗尽古今人不倦，将至醉后岂堪夸。

固然视茶情趣盎然，我等不敢糟践，茶这个好东西。

我说过，我不嗜茶，但爱喝，我不懂茶，但我懂得尊重。

现如今写茶的好文章好诗歌比比皆是，余秋雨的《品鉴普洱茶》在此不表，我仅撷取一些我已经忘记了名姓的人的文字供你一读，而且也仅限于对云南普洱茶的感悟心得——

秋风丝丝凉，秋雨滴滴寒。窗外的秋风秋雨盘桓数日，把秋生生地塞进了暖暖的心窝。气温骤降，早已没有了夏的刚猛，更接近了冬的阴柔。

这样的时日，虽于行人不便，但于我这闲散之人却别有一番风味。正好可以来一壶普洱熟茶。秋凉冬寒适宜饮熟普洱茶，暖润之茶，含在舌上，犹如品评一首绝好的诗歌。

明亮，红润，温厚。像是美人，亦似葡萄酒。这就是令人遐想难忘的普洱茶。它更似一首诗或者一阕词。

只要轻轻晃动一下，一个淳朴、安详而灵动的生活世界就呈现出来了。青山绿水、葱葱郁郁的热带植物、天然氧吧、阳光充足、水丰而清澈如诗如画展开。高原人们的纯朴和善良静静地卧在崇山峻岭之中，知足常乐的心态在水烟筒里袅袅升起，亚热带自由活泼的生命气息洋溢在葱茏的植被上。而这里的风土人情和古老的智慧，凝结在一片叶子上，经水一泡，便释放出无穷的魔力。

华丽如汉赋，却又不失宋词的忧思，亦不失唐诗的飘逸。于我而言，更为奇特的便是，它不仅有诗意，亦是高原的诗，还能生无尽的文思。而今一喝茶，很多人就想到茶的保健和养生。普洱茶被誉为“长寿茶”，是暖胃、降脂、养气、延年益寿与品茗之圣品，还被称为“可以喝的古董”，能够长期存放，且愈陈愈香。

也许是多年来不经意间养成的习惯，在写作时常常泡一小壶普洱熟茶，写写喝喝，喝喝泡泡，一泡二泡……休息、写作、思考与喝茶得到完美的结合。文思不曾间断，绵绵不绝。以至于不知是思之神力，还是茶之妙笔。

此实为余独爱普洱茶之故。有君，思不竭。茶之道，便是禅，是人生哲学。茶之美，即是诗，余韵不绝。

一叶，一娑婆。

一叶，一诗歌。

“没有英雄的年代，我们总在寻找偶像”。有了普洱茶的生活，虽然也像从前一样平凡，但心灵的世界就不一样的乏味。因为普洱茶，身边聚拢了一批爱茶人，都是从绿茶、乌龙茶到普洱茶一路走来的。茶余饭后，大家免不了把这三种茶比较比较，但说来说去，便越来越认同和欣赏我提出的“三茶三境”的说法——这种说法在今日，其实不只是我们小圈子里，与天南海北的茶友们的交流，似乎这已经是不约而同的共识、不言而喻的道理；甚至，在茶人之间，它是会心一笑的契认，是一种如鱼饮水、冷暖自知的难于言传的感受，颇有“此中人语，不足为外人道”的样势。

——其实，道也无妨，只要你不是“外人”。

——如何才不是外人？

——简单，吃茶去。

当然，这“吃茶去”并非赵州和尚禅语机锋的深奥玄虚，如世博园茶园前面大石头上赵朴初先生题写的那三字。只是说多喝这三种茶，自然体会这三种境界。这次第分别是：绿茶境界——乌龙茶境界——普洱茶境界。

其实，茶学专家们常常依茶的色泽把茶分为六大类：绿茶、红茶、青茶（乌龙茶）、黑茶、白茶、黄茶（这里且不探讨把普洱茶归在黑茶类是否很恰当）。一般而言，白茶黄茶喝的人较少，红茶主要是老外们喝的多，中国老百姓开门七件事，打头第一件的茶，在现在主要是指绿茶乌龙茶普洱茶三种。目前，这三种茶大有三分天下的势头。萝卜白菜，各有所爱。喝茶也有个人的习惯偏好，但如果你平心静气把三种茶都一一喝过，长时间地认真品味过，在境界上确实是有分别的。至于怎样的分别，这些年接触不少茶友，都依自己兴趣偏好不同而说法不同：

“绿茶如独奏，乌龙茶如室内乐，普洱茶如交响乐。”

一位古典音乐发烧友如是说；（评论：本人不搞音乐，弃权）。

“绿茶如水彩画，乌龙茶如水粉画，普洱茶如古典油画。”

一位创库画家如是说；（评论：本人虽然各种画都喜欢看看，但这对三种画只能是看看而已，并无心得；而真喜欢的却是国画，古人不消说，对当今画家尤其欣赏刘国松。可惜我没想过刘国松的画在这位茶人画家眼里算什么茶）。

“喝绿茶是为解渴，喝乌龙为休闲感觉，而喝普洱是高尚生活的感觉。”

一位住别墅的美女富婆如是说；（评论：喝前两种茶的体会，我很能理解；但说普洱茶的话我却不敢妄加判断，因为我知道她的说的高尚，八成就是高档时尚）。

“绿茶如二十岁左右翩翩少年，乌龙茶如三十岁稍过的文雅男士，普洱茶如四十左右阅历丰富而又宽厚平和的成功男人。”

一位在电视台做娱乐节目主持人的美眉如是说；（评论：本人并非巾帼蛾眉，没有把茶与男人之间的关系多想。苏东坡诗“从来佳茗似佳人”，首开好茶比美女的先河。这方面我也有些想法，但不够成熟——保留。重要的是得感谢这位美眉，这次男人终于与好茶有份了。相信男士们没多大意见，且四十左右的同胞们应该高兴才是）。

“绿茶如春之清新，乌龙茶似秋之丰满，普洱茶却涵蕴四季之美。”

一位不大出名的诗人如是说（评论：我不大喜欢他的诗，与其读他的诗，我宁愿与他喝酒）。

“绿茶如刚练武功，要求宝剑锋利；乌龙茶如武功深厚，喜欢重剑无锋；普洱茶如武功臻于化境，手中已不需要有形之剑。”

一位金庸迷如是说（评论：本人也是武侠小说忠实读者，颇有同感）。

……这类五花八门的比喻多的是，就不一一啰唆。赵老朴初说：“空持百千偈，不如吃茶去。”今天周末，去翠湖边上，找个清爽茶室，古人道“不是闲人闲不得，闲人不是等闲人”——咱们却容易，“又得浮生半日闲”，多好。

——那，你点什么茶?

普洱茶核心精神文化内涵云南民族文化对云南普洱茶的茶道精神和茶艺影响可以体现为：一为质朴之道，二为简洁之本，三为自然之性，四为明伦之礼，五是求实之用，六是充满着自然主义的生活气息及生命的活力。

第三十七节　野象谷——不一样的朝觐

象，瑞兽也。其寿昌，厚重稳行，能驮宝瓶，从古至今皆有“太平有象”“喜象升平”之说。历代帝王也常以铜、玉、瓷等材质制作“太平有象”器型，或敬于庙堂之中，或置于案几之上，以求四海升平、吉祥平安.

传说五帝之一的舜是中国历史上驯服野象耕田犁地的第一人，他死后陵墓前曾出现大象刨土、彩雀衔泥的瑞兆，这应该是“太平有象”的最早传说。

由考古发现可知，中华象生活在数千年前的我国黄河流域，以中原地区河南一带最为普遍，当时中华象广泛活动在泾渭湿地，生活悠然自得，夏商古人也与它们为伴，缔造了中华文明的开端。

然而之后数百年中内的华夏子孙，却没能对这个老朋友加以珍惜，几千年来的疯狂屠杀，加上黄河流域环境的不断恶化，最终导致了中华象从国人身边永远消失，成为了古书上的文化符号，或许今天我们只有从河南省的简称“豫”想象出仓颉造字时代中华象那伟岸的身姿。

现在的亚洲象主要分布在东南亚和南亚这些热带地区的印度、尼泊尔、斯里兰卡、缅甸、泰国、越南、印度尼西亚和马来西亚等13个国家，大约44万平方千米的土地上。

象是陆地上最大的动物，其繁殖率较低，大约5～6年才能繁殖一次，怀孕期长达18～22个月。雌兽产仔于秋末冬初，每胎只产一仔。它们生长缓慢，寿命可以跟人一样长，记忆力也极强。在野外，象家庭往往由雌性家族成员组成。

然而，由于人类对象牙的企慕却给大象带来巨大的灾难。从20世纪70年代到80年代末，以获取象牙为目的对大象的大规模屠杀将非洲象的数量从130万头骤减到不足60万头。亚洲象本来就不足5万头，可因为只有公象才长牙，它们成了盗猎者觊觎的对象。对公象的杀戮造成野生亚洲象雌雄比例的严重失调。

为了夺取象牙，盗猎者用枪成群地杀戮成年大象或下夹子套住大象，活活地锯下象牙。当盗猎者的冲锋枪扫射进象群的那一刻，一头刚刚成为母亲的大象出于本能将肚子下的孩子推到身后，自己饮弹倒下。两周都不到的小象，虽侥幸躲过了枪弹，却孤零零地流浪在广阔无际的大草原上，忍受饥饿口渴、烈日暴晒；躲避其他猛兽的追逐。当孤儿院救下这只小象时，它已奄奄一息，满身伤痕，皮包骨头，还双目失明。另一只小象虽在类似盗猎大屠杀中幸存，然而却因为目睹了全家从祖母到妈妈被杀戮，心灵上的创伤长久不能愈合。

在亚洲，经过驯化的亚洲象在东南亚国家承担了许多繁重的劳作，除了帮助人们开荒、筑路、搬运重物外，还有一些象在每年的旱季被赶到了原始森林深处，成为运送木头的奴仆。在主人的指令和砍刀背的驱使下，瘦骨嶙峋的大象每天都拖着沉重的铁链，一趟又一趟地把伐掉的木头运送到河边。

这是我在《南方周末》上看到的一段文字我国境内的野生亚洲象，共300余头，分布在云南省，其中普洱约14头，临沧南滚河自然保护区约22头，西双版纳约有250头。而位于西双版纳国家级自然保护区勐养片区的野象谷景区，就有70余头。“因为这里有4个硝潭，野象喜欢饮用潭里的水来补充盐分和矿物质，所以愿意在此停留。”

我是带着什么心情来到野象谷，可想而知。

我是来朝觐的。

因为《最后的野象谷》。李存葆写的。

李存葆，1946 年生，山东五连人。曾任济南军区创作室主任、解放军艺术学院副院长等职，少将军衔。新时期以来，发表文学作品两百余万字，曾十余次获全国、全军文学奖。中篇小说《高山下的花环》获全国第二届优秀中篇小说奖；《山中，那十九座坟茔》获全国第三届优秀中篇小说奖；参加改编的电影《高山下的花环》获全国第五届电影“金鸡奖”最佳编剧奖。有《大河遗梦》《飘逝的绝唱》《绿色天书》等散文集出版。《大河遗梦》获全国第三届“鲁迅文学奖”。其小说被译成英、法、日、俄等多种文字。现为全国政协委员、中国作协副主席。

文章说，书籍是前人留给后人的精神遗言。对于陆地上最大的哺乳动物——象，我们中的绝大多数人，是通过图书在心灵上打下深深印记的。“盲人摸象”的典故，盛誉象之庞大；“曹冲称象”的故事，极言象之沉重。这流传千古的“一摸一称”，不仅开启了代代童稚的心智，而且还似乎向人们透出这样的信息：大象不同于虎豹狼豺，是人类最可亲近的动物。实际上，象作为一种复合型的文化符号，早就凝结在华夏文明的篇章里。上古时代，黄帝乘坐的象驾之车，曰“象车”；古代，宫廷中贵妇人身穿的绘有各种图案的礼服，称“象服”。汉代宫廷里曾养活着一批“象人”，其职责是同擅长乐舞的优伶，在朝贺或宴饮时，一道献艺。象棋是我国最为普及的传统棋种，古即有之，当今的博弈规则，远在宋代就已定型……

然而，由于大象在我们的视野中早就“淡出”，当今十三亿国人中，虽有诸多人观赏过大象，但那仅是在一些大型动物园里。真正能有幸看到野生象者，恐万不及一。

野象谷位于勐养自然保护区南缘，坐落在昆洛公路 684～685 千米路段西侧，距州府景洪 35 千米。是西双版纳最令人神往的森林公园和观赏野象活动的景区。由于此地的河流分为三岔，故又名三岔河森林公园。

三岔河自然保护区以其特有的热带原始森林景观和数量较多的野生亚洲象（约 130 多头）而著称于世。公园所在地原来就有一个野象经常出没饮水的象塘，自80年代末期开始，就在象塘附近的河畔投放食盐，长期对野象进行引诱，成群的野象不时出现在河畔。因此，自1991年起，国家级自然保护区西双版纳自然保护局就在此处建成一个观象台和观察棚，对野象进行科学性质观察。自1993年起，三岔河森林公园就被列为省、州的重要旅游景点工程项目进行开发建设。

百度上是他们这样昭告的，游野象谷，白天可观赏训练过的大象表演节目，夜晚可一睹从森林走到此地觅食的真正野象风。有时天还没黑便有野象从高架长廊旁大摇大摆地走动，看到游人还驻足片刻，打量这些“不速之客”几眼。有时几群野象会同时出现于沟谷中，象群相互驱赶的吼叫声此起彼伏，令初来刚到的远方来客胆战心惊。有些大象群并不惊慌，当着游人的面照样悠闲地觅食。

我来过，但说不出是什么滋味。

第三十八节　彩色沙林——一片充满悲意的彩霞

土林不是孤例，彩色沙林是充满悲意的，但也会得到我的赞美。

陆良彩色沙林，形成于6700万年前，是迄今世界上唯一发现并公布的多色彩大规模沙景观，其“聚沙成林”的奇观举世罕见。尤其1993年电视剧《三国演义》在此取景拍摄，彩色沙林渐渐名声在外。景区对那些形态美妙的沙峰、沙柱、沙屏都进行了命名，火焰山、书生看榜、金猴望月、桃园结义、八仙过海、古长城、万年古木、金沙林、雪峰、蛮王出征等等，共有108道景观被命名后登记入册，不可谓不壮观。

“一晃眼22年过去了，当年入册的108道景观只剩下50多道还能对得上号，半数景观或失去了原貌，或直接就从耸立的原址上坍塌归尘了。”《都市时报》的记者这样说。

记者在现场看到——

“蛮王出征”是一座10多米高的巨大沙柱，“讲的是南蛮王孟获远征疆场时，想起没跟家乡父老告别，他转头回望故乡的方向，突出的额头、鼻子栩栩如生，甚至还可以看到他的一头黑色卷发。”当然，这是导游词里记载的文字。眼前的这尊沙柱，除了头部和身躯能明显区分外，已经看不出额头和鼻子，更别说卷发。陪同的人说，最初“蛮王”还背了一个大箭篓，但已经塌了。

在沙雕区边上，有一块“万年古木”的牌子，附近却找不到任何与此关联的景致。陪同的人指着牌子前方沙坡下一个隆起的沙堆说，这儿曾经斜靠着一棵很大的古树，直径约50厘米，从树体快要形成化石的程度看，至少是上万年的古树了。但几年前的一个雨季，山上的石块和沙体大面积滑坡，古树被深深埋入了地下。因为担心挖出它会带来更大面积的滑坡，景区忍痛放弃了对这一景观的挽救。

“仙女洞”是在一座巨大的红沙屏上挖出的山洞，站在30多米高的沙屏下，山风从洞口呼呼刮来，让人有些发冷。洞口下方两侧的沙坡已筑起了3米高的挡坡，但头顶上方一棵根部裸露的大松树，以及树根下方颜色迥异的大片沙痕，依然可以让人感受到当年那场塌方带来的巨大震撼。陪同的人还记得，那是2003年的雨季，连续三四天的降雨，使沙林里塌方频繁出现。那天，他巡山刚走到这儿就惊呆了：一半的山体都塌了下来，几乎覆盖了山洞，幸好塌方是夜间发生的，没有伤到人。他急忙通知同事封锁了往这边来的游客通道，然后安排清理现场。

那是他经历过的最大一次塌方。倒下的沙石接近300立方米，几乎占了当年景区全部塌方量的一半。景区请来30位村民帮忙，花了5天时间，用载重4吨的卡车足足拉了100多车，才把路面清理干净。这也让他意识到，最容易坍塌的是那些连片的沙体，貌似坚固，却因为上端体积过大，雨水蓄积量一旦超过负荷，往往就会成片垮塌。那些金字塔状的沙体最是坚固，附着的雨水只会往下流，反倒没事。

“彩云壁”应该是景区最开阔的路段，二三十米宽的道路两边沙峰林立，层层叠叠，色彩艳丽，姿态万千。在沙峰群的半腰上露出一个巨大的沙洞。陪同的人说，那儿曾经是供游人滑沙的景点，因为塌方被迫封了洞，但后来又因为塌方，山洞再次裸露出来。陶占荣指着沙坡下方的路面告诉我们，塌方造成的沙峰群流失，至少让路面拓宽了3米。这儿的两个著名景观“唐僧帽”和“一指问天”，也在屡次塌方中成了平地。如今，宽阔的路面早就被沙子覆盖了，深深浅浅密布着一道道裂缝。因为地处下坡段，长年受到积水冲刷，这一段是景区每年雨季必塌的严重地质灾害点。

据景区统计，目前每年因雨季水土流失、滑坡、塌方等原因造成的沙林资源损失约700立方米。这是个什么概念？一般沙子每立方米折合1.8吨重，700立方米大约是1260吨。用厢长9.6米、额定载重16～20吨的大型货车来装，大概能装满60多车！

我来沙林，首先映入我眼帘的是郑明信所撰楹联赞：

春如潮万紫千红碧波荡漾真是人间美景
沙成林五光十色巍然屹立果然天下奇观

跨进“爨府云门”爨史浮雕长128米，高8米，也不高5米，以《爨龙颜碑》为历史依据。

彩色沙林顾名思义，是彩色的沙土簇拥成林。

我未急着往景区深处进发，而就在大门处找了个坐处，看我手中的这些资料，同行的作家几次催促，我都说，让我待会儿，你们去吧。

彩色沙林位于昆明以东128千米、陆良县城西南18千米的五峰山脚下，属国家AAAA级旅游景区。

仕官村，这个名字会让人想得很远。陆良本身就是古战场遗址，孟获的故乡，也是中国爨文化的发源地。从庄蹻入滇、孔明南征、爨氏开疆、沐英屯兵……都和宜良有着千丝万缕的联系。

彩色沙林核心景区方圆6平方千米，由红、黄、蓝、白、粉、青、紫、灰、黑等10多种色彩斑斓的沙子凝聚而成。据科学考证，3.4亿年前，云贵高原还是一片汪洋大海，只有陆良的牛头山露出水面，成为云南东部一块世界著名的古陆地。而当时的陆良坝区还静静地沉在滇东的海平面下。直到距今6700万年的新生代时期，由于喜马拉雅构造运动的影响，海水下降，海滩隆起，形成了一个以彩色沙石为主的巨大沙滩，再经过数百万年来阳光的照射、风雨的冲刷和侵蚀，逐步形成了千姿百态的地貌奇观。

资料上说，在彩色沙林里，沙柱、沙峰、沙屏、沙台，或独矗，或相连，参差有致，远看成林，近看成峰，高者达30余米。忽而盘旋直上，忽而陡然垂落，沿谷两壁呈现出一簇簇屏、嶂、峰、崖等千姿百态的造型。早、晚、雨、晴、春、夏、秋、冬，随着光线的强弱，阳光投射角度的不同，沙林会呈现出斑驳陆离的色彩，酷似一幅幅绝妙的“丹青国画”，壮美异常。

不知道“爨女望夫”一景今还在否？

接着读我的资料，这时一个作家的幽思感怀跳出——

三国时期南蛮三十六寨酋长、七十二洞夷邦洞主中，阿会喃、祝融、忙牙长、带来洞主、木鹿大王、金环三结、朵思大王、董荼那等人的名字大有异族风味，他们的身世在今天已经鲜为人知。在彩色沙林中，一一可见他们的洞邸，虽然布局太小，但四壁沙雕栩栩如生、有生活、有耕作、有战争……

爨，是东汉末年至唐代中叶对云南东北部少数民族的统称，既是姓氏，也有烧火、做饭、炉灶的意思。最初的爨氏人以今天的陆良为统治中枢，向周边扩张，他们不但统治了云南全境，其势力范围更是远达吐蕃、缅甸、广西、湖南和越南的一部分（317—742 年），爨军进入南中时，把栽桑养蚕的技术带到了这里，引起了一系列的社会大分工，男耕女织，种桑养蚕，对外贸易。陆良的丝绸至今在全省乃至全国有一定名气，据说就是引进较早的缘故。爨人的统治长达 400 多年，直到唐玄宗天宝末年，南诏蒙氏灭爨，才结束了爨人辉煌的统治。

爨文明消失了。历史的硝烟也寂灭了。但陆良的桑蚕业还在，亿万年前留下的彩色沙林还在。

但平时游客少了，景区显得萧条；到了“黄金周”，游客一多，带来的又是破坏。有些游客不听劝阻攀爬沙雕，对沙峰连抠带挖，走时还用塑料袋或矿泉水瓶带走许多彩沙作为“纪念”。除了人为的破坏，自然灾害导致的沙林垮塌和沙土流失更令人揪心。

等我看完这些资料，也早就丧失了游兴了，正好同来的作家绷着一副苦瓜脸出来，像是苦大仇深的样子。

第三十九节　翁丁——最后的原始部落

“翁丁”佤语意为云雾缭绕的地方，原始部落核心区翁丁大寨，距沧源县城 33 千米，有百余户，近 500 人，均为佤族；海拔 1600 米、气候温和、雨量充沛、自然植被良好、环境宜人，年均有 147 天雾日，常易形成极为壮观的云海美景奇观。寨内保留着完整的佤族传统干栏式茅草房村落风貌，保留延续着完整的佤族图腾、寨桩、祭祀房、神林、木鼓房及传统家庭式的手织布等工艺作坊，等级观念森严等，部落文化底蕴深厚，民风淳朴，民俗风情浓郁，古朴的佤族传统世代相传，具有典型的乡村社区民族文化形态，景区内可供游客观赏或参与的旅游活动项目有取新火、拉木鼓、剽牛、射弩竞技、摸你黑狂欢等传统民俗活动。翁丁被誉为至今还活着的“原始部落”，她演绎的是阿佤山曾经的生活场景，是沧源这卷水墨册的另一幅。

翁丁，佤山群落中最独特的地方，“翁”为水，“丁”为接，翁丁意为连接之水。这里生活着传承了四千多年的佤族人民，这里保留着原始的民居建筑及其独有的佤族文化，这里被中国国家地理杂志誉为“中国最后一个原始部落”。

受临沧佤族女作家袁智中的“蛊惑”，到翁丁就成了一堂正儿八经的必修课。

从沧源行 30 千米，再左拐一小截土路就到了翁丁寨。

那时，还没有见过翁丁就信口开河地说：翁丁是一首古歌。

近寨门的那段路上，到处可见木桩上挂着发白了的牛头，三百年古老的寨门还在傲然屹立着。

寨门是用六根木柱支撑起来的，门上盖着参差不齐的草顶，寨门没有门叶，这里重峦叠嶂，荆棘丛生，压根就不需要什么门叶，但寨门的庄严还是不能省略的，每个柱子上都还是挂着一只牛头，那既是对牛的顶礼，也是对寨子的护佑。寨门旁是一株需数人围抱的大青树，据说村子的四周都有，不知道算不算寨子的神树，但它在这里已经守候了整整 300 年。

大老远就看见一片黑压压的，那是寨子里的人前来迎接客人的阵势。沿寨门排成两排，长长的，无论男女老少，都唱着跳着。三个年轻的小伙子重重地敲击木鼓，嘴里咿咿呀呀唱念着。

下车来还未站稳，就有人上前来，用手轻轻地在你的额头及脸上涂上黑漆漆的涂料，还要敬上一杯翁丁自产的苞谷水酒。涂黑是为你祝福，为你驱邪，水酒，佤语又叫“布莱弄”，是专为你接风，为你洗尘的。

翁丁，居住着 105 户人家，村里所有的吊脚楼都是橄榄形的杆栏式结构，而且依山而建，层层叠叠。仅进寨门，你是无法感受到翁丁寨子的全部魅力，只有眼前这宽敞的场子，在场子的中央矗立着高大的寨桩。上面刻着一个头上长角，有着嘴巴、大眼睛、大鼻子脸上带着慈祥微笑的裸体的女人，这是佤族先民母性崇拜；最高处是用龙竹制的幡杆，顶部有几圈竹篾做成的既是饰物，又是避邪的器件。在竹篾圈的下面，有一艘一尺长的木船，木船的下面，是一条木鱼，这寓意显见，佤人在祈祷“一帆风顺”“年年有余”。在幡杆旁的是一棵一人高的木塔桩，雕刻极粗犷，全是用斧头砍凿成的，塔身被生石灰刷过，上面刻了一些特殊的图案，有圆点、方块、三角块、条块，据说分别代表这人世间赖以生存的天地、山川和草木。而杆脚下的那堆鹅卵石则代表着寨心，有人说那下面埋藏着很多金银财宝，但是从来没人敢去挖过……

场子的尽头是佤王府，是原十八王之一的府邸。佤王府没有想象的那般富丽堂皇，凳椅粗糙，倒有点像“水泊梁山”的聚义厅。

笨重的佤王宝座，旁边是一张方凳，头上两根方木呈交叉状，交叉处挂着一只牛头，王座旁边还插着一把大刀。这是王权的象征，也是威仪。

我着佤王的披毡，头戴佤王的绣有牛头的红帽子，老婆心领神会，也穿上佤后的衣服，咔嚓了几张照片。

走进寨子，行路的谨慎，是我不敢浸染这里酝酿了300年的纯真，没有一声狗吠，鸡鸣也来得温情脉脉，就更加脚步轻浅。

凸凹不平的石头路，攀青附绿的篱笆墙，层次错落的吊脚楼，偶有几个老人坐在太阳底下，吧嗒吧嗒地抽着土烟，三五个小女孩聚在空地上，小心翼翼地吃着冰棒……我的左右顾盼，他们诧异却友善的眼神，我竟不敢按动快门，仿佛就像行走在古老的琴键上，生怕破坏了谐美，弄出的是杂音。

七绕八绕到了村子最上头的神林里，佤族村寨都有一片神林，并把其中的一棵古老的大树作为寨神或树神的居所，这片领地，外人是不能随便闯入的，特别是女性。

神林里正要举行拉木鼓仪式。

这倒不是传统意义上的“拉木鼓”，是为来人安排的表演。不管怎样，程序基本上还是真的。

真正的拉木鼓，首先要由头人和魔巴带领挑选的群众，乘黑夜到选定做木鼓的大树下，献上贡品，鸣枪驱鬼，再由魔巴念咒祈祷并挥斧砍树数下，接着参与者轮番抡斧把树砍倒，再捡三个石头放在树桩上，意即给树鬼的买树钱，然后截一段两米多长的树杆，凿出树耳，穿上藤条，便是要拉的木鼓了；次日清早，全寨男女老少穿戴盛装来到山上，由魔巴挥舞树枝领唱着作指挥，众男子分两边手拉藤条，应声合唱，拉动木鼓，妇女助威呐喊，老人和小孩送水、送酒、送饭，边跳边拉，把木鼓拉到寨门外；木鼓在寨门外要停留二至三天，待杀鸡卜卦选好时辰后，举行隆重的剽猪、剽牛仪式，全寨人一齐将木鼓树拉到木鼓房旁的场地上，由工匠制作。

这表演的拉木鼓气势一样浩大，我感受到佤族人对于“木鼓通天”的笃信和敬畏。因为，他们为了祭祀“莫伟”神。在佤人的心里，“莫伟”是人类祖先的化身，他平时住在天宫，不问人间之事。只有听到木鼓之声，他才会下界为他们排忧解难。

我们最后来到了寨主家，老人坐在火塘边，旁边还有寨主的老伴，两老人都悠然地抽着长长的烟锅，看似见怪不怪的眼神和一副漫不经心的表情，我有些局促。我试图打破这样的僵局，翻了翻他身边的那本相册。没有想到是相册打开了他的话匣子，仿佛明星的感觉。

我打开相机，见我要为他照相，他在身边的茶箩上插上了一朵纸做的花，然后扯了扯衣襟，嘴含着烟锅……后来和老伴干脆来到了屋外，任我怎样摆拍。

我老婆夸他老伴漂亮，寨主争锋了，忙说自己也是一表人才，年轻时是寨子里的帅哥。

我说，是的，现在这把年纪了，依然那么矍铄。寨主更饶有兴致了，他讲起他的女人，他的儿女，讲起了寨子里的许多风俗和禁忌。翁丁有个新火节，火一年就是“旧火”了，于是每年都寨子里要钻木取火，那时候你可以看到小伙子用两片竹子夹些火绒草用力摩擦，火绒草就会冒出烟火，然后再用火绒草点起一堆大火，这时祭司便开始烧香、点烛、念咒、招魂、卜看鸡卦。

他还告诉我，佤族也兴土葬，但你是看不见坟山更看不见坟丘。人在安葬30天后就不再认坟了，如果下次葬人时挖到旧坟，只要把穴中的骨头先捡起来，等挖好后再将骨头重新安放在墓穴里就行了。

更有趣的是，如果寨子里有人家生崽，门前一定要插上绿叶，这表示家里有人生了小孩或是有小猪、小牛等家畜降生。生崽人家是不欢迎陌生人闯入的，他们认为幼小的生命很容易被摄走了魂魄。

再如果未婚先孕就得去“扫寨子”。严格地讲，未婚先孕在翁丁是不允许的。万一发生这样的事，这人家必须要到寨主家认错，并由男方家杀一头猪以求鬼神原谅，然后把猪肉送到各家各户，然后两人还得绕着寨子扫一圈以表示自己知错之心。

……

黄昏将至，就要告别寨主了，心里有些依依，寨子里的孩子们在车门前牵手跳着舞，最大的还不过五六岁，最小的才刚学会走路。他们口中唱着什么，我一句也没有听懂，但一定是从父辈那里学来的，也许是亘古未变的那些词曲。

上车后，佤族记者小王大侃翁丁的吃。她说，在翁丁吃饭，水酒和鸡肉烂饭顿顿都有。鸡肉烂饭，也就叫“每押”，当然是佤语。我讨教过佤人，它的做法是先杀好鸡，再将鸡连皮烤黄，然后放入锅中煮。在煮鸡的同时把大米、酸笋子、盐巴、辣椒也一同放入。当大米要熟透时，把鸡捞出来，用手撕下肉。然后再把撕好的鸡肉连同准备好的葱、茴香粉、大蒜、香蓼、薄荷、阿佤芫荽等佐料一起放进锅里，用文火焖上，期间搅拌数次。

在翁丁，吃的还有生姜拌肉片、蜂蛹、火灰焐干巴、火烧鱼、螃蟹捣酱菜、绿豆菜、杂菜汤、生拌水芹菜、鱼腥菜、香香菜等等。

我们一个个馋得流涎。

忽然有人悄悄地告诉我，今晚相关部门为我们安排了“佤王宴”，要不是这个信息，我决定留下来，哪怕坐牛车回城，我也甘愿。

第四十节　莫里热带雨林——写在扎朵河畔的绝色

“来到瑞丽，你一定要到莫里亚热带雨林风景区去转一转。”在瑞丽的日子，不时有人这样建议我。

这莫里亚热带雨林风景区其实在畹町附近——过了瑞丽江大桥，离开320国道，就驶入了瑞丽江峡谷。峡谷边上有一条当年中国远征军走过的“弹石路”，汽车驶上去，颠簸得厉害。如此左摇右摆地前行一段时间，再拐进山去，走一会儿就到了。

话说热带雨林漂亮也是值得的选项。

瑞丽江从高山深处的龙江峡谷奔流而下，水流湍急，似脱缰野马一般，行至莫里段，河谷趋缓，时而急流倾泻、涛声阵阵，时而安静无声，向南款款而去。这一段沿江两岸峭壁林立，数十米高的崖壁经数万年的侵蚀，形成无数似兽似鸟、像人像树的钟乳石和熔岩堆积物，千姿百态，是全国少见的裸露在外的喀斯特地貌奇观。两岸青山葱葱郁郁，火红的木棉花播散在万绿丛中，一根根裸露下垂的树根在岩壁间穿插，别样的景致让人叹为观止。瑞丽江流至瑞丽坝子后，变得平坦舒缓，似傣家少女般的温柔轻曼。晚霞映照的黄昏，绿叶轻舟在江面游弋，傣家儿女在江边晚浴嬉戏，构成了一幅人与自然和谐相处的民族风光画卷。

与西双版纳的热带雨林植物园不同，这里纯粹是一个原始的自然风景区。看景区的介绍，说这里有1540多种植物，479种花卉和香料，339种野生动物，它们中有受国家保护的珍稀物种10多种，是个名副其实的“动植物王国”。介绍还说，这里负氧离子每立方厘米达3万多个，是个真正的“天然氧吧”。

我还开了个玩笑，哥几个都凑点份子钱，开个网店，将这里的空气打包到那些大城市去买，卖给北京人就把价喊高点。

莫里又名“扎朵”（印巴利语“大佛脚印”）。

远古相传释迦佛，为传道弘法，曾驻足于此，在景区的芳草绿茵，清晰的嵌着佛祖驯象时留下的脚印，栩栩如生，历历在目，一泓水汪汪的温泉冒出万斛明泉，据说这乃大象皈依佛门后为佛沐浴所造，若赶上佛祖圣诞，在绯红色的四角芦桃树下，自远方来朝拜的香客如云。踏入翡翠谷，两岸群山蜿蜒，曲径通幽，古榕参天，拂青耸翠，丛林深处，微露出禅房梵宫，最令人惊异的是如虎蹲龙盘的峭石上虬枝虬藤缠绕，一名树包石。相传，释迦佛云游到莫里时，禅杖开路，溯扎朵小溪寻源而且，蓦然回首，深溪横古树，怪石卧幽岩。于是就在横陈于河边的石头上打坐参禅，闭目合十，念动楞严咒语，久之，只见那禅杖转眼间幻化成一株参天古榕，长在巨石之上“咬定青山不放松”，日久那盘根错节的根须，竟成了一道亮丽的风景线，美名：树包石。

树包石头相传是释迦牟尼佛祖手持禅杖，溯扎朵小溪寻源而上，忽见一巨石横陈溪边，佛祖便盘腿打坐参禅，闭目合十，口中念念有词，见那禅杖转眼间幻变成一棵参天古榕，长在巨石上，天长日久，那根盘如网，竟成一景，名曰“树包石”。

扎朵河就在眼前，曲曲弯弯犹如游龙，蜿蜒于荫荫绿树之间，溪水清澈透底，小鱼自在闲游，让陡生怜爱。

溯溪而上，可见一些挂着牌子的稀有植物：活化石桫椤、董棕、塔扇、云南石梓等等；

溪畔有木沙椤、董棕、塔扇、楠木、山白兰、白果、含笑等珍稀植物，不胜枚举。国家一二级保护动物鹩哥，原鸡在林中出没，猿嬉葛藤，凤开翠屏。

照见人影的清溪里鹅卵石，红赛玛瑙，白如钟乳，绿的滴翠，黑的泼墨，举世罕见的塞纪树化石横卧道边。

我知道更多的人来到莫里，是为了看莫里瀑布，只要从佛脚印向西，过木桥而行，行约1.5千米，就能听到“轰隆隆，轰隆隆”的倒水声，循声行至峡谷尽头，在双峰对峙的广弄山和广马山之间，一条白绸似的瀑布从50米高的绝壁上飘下来，这就是莫里瀑布。有人形容它说：“叠水如棉，不用弓弹花自散。”

莫里瀑布又称“扎朵瀑布”，倒也壮观，比起别的瀑布还是精致了些，就连我生活的楚雄三潭瀑布也无法称伯仲。

莫里虽小可，但我更多理解了林泉的意义，以至于泉边小憩，想到家乡宁乡堆子山茶亭联上那一副对联：

古来除芳草美人，谁个怜才，请看蜀客尘衫，病渴同嘲司马赋；
公余造莲花君子，借他消暑，擎出沩山露叶，思家欲学季鹰归。

王夫之当年不也归于石船山，著书立传？

如一个人真的厌倦世俗酬酢，鄙弃官场虞诈，视名利如粪土，看功业若浮云，于是隐身草泽，寄情林泉，侣鱼虾而友麋鹿，沐清风而浴明月，也未必不可。

第四十一节　情满大盈江

天蓝蓝，水莹莹，
美美的盈江好风景。
橡胶母树生宝地，
串寨路上画中行。
山山水水都是画，
画中飞出了妹妹的倩影。
椰风香，月光明，
美美的盈江好风情。
大盈江畔洗温泉，

泼水节里听歌声，
阿妹情歌没唱完，
醉倒了椰林里的好后生。

这是几年前盈江县委宣传部征集到的一首歌，题目叫《美美的盈江美美的情》，我倒是没有在意它入选了没有，谱曲了没有，但我很喜欢这歌词意境，写出了大盈江的大意。

又闻“水韵大盈江旅游综合项目”用5年时间将由蓝图付诸现实。“水韵大盈江旅游综合项目”由盈江县政府、盈江县汇通旅游有限责任公司与中央电视台《发现之旅》频道共同开发建设，项目内容包括：综合服务区、船筏漂江游、江堤文化演绎长廊、江滩及江心岛娱乐、农业生态观光体验、“候鸟式”度假休闲、边疆山寨古风体验及片区瓜果蔬菜批发等10多个板块、40个子项目组成。预计投资16亿人民币、项目涉及总面积约为1000公顷的“水韵大盈江旅游综合项目”最终要做成“江中泛舟、水中掠影、果园漫步、沙滩娱乐、新鲜蔬菜现摘、干涯客栈休闲”的生态休闲旅游项目，而且现在就“承诺”出去了“宁愿让一个人来百次，也不能让百人来一次”。

我再不来盈江看看恐怕显得我有点麻木了。

秋日，我结伴来。

在霭霭的晨雾中，轻盈秀丽的大盈江蜿蜒在我的眼前。

大盈江发源于腾冲古永五台山和狼牙山的胆扎河与叠水河，在梁河境内形成槟榔江与南底河两大支流。槟榔江又汇集了支那河、芒芽河、朗外河、南当河、曩宋河等十余条河流与南底河交汇于盈江县旧城形成干流长113千米的大盈江。

当百川千流之水汇入盈江坝子后，江面豁然开朗、碧波荡漾的江水在两岸茂密的雨林和倩影婆娑的竹林环绕中徜徉，依傍着竹林掩映的傣家竹楼和肥沃的田畴。

进入坝子的大盈江宽约百余米，江面开阔、水平如镜，遥遥数十里，晴天澄练，碧水翠丽。沿江两岸，远山隐约，林荫染黛，簇簇大青树如伞如盖，郁郁葱葱；沿江两岸竹林娓娓，公路两旁不时可见忙碌了一年的水牛此时正悠然自得地漫步在收割后的乡间田野，歇息在牛背上的白鹭和着吃草的水牛悠缓的节奏和谐地享受着春光明媚的惬意。

从盈江大桥沿江面远望：只见云水悠悠处，偶见一叶竹筏荡舟飘摇，泛泛而去……江水与竹林分割掩映，形成江漫竹林，林夹江水的独特秀丽风景。

小平原乃盈江县城所在地。小平原古时又称“大象之城”。据史书记载：盈江县属古哀牢重地，东汉时期（前69年），“哀牢王柳貌率众归汉，汉王置永昌郡哀牢县”，即今天的盈江县。又据《后汉书》记载：哀牢“土地沃美，宜五谷、蚕桑。知染彩、文绣，罽叠、兰干细布，织成文章如绫锦。有梧桐木桦，绩以为布，幅广五尺，洁白不受垢污□帛，先以覆亡人，然后服之。有竹节相去一丈，名曰濮竹。出铜、铁、铅、锡、金、银、光珠、虎珀、水精、琉璃、轲虫、蚌珠、孔雀、翡翠、犀、象、猩猩、貊兽。”仅此可见；这里远在一千多年前已是一个富饶美丽、物产丰厚的宝地。

盈江还是南方古丝绸之路最重要的驿道。早在西汉元狩年间（前122年），张骞出使西域在阿富汗（古称大夏）见到产于四川的笻竹杖和布匹，经询问得知四川与印度之间早在先秦时代就有商道相通，遂回朝向汉武帝报告，朝野一时为之哗然。汉武帝为之大喜，即遣使云南以求打通中国通向西域的南方的国际商道。这即是最著名的南方丝绸之路——蜀身毒道，即四川到印度（古称身毒）的南方丝绸之路。据著名历史学家方国瑜教授考证，蜀身毒道始于公元前四、五世纪，是我国最早的一条国际陆路商路。它东起四川成都经盈江出缅甸与印度相连，又由印度转赴西亚和欧洲地中海沿岸各国，而今天的盈江县城就是南方丝绸之路出缅的西大门。此后，盈江一直是商旅休憩和邮路连联络各方的中转驿站，据《清史稿》书载：“云南入缅滇有六途，以芒允一途为捷径。”

盈江多去处，这是我到来才知道。

旧城的香额湖，在我来之前的10月3号才搞了个围湖捕鱼节，还真有意思。听湖边人家道来，先编好高约2米，长几十米长的竹帘，乘竹筏至湖中，将编好的竹帘围成一个U字形，然后用竹竿敲打水面，傣家的女人们则在竹筏上吆喝。待将鱼可能被赶进了包围圈，便会合拢竹帘然后慢慢缩小，直到可以下水去捞。

盈江旧城附近的香额湖湿地面积有一千多亩，中心水深五六米，水源是地下涌泉，有泉眼12个，历经千年而泉流不枯。香额湖的傣语是“弄姐告”。水面有荷叶，水边有芦苇，自然植被、水体生物以及农田、果林、野生飞禽相生相栖。湖边浓密的林木中，栖息着数百只白鹭，隔一阵就呼地一下飞起，白羽在天空划出纯净的弧线。生命如此相互依偎，除了美，还看得到感动。

据当地人讲，其实早前香额湖湿地面积是现在的数倍，它周边绵延到山根儿底下的稻田、菜园、果林原来都是湿地。生态意识在人口的增长压力和土地换收入的政策下，被逐渐消解了，于是大片湿地如今被蚕食得都快成盆景景观了。现在，香额湖湿地正在开发成旅游景区，可以乘竹筏游览赏花、观赏浮游生物、野生飞禽和游鱼、漫步五彩小径、湖边垂钓以及观赏民族歌舞。

暮色下，有两条小船穿梭在荷塘里，撑船的乡民还在劳作。人是景观的决定者和改变者，香额湖湿地还有没有机会恢复到原来的规模，让盈江坝子更保留一分原生态的和谐，而不仅仅是成为开发的旅游项目。

凯邦亚湖水面迂回曲折，看似岛岛相连，其实岛后有岛，岛水相间，仿佛蓬莱仙境。湖内水岛众多，时有白鹭、鱼鹰、翠鸟等飞行其间，或是栖于水中枯木之上，更显出环境的宁静和境界的高雅；岛上有牛群，安详地在草坡上吃草或懒洋洋地躺着享受阳光；不时有水牛在泅渡，向其他美好的岛屿转移，晃眼看去，疑为蛟龙戏水；竹筏上搭了凉棚，有人在悠闲垂钓；不时有几叶竹筏漂在湖面上，来也匆匆，去也匆匆，那是第一代景颇族渔民；登上最高的北岛，极目俯瞰，湖光山色尽收眼底，美不胜收。

凯邦亚湖平均海拔在1000米以上，年平均气温为14.2℃，是一座难得的“凉库”，实为回归自然、休闲度假的避暑胜地。目前在西岸已建了具有景颇风格的度假村，可乘游艇或快艇饱览湖光山色。

湖边均为景颇族村寨，多彩的山地民族风情更增添了该景区的民族文化内涵。山地自然风光和山地民族风情，将使该景区成为一处难得的山地民族文化生态园。

盈江县的南端，有“盈江虎跳石”。作家艾芜在《南行记》中写过的：“这小山谷位在滇缅交界的克钦山中，四面都是密生绿树的山岭，只是北面和南面，裂有窄狭的缺口，宛如山谷里的两道门户，从那里便露出明媚的天空，由云南流入缅甸的伊洛瓦底江的大盈江，就在这两个缺口下流过，波涛冲碰着峡谷嶙峋的山石，成天成夜生气似的吼着。”这段描写可能是描述虎跳石最早的文字吧。

从盈江县城乘车东南行，越过宏伟的大盈江公路桥，到勐窝，然后，弃车步行一会进入峡谷，最终来来到虎跳石。此时，两山相距不到20米，矗立在江中的两座巨石，几乎要把大盈江截断，巨石宛如两扇大门，石门半掩，中间留着一条缝隙，宽仅7.3米。更有意思的，距这里不太远的江中，还有另一块巨石横卧江心，这又多么像过去大户人家宅门前的大照壁。这江中的三座巨石正像一个“品”字，把人们带入无穷的想象之中。

大娘山同二娘山比肩耸峙，像中缅边境线上一道高大屏障，这里冷杉、红豆杉、云杉、楠木、橡木、香樟、木莲花等珍稀林木间杂，郁郁葱葱，常绿如翠。

支那云海是大娘山的精华。到支那看云海不但充满了了想象，这一路奔行，本来就像在画家手中的画笔。支那是离盈江县城最远的一个乡，有近百千米的山路，开车要走近3个小时。

当爬到一定的位置，再回望坝子，这时眼前是一派翻腾的云海将田野、村落，山野统统吞噬，顷刻，日光粲然于云海之上，云海缓缓地遁去，直到万里无云。

支那云海以秋冬最是完美，是因夜间气温低，坝子上聚集的水汽到清晨开始蒸腾聚拢成浓重的云山雾海。

更难以想象的是，在德宏这样热带亚热带地区，还可以见到蔚为壮观的高山草甸。这片草甸叫“诗蜜娃底”，诗蜜娃底在傈僳语里是美丽的黄草坝的意思。这里海拔1600多米，地势如波浪，时起时伏，尤有小溪穿过，在低陷处汪着一个个水凼，像摆放在翡翠底座上玉盘。这里曾是2800多亩的原始老林，经不住时间的摔打，变成了今天这个模样，阴差阳错之美。

大盈江日落也是大盈江大写意中的精妙一笔。发挥一下你的想象，飘荡的芦苇花间，悬着一枚鹅黄色的铜盘。这叫“芦苇悬日”的景观，是不是比纽约曼哈顿悬日还美过几分？

有人说，领略大盈江旖旋风光的地方还有一处，在县城东部的允燕山。允燕山是盈江县城的制高点，环顾四望，东面锦峰翠岭，胶林葱茏；居高临下向西远眺，山簇岭嶂一抹罗黛，万顷盈江坝子竹拂云荡，日漫空绿。竹林深处，一泱大盈江水匹练蜿蜒，似接似断，时隐时现。

来不及登临，有公干，不需催我，返乡。

第四十二节　基诺山——待启封的一坛琼浆

我写这部作品时，恰逢著名诗人雷平阳出版他的第三部诗集《基诺山》，我被他《自序》里的一段文字所震惊，我竟然久久失语，欲哭无泪："写这篇小序之时，我的老家昭通又发生了地震，死神游荡的乌蒙山谷，人与鬼自然而然地并肩站到了一起，一同承受相同的命运。在苍茫的废墟与废墟之间，一些惊魂未定的逃生者，面对不断发生的余震，他们又冒死折返家园。不仅仅是为了去刨出深埋地下的亲人的遗体，更动人肝肠的是，他们是去把一头头幸免于难的牛马猪狗等牲畜，以及鸡鸭鹅一一遣散，一一放生，让它们听天由命……乌蒙山与基诺山，在地理学和文化人类学领域，从来就不是两座并置的峰峦。然而，在这特殊的时光节点上，我分明看见，笔底下《基诺山》集子中这些诞生在基诺山上的汉字，它们活了过来，流泪、呼喊、献血，每一个字都把头整齐地转向了乌蒙山。"

不到云南工作之前，我总觉得云南像在化外，一个与课本上描述的华夏文化不一样的地方，遥远得只能凭个人想象。

课本上读到《苦聪人有了太阳》，读罢，在我的脑子了定格成了一幅原始、刀耕火种、饮血茹毛的落后的镜像。

我知道我国 56 个民族，最后一个确定的民族是基诺族，但我一直把苦聪人当作基诺族，直到现在。

其实基诺是基诺，苦聪是苦聪，后来苦聪人归在了拉祜族。

我向往基诺山，但我只到过基诺山的"门口"，遥望的那种心情是可想而知的，于是下过无数次决心，但终成泡影。

上帝为我打开了另一道窗口，后来我认识了基诺族作家张扬，一位漂亮到了让人窒息的一个女孩。是命运垂青我，我当了这个作家班的学习委员，短短的一个月，我至少收获了我所需要的，从一个基诺族女孩身上了解到了基诺族这个民族的些许。

基诺人将这一段历史视为英雄壮举来歌颂和传扬，就是从张扬的脸上流落出的骄傲神情，那是怎样一段历史，我当然不知道，后来知道了，和张扬的一次长谈之后。

国民党地方政府官员对边疆少数民族地区进行压迫，政府派军对基诺山加重增税等。民族矛盾不断加剧，民族生活的空间到边缘，基诺族人民奋起反抗的怒火压在胸膛。1941 年至 1943 年，基诺族反抗国民党地方政府的序幕就此拉开，在洛科新寨，大梁子两次战役中，英雄的基诺族人民有一千余人参战，将国民党地方政府军围攻在该山寨中心的胡二家冲墙房内一个多月之久。最后激烈攻战七天七夜，在大平掌岔路口守候的基诺族勇士普林攸狙击神枪手，用火连枪将击中国民党军骑兵官头部，其当场被击毙从战马上摔下地。后来把国民党兵打退至大梁子山寨，大梁子战役又攻守一个多月，双方交火猛烈，各方伤亡惨重。激战的过程中，因基诺族内部出现叛徒张三，国民党军部分残兵败将，从烟山路脱逃。战后叛徒张三被押至洛科大寨原站岗房处，由基诺族指挥官阿四召集所有参战的基诺族勇士和其他前来援战的各兄弟民族等参加大会。并下令处决基诺族叛徒，指挥官阿四的一声令下，基诺族自卫队队长切且，手持木棒当众两次猛击张三头部。张三倒地后，切且拨出随身携带的大尖刀砍向张三的脖子，张三得到当众死刑的严惩。提高了基诺族人民和其他兄弟民族联合反抗斗争的士气，参战人员斗争的雄心更加团结向上，一心斗争的决心得了加强巩固。

了解更多实在后来。

比如我了解到了基诺族是一个古老的民族。“基诺”是民族自称，意为“跟在舅舅后边”，加以引申即为“尊崇舅舅的民族”。1979 年 6 月经民族确认，成为中国的第 55 个民族。

我知道了基诺乡旧称为基诺山。清代文献写为攸乐山，都是以基诺族自称而得名，足见基诺族是当地的古老居民。有关基诺族的汉文记载始于 18 世纪。基诺山因盛产普洱茶，明末清初即有汉族商人进入，推广种茶制茶技术，对基诺族社会发展产生了影响。雍正七年（1729 年），清朝在基诺山思通（今司土寨）设攸乐同知，筑了砖城，驻军 500 人，欲在这里建立滇南重镇，但时隔 6 年因瘴气厉害而裁撤，此后只在这里委任基诺族首领为攸乐土目。后来傣族土司统治基诺山区。

我知道了新中国成立前，基诺族社会尚处于原始社会末期向阶级社会过渡阶段，还保留着许多古俗。如血缘婚的遗迹依然存在，有的村寨并不禁止氏族内婚；有的村寨禁止氏族内婚，但不禁止氏族内的恋爱同居。母系氏族公社的遗俗也相当多，平时只有母亲才有权为生病的子女杀鸡“招魂”；在上新房的仪式上，第一个手持火把登楼点燃火塘的是氏族内最年长的女性；村社长老虽已是男性，但他们仍沿用母系氏族公社时代的称号——“左米尤卡”，即村寨的老奶奶。由父系公社取代母系公社，大约有300余年的历史。个别村寨在20世纪40年代尚有百余人共居的大竹楼，这个父系大家庭公社虽然共居一处，但分居各房间的小家庭却又是个体经济，单独生产和消费，呈现了父系大家庭公社末期的过渡状态。

我知道了基诺族的文化艺术多姿多彩、民间流传着丰富的神话传说、故事和诗歌。在神话传说中，流传较广的是《玛黑和玛妞》《女始祖尧白》等。前者叙说的是基诺族的创世纪，洪水故事和兄妹成婚。后者叙说的是尧白造天地后，撒茶籽在基诺山，使基诺族以种茶谋生。民间故事有反映纯洁爱情的《两个小伙子》，有反映善有善报、恶有恶报的《宝刀和竹笛》《猴子和人》《大姐和四妹》。基诺族诗歌分叙事诗和抒情诗两种，反映的内容广泛，格调含蓄而真切，生活气息浓郁。

我知道了基诺族的婚姻为一夫一妻制，婚前恋爱自由，婚后很少离异，过去仍保留着某些对偶婚和群婚残余。基诺族的青年男女举行“成年礼”之后，即取得了谈恋爱的资格。在劳动中对歌，并用树叶为信约定相会的时间地点；待两人情投意合后，即可同居。一般是在生了第一个孩子后才举行婚礼。举行婚礼时，必须长老亲临。新娘婚后5日归家，过几天才返回男方家长住。

我知道了基诺族过去盛行祖先崇拜，相信万物有灵。巫师有两种，一为“布腊包”，一为“莫丕”。遇有灾祸降临，请巫师杀牛、猪、鸡、狗祭鬼神。巫师会比较简单的占卜术，并兼行草医。“卓巴”“卓生”（村社长老）主持重大的祭祀活动时，往往举行剽牛仪式。基诺族的节日很多、主要有“祭大竜（龙）”“火把节”“新米节”租过年。过年时间不固定，一般由“卓巴”“卓生”决定，当“卓巴”擂响（大鼓）时，就意味着新的一年来临，全寨男女老幼就涌到“卓巴”“卓生”家旁边载边歌载舞，欢庆新年的到来。

我知道了基诺族除了最隆重的节日是过年，约在春节前后，还有诸如打铁节，基诺语称“特毛切”，是基诺族最隆重的节日，一般于每年农历十二月举行，历时三天。节日第一天上午要举行剽牛仪式，午后寨子里的长者敲响牛皮大鼓，人们情不自禁地随着鼓点围着大鼓跳起粗犷的舞蹈，这就是基诺人欢庆丰收的“太阳鼓”舞。太阳鼓是基诺族最神圣的祭器和乐器，每个村寨一般都有两面，分公鼓和母鼓。他们视太阳鼓为神灵的化身和村寨的象征。祭祀太阳鼓，目的是祈盼它能保佑全寨人丁兴旺、五谷丰登。

我知道了基诺山的大美无比。

我说过，我不曾到过基诺山，但从基诺族作家的文章里可以看到：

> 洛科新寨村，古代地处茶马古道的交通要塞。洛科新寨村是景洪市基诺族乡古老的村庄，汉称曼控新寨。离乡府42千米，离景洪市98千米。基诺族三大氏族的乌优支系，也有少部分阿哈支系杂居。村庄坐落在基诺族乡东部，坐南朝北的原始森林怀抱半山坡上，东以著名的盘蓝山和古六大茶山之五的勐腊县象明乡蛮砖一江之隔（小黑江），东南以名扬天下的王子山和银厂石岩连接，西北以曼卡河，洛科大寨村毗邻，北以遥望着著名的孔名山。海拔高1340米，长年在蓝天白云下和多雨多雾中……曾经易武茶老板刘大老爷的马帮，牛帮。由镇越县（今勐腊县），今易武乡经磨者河至大谷仓至象明乡瓦龙至谣家山至曼配渡口至勐腊县勐仑镇曼冈至景洪市攸乐山银厂山寨至洛科新寨（汉称：曼控新寨）至洛科大寨（汉称：曼控大寨）至龙帕石岩脚下独水井至十门坎至仙人脚至龙帕（自称：亚诺）至巴来（汉称：曼海）等地采购贡茶的必经之路。在一碗水和十门坎狭窄的岩石要塞，为了马帮，牛帮顺利通行，刘大老爷出重金修通这两段路，在十门坎立下了公德碑，所有捐金投工投劳者大名铭刻在此碑上。这段路成了马帮，牛帮的交通生命线。洛科新寨是刘大老爷的马帮，牛帮多次轮回时夜宿落脚的地方……

踏着脚下的这片土地，多情的热带雨林，自古有着几百年或千年的古茶树林，其中古茶分部为：大梁子甬庇股芒果树脚大茶地有120株，橄榄树梁子有60株，阿卡寨黄三树梁子有10株，长江箐两岸边有13株、大团山苦笋林有3株，蓝沧果树箐两岸边有2株，胡树青家马死处1株，胡万发家后和自家茶园2株，蚂蟥箐边2株，老学校梁子有3株，邱家寨路有2株，么羊寨遗址100株，共有古茶树324株，村民普燕飞家在大梁子老窝铺原始森林茶地老路下方的一棵灰白色茶树围茎为60厘米，树高9米，大叶种。橄榄树梁子有一株根部最大的围茎1.5米，早年被人砍断过，新芽分为多枝。茶山古茶树最小的围茎45厘米，高8米。可惜大团山苦笋林，胡树青多年前发现的一棵最大的古茶树时，发现饭碗般大的大叶种茶树不少，由于原始森林密度大，四个人在森林里穿梭寻找两个多小时，一直尚未找到此古茶树而很惋惜。洛科新寨古茶树生长环境在原始森林灌木丛林中，古代马帮牛帮落脚留宿该村时，收购贡茶的山寨之一，外山茶书名著中的文字记载着古老的传说，口碑传说着几代人植茶的传奇故事。

20世纪60年代后种植的普洱茶。1962年生产队时期，在大梁子甭庇股芒果树脚大茶地种植170亩茶树，已连成片，形成灌木林荒山茶，该村共有茶林2000余亩，纵观穿越洛科新寨茶林，在茂密的森林中生长着普洱茶大叶种和中叶种，属阿萨姆叶种。由于山高植被茂盛，雨量充沛、潮湿、阴冷、多雾。土壤肥沃，不需施肥。没有虫害，不需喷洒农药，是无公害，纯天然的茶叶，人们可以放心饮用的保健食品。

考察完洛科新寨山山岭岭的茶山之后，走进该村胡阿朝家茶地边鱼塘脚箐边，灌木丛林中的一棵茶树王，发现目前基诺族乡境内，可以算是一棵最大的茶树王，根部围茎1.6米，高12米，全棵树本为白色，树本外表皮长有青苔，龙抓树藤爬在树本上，根部离土20厘米高处，早年被人砍断过，离地面20厘米高处被人砍断处发芽分枝4枝，最粗一枝的围茎80厘米，与普洱茶古六大茶山，其他茶山千年茶树科考相比分析，该茶树有上千年的茶树龄了，可以算“攸乐茶树王”。“茶树王”周围大树苍天，茂盛的植被覆盖着整棵古茶树，日光照射少，光线暗淡，与其他茶叶相比较，叶短团，叶片稍有一般茶叶厚，绿色更浓，盛开的百茶花是比一般茶花稍尖些，分析的角度看纯属野生茶，初制加工晒干后泡开水中，水是清色的，茶气清香，没有苦涩味。结果待茶专家论证后定。该茶树王是洛科新寨村民李约纳上山采购草药时发现的。茶树王周围有高耸入云的部分杂树，我请同行的胡树青砍掉，保持一定的林间密度空间，有足够的阳光照射，让攸乐茶树王更加茂盛生辉。

这时，我也想做一个基诺人。

第四十三节　云南花事

一个外省人说，云南的花太多了！让我感受最深的就是花，可能是我喜欢花的缘故！一双眼睛总是看着花，因此云南的花给我留下非常深刻的印象。回来后，我做的第一个梦便是自己站在花丛中留影。

不得不承认，云南是花的世界，举目四望无处没有花，一年四季，花香四溢。

说起花，云南人总是如数家珍。春天的桃花、樱花、梨花、油菜花；夏天的山茶、高山杜鹃、紫色三角梅、黄花槐、桔梗花、栀子花、向日葵、洋芋花；秋天的波斯菊、桂花，红的枫叶，黄的银杏；冬天的梅花、茶花、缅桂、玉兰、炮仗花等等，时时都让人们有沐浴花海的感觉。

我看过筱胡的《云南花卉产业进化之路》，忍不住拈来一用，她写道——

> 云南这一方高原净土，既有美国西部地带的粗犷，又兼含托尔斯泰笔下俄罗斯风光的雄浑。天晴气朗，登高远眺，阡陌河流，一望无际；多依河畔的迎春花、菌子山的马樱花、珠江源的白杜鹃、哈巴雪山的火红杜鹃、沙林的梧桐花依时而开，争芳斗艳；千顷沃野，万亩草场，满目苍翠。如果要一一顺时道来，那绝对是数不胜数，故选出其中几道景观，来个欲语还休之姿，邀您共赏。

圆通山：浪漫樱花

话说前几年热闹上映的电影《浪漫樱花》，估计是无人不知。那一段在散落着樱花花瓣上跳起的欢快舞蹈，让所有人感叹日本樱花的美。别因为日本樱花离我们太遥远而沮丧了，就在昆明圆通山，一样能看到樱花满枝俏、遍地花瓣洒的浪漫美景。

历史悠久、名扬中外的“圆通花潮”景观位于圆通山（昆明动物园）中部，分布在高低错落的山麓之上，由樱花区和海棠区组成，连片成林。由于樱花和海棠的花期、花色较为接近，所以大家都习惯统称为樱花。

圆通山自20世纪20年代起就在山上种植樱花和海棠，所以现在樱花、海棠已具较大规模，总占地面积达18000平方米。共有云南樱花480余株，日本樱花200余株，垂丝海棠1200余株。圆通山的樱花多为云南樱花，是由原生腾冲、龙陵一带的苦樱桃演变而来。2～3月开花，先花后叶，花为重瓣，花径2.5厘米左右，7～9朵形成伞状花序，簇拥成团，色为深粉红。

阳春三月，登临圆通山，踏春赏花，是昆明人的传统习俗。尤其在“三八”妇女节期间，昆明人倾城出动，涌向圆通山，形成了蔚为大观的花潮人海。著名散文家李广田先生于1963年发表在《人民日报》上的著名散文《花潮》，留下了“春光似海，盛世如花”的名句，使“圆通花潮”更加享誉海内外。

花红得有水气、有灵性，让你不得不心生怜惜。它们仿佛是有生命似的，挤挤攘攘、笑意盈盈、一潮一潮地涌过来，淹没了你的眼再漫过你的心。树上的花正是艳到极致时，树下已有落花悄无声息地洒了一地。

“去年今日此门中，人面桃花相映红。人面不知何处去，桃花依旧笑春风。”那是崔护的浪漫。而属于自己的浪漫，需要独自静心体会。

罗平：金灿灿的油菜花

花若离枝，便是永别，来年即使再开，也不会是同样的一朵。所以，喜欢那种开得短暂但开得隆重的花，有种不顾一切的狠劲。罗平万亩油菜花齐头绽放的狠劲，估计无“花”能敌了。

每年二三月间，连片的20万亩油菜花在罗平坝子竞相怒放、流金溢彩，绵延数十里，好似金浪滔滔的海洋。凡驻足过这个最大的天然油菜花海，无不感叹罗平是“金玉满堂之乡”。324国道、南昆铁路从花海中横贯而过，有“中国吉普赛人”之称的养蜂人，聚在花海之中，放蜂、追花、采蜜。

登山远眺，可以看到花海中，玉带湖、腊山湖、湾子湖像三面银光闪亮的镜子，衬托着山色青翠的白蜡山；油菜花海里，村落点点，寨子棋布；此起彼伏的喀斯特锥形山，点缀花海中，有如人间仙境，构成绝妙的图画；牛街石岩溶洼地是喀斯特岩溶中的一种典型地貌，呈现出别致的“千丘田”田园风光；一年一度的油菜花旅游节，向海内外游客发出春天的邀请，吸引了无数海内外朋友到罗平观花、尝鲜蜜。

金鸡山一带是观花海的最佳位置。站在金鸡山上，花海连绵起伏，小岛在花海中静静地耸立。太阳的金梭在花海上梳理，泛起金色的光泽，闪闪烁烁、欢跳不止。置身罗平坝子，怒放的油菜花变化万千：花姿、花影、花雾、花潮让人陶醉不已。

“乱花渐欲迷人眼，春光烂漫又一程。”且跟着春天的脚步，到云南罗平去看那金灿灿的油菜花，感受春日金灿灿的不一样的视觉收获。

香格里拉：火红狼毒

置身香格里拉茫茫草场，那狂奔的骏马，忽隐忽现的牛羊，总让人想起无数千古佳句。“蓝蓝的天上白云飘，白云下面马儿跑”的动人画卷，即刻让人仿佛置身于梦境般，真伪难辨。

秋日里的香格里拉是醉人的季节。秋高气爽，白云浮动，牛羊悠闲地散落在草原上。远山上白桦林也在秋风中变得金光灿灿，与火红的狼毒相映成趣。

离香格里拉县城不远的地方，就是令人着迷的红草地。秋风过处，草原的颜色就开始悄悄地改变了。大棵的酥油花、红黄相间的狼毒花、深紫的鸢尾花，还有许多不知名的野花生长在香格里拉的每一寸土地上，让人看得目瞪口呆。最耀眼的莫过于狼毒花，这种春天开着黄花的植物，一到了秋天就摇身一变，金黄的外衣变成了惹眼的桃红色，艳丽夺目。那大面积的红色铺天盖地而来，红得那么惊心动魄，红得如此热烈赤诚，红在你眼中，也红入你心里……

香格里拉的秋天也是最精彩的瞬间，迪庆地区在中秋节过后十天左右的二十多天时间里，高原上满目秋色。此时探访属都湖、小中甸、白茫雪山等地，都能让你相机快门发热、菲林锐减。

对我来说香格里拉最美的景色，无非就是秋天的狼毒了。茫茫草原上尽是荒草萋萋，一片接一片火红的狼毒似乎昭示着这里的生命活力：博大精深。“赏花乃雅事，悦心又增寿。”所以，多看看美景，终是好的。

西双版纳：百树齐聚百花艳

如若在旅行中，你觉得仅仅只能观赏到一季花卉的盛放是一种遗憾的话，不用着急，只要来到西双版纳花卉园里，一切都会梦想成真。无论是哪种花、草、树、木，只要您想要一睹其芳容，就在此地，让你一次看个够。

西双版纳花卉园坐落在西双版纳景洪西路云南热带作物科学研究所大院之内，是西双版纳新近建成，供游人游赏的主要景点。

白白的缅桂花香气芬芳，飘过这里的山山水水，飘进了每一个傣家竹楼。一朵朵，一丛丛色彩斑斓、形态各异的花，一株株一蓬蓬的珍奇异树组成了一个五彩缤纷的世界：昂首挺拔的棕树，洁白如玉的莲花，吉祥和平的红掌花，美丽袭人的鸡蛋花，红艳似火的紫荆花，喜气洋洋的炮仗花，似孔雀开屏的三角椰子，似蝴蝶采花的马樱丹花，神奇的雨树，古老的苏铁蕨，“产糖”的糖棕，“产米”的董棕，各式各样的杧果……

清清的江水绵亘不绝，流过澜沧江边的村村寨寨，流进了每个人的心田。曾经，中缅两国总理在此会晤。北京的天安门、仰光的大金塔、吉祥的孔雀、苍翠的橡胶林、繁茂的万年葵是这份情谊的见证；“我住江之头，君住江之尾。彼此情无限，共饮一江水”，是这段衷肠的诉说。

在百草园与果木园间，还保留下早已种在该地的西双版纳可可树，游人可以见识世界三大饮料之一的可可果实。除了赏花，还能品尝各种西双版纳热带水果，绝对的大饱眼福和口福。

郊野公园：桃花朵朵开

马来西亚歌手阿牛的一首《桃花朵朵开》，唱遍了中国大江南北，哪怕是个四五岁的小孩也能随口哼上几句。可见，红艳艳的桃花所带给人们的精神愉悦是如此的不可小觑。

昆明郊野公园位于昆明西郊玉案山麓，是昆明城郊接合部较大的公园之一。

娇艳的碧桃花是郊野公园的园花。公园新开辟了桃花源景区，景区参照陶渊明《桃花源记》描绘的意境，栽植了红叶碧桃、绛碧桃、花枝碧桃、垂枝碧桃、寿星桃、二乔桃等观赏桃十二个品种、六千余株，并配以山石植物造景，布置桃桩盆景，设流水叠瀑、刻建石碑，增添民俗实物，写意造景，营造了浓郁的桃花文化氛围。

每年春节过后，株株碧桃含苞欲放。近三月，数不清的花蕾一起露出了她们的笑脸，涌起了一股挡不住的桃花春潮……这些碧桃花红白相间，白里透红，白得像雪、红得发紫，构成了一道美丽的风景线。最使人好奇的是，一株桃花开出红白两色花朵，一朵花又分出两种颜色，被人们形象地称之为“二娇”。

每逢桃花盛放之时，公园就会开展内容丰富多彩的桃花节。在桃花节期间入园的游客还可以亲手栽下一棵枝繁叶茂的许愿树，挂上亲手自制的心愿牌，让心愿随树木成长的时间推移梦想成真。同时，您还可以置身于这鸟语花香、空气清新的地方感受野外烧烤的乐趣。郊野公园内设有烧烤所需的所有工具，您只需要带上可烧烤的食物，驾驶上心爱的座驾开至郊野公园即可体会一番世外桃源的悠游。

但上述那些都是生长在野外的花。昆明人还爱那一朵朵娇媚的、含苞带露的鲜花，并让鲜花融入生活，成为市井烟火中不可缺少的一部分，而这一切缘于尚义街花市。

那时的尚义街

昆明的主街一条是北京路，一条是人民路。北京路从北向南将这座有着1400多年历史的城市一分为二。北京路以西，是昆明城最热闹的中央商务区，这里有正义路、南屏街、金马碧鸡坊、步行街、三市街。每天人流如织。而北京路以东，却相对冷清很多。尤其是在市政府背后、有着不少法式古典建筑的尚义街，在绿树掩映下，曾经异常宁静。当代著名诗人于坚，1984年6月发表了一篇名为《尚义街六号》的长诗：尚义街六号/法国式的黄房子/老吴的裤子晾在二楼/喊一声/胯下就钻出戴眼镜的脑袋/隔壁的大厕所/天天清早排着长队/我们往往在黄昏光临/打开烟盒、打开嘴巴、打开灯/……长诗以絮絮叨叨的叙事方式讲述了那个时期尚义街清苦的市井生活，经典而又耐人寻味。

20世纪90年代初期，尚义街上陆续出现了卖花摊点，来自郊区农村的花贩们或用自行车驮着，或怀里抱着四处游走，或占用人行道推销来自乡间、还带着露水的鲜花，起初只是卖些玫瑰、百合之类常见的花朵，而且像卖菜一样论把或论斤卖。后来，有城里人也来到这里，把花成捆成捆地批发到城里去，稍微包装一下，转手就加价卖了出去。渐渐地，这条安静的小街，因为鲜花而备受人们关注，成了昆明的一道独特风景。

1997年，尚义街进一步扩大，附近一些搬迁的厂房变成了交易大厅，便宜的租金，招来了更多的花商，尚义街花市应运而生。就连郊区斗南县城农家的花农们，也纷纷来到尚义街卖花。数年更迭，那时，他们也许未曾想到，热闹而风光的尚义街花市，有一天会移步斗南，并在斗南进一步发扬光大。这还是后话。

从那个时候起，昆明人爱花、买花、赏花之风更加兴盛。许多人们下班以后，会习惯性地来到尚义街，买些时令的姜花、桔梗花、玫瑰、百合等等，将花朵放在自行车栏里，穿街过巷。花儿在昆明的街头，更加摇曳生姿。

写到这里，我不禁想起20世纪40年代冰心来到昆明时的一段描述：“近日楼（现昆明南屏步行街中心部分，50年代被拆除后南移900米重建）前就是花市，早晨带一两块钱出去，随便你挑，茶花、杜鹃花、菊花……还有很多不知名的热带鲜花。抱着一大捆回来，可以把几间屋子摆满。”

花，就是昆明人对生活的装点。

1999 年，昆明举行世界园艺博览会，昆明尚义街花市一夜成名。世博会前后，尚义街人头攒动，不仅各类花卉大卖，各地的人们还纷纷与花商们签下批发协议，将这些美丽的鲜花从尚义街带到了全国乃至全世界各地。随着鲜花的热卖，那些持久性更长的各式干花也开始备受青睐。

短短几年间，到云南旅游，临告别前赶赴尚义街花市买些鲜花带回去，已经成为游客们必须满足的心愿，因为价廉花好，很多人一买就是几箱。那一时期，几乎所有的旅行社都把尚义街作为云南游的最后一站。花香四溢的尚义街，成为花城的一张特色名片，成了国内外花市的晴雨表。

2007 年，昆明开始搞城市建设，尚义街等许多老街都先后面临大拆迁的结局，当接到尚义街花市要关闭搬迁的消息后，人们无不唏嘘感叹，已经把尚义街花市作为生活中的一部分的昆明人心里充满了失落，诗人于坚感慨地说：“花都”昆明的标杆倒矣！

随后的几年间，尚义街花市的花商们陆续搬到了联盟路和岔街一号，这些地方虽然也在市区，但无论规模还是人气，都比不上尚义街花市，也没了尚义街的气势和韵味。

应运而生的斗南花市

似乎是命中注定。尚义街花市衰落之后，距离昆明市区只有 18 千米的呈贡斗南花市在原有花市的基础上迅速壮大起来，花农和花商们纷纷将产业移向斗南。随着昆明地铁一号线的开通，从昆明到斗南、从机场到斗南都愈加方便，很多花卉直接从机场往来于斗南。斗南花卉市场的管理者也看到了这有利的商机，在离花卉批发市场不到 200 米的地方仿照荷兰鹿特丹鲜花批发市场建立了中国也是亚洲第一座大型国际标准花卉交易市场，利用数字化平台进行竞价拍卖。就是这样一个小小的市场，数年间成为全球出产鲜切花自然条件最优越的宝地，交易市场内轻轻一个按键，也许就决定了某个品种的花在全球的价格。

斗南我去过两次，一次是异地采访，和昆明日报社的记者，一次是全省总编辑经验交流会，但依然不敢说对斗南了如指掌，无论如何我还得借助已有的报道。我很感激这些辛勤的记者，行走的美朵，她的这些文字帮了我的大忙，《斗南花市“不夜城”》，让我写的“云南花事”更加全面——

这是我在斗南的一次体验：近7点，对面交易市场陆续有人来了，这是一个有着300个席位的数字交易大厅，交易位呈阶梯状一直延伸到数字屏幕下方。与交易大厅一墙之隔的地方，就是上千平方米的鲜花仓储大厅，200多万枝含苞带露的鲜花被一束一束用白色包装纸包着整整齐齐码在一个挨着一个的货架上，每一束鲜花上面都按品种、货号分好了类别。也许是为了更好地保存鲜花，大厅里灯光很暗，货架与货架中间，不时有点点亮光透出来，那是准备到交易大厅交易的花商在货架间看货号下货。

陶长劲总比别人要勤快些，此时他已经看好货等候在交易大厅了。交易大厅的席位都是固定席，需要年交易额达到130万元以上，才能获得一个席位。陶长劲已经在这里坐了4年。为了节约各个环节的成本，他就在花卉批发市场旁租了一间房，晚上7点前到仓储大厅按照网上客户要求的货源看好货，在交易大厅迅速交易完之后，再到仓储大厅领货、分拣、包装、找货运公司送货或者直接将货品送到机场交付货运。晚上十点，再到批发市场批发一些别的鲜花，半夜拿回家分拣打包发货后，他上午就可以睡觉了。

“交易大厅这里主要交易的是优良品种的玫瑰，少量的波斯菊，其他的草花（花商们对玫瑰、波斯菊之外的鲜花的总称）都要到批发市场去批发。”陶长劲说。

7点，交易正式开始，交易大厅前方的数字大屏哗地一下亮起来之后，各个席位上的人们迅速紧张起来，他们头戴耳麦，一边听着耳机里传来的竞拍叫价，一边双眼紧盯着最前方的屏幕钟上频繁变幻的品种报价，手指就放在桌面上方的电子按键上，有时候按键叫价，关键时刻，则迅速按下下单键，一件货品才算竞拍成功，一笔交易有时候几秒钟内就可完成。紧接着就要开始竞拍下一个品种，偌大的拍卖场里只听见电流声、按键声、隐约的耳麦嗡鸣声和偶尔一两个人的咳嗽声，气氛紧张而又有序。这些外表看起来普通的花商们，每一个人每天都要在这里拍下几千元的货品，然后再将这些花朵通过各种渠道送到各地互不相识的卖家手上，而这一切，只通过这一个交易平台，一个仓储大厅，一次货运就可完成。倘若有一天，你在某一个地方买了一把娇艳欲滴的鲜花，也许它就是通过这里才到达你的手上，想一想，似乎都有很多的奇妙。

在花市里，玫瑰们早已被花商们按品种赋予了不同的常人根本无法分辨清楚的名称，陶长劲今天拍到了1858元的货品，其中A级玫瑰6种，均价最高的是戴安娜，1元钱一支，陶长劲拍了200朵；最低的A级货品多橙，均价仅0.16元。B级玫瑰最高均价是卡罗拉，0.71元一支，比A级同样的货品仅仅低了6分钱，他一口气拍了1060朵。加上5%的手续费，他今天的付出是1951元。货发出去，他一天的收益就到手了。问起他的收益，他笑呵呵地说："你们也看到了，在这里做就是要眼疾手快，还要有足够的经验，不然有可能别人订的货你就拍不到，或者拍的价格高了，所以每天竞拍到的价格不一样，收益就不同，不过做习惯了，一天不做就难受呢。"

花市如股市，抢手货即使价格高花商们也得拍。走出交易大厅俯视放满货品的仓储大厅，你仿佛可以看见那原本身价待估的玫瑰们，经过竞拍之后，纷纷有了身价，列着队从不同的货架里蹦出来，袅娜地来到不同的主人的怀抱，与主人亲热一番后，又羞答答地越洋过海，到达不同的城市，等待再一次的归宿。

从仓储大厅到交易大厅，暗潮涌动。

午夜一点。平常人都已酣睡，斗南花卉批发市场门口却已经是人潮涌动，灯火通明，私家车、农用三轮、大货车、手推车……各种车辆上装满了各式鲜花等待批发市场的大门打开。花农、批发商、小贩、寻找工作机会的临时工们互相拥挤着。大门一开，人、车各自拥挤但有序地潮水一样迅速分散到各自的摊位上，摆货、询价、议价、打包、发货，花商们紧张忙碌，前来批货的人们也紧张忙碌，就这样一个批发市场，每天晚上都有10000多人在此间忙碌穿梭，有60多种400到600万枝、300多吨各色鲜花通过航空、铁路、公路、水运到达中国60多个大中城市以及亚洲各地。斗南，就像一个巨大的花卉吐纳地，每天晚上，都创造着花的奇迹。

从拥挤的人潮里出来，场里的热烈情绪在清凉的晚风下逐渐平复下来。批发市场外面，很多散户花农在卖各式的鲜花，初夏时节，正是桔梗花和绣球花盛开的季节，白色、淡黄、橘粉、紫蓝色、镶紫边的，一堆一堆，无不娇媚可爱。如果我不是行者，明晨，我一定让这鲜花，开遍我的每一个房间，每一个角落……

我看到了斗南的今天，我也看到斗南的昨天，15年前的2000年，我就带着一个采访组采访过斗南。我深谙斗南的昨天。

1983 年，呈贡县斗南镇县科委引种唐菖蒲、小苍兰获得成功。一个名叫化忠义的人，也把从外地带回的剑兰花种球试种在自家菜地里。花长成后他让女儿用两只小塑料桶提到昆明农贸市场去卖。化忠义这个破天荒之举，最初仅仅因为盖房急需用钱。想不到当年他家因此收入了 3000 多元，比种蔬菜的效益翻了几番。蔬菜地里长鲜花，在斗南镇引起轰动，众村民纷纷效仿，都获得不错的经济效益，由此拉开了斗南种花的序幕。

对于时任呈贡县良种场场长的化忠义来说，他万万想不到，当年播下的第一粒花籽，如今已经成为誉满世界，更没有想到“吃螃蟹”之举，竟然带来花卉产业的诞生和崛起。

到了 1987 年，呈贡县花卉种植面积扩大到了 40 多亩，并涌现出大批既是种花能手、又是花卉营销大户的精英。种花领头人金才、王路坤和被称为“花王”的鲁翠华，在种花的同时，还大胆进行花卉营销。他们的带头作用，为花卉产业的兴起奠定了良好的基础。

1991 年，斗南鲜花销售“以路为市”，形成了斗南花卉一条街，所生产的康乃馨、满天星、百合、玫瑰等鲜花品质上乘，行销全国。化忠义更没有预料到，他近乎试验性的花卉种植，经过 24 年的酝酿和锻造，蜕变出中国首个花卉产业的驰名商标。

如果不是鲜花，斗南不过是一个平静的小乡镇。自从 1991 年斗南镇大规模普及鲜花种植以来，它渐渐习惯在大城市醒来之前就开始了一天的忙碌，斗南鲜花要装点中国的每一个城市。最早的鲜花，每天早上 6 点钟前运抵北京。

在云南昆明斗南花卉市场，凌晨两三点就开始交易，几元钱就能买到一公斤鲜花。看上去与农贸市场无异的斗南花市里，包着蓝头巾、围着蓝围裙、身着传统地方服装的花农穿梭其间，大声叫卖。但是，这里已成为中国时尚消费的前沿输出地。

2004 年 2 月，来自昆明斗南的花农仔细算了一笔账，斗南的地质和地理条件如此适宜种花，种花的技艺和种菜差不多，但“种花每亩收入比种菜种粮高出四五倍”。

2001 年，一个以花卉拍卖为主，集花卉标准制定、新品种研发推广、市场信息服务、技术服务、金融服务、物流服务于一体的昆明国际花卉拍卖交易中心应运而生。它是当时我国最大的产地型花卉拍卖中心，也是全国第一个国际化高级花卉拍卖市场。斗南花卉市场日成交额300至400万元，全国每10枝鲜花中，就有3枝出自斗南，斗南已成为全国最大的鲜花交易市场。

每天云集到此交易的国内外客商及花农有3000至8000人左右，日成交额达250万元，每天有近百吨鲜花销往国内60多个大中城市，同时出口日本、韩国、新加坡、中国香港以及东南亚。斗南的成交价格主导着全国鲜花的批发价格。因此，业内人士这样说："斗南花市涨1元，全国鲜花涨3块。"

2006年，昆明花拍中心在全球创新推行"花卉新品种引进及品种保护三方合作"模式。2010年7月12日昆明斗南农产品拍卖有限公司注册成立。2014年，全国首个鲜切花交易价格指数——昆明花拍中心鲜切花交易指数正式发布，成为全国各地鲜花交易市场价格走势的风向标。2015年12月24日斗南花卉电子交易中心首拍成功，拥有交易座席306个，拍卖大钟3口。

一年后，斗南花卉电子交易中心正在扩建拍卖一厅

2017年1月起拍卖大钟将增加到了5口。

目前，昆明花拍中心有16万平方米的交易场馆和两个拍卖大厅、9口交易大钟、900个交易席位；有2.5万个花卉生产者（供货商）会员和3100多个产地批发商（购买商）会员；交易的鲜花不仅辐射到全国各大中城市，还出口到40多个国家和地区；现每日鲜花交易规模保持在300万枝至350万枝。昆明花拍中心已成为亚洲交易规模最大的花卉拍卖市场，在全球位列第三。

斗南，昆明的花卉之都。花为装点浪漫而存在，而产花之地的商业故事和传奇，并不一定那么浪漫。

斗南的拆改，伴随着争议、质疑和观望，引人瞩目。

在多条世界性的产业链上，属于中国的产业往往受制于人。定价权在外商手中，自己无法控制生产规模和利润，大而不强。典型的例子就是茶叶，价格大起大落，导致"小散弱"的云南茶企难以一飞冲天。

花卉不能重蹈云茶的老路，斗南正在完成自身历史上规模最大的一次升级。谈及此事，政、商两界最常说的便是"斗南将成为影响世界的价格形成中心和价格指导中心"。斗南赶超的目标，是世界上最大的鲜花交易市场——荷兰阿斯米尔鲜花拍卖市场。

世界级的交易平台会在昆明诞生吗?

云南斗南花卉产业集团所属的斗南花卉市场和斗南花卉电子交易中心目前每天进场交易的有切花月季、非洲菊、康乃馨、百合、洋桔梗等100多个大类1600多个品种，除80%产自云南外，还有周边省份及越南、缅甸、泰国、老挝、厄瓜多尔、南非、肯尼亚等国家的切花月季、菊花、洋兰等。这些产品不仅销往全国80多个大中城市，占据70%的市场份额，此外还出口50多个国家和地区。2019年，斗南花卉市场和斗南花卉电子交易中心的鲜切花交易额和交易量分别由2018年的57.68亿元和69.87亿枝增加到61亿元和72亿枝。

经过近20年的不懈努力和发展，集现代花卉交易、花卉标准制定、花卉新品种引进及推广、花卉信息咨询服务、供应链金融服务、花卉仓储、物流服务等为一体的昆明国际花卉拍卖交易中心目前已成为亚洲最大的花卉拍卖市场，拍卖交易量位居亚洲第一、全球第三。2019年，中心鲜切花总供货量和总成交量分别由2018年的12.78亿枝和12.1亿枝增加到14.4亿枝和13.7亿枝，每枝均价和交易总额分别由2018年的0.86元和10.4亿元增加到0.87元和11.9亿元。

2018年，在斗南花卉市场逛花市、买鲜花的市民和游客达220万人次，其中周末、节假日、假期尤为集中，仅春节前后的进场市民和游客就接近70万人次。

游客市场呼唤出了一个花卉小镇。

斗南花卉小镇位于呈贡区斗南街道辖区，规划编制范围西至环湖东路（含滇池码头），东至彩云路、兴呈路，南至金桂街，北至呈贡区行政边界，总规划面积约3.62平方千米，其中核心建设区约1.43平方千米，拓展区域约2.19平方千米。

花卉小镇于2017年6月成功入围云南省创建全国一流特色小镇名单，小镇以建设“世界第一的花卉交易中心”“亚洲第一的花卉产业创新研发高地”“中国第一的花卉特色小镇”为目标，全力推进产业配套、基础设施、民生保障等项目建设。2020年5月、6月，小镇多个项目将正式开工建设。

与此同时，斗南花卉小镇将通过智慧化建设打通小镇“吃住行游购娱”智能环，提升小镇的智慧化水平。该项目将利用5G、AR、VR等信息化平台，构建小镇运行状态智慧综合管理中心，通过打造小镇智能应用的建设，实现区域范围内的“导游、导购、导览、导展”的各项基本功能。

第十章 我的云南我的家

我儿子给我听一首歌，歌的名字叫《我的家在云南》，才听第一句，我就说怎么是一首歪歌，尽管歪，我还是耐着性子听完了。

其实歪是相对于我们所谓的正统来说，当你细细想来，云南的家也就那么回事，这是一种平民的眼光，但就是那么亲切和真实——

我呢家在云南
金沙江上岸
呢点呢苞谷洋芋
到处都长
在那拉哈江两旁
普洱茶香震八方
西双版纳有野象
宣威火腿香啊
我爹老倌儿有事无事
就爱肿点酒
就算是蘸点卤腐他也要整二两
喝完酒他就要
扯的脖子唱一段唱得
那些小姑娘眼泪汪汪诶
变成了老婆娘啊

第一节　文学艺术中的云南

《云南日报》文化生活部主任李开义很骄傲地写道："在这里，七彩云南不断给人们带来文艺的震撼和惊喜；在这里，人们会听到'阿诗玛'动听的歌声，看到美好的'云南映象'，感受到'云南响声'的魅力。绚丽多姿的云南文艺，以打动人心的冲击波一次次激荡着中国艺坛，不断创造着文艺的辉煌，为新中国文艺送去光彩照人的文化艺术和艺术形象，成为中华文化宝库中不可或缺的精彩篇章。"

记得在昆明召开的云南省文化产业联合会第三次会员代表大会上，云南省委常委、宣传部部长赵金介绍，云南文化产业从最初的"云南印象"，到"云南现象"，再到云南走出了一条边疆民族欠发达省份文化发展的"云南模式"。

赵金所指的是1996年，中共云南省委、省政府提出了建设民族文化大省的目标后的这些年。其实云南的文学艺术一直以来都备受全国瞩目。

众所周知，云南大地，历史悠久，文化灿烂。从5.3亿年前的"人类生命圣地"——澄江帽天山"寒武纪生命大爆炸"到1.8亿年前的禄丰恐龙化石，再到170万年前的元谋人化石的发现；从令人惊叹的春秋战国时期的古滇青铜文化，到至今一些地方仍然口耳相传的创世传说，这些都是人类文明史上留下的最铿锵的脚印。

新中国成立后，云南文艺与共和国一道成长。

20世纪五六十年代，以冯牧为代表的一批军旅作家，同云南本土作家一道创造了云南文艺的辉煌，一大批具有鲜明边疆民族特色的文艺作品，在中国文苑绽放出光彩夺目的艺术魅力。一批以云南边疆少数民族现实生活和少数民族神话为题材的电影《五朵金花》《阿诗玛》《山间铃响马帮来》《芦笙恋歌》《神秘的旅伴》《摩雅傣》《景颇姑娘》《边寨烽火》以及纪录片《在西双版纳的密林中》等，让神秘美丽的云南走向全国、走进亿万观众的心中，云南成为人们向往的地方。

以彝族作家李乔等为奠基人的云南少数民族文学创作在中国文坛引人注目。李乔的长篇小说《欢笑的金沙江》，白族诗人、评论家晓雪论述艾青的论著《生活的牧歌》，白族作家杨苏《未织完的筒裙》等作品，在中国文坛上产生了广泛反响和好评。以叙事长诗《阿诗玛》《召树屯》为代表的民间文艺绽放出耀眼的光彩。

以刘奎官、关肃霜为代表的京剧和云南地方民族戏剧，红遍全国。花灯歌舞《十大姐》《万盏红灯》舞动中国舞台。云南歌曲《小河淌水》《绣荷包》《有一个美丽的地方》《远方的客人请你留下来》《阿佤人民唱新歌》《猜调》等，唱响大江南北，成为歌曲经典；从电影中、歌声中，走出了杨丽坤、黄虹、杜丽华、赵履珠、白秀贞等一批云南艺术家。

经过十年“文化大革命”的沉寂之后，云南文学呈现出佳作迭出、人才涌现的局面。先后有张长、黄尧、朱运宽、那家伦、彭荆风、晓雪、张昆华、吴然、于坚、沈石溪、乔传藻、存文学等人的作品荣获文学大奖。王晋元、张建中、姚钟华等画家的作品在全国美术界产生较大的影响；以丁绍光、蒋铁锋为代表的云南画派独树一帜，走出国门，饮誉海外。云南版画异军突起，绝版木刻技法，堪称“中国一绝”，云南版画作品在全国夺金摘银，魅力四射。

京剧表演艺术家关肃霜，以其精湛的表演艺术和独特的舞台风格，能文能武、能生能旦，被称为“关派艺术”，其代表作品《铁弓缘》《战洪洲》《黛诺》《佤山雾》，享誉全国。以刀美兰为杰出代表的云南舞蹈艺术家，继大型舞蹈史诗《东方红》的精彩表演之后，她演出的独舞《水》和云南舞蹈家创演的舞剧《召树屯与楠木诺娜》《阿诗玛》《版纳三色》等在全国性大赛中先后获大奖，云南民族舞蹈成为当时中国当代舞蹈创作中最具特色的两大流派之一。

世纪之交，1996 年，云南率先在全国提出建设云南民族文化大省，云南文艺走向新的发展繁荣时期。2008 年，云南又吹响了由民族文化大省向民族文化强省迈进的号角，把“云南现象”推向新的发展阶段。

云南文学创作势头强劲，走上了新台阶。黄尧的《世纪木鼓》获得“五个一工程奖”后，夏天敏的《好大一对羊》首获鲁迅文学奖的中篇小说奖，张长、晓雪、彭荆风、吴然、乔传藻等获中国作协颁发的文学奖，随后于坚诗集《只有大海苍茫如幕》、彭荆风的报告文学《解放大西南》、雷平阳的诗集《云南记》、海男的诗集《忧伤的黑麋鹿》获鲁迅文学奖，范稳的小说《水乳大地》《大地雅歌》和《吾血吾土》分别入围第七届和第八届、第九届茅盾文学奖、黄晓萍的长篇纪实作品《真爱长歌》荣获“五个一工程奖”、王单单获《人民文学》新人奖、2014《诗刊》年度青年诗人奖。云南涌现了昭通作家群、儿童文学作家群、小凉山诗人群、少数民族作家群。自中国少数民族文学创作“骏马奖”设立以来，云南少数民族文学获奖作品在全国获奖数目和获奖人数中始终居于前列，从而确立了云南少数民族文学在中国当代少数民族文学中的突出地位。

异彩纷呈的歌舞云南，精品迭出，唱响全国，备受瞩目。从《云南映象》《凤氏彝兰》《白洁圣妃》《梭椤寨》《天地之上》《一窝雀》到《母亲河》《踩云彩》《美丽的大脚》《舞彩云》《太阳女》等民族歌舞戏剧在全国大赛中夺金摘银，一路走红，在中国艺坛刮起了强劲的“云南旋风”；与此同时，《丽水金沙》《勐巴拉娜西》《印象·丽江》等一批大型旅游歌舞，在市场检验和观众考验中也逐渐成为云南歌舞文化品牌。杨丽萍主创的《云南映象》以独特的艺术魅力和巨大的影响力成为云南标志性文艺精品，

云南音乐缤纷灿烂，在第五届“中国音乐金钟奖”、第十一届、十二届、十三届“CCTV全国青年歌手电视大奖赛”上，云南选手成绩斐然，涌现出了王红星、何纾、李怀福、李怀秀、熊汝霖、茸芭莘娜、周丽珍等著名歌手。在“全国优秀流行歌曲创作大赛”中，云南代表队参赛的作品《醉了丽江》《白云》双双荣获一等奖，《月亮花》获得铜奖，近日该作品又获得“五个一工程奖”。

云南美术，风格独特，尽展芬芳。袁晓岑以其优秀的画作和雕塑，享誉画坛。郑旭的《拉祜风情》、魏启聪的《村寨》、郝平的《古瓶系列·故鉴图》在全国性美展中摘取奖项。

云南民族民间文艺繁荣发展，《中国民间文学集成·云南卷》成为中华文化宝库中永恒的瑰宝。楚雄双柏老虎笙、南涧彝族跳菜、东川神鼓等夺得奖项，“全国吹奏大王”“民间工艺大师”“中国民间象脚鼓王”等荣誉称号，成为云南民间文艺家的光荣和骄傲。

影视艺术，异军突起。继《彝海结盟》首夺“五个一工程奖”电影奖之后，云南题材电影《花腰新娘》《婼玛的十七岁》《德拉姆》《好大一对羊》荣获国内外多个奖项。“云南影响”新电影系列影响广泛，《心中的香格里拉》《天和局》《谁主沉浮》《解放云南》《钱王》《商贾将军》《锻刀》《万物生》等一批云南题材、云南创作、云南制作的本土影视作品不断推出，在全国逐步形成影响。云南努力打造“中国云南影视产业实验区”、大理天龙八部影视城

等8个影视拍摄基地，每年有近百个影视剧组纷纷到云南拍片。云南影视通过荧屏、银幕走向全国、走向世界，成为宣传云南的一张文化名片。

第二节 诗词歌赋中的云南

写云南的诗词歌赋可就多了，我说的是当代，云南是不可否认的“诗歌大省”，固然，我想写的诗词歌赋中的云南不仅指当代。

云南的历史，我不妨再简述一下，以明白我们所处的坐标——

公元前279年，楚国大将庄蹻进入滇池地区，建立滇国。

前221年，秦始皇统一六国，在云南东北部设立郡县（今曲靖），并开五尺道联系内地。

前109年，汉武帝派将军郭昌入滇征服西南夷，设立益州郡和24个县，郡治滇池县（今曲靖），开辟通往缅甸和印度的商道。

225年，蜀国丞相诸葛亮率大军降服“南中”大姓孟获。320年，爨氏入滇，爨琛在昆川（今曲靖）称王，爨氏统治维持400年。

738年，洱海地区的蒙舍诏部落首领皮罗阁兼并其他五诏，建立南诏国，被唐朝封为云南王。次年建都太和城（今大理市）。

902年，南诏国权臣郑买嗣夺位自立，改国号大长和。

929年，赵善政灭大长和国，建立大天兴，次年东川节度使杨干贞灭大天兴国，改国号大义宁。

937年，白族段思平灭大义宁，建立大理国，都城大理。疆域包括现在的云南省、贵州省、四川省西南部、缅甸北部地区以及老挝与越南的少数地区。

1253年，忽必烈派蒙古军队征服大理国，1276年正式建立云南行省。色目人赛典赤任平章政事，省会中庆路（昆明）。在云南开发重要的铜矿和银矿，产量占全国一半以上。大批色目人及少量蒙古人移居云南，形成今天的回族和蒙古族。

1381年，明朝洪武皇帝派大将傅友德、沐英率军队攻占云南，灭元朝梁王，汉族移民开始大批进入云南。明朝末年，南明永历皇帝逃亡到云南。

1659年，派平西王吴三桂追捕永历。

1662年，吴三桂从缅甸抓回永历皇帝，在昆明绞死。吴三桂驻守云南。

1856—1873年，云南回民以大理为中心建立了杜文秀政权。战后，云南回族人口大量减少。晚清时期，英国征服缅甸，法国征服越南，两国势力对云南产生一定影响。边境地区开放了几处通商口岸：腾冲、蒙自、思茅（今普洱）。

1910年，法国投资的滇越铁路（昆河铁路）通车。

1909年，清朝实行新政，云南编立新军，成立陆军讲武堂。

1911年10月30日（重阳节），蔡锷、唐继尧率新军发动重九起义，脱离清朝。

1915年12月25日，蔡锷、唐继尧又在此发动反对袁世凯的护国运动。民国时期，滇军在云南形成割据局面，先后有唐继尧、龙云等统治云南。

1938年，付出极大代价的滇缅公路修通，成为中国与境外联系唯一的交通线。

1942年，有10余万中国远征军从云南进入缅甸配合英军与日军作战，日军击败英军，沿滇缅公路进至惠通桥，隔怒江与中国军队对峙2年。

1938—1946年，清华大学、北京大学、南开大学在昆明联合办学，称为国立西南联合大学。

20世纪60年代三线建设（将工厂搬到京广铁路以西、长城以南、韶关以北内陆地区）时期，修通了联系云南与内地的铁路，1966年贵昆铁路通车，1970年成昆铁路通车，1997年南昆铁路通车。

可谓集边陲、蛮夷、高山一体的云南，历来是“山高皇帝远”的地方，故而很少中原来的骚人迁客，留下的名家诗歌更是不多，但我还是撷取了最典型的一些，让大家看看一路走来的云南，驻留在诗词歌赋中的形象——

骆宾王　最早将云南写进诗中的唐代诗人是骆宾王，可是这位名垂后世的初唐诗人对云南的印象也不怎么好，在他的眼中，这块缺乏教化的土地无非“川原绕毒雾，溪谷多淫雨”而已。他在《军中行军难》一诗中写道：“去去指哀牢，行行入不毛，绝壁千里险，连山四望高，中外分区宇，夷夏殊风土。”虽然也看到“三春边地风光好”，却还是慨叹“五月泸川瘴疠多”。

骆宾王还曾写过《姚州道破诺波杨虔露布》《破蒙贝佥露布》两文，唐高宗永徽五年（654年），西洱河蛮皆反，唐以李义为姚州道总管，并令其率兵征讨，《军中行军难》写的正是这件事。

骆宾王，字观光，义乌人。自幼才华出众，是“初唐四杰”之一。高宗永徽年间（650—655 年）为道王李元庆府属，后以奉礼郎从军西域，久戍边疆。仪凤年间（676—679 年），由长安主簿入朝为侍御史，因上书议论政事，触忤武则天下狱，贬临海县丞，悒悒不得志，乃弃官而去。睿宗文明元年（684 年），他以衰暮之年投奔徐敬业讨伐武则天，并写下了著名的《讨武曌檄》。兵败逃亡后，不知所之。

骆宾王 7 岁那年，面对他爷爷的一位远道而来的好友的现场考试，随口吟诵出了一首流传千古的名篇佳作——

鹅，鹅，鹅，曲项向天歌。
白毛浮绿水，红掌拨清波。

杨升庵 1488 年，一个日后注定将名垂青史的新生命诞生于四川新都；二十四年后，已是青年才俊的他高中状元，达到了自己人生的辉煌峰巅；又过了十二年，在一场以“议大礼”为起因的看似偶然、实则在封建时代很常见的君臣之间极不均衡也极不公平的权力对话之后，集忠君与守责、狂放与识理于一身的他惨遭“廷杖”和“充军”双重惩罚，永别了京都的九重宫阙和自己曾经任职其中的翰林院，带着肉体和心灵的累累伤痕，踏上“谪戍”永昌的羁旅，直至七十一岁客死南中。他，就是在南中声名仅次于诸葛亮的杨升庵，南中人所亲切称呼的“杨状元”杨慎。

杨慎存世诗作约有 2300 多首，词曲 540 多首。其诗作写于遭贬之前和之后的基本上各自参半，而现存词曲则基本上写于到南中以后。在谪居滇云的漫长人生岁月之中，杨慎仍旧写作过一些讴歌南中各地风情景物的词曲，如《江城子》：

滇南春似锦江春，水鱼鄰，柳蛾颦。千树梨花，花底草如茵。晴日暖风浓似酒，薰媚眼，醉游人。

柔丝弱絮软红尘，惜芳辰，倦游身。啼鸟惊心，何事唤归频。不是不归归未得，愁望远，泪沾巾。

春天总是如期降临澜沧江边、哀牢山下的永昌城，可是斯人已无任何登临眺远的兴致；《诗经·采薇》曰：“我心伤悲，莫知我哀”。其实，杨慎的悲哀和心病是任何人都可以一眼看出的：只要允许归乡就能治好的思乡病——而对杨慎来说，这恰恰是他的人生里面注定不可能实现的一件事情！

如《菩萨蛮·大理普宁寺中秋》：

花宫露下秋如月，月明千里人千里。莫上最高楼，天涯添别愁。

一时今夕会，且共尊前醉。踪迹似飘蓬，明年何处逢？

其他如《渔家傲·滇南月节》《定风波·沾益冬至》《人月圆·泛大理海子》《江城子·滇南春似》等词作，亦颇有可观之处。

滇池，这一片水天茫茫的高原湖泊，古往今来，多少文人墨客慕名而来、满载而归。留下众多传世经典之作，令人追忆、回味，品出其间震撼和韵味。

徐霞客　《徐霞客游记》之《滇游日记四》中关于滇池美景的描写，细细读来，定能品出无数意蕴。

“……时天色复朗，遂举大觥，登骑就道。

从西门三里，度四通桥。从大道直西行，半里，上坡，从其西峡转而西南上，一里半，直蹑望鹤岭西坳。又西下涉一涧，稍北，即濒滇池之崖。共五里，循南山北麓而西，有石耸起峰头，北向指滇池，有操戈介胄之状，是为石将军，亦石峰之特为巉峭者。其西有庙北向，是为石鱼庙。其西南又有山西突起，亚于将军者，即石鱼山也。又西二里，海水中石突丛丛，是为牛恋石。涯上村与乡，俱以牛恋名。谓昔有众牛饮于海子，恋而不去，遂成石云。于是又循峡而南，二里，逾平坡南下，有水一塘，直浸南山之足，是为三尖塘。塘南山峦高列，塘北度脊平衍，脊之北，即滇池牛恋。塘水不北泄而东坡山腋，始知望鹤之脉自西来，不自南来也。从塘北西向溯坞入，其坞自西而东，即塘水之上流也。三里，坞西尽处，有三峰排列：其南最高者即南山之再起者也；其中一峰，则自南峰之西绕峡而北，峙为中峰焉；北峰则濒滇池，而东度为石将军、望鹤山之脉矣。中峰之东，有村落当坞，是为三尖村，晋宁村落止此。西沿中锋而上，一里，与南峰对峙之中，复阻水为塘，不能如东塘之大，而地则高矣。又平上而西，一里，逾中峰之脊。从脊上西南直行，为新兴道；逾脊西北下，即滇池南涯，是为昆阳道；而晋宁、昆明以是脊为界焉。于是昆阳新旧州治，俱在一望。直下半里，沿滇池南山陇半西行，二里余，有村在北崖之下，滇池之水环其前，是曰赤峒里，亦池滨聚落之大者，而田则不能成壑焉。又西又村后逾岭南上，既西下，三里，有村倚南山北麓。盘其嘴而西，于是西峡中开，自南而北，与西界山对夹成坞。其脊南自新兴界分支北下，西一支直走而为新旧州治，而北尽于旧寨村；东一支即赤峒里之后山，滨池而止。东界短，西界长，中开平坞为田，一小水贯其中，亦自南而北入滇池，即志所称渠滥川也。由东嘴截坞而西，正与新城相对，而大道必折而南，盘东界之嘴以入，三里始西涉坞。径坞三里，又随西界之麓北出一里半，是为昆阳新城。又北一里半，为昆阳旧城，于是当滇池西南转折处矣。旧城有街衢阛堵而无城郭，新城有楼橹雉堞而无民庐，乃三四年前，旧治经寇，故卜筑新邑，而市社犹仍旧贯也。旧治街自南而北，西倚山坡，东瞰湖涘。至已日西昃，亟饭于市。此州有天酒泉、普照寺，以无奇不及停屐，遂北行。

四里，稍上，逾一东突之坳。其山自西界横突而出，东悬滇海中。路逾其坳中北下，其北滇海复嵌坞西入。其突出之峰，远眺若中浮面，而其西实连缀于西界者也。乃西转涉一坞，共四里，又北向循滇池西崖山麓行。五里，又有小峰傍麓东突，南北皆湖水环抱之，数十家倚峰儿居，是为旧寨村。由村北过一坞，其坞始自西而东；坞北有山一派，亦自西而东，直瞰滇海中。北二里，抵山下。直蹑山北上，一余里，从崩崖始转东向山半行。又里余，从东岭盘而北，其岭南北东三面，俱悬滇海中，正东与罗藏隔湖相对。此地杳僻隔绝，行者为畏途焉。岭北又有山一支，从水涯之北，亦自西而东，直瞰滇海中，与此岭南北遥对成，滇海驱纳其中，外若环窝，中骈束户，是为海口南岭。北下之处，峻削殊甚，余虑日暮，驱马直下。二里，复循坞西入，二里，西逾一坳。由坳西下，山坞环开，中为平畴，滇池之流，出海就峡，中贯成河，是为螳螂川焉。二里，有村傍坞中南山下，过之。行平畴间，西北四里，直抵川上。有聚落成衢，滨川之南，是曰茶埠墩，即所谓海口街也，有公馆在焉，监察御史案临，必躬诣其地，为一省水利所系耳。先是唐晋宁谓余，海口无宿处，可往柴厂莫土官盐肆中宿；盖唐以候代巡，常宿其家也。余问其处尚相去六七里，而日色已暮，且所谓海门龙王庙者，已反在其东二里，又闻阮玉湾言，有石城之胜，亦在斯地，将留访焉，遂不复前，觅逆旅投宿。”

徐霞客（1587年1月5日—1641年3月8日），名弘祖，字振之，号霞客，汉族，明朝南直隶江阴（今江苏江阴市）人。著名的地理学家、旅行家，中国地理名著《徐霞客游记》的作者，被称为“千古奇人”。其一生志在四方，不避风雨虎狼，与长风云雾为伴，以野果充饥，以清泉解渴。足迹遍历北京、河北、山东、河南、江苏、浙江、福建、山西、江西、湖南、广西、云南、贵州等16省，所到之处，探幽寻秘，并记有游记，记录观察到的各种现象、人文、地理、动植物等状况。

李元阳　李元阳是古代云南最著名的山水诗人和游记作家。明嘉靖二十一年（1542年），酷爱游山玩水的李元阳“以外艰（父丧）去任，遂里居不出”以后的30多年间，他首先将他的居住地改造成为一个园林，以便优游林下、寄情山水。他于宅后作“默游园”，郭外作缨江、艳雪二亭台，鉴湖、绿野二楼，日夕读书论道其中。其读书亭近中溪，自题对联：“花间鹤是仙都送；阶下泉从雪涧来。”有友赠联云：“一人林下烹仙茗；万卷堂中听响泉。”接着便四处出游，足迹几达半个云南。

省城昆明是李元阳访古探幽的重点。他泛舟滇池，被周边的湖光山色所陶醉，深情地写下了：“不到昆明三十年，重来今日已皤然。担头诗卷半挑酒，水上人家都种莲。山色满湖能不醉？荷香十里欲登仙。碧鸡岩畔堪题字，好把滇歌取次镌。”太华山（昆明西山）的罗汉岩（龙门所在地）特别险奇，《一统志》载：“在太华右，卓立海岸，其南峭壁千仞，常绕白云；其北迤逦幽奥，相传为梁王避暑宫。”李元阳泛舟滇池后，登山漫游罗汉岩，被罗汉岩的险奇所吸引，写下了一首长达200多字的古体诗《罗汉岩》：“湖山飞岩映波绿，石壁插水山不足。舣艇跻攀到上头，下见湖光洗寒玉。寒玉汹涌动席前，二十万顷涵云烟。冥冥一鹤飞不去，天际回翔似有缘……”西山诸峰中，还有一座山峰“状若耳窍，因名进耳”。进耳山上有一座环境清幽的进耳寺，李元阳漫步在进耳寺里，口占了一首七律：“江海闲身得漫游，莲宫一榻喜清幽。湖窥水鉴频疑曙，风度岩廊易作秋。千里遮围山势合，孤帆迢递海门收。禽鱼上下应无数，独羡安眠沙际鸥。”“螺峰拥翠”是明代昆明的六景之一，螺峰山也名圆通山，山下有元代古刹圆通寺，山上亭台楼阁隐现在茂密的树林中，是文人墨客重九登临的首选之地，也是善男信女烧香拜佛的重要场所。一生礼佛并写过许多禅诗的李元阳，曾多次到圆通寺朝拜。有一次，他朝拜毕佛祖，从圆通山南麓陡峭的石壁下登山，被陡峭、多姿的石壁所打动，不禁写下了一首七绝："铁壁蜷然拥绀宫，曲崖石磴穿玲珑。何年脱下苍龙骨，至今鳞甲生秋风。"

嵩明药灵山，又名秀崧山，海拔2627.4米，是一座风光旖旎、生长着300多种药材的名山，山上有一座很有名气的何有庵。李元阳有感于庵主"白斋师"的为人，特写了一篇《嵩明何有庵记》。该记在称颂了"白斋师"的为人后，还对何有庵的环境和设施有所记录："按状，庵跨崧山，前为楼阁奉弥勒像，后为观音殿，左为伽蓝殿，右为祖师堂，金碧丹垩，在翠烟碧澜之上。左山为蟠尾，凡三。顾右，则海子三隐三现。"

家乡大理，更是到处都留有李元阳的足迹。他泛舟洱海，观察之细，令人赞叹。白天的洱海是："洱波三万顷，轻舟泛长风。"夜晚的洱海是："不见波跳险，但闻摇橹声。渔灯在一舍，斗柄正三更。"晴天的洱海是"琉璃泻万古，灏气开鸿蒙。风恬水无波，一镜涵虚空。澄明万象丽，照耀金银宫。中流棹讴发，心与境俱融。"阴雨的洱海是："风轻雨细一江浪，凫没鸥兴几叶舟。"居住在苍山中溪旁的李元阳，对苍山的描写就更多、更细腻了，从宏观上看苍山是："点苍山势若游龙，深入烟霞第几重？二十四峰青欲滴，中间一朵白芙蓉。"（《游苍山背白石岩》）；从微观上看苍山"玉带云"是："苍山多白云，鲜妍逗高岊。风吹云缕分，如丝又如缬。悠扬出崦嵫，萦回峦□嵲。暂开非有袪，才定翻成掣。翩然鹏翼垂，郁彼隼旟揭。来封隐士庐，占断苍虹穴。色形稍染日，石碍疑堆雪。须臾风候殊，变态不容瞥。但见翠微间，玉英纷点缀。逢迎似袂连，接续如牵绁。一带緪山腰，玉光同皎洁。横亘百里长，延缘浑如截。曙色欲曈昽，见者为击节。方舆富伟观，此境真奇绝。传图反见疑，欲说难为舌。汉家禅五陵，兹山方隔别。留与山中人，晨夕自怡悦。"（《点苍山夏秋有白云如带，横亘山腰，世称奇绝》）苍山马龙峰和圣应峰之间的"清碧溪"，是苍山的一个著名景观。那里，自上而下有三潭清澈、甘洌的泉水，称为"水叠三潭"。李元阳曾三次探访这个名胜，并写过一篇《游清溪三潭记》。他在这篇游记中说，清碧溪之水"明莹不可藏针"，水底青绿黑白的石子"丽于宝玉"；还说，若有树叶落到潭中的水面，就会有小鸟立即飞到水面用嘴叼去；

“下潭水光深青色，中潭水光鸦碧色，上潭水光鹦绿色。”

李元阳（1497—1579 年），字仁甫，号中溪，太和（今大理）人，明嘉靖五年（1526 年）丙戌科第三甲第六十五名进士。授翰林院庶吉士，历官江西分宜、江苏江阴知县，户部主事、监察御史、荆州知府等职。刘文征《滇志·人物志》载：李元阳“知江阴县，有循良绩。召入为御史，遇事敢言，如止辇承天，诘奸东朝，每每为士林称重。巡按闽中，墨吏望风解绶。遇文人墨士，虽布衣与抗礼，荐举耆逸林富、马明衡等。都试监临，所得士皆一时文选。程文一一出其手，至今为制艺家正鹄。以持正不阿，当事衔之。会以扈从出公知荆州府，筑堤捍江，民镌碑志德。寻罢归。家居四十余年，精研理学，所著《心性图说》，与罗念庵洪先、王龙溪畿相印可。至擒为诗文，森爽潇洒，有尘外致。”

孙髯　提起云南最大的高原湖泊——滇池，让人想起的莫过于悬挂在其岸边大观楼上、清乾隆年间昆明名士孙髯翁登大观楼有感而作多至 180 字的长联——

上联：五百里滇池奔来眼底，披襟岸帻，喜茫茫空阔无边。看东骧神骏，西翥灵仪，北走蜿蜒，南翔缟素。高人韵士何妨选胜登临。趁蟹屿螺洲，梳裹就风鬟雾鬓；更苹天苇地，点缀些翠羽丹霞，莫辜负四围香稻，万顷晴沙，九夏芙蓉，三春杨柳。

下联：数千年往事注到心头，把酒凌虚，叹滚滚英雄谁在？想汉习楼船，唐标铁柱，宋挥玉斧，元跨革囊。伟烈丰功费尽移山心力。尽珠帘画栋，卷不及暮雨朝云；便断碣残碑，都付与苍烟落照。只赢得几杵疏钟，半江渔火，两行秋雁，一枕清霜。

孙髯，（1685 年—1774 年），字髯翁，祖籍陕西三原，生于清康熙二十四年乙丑岁（1685）。因其父在云南任武官，随父寓居昆明。博学多识，乾隆年间，曾为昆明滇池大观楼题楹一幅，计 180 字，号称天下第一长联、海内长联第一佳作，被后人尊称为联圣。著名史学家郭沫若赞道：“长联犹在壁，巨笔信如椽”。

写云南的还有——

云南曲

百蛮乱南方，群盗如猬起。骚然疲中原，征战从此始。
白门太和城，来往一万里。去者无全生，十人九人死。
岱马卧阳山，燕兵哭泸水。妻行求死夫，父行求死子。
苍天满愁云，白骨积空垒。哀哀云南行，十万同已矣。

（作者：唐代·刘湾）

四明山诗·云南

云南更有溪，丹砾尽无泥。药有巴賨卖，枝多越鸟啼。
夜清先月午，秋近少岚迷。若得山颜住，芝差手自携。

（作者：唐代·陆龟蒙）

奉和鲁望四明山九题·云南

云南背一川，无雁到峰前。墟里生红药，人家发白泉。
儿童皆似古，婚嫁尽如仙。共作真官户，无由税石田。

（作者：唐代·皮日休）

送云南上人

雁云蛩雨异乡秋，闻道君家水石幽。
时节飘零皈去好，路歧南北使人愁。

（作者：宋代·释行海）

云南即事

五云南国在天涯，六诏山川景物华。
摩岁中山标积雪，纳夷流水带金沙。
翠蛙鸣入云中树，白雉飞穿洞口花。
独有江南征戍客，寻常清梦苦思家。

（作者：明代·楼琏）

第三节　现代作家文字中的云南

艾芜的三次南行

《南行记》影响了我的一生。

我最早看《南行记》是在中学的课本里，真正看是在从湖北十堰离职后的流浪途中。记得是在十堰的一家书店里买下这本书。仿佛这本书的暗示，自己居然真的漂泊到了云南。

从十堰经过陕西安康，进四川，到成都，最终走出昆明火车站，就没有方向了。事实上，离开十堰就已经迷途。

莫名其妙地到了楚雄，什么都丢光了，就是没有丢那本《南行记》。

艾芜一生三次来云南，如果说第一次被迫的，那第二次肯定是心甘情愿的，第三次应该是"收脚迹"吧。我们湖南农村有句俗话，人之将去，都会有"收脚迹"的预兆：走曾经走过的路，访曾经访过的人。

"人应像一条河一样，流着，流着，不住地向前流着；像河一样，歌着，唱着，欢乐着，勇敢地走在这条坎坷不平、充满荆棘的路上。"

这是艾芜说的，的确也是这样做的。

艾芜，原名汤道耕，1904 年出生于四川省新繁县清流乡（今成都市新都区清流镇）的一个乡村教师家庭中。1921 年，考入免费的成都四川省立第一师范学校。受到《新青年》和创造社一些进步刊物的影响。

为逃避家里的包办婚姻，1925 年夏天，艾芜离家南行。这一次南行，决定了这位"流浪文豪"此后的文学生涯。从成都望江楼畔走向云南，到缅甸，这个 21 岁的热血青年在身无盘缠的困顿中，却充满自信地敢于去流浪、去南行，一路漂泊，艰难谋生。以后的六年时间，他徒步到昆明，做过杂役；流浪缅甸克钦山中，当过马店伙计；漂泊东南亚异国山野，与劳动者朝夕相处。无论环境如何恶劣，一路上艾芜始终带着书、纸和笔，以及一只用细麻绳吊着的墨水瓶，在小客店的油灯下、野外山坡上，写下自己的所见、所闻、所感。后来，他到缅甸仰光，病倒在街头，一位四川乐至县的和尚万慧法师收留了他。以后，艾芜先后在仰光当过报社校对、小学教师、报纸副刊编辑。

1930年冬，艾芜因参加缅甸共产主义小组反对英国殖民统治的活动被捕，1931年春，被押送回国，途经香港、厦门，同年5月到上海。不久，巧遇成都一师的同窗好友杨朝熙，两人爱好相同，遂成莫逆知交，于当年11月29日联名，写信给鲁迅，请教有关小说题材问题。12月25日，鲁迅回了信。鲁迅的回信，对两位现代文学史上杰出作家的成长起着导航引路的重要作用。1932年底，艾芜参加中国左翼作家联盟后即终生从事文学创作活动，开始发表小说。

第一次南行成就了艾芜第一部著作《南行记》。

《南行记》是艾芜所写小说的第一本集子，全文共25篇，既是他的处女作，又是他的成名作和代表作。

1990年，峨眉电影制片厂根据艾芜原著，摄制了同名电影《南行记》。

我对照《南行记》看，我记住演员王志文，他就是因出演《南行记》的青年艾芜而崭露头角的。女演员叫许晴，饰演剧中野猫子，让我印象深刻。

新中国成立后，艾芜担任重庆市文化局局长、中国作家协会理事、全国文联委员等职。

1961年，艾芜开始了他人生中的第二次南行。这次南行是中国作协为落实毛泽东在延安文艺座谈会上精神而安排的。当年9月，中国作协党组书记郭小川安排艾芜、刘真、林斤澜三人奔赴四川成都，汇合老作家沙汀访问四川、贵州及云南等地。

1961年9月27日晚，艾芜和青年作家刘真、林斤澜坐火车离开北京，抵达成都后与沙汀汇合，开始了成都、重庆、贵阳之行。

在成都，艾芜第一站是回到自己的故乡，后又到贵阳待了10余天，但艾芜最想去的地方还是云南。

艾芜的第二次南行，从1961年9月27日始，到1962年3月底止，历时6个月。回京后艾芜以第一人称的形式，用饱含悲悯、乐观的情调，完成了《南行记续篇》。《南行记续篇》具有奇异的民族特色和鲜明的地域特色，是云南社会历史发展的见证，1964年出版。

1981年，艾芜应云南人民出版社的邀请开始他人生的第三次南行。对漂泊的神往、对流浪的眷恋，对行走的渴望，是艾芜终生的情结。

这一年艾芜已是77岁高龄，但他壮心不已，冯永祺和云南作家高缨以及她所在的云南人民出版社热心为艾老的第三次南行创造条件，并亲自陪同。

艾芜深入大小凉山，重返云南边疆，亲眼看到滇西人民在三中全会之后，沐浴着改革开放的春风，各方面所取得的变化，很有收获。回来后不顾旅途疲劳，笔耕不辍，写成《南行记新编》等百余万字发表。

艾芜一生中，南行了三次。这对于艾芜的写作乃至一生，都意义重大，对云南也意义重大。

是艾芜用文字记录下了不同时期的云南政治、经济、文化、社会和生态。

1992 年 12 月 5 日，艾芜逝世，享年 88 岁。

汪曾祺的昆明七载

1939 年，19 岁的汪曾祺从上海经由香港、越南，不远万里奔赴昆明，以第一志愿考入西南联大中国文学系。24 岁毕业，又在西南联大学生办的“中国建设中学”做了两年教师，直到 1946 年回到上海。在昆明的七年时光里，与昆明结下了不解之缘。

汪曾祺的《七载云烟》就是对这七年昆明生活的总结，他从不同的角度回忆了自己在昆明生活的方方面面：《天地一瞬》中写自己往来于昆明市中心，常去的书店、裱画店、茶叶店等见闻，也记录下全国各地来联大的学生所走的“陆路”和“水路”以及自己远渡重洋而来的经历。

汪曾祺 24 岁联大毕业后没有找到合适的工作，就在西南联大同学办的“中国建设中学”做了两年教师，第一年在昆明北郊的观音寺，第二年迁往白马庙。现今观音寺与白马庙仍作为昆明地名，但偏僻荒野的状况早已不复存在。

汪曾祺的文字映照出了 20 世纪 40 年代昆明的市民生活。

他反映当时昆明市民生活的作品共有 8 篇。这些作品以联大为中心，围绕着校园周边生活来展开。其中反映云南本地人的有散文《背东西的兽物》《昆明年俗》，小说《职业》《钓人的孩子》《求雨》，反映外来人口对昆明的影响的有散文《泡茶馆》和小说《落魄》。

反映云南本土乡民生活的文章里，最广泛的要数《职业》。

《钓人的孩子》中，第一节“钓人的孩子”故事发生地在昆明大西门外。大西门在今天的龙翔街与文林街之间，大西门外面是龙翔街，大西门里面是上文提到的文林街，同样在西南联大附近。

《钓人的孩子》中出现的“柴驮子”“炭驮子”是散文《背东西的兽物》

中的主角。他们大多为富民县农民，从山里背柴和炭来城里卖。他们通常聚集在昆明西门小牌楼（即大西门）和西风古道上，吃穿都极为节俭，也不与人交流。

《求雨》属于《小说三篇》中的第一篇，讲述了一群孩子在干旱时节用童谣求雨的故事。故事的发生地点在白马庙，即汪曾祺毕业之后在昆明教书的第二年所在地。文中儿童求雨的童谣为："小小儿童哭哀哀，撒下秧苗不得栽。巴望老天下大雨，乌风暴雨一起来。"这个记录于40年代的云南童谣也有其研究意义。

《昆明年俗》中记录当时昆明的年俗有过年不贴春联贴唐诗；街头赌赛劈甘蔗，劈到哪里那部分就归劈者；掷升官图；嚼葛根等。这些记录对研究民国时期的昆明民俗活动有重要意义。

汪曾祺还是云南传统美食记录者。

不但现在的云南产野生菌，过去也产，野生菌绝对是当时的珍馔佳肴。但云南地处边疆，缺乏江南文人那般书写当地美食的传统，汪曾祺之前外界少有注意到滇菜。汪曾祺虽不是昆明人，但他对昆明怀有极深的感情，生活在这里的七年间也留下不少关于昆明美食的记录，是宣传、记录云南菜第一人。

汪曾祺关于昆明美食的文章共有五篇，分别为总概括性的《昆明的吃食》、介绍滇菜的《昆明菜》、介绍云南传统小吃米线和饵块的《米线和饵块》、介绍昆明果蔬的《昆明的果品》、提及云南野生菌的《菌小谱》。

汪曾祺曾在不同文章里多次提到云南的野生菌，专门撰文写就野生菌的是《菌小谱》一篇，谈了自己吃过的各种野生菌。其中说到了昆明的野生菌，种类有牛肝菌、青头菌、鸡纵、干巴菌、鸡油菌。

关于滇菜正菜，必须得说到汽锅鸡。汪曾祺在《昆明菜》《昆明的吃食》等多篇文章里都提到，当时昆明最好的汽锅鸡店在正义路近金碧路处，以一块"培养正气"的匾而闻名。据多人回忆，这家"培养正气"馆1947年左右开设于昆明福照街（今五一路），是建水人包氏兄弟所开。临街而置的炉灶上累至10层的汽锅，每到下午五六点便蒸气笼罩，鸡香四溢，顾客盈门，新中国成立后，"培养正气"馆改建为"东风餐厅"，但现在已销声匿迹。昆明现在另有一家汽锅鸡老店名为"福照楼"，或与这家"培养正气"馆有关系。

除此之外，《昆明的吃食》中，汪曾祺还记录下了几家40年代的昆明老餐馆：善做锅贴乌鱼和酱鸡腿的东月楼；善做油淋鸡和雪花蛋的映时春；正义路近文庙拐角处的某家过桥米线；甬道街鸡纵；小西门马家牛肉馆；护国路白汤羊肉；奎光阁面点和凉米线；玉溪街蒸菜等。《昆明菜》中，汪曾祺又补充了玉溪街的白斩鸡；正义路牌坊东侧的火腿庄；大西门外的某家“金钱片腿”；正义路的某家蒸菜等等。这些餐馆现在大多已不知所踪，汪曾祺记录下的做法也已部分失传。幸有一份文字在，仍可期某日能让这些珍馔重返。

昆明的小吃里，最著名的是米线。米线也给汪曾祺带去了难以磨灭的回忆。他在《米线和饵块》一文里记录下昆明的米线种类有小锅米线、爨肉米线、焖鸡米线、叶子米线、𤆵肉米线、羊血米线、凉米线、干烧米线、过桥米线等，还考证了爨肉米线的“爨”或来源于滇菜中把蔬菜加肉末炒的菜式叫做爨荤。

除米线外，昆明还有多种独具特色的小吃。《昆明的吃食》一文中记录下来的有炒饵饫、煮饵饫、烧饵饫、破酥包子、玉麦粑粑、洋芋粑粑、摩登粑粑，《昆明菜》中记录下来的有燎鸡杂、吉庆祥的火腿月饼、乳饼、乳扇、黑芥、韭菜花、茄子酢等等。这些小吃至今仍在昆明繁荣着。

汪曾祺以文字留下了当年昆明的湖光山色。

这类文章共有七章。青年时代的汪曾祺便沉醉云南的山川美景之中。离开后写了散文《云南茶花》《昆明的花》《昆明的雨》《翠湖心影》用以怀念昆明。待到晚年，汪曾祺又二访昆明。1987 年游历云南时写下《滇游新记》系列三篇、《建文帝的下落》，1991 年再访昆明时写下《觅我游踪五十年》。

汪曾祺对于云南的意义不言而喻。

沈从文的昆明八载

文字来源大多数来自余斌的《沈从文在昆明》。

沈从文是 1938 年 4 月到昆明的，1946 年 7 月离滇，在昆明工作、生活了 8 年多。

沈从文到昆明时正赶上昆明文协筹备成立的最后阶段。以沈从文在中国文坛的声望和地位，在昆明文协安排适当位置是必要的，何况沈已经当选中国文协总会的理事了。事实上总会方面也是有所考虑的。

沈从文一家在呈贡龙街杨家大院前院二楼住了五年多，远征军的一个团开赴缅甸前往龙街，团部设在杨家大院后楼的楼下，院坝里安下成排军灶，许多士兵在那里用餐，与沈家成了亲密的邻居。

沈从文一生有四部代表作，即《边城》《湘行散记》《湘西》和《长河》，前两部写于抗战前，后两部写于昆明时期。

长篇小说《长河》（第一卷）是沈从文昆明时期在创作上的重要成果。这是继《边城》之后沈从文的又一力作。

昆明时期的沈从文在文学批评方面的影响也很大。当时写的评论文章大多收入 1939 年上海初版、1941 年桂林再版的《昆明冬景》和 l943 年重庆出版的《云南看云集》这两本文论集中。

在中国现代文学史上，报纸副刊占有极重要的地位。早在 30 年代初他就主持编辑天津的《大公报·文艺》副刊，在全国尤其北方文坛影响极大。来昆明后，沈从文除忙于在西南联大授课和写作外，又应聘为西南联大陈岱孙、潘光旦两教授负责的《今日评论》周刊编文艺稿件，任云大教授林同济、联大教授陈铨等出面主持的《战国策》半月刊编委并负责编文艺稿件。他还一度应邀主编昆明《观察报·新希望》副刊。作为一位资深的报纸副刊编辑家，他还写过《怎样办一份好报纸——从昆明的报纸谈起》，这是一篇珍贵的昆明报刊史料。

沈从文在昆明的文学生活，从写作、编报到培养人才，业绩彰明，丰富多彩。而这是在艰难困苦的条件下进行的。

沈从文先是只身来昆，半年后夫人张兆和携两个儿子和九妹岳萌经香港、越南到达昆明，一家人才得以团圆。这么一大家子的生活主要靠沈从文教书和写作，加之物价节节上涨，困难可想而知。1940 年夏，为缓解经济困难，夫人不得不离开丈夫应聘去昭通任中学教员，携二子同往，后因多日搭不上车而作罢。稍后九妹一度在联大图书馆工作，夫人也先先后后在呈贡友仁难童学校、育侨中学、呈贡中学和建国中学（跑马山下桃源新村）教英文，境况方有所好转。未想两年后九妹精神失常抛弃图书馆工作，令沈从文心力交瘁，他无力为她长期医治，只好请大哥帮助，托同乡送九妹回湖南。此前，桃源村村长、地方士绅李沛阶劝沈从文在自己的酒厂里当个挂名股东“吃干股”，使生活得到一点改善。沈婉谢了李的好意。

沈从文的困苦不仅在经济上，而且多次搬家。他和家人先后住过青云街 217 号、北门街 45 号蔡锷旧居、文林街联大师院宿舍和文林街 20 号。为避日机轰炸，夫人孩子迁居呈贡龙街杨家大院。沈从文则两头跑，三天左右在昆明上课，另外几天去呈贡团聚。好在小火车在跑马山、呈贡都有站，先坐火车后骑马即可到达龙街，不是很费事。后又迁桃源新村，免掉骑马更方便了。

沈从文比较随和，人缘好，每周在昆明过的那几天并不寂寞。他是昆明文协理事，却不怎么参加活动。不过，沈从文住哪里哪里都像个不挂牌的“文协”。他长期居住文林街20号（府甬道北口）楼上，那里成为联大学生朋友和昆明文学青年经常造访的地方。

沈从文来滇不久即对昆明印象极佳，在给大哥的信中说他住的地方（青云街）离北门较近，“一出城即朗敞原野，十分美观。云南地方虽高，但就城周光景来看，却平坦如江浙地方”。关于呈贡，又讲那里“乡下风景人情均极优美”。后来还说结婚九年来最近两年在呈贡住，“真是最值得记忆”。1946年7月沈从文离开昆明，8月即在上海、天津两地《大公报》同时发表《怀昆明》。

沈从文当时及晚年写昆明的散文除《怀昆明》外还有《昆明冬景》（此为单篇散文，还有《在昆明的时候》）《忆呈贡和华侨同学》《过节和观灯·记忆中的云南跑马节》等多篇。也有诗，如《想昆明》《昆明村中过春节后景象》。至于一般的事涉昆明、事涉云南的那就更多了，连书名都有两本叫《昆明冬景》和《云南看云集》。

至于昆明山水，沈从文不止于一般赞美，而且早有国际眼光。他在给大哥的信中说滇池如何“清澈照眼”，气候如何“四时如春，滇池边山树又极可观，若由外人建设经营，廿年后恐将成为第二个日内瓦。与青岛比较，尚觉高过一筹。将来若滇缅车通，滇川车通，国际国内旅客，久住暂居，当视为东方一理想地方”。沈从文说此话是1939年，看问题眼光竟如此超前，只“可惜本地人不足以言此远大计划”。

总的讲，当时旅居昆明的名作家、名教授不少，他们关于昆明、关于云南的文章也写过不少，但就数量讲，就笔涉的宽度和思考的深度讲，沈从文无疑是相当突出的一位。

余斌说，沈从文与昆明，一个不易说完的话题。

沈从文对于云南的意义在于一个“外省人”对云南的格外的欣赏、不吝真情地赞美。尤其影响到了家人，其家人承续了他对昆明、对云南的情缘。1995年，夫人张兆和女士在当年桃源新村村长、士绅李沛阶的女儿李兆恩女士的陪同下故地重游，找到龙街杨家大院。也算来得巧，那房子第二天开拆，幸得在消逝前留下它最后的遗影。

我不知道是不是受了艾芜、汪曾祺、沈从文的影响，当下又来了一大批的当代著名作家、诗人。从“先锋文学五虎将”的马原、洪峰，到自由作家土家野夫、民谣歌手周云鹏、导演张杨，到诺贝尔获奖热门作家残雪也在美丽幽静的云南西双版纳一隅潜心创作，过着云淡风轻的生活。

第四节　外国人眼里的云南

云南人说，气候、美食、民俗，这“三板斧”似乎成了老外们钟情云南的标签。

每年数百万外籍游客从五大洲步入云南，到昆明、大理、丽江、西双版纳、红河……甚至到更遥远的香格里拉、怒江、腾冲等地，云南处处成为“老外”旅行者们流连忘返的旅游胜地。

外国人说，开心就干脆住下来好了。

这些年，在云南留学、工作的外籍人士难以计数，在昆明，甚至出现了外籍人士聚居的小区、外国人开设的酒吧、语言学校、舞蹈学校，等等。相当多的“老外”对云南不再仅仅满足于浮光掠影式的走马观花，他们要的是与云南完全的身心合一，在云南“过日子”。

Nina. C：一个普通美国人的云南情结

就一个普通的美国人来说，来到了拥有五千年历史文化的中国就是对自我文化的一种超越，而来到云南这让人充满探索、日夜想象、随风飘扬、鲜花满地的地方则是一段奇妙的体验。

“昆明是个很慵懒温暖的地方，连空气里都有一股子惬意的味道，能让人很自然地放慢节奏，享受周围，昆明还有那种初始的放松”。美国人贾斯丁·J长期在中国的大城市生活，这是他对昆明的印象。虽然只停留了短短四天，他对昆明却恋恋不舍。

“好漂亮的蓝天，云南的蓝天好美。我第一次听说云南是小说《三国演义》中提到这是一个神秘的地方，还有一些古怪的东西，在树林里面有不同的毒物。可是，当我来到这里才发现，想象与现实的不同。这里就是一个非常好的发展中的城市，人们也非常的友好，非常热情好客。有西伯利亚海鸥，在市中心有一个湖叫翠湖，许多人在里面遛弯，旁边还有许多特色的酒吧与商店，非常有意思，这里有许多新奇的食物，非常的好吃，就连回到美国后都会想念鲜花饼、小锅米线、过桥米线。最不能错过的就是烧烤，很有特色，有一种只属于云南的味道。当然，还要去看看少数民族的餐厅，有不同的习俗，有不同的服饰与语言，在吃饭前还要唱歌、喝酒，美妙的回忆数不尽……下次我还会回来，去传说中的热带雨林看看，去原生态的村落停留。”这就是贾斯丁·J的云南情结。

Giorgio Alessandro Motta（乔治·亚历山德罗·莫塔）：意大利人的现代云南游记

作为一个意大利人，我看到的云南、云南的山水和云南各族人民，恰如欧洲人期待的那种“东方”，也像爱德华·赛义德在他的《东方主义》一书中所说：“东方，其实是被表述的，是西方人在讲述一种他们眼中的东方形象、观点、性格和经历。”

早在13世纪，我的祖先、闻名世界的意大利旅行家马可·波罗在中国游历17年，他曾到过云南。后来，他写成《马可·波罗游记》，激起了欧洲人对东方的无限向往之情。对我而言，同样有一个“探秘东方”的梦。直到2012年8月，我从大学毕业，和朋友商定把毕业旅行选在中国云南。终于，我可以圆梦了。

当我走下飞机、脚踩到昆明的土地时，一种探索未知的兴奋感油然而生。原本，我以为像每一次旅行那样，刚开始兴奋一阵子就过了。没想到，云南一路给我惊喜，每一天都是新鲜的，我一直处在兴奋之中。

昆明、玉溪、大理、丽江、西双版纳是我们此行的主要游览地，虽然时间有限，每到一地都是浮光掠影，但我仍能感受到各地风景的巨大差异，其中，最令人惊叹的就是大自然创造的奇迹。难怪，云南有5项联合国教科文组织认可的世界遗产。

在昆明，我被石林的景象征服了。几百万年前远远早于人类存在的自然力量——火山喷发、风吹、日晒、雨淋……不可思议地打造出了这一片“石头的森林”。我们边走边欣赏，不时停下来和那些奇形怪状的石头合影。当你抬头看看石头和云雾之间，总觉得孙悟空会突然跳出来。不仅如此，整片石林还弥漫着一种说不上是精神还是自然的神秘氛围，我觉得有点像道教的气息。待在那里，你好像可以领悟到一些中国的哲学观念。

离昆明不远的澄江抚仙湖，名气不算大，但留给我美好的印象。那里真的很美！那天天气非常好，微风掀起湖里的波浪，看上去有点像意大利 9 月的亚德里亚海。湖水是纯蓝色的，泛着波光，自然美被无懈可击地保留下来。湖心岛上有一座小山，山上还有寺庙、亭子，这一切使得抚仙湖飘着与世隔绝的仙气，美得宛若仙境。当晚，我们住在一个农家旅店，主人很热情，唯一遗憾的是房间没有暖气，晚上还挺凉的。

西双版纳是一片非常神奇的土地，她获得了大自然的恩赐。各种热带植物和动物恣意生长，水果特别香甜，空气也非常清新，自然之美无与伦比。热带雨林里面树木葱茏，蔓藤盘根错节，还有如大象、孔雀、猴子等在意大利看不到的动物，真是妙不可言。这里以傣族为主，人与自然可谓真正和谐相融。我们喜欢在那里的生活：每天穿梭在成片的热带雨林中，呼吸着带有甜味的空气，渴的时候有极新鲜的水果，饿的时候可以找到极可口的小吃，一切回归自然。

云南最吸引人的元素不仅在于数不清的美景，还在于那里的居民。他们热情、友好，总是在你周游一整天、大汗淋漓赶回住处时，给你端来一杯茶或一碗米饭。正是这些，使我们的云南之行变得难以忘怀。

我们度过了快乐时光，遗憾的是必须回家了。这段经历对我和朋友来说，称得上弥足珍贵。我想，关于我和云南的故事，这仅仅是个开始。

美国驻华大使马克斯·博卡斯的云南足迹

2015 年 1 月 28 日。

美国驻华大使马克斯·博卡斯到访昆明，在昆明博物馆做演讲。开讲之初，博卡斯说昆明的天气非常好，开玩笑建议中国将首都搬到昆明。

马克斯·博卡斯说："我想告诉大家，我和家属能来到昆明多么高兴，其中一个就是天气这么好，是真正的天堂，下次见到习主席的时候我会向他建议把首都搬到昆明来。"但他认为昆明在建地铁，经常发生堵车，各国家总统的车队会经常到昆明来，那时会更加堵。

2015 年 1 月 29 日。

美国驻华大使马克斯·博卡斯及夫人一行来到了西双版纳。在西双版纳，博卡斯一行参观了野象谷，大使夫人还在景洪夜市上买了一条围巾。博卡斯说，“我们在西双版纳度过了非常愉快的时光，还与亚洲象专家学者进行了交流。”他说，目前，珍稀野生动植物的非法交易和走私犯罪是各国需要共同面对的问题，西双版纳为此做出了很多努力。此次来访，同西双版纳亚洲象专家学者进行了交流，今后将向更多美国朋友介绍西双版纳，也希望更多西双版纳朋友了解美国、到美国旅游。

2015 年 1 月 30 日。

美国驻华大使马克斯·博卡斯一行来到了大理。

在问及博卡斯对大理的印象时，他说：“非常非常喜欢这里，喜欢这里的人，喜欢这里的风景，人们在这里非常轻松，一种很随意的感觉。而且有很多不同的族群，白族、傣族、彝族、汉族，还有其他很多民族在云南各地，我们对大理的印象非常好。我特别喜欢大理的菜，特别好吃。但是还有一点，我希望明天我可以剪头发，头发变得太长，我在喜洲要找到一个地方剪头发，我迫不及待。”

博卡斯一行在大理访问了喜洲喜林苑。喜林苑是美国人林登夫妇创建的客栈，他们把包括传统建筑在内的大理民族文化转化为各种形式的教育产品，并把它们推荐给美国的大中小学，建立多种类型的交流方式，将之变成一个教育和文化交流中心。博卡斯为林登夫妇颁发了一项美国政府奖项，奖励它们为美中交流所做的贡献。

“林登先生是一位非常有智慧的人。他花了差不多两年时间在中国各地旅游，到过北京、上海、广州、西安这样的大城市，也去过许多农村地区。他发现，中国真正的美，不在于大城市，而隐于农村的一些地方。”博卡斯说，尤其在云南，如此丰富的传统文化，众多少数民族，气候也非常好，每天都有充足的阳光。“林登先生从这些资源中看到了机会，与当地人民合作，共同恢复这些历史悠久的建筑物，同时也提醒人们保有对传统文化的尊重。”

2015 年 2 月 1 日。

美国驻华大使马克斯·博卡斯结束了在云南为期五天的访问后大为感慨：“我非常喜欢云南，喜欢这里的菜肴，这里的人和风景，这种轻松惬意的感觉。”

法国驻华大使白林：说起中国，很多法国人都知道云南

说起云南，白林的言语中多了几分亲切。“说起中国，法国人知道更多的是北京、上海、广州，可是很多法国人也都了解云南。”在她眼里，法国与云南因滇越铁路而有着伴随历史沉淀下来的缘分，“云南向法国出口茶叶的历史很悠久，很多法国人都是通过云南普洱茶，对中国的茶艺有了解的。”

2013 年 3 月 23 日，滇越铁路昆明论坛开幕，滇越铁路的保护开发以及申报世界文化遗产成为关注的焦点。因为滇越铁路，许多法国人对于云南都有着特别的情愫和喜爱，当提起泛亚铁路建设、通车对于滇越铁路传统营运功能的冲击，作为法国驻华大使的白林，却有着自己独到的见解：滇越铁路具有自己的艺术、审美的价值。“滇越铁路上有一些桥，是需要我们去保留的。滇越铁路的建设，是多少人的血汗和艰辛所筑就的，我们不能忘记这段历史。”

在白林看来，正是这段历史，让如今的法国人说起中国依然知道云南，而法国与云南的各方面交流与往来，也一直没有停止过，就好比许多法国人知道云南的普洱茶。而追溯到 1902 年，法国传教士田德能神父从越南带来两棵咖啡树苗，种在了云南大理宾川县的朱苦拉村，如今经过百年繁衍的咖啡林，已经成为中国最古老的咖啡林。

白林表示，法国与云南的合作非常多，也很紧密，这其中包括植物学、医学、教育各方面的研究与合作。“在昆明医科大学有全部用法语授课的课程，目前中国只有 4 所大学有这样的项目；云南省植物多样性非常丰富，在昆明我们有植物学的研究项目，着力关注生物多样性。”

法国人格雷：路过拍照，不小心拍成定居

法国人格雷走南闯北、见多识广，喜欢摄影，走过的路比吃过的盐还多。但即便如此，他也不会料到有朝一日会在西双版纳定居，并且娶了云南媳妇，开了咖啡馆，生意还不错。

早先格雷在东南亚转悠时的职业是大厨，有拿手的法国菜手艺，不过，跟相当多热爱旅行的男人一样，摄影是其旅程的一个重要部分。2004 年格雷首次来到西双版纳时，被这里丰富的民俗和多样的文化吸引而无法自拔。他随后离开版纳数年，始终对那趟短暂的西双版纳之行无法释怀，格雷擅长人文摄影，在浮华世界游走惯了之后，版纳依然保持原生态的村寨、民族令他痴迷难舍。拎着相机重返版纳只是时间问题。

2009年，这个愿望达成。但这次同行的除了相机之外，还有他美丽的云南媳妇段丽娟。他们在景洪迅速接手一间咖啡馆，在很短的时间之内变成了西双版纳众多外来定居者中的“两员”，并且很快就有了第三员——儿子凯凯。

当老板是很辛苦的，不过这丝毫不影响格雷继续他的拍摄。几年时间，他的镜头几乎扫遍西双版纳各地，其中包括大量交通不便的山区村寨。纯朴的布朗山民，传统的拉祜少女，最具民族特色的干栏式建筑，以及难得一见的山村节庆场景等等，都被囊括入镜头之内。格雷的作品通常信手拈来，构图简单直接，却带有法国人骨子里具有的文艺范儿。部分作品就挂在他的酒吧，每面墙上都有他解读的西双版纳。

摄影师格雷认为：少数民族文化的多样性很重要，但他们正在被现代化浪潮逐步吞没。人文摄影的意义在于为时间留下记录。一切消失得太快，有时比快门速度更快。希望能尽可能去更多的地方，找寻并记录有价值的传统。

他的妻子段丽娟说：如果要从跑过的地方多少来看，格雷可能比很多西双版纳本地人更本地，他已经用双脚行遍了西双版纳。其中的故事，照片所能表达的只是其中很小的部分。但在我们看来，这些照片中的部分，已经足够精彩。

第五节　生态文学与生态文明

评论家汪树东将生态文学分为三类：

首先，有一些作家非常关注生态环境的惨遭破坏，在叙写生态灾难时流露难能可贵的生态意识。徐刚就是这方面最有代表性的作家，他对我国的森林、江河、湖海、土地等各种生态环境问题广泛涉猎，视野宏阔，笔锋犀利，忧愤深广，尤其是他的《守望家园》《江河并非万古流》《长江传》等长篇报告文学颇具经典性。陈桂棣的《淮河的警告》，李青松的《最后的种群》《遥远的虎啸》，哲夫的《长江生态报告》等报告文学都是生态忧患之作。

其次，有一部分作家对各种自然生命怀有生态同情，细致入微地描摹多姿多彩的生命姿态，并反思了人类中心主义价值观的局限。张炜的小说《三想》对树、狼、人的心理描摹还原了自然界生命间隐秘的联系与彼此友好的情谊，叶广芩的《长虫二颤》《熊猫淑娟》等小说对自然生命的体贴入微极其动人，而贾平凹的《怀念狼》、姜戎的《狼图腾》、郭雪波的《大漠狼孩》等小说也都超越了人类中心主义价值观，展示了人与自然生命之间不能损毁的生态关联。

第三，许多作家以生态意识为依据展开了非常彻底的现代文明批判。张炜在小说《九月寓言》和散文《融入野地》中都为逝去的野地灵性哀婉不已，对建立在对大自然的暴力征服之上的现代文明激烈批判。

云南诗人于坚常常远离现代都市文明，漫游云南大地，寻觅着大自然残存的诗意。生态散文在20世纪90年代以来颇为兴盛，这与散文文体的自由相关。有许多作家和学者仅是偶尔为之，或仅在一些散文中涉及生态问题，如徐迟（有《蝴蝶》《鸟群》《水蛇》等文）、张抗抗（《黄土地和绿文化》等）、谢冕（《一条鱼顺流而下》等）等；有些作家和学者有着非常明确自觉的生态意识，能够创作出具有很高艺术水准的生态散文，但并未专心于生态散文的创作，如韩少功（《遥远的自然》等）、张炜（《绿色遥思》）、赵鑫珊（《蝈蝈——关在笼子里的大自然》）、王英琦（《愿地球无恙》）、鲁枢元（《为野草说情》）等；而有些作家不但有非常明确的生态意识，也专心于生态散文的创作，如徐刚、李存葆、苇岸、张炜等。从整体上看，20世纪90年代以来的生态散文达到较高的艺术水准，影响也相当可观。

首先值得大书特书的是李存葆的生态散文：《鲸殇》《大河遗梦》《霍山探泉》《绿色天书》《最后的野象谷》《净土上的狼毒花》等是当代生态文学最美的收获之一，这些散文与余秋雨的《文化苦旅》那些文化大散文相媲美也毫不逊色，称得上真正的绿色大散文。相对于李存葆生态散文的大气磅礴而言，苇岸的生态散文就显得短小精致。他的《大地上的事情》系列随笔，常常只是寥寥数百字，却也细心地观察了被常人忽略的各种自然事物，如平常的日出、一场小雪、蚂蚁垒巢、在空中盘旋的鹞子、一具熊蜂的尸体等，并以诗意笔触细腻地描述出来。1998年初，苇岸准备实施一个为中国二十四节气拍照和记录的计划，在他居住的北京昌平水关新村小区东部田野选了一个固定基点，每到一个农历节气都在这个位置，面对同一画面拍一张照片，然后把观察到的节令运行的情景，形成一段当日所见、感受、联想及认识的文字，时间则严格定在上午9点，这就是《一九九八：二十四节气》的创作计划，可惜的是，由于很快查出患了肝癌，他只完成立春、雨水、惊蛰、春分、清明、谷雨等六篇。

周晓枫在《种粒》《斑纹》《虫子们》《鸟群》等散文中对大自然中各色生灵做出了生动的描绘。在《虫子们》中，周晓枫基本上能摆脱人类中心主义立场，对蚊子、尺蠖、蟋蟀、螳螂、蟑螂、苍蝇、蚂蚁等昆虫做出较完满的描绘。周晓枫在生态散文中对人类中心主义的批判相当严厉，他在《虫子的哲学·蝉》写到人们往往把蝉列为害虫之一，原因之一竟然是蝉吸吮树汁。

著名作家史铁生也在《病隙碎笔》中对生态问题有所思考。他说：地球的美丽是不容破坏的，生态的和谐是不容破坏的，被破坏的只可能是破坏者自己。

有这样的反省，就是以生态良心和生态同情为前提的。此外，韩少功的长篇散文《山南水北》中许多篇章更是优秀的生态散文。

新疆作家王族近几年开始转向动物小说，先后完成《狼界》《狼苍穹》等力作。王族说，创作动物小说的起因与自己的生活环境有关。他认为，人与动物在大自然中互为依靠的精神内核，时至今日在游牧这一大背景下仍然保持着鲜活的状态。

镜头转向云南作家，仅以《当代云南白族作家文学中的生态意识探勘》镜鉴：对“树”的特殊情感，使得有的白族作家几乎就以“树”来结构全文。在张长的小说中有多处安排人物上山种树的情节，成功塑造了一批种树者的形象，如1997年获第五届全国少数民族文学创作“骏马奖”的《太阳树》，从抗日战争时期写到改革开放时期，描写了一家三代人的生死爱恋、历史际遇，同国家和民族的兴衰相关联，也同树和森林有不解之缘。第一代中的陈志生活在太湖边，因抗战爆发投笔从戎来到傣族地区。在大黑山森林里执行侦察任务时遇到了傣族姑娘罕香并一见钟情。目睹了飞机轰炸引发的森林大火，使森林变成烧焦的黑土。转业后的陈志回到勐洛坝，决心要一辈子种树为儿孙留下一片树林。因他最重要的人生体验和生命感悟是：这片森林保护过他，还以它的美丽和丰饶给过他生活的勇气，并找到他一生的爱——罕香。陈志改名为波伊蕉，与罕香一起种了上千亩的柚木，使荒山一点点变绿。第二代夫妻是在极其美好宁静的自然森林中完成了他们的野合，那是与其周围环境和谐一致的夫妻间灵与肉的高度契合，体现出“一天人，和内外”的幽邃意境。第三代中的文雨田是20世纪80年代来自北京的记者，他走遍了大江南北，终于在这边境小镇找到了外刚内柔的李荷，觉得这个在自然中长育出来的女孩“骨子里非常单纯，乃至天真。看得出她的内心是非常善良的，可又是非常执着和坚定的。这样的女孩子，在内地城市里已经如凤毛麟角了”，“一刹那间，他产生了一种想留下来的强烈愿望，一种遁世的渴求”，当他发现妻子的婚外情后，义无反顾地奔着李荷而来了，并留下来种树。其他文本如《最后一棵菩提》中的西里老人就曾在发生过泥石流的地方，种下了一棵棵树苗。《连理枝》选择的抒情媒介是在西双版纳随处可见的榕树。这与张长在版纳二十多年的生活经历有关，他亲眼看到原始森林在一天天减少，没有了森林，没有了绿色，就不会有美丽的版纳。种树情结就是版纳少数民族的集体无意识，也是白族文化熏染的结果，更是作者生态文化心理的艺术呈现的结果。

受这种思维影响的还有杨义龙、那家伦、景宜。他们笔下的人物也与树有着割舍不了的关系。杨义龙的《喜鹊窝的秋天》就是以核桃产业为背景的农村题材的长篇小说。主人公李林春是云南漾濞的一个偏远山村喜鹊窝的第一个大学生，上海复旦大学毕业后，回到家乡种核桃，克服种种阻力，终于实现了核桃矮化密植，缩短了核桃挂果期，实现了全村的致富理想，自己也获得“核桃大王”的称号。该作因强烈的生态意识，荣获全国第四届“关注森林文化艺术奖”一等奖。那家伦的《美丽的树海》记述了从土匪的劫持中被救出来的傣族姑娘依燕，新中国成立后成为林学院毕业生，当上了一名林业工作者。《竹窗记》生动描绘了清新别致的自然景色，烘托出边疆欣欣向荣的生活图画，展现了傣家人的理想，感受到边疆的山美、水美、人更美。景宜的《茶马古道》和《茶王》中的人物命运与大青树、茶树有着割不断的联系。

白族喜爱花草植物，受这种审美心理影响的大理作家，也在他们的笔下书写着这种审美观。这从他们作品的题目就可见一斑：那家伦有散文《花的世界》（获全国首届少数民族文学创作奖）、《花海集》（1985），赵敏有散文《缅桂花》《山地向日葵》《山野有灵》《红草莓》《最后的兰花草》《洗兰》等；张乃光的《山里采回白杜鹃》《又见樱花》《刺花白了》《素磬花开了》《葫芦花》《预约梨花》《墙角的蒲公英》等；而晓雪有散文《古茶奇花》《茶花箐》等，他的诗歌《花》更是凝聚了白族人对花的浓烈情感。“在小溪旁笑出声音/在雪峰上点燃火焰，为苍山披一件锦衣/替洱海绣出一道花边//在樵夫新砍的柴担上/在渔女刚梳的秀发间/在户户门前，迎亲友/在家家窗口，向阳开……”在这种民族审美心理的影响下，张长、景宜笔下的众多女性不仅用花命名，如金花、阿花等，而且还影响着他们的艺术思维。景宜的《骑鱼的女人》中故事情节的展开和矛盾纠葛的中心，就是那爱美的新媳妇戴在头上的美丽山茶花而引发的。张长也以色彩迷人，在空谷中默默开放，吐露出芳香的伊散玉瑟花来串联全文，来传递着笔下人物的感情变化，象征着主人公兰芮、居民杰的高洁灵魂（《空谷兰》）；他还用“太阳花”来赞美新一代青年人（《太阳花》）。这些都无疑是民族生态文化认同在作品中的反映。

白族作家所创作的生态文学仅仅是云南生态文学的一小部分。作为“后朦胧诗”民间写作的代表诗人，于坚的诗歌创作与他的诗学主张可以说都是独树一帜的。他的诗在自然书写中特别强调对自然实物、日常语言、事件现场乃至事件细节的还原，即对现实生活有一种追求本真的迷恋。这种迷恋，表面上看，是诗人文学审美的一种独特呈现，实际上，也是诗人对自然的一种书写态度和伦理选择，其中蕴含着浓厚的生态意识。

雷平阳的诗歌创作体现出鲜明的现实主义精神，对当代生态文化与生态环境问题的关注是其重要主题之一。诗人将生态环境的变迁置于时代发展的洪流之中，通过对“森林”“草原”“河流”等系列意象的书写，表达了他对当代生态环境问题的高度关注，对于古老精深的生态伦理问题的深刻思考，体现了一位时代歌者的责任意识和勇敢担当。

像这样具有生态意识的作家在云南比比皆是。

第六节　我的云南

习惯问题，我对任何事务都没有亲口说出“我爱你”三个字，包括我的故乡、父母、孩子和亲人。

我是一个用行动表达“爱”的人，哪怕隐忍于对我所爱的折磨。

云南，说我爱不爱？

不用说，我的一生基本上献给了云南。

我不想告诉你，对云南我到底有多爱，但你可以看看评论家对我对云南爱与不爱的甄别，他的文章叫作《云南诗歌国度——从未拒绝过这片土地上的每一个诗人》。

在我们进行云南诗人帕男传记的创作过程中，曾经有学者采访我们如何从地域上划分帕男的身份归属地。关于这一点，我们似乎是从来没有去认真地考虑过，也没有对帕男身份的归属进行过一些必有的论证。从帕男自身而言，他出生湖南永州，严格来说其属于一个真正意义上的民族诗人。为了生活及其诗歌的创作，他一生辗转全国各地。湖南、湖北、广东、海南等大半个中国都曾有他流落与奔波的足迹。他最终落地云南，是自己的选择也是组织的需要。他深爱着云南这片美丽却贫瘠的土地。他的生活及其创作都与云南这片边陲的土地融为一体。

云南是帕男的第二故乡。在他的诗歌创作中有机地将云南文化及其政治、经济、人文、民族风情引入自己的作品之中。他的《云南方言》《在云南在》《我在西部靠南》《人民大理》《留守儿童》及其《女巫》等作品都深度融入了云南的传统意义包括现代意义的各种不同类型的地域性特别明显的诗歌元素。另外，在他30年的创作过程中，几乎大部分的时间都是在云南度过的。云南质朴的人民几十年如一日地厚待着这位来自五岭大山的湘南瑶族儿子。

创作出版了30多部文学作品多部是写云南生态的：《高原潮》《阳光地带》《裂地惊天》《天地之孕》《魂牵五台》《一个皇帝出家的地方》《滇，我的那个云南》《大冲刺》《绝飨》等等，足见帕男对云南绿水青山的挚爱。

我不相信　在某一个坐标点上
不是我在云南在　而是云南在　我在
我在云之南

云南在　云的南
云南的南　不在云南
不在云南　云南还在

后　　记

该来的自然会来。

主题创作成为香饽饽，这是时代的需要。我不敢称自己是“人民作家”，但我自从写作以来我就很明白我的使命：为人民创作。

2020 年 8 月 15 日，习近平的“绿水青山就是金山银山”的“两山论”提出 15 周年，另外 COP15 原定于 2020 年 10 月 15 日至 28 日在昆明举办“《生物多样性公约》缔约方大会”，可以说《生态云南记》是生逢其时，既符合国家大背景，也符合云南实际。

有人问我，是不是我提前看到了什么。我说，那是当然。一个作家没有必备的眼力，怎么去发现主题呢？

故能成为“滇版精品出版工程入库项目”，也理所应当、名副其实。

创作这部作品的时间很短，根本没有时间去精雕细琢。

文中还引用了不少别人的成果，且未能完整标注，对那些文字的耕耘者表示感谢和歉意。

这部作品最终出版该感谢的人实在太多，不一一在此列出，免得挂一漏万，最后得罪。

我对一草一木都充满了善意，而且做人做事都十分坦荡，我愿意接受读者对作品的所有批评。

帕　男

2020 年 11 月于楚雄